Will Jordan
Operation Black List

Buch

Der Londoner Alex ist IT-Experte und einer der besten Hacker überhaupt. Doch er wurde erwischt und wegen illegaler Aktivitäten verurteilt – nun ist er auf Bewährung. Er schlägt sich mehr schlecht als recht als Verkäufer durch und versucht, sich nebenbei als IT-Experte für schwierige Fälle etwas Geld dazuzuverdienen. Bei einem geheimen Treffen mit einem Unbekannten bekommt Alex den schwierigsten Auftrag seines Lebens: Er soll in das Netzwerk der CIA eindringen und eine streng geheime Akte beschaffen. Alex ahnt nicht, wer sich hinter dem Mandat verbirgt: Es ist die ehemalige russische Doppelagentin Anya. Sie verfolgt ihre ganz persönlichen Pläne und hat sich damit mächtige Feinde gemacht …

Autor

Will Jordan lebt mit seiner Familie in Fife in der Nähe von Edinburgh. Er hat einen Universitätsabschluss als Informatiker. Wenn er nicht schreibt, klettert er gerne, boxt oder liest. Außerdem interessiert er sich sehr für Militärgeschichte. Will Jordan hat bereits jede Waffe abgefeuert, die in diesem Roman erwähnt wird.

Von Will Jordan bereits bei Blanvalet erschienen:

Mission: Vendetta (38090)
Der Absturz (38301)
Gegenschlag (0029)

WILL JORDAN

OPERATION BLACK LIST

Thriller

Aus dem Englischen
von Wolfgang Thon

blanvalet

Die Originalausgabe erschien 2015 unter dem Titel
Black List bei Canelo Digital Publishing, London.

FSC
www.fsc.org
MIX
Papier aus verantwortungsvollen Quellen
FSC® C014496

Verlagsgruppe Random House FSC® N001967

Besuchen Sie uns auch auf www.facebook.com/blanvalet
und www.twitter.com/BlanvaletVerlag.

2. Auflage
Deutsche Erstveröffentlichung Juni 2016 bei Blanvalet,
einem Unternehmen der
Verlagsgruppe Random House GmbH,
Neumarkterstr. 28, 81673 München

Umschlaggestaltung: © Johannes Frick, Neusäß
Umschlagmotiv: Getty Images/Gabe Rogel
und Shutterstock.com
Redaktion: Michael Rahn
BS · Herstellung: sam
Satz: KompetenzCenter, Mönchengladbach
Druck und Einband: GGP Media GmbH, Pößneck
Printed in Germany
ISBN: 978-3-7341-0187-8

www.blanvalet.de

Für Daniel –
der mich jeden Tag stolz macht

PROLOG

Istanbul, 10. Mai 2009

Das ist doch nicht möglich!

Das bin ich nicht. So bin ich doch gar nicht.

Seltsames Zeug schießt einem durch den Kopf, wenn man weiß, dass man gleich sterben wird. Ich hatte immer gehofft, dass ich in meinen letzten Augenblicken noch irgendetwas Tiefschürfendes oder Poetisches von mir geben würde, irgendeine großartige Erkenntnis als Frucht eines langen, erfüllten Lebens. Nur leider entspräche das nicht der Wahrheit.

Denn in Wahrheit bin ich gar nicht alt, weise oder erfolgreich. Ich habe einen langweiligen Job, lebe in einem bescheidenen Haus, zahle rechtzeitig meine Steuern und schütte mir morgens fettarme Milch aufs Müsli. Ich gehe keine Risiken ein und lege es nicht darauf an, mir Ärger einzuhandeln.

Im Großen und Ganzen bin ich der absolute Durchschnittstyp. Solide, öde, gesichtslos. Die Sorte Mensch, an der man auf der Straße jeden Tag ein Dutzend Mal vorbeiläuft und schon einen Herzschlag später vergisst, dass man sie gesehen hat. Und bis vor einer Woche dachte ich noch, es würde immer so weitergehen.

Aber ich schätze mal, dass jede Glückssträhne irgendwann zu Ende geht …

Durchgeschwitzt und mit rasendem Puls, schätzte Alex den klaffenden Spalt vor sich ab, den furchtbaren Abgrund

und das vollgestellte Dach, das jetzt seine einzige Fluchtmöglichkeit war. Zwischen ihm und seiner Rettung lagen fünf Meter Luftlinie. Aber diese fünf Meter hätten ebenso gut fünfzig Kilometer sein können. Circa fünfundzwanzig Meter unter ihm verlief eine schmale Durchfahrt zwischen den beiden modernen Bürohäusern.

Es würde eine verdammt harte Landung werden, wenn er den Sprung riskierte, und seine Chancen standen nicht schlecht, sich dabei alle Knochen zu brechen oder vielleicht sogar wie ein Stein auf die Straße hinabzustürzen.

Aber er musste es versuchen.

Er machte einen Rückwärtsschritt und versuchte, die mentalen und körperlichen Reserven zu mobilisieren, die er für den Sprung brauchte. Er musste einfach die Gefahr vergessen und es darauf ankommen lassen.

Aber es ging nicht, das spürte er im selben Moment. Er hatte es ein paar Tage zuvor in London nicht hingekriegt, und jetzt würde er es auch nicht schaffen. Selbst jetzt, wo sein Leben nur noch an einem dünnen Faden hing, hatte er einfach nicht den Mumm dazu.

Eine schnelle Folge dumpfer Einschläge, gefolgt vom Geräusch splitternden Holzes, machte ihm klar, dass die provisorische Barrikade hinter ihm gerade zerlegt worden war.

»Keine Bewegung!«

Das war's, es war vorbei. Ein einziger Augenblick machte alles zunichte – die einzige Chance zur Flucht, die ihm geblieben war, um das Vertrauen zu rechtfertigen, das man in ihn gesetzt hatte, und um zu beweisen, dass er überhaupt zu irgendetwas zu gebrauchen war. In diesem Moment verpuffte das alles.

»Umdrehen!«

Alex seufzte, griff nach dem kleinen USB-Speicherstick,

den er um den Hals trug, und drehte sich langsam zu seinem Widersacher um.

Genau wie er es erwartet hatte, trug der Mann, der ein paar Meter entfernt dastand, lässige Freizeitkleidung, die über seinen tödlichen Auftrag hinwegtäuschte. Jeans, Wanderschuhe, die ihm bei der atemlosen Hetzjagd durchs Treppenhaus bestimmt gute Dienste geleistet hatten, und ein weit geschnittenes blaues Hemd, das die unförmige Schutzweste darunter nicht ganz kaschierte.

Er atmete etwas schwer, und auf seiner Stirn schimmerte ein dünner Schweißfilm. Der Anblick erfüllte Alex mit einer gewissen Genugtuung, als hätte er gepunktet, weil er seinen Gegner gezwungen hatte, sich richtig anzustrengen, um ihn zu töten.

Denn ganz sicher hatte der Mann genau das vor. Er richtete seine Waffe auf Alex' Kopf und hielt den Finger am Abzug.

»Gib mir den Speicherstick!«, lautete sein barscher Befehl. Vielleicht war es ihm diesmal nicht ganz so leichtgefallen wie sonst, sein Opfer zu erwischen, aber jetzt hatte er die Lage völlig unter Kontrolle.

Alex riss sich den Speicherstick vom Hals, ließ ihn dann aber unvermittelt an der Baumwollkordel hinter sich über dem Abgrund baumeln. Es war so ein harmloses kleines Stück Technik, ein billiges Speichermedium, wie es alle benutzten, Büroangestellte ebenso wie jugendliche Musikfans. Aber das Äußere täuschte. Worauf es wirklich ankam, waren die darauf gespeicherten, codierten und chiffrierten Informationen.

Dafür war er achttausend Kilometer in der Welt herumgereist. Dafür hatte er sein Leben riskiert. Dafür würde er gleich sterben.

»Wenn Sie mich erschießen, lasse ich ihn fallen, und die

Polizei wird ihn sicherstellen«, warnte er. »Dann finden sie die Schwarze Liste. Und damit all das, was Sie vertuschen sollten. Es hängt von Ihnen ab.«

Der Mann, sein Mörder, grinste. Es war das brutale Raubtiergrinsen eines Mannes, der es gewohnt war, andere gnadenlos und ohne Zögern ins Jenseits zu befördern. »Die Polizei? Bilden Sie sich etwa ein, unser Arm reicht nicht bis zu *denen*?«, spottete er. »Wir kriegen jeden. Also tun Sie sich einen Gefallen. Legen Sie das Ding auf den Boden und treten Sie zurück. Dann geht jeder seiner Wege, und die Sache ist erledigt.«

Alex hätte vielleicht gelacht, wenn ihn sein Scheitern nicht so fertiggemacht hätte. Es war völlig egal, was er tat und wie willig oder kooperativ er sich zeigte – es gab nur einen, der hinterher seiner Wege ginge. Und das war nicht er.

Alex war für diesen Mann nichts weiter als eine weitere Zielperson. Ein Problem, das man sich vom Hals schaffen musste. Ein dämlicher, ahnungsloser Zivilist, der nur deshalb so weit gekommen war, weil jemand ihm den Rücken freigehalten hatte, der weitaus cleverer und geschickter war als er. Eine Person, die vielleicht sogar schon ihr Leben geopfert hatte, um ihm etwas Zeit zur Flucht zu verschaffen.

Du hast es vermasselt!, warf ihm seine innere Stimme vor. *Du hast das hier genauso vermasselt wie alles andere in deinem Leben. Eigentlich könntest du ihm gleich geben, was er will. Mach einen Rückzieher und gib auf, genauso wie du es sonst auch immer machst.*

Dann tat Alex etwas, das er selbst niemals für möglich gehalten hätte.

»Nein«, sagte er mit einer Stimme, die trotz seines rasenden Herzschlags überraschend ruhig klang. »Diesmal nicht.«

Er machte einen Schritt rückwärts und stieg auf die niedrige Brüstung, die um das Gebäudedach lief. Unter ihm gähnte die schreckliche Kluft. Vor ihm stand ein bewaffneter Mann, der es darauf abgesehen hatte, ihn zu töten.

Ringsum, erhellt vom orangefarbenen Schein der unzähligen Lichter, die sich im dunklen Wasser des Bosporus spiegelten, lag die Altstadt von Istanbul.

Kein schlechter Platz für das Ende, dachte Alex, bevor er einen Schritt weiter auf den Abgrund zuging.

TEIL EINS

ANFÄNGE

1983 drang eine Hackergruppe namens »The 414s« in mehr als sechzig Computersysteme ein. Ihre Ziele reichten vom Los Alamos National Laboratory bis hin zum Memorial Sloan Kettering Cancer Center in Manhattan. Es handelte sich um den ersten Computerhack, über den in einem größeren Rahmen berichtet wurde.

1

London, zehn Tage zuvor

Es war Freitagabend. Der Trafalgar Square wimmelte von Touristen, Theaterbesuchern auf dem Weg zum nahe gelegenen Piccadilly Circus und von gestressten Angestellten, die sich nach einer anstrengenden Woche auf ihren langen Heimweg machten. Autos, Taxis und Busse drängelten sich auf den verstopften Straßen rings um den Platz, und dazwischen schlängelten sich Fahrräder und Mopeds, oft von gereiztem Gehupe begleitet, an den langsameren Fahrzeugen vorbei.

Es war einer jener milden, etwas diesigen Abende, wie sie für den Spätfrühling in der Metropole typisch waren, und nur eine kaum spürbare warme Brise strich durch die geschäftigen Straßen. Über den Köpfen begann die Sonne ihren langen Abstieg durch die wenigen zarten Wolken, die über den ansonsten strahlend blauen Himmel zogen.

Alex Yates schlürfte seinen Espresso und ließ dabei seinen Blick mit beiläufigem Interesse über den weiten Platz schweifen. Seine Augen blieben hinter einer dunklen Sonnenbrille verborgen, während er alles auf sich wirken ließ. Drüben bei den Zierbrunnen, die den Platz flankierten, steuerte ein Trupp durchgestylter Aktienhändler aus dem nahe gelegenen Bankenviertel nordwärts, vermutlich zu einer jener angesagten Weinbars in Soho. Sie gaben sich gewichtig, waren teuer gekleidet und legten eine vorgetäuschte Munterkeit an den Tag, so als wollte jeder von ihnen seine Kameraden davon überzeugen, dass die globale Finanzkrise nur ein vorübergehendes kleines Unwetter war, das sich schon bald verziehen würde, wenn wieder einträglichere Zeiten zurückkehrten.

Nicht weit von dieser Zurschaustellung von verzweifeltem Optimismus hastete ein genervt aussehender Mann mittleren Alters mit schütterem grauen Haar in einem altmodisch geschnittenen Anzug zur Treppe der U-Bahn-Station Charing Cross. Ein hart arbeitender Mann – vielleicht von der Stadtverwaltung –, der sein Leben in einem schäbigen Büroverschlag vergeudet hatte, oder ein kleiner Angestellter, den Stress, Vorschriften und Termindruck vorzeitig hatten altern lassen.

Vor den Stufen streifte er eine Blondine, die sich langsam von der Nationalgalerie entfernte. Groß gewachsen und mit athletischer Figur, gekleidet in teure Jeans, eine schwarze, taillierte Bluse und eine geschmackvolle braune Lederjacke, war sie der Inbegriff lässiger Eleganz. Sie hatte ein ausgesprochen hübsches Gesicht mit einem ausländischen Einschlag, strahlte aber eine gewisse Härte aus, die Alex dazu brachte, etwas genauer hinzuschauen.

Vielleicht spürte sie seinen rastlosen Blick, wie es attraktive Frauen öfter taten, jedenfalls sah sie in seine Richtung, und für einen kurzen Moment trafen sich ihre Blicke. Selbst von der gegenüberliegenden Seite des Platzes aus verblüfften Alex ihre eisblauen Augen, deren Blick ihn zu durchbohren schien. Zweifellos fragte sie sich, ob er sich wohl als Stalker entpuppen würde.

Ihm war klar, dass er tunlichst vermeiden musste, Aufmerksamkeit auf sich zu ziehen, deshalb schaute Alex rasch wieder weg und richtete den Blick auf die Zeitung vor ihm auf dem Tisch. Leute zu beobachten war immer eine gefährliche Angewohnheit, ganz besonders für jemanden wie ihn. Jedes Detail, das er jetzt betrachtete, würde sich ihm für immer einprägen und ihn zweifellos noch für Tage, wenn nicht Wochen belasten, obwohl sein Gedächtnis ohnehin schon vollgepackt war.

Er warf einen Blick auf seine Uhr. Es war fünf nach sechs. Sein Freund verspätete sich, und obwohl es noch zu früh war, sich über diese kleine Verspätung Gedanken zu machen, fühlte er sich zunehmend unwohl. Alles an diesem überstürzt anberaumten Treffen machte ihn nervös.

Er konnte es sich gerade noch verkneifen, schon wieder auf die Uhr zu schauen, schließlich waren seit seinem letzten Blick keine zwanzig Sekunden vergangen. Eine Verabredung in der Öffentlichkeit war ebenso unnötig wie riskant; er war ungeschützt, fühlte sich verwundbar und wie auf dem Präsentierteller.

Trotzdem war er da, saß in diesem Café an der Südseite des Platzes, trank bereits den zweiten Espresso, der seiner Nervosität ganz sicher nicht guttat, und wartete auf einen Mann, den er seit über zwei Jahren nicht gesehen hatte.

Warum er sich überhaupt auf ein Treffen eingelassen hatte, konnte er nicht mit Bestimmtheit sagen. Seine letzte Zusammenarbeit mit Arran Sinclair hatte mit einer mehrjährigen Gefängnisstrafe und einem Eintrag ins Vorstrafenregister als Lohn für seine Mühen geendet. Es reichte schon aus, wenn man sie nur zusammen sah. Hatte ein Beobachter Zugriff auf die Zentrale Verbrecherdatei, könnte ihn das wieder ins Visier der Strafverfolgungsbehörden bringen. So etwas konnte er ganz bestimmt nicht gebrauchen.

Nichtsdestotrotz war Sinclair ein Freund. Vielleicht sogar noch mehr als das – er verkörperte die Erinnerung an eine Zeit, als Alex' Zukunft noch weit vielversprechender ausgesehen hatte. Die Zeit, in der er noch von seinem Potenzial überzeugt war, im Leben einmal Großartiges leisten zu können.

Dieser Glaube mochte naiv gewesen sein, damals hatte es sich jedoch real angefühlt.

In diesem Augenblick fiel ein Schatten auf den Tisch und riss ihn aus seiner Tagträumerei.

»Na, wie geht's, mein Lieber?«, fragte eine vertraute schottische Stimme. Sie klang herzlich und jovial. »Lange nicht gesehen.«

Als er von seinem Kaffee aufsah, blickte Alex in das Gesicht eines Mannes, den er früher einmal für einen guten Freund gehalten hatte. Er war groß und schlank, wirkte aber ziemlich kräftig und athletisch und hatte die hellen, an einen Falken erinnernden Augen eines Mannes, der alles sah und dem nichts entging. Arran Sinclair war eine markante Erscheinung und hinterließ bei jedem, dem er begegnete, einen bleibenden Eindruck. Alex kannte ihn inzwischen seit fast zehn Jahren, und Arran schien in dieser Zeit kaum gealtert zu sein. Sein Gesicht war immer noch schmal und auf eine anziehende Art zerfurcht, und er trug sein widerspenstiges blondes Haar so lang wie früher. Er war fast zwei Meter groß und mit schlichten Jeans, einem Freizeithemd und einer bequem aussehenden Lederjacke bekleidet.

Allein sein Anblick war schon wie eine Reise in die Vergangenheit, und Alex wurde einen Moment von einem Schwall Erinnerungen überflutet.

»Arran«, sagte er schließlich und stand auf, um seinen alten Freund zu begrüßen. Selbst zu voller Größe aufgerichtet, war Alex einige Zentimeter kleiner als Sinclair, was ihn zwang, zu ihm aufzuschauen, als er ihm die Hand gab. »Schön, dich wiederzusehen.«

»Und dich erst. Es ist schon so lange her.« Sein Freund hielt einen Moment inne, als wollte er noch etwas sagen, fände aber nicht gleich die richtigen Worte. Stattdessen legte er die Hand auf die Lehne eines freien Stuhls am Tisch. »Was dagegen, wenn ich mich setze?«

»Na los.« Alex setzte sich wieder, während Sinclair seine Jacke auszog und ihm gegenüber Platz nahm. Ein paar Sekunden schwiegen beide Männer, und die Spannung, die zwischen ihnen beiden in der Luft gelegen hatte, wurde deutlich spürbar. Plötzlich von Angesicht zu Angesicht mit Arran konfrontiert, verschlug es Alex auf seltsame Weise die Sprache. »Du siehst gut aus«, sagte er, ohne recht zu wissen, warum. Plötzlich zeigte sich das einst so vertraute Grinsen in Sinclairs Gesicht, und er lachte zu Alex' Verwunderung laut auf. »Warum habe ich nur plötzlich das Gefühl, bei einem richtig miesen Blind Date zu sein?«, fragte er, immer noch amüsiert.

Alex musste grinsen, und die Spannung zwischen ihnen löste sich. »Wenn du der Beste bist, den sie finden konnten, will ich mein Geld zurück.«

Ihre Unterhaltung wurde kurz unterbrochen, als eine Kellnerin kam und Sinclairs Bestellung aufnahm. Er orderte, wie immer, einen großen Caffè Latte mit zwei Portionen Espresso extra.

»Gewisse Dinge ändern sich anscheinend nie«, bemerkte Alex, als die junge Frau verschwand, um die Bestellung auszuführen. In all den Jahren, die er ihn nun kannte, hatte Alex nie erlebt, dass Sinclair etwas anderes bestellt hätte.

»Ich weiß eben, was ich mag.« Sein Freund winkte ab. »Aber genug davon. Was zum Teufel treibst du zurzeit? Du bist verdammt schwer aufzuspüren gewesen, selbst für mich.«

Das überraschte Alex nicht. Seit ihrer letzten Begegnung hatte er zweimal den Wohnsitz gewechselt. »Ich bin viel unterwegs«, antwortete er ausweichend. »Aber da wir gerade davon sprechen: Wie *hast* du mich überhaupt gefunden?«

Auf diese Frage schnitt Sinclair ein schuldbewusstes Gesicht. »Ich musste Jill behelligen«, sagte er und schien mit einer zornigen Reaktion zu rechnen. »Tut mir leid, Mann, aber du warst nie online. Ich wusste nicht, wen ich sonst fragen sollte.«

Alex spürte, wie sich etwas in ihm zusammenzog. Jill – noch eine Erinnerung an das Leben, von dem er wusste, dass es nie wieder so sein würde. Intelligent, enthusiastisch, ambitioniert und fleißig. Sie war mit nicht einmal dreißig bereits Partnerin in einer angesehenen Anwaltskanzlei. Jill gehörte zu jenen Menschen, die genau wussten, was sie aus ihrem Leben machen wollten und was sie dafür zu tun hatten.

So ein Mensch war er auch einmal gewesen.

Er musste ihr zugutehalten, dass sie sich länger mit ihm abgegeben hatte, als er es erwartet hatte. Sie war während des gesamten Prozesses an seiner Seite geblieben, hatte geduldig auf ihn gewartet, als er seine Gefängnisstrafe abbrummte, und sogar versucht, ihre Beziehung wiederzubeleben, als er endlich auf Bewährung freikam. Es dauerte allerdings nicht lange, bis sie beide begriffen, dass es nie wieder so wie früher sein würde. Zu vieles hatte sich verändert, für sie beide.

Es war fast eine Erleichterung gewesen, als sie schließlich aufgab und Schluss machte. Wenigstens brauchte er nun nicht mehr die Demütigung ihrer beständigen Unterstützung für ihn zu ertragen, ihre aufmunternden Worte, wenn er sich mal wieder für irgendeinen Aushilfsjob beworben hatte und abgelehnt wurde. Ihrer beider Leben entwickelten sich in unterschiedliche Richtungen, und er glaubte, dass es für sie das Beste war, ihn losgeworden zu sein.

»Schon in Ordnung.« Alex presste die Worte zwischen den Zähnen hervor. »Sie hat dir bestimmt kein mieses Detail erspart.«

»Mehr oder weniger.« Sinclair war sensibel genug, zu spüren, dass er einen wunden Punkt getroffen hatte. »Sie … hat erwähnt, dass du jetzt im Elektrofachhandel tätig bist, Fernseher verkaufst und solche Dinge.«

Es war völlig sinnlos, ihm etwas vorzumachen. Alex sah seinem alten Freund in die Augen. »Für Leute mit meiner Vorgeschichte gibt es nicht gerade viele Jobs auf dem Arbeitsmarkt«, bemerkte er bissig. »Ich musste nehmen, was ich kriegen konnte.«

Sinclair schloss für einen Moment die Augen. Er hatte genau verstanden, was gemeint war. »Tut mir leid, Alex. Ich weiß, dafür kannst du dir nichts kaufen, aber ich meine es ernst. Ich kann mir vorstellen, wie schwer es für dich …«

Er unterbrach sich, als die Kellnerin mit seinem Getränk zurückkam, aber ihm war deutlich anzusehen, dass ihm noch einiges auf der Zunge lag. Alex dagegen war froh über die Unterbrechung. Er brauchte und wollte Sinclairs Dankbarkeit nicht, und sein Mitgefühl noch viel weniger.

»Mich haben sie erwischt, dich nicht«, sagte Alex nur. »Es wäre sinnlos gewesen, dich da mit reinzuziehen. Außerdem hättest du das Gleiche auch für mich getan.«

Sein Freund nickte nur. Alex' Worte schienen ihn irgendwie zu erleichtern, als hätte ihn das Thema schon seit Langem belastet.

»Also, Arran, was hat das Ganze zu bedeuten?«, fragte

Alex, beugte sich vor und sah ihm in die Augen. Sich gegenseitig ihre Lebensgeschichten zu erzählen war ja schön und gut, aber jetzt wollte er Antworten. »Nach all der Zeit kontaktierst du mich aus heiterem Himmel. Ich vermute, du hattest nicht vor, dich mit mir über meine Karriere zu unterhalten.«

Das reichte, um Sinclair in die Gegenwart zurückzuholen. Er nahm einen Schluck von seinem dampfenden Kaffee, erwiderte Alex' fragenden Blick, und dann sagte er es, einfach so.

»Ich baue Valhalla wieder auf, Alex. Und ich will dich mit dabeihaben.«

Alex war froh, dass er gerade nichts trank, sonst hätte er sich verschluckt. Valhalla 7, die Gruppe hoch spezialisierter Hacker, die sie beide mitgegründet hatten und die sich schon vor langer Zeit aufgelöst hatte, wurde wieder zusammengetrommelt? Die bloße Nennung des Namens genügte, um sein Herz schneller schlagen zu lassen.

Er sah seinen Freund ungläubig an. »Ist das dein Ernst?«

Sinclair erwiderte nichts. Das war auch nicht nötig. Sein ruhiges, geradezu lässiges Benehmen stand in deutlichem Kontrast zur Brisanz der Situation. Ein Beobachter hätte anhand ihrer Körpersprache der Unterhaltung vielleicht keinen besonderen Stellenwert eingeräumt. Aber Alex wusste nur allzu gut, welche Bedeutung sie hatte.

»Mann! Hast du vergessen, dass ich wegen Hackens vor Gericht gekommen bin und zwei Jahre im Gefängnis absitzen musste? Kennst du meine Bewährungsauflagen nicht? Wenn ich nur in die Nähe von etwas Komplizierterem als einem Smartphone komme, steht mir richtiger Ärger ins Haus.«

Sein Freund nickte. Offenbar war er auf diese ablehnende Reaktion bestens vorbereitet. »Ich weiß, wie das für dich klingen muss«, räumte er ein. »Und ich weiß, dass es vermutlich das Letzte ist, womit du dich momentan beschäftigen möchtest, aber hör dir einfach an, was ich zu sagen habe.«

Alex lehnte sich auf seinem Stuhl zurück und warf ihm einen langen, prüfenden Blick zu. Er war weder bekräftigend noch abweisend.

»Als sich Valhalla aufgelöst hatte, habe ich begonnen, eigene Aufträge anzunehmen«, erklärte Sinclair. »Ich habe ein paar feste Kunden gewonnen. Besonders eine Kundin hatte ausgezeichnete Empfehlungen. Ich habe fast das ganze letzte Jahr für sie gearbeitet und ein paar kleinere Jobs für sie erledigt.«

Alex zog eine Augenbraue hoch. »Eine Frau?«

Er sah, wie sein Freund schwach grinste. »Ich habe erst vor Kurzem herausgefunden, dass es eine Frau ist. Unsere Kommunikation lief ausschließlich über eine anonyme E-Mail-Adresse. Jedenfalls kam sie vor ein paar Tagen mit einem neuen Auftrag. Eine große Sache. Netzwerksicherheit. Ein Auftrag, wie wir ihn immer haben wollten, aber nie an Land ziehen konnten.«

Alex verzog sein Gesicht. »Regierung?«

Sinclairs Grinsen verstärkte sich. »Besser.«

Er griff in seine Jacke, zog einen zusammengefalteten Zettel aus der Tasche und schob ihn über den Tisch. Neugierig faltete Alex den Zettel auseinander und überflog die Kurzfassung der Auftragsbeschreibung. Dann las er sie ein zweites Mal, um sicherzugehen, dass seine Augen ihm keinen Streich gespielt hatten. Hatten sie nicht.

Er sah Sinclair ungläubig an. »Willst du mich auf den Arm nehmen?«

Sein Gegenüber schüttelte den Kopf.

»Das ist lächerlich! Du meinst, du willst …?« Er zwang

sich dazu, die Stimme zu senken, weil ihm plötzlich sehr bewusst wurde, dass sie sich in der Öffentlichkeit getroffen hatten. »Du willst die verdammte *CIA* hacken?«

Sinclair konnte sein Grinsen nicht mehr verbergen. Er fühlte sich jetzt ganz in seinem Element.

»Hast du schon eine Zelle in Guantanamo reservieren lassen?«, fragte Alex zynisch.

Aber sein Freund ließ sich von seinem Zynismus nicht im Mindesten anstecken. »Denk drüber nach, Alex. Bisher hat es noch keiner geschafft, durch ihre Firewalls zu kommen. Keiner anderen Gruppe ist das auch nur ansatzweise geglückt.«

»Aus gutem Grund«, pflichtete Alex ihm bei. »Es ist einfach unmöglich.«

»Jedes System hat einen Schwachpunkt«, konterte Sinclair in einem Tonfall, der klang, als würde er jemanden zitieren. »Man braucht nur Fähigkeiten, Planung und Geduld, um ihn herauszufinden.«

»Wo hast du das denn her?«

»*Du* hast das gesagt. Vor acht Jahren.« Sinclair neigte leicht den Kopf. »Es wundert mich, dass du dich nicht daran erinnerst, wenn man bedenkt …«

Aber vielleicht wollte er sich auch nicht mehr daran erinnern. Es klang nach dem aufgeblasenen Unfug, den er in einem anderen Leben von sich gegeben hatte. Vor der Gerichtsverhandlung, vor der Gefängnisstrafe und vor der bitteren Gewissheit, dass es nie wieder so sein würde wie früher.

»Damals lagst du genau richtig«, fuhr Sinclair fort. »Fähigkeiten und Geduld bringen wir mit. Und was das nötige Glück angeht, greift uns der Kunde unter die Arme.«

»Was willst du damit sagen?« Alex konnte jetzt mit vagen Andeutungen nichts mehr anfangen.

»Lass es mich mal so sagen: Sie hat Beziehungen. Ich kann dir zu diesem Zeitpunkt noch nichts Genaueres sagen, aber eines darfst du mir glauben: Die meisten Hackergruppen auf dieser Welt würden töten, um in die Finger zu bekommen, was sie uns gegeben hat. Wir haben einen Trumpf, den sonst niemand hat.« Er beugte sich vor und stützte sich mit den Ellenbogen auf der Tischplatte ab. »Stell dir nur eine Minute lang vor, dass wir es schaffen könnten. Stell dir vor, wir könnten ihre Firewall knacken und kämen da rein. Das könnte wirklich die Welt verändern. All diese Verschwörungstheorien über die Regierung, die ihre eigenen Bürger ausspäht, unschuldige Menschen kidnappt und foltert, Auftragsmorde und Staatsstreiche auf der ganzen Welt … Wir hätten die Beweise binär und schwarz auf weiß. Kannst du dir vorstellen, was das bedeuten würde? Kannst du dir vorstellen, was wir damit bewirken könnten?«

Während er redete, fixierte er Alex mit seinem Falkenblick. Seine vorgetäuschte, nonchalante Gelassenheit war wie weggewischt. Alex konnte sich nicht erinnern, ihn jemals so erregt gesehen zu haben.

»All die aufregenden Dinge, die wir vorhatten … wie oft haben wir uns in der Kneipe einen hinter die Binde gegossen und davon geredet, einmal etwas richtig Bedeutsames zu machen«, fuhr er fort. »Weißt du, das ist unsere Chance, es wahr werden zu lassen. Eine zweite Chance, zu Ende zu bringen, was wir einmal begonnen haben – und solch eine Chance bekommt man nicht allzu oft.«

Alex hätte so etwas von einem Mann wie Sinclair erwarten müssen. Arran war schon immer ein Idealist gewesen, der an Informationsfreiheit um jeden Preis glaubte, und sein Alter schien seine Begeisterung dafür nicht zu schmälern. Sie war eher noch größer geworden. Die Jahre, in denen er gezwungen war abzuwarten, bis sich eine solche Chance bot, hatten zweifellos ihre Spuren hinterlassen.

»Deswegen willst du mich also ins Boot holen«, sagte Alex, dem klar wurde, dass seine speziellen Begabungen bei einem solchen Vorhaben unerlässlich waren. »Du brauchst mich, um die Firewall zu knacken.«

»Niemand knackt Verschlüsselungscodes so gut wie du, Alex. Du kriegst Sachen hin, bei denen wir anderen wie Amateure aussehen.« Sinclair seufzte und schaute seinen Freund über den Tisch hinweg an. »Ich bitte dich um deine Hilfe, Mann. Ich *brauche* deine Hilfe. Und ich bin bereit, dafür zu bezahlen.«

Ein weiteres Stück Papier wurde über den Tisch geschoben. Alex konnte nicht widerstehen und faltete es auseinander. Wieder war er von dem, was er da las, wie vor den Kopf gestoßen.

Einhunderttausend britische Pfund. Zahlbar in bar oder auf ein Konto seiner Wahl.

»Eine Hälfte als Vorschuss, den Rest bei Abschluss«, sagte Sinclair, als Alex schließlich zu ihm aufschaute. »Genug, um dein Leben wieder in die Spur zu bringen. Und glaub mir, wo das herkommt, gibt's noch mehr.«

Alex fühlte sich, als würde die ganze Welt um ihn herumwirbeln. Das plötzliche Auftauchen Sinclairs hatte ihn mit einer Vielzahl neuer Möglichkeiten konfrontiert, Chancen, an die er schon lange nicht mehr geglaubt hatte, die aber plötzlich wieder ganz real zu werden schienen. Mit hunderttausend Pfund konnte er sein Leben umkrempeln und sich aus dem Sumpf ziehen, in dem er langsam versank. Vielleicht bedeuteten sie seine Rettung.

Aber es lag noch etwas anderes in Sinclairs Angebot, das viel wertvoller war. Es war die Chance, wieder mitzuspielen, wieder etwas Sinnvolles mit seinem Leben anzustellen, damit er wieder stolz auf sich sein konnte.

Einen Moment lang sah er die unglaubliche Zukunft, die hier zum Greifen vor ihm lag – Leistungen, Erfolge und die Gelegenheit, Dinge zu tun, über die die ganze Welt reden würde.

Alles war da und wartete nur auf ihn. Er brauchte nichts zu tun, als die Hand auszustrecken und sich darauf einzulassen.

»Ich kann nicht. Tut mir leid, mein Freund. Aber ich kann das nicht machen.«

Die Worte kamen ihm über die Lippen, bevor er es selbst realisierte. Es war, als ob der vernünftige Teil von ihm seine Macht über den ehrgeizigen jungen Mann, der er einmal gewesen war, unter Beweis stellen musste.

»Das letzte Mal, als ich mich an so was herangewagt habe, habe ich fast alles verloren.« Mit zitternden Fingern schob er den Zettel über den Tisch zurück zu seinem Freund. »Das stehe ich nicht noch einmal durch. Ich kann dir nicht helfen.«

»Alex, ich weiß, dass es Risiken gibt.« Sinclairs Stimme klang jetzt sanft und beruhigend. »Die gibt es immer, aber manchmal lohnt es sich, sie einzugehen. Ich kenne dich. Ich weiß, wer du bist und was du kannst. Du bist nicht so, wie all diese Leute hier«, sagte er und ließ den Blick über die wimmelnden Menschenmassen gleiten, die den Trafalgar Square bevölkerten. »Du und ich … wir sind zu Größerem geboren.«

Er seufzte, lehnte sich auf dem Stuhl zurück und musterte seinen Freund bedauernd.

»Wenn du wieder zurückwillst, um Fernseher zu verkaufen und in irgendeiner Bruchbude zu hausen, ist das deine Entscheidung – ich kann dich nicht davon abhalten.

Aber denk darüber nach, worauf du verzichtest. Ich biete dir die Chance, zu tun, wofür du geboren bist. Wir wissen beide, dass du es auch willst. Ist das hier nicht wert, alles zu riskieren?« Er ließ die Frage einen Moment lang im Raum stehen, weil er spürte, wie Alex' Widerstand bröckelte. »Also, ich frage dich jetzt zum letzten Mal und will eine endgültige Antwort, alter Freund. Wofür entscheidest du dich?«

2

»Wofür entscheidest du dich?«

Alex blinzelte. Es kostete ihn Mühe, sich aus seinen Gedanken zu lösen – als würde er aus dem Morast eines trüben Teiches kriechen. Die Erinnerung an jenes Treffen vor drei Tagen am Trafalgar Square war verblasst, und die Realität gewann wieder die Oberhand, ganz gleich, wie widerwillig er sie an sich heranließ.

Er sah von dem Fernseher hoch, den er schon eine geraume Zeit lang angestarrt hatte, und blickte in das runde, freundliche Gesicht seines Kollegen Mike King.

Mike war ein paar Jahre älter und etliche Kilo schwerer als Alex. Mit seinem strubbeligen Haar, seinem Nicht-mal-Dreitagebart und den chronisch verknitterten Hemden sah er immer aus wie ein verkrachter Student, den man von der Uni geworfen und gezwungen hatte, sich wie ein Erwachsener zu benehmen. Seitdem lehnte er sich dagegen auf und war zumindest in diesem Punkt erfolgreich.

Nach allem, was Alex über ihn wusste, bestand sein Privatleben aus ausgedehnten Zechgelagen – über die er immer gern langatmige Anekdoten zum Besten gab – und Anfällen von Onlinespielfieber, die sich sogar noch länger hinziehen konnten. Der einzige Grund, warum er es überhaupt schaffte, wenigstens als Verkäufer angestellt zu bleiben, war seine fast übernatürliche Begabung, Leute dazu zu bringen, Dinge zu kaufen, die sie nicht haben wollten.

Nichts entmutigte ihn, und deshalb schien ihn auch nichts bremsen zu können.

»Tut mir leid, Kumpel, was hast du gesagt?«, antwortete Alex, als er merkte, dass er überhaupt nicht zugehört hatte, weil er im Geiste immer wieder jedes Detail seiner Begegnung mit seinem alten Freund durchging.

Mike verdrehte die Augen und heuchelte verletzten Stolz. »So gespannt hörst du mir also zu, was? Ich habe dich gefragt, wo du Freitag lieber ein paar Drinks nehmen würdest. Im Dirty Dick's oder in der Witness Box? Da ist das Bier nicht so gut wie im Dick's, aber die Mädchen machen das wieder wett. In der Box hängen nur Schabracken und Omis herum.«

Alex schüttelte den Kopf. Bei ihm stand momentan so viel auf dem Zettel, dass eine Sauftour mit Mike so ziemlich das Letzte war, nach dem ihm der Sinn stand. Das letzte Mal, als Mike ihn dazu überredet hatte, auf ein paar gemütliche Feierabendbiere mitzukommen, war er am nächsten Morgen auf seinem Küchenfußboden aufgewacht – mit rasenden Kopfschmerzen, einem blauen Auge und einem rot-weißen Absperrkegel in der Zimmerecke. Er hatte bis heute keine Ahnung, wie er sich das alles eingehandelt hatte.

»Ich weiß nicht, ob ich es am Freitag schaffe, Kumpel«, sagte er entschuldigend. »Vielleicht nächstes Mal, ja?«

Mike beäugte ihn misstrauisch. Er mochte ein unreifer Faulpelz und Alkoholiker sein, aber manchmal hatte er auch einen verdammt guten Riecher. Irgendwas stimmte nicht mit Alex, das wusste er.

»Ist da was im Busch, Junge?«

»Ich hab einfach was anderes vor«, wich Alex aus.

Das Misstrauen wurde von einem wissenden Grinsen verdrängt. »Eine Frau, oder?«

»Nein.«

»Ein Mann?«

»Nein!« Alex biss die Zähne zusammen und ärgerte sich, überhaupt etwas gesagt zu haben. Mike kannte in solchen Dingen kein Erbarmen. Hercule Poirot war nichts dagegen. Alex beugte sich leicht vor und senkte die Stimme. »Ich habe da noch etwas Nebenberufliches am Laufen, verstehst du?«

Mike grinste verschwörerisch. »Suchst du dir gerade fettere Jagdgründe?«

Damit hast du verdammt recht, dachte Alex und ließ seinen Blick über den spartanischen, schlecht ausgeleuchteten Verkaufsraum für Elektroartikel schweifen – die gleichgültigen Kunden, die trockene Luft der Klimaanlage, die Kaffeemaschine, die immer so seltsame Geräusche von sich gab, und das gelangweilte Personal, das überwiegend aus Studenten bestand, die hier für ein Trinkgeld arbeiteten. Sie versuchten, irgendwie durch den Tag zu kommen, und zählten wahrscheinlich die Minuten, bis sie endlich aus dem Saftladen herauskamen.

Wie hatte er in so einer Klitsche enden können? Er kannte die Antwort nur zu gut. Weil sie die Einzigen waren, die ihn genommen hatten. Einen Computerexperten mit Hochschulabschluss, der wahrscheinlich mehr vom Programmieren verstand als Bill Gates. Und jetzt hockte er hier und verscherbelte Laptops an Teenies, die nicht mal halb so alt waren wie er.

»Es ist nur eine einmalige Sache«, sagte er unbestimmt.

Mike wollte gerade etwas erwidern, aber das Piepen des Haustelefons in der Nähe sorgte für eine willkommene Unterbrechung. Alex' Erleichterung war jedoch nur von kurzer Dauer, als er sah, wer ihn anrief. Tim Dixon. Der Mann firmierte bei denen, die das Pech hatten, unter ihm arbeiten zu müssen, auch als der »Kotzbrocken«.

Dixons Büro war kaum sieben Meter entfernt, trotzdem bestand er darauf, die Leute anzurufen, anstatt einfach zu ihnen hinüberzugehen, als wollte er damit seine Macht demonstrieren.

Mit einem stummen Seufzer nahm Alex den Hörer auf. »Ja, Tim?«

»Alex. Genau der Mann, den ich sprechen wollte. Wir müssen uns unterhalten«, verkündete Dixon ohne lange Vorrede. »Kommst du bitte in mein Büro?«

Alex rutschte das Herz in die Hose. Wenn jemand zu einer kleinen »Unterhaltung« in Dixons Büro gerufen wurde, konnte es nur eines bedeuten: Er würde wegen irgendetwas zusammengestaucht werden.

»Kein Problem. Schon unterwegs.«

Als er den Hörer auflegte, heuchelte Mike Mitleid. »Nicht vergessen, Alter: Vorher schön eincremen. Das macht die Sache leichter.«

»Halt's Maul!«, warf Alex über die Schulter zurück.

Mit manchen Leuten, die einem im Leben über den Weg laufen, kommt man einfach nie klar. Ob es nun an den unterschiedlichen Vorgeschichten liegt, ob die Persönlichkeiten einfach nicht zusammenpassen oder ob es einfach eine ganz normale Antipathie ist – es gibt immer Leute, mit denen man nie auf einer Wellenlänge liegt. Und wenn so ein Mensch ausgerechnet ein Abteilungsleiter ist, der Spaß daran hat, seine Untergebenen zu drangsalieren, kann man sich auf einiges gefasst machen.

So ging es Alex mit Tim Dixon.

Nachdem er sich durch den Mitarbeiterausgang aus dem Verkaufsraum gestohlen und die rohen Ziegelmauern der Gänge hinter dem Verkaufsbereich hinter sich gebracht hatte, stoppte er kurz vor Dixons Bürotür, um sich den Schlips glatt zu streichen, dann klopfte er an.

»Komm rein.«

Alex öffnete die Tür, die Dixon vom Rest der Etage trennte, und trat in ein kleines, enges Büro, das kaum größer war als ein durchschnittliches Badezimmer. Die Einrichtung war genauso billig, der Schreibtischsessel so unbequem wie alle anderen in dem Gebäude, aber es war immerhin ein eigenes Büro. Ein kleines Privileg, das seinen Besitzer über die anderen Angestellten erhob. Und Dixon war einer von denen, für die kleine Privilegien viel bedeuteten.

Er war Anfang vierzig, klein, untersetzt und kämpfte unermüdlich gegen jeden einzelnen dieser drei Punkte. Tim Dixon trug ein Hemd, das für seinen massigen Oberkörper zu klein war. Er hatte die Ärmel hochgekrempelt, um seine muskulösen Unterarme und die kräftigen Venen zu entblößen, die er seinem Training mit schweren Gewichten verdankte.

Er tat, als würde er arbeiten, und blickte mit demselben aufgesetzten Lächeln auf, wie es Alex' Meinung nach Filmstars für übereifrige Reporter übrig hatten.

»Alex, wie geht es dir?«, fragte er in einem Tonfall, der verdeutlichte, wie vollkommen egal es ihm war. Er fuhr gleich fort, ohne eine Antwort abzuwarten. »Schließ die Tür und nimm Platz.«

Alex gehorchte und setzte sich wortlos hin. Dixon sagte auch nichts, sondern saß einfach da und schaute mit seinem leeren, seelenlosen Grinsen auf Alex. Die Sekunden schienen sich zu Stunden auszudehnen, während Alex nur abwartete, dem Summen der Klimaanlage und dem Ticken der Uhr an der Wand zuhörte.

Irgendwann hielt er es nicht mehr aus. »Sie wollten mich sprechen?«, hakte er nach.

Dixon lehnte sich in seinem Stuhl zurück und musterte

ihn nachdenklich. Zweifellos hätte er lieber einen teuren Ledersessel mit hochgezogener Rückenlehne gehabt, aber den wollte die Firma nicht genehmigen. »Alex, ich möchte dir eine Frage stellen, und ich will eine ehrliche Antwort. Haben wir ein Problem?«

Er verzog sein Gesicht. »Nicht, dass ich wüsste.«

»Hmm«, erwiderte Dixon und griff nach einem Ausdruck auf seinem Schreibtisch. Er schob ihn zu Alex hinüber. »Weißt du, was das ist? Das ist eine E-Mail vom Leiter – dem *Leiter* – der Kundenbetreuung. Er will wissen, warum einer unserer Verkäufer die Kreditkartentransaktionen eines ganzen Tages gelöscht hat. Er will wissen, warum seine Leute ihre Zeit damit verschwenden müssen, jeden einzelnen Kunden anzurufen, um den Fehler unseres Verkäufers wieder auszubügeln. Er will wissen, wer dafür verantwortlich ist.« Er ließ das Papier auf dem Schreibtisch liegen. »Was soll ich ihm antworten, Alex?«

Alex spürte sofort alle Farbe aus seinem Gesicht weichen. Eigentlich war es eine banale Aufgabe, die täglichen Kartenumsätze aus der Kasse zu sichern, aber er war gestresst, abgelenkt und müde gewesen, als er es gestern erledigt hatte, und hatte sich die Mühe erspart, seine Arbeit hinterher noch einmal zu kontrollieren. Weil es vorher immer prima geklappt hatte, hatte er riskiert, die Prüfung einfach zu überspringen, um etwas schneller fertig zu werden.

Das war anscheinend ein Fehler gewesen.

Unterm Tisch ballte er die Hände langsam zu Fäusten. Von allem Mist, der passieren konnte, war so etwas das Allerletzte, was er jetzt gebrauchen konnte.

»Tim, das war …«

Dixon hob abwehrend seine Hand und würgte die Entschuldigung ab, noch bevor er sie hervorquetschen konnte.

Aber das spielte auch keine Rolle, denn er hatte sowieso keine vernünftige Entschuldigung parat. »Ich will gar nichts hören, Alex. Hättest du deinen Job anständig gemacht und hinterher deine Arbeit noch mal gecheckt, wäre das nie passiert. Du warst schlampig und fahrlässig, und du bist schon lange genug dabei, um es besser zu wissen. Ich will dir eins ganz klar sagen: Bei jemandem mit deinem Führungszeugnis wird man automatisch hellhörig, wenn ein Problem mit Geld und Buchführung auftaucht. Stimmt's oder habe ich recht?«

Alex erwiderte nichts. Eine Antwort wurde auch nicht erwartet.

»Und von deiner Zeiteinteilung will ich erst gar nicht anfangen«, fuhr er fort. »Du kommst spät, gehst früh und machst Anfängerfehler, die die Firma Geld kosten …« Er schüttelte den Kopf mit einem Ausdruck spöttischer Missbilligung, bevor er ihn scharf ins Auge fasste. »Eines wüsste ich gern, Alex. Glaubst du etwa, diese Arbeit wäre unter deiner Würde?«

Das war der springende Punkt, das wusste Alex. Es war der wahre Grund, warum Dixon Alex mit solcher Inbrunst verabscheute. Er spürte etwas in Alex, was er selbst nicht besaß – die Fähigkeit, mehr aus seinem Leben zu machen. Und das beunruhigte und ärgerte ihn.

Dixon war nicht sonderlich intelligent und brachte nicht viel Verständnis für die Leute auf, die unter ihm arbeiteten. Wahrscheinlich war er auch in der Schule keine Leuchte gewesen, aber seine Zielstrebigkeit und sein Talent, Kenntnisse vorzutäuschen, hatten ihm trotzdem zu einer Position verholfen, in der er über eine gewisse – wenn auch begrenzte – Macht verfügte. Allem Anschein nach war er auch schon fast am Ende seiner Karriereleiter angekommen. Momentan hatte er aber einen höheren Rang in der Hackordnung als Alex, und das ließ er den Jüngeren nie vergessen.

»Denkst du vielleicht, du hättest was Besseres verdient? Hältst du dich irgendwie für was Besonderes?« Er ließ die Maske jovialer Professionalität fallen. Jahrelang hatte sich ein Missmut in ihm angestaut, der nun endlich ein Ventil gefunden hatte, und so schnell wollte er jetzt nicht lockerlassen. »Oder meinst du vielleicht, die Regeln sollten für dich nicht gelten, weil du so viel schlauer bist als wir anderen? Vielleicht denkst du sogar, du solltest hier an meiner Stelle auf dem Stuhl sitzen. Das tust du aber nicht, Alex, oder? Trotz all deiner tollen Uniabschlüsse und deinen Angeberjobs bist du immer noch ganz unten. Und da wirst du auch bleiben, weil du es einfach nicht draufhast, etwas Besseres zu machen.«

Alex schwieg, weil ihm keine passende Reaktion auf diesen Ausbruch einfiel. Der kaum verhüllte Hass in Dixons Stimme und der beißende Zynismus seiner Worte schockierten ihn zutiefst. Er hatte es immer irgendwie gespürt, aber dazusitzen und sich von dem Mann ungehemmt beschimpfen und herabsetzen zu lassen war für ihn wie ein Schlag ins Gesicht.

Sein Chef stieß einen Seufzer aus. Seine aufgesetzte professionelle Distanz kehrte zurück. Er ließ lange den Blick auf ihm ruhen und tat so, als würde er darüber nachdenken, was zu tun sei. Sie wussten beide, dass er sich seine Worte schon lange, bevor Alex ins Büro gekommen war, zurechtgelegt hatte.

»Es wird dazu eine offizielle Anhörung geben«, sagte er. »Ich werde die Leute von der Personalabteilung informieren und ein Meeting am Ende der Woche ansetzen.« Er war schon dabei, eine E-Mail zu verfassen, um den Prozess in die Wege zu leiten. »Ich schlage vor, du denkst in Ruhe darüber nach, was du sagen wirst, weil eine Menge Leute das Protokoll lesen werden.«

Alex ließ sich in seinen Stuhl zurücksinken. Er fühlte sich, als hätte ihm jemand die Faust in den Magen gerammt. Wenn eine offizielle Anhörung mit der Personalabteilung angesetzt wurde, war eigentlich klar, worauf die Sache hinauslaufen sollte. Dixon hatte schon immer deutlich zum Ausdruck gebracht, dass es ihm überhaupt nicht in den Kram passte, einen abgeurteilten Kriminellen übernehmen zu müssen – selbst nach verbüßter Strafe – und schon seit geraumer Zeit nach einem Vorwand gesucht, um ihn rauszuwerfen. Den Grund lieferte ihm Alex gerade auf dem Silbertablett.

Alex konnte sich fast bildlich vorstellen, wie erfreut Dixon gewesen war, als er die E-Mail des aufgebrachten Leiters der Kundenbetreuung in seinem Posteingang fand.

Dixon schaute von seinem Computer auf und zeigte zur Tür. »Du kannst gehen!«

Mike King wartete auf ihn, als er zurück an seinen Schreibtisch trottete. »Wie ist es gelaufen, Alter?«, fragte er in einer Mischung aus Sympathie und Spott.

Alex würdigte ihn keines Blickes, als er seine Jacke von der Stuhllehne nahm und hinausging. Er war am Boden zerstört.

Das war's für mich – der Anfang vom Ende dessen, was sich lächerlicherweise mein Leben schimpfte. Brücken verbrennen und all das.

Ich glaube, wenn ich mutiger gewesen wäre, wäre ich zurück in Dixons Büro marschiert, hätte ihn an die Wand gedrückt und ihm gesagt, dass er sich seinen Mistjob in seinen herablassenden Arsch schieben kann. Ich hätte ihm gesagt, dass er ein jämmerlicher, engstirniger Vollidiot ist, der nur eine Stufe weiter oben auf der Hühnerleiter steht als ich. Ich hätte ihm gesagt, dass ich im Gegensatz zu ihm wenigstens einmal einen Höhenflug geschafft habe, bevor ich abgestürzt und verbrannt bin. Ich habe aber nichts dergleichen getan. Ich bin nur nach draußen gegangen, um stumm und bedrückt eine zu rauchen, habe mich bis 17 Uhr im Verkaufsraum herumgedrückt und bin dann mit eingezogenem Schwanz aus dem Gebäude geschlichen.

Ich würde gerne sagen, dass ich über solche Dinge erhaben wäre und mich nicht auf Dixons Niveau herablassen wollte, aber das entspräche nicht der Wahrheit. Ich habe mich nicht gewehrt, weil ich ganz tief drinnen wusste, dass er recht hatte. Dixon mag ein kleinkariertes, rachsüchtiges Arschloch sein, aber er hatte recht, was mich betrifft. Ich stehe auf der untersten Sprosse der Hühnerleiter, und vielleicht habe ich es wirklich nicht drauf, höher zu steigen.

Also habe ich es geschehen lassen.

Die Geschichte meines Lebens.

3

Stirlingshire, Schottland

Ihm lief die Zeit davon. Noch eine Minute, höchstens, dann hatte sein Verfolger ihn eingeholt. Es reichte gerade, um sein Vorhaben in die Tat umzusetzen.

Das Postamt der kleinen Ortschaft Gargunnock in Stirlingshire war schon seit Stunden geschlossen, die Fenster dunkel und die Tür verriegelt, aber das spielte für ihn keine Rolle. Der knallrote, außen an die Wand geschraubte Briefkasten war alles, was er brauchte. Er wusste, dass man ihn gleich morgens leeren würde.

Mit quietschenden Reifen bremste er neben dem flachen Gebäude. Arran Sinclair riss die Tür auf und stieg aus dem Wagen. In der Hand hielt er einen zerknitterten Umschlag. Auf dem Weg hierher hatte er gerade noch Zeit gefunden, die Adresse auf den Umschlag zu kritzeln.

Es war eine kalte, windige Nacht, typisch für den fortgeschrittenen schottischen Frühling. Dichte Wolkenbänder verhüllten den Mond. Das leise Rascheln der Bäume in der nächtlichen Brise bildete einen trügerisch friedvollen Kontrast zum wilden Pochen seines Herzens, als er die Briefmarke auf den Umschlag klebte.

Am Briefkasten hielt er kurz inne, schaute auf den Brief hinunter und spürte den harten Plastikgegenstand, den er enthielt. Den Auftrag anzunehmen war ein Fehler gewesen. Das war ihm jetzt klar. Er war eine Nummer zu groß für ihn, und er wusste, dass er früher oder später dafür bezahlen würde.

Er konnte nur hoffen, dass der Empfänger des Briefes mehr Glück damit haben würde als er.

»Tut mir leid, Alex«, murmelte er und stopfte den Brief in den Kasten.

In dem Moment hörte er es. Unter das Rascheln der Bäume, das Seufzen des Windes und das Pochen seines Herzens hatte sich ein anderes Geräusch gemischt. Es war der hochtourig laufende Motor eines Wagens, der in seine Richtung fuhr.

Es war Zeit zu verschwinden.

Sinclair sprang zurück in sein Auto. Seine kurze Mission war erledigt. Zehn Sekunden später raste er schon wieder die gewundene Landstraße aus dem Ort hinaus und in Richtung der Hauptstraße nach Stirling, die sich etwa acht Kilometer vor ihm befand. Dicht an den Straßenrändern wuchsen Bäume, deren überhängende Äste eine Art natürlichen Tunnel bildeten, der das helle Licht seiner Scheinwerfer reflektierte.

Die schmale, unübersichtliche Straße würde seinen Verfolger bremsen, und das steil abfallende Flussufer zu seiner Rechten musste jeden Fahrer abschrecken, der noch halbwegs bei Trost war. Sinclair hätte fast gegrinst, als er das Gaspedal in Erwartung einer langen Geraden tiefer heruntertrat. Er war in dieser Gegend aufgewachsen, hatte hier Autofahren gelernt und kannte jede Biegung und jede Abzweigung dieser Straße wie seine Westentasche.

Er war klar im Vorteil gegenüber dem Wagen, der ihm folgte. Kaum hatte er den Gedanken zu Ende gedacht, sah er etwas vor sich in der Kurve. Etwas, das seinen Herzschlag beschleunigte und Adrenalin durch seine Adern rauschen ließ. Er stieg sofort in die Eisen und riss das Steuer herum.

Die Reifen rutschten auf dem glatten Asphalt, und die niedrige Leitplanke kam immer näher, als der Wagen seitlich ausbrach.

Sinclair spannte alle Muskeln an in Erwartung dessen, was ihm bevorstand.

Die Leitplanke am Straßenrand leistete keinen nennenswerten Widerstand. Sie bog sich und wurde dann von dem Wagen zerfetzt, der in sie hineinkrachte. Das Fahrzeug kippte über die Kante, landete auf dem Dach und überschlug sich mehrfach auf dem steilen, buschbewachsenen Abhang, während es dem tiefer gelegenen, reißenden Fluss entgegenstürzte.

Als es schließlich auf dem Wasser auftraf, hatte sich der Wagen in eine Masse verbogenen und gestauchten Metalls verwandelt. Weil es nichts gab, das ihm genügend Auftrieb verschaffte, füllte sich das Wrack schnell mit eiskaltem Wasser und verschwand binnen Sekunden unter der Oberfläche. Es hinterließ nur eine von Trümmerteilen übersäte Spur, die von der Brutalität seiner letzten Augenblicke zeugte.

Und im Briefkasten des nahen Örtchens lag unbemerkt und ungesehen von dem Fahrer des Fahrzeugs, das nur eine Minute zuvor daran vorbeigefahren war, ein Brief und harrte seiner Beförderung.

4

Als Alex an diesem Abend nach Hause kam, hing der Himmel über der Hauptstadt voll düsterer grauer Wolken, die im Laufe des Nachmittags aufgezogen waren. Es regnete, aber es war kein schwerer Wolkenbruch, sondern dieses undefinierbare Nieseln, das sich auf Haut und Haare setzt und die Kleidung wirkungsvoller durchdringt als jeder Monsunregen.

Die Bahnstation, an der er zusammen mit all den anderen abgekämpften Pendlern ausstieg, lag etwa achthundert Meter von seiner Wohnung entfernt. So blieb die wenig erfreuliche Aussicht auf einen Lauf durch den Regen in einer Jacke, die für diese Anforderung ganz und gar nicht geeignet war. Er nahm den Karton der unterwegs gekauften Pizza als behelfsmäßigen Regenschirm und hastete durch die Straße zu dem grauen vierstöckigen Wohnblock, den er sein Zuhause nannte.

Aber die Pappe nützte auch nichts. Bis er endlich den Haustürschlüssel aus der Tasche geangelt hatte, war er fast bis auf die Knochen durchnässt. Der Pizzakarton löste sich zu einer feuchten Masse auf, was Alex' Laune nicht gerade verbesserte, als er die zwei Etagen bis zu seiner Wohnungstür hinaufstapfte.

Die Wohnung, die er seit ungefähr einem Jahr gemietet hatte, war selbst seiner Meinung nach alles andere als vorzeigbar. Er stieß die Tür mit einem Fuß auf und ignorierte den Berg von Briefen, die sich dahinter auftürmten. Bei den meisten handelte es sich ohnehin um Wurfsendungen, Spendenaufrufe und irgendwelche Werbebroschüren, die ihn nicht interessierten.

Die Wohnung war eines dieser für den Londoner Westen typischen Ein-Zimmer-Apartments. Klein, beengt und unter dem Aspekt der Wirtschaftlichkeit nur mit dem Nötigsten ausgestattet. Ein geschickter Inneneinrichter hätte der bescheidenen Wohnung vielleicht einen Anschein häuslicher Behaglichkeit geben können, aber Alex war nicht der Mann für so etwas. Das Mobiliar bestand ausschließlich aus Ikea-Pressspanmöbeln, die man nie vernünftig zusammenschrauben konnte, die Küche war vollgestellt und schmuddelig, und in der Spüle stapelte sich schmutziges Geschirr.

Alex ließ die Pizza auf den Küchentresen fallen, streifte die Jacke ab, löste seinen Dienstschlips und war froh, beide Teile loszuwerden. Er würde sie ohnehin nicht mehr brauchen, wenn Dixon in der Sache was zu sagen hatte.

Als er merkte, dass Regenwasser von ihm auf den Teppich tropfte, verzog er sich ins Badezimmer, um sich mit einem Handtuch trocken zu rubbeln. Dabei fiel sein Blick in den Spiegel.

Sein hellbraunes Haar war triefend nass, in seinen grauen Augen zeigte sich keine Spur von Farbe, er hatte gleichmäßige Gesichtszüge, war weder hübsch noch hässlich, und sein Körper fing allmählich an, die jugendliche Spannkraft zu verlieren – die Jahre mit billigen Fertiggerichten und ohne jedes Training forderten ihren Tribut. Alex' äußere Erscheinung war absolut durchschnittlich und unspektakulär.

Er war erst siebenundzwanzig, aber in diesem Moment sah er zehn Jahre älter aus und fühlte sich auch so. Sein Gesicht war eingefallen, er hatte vor Erschöpfung dunkle

Augenringe, und sein Kinn war von Bartstoppeln überzogen. In den drei Tagen seit seinem Treffen mit Sinclair hatte er kaum ein Auge zugemacht. Er hatte immer wieder über ihr angespanntes Gespräch nachgedacht und sich gefragt, was aus der Sache wohl hätte werden können.

Selbstverständlich hatte er das Angebot seines Freundes abgelehnt. Sosehr er sich auch wünschte, die Zeit zurückdrehen und an das Leben anknüpfen zu können, das man ihm genommen hatte, war dies nicht der richtige Weg. Eine Gefängnisstrafe in seinem Leben war mehr als genug.

Also hatten sie sich getrennt, ohne zu einer Einigung gekommen zu sein, beide unglücklich und vom anderen enttäuscht. Sinclairs Abschiedsworte, die er Alex in einem mitleidigen Tonfall auf den Weg gab, hatten ihn zutiefst getroffen. Er wünschte ihm viel Glück für sein Restleben.

Alex wandte sich vom Spiegel ab, ging zurück in die Küche und holte sich ein Bier aus dem Kühlschrank. Der Appetit auf die Pizza, die der Regen in eine matschige Pampe verwandelt hatte, war ihm vergangen. Der Alkohol würde ihm bessere Dienste leisten.

Er ließ sich auf die Couch fallen, riss die Bierdose auf und nahm einen kräftigen Schluck. Als das perlende Gebräu sich in seinem leeren Magen ausbreitete, verzog er das Gesicht. Der Regen tröpfelte immer noch gegen die Scheiben. Der orangefarbene Schein der Straßenbeleuchtung erhellte das Zimmer. Er ließ seinen Kopf nach hinten sinken und seufzte lange und verzweifelt.

Er hatte Sinclairs Angebot ausgeschlagen und sich von seiner Vernunft leiten lassen. Er hatte sich aus dieser Sache herausgehalten, die ihn diesmal lebenslänglich hinter Gitter hätte bringen können. Für einen Mann in seiner Lage war das die einzige richtige Entscheidung gewesen, das hatte er sich selbst schon unzählige Male gesagt. Aber warum ging es ihm nur so schlecht damit? Warum fühlte er sich, als hätte er den größten Fehler seines Lebens begangen?

Immer wieder gingen ihm die Worte seines Freundes durch den Kopf.

»Wenn du wieder zurückwillst, um Fernseher zu verkaufen und in irgendeiner Bruchbude zu hausen, dann ist das deine Entscheidung – ich kann dich nicht davon abhalten. Aber denk darüber nach, worauf du verzichtest. Ich biete dir die Chance zu tun, wofür du geboren bist. Wir wissen doch beide, dass du es auch willst. Ist das hier nicht wert, alles zu riskieren?«

Alex nahm noch einen Schluck Bier. Er hätte lieber etwas Stärkeres im Haus gehabt. Wenn es jemals einen passenden Zeitpunkt gab, sich in den Schlaf zu trinken, dann war er jetzt gekommen.

Aus einem plötzlichen Impuls heraus griff er nach unten und tastete unter der Couch herum, bis er mit der Hand gegen einen alten Schuhkarton stieß. Er holte ihn hervor, nahm den Deckel ab und stellte die Schachtel auf seinen Schoß, um ihren Inhalt zu inspizieren.

Alex hielt sich im Grunde für unsentimental. Er war nie jemand gewesen, der Andenken und Erinnerungsstücke sammelte, doch ein paar Fotos aus alten Zeiten bewahrte er noch auf. Sie waren ungeordnet und verblichen, aber immer noch brauchbar. Weil es ihm untersagt war, einen Computer zu besitzen, waren diese alten Fotos fast die einzigen Erinnerungsstücke aus einer Zeit, als sein Leben noch in anderen Bahnen verlief. Es waren viele Kindheitsfotos dabei, die ihn beim Auspacken von Weihnachtsgeschenken oder im Halloweenkostüm zeigten, oder später als Schüler mit unmöglicher Frisur und noch schlimmerem Benehmen. Das Foto, das ihn momentan am meisten interessierte, lag ganz oben auf dem Stapel. Er wusste das so genau, weil er schon seit zwei Nächten dasselbe Ritual wiederholte.

Das Foto war vor zehn Jahren aufgenommen worden, kurz nachdem er mit dem Studium begonnen hatte, und zeigte Alex auf einer durchgesessenen Ledercouch in seiner Studentenbude mit einer Flasche Bier in der Hand und flankiert von zwei jungen Männern, ebenfalls mit Bierflaschen bewaffnet. Der erste war eindeutig Arran Sinclair. Schon damals waren seine Erkennungszeichen – das ungebändigte blonde Haar und ein ansteckendes Grinsen – unverkennbar. Eigentlich unterschied sich das Gesicht auf dem Foto kaum von dem Mann, den Alex drei Tage zuvor getroffen hatte.

Sinclair schien alles zuzufallen. Er war groß, sah gut aus und hatte einen selbstsicheren, unbekümmerten Charme, der für sein jugendliches Alter ungewöhnlich war und Männer wie Frauen spontan für ihn einzunehmen schien. An weiblicher Aufmerksamkeit hatte es ihm während seiner Studienzeit jedenfalls nie gemangelt, was dazu beigetragen hatte, dass Alex gern Zeit mit ihm verbrachte.

Der zweite Mann hatte es nicht so gut getroffen. Es war ein kleiner, stämmiger Norweger mit einem runden Gesicht und langem dunklen Haar, das er zu einem Pferdeschwanz gebunden hatte. Er grinste mit dem schwammigen Blick eines Mannes in die Kamera, der schon zu viel Alkohol intus hatte. *Aber Gregar Landvik hat sich sowieso nie beherrschen können*, dachte Alex mit einem finsteren Grinsen.

Die drei hatten sich während der chaotischen, überdrehten Phase am Beginn des neuen Semesters zusammengetan und waren trotz ihrer unterschiedlichen Herkunft und Persönlichkeit schnell gute Freunde geworden. Alex konnte nicht genau sagen, was sie miteinander verband, aber irgendetwas hatte für die gegenseitige Anziehung gesorgt. Später hatten die drei Studenten ihr beachtliches Talent der Welt des Computerhackens gewidmet und irgendwann eine Gruppe Gleichgesinnter gegründet, die sie Valhalla 7 nannten. Eine Zeit lang waren sie sehr erfolgreich gewesen, aber ihre Arbeit brachte auch die Unterschiede zwischen ihnen zum Vorschein, die die Gruppe letzten Endes zerstörten.

Auf dem Foto jedoch lag all das noch vor ihnen. Die drei Männer, die Alex von dort angrinsten, waren jung und glücklich, voller Optimismus und Begeisterung für das große Abenteuer, das sie erwartete. Inzwischen konnte er sich kaum noch vorstellen, wie es sich damals angefühlt hatte, und er fragte sich unwillkürlich, was sein jüngeres Selbst wohl zu dem Leben gesagt hätte, das er jetzt führte.

»Ich bin froh, dass du nicht hier bist und es erleben musst«, sagte Alex und kippte den Rest seines Biers hinunter.

Er war gerade aufgestanden, um sich ein neues aus der Küche zu holen, als er an der Eingangstür etwas entdeckte. Ein handschriftlich adressierter Umschlag lag zwischen den Spendenaufrufen, den Stromrechnungen und dem ganzen Reklamemist.

Alex hielt inne und verzog kurz das Gesicht. Wer zum Teufel verschickte heutzutage noch Briefe? Mittlerweile kommunizierten ja sogar seine Eltern mit ihren Freunden über das Internet.

Er bückte sich neugierig, um den Brief aufzuheben, und spürte sofort, wie sein Herz schneller zu schlagen begann. Er erkannte Arran Sinclairs krakelige, chaotische Handschrift sofort. Die schlecht leserlichen Buchstaben ließen vermuten, dass die Adresse hastig hingekritzelt wurde. Aber warum sollte sein Freund eine so altmodische Methode verwenden, um ihn zu kontaktieren?

Interessanter war die Beule, die von einem harten Gegenstand im Umschlag verursacht wurde. Das hier waren bestimmt nicht nur ein paar Zeilen von seinem Freund. Format und Gewicht des Gegenstands ließen Alex ahnen, was es sein könnte.

Er verschwendete keine Zeit und riss den Umschlag auf. Seine Ahnung hatte ihn nicht getrogen. Ein Speicherstick rutschte in seine Hand. Obwohl es kleiner als ein Schlüsselanhänger war, konnte das unscheinbare Ding über sechzig Gigabyte Daten speichern. Das reichte für Zehntausende von Büchern, viele Stunden hochaufgelöster Videos oder alles erdenkliche Andere, das man eben speichern wollte.

Nur konnte Alex ohne Computer unmöglich herausfinden, was sich auf dem Stick befand.

Er steckte ihn erst einmal in seine Tasche, dann faltete er den zerknitterten Briefbogen auseinander und hoffte, sein Freund hätte dort brauchbare Informationen hinterlassen. Was er jedoch las, vergrößerte seine Besorgnis nur.

Bewahr ihn gut auf. Erzähl keinem davon. Ich melde mich so schnell wie möglich. – Arran

Das sind nicht gerade aussagekräftige Informationen, dachte Alex etwas verwundert. In Anbetracht des Zeitpunkts, zu dem ihn dieser Brief erreichte, lag es wohl auf der Hand, dass er etwas mit dem Job zu tun haben musste, den Arran ihm angeboten hatte. Aber warum vertraute er den Speicherstick ausgerechnet ihm, Alex, an? Immerhin hatte er ihm seine Hilfe bereits verweigert.

Sinclair hätte so etwas bestimmt nicht ohne einen guten

Grund getan. Die Frage war nur, was dieser Speicherstick enthielt, das ihn so wichtig machte.

Alex ließ sich wieder auf die Couch sinken und starrte auf das unscheinbare kleine Speichermedium, als könnte er seinen Inhalt allein mit konzentrierter Willenskraft ergründen.

Es gab nur einen Weg herauszufinden, was so wichtig daran war. Und das bedeutete einen Verstoß gegen seine Bewährungsauflagen.

Er schüttelte den Kopf. Die Enttäuschung darüber, dass ihm die Hände gebunden waren, und die wachsende Sorge um die Sicherheit seines Freundes lieferten sich in ihm eine heftige Auseinandersetzung.

»Um Himmels willen, Arran. Worauf hast du dich da eingelassen?«, fragte er laut.

Allerdings war ihm klar, dass er auf diese Weise keine Antworten bekommen würde.

5

Drei Tage.

So lange habe ich es ausgehalten. Drei Tage, in denen ich meinen normalen Alltag absolvierte und mit wachsender Sorge darauf wartete, dass sich Arran bei mir melden würde. Drei Tage, in denen ich mir alle Möglichkeiten durch den Kopf gehen ließ. Drei Tage nervöser Vorahnungen ohne Entwarnung.

Der Speicherstick lag wie ein Stück Blei in meiner Tasche. Ich hatte ihn immer dabei, falls jemand in meine Wohnung einbrach, wenn ich nicht zu Hause war.

Das von Dixon angedrohte Meeting mit der Personalabteilung fand statt, und ich brachte es hinter mich. Ich habe es mehr oder weniger stumm abgesessen, ohne richtig mitzukriegen, was um mich herum geschah. Ich hörte nur Worte wie: »ungenügende Leistungen«, »unzuverlässig« oder »fragwürdige Perspektiven«.

In Wahrheit hoffte ich im Stillen, dass sie mich einfach rauswerfen und uns allen den Ärger ersparen würden, aber ich schätze mal, sie mussten das volle Programm durchziehen. Das mussten wir wohl alle.

Am Abend des dritten Tages hatte Alex endlich eine Entscheidung gefällt. Sinclair hatte sich nicht gemeldet, und es gab keine Hinweise darauf, dass sein Freund kommen und ihn von der unwillkommenen Bürde des Speichersticks erlösen würde. Er musste irgendwie herausfinden, was los war.

Als er von einem weiteren unerfreulichen Arbeitstag nach Hause kam, entledigte sich Alex seiner Hose und seines Hemdes, schlüpfte in durchgescheuerte Jeans und ein Metallica-T-Shirt, das er schon seit seinen Jugendjahren besaß. Obwohl er normalerweise nicht abergläubisch war, hatte er es in den alten Zeiten immer getragen, wenn er einen neuen Computerhack versuchte, als würde es ihn irgendwie schützen oder ihm Glück bringen. Es wieder anzuziehen war, als machte er einen Schritt zurück in die Vergangenheit.

»Na schön, Arran. Ich hoffe, jetzt bist du zufrieden«, murmelte er, als er den Reißverschluss der Kapuzenjacke über dem T-Shirt hochzog. »Gleich werde ich gegen meine Bewährungsauflagen verstoßen – so wie du es gewollt hast, du Wichser.«

Er fröstelte in der für die Jahreszeit ungewöhnlich kalten Abendbrise, als er seinen Wohnblock verließ und ostwärts marschierte, die Hauptstraße entlang bis zur U-Bahn-Station Brentford. Mit hochgezogener Kapuze, gesenktem Kopf und den Händen in den Hosentaschen war er so anonym, wie man es an Orten wie diesem nur sein konnte. Die Leute liefen an ihm vorbei, ohne auch nur die geringste Notiz von ihm zu nehmen.

Alex entging völlig, dass ihn jemand, den er gar nicht kannte, durchaus bemerkt hatte. Es gab tatsächlich eine Person, die ihre ganze Aufmerksamkeit ausschließlich auf ihn richtete, während sie ihm im Abstand von etwa dreißig Metern folgte. Manchmal kam sie näher, manchmal ließ sie den Abstand größer werden. Ein- oder zweimal schien sie sogar anzuhalten und ihn entkommen zu lassen, aber sie blieb ihm die ganze Zeit auf den Fersen.

Zwei kalte, stechend blaue Augen folgten jeder seiner Bewegungen.

Alex setzte seinen Weg fort, ohne seinen Verfolger wahrzunehmen. Er ging vorbei an traurigen Wohlfahrtsläden, vernagelten Ladengeschäften, die auf einen Pächter warteten, und Häusern, an denen Zu-verkaufen-Schilder hingen. Die globale Finanzkrise setzte Großbritannien nach wie vor hart zu. Das ganze Land schien im Bann eines Untergangsszenarios zu stehen. Sogar die streunenden Katzen, die um die Mülleimer herumlungerten, wirkten grimmiger als üblich.

Das, wonach er suchte, befand sich circa hundert Meter vor ihm. Schon konnte er das große Neonschild über der Tür sehen, das die Form eines riesigen @-Zeichens hatte.

Internetcafés waren inzwischen ein Relikt aus der Vergangenheit – eine Erinnerung an die Neunzigerjahre, als sich nur Reiche einen privaten Internetzugang leisten konnten. Aber selbst im einundzwanzigsten Jahrhundert gab es hier und da noch ein paar dieser Läden, die zum einen von der Nostalgie und zum anderen von Touristen am Leben gehalten wurden, die sonst nicht an ihre E-Mails kamen.

Coffee@Once war so ein Laden. Alex hatte nie das Bedürfnis verspürt hineinzugehen, schon gar nicht angesichts seiner Bewährungsauflagen, war aber so oft daran vorbeigekommen, dass er ungefähr den Grundriss kannte. Vorn befand sich das Café, dahinter eine Reihe von Computerplätzen mit Trennwänden.

Die Inneneinrichtung sah aus wie aus einer Folge von *Friends*, mit Wohnzimmersofas, zusammengewürfeltem Mobiliar und nostalgischem, blankem Dielenboden. Ein typischer Treffpunkt für Leute mit klobigen Brillen, die sie eigentlich gar nicht brauchten, und akribisch gestylten Frisuren, die so aussehen sollten, als wären sie ihnen ganz egal. Dabei gab sich jeder so viel Mühe dabei, einzigartig zu sein, dass am Ende alle aussahen, als wären sie gerade frisch vom Hipster-Fließband gerollt. Trotzdem bot der Laden genau das, was er brauchte, und er war bis 22 Uhr geöffnet.

Als er eintrat, schlug ihm gleich der kräftige, süßliche Geruch von Kaffeebohnen entgegen. Was auch immer sie da brauten, konnte man wohl auch als Raketentreibstoff nutzen.

Er tat sein Bestes, um den leichten Schwindel zu ignorieren, den der Geruch von Kaffee immer in ihm auslöste. Als einer der Mitarbeiter auf ihn aufmerksam wurde, kam er ihm entgegen.

Es war ein großer, dünner Kerl mit einer Reihe von Piercings in einer Augenbraue. Sein blondes Haar war an den Seiten rasiert und auf dem Kopf zu einer unmöglichen Tolle gegelt. Verglichen mit ihm sah Alex auf seinen Teenagerfotos nicht mal so übel aus.

»'n Abend. Was kann ich für dich tun?«, fragte er und beäugte Alex' Aufzug mit beiläufiger Missbilligung. Offensichtlich entsprachen bedruckte T-Shirts und abgerockte Hoodies nicht den hier erwarteten Standards.

»Ich brauche einen deiner Rechner.«

Die stark gepiercte Braue hob sich mit einiger Mühe. »Kein Kaffee oder was zu essen? Wir haben heute Blaubeer-Kokosnuss-Muffins im Angebot.«

Alex versuchte, nicht das Gesicht zu verziehen. Essen war das Letzte, wonach ihm der Sinn stand, und außerdem schwamm er nicht gerade in Geld. Hier würde man ihm garantiert gern auch noch das letzte aus der Tasche ziehen. »Nein, ich wollte nur ein paar Sachen online erledigen.«

»Wie du willst.« Der Schlacks machte nicht den Eindruck, als ob ihn das Ganze besonders interessierte. »Wie lange?«

»Eine halbe Stunde sollte reichen.«

»Logo«, sagte der junge Mann und tippte ein paar Befehle in ein Zentralterminal, das die Zugriffsrechte der anderen Rechner im Raum steuerte. »Das macht zehn Pfund.«

Jetzt war es an Alex, eine Braue hochzuziehen. Das wäre selbst damals schon unverschämt gewesen, als solche Läden noch angesagt waren. Eine flüchtige Überprüfung seines Portemonnaies und des Kleingelds, das er aus seinen Taschen herauskramte, machte die Sache nicht besser.

»Ich habe … sieben fünfzig?«

Der junge Mann schaute ihn an, als hätte er Alex gerade von der Sohle seiner Designerschuhe gekratzt. »Wir akzeptieren auch Karten.«

Ein paar Minuten später saß Alex eingepfercht in einer der Nischen. Der Computermonitor strahlte ihn an, und neben ihm dampfte ein überteuerter Kaffee vor sich hin.

Er streckte die Hände aus und legte sie auf die Tastatur. Danach würde es kein Zurück mehr geben. Noch konnte er gehen, ohne sich wirklich strafbar gemacht zu haben. Er könnte den Speicherstick mitsamt seinem mysteriösen Inhalt in den nächsten Mülleimer werfen und den Rest seines Lebens in Unwissenheit verbringen.

Der Moment der Unsicherheit kam und verschwand dann wieder wie die Schatten nach dem Sonnenuntergang. Alex atmete tief durch, dann legte er los und loggte sich mit dem Benutzernamen ein, den ihm der nicht gerade diensteifrige Mitarbeiter genannt hatte.

Das war's. Jetzt steckte er drin und musste es durchziehen.

Seltsamerweise ließ die Angst nach, als die Entscheidung einmal getroffen war. Zu wissen, dass es keinen Weg zurück mehr gab, verlieh ihm die Freiheit weiterzumachen. Er hatte nichts mehr zu verlieren.

Und obwohl er es sich nur äußerst ungern eingestand, fand er es aufregend, endlich wieder im Netz zu sein. Er war online. Dies war seine Welt. Das war es, was seinem Leben einst Sinn gegeben hatte.

Seine erste Anlaufstelle war das Schwarze Brett, das die Mitglieder von Valhalla 7 benutzt hatten. Falls es irgendjemanden gab, der wusste, was mit Sinclair passiert war, wäre die Nachricht hier zu finden.

Die übrig gebliebenen fünf Mitglieder der Gruppe lebten Hunderte, manchmal sogar Tausende von Kilometern voneinander entfernt, deshalb brauchten sie einen virtuellen Raum im Netz, um sich zu treffen und ihre Aktivitäten zu planen. Und etwas Besseres als ein gutes altes Schwarzes Brett hatten sie noch nicht gefunden.

Jedenfalls nicht, solange Alex noch dazugehört hatte.

Das Schwarze Brett war für Google und alle anderen Internetsuchmaschinen unsichtbar. Es war sicher, anonym und vor allem diskret. Um darauf zuzugreifen, musste Alex die alte IP-Adresse aus dem Gedächtnis eingeben, was für die meisten Menschen eine ziemliche Herausforderung dargestellt hätte. Aber nicht für ihn. Sich an solche Dinge zu erinnern war für Alex schon immer erschreckend einfach gewesen.

Schwer wurde es erst, wenn es ums Vergessen ging.

Als sich die einfache Login-Seite vor ihm aufbaute, tippte er seinen alten Nutzernamen und das Passwort ein, dann hielt er den Atem an und drückte »Enter«.

Sinclair hatte ihm einmal gesagt, dass er, wenn er wollte, jederzeit wieder bei ihnen mitmachen könnte, dass die Tür immer für ihn offen stand, aber es war natürlich möglich, dass sie seinen Zugang gelöscht hatten, anstatt sich einem Sicherheitsrisiko auszusetzen.

Glücklicherweise konnte er sich aber immer noch einloggen. Die Login-Seite verschwand, und er war im Handumdrehen wieder in der Schaltzentrale der Aktivitäten von Valhalla 7. Er hatte die Website jetzt schon seit über zwei Jahren nicht mehr besucht. Zwei Jahre der Kameradschaft, Auseinandersetzungen, Witzchen, Ideen und Debatten, die an ihm vorbeigegangen waren.

Er sah sofort die altbekannten Nutzernamen in den verschiedenen Diskussionsthreads – Loki, Baldr, Vali, Njord und Freya – und musste grinsen.

Die Namen waren Sinclairs Idee gewesen. Er war schon immer von der nordischen Mythologie fasziniert und hatte alle Nutzernamen wie auch den Namen der Gruppe so ausgewählt, dass sie zu seinem Ideal passten. Anfangs hatte das übertrieben gewirkt, aber jeder von ihnen hatte sich überraschend schnell an seine neue Identität gewöhnt. Es verstand sich von selbst, dass Alex' eigener Nutzername »Odin« in keinem der aktiven Diskussionsthreads auftauchte. Augenscheinlich war momentan auch keiner der anderen Nutzer online.

Als er das einst so vertraute Message-Board mit den Namen der Mitglieder sah, mit denen er sich damals täglich ausgetauscht hatte, erfasste ihn eine Woge der Nostalgie und Wehmut. Einen Moment lang fühlte sich Alex fast, als wäre er in die Phase seines Lebens zurückgekehrt, in der er noch auf den digitalen Schlachtfeldern des Cyberspace unterwegs gewesen war.

Er war aber nicht zu den alten Zeiten zurückgekehrt, und ein herunterfallender Kaffeebecher in der gegenüberliegenden Ecke des Raumes reichte aus, um ihn daran zu erinnern, wo er sich wirklich befand.

Er konzentrierte sich wieder auf die Aufgabe und überflog rasch die letzten Diskussionsverläufe auf der Suche nach irgendwelchen Hinweisen. Es gab nichts, was ausdrücklich auf den Job hinwies, von dem Sinclair gesprochen hatte, allerdings war die Zahl der Forenbeiträge in den letzten Wochen deutlich zurückgegangen, was den Schluss nahelegte, dass sich die Gruppe mit dringenderen Aufgaben beschäftigte.

Und vor zwei Tagen stoppte schließlich alles. Es gab überhaupt keine Postings mehr. Als wäre die Kommunikation in der Gruppe einfach versiegt.

Mit wachsendem Unbehagen rief er nacheinander alle Nutzerprofile auf und machte jedes Mal dieselbe Feststellung.

Baldr – Letztes Login: vor zwei Tagen
Vali – Letztes Login: vor zwei Tagen
Freya – Letztes Login: vor zwei Tagen
Njord – Letztes Login: vor zwei Tagen

Schließlich gelangte er zu Sinclairs Profil und fand dort nur bestätigt, was er schon wusste.

Loki – Letztes Login: vor zwei Tagen

Alex lehnte sich auf seinem Stuhl zurück. Er wusste nicht, was seine Entdeckung zu bedeuten hatte. Vielleicht hatte die Sache, mit der die Gruppe beschäftigt war, es erforderlich gemacht, alle anderen Onlineaktivitäten einzustellen, oder vielleicht sogar, zusammenzukommen und am selben Ort zu arbeiten. So etwas hatte es vorher zwar noch nicht gegeben, aber es wäre nicht so dumm gewesen, wenn man Sinclairs Andeutungen in Betracht zog.

Diese Vermutungen konnten Alex allerdings nicht beruhigen. Es gab noch eine andere mögliche Erklärung, die weitaus furchterregender war.

Er verließ zunächst das Messageboard, rief Google auf, tippte Sinclairs ganzen Namen ins Suchfeld und nahm seinen ganzen Mut zusammen, bevor er den Suchen-Button drückte.

»Oh verdammt!«, keuchte er, als er die erste Schlagzeile der aktuellen Nachrichten sah: *Person nach schrecklichem Autounfall vermisst.*

Alex traute seinen Augen kaum, als er den kurzen Artikel überflog, der in einer Lokalzeitung aus Sinclairs Heimatstadt Stirling erschienen war. Die Worte schienen direkt aus dem Monitor herauszuspringen, aber er war zu schockiert, um sie gleich begreifen zu können.

… *Polizeiliche Unfallermittler glauben, dass Mr. Sinclair die Kontrolle über seinen Wagen verloren hat …*
… *Das Fahrzeug rollte eine Uferböschung hinunter und stürzte in den Fluss Avon …*
… *Flussabwärts suchen Spürtrupps weiterhin nach seiner Leiche …*
… *keine Hoffnung, ihn lebend zu bergen …*

Alex musste schlucken. Sein Mund wurde trocken, und das Herz schlug ihm bis zum Hals, als er sich vorstellte, wie der Wagen seines Freundes von der Straße gedrängt wurde und finstere Gestalten Sinclair niederschossen, als er versuchte, aus dem Autowrack zu fliehen. Er malte sich aus, wie sie dann seinen leblosen Körper in einen wartenden Lieferwagen zerrten, um ihn irgendwo zu entsorgen, wo er nie gefunden würde.

Er brauchte nur einen einzigen Augenblick, um sich das alles vorzustellen. Und er wusste, dass er es nie wieder vergessen würde.

Arran Sinclair, sein Freund, der Mann, der ihn dazu

inspiriert hatte, Dinge zu tun, die er vorher für unerreichbar gehalten hatte, der ihm die Augen für eine Welt voller Möglichkeiten geöffnet hatte, lebte nicht mehr.

Mit zitternder Hand griff er nach dem Kaffee, der neben ihm stand. In diesem Moment hätte er gern etwas viel Stärkeres gehabt. Aber er fasste daneben und schnappte nach Luft, als brühend heißer Kaffee über den Rand des Bechers auf seine Hand schwappte.

Der Schmerz war heftig und unerwartet, aber er brachte ihn wieder zurück in die Realität und auf den Boden der Tatsachen. Er befand sich schließlich an einem öffentlichen Ort, und jeder, der ihn gerade zufällig beobachtete, hätte an seinem Gesichtsausdruck erkennen können, dass etwas Schreckliches passiert sein musste.

Er biss die Zähne zusammen, wischte die nasse Hand an seinen Jeans ab und versuchte, sich so gut es ging zusammenzureißen und den Schmerz und den Zorn, der gerade in ihm wütete, nicht an sich herankommen zu lassen. Er musste jetzt vernünftig an die Sache herangehen und nachdenken.

Das Unglück war kein Zufall gewesen, daran bestand für Alex kein Zweifel. Was auch immer es gewesen sein mochte, wonach sein Freund im abgesicherten Netzwerk der CIA gesucht hatte – seine Versuche waren entdeckt und mit brutaler Effizienz unterbunden worden. Und in Anbetracht der zum Erliegen gekommenen Onlineaktivitäten war durchaus vorstellbar, dass sie auch den Rest von Valhalla 7 erwischt hatten.

Waren wirklich alle tot? Hatte es tatsächlich so weit kommen müssen?

Halt, halt, halt, ermahnte er sich ärgerlich. *Du verlierst dich in wilden Vermutungen, ohne irgendwelche Fakten zu kennen.*

Mit Bestimmtheit wusste er nur, dass Sinclairs Wagen von der Straße abgekommen und er selbst spurlos verschwunden war. Sie hätten ihn töten können, aber dann wäre ihnen verborgen geblieben, wie viel er schon herausbekommen hatte. Für sie wäre es viel besser gewesen, ihn lebendig gefangen zu nehmen, damit sie ihn verhören konnten.

Alex waren im Laufe der Jahre so viele Horrorgeschichten über Folter und Verhöre zu Ohren gekommen, dass er nicht mit Gewissheit sagen konnte, ob der Tod dem nicht vorzuziehen wäre, aber die Möglichkeit, dass sein Freund noch am Leben sein könnte, war wenigstens ein Hoffnungsschimmer. Schon sah er einen möglichen Ausweg.

Sie mochten ihn bis in alle Ewigkeit verhören, aber Sinclair konnte ihnen nicht geben, was sie wollten. Dafür hatte er selbst gesorgt, als er den Speicherstick an Alex schickte. Die Informationen, auf die sie so versessen waren, befanden sich jetzt in der Hosentasche seiner Jeans. Nur Alex verfügte jetzt über die Geheimnisse, die über Tod oder Leben entscheiden konnten.

Er fragte sich, ob sie wohl bereit wären, Sinclair im Austausch gegen die Daten laufen zu lassen. Genauer gesagt, ob es ihm gelingen könnte, einen solchen Deal einzufädeln und damit durchzukommen.

Eine Warnmeldung auf dem Monitor informierte ihn, dass sein gebuchtes Zeitkontingent in zehn Minuten ablaufen würde. Das reichte aus, um ihn aus seinen chaotischen Überlegungen zu reißen.

Vor allem musste er jetzt herausfinden, was der Speicherstick enthielt. Denn alles Weitere wäre sinnlos, wenn sich nichts Wertvolles darauf befand.

Er holte den Stick aus seiner Tasche und entfernte die kleine Plastikkappe über dem Stecker. »Okay, du kleiner

Bastard«, sagt er leise. »Wollen wir mal sehen, was du so draufhast.«

Mit diesen Worten schob er den Stick in den USB-Port des Rechners und wartete, während die Maschine den Inhalt verarbeitete.

6

CIA-Hauptquartier – Langley, Virginia, USA

Es war Nachmittag in Virginia, und der Technikspezialist Lewis Santiago hatte die erste Hälfte seiner Schicht hinter sich. Es hatte im Rechenzentrum eine Menge zu tun gegeben. Als Mitarbeiter der streng geheimen Abteilung zum Schutz des CIA-Computernetzwerks wurde ihm nur selten langweilig. Allein heute hatte er sich um vier Anfragen für erweiterte Nutzerrechte, zwei potenziell gefährliche Sicherheitsprobleme und eine zu Tode erschrockene Praktikantin kümmern müssen, die ihre Zugangskarte verloren hatte.

Nicht gerade Stoff für Legenden, dachte er mit einem matten Lächeln. In Wahrheit wäre jeder Fan von Verschwörungskrimis ziemlich enttäuscht gewesen von der Realität, wie man ihr an dem Ort begegnete, der als Nervenzentrum der Abteilung für Cybersicherheit bei der CIA diente. Es gab keine riesigen, an der Wand montierten Monitore voller Informationen, keine Batterien von Supercomputern mit blinkenden Lichtern und auch keine finster blickenden Herren, die von oben herab aus ihren Büros alles überwachten.

In Wahrheit war es ein ziemlich normal aussehender Arbeitsplatz irgendwo im riesigen Gebäude des CIA-Hauptquartiers. Es gab drei Reihen mit jeweils acht Computerarbeitsplätzen, die teilweise mit Sichtschutz abgeschirmt waren, ein paar kleinere Büros und Konferenzräume entlang einer Wand und in der Ecke einen Küchenbereich mit richtig miesem Instantkaffee. Büroräume wie diesen gab es überall auf der Welt.

Der Unterschied war nur die Arbeit, die hier verrichtet wurde.

Er seufzte und trank einen Schluck von seinem Tee, um sich eine kleine Verschnaufpause zu gönnen, bevor er sich an die nächste Aufgabe machte. Der schlechte Kaffee hier machte ihn fahrig und nervös – und beides konnte man bei einem Schreibtischjob wie diesem überhaupt nicht gebrauchen.

Er wollte sich gerade mit einer neuen Anfrage beschäftigen und inaktive Nutzerkonten überprüfen, als plötzlich eine Warnmeldung auf seinem Bildschirm erschien. Santiago stutzte. Die Warnung war zutiefst beunruhigend.

Solche Meldungen wurden nur angezeigt, wenn ein schwerwiegender Systemalarm ausgelöst wurde. Er überflog schnell die Details der Meldung, und seine Augen wurden immer größer, als er begriff, was er da sah.

Warnung: Code D1 –
Unbefugter Zugriff festgestellt

Das D stand für »Disavowed« – aberkannt –, was bedeutete, dass dem betreffenden Nutzer die Zugriffsrechte auf das System der CIA entzogen worden waren, und die Zahl dahinter stand für den Grad der Dringlichkeit. In diesem Fall stand die Stufe 1 für die größtmögliche Gefährdungslage. Sie war so gravierend, dass er selbst noch nicht einmal befugt war zu ermitteln, wer sich früher unter dieser ID hatte einloggen dürfen.

In den sechs Jahren, die er den Job schon machte, war Santiago keine einzige Gefährdungslage der Stufe 1 untergekommen.

Er drückte sofort den Hilfeknopf – auch als Panikbutton bezeichnet – neben seinem Rechner. Damit wurde sein Vorgesetzter augenblicklich informiert, dass er sofort zu Santiagos Schreibtisch kommen musste.

Während die automatisierten Prozesse ihren Lauf nahmen, richtete Santiago seine Aufmerksamkeit wieder auf die Warnmeldung. Er startete ein Verfolgerprogramm, um den Ursprung der Schutzverletzung festzustellen.

Die Erwartungen, die Alex an den Inhalt des Speichersticks gehabt hatte, wurden definitiv enttäuscht. Anstatt Berichte über Geheimoperationen, Konstruktionspläne für irgendwelche streng geheimen, neuen Kampfjets oder Fotos vom Präsidenten beim Ermorden seiner Sekretärin zu finden, starrte er stattdessen nur endlose Zeilen eines Programmcodes an.

Was er sah, war offenbar irgendeine Art von Computerprogramm in seiner ursprünglichsten Form. Aber welchem Zweck sollte es dienen?

Er hatte keine Ahnung, wozu es gut sein konnte, und in den paar Minuten Onlinezeit, die ihm noch blieben, würde er es mit Sicherheit auch nicht herausfinden.

Um auch nur die kleinste Chance zu haben, es zu verstehen, brauchte er Zeit, den Code auseinanderzupflücken, ihn akribisch zu durchsuchen und das Programm in einer kontrollierten Umgebung laufen zu lassen.

Nichts von dem konnte er hier tun.

»Was zum Teufel hast du mir da gegeben, Arran?«, fragte er und starrte auf den Monitor.

Brad Yorke, Santiagos vorgesetzter Offizier in diesem Raum, benötigte ganze dreißig Sekunden, um zu seinem Computer zu kommen.

»Was haben Sie?«, fragte er, und in seinem Tonfall schwang sowohl Besorgnis als auch eine gewisse Irritation darüber mit, seine eigene Arbeit unterbrechen und hier herüberhetzen zu müssen. Der Umstand, dass er dabei gute fünfzehn Kilo Übergewicht mit sich herumschleppen musste, verbesserte seine Laune auch nicht gerade.

»Es ist eine DI-Zugriffswarnung, Sir«, berichtete Santiago und ließ nur ganz kurz von seiner Arbeit ab, um zu seinem Vorgesetzten hochzuschauen. »Sie kam vor weniger als einer Minute. Wir versuchen gerade, sie zurückzuverfolgen.«

Das reichte, um alle Bedenken Yorkes zu zerstreuen. »Zeigen Sie mir, wessen Zugangsdaten verwendet wurden«, bat er und beugte sich dichter zum Monitor.

»Die Nutzerdaten sind nicht zugänglich.« Santiago rief die Nutzerkennung auf, die nur eine achtstellige Ziffernfolge zeigte. »Das ist alles, was wir haben.«

Yorke bekam sofort große Augen.

»Mist.« Er richtete sich auf und sprach mit lauter Stimme, um im ganzen Raum gehört zu werden. »Alle herhören, bitte. Sie werden jetzt alles abbrechen, woran Sie gerade arbeiten, und zuhören. Wir haben hier einen stillgelegten Nutzer der Stufe eins, der gerade aktiv geworden ist. Santiago versucht, ihn zurückzuverfolgen, und ich will, dass er dabei die größtmögliche Unterstützung bekommt. Alle anderen Aufgaben werden bis auf Weiteres zurückgestellt. Ab sofort ist für jeden in diesem Raum oberste und einzige Priorität herauszufinden, wer diese Nutzerkennung verwendet. Los!«

Während sich das Arbeitstempo im Raum beschleunigte,

richtete Yorke seine Aufmerksamkeit wieder auf Santiago. »Wie läuft's bei Ihnen?«

»Der Verfolger arbeitet«, sagte der junge Mann, der jetzt von seiner Arbeit so sehr in Anspruch genommen war, dass er nicht vom Monitor aufschaute. »Es kommt von einer unmaskierten IP-Adresse. Aus Großbritannien. Südengland.« Er machte eine kleine Pause, als sich eine Dialogbox öffnete, die darüber informierte, dass die Rückverfolgung abgeschlossen war. »Ja. Sieht aus, als käme es von einem Internetcafé im Großraum London.«

»Können Sie mir sagen, wer es ist?«

Santiago schüttelte den Kopf. »An dem Netzwerk hängen acht Rechner. Es könnte jeder von denen sein.«

Yorke dachte einen Moment lang nach. »Okay. Verständigen Sie die britischen Sicherheitsbehörden und sorgen Sie dafür, dass sie lokale Einsatzkräfte ausrücken lassen. Sagen Sie ihnen, sie sollen das ganze Café abriegeln, wenn nötig.«

Santiago starrte ihn geschockt an. »Sir?«

»Tun Sie es einfach. Wenn die sich irgendwie querstellen, erklären Sie ihnen, dass wir dazu berechtigt sind«, sagte Yorke über seine Schulter, während er ein Handy aus seiner Tasche fischte und hastig eine Nummer wählte.

»Hier spricht Abteilungsleiter Brad Yorke von der Netzwerksicherheit«, meldete er sich. »Verbinden Sie mich bitte sofort mit dem Büro des stellvertretenden Direktors Cain.«

Alex war so tief in das mysteriöse Computerprogramm vertieft, dass er fast aufgesprungen wäre, als hinter ihm eine Stimme ertönte.

»He, Mister.«

Er griff nach unten, riss den Speicherstick aus dem USB-Slot und blickte hoch in das runde Gesicht eines

Mannes mittleren Alters, den er noch nie gesehen hatte. Der Mann trug eine dicke Lederjacke, die noch vom Regen nass war. Das ergrauende, streichholzkurz geschnittene Haar stand wie die Borsten einer Zahnbürste von seinem Kopf ab. Er betrachtete Alex mit einer Mischung aus Neugier und einem leichten Misstrauen, das wahrscheinlich dadurch hervorgerufen worden war, dass er den Speicherstick so abrupt entfernt hatte.

»Ich störe doch nicht, oder?«, fragte er mit einem so schweren Cockney-Akzent, dass selbst Alex ihn kaum verstehen konnte. »Ziehst du dir gerade ein paar Weiber rein, oder was?«

Alex blinzelte und versuchte, sich rasch auf diese unvorhergesehene Wendung der Geschehnisse einzustellen. »Nein, hat nichts damit zu tun. Ich hab mir nur gerade … ähh, was kann ich für dich tun?«

»Du kannst mir das hier erst mal abnehmen.« Mit diesen Worten griff er in seine Tasche und reichte Alex ein Handy. Es war ein billiges Prepaidgerät, von der Sorte, wie man sie in Supermärkten und sonst wo für weniger als 20 Pfund kaufen kann. »Betrachte es als Geschenk.«

Alex verzog sein Gesicht. »Von wem? Von dir?«

Das breite Grinsen des Mannes zeigte nikotingebräunte Zahnreihen. »Nichts für ungut, junger Freund, aber du bist nicht ganz mein Typ. Weißt du, was ich meine? So eine Tussi da draußen hat mich gebeten, es dir zu geben.«

»Eine Frau?«, wiederholte Alex. »Wer war das?«

»Eine geheime Verehrerin? Keine Ahnung, Alter. Und es ist mir auch völlig egal. Sie hat mir für diese Ehre einen Zehner in die Hand gedrückt. Also, hier ist dein Telefon.« Er deutete zur Restzeitanzeige in der oberen rechten Ecke von Alex' Monitor. »Und sieht aus, als ob deine Zeit abgelaufen ist.«

Ohne ein weiteres Wort wandte er sich ab, schlenderte aus dem Café und kehrte in sein normales Leben zurück, als wäre nichts geschehen. Nach ein paar Tagen würde er sich nicht einmal mehr daran erinnern können, dass die Begegnung stattgefunden hatte.

Für Alex sollte danach allerdings nichts mehr so sein wie zuvor.

In dem Raum ging es jetzt hektisch zu wie in einem Bienenstock. Techniker und Analysten huschten von Terminal zu Terminal und riefen Anweisungen und Anforderungen für weitere Informationen quer durchs Büro. Ihre Stimmen vermischten sich mit dem Klicken der Computertastaturen und dem Gepiepe der Telefone, während Arbeiten schnell in andere Bereiche ausgelagert und Projekte neu zugewiesen wurden. Alles konzentrierte sich auf die neue Aufgabe. Sie waren jetzt im Krisenmodus, und die beachtlichen Ressourcen, über die dieser Raum verfügen konnte, waren vollständig auf ein einziges Ziel ausgerichtet.

Yorke betrachtete das organisierte Chaos ringsumher. Sein Herz raste, während er darüber nachdachte, ob es ausreichen würde, um die Aufgabe zu erledigen. Als Chef der Abteilung trug er die volle Verantwortung für ihre Jagd auf den mysteriösen Eindringling, der stillgelegte Zugangsdaten der Agency verwendete. Ein Fehlschlag konnte beträchtliche Auswirkungen auf seine Karriere haben.

»Wie weit sind wir mit dem britischen Geheimdienst?«, rief er. »Sind die schon unterwegs?«

»Sie sind dabei, ihr Einsatzteam zusammenzurufen, aber es dauert noch ein paar Minuten, bis sie ausrücken«, berichtete eine seiner Untergebenen, während sie ihr Telefon mit der Hand abdeckte, um sprechen zu können. »Örtliche Polizeikräfte wurden alarmiert und nähern sich dem Zielobjekt. Sie werden ringsum Straßensperren errichten, bevor die Spezialkräfte reingehen.«

All das würde eine Menge Zeit in Anspruch nehmen, ganz ungeachtet der Tatsache, dass es vollkommen unmöglich war, in einer so dicht besiedelten Stadt wie London auch nur einen einzigen Block abzuriegeln. »Wie sieht es mit unseren eigenen Agenten vor Ort aus?«

Jetzt war ein kahlköpfiger, schlanker Ostasiate an der Reihe zu antworten. »Nicht gut, Sir. Unsere nächsten Einsatzteams befinden sich in der US-Botschaft. Die brauchen mindestens zwanzig Minuten bis zum Ziel.«

»Verdammt«, keuchte Yorke. »Kommen wir aus der Luft ran?«

»Die Briten erlauben uns nicht, Drohnen in ihrem Luftraum einzusetzen. Wir haben bei der Nationalen Luftüberwachung angefragt, ob sich gerade einer unserer Satelliten über dem Gebiet befindet, aber es gibt noch keine Reaktion.«

Wie als Antwort auf die wachsende Anspannung im Raum piepte es jetzt auch noch an der Sicherheitstür zum Flur, weil eine Magnetkarte durch das elektronische Lesegerät gezogen wurde. Die Tür wurde aufgestoßen, und ein Mann, dessen Auftauchen einen Moment alle Anwesenden verstummen ließ, betrat die Szene.

Die meisten Techniker, die hier arbeiteten, hatten Marcus Cain, den stellvertretenden Direktor der CIA, bisher höchstens vorbeigehen sehen oder aus der Ferne beobachtet, wenn er zu einem Meeting der Führungsriege ging oder flankiert von Sicherheitsleuten das Hauptquartier verließ. Er war unnahbar und geheimnisvoll, fast eine mythische Figur für die normalen Angestellten der Agency. Aber die meisten im Raum hatten wohl noch nie mit ihm gesprochen; und erst recht nicht hatten sie ihre Arbeit erledigen müssen, während er ihnen über die Schultern blickte. Dass er jetzt hier war, betonte noch einmal den Ernst der Lage.

Yorke holte zur Beruhigung tief Luft, dann machte er einen Schritt vorwärts, um ihn zu begrüßen. »Direktor Cain, es ist eine Ehre, Sie hier …«

Cain ignorierte die ausgestreckte Hand. »Kommen Sie zur Sache. Was wissen wir bis jetzt?«, fragte er mit einer Stimme, die so glatt und präzise war wie sein Maßanzug.

»Ja, Sir.« Yorke räusperte sich und versuchte, seine Beschämung zu überspielen. »Vor ungefähr zehn Minuten wurden wir alarmiert, weil jemand mit einer stillgelegten ID der Agency online gegangen ist. Wir haben die Spur bis zu einem Internetcafé im Stadtkern Londons zurückverfolgt.«

»Was unternehmen wir weiter?«

»Die britischen Sicherheitsbehörden stellen ein Einsatzkommando zusammen, zusätzlich riegeln örtliche Polizeikräfte die Gegend ab.«

»Die Polizei?« Cain warf ihm einen scharfen Blick zu. »Sie meinen stinknormale Cops, die über unverschlüsselte Funknetze miteinander kommunizieren? Die jeder x-Beliebige mit einem frisierten Funkgerät für 50 Dollar abhören kann?«

Yorke spürte förmlich, wie er unter dem stechenden Blick des Mannes zusammensackte. Erst jetzt begriff er, wie idiotisch seine Anweisungen gewesen waren. »Sir, ich habe … es tut mir …«

»Sie sind ab sofort nicht mehr zuständig«, sagte Cain und fertigte ihn mit einem einzigen verächtlichen Blick ab. Nachdem er das hinter sich gebracht hatte, wandte er sich mit lauter Stimme an die Leute im Raum: »Alle herhören! Ab sofort leite ich diese Operation. Gibt es in diesem Raum irgendjemanden, der etwas Konkretes beizutragen hat?«

Zögernd hob Santiago die Hand. »Ich, Sir. Ich glaube, ich habe etwas.«

Cain kam sofort zu ihm und ließ Yorke einfach stehen. Dem blieb jetzt nichts anderes zu tun, als darüber nachzudenken, dass er womöglich gerade seine Karriere ruiniert hatte.

»Schießen Sie los, mein Junge.«

»Ich habe mich gerade in das Abrechnungssystem des Cafés gehackt, Sir. Daraus geht hervor, dass der letzte Typ, der sich eingeloggt hat, seine Onlinezeit mit Kreditkarte bezahlt hat, und zwar kurz bevor der Alarm ausgelöst wurde. Es war nicht schwer, ihn anhand seiner Kreditkartendaten zu identifizieren.« Santiago öffnete ein neues Fenster mit einer Führerscheinkopie des Mannes. »Sein Name ist Alex Yates. Er hat freiberuflich Computersysteme getestet und wurde vor ein paar Jahren wegen Computerhackens verurteilt. Scotland Yard zufolge hat er sich seitdem nichts zuschulden kommen lassen.«

Er hustete, weil ihm plötzlich bewusst wurde, dass sich einer der mächtigsten Männer der Agency über seinen Rechner beugte. »Natürlich haben wir keine Garantie, dass es unser Mann ist. Es könnte auch nur ein Zufall sein.«

Cain warf ihm einen Blick zu, der so stechend war, als wollte er ihn damit durchbohren. »Würde ich an Zufälle glauben, hätte ich einen anderen Job. Bis auf Weiteres ist dieser Yates unser Hauptverdächtiger. Geben Sie seine Daten an alle Arbeitsplätze weiter und lassen Sie die Leute loslegen. Ich will alles erfahren, was es über ihn zu wissen gibt. Politische Einstellung, Ausbildung, Arbeitgeber, wohin er gereist ist und womit er sich beschäftigt.«

»Schon dabei, Sir«, erwiderte Santiago.

Cain nickte, offenbar zufrieden mit Santiagos bisheriger Leistung. »Finden Sie seine Handynummer heraus und lokalisieren Sie sein Gerät. Sehen Sie zu, dass Sie die Überwachungskameras in seiner Nähe auf den Schirm kriegen. In keiner anderen Stadt in Europa gibt es so engmaschige Videoüberwachung wie in London. Das müssen wir nutzen. Ich erwarte, dass Sie das hinkriegen.«

»Ja, Sir.« Santiago unterdrückte den Impuls, sich den Schweiß von der Stirn zu wischen. Ihm schwirrte der Kopf von all den Befehlen, die er gerade erhalten hatte.

Cain wollte sich schon abwenden, dann fiel ihm noch etwas ein. »Ach, und noch etwas. Sorgen Sie dafür, dass die Briten bewaffnete Sondereinsatzkommandos schicken. Glauben Sie mir, die werden sie brauchen.«

Santiago erwiderte darauf nichts, obwohl sein Blick einen winzigen Augenblick länger an dem stellvertretenden Direktor hängen blieb, bevor er sich wieder umdrehte und an die Arbeit machte.

Sein rundlicher Freund war weg, und Alex war wieder allein, als das Handy in seiner Hand auch schon zu vibrieren begann. Jemand wollte ihn sprechen und war nicht aufgelegt, noch länger zu warten.

Er zögerte einen Moment und fragte sich, ob es wohl klug war, ein Gespräch an einem Handy anzunehmen, das ihm auf so seltsame Weise übergeben worden war. Dann drückte er die Annahmetaste.

»Wer ist dran …?

»Reden Sie nicht, hören Sie zu.« Die Stimme am anderen Ende war weiblich, energisch und hatte einen schwachen Akzent, den er nicht einordnen konnte. Aber all das sollte gleich keine Rolle mehr spielen. Denn gegen das, was als

Nächstes folgte, verblassten diese Details zu völliger Nebensächlichkeit.

»Sie sind aufgeflogen«, fuhr die Stimme fort. »Bewaffnete Einsatzkräfte sind unterwegs, um Sie zu verhaften. Wenn Sie morgen früh noch am Leben sein wollen, verlassen Sie auf der Stelle das Café.«

7

Das war der Moment, genau an diesem Ort. Der Moment, in dem alles den Bach runterging.

Mein Leben; mein sicheres, langweiliges und unausgefülltes Leben war direkt vor meinen Augen gerade in tausend Stücke zerbrochen. Damals war ich zu dumm, um es zu begreifen, oder vielleicht hatte ich auch zu viel Angst, um es mir selbst einzugestehen. Aber wie so vieles andere, das mir vorher oder hinterher passiert ist, hätte ich es eigentlich ahnen können.

Ich hätte es sofort spüren müssen, als ich darüber nachdachte, diese Datei zu öffnen.

Aber wie heißt es so schön? Die Neugier ist der Katze Tod.

Völlig geschockt davon, dass jemand so plötzlich in seine Welt eindrang, fiel Alex keine gescheite Antwort ein. Er stammelte nur: »W… wer zum Teufel sind Sie?«

»Wer ich bin, tut nichts zur Sache«, antwortete sie mit spürbarer Ungeduld. »Aber eins kann ich Ihnen sagen: Die Agency ist hinter Ihnen her. Durch das, was Sie heute Abend getan haben, sind Sie zur Bedrohung für die geworden. Und auf solche Bedrohungen kennen die nur eine Antwort.«

Alex atmete tief aus, fast war es ein Grunzen, als ob man ihm in den Bauch geboxt hätte. Er spürte, wie ihm die Galle die Kehle hochstieg, und kämpfte gegen den Schwindel an, der sich seines Bewusstseins bemächtigen wollte.

»Schwachsinn. Woher wollen Sie das alles überhaupt wissen?«

»Ich höre den Polizeifunk ab. Gerade wurde über Funk ein Haftbefehl ausgegeben. Und in diesem Moment sind örtliche Einsatzkräfte auf dem Weg zum Café.«

»Jetzt machen Sie mal einen Punkt!«, zischte er. Seine Stimme war heller geworden, obwohl er sein Bestes gab, um ruhig zu bleiben. Ein paar Leute blickten von ihren Rechnern hoch, weil sie sich gestört fühlten. »Das ist doch albern. Niemand könnte ...!«

»Hören Sie auf zu reden, Alex«, befahl sie.

Das erwischte ihn kalt. »Woher kennen Sie meinen Namen?«

»Weil Sie längst nicht so gut darin sind, Ihre Spuren zu verwischen, wie Sie glauben.« Ihre Wut war nicht zu überhören. »Arran hat sich vor einer Woche mit Ihnen getroffen und ist kurz danach verschwunden. Das war kein Unfall. Wenn Sie nicht so enden wollen wie er, würde ich vorschlagen, dass Sie sich verziehen, bevor die Polizei eintrifft.«

Alex trat ans Fenster und riskierte einen Blick hinaus. Die Straße war ruhig, nur ein paar Fußgänger bewegten sich umher.

Der Verkehr hatte sich gelegt, die Rushhour war schon lange vorüber. Alles in allem sah es draußen so normal und friedlich aus wie in jeder anderen Straße Londons.

»Ich kann da draußen niemanden sehen«, sagte er und fragte sich, ob sie ihm nicht vielleicht irgendeinen ausgeklügelten Streich spielte. »Woher soll ich wissen, dass Sie mir keinen Bären aufbinden?«

»Alex, jede Sekunde, die Sie noch zögern, gibt denen mehr Zeit, das Netz um Sie enger zu ziehen«, antwortete sie und versuchte offenkundig, ruhig zu bleiben. »Zu

Ihrem eigenen Besten, verschwinden Sie von dort, solange Sie noch können.«

»Und wo genau soll ich hin?«, wollte er wissen. Es war ja nicht gerade so, als ob er einen Privatjet draußen stehen hatte, der ihn schnell in Sicherheit bringen könnte. »Was soll ich denn machen?«

Ihre Antwort war ebenso knapp wie erschreckend: »Laufen Sie.«

Noch bevor er etwas erwidern konnte, hörte er ein Geräusch. Es war ein hoher, an- und abschwellender Sirenenton, der näher kam. Und tatsächlich kam ein paar Augenblicke später auf dem gegenüberliegenden Ende der Straße noch etwas anderes in Sicht. Ein blitzendes blaues Licht, das in seine Richtung steuerte.

»O verdammt, verdammt!«, zischte er und wich erschrocken vom Fenster zurück. Ihm war jetzt egal, wer ihn sehen würde. »Das ist kein Scheiß, oder? Ich meine, das passiert jetzt tatsächlich.«

»So ist es«, bestätigte sie. »Sobald die Polizei Sie verhaftet hat, werden Sie zum Verhör an ein Spezialteam der Agency ausgeliefert. Und noch bevor die mit Ihnen fertig sind, betteln Sie darum, ihnen noch mehr erzählen zu dürfen.«

Alex presste die Hand auf seinen Mund und kämpfte gegen den Würgereiz an, der in ihm hochstieg. Vor seinem inneren Auge brauten sich bereits alle möglichen Schreckensbilder von Verhören, Folter und Verstümmelung zusammen.

»Ich kann Ihnen helfen, aber nur, wenn Sie mir zuhören und genau das tun, was ich Ihnen sage.«

»In Ordnung«, antwortete er mit einer Stimme, die inzwischen nur noch ein verzweifeltes Flüstern war. »Was soll ich tun?«

»Verlassen Sie das Café und gehen Sie draußen auf der Straße nach links. Beeilung!«

Man musste ihn jetzt nicht mehr antreiben. Er ignorierte die erstaunten Blicke der Cafébetreiber, ging hastig zur Tür und trat hinaus. Sofort war er dem Regen und kalten Nachtwind ausgesetzt. Hinzu kam noch, dass das Jaulen der Polizeisirenen immer näher kam. Das Herz schlug ihm bis zum Hals, und in seinen Ohren rauschte sein Puls.

»Ich bin draußen«, sagte er und presste das Telefon fest gegen sein Ohr. »Wohin jetzt?«

»Nach Westen; dann nehmen Sie die erste Seitenstraße, die Sie finden können«, befahl die Frau, deren Stimme trotz der brenzligen Situation erschreckend ruhig blieb. »Sie müssen schnell von der Hauptstraße runter.«

»Okay.«

»Wenn Sie eine Mütze oder eine Kapuze haben, setzen Sie sie auf. Und rennen Sie nicht! Damit erregen Sie nur unnötige Aufmerksamkeit«, wies sie ihn an, als ob sie gespürt hätte, dass er gerade lossprinten wollte. »Versuchen Sie, ganz normal auszusehen.«

»Sie haben gut reden«, sagte Alex keuchend und zog sich die Kapuze über den Kopf.

Sie ignorierte den Spruch. »Haben Sie Ihr eigenes Handy dabei?«

»Ja.« Instinktiv fasste er in seine Tasche, um es herauszuholen.

»Sie müssen es sofort loswerden. Die können Sie damit lokalisieren.«

»Aber …« Er wollte sich gerade darüber aufregen, dass das Telefon eine Menge Geld gekostet hatte und dass er es doch auch einfach ausschalten könnte, dann besann er sich. Jetzt war nicht der Moment für technische Details. »Okay. Scheiß drauf.«

Als er an einer Mülltonne vorbeikam, warf er es hinein, ohne langsamer zu gehen. Die jaulenden Polizeisirenen gellten inzwischen immer lauter und durchdringender in seinen Ohren. Er sah die Reflexe der Blaulichter in den umliegenden Fensterscheiben und versuchte nach Kräften, sich nicht davon fertigmachen zu lassen, dass die Männer, die hinter ihm her waren, soeben etwa fünfzig Meter hinter ihm mit quietschenden Reifen angehalten hatten.

Wie befohlen bog er an der nächsten Kreuzung in eine Wohnstraße mit dreistöckigen Mietshäusern ab, wobei er es schaffte, immer in Schrittgeschwindigkeit zu bleiben. Seine Beine fühlten sich an wie Wackelpudding, und er bildete sich ein, dass ihn jeder andere Passant anstarren würde, trotzdem zwang er sich, den Kopf weiterhin gesenkt zu halten und beharrlich weiterzugehen.

Er war schon immer gut darin gewesen, einfach abzutauchen und unbemerkt seiner Wege zu gehen. Er war einfach nur irgendein unbekannter junger Mann auf dem Heimweg. Niemand, an den man sich erinnern musste.

»Warum machen Sie das?«, fragte er unvermittelt, ohne seine prekäre und ungesicherte Lage dabei zu vergessen. »Warum helfen Sie mir?«

Es gab eine kurze, aber spürbare Pause am anderen Ende. »Nicht jetzt. Sie haben gerade ganz andere Probleme, um die Sie sich Sorgen machen sollten.«

Daran zweifelte er keine Sekunde. »Da vor mir ist ein Durchgang«, sagte Alex, als er eine Feuerwehrdurchfahrt zwischen zwei Gebäuden entdeckte. Nachdem er bereits zwei Jahre in dieser Gegend lebte, kannte er sich ganz gut aus. »Wenn ich nicht irre, führt er hinunter bis zum Kanal … O verdammt.«

Von einer Sekunde auf die andere hatte sich seine wieder größer gewordene Hoffnung, entkommen zu können, in nichts aufgelöst, als er zwei Polizisten in seine Richtung gehen sah. Ihre hell fluoreszierenden Jacken ließen sie im Halbdunkel der Straßenbeleuchtung wie Leuchtbojen strahlen.

»Was ist los?«

»Zwei Polizisten kommen direkt auf mich zu.« Er war unschlüssig geworden und hatte sein Tempo spürbar gedrosselt. »Ich werde es nicht bis zur Durchfahrt schaffen.«

»Laufen oder gehen die?«

Alex zwang sich dazu, sie anzuschauen und das langsame, gemessene Tempo ihrer Stiefel auf dem bröckeligen Gehweg abzuschätzen. »Ich glaube, sie gehen. Sie reden miteinander.«

»Haben sie ihre Hände an den Waffen?«

»Sieht nicht danach aus.«

»Dann ist das nur eine Fußstreife auf ihrer normalen Runde«, urteilte sie. »Gehen Sie an ihnen vorbei, sprechen Sie ins Telefon und achten Sie nicht weiter auf sie.«

»Wollen Sie mich verarschen?«, zischte Alex. »Die sind doch nicht blöd. Die wissen, dass was nicht stimmt.«

»Die gehen jeden Tag an Hunderten von Leuten wie Ihnen vorbei. Die werden Sie nicht anhalten, außer Sie geben ihnen einen Grund dazu. Also beruhigen Sie sich und gehen Sie einfach weiter.«

Alex begriff, dass ihm jetzt sowieso keine andere Wahl mehr blieb. Er konnte nicht mehr umkehren, ohne Verdacht auf sich zu lenken. Ein Fluchtversuch würde die Sache nur noch schlimmer machen. Ihm blieb keine Wahl, er musste es jetzt durchziehen.

Er versuchte ein normales Schritttempo beizubehalten und ging widerstrebend auf die beiden Polizisten zu. Jeder einzelne Schritt kostete ihn Mühe, und das Gehen wurde immer anstrengender. Dennoch zwang er sich weiterzulaufen.

Als sie näher kamen, stellte er fest, dass sie beide größer und kräftiger waren als er. Er war so in Panik, dass sie ihm wie Riesen erschienen, mächtig, bedrohlich und überaus empfänglich für das geringste Anzeichen von Furcht.

»He, ich weiß ja nicht, was dich gestern geritten hat, Mike«, sagte Alex und versuchte einen jovialen Tonfall in das Gespräch zu bringen, das er am Telefon zu führen vorgab. »Du hast uns ganz schön hängen lassen, Mensch. Du warst ja schon hinüber, bevor wir auch nur mit dem Tequila angefangen haben.«

In diesem Moment konnten die beiden Polizisten die Sirenen um die Ecke hören. Alex beobachtete, wie einer der beiden in die Richtung zeigte und dann etwas zu seinem Begleiter sagte, woraufbeide ihre Schritte beschleunigten. Ohne Zweifel hatten sie bemerkt, dass etwas los war, und wollten der Sache jetzt auf den Grund gehen.

Sie kamen immer näher, der Abstand betrug keine fünfzehn Meter mehr, und die Entfernung verringerte sich zügig, weil beide Polizisten ihr Tempo beschleunigt hatten. Nur dass bisher keiner der beiden von Alex Notiz genommen hatte, beruhigte ihn ein wenig. Ihre Aufmerksamkeit galt ausschließlich dem Lärm und dem, was sonst noch in der nächsten Querstraße geschehen mochte.

»Was das ist, Mann?«, fragte Alex ins Telefon. Fast hätte er sein Täuschungsmanöver vergessen. »Ach, das klingt, als ob es da hinten Ärger gibt. Wahrscheinlich ein paar Besoffene, die sich prügeln.«

Direkt vor ihm standen ein paar Jungs, die nach einer Jugendgang aussahen, vor einer Tür zum Treppenhaus des Wohnblocks, der vor ihnen in die Höhe ragte. Einer hatte den Knopf der Gegensprechanlage gedrückt und wartete auf eine Reaktion. In der Hand hielt er eine Plastiktüte, in der sich offenbar Bierdosen befanden. Sein Kumpel warf den beiden Polizisten einen abweisenden Blick zu. Vielleicht war er ihnen in der Vergangenheit schon einmal in die Quere gekommen.

Knapp zehn Meter noch. Fast geschafft.

In diesem Moment hörte Alex das Krächzen eines Funkgeräts. Eines Polizeifunkgeräts. Und er war so nah, dass er trotz des Rauschens und der jaulenden Sirenen die Meldung mit schrecklicher Deutlichkeit verstehen konnte.

»An alle Einheiten. Verdächtiger flüchtet zu Fuß in der Nähe der Highfield Avenue. Weißer Nordeuropäer, Ende zwanzig. Bekleidet mit Jeans und einem dunklen Kapuzenpulli. Bewegt sich vermutlich Richtung Süden.«

Das war's.

Im selben Augenblick wusste Alex, dass man ihn entdeckt hatte. Ohne zu wissen, was er jetzt tun sollte, sah er zu dem Polizisten hoch, dessen Funkgerät ihn gerade verraten hatte. Er sah in den Augen des Mannes, wie der eins und eins zusammenzählte, bis es bei ihm Klick machte. Dann griff er zu dem Pfefferspray an seinem Gürtel. Alex konnte sogar noch sehen, wie sich sein Mund zu einer Warnung öffnete, die er seinem Kollegen zurufen wollte.

Genau in diesem Moment summte es links von Alex, weil die Tür zum Treppenhaus von einer der Wohnungen aus geöffnet wurde. Um schnell aus dem kalten Nieselregen herauszukommen, streckte der junge Mann mit der Plastiktüte die Hand aus, um sie zu öffnen.

Alex reagierte instinktiv. Er bewegte sich so schnell, dass er kaum begriff, was da vor sich ging. Er stürmte vorwärts, streckte den Arm aus und verpasste dem Jungen einen

Schlag gegen die Brust, sodass dieser zurücktaumelte. Er schrie überrascht auf, als er stolperte, den Polizisten vor die Füße fiel und sie damit ein paar wertvolle Augenblicke lang ausbremste.

Noch bevor seine Freunde reagieren oder die Polizei das Hindernis beiseiteschieben konnte, war Alex durch die Lücke geschlüpft und hatte die Tür hinter sich zugezogen. Es klickte leise, als das Magnetschloss wieder einrastete und ihn fürs Erste im Haus isolierte.

Verzweifelt keuchend aufgrund des Adrenalins, das sein Herz rasend schnell schlagen ließ, schaute er sich in dem leeren Betontreppenhaus um, das nach Urin stank.

Er hatte sich vielleicht eine kleine Atempause verschafft, aber sie würde nicht von Dauer sein. Schon hörte er Stiefel gegen die Tür treten, dazu ertönte gedämpftes Geschrei.

»Ich sitze in der Falle«, sagte er ins Telefon und hoffte gegen alle Wahrscheinlichkeit, dass ihm seine geheimnisvolle Ratgeberin helfen könnte. »Die Polizisten haben was gemerkt. Ich hatte keine Wahl.«

»Wo sind Sie?«

»In einem Treppenhaus. In einer der Seitenstraßen.«

Während sie die veränderten Umstände analysierte, trat eine kleine Pause ein. »Gibt es noch einen anderen Ausgang?«

Alex stöhnte. Die einzigen Türen auf dieser Etage führten in die Wohnungen der Mieter, und irgendwie bezweifelte er, dass sie ihn hineinlassen würden. »Nicht auf dieser Etage.«

»Dann gehen Sie rauf«, sagte sie in ihrem beherrschten Ton. »Aufs Dach. Schnell!«

Alex war zu verängstigt, um zu protestieren oder Fragen zu stellen. Er tat, was er konnte, um wieder mehr Luft in die Lunge zu pumpen, und rannte die Treppen hinauf, immer zwei Stufen auf einmal. Seine Beinmuskeln fingen schon an, vor Erschöpfung zu brennen, aber er kümmerte sich nicht darum, sondern konzentrierte sich ausschließlich darauf, die Distanz zwischen sich und seinen Verfolgern zu vergrößern.

Das Summen unten an der Tür verriet, dass sich die Polizisten Einlass verschafft hatten. Es würde nicht lange dauern, bis sie merkten, wohin er gelaufen war.

Sein Atem kam nur noch in schmerzhaften Stößen. Als er am oberen Ende der Treppe an eine Sicherheitstür kam, blieb er stehen. Auf dem leuchtend gelben Schild an der Tür stand, dass sie mit einem Alarm versehen war und nur bei Notfällen geöffnet werden durfte.

»Ich bin jetzt oben«, flüsterte er, »aber die Tür zum Dach ist alarmgesichert.«

»Dann müssen Sie schnell sein«, riet sie ihm. »Auf einer Seite des Daches müsste es eine Feuerleiter geben. Finden Sie die und klettern Sie darauf zur Straße runter.«

Alex schloss die Augen und holte ein paarmal tief Luft. Sie hatte gut reden.

Nun verschwendete er keine Zeit mehr, schob den Riegel beiseite und stieß die Tür auf. Dann rannte er aufs Dach. Es war, wie er es erwartet hatte, mit Fernsehantennen, Satellitenschüsseln und allen möglichen Abzugsöffnungen, Ventilatoren und Geräten bestückt, deren Funktion er nicht verstand.

Es regnete immer noch ununterbrochen. Der Regen hatte sich von feinem Sprühregen zu dicken Tropfen gesteigert, die schnell seine Kleidung durchnässten. Während hinter ihm der Sicherheitsalarm losjaulte, schaute er sich um und suchte verzweifelt nach der Feuerleiter, über die er wieder nach unten kommen könnte.

Tatsächlich war an der gegenüberliegenden Seite des

Daches eine ausziehbare Leiter befestigt. Er rannte hinüber, stopfte das Handy in die Tasche und bückte sich, um das Teil zu inspizieren, wobei er versuchte, die grässliche Höhenangst zu ignorieren, die die zwanzig Meter, die es dahinter in die Tiefe ging, bei ihm auslösten.

Die Leiter war in Metallschienen eingehängt, die seitlich am Gebäude festgeschraubt waren, und wurde von einem einfachen Metallriegel in Position gehalten. Ein fester Ruck sollte genügen, um sie zu lösen, damit sie bis hinunter zur Straße ausfahren konnte. Nach unten zu klettern wäre kein Vergnügen, aber selbst für Alex war es die bessere Alternative.

Er streckte den Arm aus, packte den Auslösehebel und zog.

Nichts passierte.

Er biss die Zähne zusammen, stemmte einen Fuß gegen die Wand und zog noch einmal, fester diesmal. Seine untrainierten Muskeln schmerzten vor Anstrengung. Aber der Riegel rührte sich einfach nicht von der Stelle.

»Komm schon, du Bastard!«, schrie er und trat frustriert dagegen. »Verdammt, warum bewegst du dich nicht.«

Das sandige Knirschen der Scharniere sprach für sich selbst. Jahrelanger Regen und Wind hatten dem Mechanismus zugesetzt und schließlich alles fest zusammenrosten lassen. Die Scharniere zu lösen würde mehr Zeit und Kraft kosten, als ihm zur Verfügung stand.

»Mist.«

Alex keuchte vor Anstrengung und schwitzte trotz des Regens. Er wandte sich ab und zog das Telefon aus seiner Tasche. Die Verbindung war noch aktiv.

»Die Leiter bewegt sich nicht«, sagte er und versuchte, am Telefon nicht panisch zu klingen. Er war sich nur allzu bewusst, dass jede Sekunde, die er hier oben blieb, das

Risiko vergrößerte, geschnappt zu werden. »Sie ist total eingerostet. Ich krieg sie nicht los!«

Er hörte einen unterdrückten Kommentar am anderen Ende, der mit Sicherheit nicht schmeichelhaft war. Aber man musste der Frau zugutehalten, dass sie sich schnell wieder fasste.

»Dann müssen Sie auf das Nachbargebäude springen«, teilte sie ihm mit.

»Was?«

»Weiter hinten kommt gleich der nächste Block«, erklärte sie und bewies, dass sie seine Gegend beunruhigend gut kannte. »Der Durchgang dazwischen kann nicht mehr als zwei, drei Meter breit sein. Springen Sie auf das gegenüberliegende Dach und benutzen Sie dort das Treppenhaus, um wieder auf die Straße zu kommen.«

Noch während sie redete, schlich Alex zum Rand des Daches und schaute sich den Spalt zwischen seinem und dem Nachbarhaus an. Wie sie gesagt hatte, war der Abstand zwischen den beiden Wohnblocks nicht besonders groß – wahrscheinlich noch nicht einmal so breit, dass ein Auto hindurchgepasst hätte –, aber in diesem Moment sah er aus wie ein gähnender Abgrund, der sich unendlich weit nach unten erstreckte. Und als er sich vorbeugte, konnte er einen Blick auf regennasse Ziegelwände werfen, die schließlich an einem vermüllten, dunklen Gang endeten.

Er sah sich für einen Augenblick selbst dort unten im dunklen Durchgang liegen, mit gebrochenen Knochen und sterbend, umgeben von verrosteten Konservenbüchsen und Müll, zerschmettert vom vernichtenden Aufprall.

»Niemals«, zischte Alex und wich von dem furchterregenden Abgrund zurück, der ihn erwartete, wenn er das in ihn gesetzte Vertrauen nicht rechtfertigen konnte. »Ich bin ein Verkäufer und nicht dieser verdammte Jason Bourne!«

»Alex, die Polizisten haben den Alarm gehört. Wahrscheinlich sind sie jetzt gerade auf dem Weg zum Dach.« Sie sprach in demselben ruhigen Befehlston, mit dem sie ihn bis an diesen Fleck dirigiert hatte, aber jetzt verlangte sie noch mehr von ihm. »Ich weiß, dass Sie Angst haben, aber wenn Sie jetzt nichts tun, kann ich Ihnen nicht mehr helfen. Vertrauen Sie mir. Springen Sie.«

»Scheiße!« Alex stopfte das Handy wieder in seine Tasche und ging ein paar Schritte zurück. Sein Herz klopfte, sein Atem ging in kurzen, flachen Stößen.

Nur ein Sprung. Einmal den Mut zusammennehmen, einen Augenblick der Gefahr durchstehen, und dann wäre er weg von hier. Seine Ratgeberin, wer sie auch sein mochte, würde ihn finden und ihm helfen, die Sache klarzustellen. In ein paar Jahren würde er sich vielleicht einmal an diesen Abend zurückerinnern und darüber lachen.

Es war nur eine Fantasie, und das wusste er, aber mehr blieb ihm nicht in diesem Moment.

»Komm schon, Alex, bring es hinter dich«, sagte er und versuchte sich anzufeuern, verborgene Mut- und Kraftreserven zu entdecken, von denen er zehren konnte. »Du schaffst das.«

Er holte einmal tief Luft, und dann rannte er direkt auf den Rand des Daches zu. Die unbarmherzigen Ziegelwände des gegenüberliegenden Hauses kamen wieder in sein Blickfeld, die Dunkelheit, der furchtbare Abgrund und der Durchgang da unten …

Es war fast schon vorbei, bevor es überhaupt angefangen hatte. Ein paar Schritte vor der Kante stoppte er so abrupt, dass er noch etwas weiterrutschte. Alex stieß einen angsterfüllten Schrei aus und wich vor dem Spalt zurück.

Er brachte es nicht fertig, und in seinem Innersten hatte er es schon gewusst, bevor er es versuchte. Was man an

Mut und Wahnsinn brauchte, um einen solchen Sprung zu wagen, suchte er bei sich vergebens. Woher auch? Er war nicht der Mann für so was, er war es nie gewesen. Er schlug seine Schlachten an der Tastatur und war es gewohnt, den Verstand einzusetzen, nicht seinen Körper. Die Aussicht auf eine körperliche Verletzung oder gar seinen Tod hatte ihm den Rest gegeben.

Jedenfalls blieb ihm nicht viel Zeit, um über sein Versagen nachzudenken. Noch bevor er wieder zum Telefon greifen konnte, wurde die Tür zum Dach aufgestoßen, und die beiden Polizisten stürzten heraus. Sie waren – wie die meisten Polizisten in London – unbewaffnet, aber er konnte sehen, dass sie Schlagstöcke und leuchtend gelbe Dosen mit Pfefferspray dabeihatten.

Ungeschützt, wie er dort stand, hatten ihn die beiden sofort entdeckt.

»Polizei«, rief der Ältere. »Runter auf den Boden. Sofort.«

Was sich in Alex noch an Widerstandsgeist regte, wurde von dem zweiten Polizisten zunichtegemacht, der sich ihm von hinten näherte und ihn brutal mit aller Kraft auf das kiesbedeckte Dach herunterdrückte, um ihn bewegungsunfähig zu machen. Alex stöhnte vor Schmerz, als der scharfkantige Kies in seine ungeschützte Haut schnitt.

»Alex Yates, ich verhafte Sie wegen des Verdachts auf Verschwörung zur Vorbereitung eines Terroraktes«, sagte der ältere der beiden Polizisten, während Alex' Hände unsanft hinter seinem Rücken gefesselt wurden. Er erschauerte, als sich hinter seinem Rücken ein Paar Handschellen um seine Handgelenke schlossen. »Sie müssen nichts sagen, aber es kann Ihrer Verteidigung schaden, wenn Sie beim Verhör etwas nicht erwähnen, auf das Sie sich vor Gericht berufen wollen.«

Alex beherzigte den Hinweis und sagte nichts, weil er wusste, dass es sinnlos war. Jetzt saß er wirklich richtig in der Tinte. Die einzige Frage war, wie die Sache für ihn ausgehen würde.

Keine Minute später traf die Nachricht von der Verhaftung auf der anderen Seite des Atlantiks in Langley ein. Der britische Geheimdienst hatte sie über die US-Botschaft in London weitergeleitet.

»Sie haben ihn«, sagte Santiago, der erleichtert war, dass sich seine Annahmen bestätigt hatten. »Anscheinend hat Yates versucht zu entkommen, aber die örtliche Polizei hat ihn ganz in der Nähe auf einem Hausdach festgenagelt.«

Cain war trotzdem ganz und gar nicht zum Feiern zumute. Er sah genauso angespannt und unglücklich aus wie zuvor. »War sonst noch jemand bei ihm?«

»Nein, Sir. Dem Bericht nach war Yates allein.«

Der Ältere schwieg einen Moment und spannte nur die Kiefermuskulatur an. »Wo ist er jetzt?«

»Unterwegs zur nächsten Polizeistation.«

»Ich will ihn in spätestens einer Stunde in *unseren* Händen haben, ganz gleich, was für einen Mist die Briten uns auftischen werden. Schicken Sie sofort eines unserer Einsatzteams zu der Wache, und achten Sie darauf, dass die Leute Erfahrung mit Verhören haben.«

Santiago zögerte. Einen kurzen Moment lang fühlte er sich versucht nachzufragen, was es mit der ganzen Sache auf sich hatte, aber er verwarf die Idee sofort wieder. Solche Dinge lagen weit über seiner Gehaltsklasse.

»Gibt es ein Problem, mein Junge?«, fragte Cain und fixierte ihn mit seinem vernichtenden Blick.

»Nein, Sir. Kein Problem.«

Fünfzig Meter weiter in einem dunklen Ladeneingang beobachtete Anya, wie Alex von den beiden Polizisten zu einem wartenden Polizeiwagen gebracht wurde. Er hielt den Kopf gesenkt und ließ entmutigt die Schultern hängen.

Aus den umliegenden Wohnhäusern waren Leute herausgekommen, um zu sehen, was da draußen los war. Sie hatten allerlei zu sehen bekommen. Zum Beispiel auch eine Gruppe betrunkener junger Männer, die einen draufgemacht hatten und sich jetzt auf dem Heimweg befanden. Ein paar von ihnen waren stehen geblieben und hatten dem Festgenommenen höhnische Bemerkungen hinterhergerufen, während man ihn auf den Rücksitz des Polizeiwagens verfrachtete. Inzwischen wandten sie ihre Aufmerksamkeit wieder dem mitgebrachten Fast Food zu.

Anya ballte ihre Fäuste und konnte ihr Temperament nur mühsam zügeln. Dieser Mann – so schwach und verängstigt er sein mochte – war ihre einzige Verbindung zu der Information, die sie so dringend brauchte. Ohne ihn wäre alles, was sie bisher geleistet hatte, umsonst.

Beim Verhör würde er mit Sicherheit zusammenbrechen, und obwohl sie ihm nichts gesagt hatte, was sie in Gefahr bringen könnte, wusste sie, dass ihr sein mögliches Geständnis jede Chance rauben würde zu finden, was sie brauchte.

Aber sie hatte es nicht so weit geschafft, um jetzt zu scheitern.

Das einzige für sie Positive war jetzt, dass die Agency noch nicht mit im Spiel war. Die britische Polizei, die Alex festgenommen hatte, führte mit Sicherheit nur Befehle aus. Wahrscheinlich hatte man den Bobbys vorgegaukelt, sie würden eine wichtige Rolle bei einem gemeinsamen Schlag gegen den Cyberterrorismus spielen. Aber die

Agency würde Zeit brauchen, um ein Einsatzteam zusammenzustellen und einen geeigneten Ort zu bestimmen, an dem man ihn verhören konnte.

Wenn sie noch etwas tun wollte, musste es bald geschehen.

8

Ich hätte springen sollen. In den Stunden nach meiner Verhaftung konnte ich an nichts anderes mehr denken. Ich hätte es riskieren, meine Chance nutzen und wenigstens einmal in meinem beschissenen, sinnlosen Leben Mut beweisen sollen.

Wer weiß, was passiert wäre. Vielleicht hätte ich mir eine Menge Schmerzen und Ärger erspart, vielleicht wäre es aber auch auf das Gleiche hinausgelaufen. Ich werd's wohl nie erfahren.

Es heißt, man würde am meisten die Dinge bedauern, die man hätte tun können, dann aber doch gelassen hat.

Die Geschichte meines Lebens.

Das war jetzt also das Ende der Fahnenstange.

Hier würde es passieren.

Alex saß kerzengrade da, die Arme mit Handschellen hinter dem Rücken gefesselt. Seine Handgelenke pochten im Rhythmus seines Herzschlags, weil das Metall so tief in sein Fleisch einschnitt. Der Holzstuhl unter ihm war hart und ungemütlich, und der Stoffsack über seinem Kopf tauchte ihn in völlige Dunkelheit, raubte ihm den letzten Orientierungssinn und klebte bei jedem Einatmen an seinem Gesicht. Obwohl er nicht an den Stuhl gefesselt war, traute er sich nicht aufzustehen – genau genommen wagte er es nicht einmal, auch nur den kleinsten Muskel zu rühren.

Seit seinem jämmerlichen Versuch, über das Dach des

Wohnblocks zu flüchten, waren keine drei Stunden vergangen. Das wusste er, denn er hatte, weil sonst nichts zu tun war, geduldig die Sekunden und Minuten seit seiner Festnahme gezählt und so die verstrichene Zeit gemessen, einzig und allein, um sich davon abzuhalten, über das Schicksal nachzudenken, das ihm bevorstand. Er hatte schon immer ein Gefühl für Zahlen besessen, und wenn es darum ging, sie sich zu merken, war er sogar noch besser.

Die Fahrt zur Polizeiwache hatte sechzehn Minuten gedauert, dann wurde er in eine Zelle gebracht, in der man ihn weitere zweiundfünfzig Minuten warten ließ. Zweiundfünfzig Minuten lang konnte er nur dasitzen, mit nichts als vier cremefarben gestrichenen Ziegelwänden zur Gesellschaft.

Kein Polizist war gekommen, um ihm etwas vorzuhalten oder etwas von ihm wissen zu wollen. Man hatte ihm weder seine Rechte vorgelesen noch ihm Telefonate oder anwaltliche Hilfe angeboten. Es war, als hätte man ihn einfach vergessen, und für eine Weile hätte er sich fast selbst eingeredet, dass genau das geschehen war.

Vielleicht war das Ganze nur ein Versehen. Vielleicht hatten sie nichts gefunden, was sie ihm vorwerfen konnten, und diskutierten jetzt, was sie mit ihm machen sollten.

Vielleicht …

Es war eine verzweifelte Hoffnung gewesen, die sich schließlich in nichts auflöste, als seine Zellentür aufgestoßen wurde und ein Trio von Männern in Zivilkleidung hereinkam, man ihm einen Stoffsack über den Kopf band und ihn aus der Wache herausholte. Obwohl er versucht hatte, mit ihnen zu kommunizieren oder zu diskutieren, obwohl er sie anflehte, hatten sie kein Wort mit ihm geredet.

Man hatte ihn hinten in einen wartenden Van verfrachtet,

der die Polizeiwache zügig, aber nicht übertrieben schnell verließ. Die Geschwindigkeitsbeschränkungen wurden eingehalten, um zu vermeiden, dass sie angehalten wurden. Mindestens zwei Männer saßen mit ihm im Van, die wie eine Art menschlicher Schraubstock fungierten und ihn auf seinem Platz einkeilten. Noch hatte keiner seiner Häscher auch nur ein einziges Wort mit ihm gesprochen. Beide rochen nach Rasierwasser und Zigarettenrauch.

Seitdem waren eine Stunde und einundvierzig Minuten angespannter Stille vergangen – genug, um sich zu so früher Stunde über kaum belebte Straßen weit von London zu entfernen.

In den letzten Minuten im Van waren sie über eine schlechte, holprige Piste gefahren. Das Geschaukel ging Alex auf die Knochen und war eine Herausforderung für die Federung des Vans. Es war eine unbefestigte und nur selten genutzte Strecke ohne Verkehrsgeräusche, was auf eine ländliche Gegend schließen ließ.

Das Gebäude, in dem er sich jetzt befand, hatte stattliche Ausmaße, so viel wurde deutlich. Der Van war direkt hineingefahren, und nach dem Aussteigen wurde er ein kurzes Stück weit über einen Zementboden geführt, bevor man ihn wieder dazu gezwungen hatte, sich auf einen Stuhl zu setzen.

Obwohl er nichts sehen konnte, vermittelten das Echo im Inneren und der leichte Luftzug den Eindruck eines sehr weiten Raumes, so als befände er sich mitten in einem leeren Lager oder Parkhaus. Die Luft war kalt und feucht und roch nach Öl und Abgasen.

Von diesen kleinen Erkenntnissen abgesehen, hatte Alex aber keine Ahnung, wo er sich befand. Es war auch ziemlich egal, ob er es wusste oder nicht. Selbst wenn er die genaue Adresse gekannt hätte – wem sollte er sie mitteilen?

Er schreckte zusammen, als hinter ihm eine Metalltür geöffnet wurde und rostige Türangeln knirschten. Als sich Stiefelschritte auf ihn zubewegten und die Trittgeräusche durch den riesigen Raum hallten, spürte er, wie sich sein Herzschlag beschleunigte. Die Schritte bewegten sich nur langsam und umkreisten ihn offenbar, obwohl es die Akustik im Raum schwer machte, das mit Sicherheit zu sagen.

Jetzt konnte Alex einen Geruch wahrnehmen, der sich in der Luft verströmte. Etwas Würziges, stark und bitter. Kaffee.

Die Schritte hatten irgendwo vor ihm angehalten, und dann hatte er nichts mehr gehört. Sekunden dehnten sich zu Minuten aus, als Alex so dasaß, sein Rücken verwuchs langsam mit dem unbequemen Stuhl, das Blut pochte in seinen Händen, und sein Puls raste. Obwohl er sich die größte Mühe gab, ruhig zu bleiben, spürte er, wie sein Atem immer schneller ging. Bei jedem Einatmen klebte der feuchte Stoff der Haube an seinem Gesicht. Es war ein schreckliches Gefühl, so verletzlich zu sein und so wenig von der unmittelbaren Umgebung zu wissen. Sein Wächter könnte ein Messer Zentimeter vor sein Gesicht halten, und er hätte keine Ahnung davon.

Irgendwann konnte er es nicht mehr aushalten. Er musste irgendetwas sagen, und die Spannung auflösen.

»H-hallo?«, sagte er und hatte Angst, zu laut zu sein.

Das war mit Sicherheit nicht das fordernde Auftreten eines Mannes, der die Kontrolle über die Situation zurückerlangen wollte, aber es brachte etwas.

Plötzlich kamen die Schritte auf ihn zu. Alex verkrampfte sich und bereitete sich innerlich auf den ersten krachenden Einschlag einer Faust vor, die direkt in seinem ungeschützten Gesicht landen würde, in seinem Bauch oder an anderen Stellen, an die er nicht einmal zu denken wagte.

Zu seiner Überraschung geschah aber nichts in der Art. Stattdessen spürte er, wie etwas an seinem Hals zupfte. Als Nächstes wurde ihm die Kapuze heruntergerissen. Nun konnte er sich wenigstens umschauen.

Zuerst fiel gleißendes Licht in seine Augen. Ein paar starke Strahler waren direkt auf ihn gerichtet, zweifellos um zu blenden und ihm die Orientierung zu nehmen. In seinem aufgewühlten Geisteszustand brauchte er ein paar Sekunden, bis er begriff, dass es Autoscheinwerfer waren, vermutlich von demselben Van, der ihn hergebracht hatte.

Mit tränenden Augen blinzelte Alex ein paarmal in das grelle Licht, während er versuchte, seine Umgebung deutlicher zu erkennen.

Die genauen Ausmaße des Raumes waren nur schwer zu erfassen, weil er hinter dem Licht der kraftvollen Scheinwerfer kaum etwas erkennen konnte. Der Fußboden gab jedoch ein paar Anhaltspunkte zur Nutzung des Raumes. Es war Beton, schlicht gegossen und an einigen Stellen gerissen, so als wäre es nicht nötig gewesen, ihm größere Sorgfalt zu widmen. Vielleicht war es ein Lagerhaus.

Die einzigen anderen sichtbaren Gegenstände lagen in ein paar Metern Entfernung auf dem Boden. Der erste war ein einfacher Blecheimer, dessen Beulen auf häufige Verwendung schließen ließen. Er schien mit irgendeiner Flüssigkeit gefüllt zu sein, wie man an den Lichtreflexen erkennen konnte. Daneben lag – wie ein sakraler Gegenstand – ein Vorschlaghammer. Es war ein großes, stabiles Werkzeug mit einem langen Holzschaft und einem flachen, eckigen Kopf, der allein schon zweieinhalb bis drei Kilo wiegen mochte. Alex' Herz schlug Saltos, und er musste sich zwingen, die Galle herunterzuschlucken, die in seiner Kehle hochstieg.

»Wissen Sie, was das Geheimnis ist, wenn man jemanden foltert? Ich werde Ihnen einen Tipp geben: Es ist nicht die Grausamkeit«, bemerkte eine Stimme von irgendwo dicht hinter ihm. Es war ein Amerikaner mit einer weichen, tiefen Stimme und leichtem Dialekt, vielleicht aus Neuengland. Alex konnte schon wieder den Kaffee riechen. »Es ist die Fixierung. Die Präzision. Klar, wir könnten jetzt die Sägen auspacken und anfangen, Ihnen ein paar Teile abzusägen. Aber wozu soll das gut sein? Es ist eine furchtbare Sauerei. Außerdem wäre es möglich, dass Sie vor Schmerz oder wegen des Blutverlusts ohnmächtig werden, bevor Sie uns irgendetwas Nützliches erzählen können. Und dann müssen wir uns mit Adrenalinspritzen herumärgern und Ihren Puls kontrollieren. Das ist die Mühe nicht wert. Nein, Sie würden sich wundern, was schon ein paar gute Schläge mit dem Vorschlaghammer bewirken können.«

Alex zitterte vor Angst, als er sich vorstellte, wie die empfindlichen Knochen seiner Hand von einem fachmännisch geschwungenen Schlag mit mehreren Kilogramm soliden Stahls zerschmettert würden. Dann hörte er plötzlich, was er wohl am wenigsten erwartet hätte – Gelächter. Weder finster noch spöttisch, sondern aus echter Erheiterung über einen offenbar gelungenen Witz.

Ein Schatten lief vor den Scheinwerfern durch sein Blickfeld, und Alex schaute auf, als eine sehr ungewöhnliche Gestalt erkennbar wurde.

Er konnte nicht sagen, ob er einen brutalen Schlägertyp im Kampfanzug oder einen eiskalten, finsteren Bundesagenten im makellosen Anzug erwartet hatte. Die Person, die jetzt vor ihm stand, sah jedoch kaum nach einem Verhörspezialisten aus.

Der Mann trug ein marineblaues Polohemd, das am Hals offen stand, eine beigefarbene Cargohose und Wildleder-Loafer, als käme er gerade von einem Geschäftsessen im Country Club. Er hielt sogar einen Pappbecher mit Kaffee in der Hand, der in der kalten Luft dampfte. Sein Gesicht war glatt rasiert und jugendlich, sein Haar modisch kurz geschnitten.

Alles in allem sah er jedenfalls bedeutend besser aus, als sich Alex gerade fühlte.

»Entspannen Sie sich mal, mein Freund. Ich hab Sie nur verarscht«, sagte er, nippte an seinem Kaffee und kicherte amüsiert. »Es gibt ein paar Typen, die stehen auf diese Hannibal-Lector-Masche, weil sich die Leute dann echt in die Hose scheißen. Andere fangen gleich an, herumzuschreien und die Fäuste zu schwingen. Aber ich? Das ist nicht meine Art. Ich sag einfach, was Sache ist, dann sollen es sich die Leute selbst überlegen.«

Alex verzog sein Gesicht. Jetzt war er noch verunsicherter als zuvor. »Wie meinen Sie das?«

Sein Aufpasser lachte nicht mehr, hatte aber immer noch sein amüsiertes Grinsen im Gesicht, als er die Arme verschränkte und Alex ein paar Sekunden lang betrachtete.

»Ich heiße Frank«, fing er an. »Ja, ich arbeite für die CIA, und ja, so heiße ich wirklich. Ich komme aus Hartford, Connecticut, und arbeite seit sieben Jahren für die Firma. Ich habe Politikwissenschaften studiert, und mein Lieblings-Footballteam sind die New York Jets.«

Entweder war dies eine bizarre neue Verhörtechnik, oder Alex verstand irgendetwas absolut nicht. »Warum erzählen Sie mir das?«

»Weil ich will, dass wir ehrlich zueinander sind, Alex. Und ich will, dass wir gleich richtig anfangen. Der erste Eindruck zählt, wissen Sie? Sie sollen unsere Beziehung nicht unter dem Aspekt ›Gefangener und Inquisitor‹ sehen. Es ist anders. Ob Sie mir nun glauben oder nicht, eigentlich bin ich hier, um Ihnen zu helfen. Aber erst mal müssen Sie mir helfen, okay? Können Sie das für mich tun, mein Junge?«

Alex sagte nichts. Er war von dem ungewöhnlichen Verhalten des Mannes so überrascht, dass er nicht wusste, wie er reagieren sollte. Ganz sicher war dieser Frank aber niemand, den man gern zum Feind gehabt hätte.

»Also lassen Sie mich das einmal klarstellen. Sie sitzen mächtig in der Scheiße, mein Freund«, fuhr er fort. »Ich will ganz ehrlich zu Ihnen sein. Man hat Sie erwischt, als Sie versucht haben, eine äußerst heikle Software zu benutzen, die der US-Regierung gehört. Sie wollten damit Geheiminformationen stehlen … Zum Teufel, wir haben schon genug gegen Sie in der Hand, um Sie für den Rest Ihres Lebens in ein tiefes, dunkles Loch zu sperren. Sie sitzen einzig und allein deshalb noch nicht im Flugzeug nach Guantanamo, weil ich Ihnen einen Ausweg anbieten möchte.«

Alex schnappte unwillkürlich nach Luft. »Einen Ausweg?«

Frank nahm noch einen Schluck von seinem Kaffee. »Ich mag Sie, Alex. Sie sind ein schlaues Kerlchen. Einer der besten Studenten, Spitzennoten am College … Pardon, an der Uni … Verdammt, wenn Sie für die Firma arbeiten würden, wären Sie inzwischen wahrscheinlich *mein* Vorgesetzter, was?« Er lachte noch einmal auf, so sehr amüsierte ihn sein eigener Witz. Dann griff er in seine Tasche und hielt den Speicherstick hoch, der offensichtlich diese verheerende Kette von Ereignissen ausgelöst hatte. »Jetzt erzählen Sie mir mal, Alex, wo Sie das hier herhaben?«

Die Lügen flossen ihm von den Lippen, noch bevor er ihnen Einhalt gebieten konnte. »Ich … ich weiß noch nicht mal, was da drauf ist …«

Die Antwort traf ihn umgehend und brutal. Ein Schlag mit dem Handrücken an seine Schläfe, der ihn zur Seite schleuderte und vom Stuhl auf den nackten, rauen Zementboden warf. Alex hätte bei dem plötzlichen und unerwarteten Angriff vor Schmerz und Furcht fast laut aufgeschrien. Ein zweiter Mann musste hinzugekommen sein, während er sich auf Frank konzentriert hatte.

Alex war kein Kämpfer und an körperliche Verletzungen nicht gewöhnt. Seit er ein Kind war, hatte ihn niemand mehr richtig geschlagen, und dieser einzelne Schlag war bei Weitem stärker gewesen als alles, was er jemals auf dem Schulhof einstecken musste.

Einen Augenblick später wurde alles um ihn herum dunkel, als ein Handtuch über sein Gesicht gezogen und an beiden Seiten so festgedrückt wurde, dass sein Kopf am Boden fixiert war. Ein Knie presste sich mit roher Kraft auf seine Brust und nahm ihm jegliche Bewegungsfreiheit. Mit gefesselten Händen konnte er nichts tun, um seinen Aufpasser abzuwerfen.

Er hörte ein metallisches Scharren, als der Eimer hochgenommen wurde, und danach Franks unverwechselbare Stimme: »Wie ich schon sagte, das Geheimnis ist die Fixierung.«

Als Frank anfing, den Eimer über seinem Kopf auszuleeren, begann Alex' Herz zu rasen, und er wurde von Panik erfasst. Der dicke Stoff über seinem Gesicht saugte sich mit Wasser voll, was dafür sorgte, dass es sofort in seine Nase gesaugt wurde, seine Kehle hinunterfloss und einen Würgereflex auslöste.

Verzweifelt versuchte Alex, den Kopf hin- und herzuschleudern, aber der Griff seines Aufpassers war unnachgiebig, sodass er den Kopf höchstens ein, zwei Zentimeter nach jeder Seite bewegen konnte. Die Kraft, mit der das

Tuch auf sein Gesicht gedrückt wurde, vergrößerte sich noch, wodurch sein Kopf nach hinten gepresst wurde. Währenddessen schüttete Frank immer mehr Wasser auf ihn.

Alex bäumte sich auf und trat mit der Kraft der Verzweiflung um sich, die Handschellen schnitten in sein Fleisch, aber es gelang ihm nicht freizukommen. Als er vor Panik aufschrie, versuchte seine Lunge gierig nach Luft zu schnappen, was aber nur mit einem neuen Wasserguss quittiert wurde.

Es hörte nicht mehr auf. Er hustete und schrie in den Knebel und wand sich in Krämpfen, während sein Körper verzweifelt nach dem Sauerstoff verlangte, von dem er wusste, dass er ausbleiben würde. Der Puls hämmerte in seinen Ohren, und Adrenalin rauschte durch seine Adern, als der uralte Instinkt zur Selbsterhaltung einsetzte. Aber alles war vergebens.

In diesem Moment wurde ihm klar, dass dies sein Ende bedeutete. Sie würden immer mehr Wasser in seine Lunge schütten, bis er unterlag, sich nicht mehr wehrte und das Bewusstsein verlor. Er würde sie nicht daran hindern können.

Er würde hier sterben.

Doch gerade, als sich die Dunkelheit über sein Bewusstsein auszubreiten begann, versiegte der Wasserstrom, und das Tuch wurde weggezogen. Befreit vom unbarmherzigen Griff seines Aufpassers, krümmte sich Alex, hustete und würgte mit aller Kraft, weil seine Lunge versuchte, das Wasser wieder loszuwerden, das in sie eingedrungen war.

Als er aufschaute, sah er mit verschwommenem Blick den zweiten Mann, der ganz und gar nicht so freundlich aussah wie Frank. Er war kleiner, schwerer, älter und machte einen hinterhältigeren Eindruck. Er hatte die

Hemdsärmel hochgekrempelt und entblößte seine muskulösen Unterarme, die mit dichtem schwarzen Haar überzogen waren. Der Rest seines massigen Oberkörpers war in eine lange Lederschürze von der Art gehüllt, wie Fleischer und Arbeiter im Schlachthaus sie tragen.

»Ich habe vergessen, Ihnen meinen Freund Larry vorzustellen«, sagte Frank, als wollte er sich dafür entschuldigen. »Larry, das ist Alex.«

»Wie geht es Ihnen, Alex?«, erwiderte Larry und nickte einen Gruß. »Ich freue mich auf unsere Zusammenarbeit.«

Somit waren es also schon mindestens zwei Männer, die er sehen konnte. Drei Männer hatten ihn vorhin aus der Polizeiwache eskortiert, aber er hatte keine Ahnung, wer der dritte Mann gewesen sein könnte. Vielleicht lauerte er irgendwo im Schatten und bereitete sich auf den nächsten schmerzhaften Überraschungsangriff vor, so wie Larry es getan hatte. Vielleicht wartete er aber auch hinter dem Steuer des Vans darauf, seine Kumpane von hier wegzubringen, nachdem sie ihn zu Tode gefoltert hatten.

Auf eine nähere Bekanntschaft wollte er jedenfalls gern verzichten.

»Nicht mehr«, keuchte Alex mit angestrengter, rasselnder Stimme. »Bitte, nicht mehr.«

Frank nahm noch einen Schluck Kaffee. »Wie ich schon sagte, Sie sind schlau, aber Sie kommen mir nicht vor wie jemand, der einfach nur so zum Spaß Regierungsgeheimnisse klaut. Was mich wirklich interessiert, ist die Person, die Ihnen diesen Stick gegeben hat. Also, ich schlage Ihnen Folgendes vor: Beantworten Sie unsere Fragen, helfen Sie uns, einen gefährlichen Terroristen vor Gericht zu bringen, und vielleicht … vielleicht kriegen Sie die Chance, hier wieder rauszukommen und Ihr normales Leben weiterzuleben. Wenn man bedenkt, wie tief Sie in der Scheiße sitzen, ist das hier jetzt ein ziemlich gutes Angebot, mein Freund. Oder ...« Er warf einen Blick auf den Boden und stieß mit der Schuhspitze gegen den Blecheimer. »Wir können so weitermachen. Wir haben jede Menge Wasser und die ganze Nacht vor uns.«

Schon der Gedanke daran, das alles noch einmal durchstehen zu müssen, löste bei Alex einen Würgereiz aus. Er war unfähig, einem der beiden Männer ins Gesicht zu sehen, und nickte einfach nur.

Er sah den Anflug eines Lächelns. Verglichen mit den Leuten, die die beiden im Laufe ihrer Dienstzeit wahrscheinlich schon verhört hatten, war Alex für sie wohl nur ein Kinderspiel.

»So langsam werden wir uns einig. Siehst du, Larry? Ich habe dir doch gesagt, dass er uns helfen würde. Er ist doch nicht dumm.«

Alex hörte ein zustimmendes Grunzen von Larry, der wahrscheinlich enttäuscht war, es nicht noch einmal mit einer neuen Runde Waterboarding versuchen zu dürfen.

»Okay, Alex. Dann mal los. Wie sind Sie an den Speicherstick gekommen?«

»Er wurde mir mit der Post geschickt.«

»Von wem?«

Alex musste schlucken. Er hasste es, das Unvermeidliche zu tun. Damals ging er lieber ins Gefängnis, anstatt seine Freunde zu verraten, aber das hier war etwas anderes. Er kämpfte jetzt um sein Leben. Und wenn er recht hatte, war Sinclair bereits tot und konnte nicht mehr verraten werden.

»Arran Sinclair. Ein Freund von mir.«

»Weiter«, drängte Frank. Er wusste, dass noch viel mehr dahintersteckte.

»Er ist vor einer Woche zu mir gekommen und hat

mich um Hilfe gebeten. Irgendein … Projekt, an dem er arbeitete. Ich lehnte ab und bekam ein paar Tage später diesen Brief. Als ich ein bisschen nachforschte, stellte ich fest, dass er verschwunden war. Ich musste herauskriegen, was auf dem Stick war, deshalb habe ich ihn mit ins Internetcafé genommen, um es mir anzuschauen.«

Bei diesen Worten sah der Mann in der Lederschürze seinen Kollegen mit hochgezogener Augenbraue an, sagte aber nichts. Frank hingegen nahm nachdenklich in aller Ruhe einen Schluck von seinem Kaffee, bevor er fortfuhr: »Woher hatten Sie das Prepaidhandy, Alex?«

»Ich weiß es nicht …«

Er wurde mitten im Satz von einer Faust unterbrochen, die steinhart in seinen ungeschützten Magen schlug. Alex konnte nichts dagegen tun; er krümmte sich, stöhnte und schnappte nach Luft. Die beiden CIA-Agenten hielten sich zurück und beobachteten ihn schweigend, bis er wieder zu Atem kam.

»Ich hoffe wirklich, dass Sie mich nicht hinhalten, mein Freund«, warnte Frank, und zum ersten Mal schwang in seiner Stimme ein wenig Ungeduld mit.

»Sonst wird es für uns alle eine lange Nacht, und ich werde langsam müde.«

»Ich habe es erst heute bekommen«, keuchte Alex und spuckte Bitteres auf den Boden. »Von irgendeiner Frau. Sie hat jemandem Geld gegeben, damit er es mir gab.«

Als er das Geschlecht jener geheimnisvollen Kontaktperson erwähnte, brachte ihm das einen interessierten Blick ein. »Also haben Sie sie gar nicht selbst gesehen?«

»Nein. Ich habe nur ihre Stimme gehört.«

»Und was hat sie Ihnen gesagt?«

»Sie … hat mich davor gewarnt, dass die Polizei schon unterwegs sei, und mir geraten, aus dem Café zu verschwinden, wenn ich die Nacht überleben wollte. Sie meinte, sie könnte mir helfen.«

Jetzt schien Franks Interesse geweckt. »Beschreiben Sie ihre Stimme. Ganz genau.«

Die Erinnerung an jene Unterhaltung war in seinem Schädel eingebrannt und würde es auch für den Rest seines Lebens bleiben. Ganz gleich, wie lange es noch dauern würde. »Die Stimme war ziemlich tief für eine Frau. Jung war sie nicht. Und sie hatte einen Akzent. Vielleicht Russisch. Ich … ich bin mir nicht sicher.«

Frank dachte kurz nach. »Dann scheint ja heute Ihr Glückstag zu sein, Alex. Wir bringen Sie zu dieser Polizeiwache zurück, und morgen früh werden Sie ohne Anzeige entlassen. Unzureichende Beweise. Sie gehen nach Hause, und früher oder später wird sich Ihre neue Freundin wieder mit Ihnen in Verbindung setzen. Dann schnappen wir sie uns.«

Alex' Augen weiteten sich. »Sie wusste, dass die Polizei unterwegs war, um mich zu verhaften. Sie wird wissen, dass man mich geschnappt hat. Wenn ich jetzt versuche, mich mit ihr zu treffen, wird sie …«

Plötzlich machte Larry einen Schritt nach vorn, und Alex spürte, wie er etwas gegen seinen Hals drückte. Das laute Klicken beim Entladen des Elektroschockers wurde nur von Alex' Schreien übertönt, als mehrere Tausend Volt sein zentrales Nervensystem fluteten. Sein Körper war nichts als ein erbärmliches, gekrümmtes Häufchen auf dem Boden, und seine Muskeln zuckten und verkrampften sich unkontrolliert.

Irgendwann hatte der Albtraum ein Ende, und er rollte sich in einer Fötusposition zusammen, während er mit abgehackten, zitternden Atemzügen nach Luft schnappte.

»Das eine will ich Ihnen sagen, mein Freund. Leute wie

Sie haben das Pech, einfach so verschwinden zu können. So was ist schon oft passiert. Überhaupt kein Problem. Ich könnte Sie hier zu Tode foltern, und danach bräuchte ich nur ein paar Formulare für meinen Chef zu unterschreiben, und alles wäre okay«, klärte Frank ihn auf, dessen frühere Freundlichkeit wie weggeblasen war. »In Wahrheit gibt es nur einen Grund, warum Sie noch atmen. Und das ist, weil Sie uns nützlich sein können. Das ist jetzt der einzige Sinn Ihres Lebens. Wenn Sie uns nicht helfen können, gibt es keinen Grund, warum ich noch mehr von meiner kostbaren Zeit an Sie verschwenden sollte.«

Er hörte ein metallisches Klicken und begriff mit einem seltsam unbeteiligten Schrecken, dass das Geräusch vom Durchladen einer Waffe stammte. Als er hochschaute, sah er, dass Larry über ihm stand. Seine schwarze automatische Pistole glänzte im harten Licht.

Frank hingegen stand einfach nur da und beobachtete alles mit einem angedeuteten Grinsen. Alex' Leben bedeutete ihm nichts. Er hatte sicher schon viele Männer sterben sehen.

Bevor Alex antworten konnte, erloschen plötzlich die Scheinwerfer des Wagens und tauchten den Raum in Dunkelheit. Alex schnappte nach Luft und fragte sich, was los war.

»Was zum …«, hörte er Frank sagen, bevor seine Stimme mit einem würgenden, gurgelnden Grunzen abbrach.

»Mist«, rief der andere Mann, darauf folgte der ohrenbetäubende Knall eines Schusses, der direkt vor ihm eine verwischte Bewegung ausleuchtete. Alex zuckte zusammen und erwartete jeden Moment einen Schuss, der seinen eigenen Körper zerfetzte.

Aber nichts dergleichen geschah. Stattdessen sah er eine dunkle Gestalt auf den Mann in der Lederschürze zuspringen, dann hörte er plötzlich Kampfgeräusche und einen Schmerzensschrei. Ein schwerer Aufprall verriet Alex, dass gerade ein Körper zu Boden gegangen war.

Ein paar Sekunden später ging das Licht genauso plötzlich an, wie es zuvor erloschen war, und enthüllte eine Szenerie, die so grässlich war, dass Alex blinzeln und ein zweites Mal hinschauen musste, um sie zu begreifen.

Seine beiden Peiniger lagen auf dem schmutzigen Zementboden, und Blut sickerte aus ihren leblosen Körpern. Frank lag mit durchschnittener Kehle auf dem Rücken, dicht daneben dampfte sein To-go-Kaffee auf dem Boden. Larrys Lederschürze war von ein paar wohlplatzierten Messerstichen perforiert worden, die dafür gesorgt hatten, dass die Schürze jetzt dunkelrot im Licht glänzte.

Noch schockierender als dieses blutige Spektakel war allerdings die Angreiferin, die das alles offenbar angerichtet hatte. Alex traute seinen Augen kaum, als er die Frau mit dem blutigen Messer in ihrer linken Hand zwischen den beiden toten Männern stehen sah.

Sie war groß und athletisch, hatte kurzes blondes Haar und sah sehr gut aus. Er wusste, dass er sie schon einmal gesehen hatte. Sofort erinnerte er sich an das Treffen mit Sinclair am Trafalgar Square vor einer Woche.

Gekleidet in teure Jeans, eine schwarze, taillierte Bluse und eine geschmackvolle braune Lederjacke, war sie der Inbegriff lässiger Eleganz. Sie hatte ein ausgesprochen hübsches Gesicht mit einem ausländischen Einschlag, strahlte aber eine gewisse Härte aus, die Alex dazu brachte, etwas genauer hinzuschauen.

Vielleicht spürte sie seinen rastlosen Blick, wie es attraktive Frauen öfter taten, jedenfalls sah sie in seine Richtung, und für einen kurzen Moment trafen sich ihre Blicke. Selbst von der gegenüberliegenden Seite des Platzes aus verblüfften Alex ihre eisblauen Augen, deren Blick ihn zu durchbohren schien.

Als er sie jetzt anschaute, konnte er kaum glauben, dass es dieselbe Frau war. Die modische Lederjacke und die Jeans gab es nicht mehr, sie hatte sie gegen einen schwarzen Kampfanzug und feste Stiefel ausgetauscht. Ihr blondes Haar war nach hinten gegelt, um freie Sicht zu gewährleisten, ihr Gesichtsausdruck war hart und zeigte eine kalte, nüchterne Entschlossenheit.

Und dennoch konnte kein Zweifel daran bestehen, dass sie es war. Ihre Kleidung konnte sie wechseln, aber ihre Augen waren dieselben. Daran hatte auch das, was gerade geschehen war, nichts geändert. Von kaltem Blau und mit erschreckender Intensität waren sie jetzt in einer Weise auf ihn gerichtet, wie ein Raubtier seine hilflose Beute abschätzt.

Sie kam näher. Immer noch umklammerte sie die tödliche Klinge in ihrer behandschuhten Hand. Ein Spritzer vom Blut ihrer Feinde war auf ihrem Gesicht gelandet; die dunkelroten Flecken betonten die furchterregende Tiefe ihrer gnadenlosen Augen umso mehr.

Er rechnete damit, dass die Klinge jeden Moment durch die Luft fegen und sich ihren Weg durch seine Haut, die Muskeln und empfindliche innere Organe bahnen würde.

Aber zu seiner Überraschung geschah nichts dergleichen.

»Können Sie gehen?«, fragte die Frau. Das bestätigte, was er bereits wusste. Es war dieselbe Stimme wie jene, die versucht hatte, ihn aus dem Café heraus und in Sicherheit zu lotsen.

Er war von ihrem plötzlichen Auftauchen so geschockt, dass er keine Antwort über die Lippen brachte.

»Können Sie gehen?«, fragte sie noch einmal, diesmal lauter. »Wenn Sie nicht mehr laufen können, lasse ich Sie hier.«

Er blinzelte und kam langsam wieder zu sich. »Doch. Kann ich.«

»Gut.« Sie kniete sich neben ihn, nahm ihn bei den Handgelenken und befreite ihn rasch von seinen Handschellen.

Erst jetzt begriff er, was gerade geschehen war. Selbst als die Handschellen von seinen Handgelenken glitten, starrte Alex mit erschreckter Faszination auf das Blut, das noch immer aus den verletzten Arterien an Franks Hals strömte.

»Jesus Christus, die sind wirklich tot, was?«, sagte er, wobei ihm irgendwie klar war, wie dämlich eine solche Feststellung für sie klingen musste.

Sie hielt nur einen kurzen Moment inne und warf einen unbeteiligten Blick auf die beiden Körper. »Bald kommen noch mehr von denen. Wir müssen hier verschwinden. Stehen Sie auf und beeilen Sie sich gefälligst.«

Ohne eine Antwort abzuwarten, richtete sie sich auf, ging zu den beiden Toten und durchsuchte Franks Taschen, bis sie den Speicherstick fand. Nachdem sie ihn an sich genommen hatte, richtete sie ihre Aufmerksamkeit auf Larry und schnappte sich die Waffe, die er bei ihrer kurzen Konfrontation fallen gelassen hatte.

Sie zog den Schlitten gerade nur weit genug zurück, bis sie erkennen konnte, dass die Waffe durchgeladen und der Schlagbolzen nicht manipuliert worden war. Dann warf sie wieder einen Blick auf Alex.

»Kommen Sie.«

Völlig perplex von allem, was gerade geschehen war, tat Alex das Einzige, was ihm unter den gegebenen Umständen vernünftig erschien. Er gehorchte.

9

Wo Alex am Ende seiner langen Fahrt aus London schließlich gelandet war, klärte sich endlich für ihn auf, als er durch riesige Schiebetüren ins kühle Dunkel der Welt dahinter schlüpfte. Soweit er erkennen konnte, war das Gebäude ein rostiger eiserner Schuppen inmitten eines größeren landwirtschaftlichen Betriebs. Ganz in der Nähe gab es zwei weitere Gebäude mit ähnlichen Ausmaßen, die sich nur als große schwarze Schatten vor der Dunkelheit des Nachthimmels abhoben.

Er musste zugeben, dass die Wahl des Ortes durchaus von einer gewissen finsteren Logik zeugte. In Ländern wie Großbritannien gehörten Bauernhöfe naturgemäß zu den abgeschiedensten Fleckchen Erde. Und angesichts der ringsum kilometerweit im Privatbesitz befindlichen, menschenleeren Ländereien war es sehr unwahrscheinlich, dass vorbeikommende Zivilisten zufällig etwas hörten, das nicht für ihre Ohren bestimmt war.

»Was zum Teufel ist das hier?«, fragte er leise, während er der Frau zwischen den beiden Scheunen hindurch folgte. Im Gegensatz zu ihm bewegte sie sich mit verblüffender Geschwindigkeit und Eleganz durch das Dunkel. Ihre Schritte machten auf dem matschigen Boden kaum ein Geräusch.

»Die haben ein provisorisches Verhörzentrum organisiert«, erklärte sie. »Hätten sie mehr Zeit zur Vorbereitung gehabt, wäre es nicht so leicht gewesen, Sie da rauszuholen.

Sieht so aus, als hätten sie nicht gewollt, dass sonst noch jemand davon erfährt.«

»Und der ganze Aufstand nur für mich? Ich fühle mich geehrt«, sagte Alex mit einem nervösen Lachen und versuchte, die Situation etwas aufzulockern.

Der Versuch wurde ihm nicht gedankt. Stattdessen zeigte die Frau in die Ferne, wo eine Baumgruppe in den Nachthimmel ragte. »Hinter dem Wäldchen steht ein Wagen. Ducken Sie sich und folgen Sie mir.«

»Wie haben Sie …?«

»Jetzt nicht«, schnitt sie ihm das Wort ab und brachte ihn zum Schweigen. »Bleiben Sie einfach dicht bei mir und reden Sie nicht.«

Mehr hatte sie nicht zu sagen. Alex versuchte, ihr zu folgen, so gut es ging, während sie weiterlief. Er stolperte durchs Unterholz und über freiliegende Baumwurzeln und fluchte mehr als einmal, wenn er sich mit den Beinen in irgendwelchen wuchernden Brombeerranken verfing, die zum Sommeranfang wieder mächtig ausgetrieben hatten.

Adrenalin und nackte Verzweiflung taten das Ihre, um ihn auf Trab zu halten, aber es war nicht leicht, ihr auf den Fersen zu bleiben, und Alex wurde plötzlich bewusst, dass diese Frau die einzige Hoffnung darstellte, die ihm geblieben war. Wenn er sie verlor, konnte er sich gleich auf der nächsten Polizeiwache stellen.

Als sie am anderen Ende wieder aus dem Wäldchen herauskamen, war er schweißüberströmt und außer Atem. Trotzdem hatten sie es geschafft, das raue Gelände mehr oder weniger unbeschadet zu durchqueren.

Am Waldrand verlief ein schmaler, unbefestigter Feldweg, den vermutlich die Bauern benutzten, um zu ihren Feldern zu gelangen. In einer flachen Mulde und teilweise hinter Büschen verborgen, parkte ein schwarzer Ford Focus.

Die altmodische kleine Fließhecklimousine wirkte in dieser ländlichen Umgebung völlig deplatziert.

Seine Begleiterin steuerte auf den Wagen zu, und Alex zögerte nicht, ihr zu folgen. Sobald die Tür geöffnet war, brach er auf dem Beifahrersitz praktisch zusammen; er rang immer noch angestrengt nach Luft, als sie den Wagen startete und aus der flachen Mulde herausmanövrierte.

Augenblicke später waren sie schon unterwegs und fuhren trotz der holprigen, kurvenreichen Strecke mit hohem Tempo. Die Scheinwerfer blieben konsequent ausgeschaltet, und trotz seiner Zweifel, ob es besonders schlau war, nachts ohne Licht über einen Feldweg zu rasen, war er zu erschöpft, um etwas zu sagen. Im Übrigen glaubte er nicht, dass eine diesbezügliche Bemerkung bei der Frau allzu gut ankäme.

Er schlotterte am ganzen Körper, was er erst bemerkte, als er auf seine Hände hinuntersah. Sie zitterten jetzt nahezu unkontrolliert, woran nicht nur die kalte Nachtluft da draußen schuld war. Wieder und wieder hatte er das Bild seiner beiden Aufpasser vor Augen, wie sie auf dem dreckigen Zementboden gelegen hatten; wieder und wieder durchlebte er in seiner Erinnerung das Gefühl, als ihm das Wasser in Mund und Nase geflossen war und ihn fast ertränkt hatte. Fast war ihm, als müsste er sich gleich übergeben.

»Sie erleben gerade ein Kampftrauma«, sagte die Frau, als hätte sie seine Gedanken erraten. »Das Adrenalin in Ihrem Körper baut sich ab, und Ihr Körper fällt in eine Art Schockstarre. Atmen Sie langsam und tief und bleiben Sie konzentriert. Ich will, dass Sie jetzt einen klaren Kopf behalten, Alex.«

»Sie haben leicht reden«, sagte er und verschränkte die Arme vor der Brust, um sich warm zu halten. Die Innenraumheizung war bis zum Anschlag aufgedreht, aber der Motor war noch nicht warm genug, um ausreichend heiße Luft zu produzieren. »Wie haben Sie mich überhaupt gefunden? In dem Café, meine ich. Und woher wussten Sie meinen Namen?«

»Wie ich schon sagte, Sie haben keine Ahnung, wie man Spuren verwischt. Nachdem Sie sich letzte Woche mit Loki getroffen haben, bin ich Ihnen bis nach Hause gefolgt. Als ich erst mal Ihre Adresse hatte, war es leicht, alles über Sie in Erfahrung zu bringen, was ich wissen wollte.«

»Warum interessieren Sie sich für mich?«

»Loki hat für mich gearbeitet, und ich hatte vermutet, dass Sie für ihn arbeiten. Ich musste in Erfahrung bringen, ob Sie vertrauenswürdig sind. Als Loki dann vor drei Tagen verschwand, waren Sie mein einziger Anhaltspunkt.«

Endlich wurde die Sache ein bisschen klarer für Alex. Loki war Sinclairs Hacker-Deckname. Die Frau war die geheimnisvolle Klientin, die ihn angeheuert hatte, um in das gesicherte CIA-Netzwerk einzudringen und Geheiminformationen zu stehlen. Sie war es, die bereit war, einen Haufen Geld dafür hinzublättern, um die Informationen in die Hände zu bekommen, und sie war auch der Grund dafür, warum Sinclair wahrscheinlich nicht mehr lebte. Alex' Verstand verwandelte sich in einen Strudel wirrer Gedanken und Möglichkeiten – von denen keine einzige sonderlich beruhigend war.

Sie schwieg einen Moment, um den Wagen durch eine enge Kurve zu lenken, und umklammerte das Lenkrad, als er durch ein tiefes Schlagloch rumpelte. »Und jetzt verraten Sie mir, warum Sie das CAM an einem öffentlichen Terminal benutzt haben.«

»Das CAM? Was meinen Sie damit? Was zum Teufel ist ein CAM?«, erwiderte er, während er versuchte, seine Gedanken zu sortieren, die immer heftiger durcheinanderwirbelten.

Er hörte, wie sie leise den Atem ausstieß, aber er wagte nicht, sie anzuschauen. Das Rumpeln und Schaukeln des Wagens auf der unbefestigten Straße machte ihn benommen, und er fühlte sich, als würde er sich nachts völlig betrunken mit dem Taxi nach Hause bringen lassen.

»Ein CAM oder Conditional-Access-Modul ist ein elektronisches Bauteil, das autorisierten Agenten den Fernzugriff auf CIA-Server ermöglichen soll«, erklärte sie kurz und bündig. »Loki hat Ihnen eine Kopie davon gegeben, als Sie ihn letzte Woche getroffen haben. Sie sollten es doch für ihn entschlüsseln.«

Das hatte er ganz sicher nicht getan. Die einzige Gelegenheit, bei der er etwas näher an die Geheimnisse des Sticks herangekommen war, war der kurze Moment, als er im Internetcafé einen Blick auf den Quellcode geworfen hatte.

Die Frau hatte seine Zurückhaltung langsam satt, deshalb wandte sie sich zu ihm um und schaute ihn direkt an. »Alex, jetzt ist nicht der geeignete Moment, um etwas zu verschweigen. Jetzt reden Sie schon. Wie konnte die Agency Sie finden?«

Und plötzlich wurde ihm alles zu viel, was in den letzten paar Stunden geschehen war – zu erfahren, dass sein Freund verschwunden war, die Festnahme, die Folter, das Verhör –, und es brach aus ihm heraus.

»Verdammt noch mal, ich weiß es nicht«, schrie er und war selbst von der Heftigkeit seines Ausbruchs überrascht. »Ich habe keine Ahnung, wovon Sie reden. Ich habe für niemanden irgendetwas entschlüsselt. Ich habe nicht darum gebeten, in diese Sache reingezogen zu werden, und ich habe Arran gesagt, dass ich nicht mitmachen will. Ich bin nicht der, für den Sie mich halten. Ich bin ein verdammter Niemand. Ich lebe davon, Leuten Fernseher anzudrehen, in Gottes Namen. Ich kann Ihre Fragen nicht beantworten, weil ich keine Ahnung habe, worauf Arran sich eingelassen hat.«

Ihre Reaktion war ebenso unerwartet wie heftig. Sie rammte den Fuß auf die Bremse und ließ den Focus schlingern und rutschen, bis er stand. Alex, der vergessen hatte, sich anzuschnallen, wurde bei der Vollbremsung von der Fliehkraft gegen das Handschuhfach geworfen.

»Raus aus dem Wagen«, befahl sie.

»Was wollen Sie …?«

Er wurde sehr effektiv zum Schweigen gebracht, als sie die Automatikpistole zog, die sie seinem toten Aufpasser abgenommen hatte, und direkt auf seine Stirn richtete.

»Raus aus dem Wagen«, wiederholte sie in einem Tonfall, der jetzt so kalt war wie ihre Augen.

Er brauchte nur einen Blick in ihr Gesicht zu werfen, um zu wissen, dass jeglicher Widerstand zwecklos war. Er versuchte, die vom Schwindel verursachte Übelkeit herunterzuschlucken, öffnete die Wagentür und trat in die kühle Nachtluft hinaus. Sie war direkt hinter ihm und legte immer noch auf ihn an.

»Auf die Knie«, befahl sie. »Und nehmen Sie die Hände hinter den Kopf!«

Er fühlte sich seltsam benommen, als er sich auf den schlammigen Boden sinken ließ und die Hände hinter den Kopf nahm. Er konnte kaum begreifen, warum sich das Blatt schon wieder so dramatisch gewendet hatte. Es fühlte sich nicht mehr real an. Diese Nacht unterschied sich so sehr von der monotonen Vorhersehbarkeit seines Lebens, dass er die Ereignisse geistig einfach nicht mehr verarbeiten konnte.

Wo sollte das alles enden? War er wirklich gerade erst gerettet worden, nur damit ihn seine Retterin jetzt hinrichtete?

»Okay, sorry, ich wollte Sie nicht anschreien …«, fing er seine verzweifelte Suche nach den richtigen Worten an.

»Maul halten«, schnappte sie zurück. »Alles, was heute Abend passiert ist, haben Sie sich selbst zuzuschreiben. Seit dem Augenblick, als Sie versucht haben, das CAM zu starten, sind beim CIA alle roten Lichter angegangen. Sie haben alles zerstört, wofür Loki und ich gearbeitet haben.«

Alex fehlten die Worte. Kein Gegenargument, kein Appell ans Mitgefühl. Er verstand jetzt die ganze Tragweite seiner Entscheidung, die Datei zu öffnen.

»Das wusste ich nicht. Es … es tut mir leid.«

In Anbetracht der Tatsache, dass er um sein Leben bettelte, war dies ein jämmerlich schwacher Versuch. Seine Entschuldigung würde den Schaden, den er, ohne es zu wollen, heute Abend angerichtet hatte, bestimmt nicht ungeschehen machen, aber in seinem ganzen Leben hatte er die paar Worte nie ehrlicher gemeint als jetzt.

»Mir tut es auch leid«, sagte die Frau und hob die Waffe.

»B-bitte, tun Sie es nicht«, stammelte er und war sich dabei sehr bewusst, dass er vor Angst kläglich zitterte. Die Benommenheit und seine Fassungslosigkeit waren jetzt von ihm gewichen, und die Realität hatte ihn so hart erwischt, als wäre er gegen eine Mauer gelaufen. »Bitte, ich will nicht sterben.«

»Ich kann nichts mehr für Sie tun. Es wird schnell gehen.«

O mein Gott, das war's jetzt also. Er würde hier mitten in der Pampa auf irgendeinem matschigen Feldweg sterben und morgen, übermorgen oder am Tag danach würde man seine Leiche finden. Und wenn man ihn finden würde, wäre sein Gehirn überall im Gras verspritzt.

Er sah, wie die Polizei seinen Eltern die Nachricht von seiner Ermordung überbrachte: Seine Mutter würde in Tränen aufgelöst sein und sein Vater versuchen, die Fassung zu bewahren. Er sah, wie die Leute aus seiner Firma darüber quatschten und spekulierten, was wohl wirklich mit ihm passiert war – ein paar würden bestimmt bei seiner Beerdigung vorbeischauen, aber wohl eher, um einen freien Tag zu bekommen, als dass es ihnen allzu wichtig gewesen wäre. Er konnte sich das alles im Bruchteil einer Sekunde vorstellen.

Ich werde also in diesem verdammten Metallica-T-Shirt sterben, dachte er, als er sah, wie der Lauf der Waffe im fahlen Mondlicht schimmerte.

Da kam ihm ganz plötzlich ein Gedanke. Ein Idee, die nur seiner nackten Verzweiflung entsprang, und eine Eingebung, weshalb sein Freund ihn vor einer Woche überhaupt erst angesprochen hatte.

»Warten Sie«, schrie er. »Sie haben gesagt, Sie wollten, dass das CAM entschlüsselt wird, damit Sie in die Server der Agency eindringen können. Das bedeutet, Sie wollen denen etwas stehlen. Ich kann Ihnen helfen.«

Das reichte, um ihr Interesse zu wecken, zumindest einen Moment lang. Ob dies andauern würde, hing ganz allein von dem ab, was er in den nächsten Sekunden sagte. Er musste dafür sorgen, dass sie an ihn glaubte.

»Was denken Sie wohl, warum mich Arran vor einer Woche um Hilfe gebeten hat?«, fragte er und redete so schnell, dass er fast über seine eigenen Worte gestolpert wäre. »Er tat es, weil er wusste, dass ich der einzige Mensch bin, der liefern kann, was er braucht.«

»Sie haben gesagt, Sie sind ein Niemand«, erinnerte sie

ihn. »Einer, der Fernseher verkauft. Was können Sie schon für mich tun?«

Er schaute zu ihr hoch. »Es gab andere Zeiten. Ich habe mal was dargestellt. Ich war mal *jemand*, ein anderer Mensch. Ich habe Dinge getan, die bedeutsam waren, so dämlich sich das für Sie anhören muss. Arran wusste, was ich leisten kann, und deswegen hat er mich um Hilfe gebeten. Aber ich habe ihn abgewiesen, weil ich Angst vor den Konsequenzen hatte.« Alex schluckte und fragte sich, ob der ganze Mist wohl anders gelaufen wäre, wenn er das Angebot seines Freundes akzeptiert hätte. »Das habe ich jetzt begriffen, und ich werde damit leben müssen. Aber wie es aussieht, habe ich nach dem, was heute Abend passiert ist, sowieso nichts mehr zu verlieren. Ich kann Ihnen helfen. Es gibt niemanden, der so gut verschlüsselte Codes knacken kann wie ich, nicht einmal Arran selbst. Ich habe nur so zum Spaß die Server von internationalen Banken geknackt. Wenn es Ihnen wirklich wichtig ist, wenn Sie wirklich in die Systeme der CIA eindringen wollen, dann drücken Sie um Himmels willen nicht ab, denn ich bin der Einzige, der noch übrig ist, um Sie da reinzubringen.«

Sie blieb ein paar Sekunden lang stumm, betrachtete ihn mit einem durchdringenden, prüfenden Blick und suchte nach irgendeinem Hinweis, dass er sie belog. Aber sie drückte nicht ab. »Angenommen, Sie erzählen mir die Wahrheit, was brauchen Sie, um das durchzuziehen?«

»Ich brauche eine anständige Computeranlage. Vernünftige Hardware, die man nicht so einfach im nächsten Laden kaufen kann, und einen Ort, an dem ich ungestört arbeiten kann.«

»Und woher kriegen Sie diese Dinge?«

Einen Hack wie diesen durfte man nicht halbherzig angehen, und ganz sicher nicht mit einer Ausrüstung, wie man sie in normalen Läden erwerben konnte. In den alten Zeiten hatte er Monate gebraucht, um sich selbst das System zu bauen, das er für solche Arbeiten benötigte. Aber er hatte wohl kaum genug Zeit, um sich noch mal eins zusammenzustellen, also blieb ihm nur die Wahl, die Ausrüstung von jemand anderem zu benutzen.

»Ich kenne jemanden, der alles hat, was ich brauche, aber …«

»Aber was?«

Alex schluckte. Ihr würde kaum gefallen, was er als Nächstes sagen würde, aber trotzdem führte kein Weg daran vorbei. »Er lebt nicht in diesem Land. Er lebt in Norwegen. Er gehörte früher einmal zu Valhalla 7.«

»Wenn er zur Gruppe gehörte, ist er vielleicht mit den anderen aufgeflogen«, folgerte sie. »Wieso glauben Sie, dass er uns von Nutzen sein könnte?«

Alex schüttelte den Kopf. »Sie können mir glauben, Arran hat ihn in dieser Sache garantiert nicht angesprochen.«

»Wieso nicht?«

Alex knirschte mit den Zähnen und schluckte den Zorn herunter, der schon seit Jahren in ihm hochkochte, wenn er nur an Gregar Landvik dachte. »Weil er schuld daran war, dass ich überhaupt im Gefängnis gelandet bin«, gelang es ihm zu sagen. »Das ist eine lange Geschichte, die Sie bestimmt nicht hören wollen. Fakt ist, dass er danach aus der Gruppe geworfen wurde. Aber es ist ziemlich wahrscheinlich, dass er immer noch aktiv ist. Wenn wir ihn erreichen können, kann ich sein System benutzen, um dieses Ding zu knacken.«

Sie wirkte nicht überzeugt. Eigentlich sah sie eher so aus, als würde sie gleich den Abzug betätigen. Vermutlich dachte sie das Gleiche wie er – sein Vorschlag war alles andere als handfest, und es konnte eine Menge dabei schiefgehen.

Die einzige Frage war, wie wichtig ihr der mögliche Erfolg war und wie viel sie dafür aufs Spiel zu setzen bereit war.

»Wenn Sie mich anlügen …«

»Ich belüge Sie nicht. Ehrenwort«, flehte er und schaute sie direkt an in der Hoffnung, sie würde in seinen Augen nichts als seinen verzweifelten Ernst erkennen. »Ich weiß, dass ich die Sache heute Abend vermasselt habe, aber ich kann es wiedergutmachen. Ich krieg das wieder hin. Geben Sie mir nur eine Chance, um es Ihnen zu beweisen.«

Sie erwiderte nichts und hielt die Waffe auf ihn gerichtet. Man konnte ihr keinerlei Gefühlsregung ansehen, aber er hoffte inständig, sie würde zumindest darüber nachdenken, was er ihr vorgeschlagen hatte. Warum sollte man es nicht wenigstens versuchen?

Er konnte nur beten, dass sie das Gleiche dachte.

Es verging eine scheinbare Ewigkeit, bis sie endlich die Waffe senkte. Alex atmete wieder aus – ohne zuvor gemerkt zu haben, dass er den Atem angehalten hatte.

»Zurück in den Wagen«, befahl sie und wandte sich ab, ohne auf ihn zu warten. »Wir haben eine lange Nacht vor uns.«

Da war er – der Silberstreif am Horizont. Er war ganz fein und unberechenbar, aber es war zumindest eine Chance. Eine Chance, die Sache wieder hinzukriegen und seinen Fehler auszubügeln. Eine Chance, am Leben zu bleiben.

Alex richtete sich wieder auf, während sie den Wagen ein zweites Mal startete. In seinem ganzen Leben war er noch nie so erleichtert gewesen, in einen Wagen einsteigen zu dürfen.

10

Ich bin nicht gerade stolz darauf, auf Knien um Gnade gefleht zu haben, aber was soll's? Ganz egal, wie beschissen man sich in seinem Leben fühlt, ganz egal, wie hoffnungslos alles aussieht – wenn dir jemand ein Schießeisen vors Gesicht hält, tust du einfach alles, um am Leben zu bleiben. Einschließlich Versprechen, von denen du nicht weißt, ob du sie halten kannst.

Ich griff nach Strohhalmen und war mir dessen voll bewusst. Mein Leben entglitt so rasant meiner Kontrolle, dass ich noch nicht mal Zeit hatte zu begreifen, wie schlecht alles für mich aussah. Einen Tag vorher war ich noch irgendein unbekannter Verkäufer mit einem abgewrackten Auto, ohne Freundin und ohne Zukunftsaussichten gewesen. Jetzt war ich ein gesuchter Verbrecher, wurde von ein paar sehr gefährlichen Leuten gejagt und hatte eine noch gefährlichere Frau an meiner Seite.

Ich steckte zwischen Baum und Borke …

Alex konnte nicht sagen, wie lange er mit der Frau im Auto saß, die ihm das Leben zuerst gerettet und dann fast wieder genommen hatte. Jemand anders hätte an seiner Stelle vielleicht gefürchtet, sie könnte ihre Meinung ändern und ihn doch noch umbringen, aber seltsamerweise blieb er von solchen Befürchtungen verschont. Vielleicht hatte er sein Quantum Angst für heute auch schon erschöpft.

Erschöpfung war das Wort, mit dem sich sein Geisteszustand am besten beschreiben ließ. Nach der Panik bei seiner Verhaftung, der Quälerei beim Verhör, dem Hochgefühl der Flucht und der plötzlichen Todesangst bei der Fast-Exekution durch seine Retterin war sein Verstand einfach an der Grenze seiner Leistungsfähigkeit angelangt und außerstande, noch mehr zu verarbeiten. Das unablässige Brummen des Fahrzeugmotors, die Vibrationen des Fahrwerks auf der asphaltierten Straße und die ab und zu aufleuchtenden Lichtkegel entgegenkommender Fahrzeuge versetzten ihn – in Verbindung mit seiner körperlichen Erschöpfung – in einen fast traumwandlerischen Zustand.

Wie aus weiter Ferne sah Alex die Ortsschilder von Luton, Northampton und dann Leicester draußen am Fenster vorbeiziehen. Sie benutzten keine der großen Autobahnen, die die Gegend durchschnitten, sondern hielten sich stattdessen auf kleineren Landstraßen. Straßen, auf denen weniger Autos unterwegs und deshalb so gut wie keine Überwachungskameras installiert waren.

Seine Begleiterin hatte nichts mehr gesagt, seit sie ihre Fahrt fortgesetzt hatten. Sie saß einfach nur da, hielt eine Hand am Steuer und die andere an der Waffe an ihrer Hüfte. Aber in ihren Schultern zeigte sich eine Spannung, die ihre Reglosigkeit Lügen strafte. In ihren schönen, aber harten Gesichtszügen lag eine Intensität, die eine gespannte Aufmerksamkeit offenbarte, die keine Sekunde nachließ. Ständig zuckte ihr Blick zum Rückspiegel, und Alex konnte sich denken, warum.

Er war sich nicht sicher, ob sie nun seine Entführerin oder seine Beschützerin war, dennoch fühlte er sich mit ihr irgendwie sicherer, als er sich mit einem Dutzend bewaffneter Polizisten gefühlt hätte. Wer war diese Person? Diese eigenartige, gefährliche, Furcht einflößende und herausfordernde Frau, die wie eine Naturgewalt in sein Leben eingebrochen war und eine Spur der Vernichtung hinter sich hergezogen hatte? Was für ein Leben hatte aus einem normalen, harmlosen Menschen, wie er selbst einer war, diese … Maschine gemacht, die neben ihm saß?

Als sie seinen Blick spürte, wandte sie sich ihm zu. »Sie wollen etwas sagen?«

Wenn das ein Gesprächseinstieg sein sollte, hatte er schon bessere gehört. Als ob er es nicht schon gewusst hätte, machte es ihm noch einmal deutlich, dass sie für Small Talk nicht zu haben war. »Sie haben mir heute Nacht das Leben gerettet, und dann hätten Sie mich fast umgebracht. Und ich weiß noch nicht mal Ihren Namen.«

»Stimmt«, pflichtete sie bei. »Den wissen Sie nicht.«

Alex seufzte. »Na ja, es wird eine merkwürdige Reise, wenn ich *überhaupt* nicht weiß, wie ich Sie nennen soll.«

Darauf blieb sie ihm sehr lange eine Antwort schuldig. Ob sie nun über seine Worte nachdachte oder entschlossen war, ihn einfach zu ignorieren, vermochte er nicht zu sagen. Aber er war schlau genug, sie nicht weiter zu bedrängen. Der Versuch, ihr etwas aus der Nase zu ziehen, wäre vermutlich reine Zeitverschwendung gewesen.

»Ich heiße Anya«, sagte sie schließlich.

»Ist das Ihr richtiger Name?«

Sie schaute ihn an, und ihre Augen glitzerten im Schein der Armaturenbeleuchtung bedrohlich. Aber sie sagte nichts.

»Schon gut, vergessen Sie's. Wohin fahren wir?«, erkundigte er sich. Ihm war bewusst, dass er mit schleppender Stimme sprach, als ob ihn jede einzelne Silbe Mühe kostete.

»Sobald die Agency erfährt, dass Sie geflohen sind, wird sie landesweit alle Flughäfen, Bahnhöfe und Fährhäfen abriegeln. Dann wird man sämtliche verfügbaren Mittel einsetzen, um Sie wieder einzufangen. Ihr Name wird binnen Stunden weltweit bei allen wesentlichen Strafverfolgungsbehörden auf der Liste der meistgesuchten Personen auftauchen. Wir müssen Sie außer Landes schaffen, bevor das passiert.«

Für einen Mann, dessen Name bisher nicht einmal im Lokalblatt zu finden gewesen war, klang diese Aussage so surreal, dass Alex amüsiert prustete. »Wenn man sich vorstellt, dass mein Berufsberater meinte, ich würde es nie im Leben zu etwas bringen.«

Ihr Gesichtsausdruck machte überdeutlich, dass sein Versuch, witzig zu sein, an ihr abprallte. »Ich würde das hier an Ihrer Stelle etwas ernster nehmen. Heute Abend hatten wir Glück. Wir haben sie unvorbereitet erwischt, und sie haben nicht aufgepasst, aber sie werden einen solchen Fehler kein zweites Mal machen. Sie sind jetzt ein Zielobjekt, Alex. Ihr altes Leben können Sie vergessen. Ihre Freunde, Ihre Familie, Ihre Wohnung, Ihren Besitz, Ihre Bankkonten … das ist alles weg. Die Leute, die jetzt hinter Ihnen her sind, haben sämtliche Mittel des mächtigsten Geheimdienstes der Welt zu ihrer Verfügung, und ich garantiere Ihnen, dass sie sie einsetzen werden. Die werden nie aufhören, nach Ihnen zu suchen, ganz egal, wie weit weg Sie fliehen und wie gut Sie Ihre Spuren verwischen. Sie glauben, dass Sie in Sicherheit sind? Sie sind es nicht. Sobald Sie sich an einem Ort zu lange aufhalten, wird man Sie finden. Und wenn Sie irgendwann mal nicht auf der Hut sind, ist das der letzte Fehler, den Sie in Ihrem Leben machen.«

Alex hatte einen Knoten im Hals und schaute sie an, als erwartete er, sie würde nach der Rede laut loslachen. Das tat sie aber nicht. Ihre Augen blieben auf die Straße vor ihr gerichtet, und in ihrem Gesicht waren immer noch äußerste Konzentration und eine Spur grimmiger Akzeptanz zu erkennen.

»Sie sagen das so, als wäre ich eigentlich schon tot«, erwiderte er und hoffte, sie würde ihm seine Bemerkung nachsehen und vielleicht auch mal etwas Beruhigendes sagen. Etwas, das ihm wenigstens etwas Hoffnung und Mut gab, um weiterzumachen.

Erst in diesem Moment schaute sie ihm in die Augen. Aber nur ganz kurz, so als wäre er nur einen Bruchteil ihrer Zeit wert. »Darauf läuft es hinaus, außer Sie lernen schnell. Wie Sie fliehen müssen, wie Sie sich fortbewegen … und dass Sie nie jemandem trauen dürfen. Jetzt geht's für Sie nur noch ums Überleben. Wenn Sie denken, ich wäre Ihr Freund, nur weil ich Ihnen das Leben gerettet habe, liegen Sie falsch. Ich werde tun, was ich kann, um Sie zu beschützen, bis Sie herausgefunden haben, was ich brauche. Danach sind Sie auf sich allein gestellt.«

Das war's dann. Noch nie hatte man Alex so brutal in die Realität zurückgeholt. Sie war genauso wenig seine Erlöserin wie er ihr Erlöser. Er war nur ihr Werkzeug, das ihr so lange dienen sollte, bis es seinen Zweck erfüllt hatte. Warum sollte sie sich danach noch um ihn kümmern?

»Warum haben Sie mich überhaupt gerettet?«, fragte er jetzt fast schon bedauernd.

Anya schwieg für einen Moment und nahm die Augen keinen Augenblick von der Straße. Er dachte schon, sie wollte die Frage ignorieren.

»Ich nahm an, Sie könnten mir helfen«, antwortete sie schließlich. »Und ich hoffe für Sie, dass ich mich nicht geirrt habe.«

Langley, Virginia

Inzwischen war es früher Abend in Virginia. Die Sonne sank an dem warmen, diesigen Himmel dem Horizont entgegen und glitzerte auf den Wellen des Potomac. Die meisten Leute aus der Tagschicht in Langley waren nach einem langen Arbeitstag auf dem Heimweg, während ihre Kollegen von der Nachtschicht ihre Posten übernahmen.

Marcus Cain beabsichtigte jedoch nicht, nach Hause zu gehen. Er hatte sich in seinem großen Büro in der obersten Etage des neuen Hauptquartiers verschanzt und starrte geistesabwesend aus dem Fenster, ohne wirklich etwas zu sehen. Seine rastlosen Gedanken waren nach innen gerichtet. Er überdachte die Ereignisse, die sich fast fünftausend Kilometer entfernt in London zugetragen hatten, und was sie für ihn bedeuteten.

Eine ausgemusterte ID der Agency hatte die ganze Sache ausgelöst, eine ID, die einer Frau gehörte, die Cain einmal allzu gut gekannt hatte. Eine Frau, die mit den internen Abläufen, den Machtkämpfen und den dunklen Geheimnissen der Agency so vertraut war, dass sie jetzt eine fundamentale Bedrohung für sie darstellte.

Anya.

Vor zwei Jahren hatte er ihr die Flucht aus dem russischen Gefängnis ermöglicht, in dem sie eingekerkert war, weil er glaubte, er würde sie manipulieren können, damit sie tat, was sie am besten konnte – die Männer töten, die er zu Feinden erklärt hatte. Anya, immer der pflichtbewusste Soldat, hatte wieder einmal seine Erwartungen übertroffen und eine blutige Spur in den Reihen derer hinterlassen, die eine Gefahr für ihn darstellten.

Aber jetzt hatte der Wind sich gedreht. Jetzt war sie hinter ihm her. Wie und wann es geschehen würde, wusste er nicht. Er wusste nur, dass sie früher oder später losschlagen würde, und es sah so aus, als hätte es heute begonnen.

Ganz gleich, welche Rolle dieser Alex Yates bei der Sache spielte – Cain war sich ziemlich sicher, dass Anya dahintersteckte. Und er hatte vor, alles in Erfahrung zu bringen, was Yates dazu zu sagen hatte.

Geistesabwesend griff er nach dem Glas Single Malt auf seinem Schreibtisch und hielt es ins Licht der untergehenden Sonne. Glenlivet, dreißig Jahre alt. Es war gar nicht so leicht, heutzutage noch an so etwas heranzukommen. Die Flasche, die er in seinem Büro verwahrte, war fast $ 700 wert. Bei dem Tempo, mit dem er ihr neuerdings zusprach, konnte er allerdings nicht damit rechnen, noch allzu lange Freude an seiner Investition zu haben.

Er ertappte sich bei der Überlegung, wie viele Nächte er in der letzten Zeit schon in seinem goldenen Käfig mit der Flasche als einzigem Verbündeten verbracht hatte. Wie viele Nächte saß er schon in diesem Stuhl, um wieder und wieder die Entscheidungen, die Fehler, die Kompromisse und den Verrat Revue passieren zu lassen – alles, was Anya und ihn auf diesen Weg gebracht hatte. Wie hatte es nur so weit kommen können?

Sie waren einst Freunde gewesen. Eigentlich sogar noch mehr als das. Viel mehr.

Als er ihr vor zwei Jahrzehnten zum ersten Mal begegnet war, hatte er sofort gespürt, dass diese wilde, schöne und furchtlose junge Frau etwas ganz Besonderes war. Er fühlte eine Verbindung, eine Seelenverwandtschaft mit ihr, wie er sie nie zuvor und auch danach nicht mehr mit irgendeinem anderen Menschen erlebt hatte. Zusammen mit ihr gab es keine Fragen, keine Zweifel und keine Angst. Er hatte sich damals gefühlt, als könnte er alles vollbringen.

Gemeinsam hätten sie Unglaubliches erreichen, jeden Feind vernichten und jedes Hindernis aus dem Weg räumen können – und es war doch anders gekommen. Jetzt waren sie erbitterte Feinde und in einen Kampf verstrickt, aus dem nur einer von ihnen als Sieger hervorgehen konnte.

Die einzige Frage war, wer das sein würde.

Seine düsteren Gedanken wurden unterbrochen, als sein Handy klingelte. Es war sein privates Mobiltelefon, dessen Nummer nur ein paar Auserwählte kannten. In diesem Fall Tom Holloway, der Bereichsleiter sämtlicher CIA-Kräfte in Großbritannien. Er war der Mann, den Cain persönlich damit beauftragt hatte, Yates Geheimverhör zu organisieren.

Cain stellte den Whisky beiseite und drückte den Knopf, um das Gespräch anzunehmen.

»Tom, was gibt es?«

Es entstand eine Pause. Es war das ungemütliche Schweigen eines Mannes, der sich darauf einstellte, eine unangenehme Botschaft überbringen zu müssen. »Sir, ich fürchte, wir haben ein Problem.«

Cains Kiefermuskeln spannten sich an. »Was für ein Problem?«

»Das Einsatzteam, das wir losgeschickt hatten, um Yates zu verhören …« Holloway seufzte. »Sie haben sich nicht zurückgemeldet, Sir. Wir haben andere Leute hingeschickt, und …«

»Reden Sie!«

»Sie sind tot, Sir. Alle. Und es gibt keine Spur von dem Gefangenen.«

Cain stieß die Luft aus, schloss seine Augen und schaffte es mit Mühe, seine Wut zu zügeln. Anya schien ihren nächsten Schritt mit ihrer typischen, rücksichtslosen Präzision ausgeführt zu haben, und jetzt hatten sie die einzige heiße Spur verloren.

»Ich dachte, ich hätte Ihnen befohlen, den Gefangenen für Verhöre zu sichern, Mr. Holloway. Ich hatte mich sehr klar ausgedrückt«, sagte er mit einem gefährlich kalten Unterton in der Stimme.

»Bei allem Respekt, Sir, aber Sie hatten auch befohlen, dass es sehr zurückhaltend geschehen sollte«, erinnerte ihn Holloway. »Ein kleines Team, keine Zeugen, keine Aufzeichnungen.«

Cain streckte die Hand aus, nahm das Glas Whisky und betrachtete, wie das Sonnenlicht sich in der bernsteinfarbenen Flüssigkeit brach. Dann nahm er einen kräftigen Schluck davon. Er hatte heute einen Fehler begangen, und er wusste es. Er hatte Yates' Bedeutung unterschätzt und Leute mit einer wichtigen Aufgabe betraut, die ihr offenbar nicht gewachsen waren. Das Ergebnis war, dass die Initiative nun wieder bei Anya lag.

So einen Fehler durfte er sich nicht noch einmal leisten.

»Wir stellen jetzt ein Team zusammen, um Jagd auf Yates zu machen«, sagte Holloway, als ob solche Bemühungen auch nur die kleinste Chance auf Erfolg hätten. »Wir werden ihn finden, Sir.«

Cain stieß einen Seufzer aus, als der Whisky ein Feuer in seinem Magen entfachte. Sein Ärger legte sich ein wenig, als er die neue Situation sekundenschnell abwog. Sie stellte vielleicht einen Rückschlag dar, aber sie brachte auch gewisse Vorteile mit sich.

Weil Anya so viel wagte, hatte sie sich verwundbar gemacht. Yates war ihr wichtig, also durfte sie es nicht riskieren, ihn zu verlieren. Er war ihr Schwachpunkt, an dem Cain vielleicht ansetzen konnte.

Aber zunächst brauchte er jemanden, auf den Verlass

war. Jemanden, der die Dinge in die Hand nehmen würde. Einen, der wusste, wozu Anya imstande war und wie man sie schlagen konnte.

»Sparen Sie sich die Mühe, Holloway«, sagte er und goss sich noch ein Glas ein. »Ich schicke jemanden, der Ihnen helfen wird.«

TEIL ZWEI

AUSFÜHRUNG

Im Jahre 1988 ließ Robert T. Morris, ein US-Student an der Cornell Universität, einen Computerwurm auf das regierungseigene ARPANET los. Der Wurm verbreitete sich auf 6000 vernetzten Computern und nistete sich in den Systemen von Regierungsbehörden und Universitäten ein. Morris wurde von der Uni verwiesen und zu drei Jahren auf Bewährung sowie $ 10 000 Geldstrafe verurteilt.

11

Ich träume.

Es ist ein Traum, den ich schon oft geträumt habe. Ein Leben voller Erinnerungen steht zur Auswahl, und trotzdem entscheidet sich mein Unterbewusstsein immer wieder dafür, diesen einen Moment neu aufleben zu lassen.

Ich bin zehn Jahre alt. Es ist ein Samstagnachmittag im April. Den ganzen Morgen über hat es geregnet, wie so oft um diese Jahreszeit, was mich und all die anderen Kinder dazu gezwungen hat, in den Wohnungen voller Waschmaschinen, Einkaufstüten und nie fertig werdender Do-it-yourself-Projekte herumzuhängen. Irgendwann gegen Mittag hat der Regen nachgelassen, und jetzt scheint die Sonne durch die Wolkenlücken.

Mehr brauche ich nicht. Ich bin schon aus der Tür, bevor mein Vater eine Ausgangssperre verhängen oder meine Mutter mir Besorgungen auftragen kann. Ich bin so frei, wie es nur ein zehnjähriger Junge ohne die kleinste Sorge auf der Welt sein kann. Und ich bin auf dem Weg in den Park, um zu sehen, wer wohl Lust auf ein bisschen Fußballspielen haben könnte. Keiner hält sich damit auf herumzutelefonieren, um so etwas zu organisieren; wir laufen einfach alle instinktiv los wie die Gänse, die im Winter nach Süden ziehen. Wir können das nicht erklären und brauchen es auch nicht. Jeder weiß einfach Bescheid.

Tatsächlich ist einer meiner Freunde schon da. Es ist Binyamin oder »Ben«, wie er sich lieber nennen lässt. Seine

Eltern sind aus Pakistan. Das weiß ich, weil er mir in der Schule einmal Pakistan auf dem Globus gezeigt hat. Auf einem altmodischen Globus, wo die Länder noch ganz andere Namen haben als heute.

Ich mag Ben. Er ist schlau, ich kenne keinen, der so gut zeichnen kann wie er, und er scheint immer zu wissen, was er sagen muss, um die Leute zum Lachen zu bringen. Doch irgendetwas ist mit ihm, er hat eine Art von Traurigkeit in sich, die ich nicht verstehe. Aber ich spüre sie, sie liegt tief unter der Oberfläche wie ein Stein am Grunde eines Teiches. Ich habe ihn mal gefragt, warum seine Eltern Pakistan verlassen haben und nach Großbritannien gekommen sind, und ich glaube, dass die Trauer in diesem Moment zum Vorschein kam. Er sagte, dass dort schlimme Dinge geschehen seien und dass er nicht darüber sprechen wolle. Also hat er es auch nie getan.

Aber Ben ist nicht allein im Park. Drei andere Jungs stehen um ihn herum. Sie haben ihn umzingelt. Ich kenne sie ziemlich gut. Besonders den Größten von ihnen.

Richard Gilmore.

Jeder Jahrgang und jede Klasse haben ihren faulen Apfel. Das war unvermeidlich. Irgendein Kind war immer ein bisschen aggressiver, ein bisschen herausfordernder und dominanter als der Rest. Nur ein gradueller Unterschied, eine geringfügige Verhaltensauffälligkeit, die im Laufe der Zeit immer größer wurde. Und Richard Gilmore war unser fauler Apfel.

Er konnte Ben noch nie leiden. Ich weiß gar nicht genau, wann und warum es anfing. Vielleicht war es, weil Ben mit seiner dunklen Haut und seinem schwarzen Haar anders aussah. Oder vielleicht, weil die Leute ihn beachteten, weil er sie zum Lachen bringen und für sich einnehmen konnte. Richard konnte nur mit Gewalt und Furcht punkten. Aber was immer der Auslöser gewesen sein mochte – aus der Abneigung war im Laufe der Jahre echter Hass geworden, und neuerdings hatte er ein neues Wort in sein Waffenarsenal aufgenommen: Paki.

Das Wort allein klang schon schmutzig und unangenehm. Es fasste alle möglichen Bilder von seltsamen Männern zusammen, die einen in schlecht beleuchteten Läden anglotzten – die Sorte Männer, denen man nie trauen durfte, vor denen deine Eltern dich warnten, dass du nie mit ihnen reden sollst, ohne dir zu erklären, warum.

Dies Wort benutzt er jetzt und wirft es Ben an den Kopf, während seine Freunde zuschauen, lachen und die Show genießen. Aber Ben weicht nicht vom Fleck, weigert sich, dagegen anzugehen, und lässt sich nicht von Richard provozieren.

Richard merkt das auch, und es dauert nicht lange, bis aus den Verbalattacken ein körperlicher Angriff wird. Er schubst Ben nach hinten und rückt ihm gleich noch dichter auf die Pelle, bevor der Junge sein Gleichgewicht wiederfindet. Dann schubst er ihn noch einmal, sodass er in einen seiner Freunde hineinstolpert, dieser stößt ihn gleich wieder zurück und wischt sich dann die Hand an den Jeans ab, als ob Ben irgendwie abgefärbt hätte.

In diesem Moment sieht mich Ben. Er sagt nichts, ruft nicht nach mir, verlangt nicht, dass ich dazukomme. Aber der Ausdruck in seinen Augen ist überdeutlich. Hoffnung, Erleichterung und Dankbarkeit, einen seiner Freunde zu sehen. Jemand, der ihm zu Hilfe kommen wird, der ohne Furcht und Zögern in den Ring steigt und ihn dabei unterstützt, Richard Gilmore eine Lektion zu erteilen, die er nicht mehr vergessen wird.

Wie gerne würde ich behaupten, dass genau das passiert. Aber leider kommt es anders.

In Wirklichkeit bleibe ich stehen, drehe mich langsam um und gehe weg, obwohl Richard gerade seinen ersten Schlag landet und seine Freunde johlen. Ben kann der Überzahl nichts entgegensetzen. Er hat Angst, aber er lässt sich nicht unterkriegen und steht seinen Mann. Jedenfalls so lange, bis er es nicht mehr aushält. An diesem Tag wird er zum ersten Mal richtig zusammengetreten, und es sollten noch viele solche Tage folgen. Ich selbst bin ohne einen Kratzer davongekommen.

Ich bin noch nicht einmal so anständig, Schuld oder Reue zu empfinden. Das Einzige, was ich empfinde, ist Erleichterung.

Erleichterung, dass mir das nicht passiert.

Erleichterung, dass ich in Sicherheit bin.

Alex erwachte mit einem Ruck, sein Atem kam stoßweise, und seine Augen tränten in dem hellen Licht, das ihm direkt ins Gesicht fiel. Er wollte sich aufrichten, aber irgendetwas zog ihn nach hinten und zwang ihn, auf seinem Sitz zu bleiben.

In einem Augenblick größter Panik hielt ihn das schreckliche Gefühl im Griff, dass ihm vorige Nacht die Flucht aus dem Bauernhof gar nicht gelungen sei und dass alles, was sich in den letzten paar Stunden zugetragen hatte, nur ein Fiebertraum war, den sein gefolterter, verzweifelter Verstand heraufbeschworen hatte, während sich seine Aufpasser daranmachten, ihn mit dem Vorschlaghammer zu bearbeiten.

»Beruhigen Sie sich«, sagte eine Frauenstimme, und er spürte eine Hand an seinem Arm. Sie war warm, fest und irgendwie ermutigend. »Sie sind nur aufgewacht, Alex.«

Er schloss eine Weile die Augen, atmete einmal tief durch und versuchte, seinen überreizten Geist unter Kontrolle zu bekommen, nachdem er so abrupt wieder in der Realität gelandet war.

Seltsamerweise konnte er weder den Automotor hören noch Fahrbewegungen spüren. Aber in der Ferne schlugen Wellen an ein Ufer, und manchmal kam Möwengeschrei hinzu.

Als er die Augen öffnete, schaute er sich um und entdeckte Anya auf dem Fahrersitz, dahinter sah er einen wolkenbedeckten Himmel und offenes Meer. Während er geschlafen hatte, musste sie ihre Kleidung gewechselt haben. Sie hatte den Kampfanzug gegen Jeans, einen blauen Pulli und eine Freizeitjacke getauscht. Mit ihrem zurechtgemachten Haar und einem Blick, der so aufmerksam war wie immer, konnte man ihr nicht ansehen, dass sie die ganze Nacht lang gefahren war.

»Sie haben im Schlaf gesprochen«, bemerkte sie. Ihre eisblauen Augen verrieten ein wenig Neugierde. »Schlecht geträumt?«

»Mein ganzes Leben hat sich gerade in einen Albtraum verwandelt«, wich er aus, während er sich umschaute.

Sie parkten am Rand einer ausgedehnten Hafenanlage. Ringsum waren Boote aller Art vertäut, kleine Jachten, Sportboote, aber auch große kommerzielle Fischtrawler. Sie dümpelten in den Wellen, für die der ziemlich heftige Wind verantwortlich war. Gerade ging die Sonne über dem Horizont auf; ihre gleißenden Strahlen wurden von den Wellen reflektiert und ließen Alex' Augen tränen. Der Hafen wurde offensichtlich noch genutzt, wirkte aber vernachlässigt. Gras und Gestrüpp breiteten sich an den Rändern des Geländes aus, rings um die verrosteten Winden und Kräne, mit denen man früher einmal Boote ins Wasser gehievt hatte, wucherte Unkraut, und viele der mächtigen Steinblöcke, die die Hafenmauern bildeten, gaben allmählich dem gnadenlosen Zahn der Zeit und den Gezeiten nach.

»Wo sind wir?«, fragte Alex und rieb sich den Schlaf aus den Augen. Er hatte Hunger und Durst, seine Zunge klebte an seinem Gaumen, und er verspürte ein dringendes menschliches Bedürfnis.

»Wir sind hier an einer Flussmündung an der Ostküste Schottlands«, erwiderte sie. Näheres konnte oder wollte sie wohl nicht dazu sagen. »Los jetzt. Kommen Sie mit.«

Ohne auf ihn zu warten, stieß sie ihre Tür auf und stieg aus. Sie steckte sich ihre Waffe hinten in die Jeans. Alex blieb keine andere Wahl, als ihr zu folgen.

Was ihm noch an Schlaf in den Gliedern steckte, wurde ihm schnell von dem kalten, frischen Wind ausgetrieben, der über das ungeschützte Hafengebiet hinwegfegte und einen ganz eigenen Duft nach Salz und Tang mit sich führte. Weil er nur ein dünnes T-Shirt und den Hoodie anhatte, der von den Wassergüssen der letzten Nacht immer noch feucht war, drang der kalte Wind Alex bis in die Knochen, und er musste sich Mühe geben, nicht wieder anzufangen zu zittern. Noch vor ein paar Tagen hatte er in London die ersten schwül-warmen Frühlingstage genossen. Das hier war eine ganz andere Welt.

Er verschränkte die Arme vor der Brust und folgte Anya bei ihrem Spaziergang über die Hafenmauer, während sie aufmerksam die vertäuten Boote inspizierte.

Er musste zugeben, dass einiges für ihren Plan sprach. Falls man an Bahnhöfen, Flug- und Fährhäfen tatsächlich nach ihm Ausschau hielt, lag es nahe, ein Privatboot zur Flucht zu benutzen. Andererseits war er zum letzten Mal als Teenager auf dem offenen Meer gewesen. Damals ging es mit einem Fährschiff zur Isle of Wight, und er hatte die Hälfte der Zeit damit verbracht, sich die Seele aus dem Leib zu reihern.

Anya war stehen geblieben. Offenbar hatte sie gefunden,

wonach sie suchte. Alex rutschte das Herz in die Hose, als er sah, wofür sie sich interessierte.

Er hatte auf eine hochmotorisierte Luxusjacht gehofft, auf der er in die Freiheit schippern würde. Stattdessen schaute er auf einen verrosteten, alten und verwahrlosten Fischkutter von vielleicht dreizehn Meter Länge herunter, dessen Deck voll mit allem möglichen Müll war. Da lagen alte Autoreifen neben losen Brettern, leeren Dosen und Töpfen. Die Farbe am hochgezogenen Bug war so stark abgeblättert, dass man unmöglich bestimmen konnte, wie das Boot ursprünglich einmal angestrichen gewesen war. Das Ruderhaus, das aussah wie ein gedrungener Gartenschuppen, befand sich am Heck, und mittschiffs gähnte eine große Klappe. Alex vermutete darunter den Laderaum.

»Wow, was für eine Rakete«, bemerkte er sarkastisch. »Gehört der Ihnen?«

Sie sah ihn an. »Eigentlich nicht.«

Mit diesen Worten sprang sie von der Kaimauer und landete geschickt auf dem Deck. Dort ging sie gleich zum Ruderhaus. Die Tür war nur mit einem kleinen Vorhängeschloss gesichert. Ein paar kräftige Schläge mit ihrem Pistolengriff machten kurzen Prozess damit.

»Springen Sie runter, Alex«, rief sie und machte ihm ein Zeichen, ihr zu folgen. »Sie müssen mir helfen.«

Alex schaute sich um. Es gab nur ein paar Häuser, von denen aus man den Hafen sehen konnte – die meisten davon Villen jüngeren Baujahrs, die wegen des Meerblicks wahrscheinlich überteuert gehandelt worden waren –, aber zu so früher Stunde waren dort drüben keinerlei Aktivitäten zu erkennen.

Was allerdings nicht unbedingt bedeuten musste, dass sie von niemandem beobachtet wurden.

»Je länger Sie dort herumstehen, desto verdächtiger machen Sie sich«, bemerkte Anya, als sie sein Zögern bemerkte.

»Scheiß drauf!« Alex seufzte und fügte sich ins Unvermeidliche.

Er wartete, bis die Wellenbewegungen das Boot so dicht wie möglich an die Hafenmauer herangeschoben hatten, dann holte er tief Luft und sprang hinunter. Seine Landung auf dem harten Deck war heftiger als erwartet, aber er zwang sich, den stechenden Schmerz in seinen Knien zu ignorieren, und humpelte zum Ruderhaus hinüber.

Drinnen sah es kaum besser aus als draußen. Der Ruderstand quoll fast über von vergilbten Zeitungen, Aschenbechern, leeren Flaschen, Pinseln und allem möglichen anderen Müll, den Alex keines zweiten Blickes würdigte. Es roch nach Feuchtigkeit, Staub und Holzlack.

Vor den verschmierten Fenstern wölbte sich das Deck nach oben zu einem lächerlich hohen Bug. Es gab keine Kontrolllämpchen für die Maschine und selbstverständlich auch keinen elektrischen Strom. Das ganze Schiff wirkte wie ein Wrack, das so lange vertäut blieb, bis schließlich seine Außenhaut nachgeben würde und es sank.

»Der Startknopf ist hier«, erklärte Anya und zeigte zu einem einfachen roten Knopf an der Ruderanlage. »Wenn ich rufe, drehen Sie das Ding im Uhrzeigersinn und drücken es für mindestens fünf Sekunden. Verstanden?«

»Hier muss es doch ein Dutzend Boote geben, die nicht so leicht sinken würden wie dieser Seelenverkäufer«, konnte sich Alex nicht verkneifen einzuwenden. »Wenn wir wirklich *ein Boot* stehlen müssen, warum dann nicht gleich ein besseres?«

»Weil dieses Boot schon lange nicht benutzt worden ist«, erklärte sie ihm mit der leidgeprüften Geduld eines

Schullehrers, der es mit einem begriffsstutzigen Schüler zu tun hat. »Es wird noch Tage oder Wochen dauern, bevor der Besitzer es als gestohlen meldet. Und jetzt machen Sie schon!«

Sie sagte nichts mehr, sondern öffnete eine Klappe im Boden, die vermutlich zum Maschinenraum führte, und kletterte hinab. Es war zu dunkel, als dass er hätte erkennen können, was sie da trieb, aber er hörte von unten einige kräftige Schläge auf Metall.

»Der Rumpf ist noch stabil, und es ist noch etwas Saft auf den Batterien«, rief sie. »Drehen Sie den Anlasser.«

»Aye, aye, Käpten«, murmelte er und drehte den roten Knopf.

Und tatsächlich setzte sich unten ein uralter Anlasser in Bewegung. Zunächst träge und mühsam, aber dann gewann er nach und nach an Stärke. Die Hauptmaschine hustete einmal, dann zweimal, schien darauf ein paar Augenblicke lang zu stocken und erwachte schließlich zum Leben. Es war ein ratterndes Heulen mit krachendem Getriebe, das ziemlich unruhig und hässlich klang – zweifellos hatte die Maschine schon bessere Tage gesehen –, aber wenigstens klang sie, als könnte man noch einen Versuch damit wagen.

Anya stand im Nu wieder im Ruderhaus, ihre Hände waren von Fett und Dreck verschmiert. Sie schob Alex beiseite und übernahm das Ruder. Dann warf sie einen kurzen Blick auf die verschiedenen Anzeigen, wobei sie sich eine lose Strähne ihres blonden Haars aus dem Gesicht strich.

»Wir müssten genug Sprit haben, um es zu schaffen.« Sie war zufrieden, dass jetzt alles lief wie geplant, und nickte Alex zu. »Gehen Sie raus und machen Sie die Leinen los. Aber schnell.«

Also musste er wieder hinaus in die böige, eiskalte Morgenluft, musste über das Deck huschen und sich mit dem Lösen der schweren Taue abplagen, mit denen der Kutter am Kai vertäut war. Es war keine leichte Aufgabe. Die Seile hatten sich mit Feuchtigkeit vollgesaugt und waren von Algen überzogen, und seine Hände hatten mehr Übung darin, über Tastaturen zu tanzen, als schwere Arbeiten wie diese zu verrichten. Trotzdem bekam er die erste Leine unter viel Ächzen und Stöhnen schließlich frei. Die zweite war leichter zu lösen, zum Teil, weil sie nicht so festgezurrt war wie die erste, zum Teil aber auch, weil er jetzt heraushatte, wie man diesen Kraftakt am besten bewerkstelligen musste.

Sobald die Leinen los waren, verschwendete seine Begleiterin keine Zeit mehr und beschleunigte die Maschine. Das alte Boot erzitterte unter den heftigeren Umdrehungen, und aus dem kleinen Schornstein über dem Ruderhaus begann grauer Qualm aufzusteigen. Und tatsächlich nahm der Kahn im kabbeligen Wasser allmählich Fahrt auf.

Als die Hafenmauern an ihnen vorbeigezogen waren und der Bug sich auf die Fahrrinne ausgerichtet hatte, huschte Alex völlig durchgefroren zurück ins Ruderhaus und zog die Tür hinter sich zu. Er war froh, dem Wind zu entkommen.

Anya stand am Ruder und hatte den Blick nach vorn gerichtet, während sie das Boot durch die Hafeneinfahrt in die offene Meeresbucht dahinter steuerte. Wie sie gesagt hatte, war das hier eine Flussmündung. Das gegenüberliegende Ufer lag knapp zwei Kilometer entfernt und bestand vorwiegend aus Wäldern, Feldern und ein paar verstreuten kleinen Küstendörfern.

Vor ihnen überspannten ein paar gewaltige Eisenbahn-

und Autobrücken den Mündungstrichter, der sich zum Meer hin ausbreitete, und Alex erkannte sofort die charakteristischen Ausleger der Forth Rail Bridge. Obwohl ihr Bau schon über hundert Jahre zurücklag, war sie doch immer noch die einzige Bahnstrecke über den Mündungstrichter und wurde von Pendlern auf dem Weg von und nach Edinburgh genutzt.

Jetzt wusste er wenigstens, wo er sich befand. Blieb nur noch zu klären, wohin sie schipperten.

»Also, was ist der Plan, Käpten?«, fragte er und versuchte, das mulmige Gefühl in seinem Magen zu ignorieren, das vom Schlingern und Schaukeln des Kutters in der unruhigen See verursacht wurde.

»Wir fahren ostwärts über die Nordsee nach Norwegen. Ein Fischkutter wie dieser hier dürfte keine Aufmerksamkeit auf sich ziehen. Nach der Landung suchen wir uns ein Auto und bringen Sie so schnell wie möglich zu Ihrem Freund.« Sie schaute ihn an und bemerkte zum ersten Mal, dass er zitterte. »Vorn müsste eine Schlafkoje sein. Sehen Sie mal nach, ob es dort Kleidung zum Wechseln gibt. Und suchen Sie nach Konservenbüchsen.«

Alex hatte seit letzter Nacht nichts mehr gegessen und hätte normalerweise inzwischen völlig ausgehungert sein müssen. Doch Essen war im Moment das Letzte, wonach ihm der Sinn stand, gerade nachdem sie wieder von einer Welle getroffen wurden. Sie hatte kaum größere Auswirkungen auf das Boot, trotzdem kam es ihm vor, als würde das Deck unter seinen Füßen gefährlich schlingern und schaukeln.

»Sie sehen nicht gerade gut aus«, kommentierte sie seine bleiche Gesichtsfarbe. »Alles klar mit Ihnen?«

Um ihr nicht schon wieder einen Anlass zu einem Tadel zu geben, wischte er ihre Besorgnis mit einer Handbewegung beiseite. »Mir geht's gut. Machen Sie sich um mich keine Sorgen.«

Eine Stunde später hing Alex direkt hinter dem Ruderhaus gekrümmt über der Reling, während sich sein Magen in schmerzvollen Krämpfen zusammenzog. Nach zehn Minuten fast unablässigen Reiherns hätte er darauf gewettet, dass sein Magen inzwischen komplett leer sein müsste, aber das war offensichtlich nicht der Fall, denn noch immer strömte ein dünner Fluss von Schleim und unverdauten Speiseresten in die brodelnden Meeresfluten unter ihm.

Offenbar war Seekrankheit nichts, was mit zunehmendem Alter verschwand.

Eine neuerliche Böe fegte über das Heck. Die salzige Gischt brannte in seinen Augen. Es war ihm gelungen, einen verschlissenen Wollpullover und eine viel zu große wasserdichte Jacke in der vermüllten Schlafkajüte aufzutreiben, und Anya hatte darauf bestanden, dass er alles anzog. Es wärmte ihn nicht nur, sondern hatte auch den Nebeneffekt, dass er bei einer zufälligen Inspektion wie ein Matrose aussehen würde.

Allerdings konnte er sich nicht vorstellen, dass im Moment besonders viele Blicke auf ihn gerichtet waren. Nach der Ausfahrt aus der breiten Mündung des Forth hatten sie einen östlichen Kurs eingeschlagen, und die wogenden Felder samt den kleinen Küstenstädtchen waren allmählich in diesiger Ferne verschwunden. Voraus lag nichts als düstere graue See.

Er spuckte bitteren Schleim in das schäumende Wasser unter ihm, wischte sich den Mund ab und taumelte zurück ins Ruderhaus. Sich im Inneren aufzuhalten verschlimmerte seine Seekrankheit, aber hier war es wenigstens erträglich warm.

Er fand Anya dort, wo er sie zurückgelassen hatte. Sie hatte das Ruder inzwischen festgezurrt, um das Schiff auf Kurs zu halten, während sie sich über eine Dose Pfirsiche hermachte, die sie unter Deck in der kümmerlichen Kombüse des Kutters aufgetrieben hatte.

Sie schaute auf, als er hereinkam, und in ihrem Gesicht zeichnete sich fast so etwas wie Sympathie ab. »Wie fühlen Sie sich?«

»Was glauben Sie wohl?«, erwiderte er und lehnte sich mit einem schwachen Seufzer gegen die Wand. »Ich schätze mal, Ihnen passiert so was nie.«

Sie sagte nichts und reichte ihm einen Becher mit dampfendem Tee. Serviert in einem zerbeulten, fleckigen Blechgefäß ohne Milch und ohne Zucker, war es ein Gebräu, nach dem ihm momentan nicht im Mindesten dürstete. Er schüttelte ablehnend den Kopf.

»Sie brauchen Flüssigkeit«, beharrte sie. »Sonst dehydrieren Sie durch das Erbrechen völlig.«

»Ich schätze mal, eine Flasche Carlsberg und was zu rauchen wären zu viel verlangt?«, fragte er, auch wenn es ihm nicht gelang, damit das trockene Grinsen hervorzurufen, auf das er gehofft hatte.

»Zigaretten sind ungesund.«

»Ach ja? Wissen Sie, was noch ungesund für mich ist? Waterboarding, Elektroschocker und Fäuste. *Davon* hatte ich in der letzten Zeit jede Menge. Das fanden Sie wohl gar nicht ungesund?«

Als Anya nicht antwortete, nahm er widerwillig den Teebecher und trank einen Schluck. Allerdings eher, um ihr damit einen Gefallen zu tun, als aus dem Bedürfnis zu trinken.

»Sie müssen mir ein paar Dinge über sich erzählen, Alex«, sagte sie und stellte die Büchse mit den Früchten beiseite. »Geben Sie mir ehrliche Antworten, dann wird alles gut.«

Alex schaute von seinem Becher mit der dampfenden braunen Brühe hoch, die mehr oder weniger als Tee durchging. »Und wenn nicht?«

»Dann merke ich es«, versicherte sie ihm. Mehr brauchte sie nicht zu sagen. In der letzten Nacht hatte sie ihm bewiesen, dass sie ohne Zögern töten konnte.

»Na schön«, gab er nach. »Fragen Sie.«

»Woher kannten Sie Loki?«

»Von der Uni«, erklärte er und nippte noch einmal vorsichtig an dem Tee. Er blieb in seinem Magen, ein gutes Zeichen. »Wir lebten im selben Studentenwohnheim und sind bei ein paar Bier ins Quatschen gekommen …« Er zuckte mit den Schultern. »Sie wissen ja, wie das ist.«

Ein Blick in ihre Augen ließ ihn vermuten, dass sie es nicht wusste. Irgendwie konnte er sie sich auch nicht als lockere Studentin vorstellen.

»Und wie ging es weiter?«, hakte sie nach. »Sie haben dann zusammengearbeitet, oder?«

Er nickte bedächtig. »Wir haben unsere eigene Gruppe gegründet, die wir Valhalla nannten. Arran, ich und dieser andere Typ namens Gregar Landvik. Wir waren die Gründungsmitglieder. Im Laufe der Zeit sind noch ein paar andere dazugestoßen, die so drauf waren wie wir, und dann haben wir bei größeren Projekten zusammengearbeitet.«

»Für Geld?«

Er schüttelte den Kopf. »Darum ging es uns nicht. Wir waren eine White-Hat-Gruppe. Jedenfalls am Anfang.«

Bei den letzten Worten zog sie ihre blonden Brauen zusammen. »White Hat?«

Zum ersten Mal hatte Alex das Gefühl, ihr überlegen zu

sein. Es tat seinem Selbstbewusstsein auf eine seltsame Weise gut, zu wissen, dass es Gebiete gab, auf denen er mehr draufhatte als sie.

»Das sind die guten Jungs«, erklärte er. »Leute, die aus anständigen Motiven hacken.«

Dafür handelte er sich einen Blick ein, den man durchaus amüsiert nennen konnte. »Es gibt also moralisch vertretbare Gründe, solche Dinge zu tun?«

Für jemanden, der in den letzten vierundzwanzig Stunden mindestens zwei Männer umgebracht hat, ist das eine interessante Frage, dachte er. »Wissen Sie, die Leute machen solche Dinge aus den unterschiedlichsten Motiven – manche sind gut, manche schlecht. Und für jede Motivation gibt es eine Hutfarbe, um sie zu kennzeichnen. White-Hat-Hacker knacken Systeme, um den Leuten ihre Schwachstellen zu zeigen. Sie helfen ihnen damit, sich vor echten Kriminellen zu schützen. Blue Hats sind bei Firmen angestellt, um die Stärke ihrer Sicherheitsvorrichtungen zu testen. Eine Zeit lang haben wir uns auch mit so was beschäftigt. Black Hats sind die, die wirklichen Schaden anrichten, entweder um sich zu bereichern oder einfach nur zum Spaß. Das sind die, die in den Schlagzeilen landen, die Aktienkurse einbrechen lassen oder Regierungsgeheimnisse veröffentlichen.«

Anya nickte bedächtig und ließ sich das Gesagte durch den Kopf gehen. Seine Eingangsbemerkung war ihr jedoch nicht entgangen. »Sie haben gesagt, Sie wären *anfangs* eine … ›White-Hat-Gruppe‹ gewesen. Was hat sich daran geändert?«

Alex' Miene verfinsterte sich. »Wir hatten eine Meinungsverschiedenheit – Arran, Gregar und ich. Jeder von uns wollte der Gruppe eine andere Ausrichtung geben. Ich wollte, dass wir legal arbeiten und uns von Firmen anheuern lassen, um deren Systemsicherheit zu überprüfen. Gregar war immer auf schnelles Geld aus. Er fand, wir sollten wie Söldner gegen Barzahlung Geheimnisse stehlen.«

»Und Arran?«, hakte sie nach.

Alex trank noch einen Schluck Tee. »Na ja, das ist schon wieder ein anderer Hut. Die sind nicht sehr verbreitet, aber es sind Hacker, die glauben, dass sie für höhere Ziele arbeiten. Aktivisten, die Geheimnisse offenlegen, die Wahrheiten ans Licht bringen und all das. Wir nennen sie Grey Hats. Arran wollte einen Kreuzzug gegen die bösen Mächte führen. Zwielichtige Firmen, korrupte Politiker, finstere Regierungen. Er dachte, wir könnten etwas bewirken, wenn wir all die schmutzigen Geheimnisse ans Licht bringen. Und er hat es geschafft, dass ich eine Zeit lang selbst daran geglaubt habe.« Er seufzte, als er an den katastrophalen Hackversuch dachte, der sich als eine Nummer zu groß erwiesen hatte. »Eine Weile.«

»Was ist dann passiert?« Allmählich schien bei ihr ein echtes Interesse erwacht zu sein. Vielleicht konnte sie sich ja mit dem einen oder anderen Aspekt dieser Gruppe identifizieren.

»Nein«, sagte er schließlich. »Nein. Das möchte ich lieber nicht erzählen.«

Er schaute sie an und erwartete, dass sie versuchen würde, mehr aus ihm herauszuquetschen. Er hätte es ihr nicht übel genommen. Er ging davon aus, dass sie ihn dazu zwingen konnte, alles preiszugeben. Sie hätte ihm drohen oder ihn überreden können. Aber zu seiner Überraschung schien sie seine Weigerung zu akzeptieren, so als wären sie zwei ganz normale Menschen bei einer zwanglosen Unterhaltung.

Nun wollte er seine eigene Neugier befriedigen, denn im bisherigen Verlauf der Ereignisse, die sie schließlich in ihre jetzige Situation gebracht hatten, gab es etwas, das er nicht verstand. »Jetzt verraten Sie mir doch mal etwas«, sagte er. »Wie zum Teufel sind Sie auf Arran gekommen? Oder hat er Sie gefunden?«

Anya schaute ihn lange an, während das Boot schlingerte und schaukelte, aber sie sagte nichts.

»Kommen Sie, ich habe Ihnen praktisch mein Innerstes offenbart«, erinnerte Alex sie. »Würde es Sie umbringen, wenn Sie mir ein bisschen was zurückgeben?«

Die Frau seufzte und strich sich mit der Hand durch das kurze blonde Haar, wobei ein paar widerspenstige Locken sich sträubten. »Er ist mir von einem hochrangigen Offizier des norwegischen Geheimdienstes empfohlen worden«, sagte sie schließlich. »Von einem Mann, den ich schon seit zwanzig Jahren kenne und dem ich blind vertraue. Er versicherte mir, dass er Arran persönlich überprüft hat.«

Alex verzog sein Gesicht. Das klang irgendwie seltsam vertraut. »Wie hieß er?«

»Halvorsen«, sagte sie zögernd.

Schlagartig fiel bei ihm der Groschen. »Sie meinen *Kristian*? Kristian Halvorsen?«

Sie starrte ihn überrascht an. »Sie kennen ihn?«

»Natürlich kenne ich ihn.«

»Woher?«

»Aus der Zeit, als wir uns als Blue Hats versuchten. Kristian war der CEO einer Firma in Norwegen. Papierwaren oder irgend so ein Quatsch. Er hat uns angeheuert, um die Sicherheit seines Firmennetzwerks zu testen.«

Alex konnte sich jetzt sogar noch daran erinnern, was für ein Kinderspiel es für ihn gewesen war, das scheinbar massive Sicherheitssystem zu überwinden, und wie geschockt Halvorsen wirkte, als er meinte, er würde seine

Techniker noch einmal dransetzen, damit sie sich die Sache anschauten.

»Kristian ist kein Papierhändler«, klärte Anya ihn auf. »Er ist ein Agentenführer.«

»Sie nehmen mich auf den Arm, oder? Ich meine, er ist der langweiligste Typ, den ich …« Alex verstummte. Jetzt endlich begriff er, in welche Falle er gegangen war. An jenem Tag hatte Kristian nicht die Sicherheit seines Firmennetzwerks, sondern vielmehr Arran und Alex auf ihre Verwendbarkeit bei zukünftigen Jobs getestet. Und Alex in seiner Überheblichkeit hatte sich reinlegen lassen.

»Oh verdammt!«, sagte er leise.

»Er wäre kein guter Agent, wenn er seinen Job an die große Glocke hängen würde«, stellte Anya klar. »Jedenfalls hat er mir vor etwa einem Jahr Loki empfohlen. Er meinte, Arran sei ein versierter Computerexperte, der mich unterstützen würde, ohne Fragen zu stellen. Damit lag er richtig. Loki war brauchbar und hat sich für mich bezahlt gemacht, also habe ich ihn ausgesucht, um ins System der Agency einzudringen.« Sie stieß einen kleinen Seufzer aus – ein kleines, aber vielsagendes Zeichen ihres Bedauerns. »Vielleicht habe ich zu viel von ihm verlangt.«

»Glauben Sie, dass er noch am Leben ist?«, fragte Alex, ohne sich sicher zu sein, ob er die Antwort hören wollte oder nicht. »Ich meine, die würden ihn doch nicht einfach so umbringen, ohne vorher Informationen aus ihm herauszuholen, oder?«

Er sah, wie ein dunkler Schatten über ihr Gesicht flog und ihr Blick in weite Ferne zu rücken schien. Es war der Blick eines Menschen, der schon vor langer Zeit ein paar sehr harte Erfahrungen gemacht hatte, die sich Alex kaum vorstellen konnte.

»Die Agency hätte mit beidem keine Schwierigkeiten«,

sagte sie schließlich und richtete wieder ihren Blick auf ihn, fast ein bisschen mitfühlend. »Ich würde mir für Ihren Freund keine allzu großen Hoffnungen mehr machen.«

Alex atmete tief aus und senkte den Kopf. Er fühlte sich, als hätte er gerade einen Faustschlag in den Magen bekommen. Ihm war immer klar gewesen, dass seine Chancen auf ein Wiedersehen mit Arran bestenfalls dürftig standen, aber er hatte sich trotzdem an die Hoffnung geklammert und sich innerlich geweigert, den Freund aufzugeben. Mit so harten und deutlichen Worten auf den Boden der Tatsachen zurückgeholt zu werden war fast mehr, als er ertragen konnte.

»Und was ist mit mir? Werde ich auch so enden wie er?«, fragte Alex. Jetzt konnte er sich auch alle schlechten Nachrichten auf einmal abholen. »Denn ganz gleich, wie diese Sache hier ausgeht, ich bleibe für den Rest meines Lebens ein steckbrieflich gesuchter Mann. Was zum Teufel soll ich tun?«

»Ihre Situation wird sich nicht verbessern, ehe wir nicht die Information finden, die ich brauche.«

»Tatsächlich?«, bemerkte er spitz auf ihre vage und ausweichende Antwort.

»Warum genau ist diese ›Information‹ eigentlich so wichtig für Sie? Das muss ja eine ziemlich ernste Sache sein, wenn man bedenkt, dass die CIA bereit ist, jeden zu töten, der auch nur in ihre Nähe kommt.«

Auf seine Worte hin schüttelte Anya den Kopf. Er hätte schwören können, eine gewisse Betroffenheit bei ihr wahrzunehmen, wenn es denn möglich gewesen wäre. »Sie sind auch so schon gefährdet genug. Es ist besser, wenn Sie nicht mehr wissen.«

»Was? Sie denken, ich könnte noch mehr Probleme bekommen, als ich sowieso schon habe?«, knurrte Alex und hätte fast bitter aufgelacht über ihren Versuch, ihn zu schützen. »Es könnte sein, dass Arran und der Rest von Valhalla 7 schon dafür gestorben sind. Mein *Leben* hängt vielleicht von diesem verdammten Ding ab. Da habe ich doch zumindest ein Recht zu erfahren, worum es überhaupt geht?«

Im bisherigen Gesprächsverlauf hatte er den Eindruck gewonnen, als sei sie etwas weicher geworden, aber jetzt verpuffte dieses Gefühl spurlos. Sie hatte die Mauern wieder hochgezogen, und ihre Abwehrreflexe waren geschärft.

»Sie haben das Recht zu erfahren, was ich Ihnen sage, mehr nicht«, beschied sie ihm mit einem gefährlich kalten Unterton. »Sie sind noch am Leben, weil ich entschieden habe, Sie am Leben zu lassen. Sie tun, was ich Ihnen sage, sonst nichts. Also bilden Sie sich keine Sekunde lang ein, Sie könnten irgendetwas von mir fordern. Haben wir uns verstanden?«

Alex blieb ein paar Sekunden lang stumm. Ihr plötzlicher Gefühlsumschwung erschreckte ihn.

»Haben wir«, antwortete er schließlich.

Nach dieser kurzen Konfrontation verfielen sie in ein ungemütliches Schweigen, in dem jeder seinen Gedanken nachhing. Besonders Alex war von seiner Begleiterin zutiefst verunsichert. Er mochte ihre Befehle verstehen, aber welche Absichten sie damit verfolgte, war ihm völlig rätselhaft.

12

CIA-Außenposten – Menwith Hill, North Yorkshire

Olivia Mitchell stöhnte. Das schrille Klingeln ihres Handys hatte sie aus dem Tiefschlaf gerissen. Sie blinzelte ein paarmal, bis sich ihre Augen an das schwache Tageslicht gewöhnt hatten, das durch die zugezogenen Vorhänge drang, dann warf sie einen Blick zum Wecker auf ihrem Nachttisch. Es war 6:32 Uhr.

»Jesus«, sagte sie mit rauer Stimme und trockener Kehle. Sie hatte schon zehn Jahre in der US-Army gedient, bevor man sie hierherversetzt hatte, also waren ihr Nachtschichten und frühes Aufstehen nicht fremd, aber heute war ihr erster freier Tag seit fast zwei Wochen, und sie hatte gehofft, nicht vor 10 Uhr morgens aufzuwachen.

Den unbekannten Anrufer schienen ihre Hoffnungen allerdings nicht zu interessieren.

Das Telefon klingelte und vibrierte unablässig und bewegte sich mit jedem Impuls ein, zwei Zentimeter über die harte Ablage. Immer noch schlaftrunken und mit pochendem Schädel von einem ausgewachsenen Kater, langte sie hinüber und packte es.

»Ja?«, murmelte sie. Sie hatte die Augen geschlossen, weil Sonnenlicht durch einen Spalt im Vorhang kroch. Sie streckte den Rücken und spürte wohlig ihr Rückgrat knacken, als ihre Wirbel sich justierten.

Die Stimme des Anrufers gehörte einem Mann und

klang ungewöhnlich konzentriert und ernst. Es war Vincent Argento, ein junger, aber ambitionierter Offizier vom Sicherheitsdienst der CIA, den man Mitchell zugeteilt hatte, damit sie ihn einarbeitete. Eine Altgediente, die ihre besten Tage bereits hinter sich hatte und deren Karriere sich auf dem absteigenden Ast befand, sollte einen aufsteigenden Überflieger unter ihre Fittiche nehmen.

Man hatte es ihr natürlich etwas anders schmackhaft gemacht, aber darauf lief es schließlich hinaus. Jedenfalls hatte sie nicht gerade eine gute Verhandlungsbasis, als man ihr den Job angeboten hatte.

»Olivia, hier ist Vince«, fing er an. »Bitte legen Sie nicht auf.«

»Geben Sie mir einen Grund, es nicht zu tun«, sagte sie säuerlich, brachte sich in eine aufrechte Position und strich sich mit der Hand durch das zerzauste Haar. Es fühlte sich strähnig und fettig an. »Solange der Präsident nicht ermordet wurde oder wir heute Nacht jemandem den Krieg erklärt haben, ist es offiziell nicht mein Problem.«

Sie griff zu dem Streifen Alka-Seltzer neben ihrem Bett, ließ zwei Tabletten in ein Glas Wasser fallen und betrachtete, wie sie zu sprudeln begannen. Die Flasche Wein, die sie letzte Nacht geköpft hatte, stand immer noch auf dem Sideboard am anderen Ende des Zimmers, und das saure Aroma vergorener Trauben zog bis zu ihr hinüber.

»Wir haben einen Tempest Red.«

Mitchell hielt inne und vergaß einen Moment Kater und Sprudelglas. Diese beiden Worte reichten völlig aus, um sie hellwach zu machen.

Tempest Red war eine codierte Nachricht. Eine von vielen, die die Leute von der Agency verwendeten, wenn sie über ungesicherte Leitungen telefonierten. *Tempest* war das Codewort für CIA-Außendienstler, *Red* stand allgemein für ermordet, umgekommen oder sonst wie ausgeschaltet.

»Fahren Sie fort«, sagte sie und setzte sich noch ein bisschen aufrechter hin.

»Eines unserer Einsatzteams wurde letzte Nacht sehr spät zu einem wichtigen Aufklärungsjob losgeschickt«, erklärte Argento. »Sie meldeten sich nicht wie vereinbart zurück. Den Rest können Sie sich denken.«

Das konnte sie allerdings. Sie begriff jedoch nicht, wie es geschehen konnte, dass drei hochtrainierte Einsatzkräfte ausgeschaltet wurden – zumal in einem befreundeten Land wie dem Vereinigten Königreich. War al-Qaida verantwortlich, oder hatte gar die IRA zugeschlagen? Jedenfalls wusste sie, dass sie über eine ungesicherte Leitung wie diese mit Sicherheit keine Antworten bekommen würde.

»Okay«, bestätigte sie, griff nach dem Glas Alka-Seltzer und zwang sich, einen Schluck herunterzubekommen. »Was kann ich für Sie tun?«

»Ich sage das nur ungern, aber wir könnten Ihre Hilfe hier unten gut gebrauchen«, sagte Argento. »Wir brauchen jeden mit Erfahrungen im Außendienst, um diese Sache durchzuziehen.«

Jeder Gedanke an Schlaf war verflogen – Mitchell war jetzt komplett im Einsatzmodus, und der Kater spielte keine Rolle mehr. Sie gehörte vielleicht nicht zum Langley-Club, aber trotzdem war ihr klar, was der Tod von CIA-Agenten bedeutete.

»Alles klar, ich bin auf dem Weg.« Sie legte auf, ohne Argentos Antwort abzuwarten. Die Adresse des Tatorts und weitere Details würde sie von ihren Vorgesetzten erfahren, die zum gegenwärtigen Zeitpunkt mit Sicherheit schon an dem Fall dran waren. »Okay, ihr verdammten Faulpelze, raus aus den Federn«, zitierte sie aus ihrem

Lieblingsfilm, kippte den Rest des Alka-Seltzer-Trunks herunter und schlug die Bettdecke beiseite, bevor sie sich auf den Weg in die kleine Dusche neben ihrem Schlafzimmer machte.

Nachdem sie sich ausgezogen hatte und darauf wartete, dass das Wasser heiß wurde, betrachtete sie ihr Spiegelbild mit kritischen Augen. Bis zum Vierzigsten fehlten ihr noch ein paar Jahre, und obwohl sie im Großen und Ganzen noch ganz gut in Form war, hatte die Kombination von langen Nächten, frühem Aufstehen und großzügigem Alkoholgenuss ihren Tribut gefordert. Unter ihren Augen hatten sich dunkle Ringe gebildet, ihr Gesicht war eingefallen und blass, und um ihren Mund, die Augen und auf der Stirn zeichneten sich feine Sorgenfalten ab, die vor ein paar Jahren noch nicht da gewesen waren.

Nach nochmaliger Überlegung streckte sie den Arm aus und drehte die Wassertemperatur aufs Minimum herunter. Dann holte sie tief Luft und zwang sich unter den eiskalten Wasserstrahl. Als ihr die Kälte in die Haut stach und bis in die Knochen zog, entfuhr ihr ein gequältes Stöhnen. Aber es funktionierte. Die letzten Nebelschleier vor ihrem Bewusstsein waren verflogen.

Mord vor dem Frühstück, dachte sie, als das Wasser an ihr herunterlief. Was für eine furchtbare Art, den Tag zu beginnen.

13

Alles in allem brauchte Mitchell fast zwei Stunden, bis sie den kleinen, abgelegenen landwirtschaftlichen Betrieb fand, wo die drei Agenten ermordet worden waren. Obwohl ein GPS-Gerät der Spitzenklasse an ihrer Frontscheibe klebte, verfuhr sie sich zu ihrem Verdruss gleich zweimal auf den gewundenen, namenlosen Landstraßen.

Eine Sache, die sie an Großbritannien nie verstehen würde, war das unmögliche Straßensystem, das sich irgendein Trottel vor tausend Jahren zusammengesponnen haben musste und das man seitdem nicht mehr verändert hatte. Sie konnte sich durchaus vorstellen, dass die wogenden Felder und Hecken, die ab und an von kleinen Wäldchen abgelöst wurden, für einen angenehmen Sonntagsausflug taugten – für jemanden, der schnell irgendwo hinwollte, waren sie jedoch der reinste Albtraum.

Sie litt noch immer an einem pochenden Kopfschmerz, was ihrer Laune nicht gerade förderlich war. Sie versuchte das zu verdrängen, als sie ihren Wagen neben der Scheune parkte, in der sich alles abgespielt zu haben schien.

Sicherheitskräfte hatten bereits einen diskreten, aber undurchdringlichen Sperrkreis um die ganze Gegend gezogen und jede Zu- und Ausfahrtsstraße abgeriegelt, außerdem waren Agenten an erhöhten Punkten postiert, von denen aus sie die ganze Gegend im Auge hatten. Niemand konnte sich diesem Ort nähern, ohne dass sie es merkten.

Britische Polizei oder Sicherheitskräfte waren nicht anwesend. Sie wussten, dass es hier in der letzten Nacht einen Zwischenfall gegeben hatte, so wie sie auch über die meisten anderen Aktivitäten der CIA in Großbritannien Bescheid wussten, aber normalerweise handelten die Dienste nach dem Grundsatz: »Wer keine dummen Fragen stellt, bekommt auch keine dummen Antworten.« Sie wollten nicht wissen, was an Orten wie diesem vor sich ging, genauso wenig wie die US-Regierung nachfragte, was die Briten an ähnlichen Orten in Nordamerika trieben.

Es war eine Übereinkunft zur beiderseitigen Zufriedenheit, mit der man bequem dem Eingeständnis auswich, dass beide Länder die Entführung und Folterung ihrer eigenen Staatsbürger zuließen.

Sie hatte den Motor gerade abgeschaltet, als ein junger Mann in Zivilkleidung aus der Scheune herauskam und sich ihrem Wagen mit den weit ausholenden, zielgerichteten Schritten eines Mannes näherte, der es gewohnt war, dass alles nach seiner Pfeife tanzte. Vincent Argento, ihr Juniorpartner im Untersuchungsteam der Agency, sah von Kopf bis Fuß wie ein italoamerikanischer Frauenschwarm aus. Er war groß, schlank und attraktiv, hatte rabenschwarzes Haar und olivfarbene Haut; und er schritt ihr mit einem Selbstvertrauen entgegen, wie es nur gut aussehende junge Männer in der Blüte ihrer Jahre zu besitzen scheinen.

»Mein Gott, haben Sie unterwegs eine Frühstückspause eingelegt?«, fragte er, als Mitchell ausstieg und ins helle Sonnenlicht blinzelte. In deutlichem Gegensatz zu ihrer düsteren Laune war das Wetter nervtötend gut, was in England nicht allzu oft vorkam.

Mitchell warf ihm einen bösen Blick zu. »Mit solchen Sprüchen machen Sie sich bei mir bestimmt nicht beliebt.« Sie blickte zur Scheune hinüber. Wahrscheinlich lagen dort die Leichen. »Also, was haben Sie bis jetzt?«

Er führte sie zu dem Gebäude und teilte ihr unterwegs die wichtigsten Fakten mit. »Drei Männer – einer im Lieferwagen, die anderen beiden in der Nähe auf dem Boden. Alles erfahrene Agenten im Außendienst und bewaffnet. Sie wurden aus nächster Nähe mit derselben Stichwaffe getötet, höchstwahrscheinlich ein Kampfmesser. Keine Spur von den Mördern oder dem Mann, den sie verhören sollten.«

Mitchell verzog ihr Gesicht. Wer es fertigbrachte, drei bewaffnete CIA-Agenten aus nächster Nähe umzubringen, musste ernst genommen werden. Ein gut eingespieltes Team konnte so eine Aufgabe bewältigen. Aber warum wurde ein Messer benutzt? Messer machten Dreck, waren unzuverlässig – und mit Sicherheit nicht besonders effektiv, wenn es darum ging, Leute umzubringen.

Als sie den dunklen Raum betraten, kamen sie gerade noch rechtzeitig, um zuzuschauen, wie eines der Opfer in einen schwarzen Kunststoffsack gebettet wurde. Seine Kehle war so heftig malträtiert worden, dass die Luftröhre komplett durchtrennt war und sich dort ein gähnender Schlitz aus zerrissenem, blutigem Fleisch auftat. Mitchell sagte nichts dazu.

Argento schaute sie von der Seite an und erriet ihre Gedanken. »Kein schöner Anblick, was?«

»Das ist es nie«, bemerkte sie leise und zwang sich dazu, wieder analytisch zu denken. »Erzählen Sie mir was über die Zielperson.«

Argento reichte ihr eine dünne Akte, die man über die Zielperson vorbereitet hatte. »Alex Yates. Achtundzwanzig Jahre alt. Er lebt in London und arbeitet als Verkäufer.«

Mitchell blätterte kurz durch die Akte. Das Foto auf dem äußeren Umschlag war vermutlich aus Yates' Ausweis kopiert worden und zeigte einen durchschnittlich aussehenden jungen Mann Mitte zwanzig, ungepflegtes hellbraunes Haar, blasser Teint mit ein paar Bartstoppeln und eine Augenfarbe irgendwo zwischen blau und grau.

»Warum hat die CIA so großes Interesse an ihm?«

Argento lächelte knapp. »Der kleine Alex war mal ein richtiger Cyberhooligan. Tagsüber hat er offiziell im Bereich Sicherheitssoftware gearbeitet, nachts hat er geschützte Netzwerke gehackt. Dann haben die Briten ihn bei dem Versuch geschnappt, in eine Regierungsdatenbank einzudringen. Er saß ein paar Jahre im Gefängnis und wurde schließlich auf Bewährung rausgelassen. Sieht aus, als würde er wieder an seine alten Erfolge anknüpfen, denn letzte Nacht hat unsere Einheit für Cyberkriminalität festgestellt, dass er versuchte, das Netzwerk der Agency zu hacken. Die lokale Polizei hat ihn ohne große Probleme verhaftet, und wir haben ein Einsatzteam hingeschickt, um ihn einzukassieren. Wir wissen, dass sie ihn von der Polizeiwache abgeholt haben, wo man ihn festhielt, aber danach sind sie vom Radar verschwunden.« Er deutete auf den Raum, in dem sie sich befanden. »Den Rest können Sie sich denken.«

»Das hier sollte nicht aktenkundig werden«, folgerte Mitchell und dachte an die langen, kurvenreichen Straßen, über die sie hierhergelangt war. Das nächste Dorf musste drei, vier Kilometer entfernt sein. »Sie wollten keine Aufzeichnungen und keine Zeugen.«

Argento zog eine schwarze Braue hoch. »Das ist gegen die Vorschriften.«

»Kommt drauf an, wessen Vorschriften.«

In Wahrheit geschahen solche Dinge viel öfter, als irgendjemand zugegeben hätte. Mitchell selbst hatte als CID-Ermittlerin in Militärstrafsachen an einer ganzen Reihe von »Einsatzverhören« teilgenommen – entweder weil die Zeit drängte oder weil der Untersuchungsgegenstand so heikel war, dass es ihre Anwesenheit erforderte. Wenn diese drei Männer Yates im Rahmen einer Geheimoperation hierhergebracht hatten, dann würde sie darauf wetten, dass es ihnen von höherer Stelle befohlen worden war.

Argento erwiderte nichts, und Mitchell vertiefte das Thema auch nicht. Zum gegenwärtigen Zeitpunkt waren solche Überlegungen reine Spekulation, und sie brauchte harte Fakten und eine genaue Rekonstruktion des Tathergangs.

»Also, sie bringen Yates hierher und fesseln ihn an den Stuhl, um mit dem Verhör anzufangen«, sagte sie und zeigte zum Holzstuhl, der sich im Zentrum des Raumes befand und dort sicher nicht zufällig herumlag. »Bevor sie fertig sind, werden sie von einer unbekannten Zahl von Angreifern überfallen, die alle drei Männer ausschalten, Yates befreien und mit ihm flüchten.«

Der jüngere Mann nickte. »Das stimmt mit dem überein, was wir gefunden haben. Ihre Spuren führen nach draußen und verlaufen dann quer durch ein kleines Wäldchen, ungefähr achthundert Meter von hier. Dort hat offenbar ein Wagen auf sie gewartet.«

»Haben Sie eine Ahnung, welche Marke und welches Modell?«

»Schwer zu sagen, aber die Fahrspur ist zu schmal, um von einem SUV zu stammen. Wahrscheinlich irgendeine Fließhecklimousine. Den Reifenspuren zufolge mit Frontantrieb.«

Mitchell schürzte die Lippen und ließ sich das Gesagte durch den Kopf gehen. Ein solches Fahrzeug war ideal für die schlaglochübersäten, unebenen Straßen in dieser Gegend. Andererseits war ein Messer nicht gerade eine ideale Waffe, um drei Bewaffnete damit auszuschalten.

»Ich will die Leichen sehen.«

Mitchell ging, Argento dicht auf den Fersen, zu der Reihe von Leichensäcken hinüber, streifte sich ein paar antiseptische Handschuhe aus einer Schachtel über, die die Forensiker dort abgestellt hatten, öffnete den Reißverschluss des ersten Leichensacks und inspizierte seinen Inhalt. Der Anblick von Blut und Tod erschreckte sie nicht mehr, sie hatte in ihrem Leben zu viel davon gesehen, um sich jetzt davon umwerfen zu lassen. Das Einzige, was sie jetzt interessierte, war die Todesart.

Sie konnte drei Stichwunden erkennen. Die ersten beiden Stiche waren durch den Oberbauch aufwärts geführt worden, damit sich die Klinge nicht zwischen den Rippen verkeilte. Jeder der beiden Stiche wäre tödlich gewesen, weil die Luft aus der perforierten Lunge die Brusthöhle gefüllt und das Opfer auf diese Weise langsam erstickt hätte.

Es war jedoch die dritte Wunde, die ihm schließlich den Rest gegeben hatte. An der linken Seite knapp unter der Achselhöhle im perfekten Winkel, um zwischen zwei Rippen hindurch genau ins Herz zu treffen, wobei vermutlich die linke und die rechte Herzklappe verletzt und die Ansammlung lebenswichtiger Arterien im oberen Herzbereich schwer geschädigt worden waren.

Dies war keine wütende Attacke eines durchgedrehten Mörders, sondern eine Folge präziser, fast chirurgischer Schnitte, die zum Ziel hatten, mit möglichst wenigen Stichen größtmöglichen Schaden anzurichten. Es gab nicht viele Menschen, die so gut mit einer Klinge umgehen konnten.

»Ich verstehe die Vorgehensweise nicht«, fuhr Argento fort. »Die Morde sehen aus wie das Werk eines Serienmörders – alle aus nächster Nähe und blutig –, aber jemanden hier herauszuholen muss die Arbeit von Profis gewesen sein. Es ist, als hätten sie vor, uns auf eine falsche Fährte zu locken.«

Mitchell war sich nicht so sicher. Die meisten Tötungen waren eher den Umständen geschuldet als beabsichtigt, und irgendwie konnte sie sich nicht vorstellen, dass sich ein Serienmörder ausgerechnet an eine Gruppe bewaffneter Männer heranmachte. Nein, es musste eine plausiblere Erklärung geben.

»Vielleicht mussten sie improvisieren«, spekulierte sie und versuchte, die einzelnen unzusammenhängenden Fakten in einen logischen Zusammenhang zu bringen. »Als Yates abgeholt wurde, sind sie ihm bis hierher in dem erstbesten Fahrzeug gefolgt, das sie zur Verfügung hatten. Dann haben sie die Agenten ausgeschaltet, die ihn festhielten. Sie haben ein Messer benutzt, weil sie keine Zeit hatten, sich bessere Waffen zu organisieren. Danach sind sie im selben Fahrzeug wieder von hier geflohen.«

»Wenn sie das hier alles auf die Schnelle improvisieren konnten, dann will ich nicht wissen, wozu sie bei guter Vorbereitung imstande sind«, dachte Argento laut nach.

Mitchell zog es vor, darüber nicht allzu lange nachzugrübeln.

»Ich will mir die Spuren anschauen«, entschied sie stattdessen.

Argento zögerte nur kurz, dann führte er sie nach draußen.

Es war nicht schwer, die Spuren zu verfolgen, besonders nicht für Mitchell. Sie hatte beim Militär schon reichlich Spuren verfolgt, und ein Paar der Abdrücke war besonders leicht zu erkennen.

»Nike Sportschuhe«, sagte sie und deutete auf das typische Logo, das in regelmäßigen Abständen im weichen Boden zu erkennen war. Die einzelnen Schritte waren merkwürdig gesetzt, und an ein, zwei Stellen bemerkte sie Beschädigungen im Unterholz, wo jemand einfach mitten durchgelaufen war. »Das wird wohl Yates gewesen sein.«

»Das ist Ihnen aufgefallen, was?«, bemerkte Argento mit einem Grinsen.

»Diese Spuren könnten sogar *Sie* verfolgen«, konterte sie, ohne aufzuschauen.

Die andere Spur war jedoch vollkommen unterschiedlich.

»Bei seinem Freund hier sieht die Sache schon ganz anders aus. Der hatte es wirklich raus, wie ein Geist zu schweben«, fuhr Mitchell fort und schlich weiter, ohne den Blick vom Boden abzuwenden.

Sie konnte sich lebhaft vorstellen, wie Yates durch den dunklen Wald gestolpert war und dabei versucht hatte, mit seinem weitaus geschickteren und geübteren Komplizen Schritt zu halten.

»Gewichtsverteilung auf dem Außenfuß, gleichmäßiger Druck bei jedem Schritt, minimale Markierung des Untergrunds …« Sie hielt einen Moment inne, und dann ging es ihr plötzlich auf. »Wer auch immer sie sein mag, ich wette darauf, dass sie eine militärische Ausbildung hatte.«

Argento schaute zu ihr hinüber. Ihm war nicht entgangen, welches Geschlecht sie Yates' mysteriösem Befreier zugewiesen hatte. »Sie meinen, es war eine Frau? Woher wissen Sie das?«

»Weil ich weiß, worauf ich achten muss. Kürzere Schrittlänge, kleinere Stiefelgröße, geringeres Gewicht.« Sie nickte bestätigend und war mit jeder Sekunde überzeugter. »Unser Killer ist eine Frau.«

14

Es war schon dunkel, als Alex und Anya in der Ferne ganz schwach eine Küstenlinie erkennen konnten. Abgesehen davon, dass Alex mehrere Schwindelanfälle erlitten hatte, war die Fahrt über die Nordsee ohne besondere Vorfälle verlaufen. Das einzige Mal, als sie ein anderes Schiff zu sichten glaubten, hatte es sich um die Gasflamme einer Ölbohrplattform am nördlichen Horizont gehandelt.

Sie fuhren noch etwa zehn Minuten lang weiter, dann schaltete Anya die Maschinen aus und ließ den Kutter weitertreiben, bis er keine Fahrt mehr hatte. Ein kleiner Fischkutter wie ihrer würde wahrscheinlich kaum Aufmerksamkeit auf sich ziehen, aber sie wollte es nicht riskieren, näher heranzufahren.

»Und was jetzt?«, fragte Alex, den die Stille überraschte, die nun einkehrte, nachdem die Maschine unten nicht mehr unablässig vor sich hin rumpelte. Er konnte nur die Wellen gegen den Schiffsrumpf schlagen hören und dazu das gelegentliche Quietschen und Knarzen des Holzes, wenn sich der Kutter durch seine Bewegung leicht verspannte.

»Warten Sie hier«, befahl Anya und kletterte durch die Klappe ins Unterdeck.

Schon bevor sie nach einigen Minuten zurückkehrte, spürte Alex, wie sich die Bewegungen des Bootes nach und nach veränderten. Er konnte es zunächst nur schwer auf den Punkt bringen, aber er hatte den Eindruck, dass der Kutter nicht mehr so in der Dünung rollte wie zuvor.

Als Anya aus den Eingeweiden des kleinen Schiffes wieder heraufkam, deutete sie auf einen großen Kunststoffcontainer, der draußen an Deck befestigt war. »Ich brauche Ihre Hilfe hiermit«, erklärte sie ruhig. »Ich will nicht noch damit herumfummeln, wenn wir untergehen.«

Alex zuckte bei ihrer Bemerkung erschrocken zusammen. »Moment mal. Wie bitte?«

Die Frau stieß einen leisen Seufzer aus. Es war ein kleines, aber unverkennbares Zeichen ihrer Ungeduld. »Das Boot wird sinken, Alex. Ich habe gerade die Schotten geöffnet. Hier gibt es nirgendwo einen Anleger, und wenn wir es auf Grund setzen, ziehen wir zu viel Aufmerksamkeit auf uns. Deshalb paddeln wir im Rettungsfloß ans Ufer. Jetzt kommen Sie schon.«

Ohne seine Antwort abzuwarten, öffnete sie die Tür und schwang sich aufs Deck. Alex folgte ihr einen Augenblick später und zog sich die übergroße Regenjacke zum Schutz gegen die kalte Nachtluft ein wenig enger um den Leib. Das Deck unter seinen Füßen senkte sich inzwischen spürbar.

Anya öffnete den Kunststoffcontainer, der draußen festgemacht war, und wuchtete ein großes, aufblasbares Rettungsfloß heraus. Alex kam dazu, um ihr zu helfen, und gemeinsam trugen sie es auf die Steuerbordseite des Schiffes. Es war überraschend schwer, und sie mussten beide zupacken, um es über die Wallschiene zu hieven.

Sie nahm die Reißleine und nickte ihm zu, dass er es über Bord stoßen sollte. Das Rettungsfloß stürzte ins Wasser, und man konnte ein lautes Zischen hören, als die Kartusche mit der Druckluft zu arbeiten begann und das mehr oder weniger achteckige Floß binnen Sekunden auseinanderfaltete und aufblies. Zu Alex' großer Erleichterung waren keine Beschädigungen zu erkennen; offenbar war das Rettungsfloß in einem weitaus besseren Zustand als der Kutter, zu dem es gehörte.

Ein lang gezogenes, gequältes Ächzen des Holzrumpfes erinnerte ihn daran, dass das Schiff unter ihnen sank. Die schweren Maschinen und die Treibstofftanks ließen den Bug langsam emporsteigen, während das Heck tiefer ins Wasser sank.

»Sie zuerst«, sagte Anya, die das Floß an einer einzelnen Leine festhielt, damit es nicht wegtrieb.

Vorsichtig kletterte Alex über die Wallschiene und schaute hinunter. Die düster wogenden Wassermassen ringsum waren ihm nur allzu bewusst. Er konnte ganz gut schwimmen, aber in dem eiskalten Wasser und bei dem Gewicht des schweren Pullovers und der großen Wetterjacke gab er sich keine große Überlebenschance, falls er das Floß verfehlte.

Auf jeden Fall wurde ihm das Problem erspart, über die Bordwand zu springen, weil ihn ein plötzlicher Stoß zwischen die Schulterblätter hinausbeförderte. Im Fallen schrie er vor Schreck, denn er war sich sicher, in der See zu landen. Zu seinem Glück hatte das langsam versinkende Heck seine Höhe über dem Meeresspiegel auf knapp einen Meter verringert. Als er fast im Zentrum des Rettungsfloßes aufkam, prallte er noch einmal von dessen flexiblem Boden zurück, bevor er endgültig landete.

Er schaute hoch und wollte sich gerade bei Anya beschweren, dass sie ihn über Bord gestoßen hatte, da hüpfte sie schon zu ihm hinunter. Sie landete mit graziler Leichtigkeit und drehte sich schon um, noch bevor sie den Boden ganz erreichte. Sie löste ein Klapppaddel von der Seitenwand des Floßes.

»Sie hätten mich warnen können«, bemerkte Alex säuerlich.

»Ja. Hätte ich«, gab sie zu. »Und jetzt helfen Sie paddeln. Wir wollen nicht von dem Kutter mit nach unten gezogen werden.«

Das Wasser drang bereits durch die Speigatts am Achterdeck, wodurch der Bug noch steiler in die Höhe ragte. Die verschiedenen Masten und Takelagen dort oben konnten beim Sinken auf sie fallen und sie mit nach unten ziehen. Alex schnappte sich ein zweites Paddel und bearbeitete damit das Wasser, um sie fortzubringen. Ihre Anstrengungen waren seltsam ungleichmäßig, weil Alex mehr herumspritzte, als Antrieb zu erzeugen, aber nach ungefähr einer Minute hatten sie genug Abstand zwischen sich und das kenternde Boot gebracht, um einen Moment lang innezuhalten und zuzuschauen, wie es versank.

Es hatte nichts besonders Dramatisches, kein großes Getöse von schwerem Gerät, das sich innen losriss, keine schäumende See oder krachendes Holz. Das Heck geriet unter die Wasseroberfläche, durch die offene Luke rauschte das Wasser in den Maschinenraum darunter, und der Kutter versank in aller Stille, wobei er sich noch nach Steuerbord neigte, bevor er ganz unter den Wellen verschwand.

Und dann waren sie plötzlich allein. Zwei Menschen in einem Gummirettungsfloß, Hunderte Kilometer offener See hinter sich und die dunkle Küste Norwegens in ungewisser Entfernung vor sich. Als eine kühle Brise aus Norden zu wehen begann, hoffte Alex, dass es nicht zu weit bis zum Ufer sein möge. Das Paddeln strengte ihn bereits an, obwohl sie sich erst fünfzig Meter vom sinkenden Kutter entfernt hatten.

»Da braut sich was zusammen«, meinte Anya und

schätzte das Tempo des Floßes ab. »Wir sollten zusehen, dass wir ans Ufer kommen, bevor es noch schlimmer wird.«

Alex hatte keine Lust zu diskutieren. Er griff sich wieder sein Paddel und wollte gerade von Neuem loslegen, als ihm plötzlich ein Gedanke kam. Trotz allem, trotz der Qualen, die er schon durchgestanden hatte, und trotz der unbekannten Gefahren, die noch vor ihm lagen, konnte er es sich nicht verkneifen, amüsiert zu kichern.

»Wissen Sie, vielleicht stecke ich ja bis zum Hals in der Scheiße«, sagte er und hielt sein Paddel hoch. »Aber wenigstens habe ich diesmal ein Paddel dabei.«

Seine Bemerkung wurde mit eisigem Schweigen quittiert.

»Mit Humor haben Sie es nicht so, oder?«

Irgendwie konnte er sich nicht vorstellen, dass sie auf einem Sofa lag und mit einem Becher Eiscreme in der Hand sich Zeichentrickfilme im Fernsehen anschaute. Andererseits hatte er auch keine Idee, was eine Frau wie Anya so machte, wenn sie mal nicht streng geheime Daten klaute, Leute umbrachte oder Fischkutter über die Nordsee schipperte.

Ohne ihn anzuschauen, tauchte sie ihr Paddel ins Wasser und begann mit langsamen, kontrollierten Zügen zu paddeln. »Ich schätze, das hängt davon ab, wie Sie Humor definieren.«

Darauf hatte Alex nicht viel zu erwidern. Gemeinsam setzten sie ihre Bemühungen fort, das Ufer zu erreichen. Es ging nur langsam voran. Das Floß war eher dafür konstruiert, sicher im Wasser zu liegen, statt sich schnell vorwärtszubewegen, und Alex' Unerfahrenheit tat ihr Übriges. Trotzdem schien sogar er nach ein paar knappen, ermutigenden Worten Anyas ein Gefühl dafür zu bekommen, und es dauerte nicht lange, bis er die Felsküste vor sich sah.

Ihre Paddelei und die hereinkommende Flut brachte sie schließlich zu einer relativ geschützten Bucht zwischen zwei baumbewachsenen Streifen Land. Alex taten die Arme weh, als er endlich spürte, wie das Floß über festen Boden scheuerte.

Er ließ dankbar sein Paddel fallen, kletterte über die Wandung und auf den schmalen kiesigen Strand. Vor ihm drängten sich Baumgruppen – Kiefern und Fichten – bis dicht ans Ufer, die den Nachthimmel dahinter komplett verdeckten.

Ein lautes Zischen und Blubbern aus Richtung Meer verriet ihm, das Anya dem Rettungsfloß mit ihrem Messer zu Leibe gerückt war. Sie hatte die Gummihülle zerschlitzt und es außer Sichtweite versenkt. Ein paar schwere Steine, die sie obenauf gelegt hatte, reichten aus, um das Werk zu vollenden.

Alex schenkte der Sache jedoch kaum Beachtung, stöhnte nur erleichtert und sank auf die Knie. Er war ausgelaugt, seekrank und unendlich dankbar dafür, endlich wieder festen Boden unter den Füßen zu haben. Am liebsten hätte er sich gleich hier auf dem Strand zusammengerollt und wäre glücklich eingeschlafen.

»Aufstehen«, sage Anya und klopfte ihm unsanft auf die Schulter. »Wir müssen ins Landesinnere. Wenn ich mich nicht irre, müsste die nächste Stadt knapp zwanzig Kilometer von hier entfernt sein.«

Alex starrte sie an. »Verdammt, können Sie nicht mal eine Pause einlegen?«

»Die Leute, die hinter Ihnen her sind, werden es nicht tun. Und wir können es uns auch nicht leisten. Jetzt hoch mit Ihnen.«

Alex schloss die Augen und zwang sich, ruhig zu bleiben. Schließlich verdankte er dieser Frau sein Leben. Andererseits hätte er ihr in diesem Moment wirklich gern den Saft abgedreht.

Stumm kämpfte er sich wieder hoch und trottete erschöpft den Strand hinauf.

15

Bei Einbruch der Dunkelheit kamen auf dem Bauernhof die Arbeiten am Tatort allmählich zum Abschluss. Mitchell war damit beschäftigt, ihren ersten Lagebericht zu tippen, als das Geräusch eines Wagens, der draußen anhielt, ihre Gedanken wieder in die Gegenwart zurückholte. Als sie zum Eingang der Scheune hinüberschaute, stieg dort ein Mann aus einem schwarzen BMW und ging sofort schnurstracks in ihre Richtung.

Ein Blick reichte, um zu erkennen, dass mit ihm nicht gut Kirschen essen war. Er war Anfang vierzig, muskulös, hatte kurz geschnittenes schwarzes Haar und das gebräunte, furchige, wettergegerbte Gesicht eines Mannes, der viel Zeit im Freien verbrachte.

Er trug einen schwarzen Businessanzug, und der oberste Hemdknopf stand offen – die Art von Outfit, die sich in Langley geradezu epidemisch ausgebreitet hatte. Aber die Angestelltenkluft konnte kaum sein dominantes, fast aggressives Wesen übertünchen, als er sich jetzt näherte. Es musste ein Agent im Außeneinsatz sein, und die Art, wie er stolzierte, ließ vermuten, dass er einen militärischen Hintergrund hatte. Niemand stolziert so wie ein Soldat, das hatte sie schon vor langer Zeit gelernt.

Die Frage war nur, was hatte er hier zu suchen?

»Wer ist hier der leitende Officer?«, fragte er, ohne sich mit einem Gruß aufzuhalten.

»Das bin wohl ich«, antwortete Mitchell und erwiderte

ungerührt seinen stechenden Blick. In einem kritischen Moment wie diesem Schwäche oder Zögern zu offenbaren würde sich sofort nachteilig auswirken. »Olivia Mitchell, Sicherheitsdienst. Und Sie sind?«

»Mein Name ist Hawkins«, erwiderte er. »Nehmen Sie es mir nicht übel, Mitchell, aber ich bin anscheinend Ihre Ablösung.«

Er reichte ihr ein einfach gefaltetes Schreiben, das sich Mitchell umgehend durchlas. Tatsächlich war es eine Liste von Befehlen direkt aus Langley. Ihr wurde unmissverständlich klargemacht, dass ab sofort der Führungsoffizier Jason Hawkins die Untersuchungen leiten würde. Ihm war jederzeit die größtmögliche Unterstützung zu gewähren; im Übrigen wurde seltsamerweise unverblümt davor gewarnt, ohne seine ausdrückliche Zustimmung offizielle Untersuchungsberichte weiterzuleiten.

»Gut. Ich stehe zu Ihrer Verfügung«, lenkte sie ein. In Anbetracht dieses formellen Vorschlaghammers blieb Mitchell auch kaum etwas anderes übrig.

»Schön. Jetzt brauche ich Ihre Mitarbeit.«

»Ich höre«, antwortete sie.

»Erstens benötige ich alles, was Sie über den Tatort haben. Jedes einzelne Beweismittel, jedes Foto, natürlich auch jeden Fingerabdruck, den forensischen Bericht und alle Zeugenaussagen. Ich habe die Erstberichte schon auf dem Flug hierher gelesen, aber jede Kleinigkeit zählt. Zweites geht alles, was bei dieser Untersuchung geschieht, zuerst an mich. Jeder Bericht, jede E-Mail und jedes Telefonat. Das gilt für Sie und für den Rest des Teams. Ist das soweit klar?«

Mitchell verschränkte die Arme vor der Brust. Sie wusste nicht, ob sie sich von seiner brüsken Art, ohne Umschweife gleich auf den Punkt zu kommen, beeindrucken oder einschüchtern lassen sollte. Eins stand jedenfalls fest: Dieser Mann hielt sich nicht mit Kinkerlitzchen auf.

»Sie haben sich deutlich ausgedrückt.«

Der Anflug eines Lächelns huschte über Hawkins' mageres, wettergegerbtes Gesicht. »Ich gehe Ihnen auf die Nerven, was, Mitchell?«

Mitchell blinzelte. Seine Offenheit verblüffte sie. »Das habe ich nicht gesagt.«

»Das war auch nicht nötig«, versicherte er ihr. »Zum Teufel, ich wäre total genervt, wenn so ein Arschloch aus Langley aufmarschiert, sich benimmt, als würde ihm der Laden gehören, und ohne jegliche Erklärung meine Untersuchung übernimmt.«

»Sie geben eine sehr ehrliche Selbsteinschätzung ab.« Mitchell wollte dem Bild, das er von seiner Wirkung gezeichnet hatte, nicht widersprechen.

Er zuckte mit den Schultern, weil er wusste, dass das nicht nur als Kompliment gemeint war. »Das eine kann ich Ihnen sagen. Ich bin mitten in der Nacht fünfeinhalbtausend Kilometer geflogen, um hierherzukommen, denn ich gehöre zu den Leuten, die die Agency ständig nur für Situationen wie diese in Bereitschaft hält. Von Leuten wie mir hören Sie normalerweise nichts, weil es zu unserer Arbeit gehört, dafür zu sorgen, dass wir nicht gesehen werden und dass niemand über uns redet. Wir lösen Probleme, und das tun wir schnell und leise, weil wir dafür bezahlt werden. Wir haben hier gerade ein Riesenproblem, mit dem wir fertigwerden müssen. Ich verlange von Ihnen, hier und jetzt ganz offen mit mir zu sein und mir zu glauben, dass das, was ich tue, in unser aller Interesse ist. Wenn Sie das tun, werde ich auch offen zu Ihnen sein. Können wir uns darauf einigen?«

Dagegen gab es nicht viel einzuwenden. »Alles klar.«

Er nickte. »Gut. Und jetzt wäre ich Ihnen sehr verbunden, wenn Sie Ihr Team zusammenrufen könnten. Da sind ein paar Dinge, die ich ihnen zeigen will.«

»Sie sagten, Sie sind hier, um Probleme zu lösen«, bemerkte sie. »Womit haben wir es denn hier zu tun?«

Hawkins schaute sie eine Weile an. Dann sagte er: »Dazu später. Jedenfalls werden Sie froh sein, dass ich dabei bin.«

Mitchell war sich nicht ganz sicher, ob es eine Situation gab, in der sie froh wäre, diesen Kerl in der Nähe zu wissen. Sie beschloss jedoch, diese Einschätzung zunächst für sich zu behalten. Falls Hawkins etwas wusste, was ihre Untersuchung voranbringen konnte, blieb ihr nichts anderes übrig, als mitzuspielen.

Es dauerte weniger als eine Minute, das kleine Einsatzteam zusammenzurufen, das sich gerade um den Tatort kümmerte. Ein halbes Dutzend Männer und Frauen versammelte sich um den primitiven Holztisch in der Mitte der Scheune.

»Okay, alles zuhören«, begann Hawkins und verschwendete keine Zeit mit Förmlichkeiten. »Erstens: Ich heiße Hawkins, und ich übernehme ab sofort die Leitung dieser Untersuchung. Agent Mitchell wird Ihnen später mehr dazu erzählen, aber nehmen Sie das erst mal als Vorwarnung. Zweitens: Das hier ist keine Mordermittlung mehr. Die Details von diesem Tatort bleiben unter Verschluss. Ich trage die Verantwortung dafür. Wir machen jetzt Jagd auf Zielpersonen. Schlicht und einfach.«

Mitchell verzog das Gesicht. Der plötzliche Strategiewechsel passte ihr überhaupt nicht. Obwohl sie auch wünschte, die Mörder der drei Agenten zur Verantwortung zu ziehen, klang die Sache jetzt bei Hawkins so, als ginge es nur noch darum, sie aufzuspüren und wie wilde Tiere zur Strecke zu bringen.

Sie tauschte einen Seitenblick mit Argento und spürte, dass ähnliche Gedanken durch seinen Kopf gingen und kein Kommentar nötig war. Sie würden am Ende des Briefings unter vier Augen miteinander reden.

»Wir haben zwei Zielpersonen bei unserer Operation.« Hawkins legte den Ausdruck eines Fotos von Alex Yates vor sich auf den Tisch. »Die erste ist dieser Mann – Alex Yates. Ich weiß zum gegenwärtigen Zeitpunkt auch nicht mehr über ihn als Sie, und das ist nicht viel. Er ist Zivilist und hat, soweit wir wissen, keinerlei Training, was Flucht oder Untertauchen anbetrifft, deshalb dürfte er es uns nicht allzu schwer machen. Aber er könnte wertvolle Informationen für uns haben, daher sind seine Festnahme und Vernehmung für uns von großer Bedeutung.«

Er hielt inne, als wüsste er nicht so recht, wie er fortfahren sollte. Mitchell konnte ihm ansehen, dass er über etwas nachdachte, vielleicht abwog, wie viel er ihnen enthüllen sollte. Dann legte er plötzlich ein anderes Foto neben das von Yates.

Mitchell beugte sich neugierig vor, um es sich genauer anzuschauen.

Das Foto war allem Anschein nach so etwas wie ein offizielles Ausweisfoto, eine Porträtaufnahme der Zielperson, die geradeaus in die Kamera schaute. Es handelte sich um eine Frau, vermutlich Mitte dreißig, mit kurzem blondem Haar, gebräunter Haut und entschlossen wirkenden, fein geschnittenen Gesichtszügen, die von einem Leben zeugten, das gleichermaßen aktiv wie schwierig war.

Der Gesichtsschnitt wirkte ein wenig ungewöhnlich, was seine Formen und Proportionen betraf – sie hatte etwas Fremdländisches an sich, vielleicht stammten ihre Vorfahren aus Skandinavien. Aber ganz ungeachtet ihrer Herkunft konnte selbst Mitchell sehen, dass sie eine attraktive

Frau war, eine Naturschönheit, die kein Make-up benötigte, um das zu unterstreichen.

Den stärksten Eindruck machten aber ihre Augen auf Mitchell. Sie waren kalt und blau und verliehen ihrem Blick eine durchdringende Schärfe, die sogar auf dem Foto noch zu erkennen war. Einen solchen Blick hatte Mitchell zuvor schon bei Soldaten gesehen, die von der Front zurückkehrten und Dinge gesehen hatten, die jedem Menschen erspart bleiben sollten. Mit leichtem Grauen stellte sie fest, dass sie diesen Blick auch an dem Mann bemerkt hatte, der gerade das Meeting leitete.

»Wir haben gute Gründe für die Annahme, dass diese Frau unsere zweite Zielperson ist. Ihre Identität unterliegt der Geheimhaltung, aber sie ist mit zwölf Aliasnamen unterwegs, die wir bereits kennen, und Gott allein weiß wie vielen anderen Namen, die wir noch nicht kennen.« Er blickte von dem Foto auf und schaute dann der Reihe nach jedem der Agenten, die um den Tisch versammelt waren, in die Augen. »Ich kann gar nicht genug betonen, wie gefährlich diese Frau ist. Sie wird wegen einer Anschlagsserie auf US-Bürger gesucht, sowohl von der Armee als auch von der Regierung, und wir glauben, dass sie Yates benutzt, um ein weiteres Attentat vorzubereiten. Es ist zwingend notwendig, dass wir sie ausschalten, bevor sie eine Chance hat, ihr Ziel zu erreichen.«

»Entschuldigen Sie, Sir«, meldete sich Argento zu Wort. »Sie sagen, eine einzige Frau hat das hier alles getan und drei Agenten mit nichts als einem Messer umgebracht?«

»Dafür wurde sie ausgebildet.«

»Von wem ausgebildet?«, fragte Mitchell, obwohl sie das Gefühl hatte, die Antwort bereits zu kennen.

»Natürlich von uns«, erwiderte er und schaute sie an. »Sie war mal eine CIA-Agentin. Eine von denen, die wir losschicken, um … Probleme zu lösen.« Seine Wortwahl entging ihr nicht. »Und Sie können mir glauben, sie war sehr gut darin. Vielleicht ein bisschen zu gut. Das Problem ist, dass man für diese Art von Arbeit einen bestimmten Menschenschlag braucht.«

»Sie meinen psychopathische Mörder?«, unterbrach Argento.

»So würde ich es nicht ausdrücken.« Hawkins' Stimme klang ruhig und ausgeglichen, aber der Blick aus seinen Augen erzählte etwas anderes. »Was auch immer ihr Problem gewesen sein mag – ihre Arbeit hat das Schlimmste aus ihr herausgeholt. Sie wurde paranoid, wahnhaft und gewalttätig. Vor fünf Jahren ist sie dann durchgedreht, hat die meisten Leute aus ihrer Einheit umgebracht und ist dann verschwunden. Seitdem sind wir hinter ihr her.«

»Sie jagen sie seit fünf Jahren?«, fragte Mitchell, die verblüfft war, dass es einer Einzelperson gelingen konnte, der bestens ausgestatteten Agency so lange zu entwischen.

»Sie wurde dafür ausgebildet, unterzutauchen und zu verschwinden. Zusätzlich weiß sie auch noch, wie wir vorgehen. Sie kennt die Schwächen der CIA und weiß sie zu nutzen«, führte Hawkins aus und schaute wieder auf das Foto. »Zum Glück für uns hat die Medaille zwei Seiten. Wir haben sie geformt, und mit Ihrer Hilfe werden wir sie vernichten. Sie ist ein großes Risiko eingegangen, als sie herkam, um Yates zu befreien. Das heißt, er ist jemand, auf den sie nicht verzichten kann. Er ist der Schlüssel, um sie zur Strecke zu bringen.«

Argentos Blick verriet Zweifel. »Sehr schön. Und wie finden wir ihn?«

»Indem wir so denken wie sie.« Hawkins verschränkte seine muskulösen Arme. »Dieses Land hat die meisten Überwachungskameras pro Einwohner in der ganzen westlichen Welt, deshalb können Sie drauf wetten, dass sie nicht allzu oft hierherkommt. An ihrer Stelle würde ich mich so schnell wie möglich aus dem Staub machen, das heißt, sie wird versuchen, Yates außer Landes zu bringen.«

Die Insellage des Vereinigten Königreiches ohne grüne Grenzen machte die Aufgabe in dieser Hinsicht etwas leichter. Sie und Yates konnten nicht einfach irgendwo ein Loch in den Zaun schneiden und verschwinden.

»Yates' Ausweis wurde gesperrt«, führte Argento aus. »Alle Flughäfen, Bahnhöfe und Fährhäfen haben eine Kopie seines Fotos erhalten. Wenn er versucht, das Land zu verlassen, erfahren wir es.«

Mitchell schüttelte den Kopf und sagte nichts. Wenn diese Frau wirklich so schlau und durchtrieben war, wie Hawkins zu glauben schien, würde sie nie etwas so Naheliegendes tun.

»Es gibt natürlich noch andere Wege, um herauszukommen«, bemerkte Hawkins.

»Ein Privatflugzeug?«, fragte jemand aus der Gruppe. »Es gibt viele kleine Startbahnen in dieser Gegend. Eine Cessna könnte problemlos den Ärmelkanal überqueren.«

Hawkins schüttelte den Kopf. »Zu leicht aufzuspüren. Jedes Flugzeug, das in den Luftraum Großbritanniens aufsteigt, wird sofort vom Radar erfasst. Ganz egal, wo sie landen würde – ein Begrüßungskomitee wäre schon vor Ort.«

Wenn der Landweg und der Luftweg ausgeschlossen waren, bliebe nur noch eine Fluchtmöglichkeit offen, überlegte Mitchell. »Also haben sie ein Boot genommen«, lautete ihre Schlussfolgerung. »Es muss stabil genug gewesen sein, um damit über den Kanal zu kommen, aber klein genug, um unentdeckt zu bleiben.«

Hawkins' Blick zollte ihr widerwillig Respekt. »Nicht

schlecht. Setzen Sie sich mit der Küstenwache in Verbindung und finden Sie heraus, ob in den letzten vierundzwanzig Stunden Boote als vermisst gemeldet wurden. Sofort.«

Einer der Agenten griff bereits nach seinem Handy.

»Alle anderen packen hier zusammen«, fuhr Hawkins fort. »Wenn wir den Anruf bekommen, müssen wir schnell reagieren.«

Während die übrigen Mitglieder des Einsatzteams ihre Ausrüstung einzupacken begannen, kam Argento zu Mitchell hinüber. »Glauben Sie den Mist, den er uns da gerade aufgetischt hat?«, fragte er und nickte in Hawkins' Richtung.

Der Mann telefonierte bereits, wobei er darauf achtete, außer Hörweite der anderen zu sein. Mitchell hätte darauf gewettet, dass er mit seinem geheimnisvollen Auftraggeber telefonierte.

»Ich weiß nicht«, gab sie zu. Einiges an dieser Operation hinterließ bei ihr einen schalen Geschmack im Mund, aber sie musste sich – wie die anderen auch – dem Befehl zur rückhaltlosen Zusammenarbeit beugen. »Ob er nun die Wahrheit sagt oder nicht – er weiß auf jeden Fall viel mehr, als er zugibt.«

»Aber jetzt mal ehrlich.« Er seufzte und schüttelte den Kopf. »Undokumentierte Einsätze, geheime Verhöre, Mörder, durchgeknallte Agenten … Tut mir leid, es klingt vielleicht wie ein Klischee, aber ich habe ein verdammt komisches Gefühl bei der ganzen Sache.«

Mitchell antwortete darauf nicht, sie zog es vor, ihre Gedanken erst einmal für sich zu behalten. Allerdings bedeutete das nicht, dass sie die Einschätzung ihres Kollegen nicht teilte.

»Wissen Sie, ich könnte das Foto unserer geheimnisvollen Frau durch die Gesichtserkennungs-Datenbank laufen lassen«, schlug Argento vor. »Vielleicht erhalten wir so einen Hinweis.«

Mitchell schüttelte den Kopf. Obwohl ihnen ihr Status als Sonderermittler der Agency theoretisch Zugriff auf die gesamte Personaldatenbank erlaubte, waren sie doch erfahren genug, um zu wissen, dass es immer noch Freigabeebenen gab, die weitaus umfassender waren als das, was man ihnen bewilligt hatte. Auf jeden Fall wurden solche Suchen vom System immer aufgezeichnet, und was sie jetzt am wenigsten brauchen konnten, war, dass die Kunde von solchen heimlichen Aktionen zu Hawkins gelangen würde.

»Unternehmen Sie erst mal nichts«, sagte sie schnell. »Warten wir ab, bis wir mehr wissen.«

»In Ordnung.« Er schaute sie von der Seite an. »Sie wären heute bestimmt lieber im Bett geblieben, was?«

Mitchell bedachte ihn mit einem Blick, der ausreichte, ihm sein dürres Lächeln von den Lippen zu wischen. »Sie haben ja keine Ahnung.«

16

Alex war schon müde, bevor er den Strand hinaufschlurfte, aber eine Stunde später wäre er fast im Laufen zusammengebrochen, während er sich bemühte, Anya durch den dichten Fichten- und Kiefernwald zu folgen, der die Gegend im Landesinneren überzog.

Wie immer bewegte sich die Frau mit der Geschwindigkeit und Anmut eines Raubtiers, das seine Beute hetzt, und dachte gar nicht daran, Rücksicht auf ihren Begleiter zu nehmen, der weder über die notwendige körperliche Fitness verfügte noch Erfahrung darin besaß, nachts durch Wälder zu streifen. Sie kam nicht einmal auf die Idee, eine kurze Pause einzulegen, weshalb Alex' letzte Kraftreserven rapide dahinschmolzen. Er holte das Letzte aus sich heraus, um mit ihr Schritt zu halten.

Sie liefen auf einem steilen Höhenrücken, der sich etwa in nordwestlicher Richtung hinzog. Unter ihnen, etwa fünfzig Meter links den Hang hinunter, verlief eine schmale, befestigte Straße parallel zu ihrem Kurs. Sie waren, kurz nachdem sie den Strand verlassen hatten, darauf gestoßen. Trotz Alex' Protesten, dass sie auf Asphalt viel schneller vorankommen würden als auf dem unebenen Waldboden, war Anya einfach quer darüber hinweggelaufen und in die Wälder der steilen Hänge dahinter eingedrungen.

Sie waren der Straße nur noch ein einziges Mal näher gekommen, um ein Straßenschild zu lesen und sich über ihre ungefähre Position Klarheit zu verschaffen.

»Werden Sie eigentlich auch mal irgendwann müde?« Alex schwitzte und war außer Atem, und Anyas anscheinend unerschöpfliches Reservoir an körperlicher Fitness ging ihm gehörig auf die Nerven. Sie war mindestens zehn Jahre älter als er, und trotzdem fühlte er sich in diesem Moment wie ein alter Mann.

Falls sie bemerkt hatte, dass er sie indirekt darum gebeten hatte, das Tempo ein wenig zu drosseln, ging sie jedenfalls nicht darauf ein. »Ausdauertraining gehörte zu meiner Ausbildung. Meinen Mund zu halten auch.«

Jetzt war es an ihm, ihren Wink nicht zu verstehen. »Was sind Sie denn eigentlich? So eine Art Supersoldat?«

Sie schnaubte leise und belustigt. »Nicht ganz.«

»Kommen Sie schon«, setzte er nach. »Sie kennen inzwischen meine Lebensgeschichte, aber von Ihnen weiß ich so gut wie nichts.«

»Da gibt es nicht viel zu erzählen.«

»Das ist völliger Schwachsinn«, entgegnete Alex. »Sie gehen mit dem Messer um, dass Rambo gegen Sie wie ein Pazifist wirkt, Sie heuern Leute an, um streng geheime Daten von der CIA zu stehlen, und Sie scheinen alles Wissenswerte draufzuhaben, was man braucht, um am Leben zu bleiben, wenn die ganze Welt einen umlegen will. Ich gehe stark davon aus, dass solche Dinge für Sie nicht nur ein Wochenendhobby sind. Wie sind Sie in diese ganze Angelegenheit hineingeraten?«

»Reden Sie immer so viel, Alex?«, bügelte sie ihn ab.

»Sind Sie immer so ausweichend, Anya?«, konterte er.

Sie stieß genervt die Luft aus. »Je weniger Sie über mich wissen, desto besser.«

»Für wen?«

»Für uns beide. Falls Sie wieder geschnappt werden, würde das Ihre Lage nur noch verschlimmern.«

Alex seufzte und warf einen Blick in den Himmel. Über dem dichten Blätterdach sah er das schwache Glitzern der Sterne.

»Sehr beruhigend, danke.«

Plötzlich blieb Anya abrupt stehen, legte den Kopf auf die Seite und horchte konzentriert. »Runter!«, zischte sie.

Alex ließ sich neben ihr auf den feuchten, kalten Boden fallen. Er war zu ausgepowert, um lauschen zu können, und er vermochte nichts Ungewöhnliches wahrzunehmen. Nur das Knirschen und Rauschen der Fichten, die sich im Nachtwind wiegten, und das leise Plätschern eines Flusses am Fuße des Abhangs zu seiner Rechten.

Wenige Augenblicke später tauchte unten das Scheinwerferpaar eines Fahrzeugs auf, das über die Straße kurvte. Das tiefe Brummen des Motors drang bis zu ihnen herauf. Anya behielt den Wagen die ganze Zeit im Auge – die Hand an der Automatik in ihrer Jacke – und achtete auf den kleinsten Hinweis, dass es sich nicht nur um irgendeinen Zivilisten handelte, der nach einer langen Nacht auf dem Heimweg war.

Zu ihrer Erleichterung setzte der Wagen seinen Weg fort, ohne anzuhalten oder langsamer zu werden. Sie ließ die Waffe wieder los.

Alex beobachtete den Wagen ebenfalls, allerdings unter einem ganz anderen Blickwinkel. Er kauerte auf dem Waldboden, Feuchtigkeit und Kälte zogen ihm in die Beine, und ihn quälte die Vorstellung von bequemen Ledersitzen, einem Heizgebläse auf höchster Stufe und vielleicht sogar einem Thermosbecher Kaffee.

»Sagen Sie, warum halten wir nicht einfach ein Auto an?«, fragte er, als Anya wieder aufstand und ihren Weg fortsetzte. »Ist das so eine Art Strafe? Sind Sie immer noch sauer auf mich, weil ich die Sache verbockt habe?«

»Ich habe kein Interesse daran, Sie leiden zu lassen«, versicherte sie ihm, ohne sich umzudrehen. »Und um Ihre Frage zu beantworten: Dies hier ist keine Touristengegend. Zwei Ausländer, die mitten in der Nacht versuchen, als Anhalter ein Auto zu stoppen, würden Aufmerksamkeit auf sich ziehen. Und Aufmerksamkeit ist das Letzte, was wir brauchen können.«

»Was sollen wir denn sonst tun? Weiterlaufen, bis wir den verdammten Nordpol erreichen?«

»Wenn ich mich nicht irre, ist die Stadt Egersund nur fünf bis sechs Kilometer von hier entfernt«, erklärte sie ungeduldig. »Wir warten bis zur Morgendämmerung, dann gehe ich in die Stadt und versuche, einen Wagen für uns zu finden. Danach haben wir es einfacher.«

»Sie vielleicht«, beschwerte er sich mit bitterem Groll. »Ich werde mir in irgendeinem gottverlassenen Wald den Arsch abfrieren, während Sie Eier und Schinken in sich hineinschaufeln.«

Sie blieb unvermittelt stehen, wirbelte herum und machte einen Schritt in seine Richtung. Er wich instinktiv zurück. Ihre plötzliche Verhaltensänderung machte ihm Angst.

»Sie blöken wie ein Esel, Alex«, sagte sie mit kalter, unterdrückter Wut. »Wenn ein Nachtmarsch durch einen Wald das Härteste ist, was Sie in Ihrem Leben ertragen mussten, sollten Sie dankbar sein. Und jetzt halten Sie die Klappe und folgen Sie mir.«

Als sie sich umdrehte und weiterzulaufen begann, stapfte er direkt an ihr vorbei. Er wollte jetzt zur Abwechslung die Führung übernehmen, auch wenn er sich nur von seiner kindischen Wut treiben ließ. Es war ihm egal. Er hatte die Nase voll – von sich und von ihr. Alles andere blendete er kurzerhand aus.

»Ich sagte ›folgen‹, nicht ›losrennen‹!«, warnte sie ihn. »Der Boden hier ist uneben.«

»Sie können mich mal«, warf Alex über die Schulter zurück. Sollte sie denken, was sie wollte. »Sie haben recht – ich habe Ihnen nicht das Leben gerettet. Ich habe Fernseher verkauft, das war mein Job. Und ich bringe auch keine Leute um oder springe von Haus zu Haus oder tue irgendwas anderes von diesem ganzen Geheimagentenquatsch! Ich bin nicht so wie Sie. Ich bin normal! Und soll ich Ihnen was sagen? Das ist auch gut so. Alles ist besser, als so zu sein … wie *Sie*.«

Es kam, wie es kommen musste. Als er sich bückte, um einem herunterhängenden Ast auszuweichen, übersah er das Geröll direkt vor sich und wich nicht nach links aus, wie es das Beste gewesen wäre. Erst als sein Fuß ausglitt, achtete er wieder auf den Weg, aber da war es schon zu spät.

Er verlor die Balance, rutschte aus, kippte zur Seite und stolperte mit einem Schreckensschrei den steilen Hang hinunter. Er hatte keine Chance, seinen Fall zu kontrollieren. Scharfe Felsen und dornige Büsche rissen an seiner Kleidung, während Zweige immer wieder heftig auf seinen Körper einschlugen. Dann verstellte plötzlich der knorrige, verdrehte Stamm einer Kiefer seinen Weg. Alex stieß einen Schmerzensschrei aus, als er so fest dagegenprallte, dass es sich anfühlte, als hätte er sich alle Rippen gebrochen.

Verkrümmt und von der Wucht des Aufpralls halb bewusstlos, ruderte er nur noch verzweifelt mit den Armen, als er rücklings taumelte und das letzte Stück des Abhangs hinabtrudelte. Plötzlich verschwand der matschige, von Felsen durchzogene Untergrund und löste sich sprichwörtlich in nichts auf. Alex war schwerelos, als würde er mitten in der Luft schweben. Er verlor jeglichen Orientierungssinn und war vollkommen durcheinander.

Dieser Zustand hielt höchstens eine Sekunde an, bis er schließlich mitten im reißenden Fluss am Fuß des Hangs landete.

Im Augenblick höchster Verwirrung schlug das eiskalte Wasser über seinem Kopf zusammen. Millionen kleiner, eisiger Nadelstiche bohrten sich in jeden Zentimeter seines Körpers und machten den plötzliche Schock und seine Hilflosigkeit unerträglich.

Sein Körper setzte sich instinktiv zur Wehr. Er öffnete den Mund für einen panischen Schmerzensschrei, schluckte aber sofort eine Ladung Flusswasser. Er kämpfte jetzt mit aller Entschlossenheit um sein Leben, krallte sich fest, um wieder nach oben zu kommen, bekam den Kopf über Wasser, hustete, spuckte und versuchte verzweifelt, Atem zu holen.

Aber er tauchte wieder unter, noch bevor er tief genug hatte einatmen können. Die wirbelnde Strömung hatte ihn gepackt und riss ihn mit sich, sodass er zeitweise nicht mehr wusste, wo oben und unten war. Als er irgendwann wieder an die Oberfläche kam, fühlte er sich schwindelig und benommen. Seine Glieder waren wie Bleiklumpen, und er verlor zusehends das Gefühl in seinen Extremitäten, aber irgendetwas in ihm wusste, dass er sich ans Ufer retten musste. Die reißende Strömung hätte ihn sonst wahrscheinlich bis in den Fjord gespült. Dann würde er schnell an Unterkühlung sterben, das war ihm klar.

Er schaute sich um und versuchte, seine Lage zu erfassen. Das linke Flussufer, von dem er gerade abgestürzt war, ragte zu steil auf, um wieder daran hochzuklettern. Es wirkte, als wäre der Flusslauf von dem Felsrücken weiter oben gestoppt worden und hätte sich durch die widerspenstigen Landmassen eine tiefe, steile Rinne gegraben. Das war der Grund, warum er hineingestürzt war, statt am Ende des Hanges liegen zu bleiben.

Die Steigung auf der anderen Seite des Flusses schien dagegen viel leichter zu erklimmen zu sein. Auf den steinigen Uferstreifen folgten Gräser und Büsche, die sich ein ganzes Stück weit hinzogen und vermutlich Teil eines uralten Überschwemmungsbeckens waren. Um überhaupt eine Chance auf einen Ausstieg zu haben, musste er es dort versuchen.

Er sammelte seine letzten Kraftreserven und versuchte, sich in Richtung des rettenden Ufers abzustoßen. Aber der Fluss leistete Widerstand, und ganz gleich, wie kraftvoll er sich abstieß, er kam irgendwie kaum vorwärts. Trotzdem erschien es ihm, als rückte das Ufer allmählich näher, selbst als seine Kraft ihn allmählich im Stich ließ. Ihm war so kalt. Wenn er sich doch nur einen Moment lang ausruhen könnte.

Nein! Er musste weitermachen. Er würde sich nicht kampflos geschlagen geben. Nicht jetzt.

Er versuchte es wieder, strengte sich noch einmal richtig an und kämpfte sich mit letzter Kraft zum Ufer vor, stieß sich wieder und wieder ab, wobei er jedes Mal seinem Ziel ein paar Zentimeter näher kam. Ihm war, als sei eine Ewigkeit vergangen, als er schließlich wieder festen Boden unter den Füßen spürte.

Halb erfroren und völlig erschöpft von den Anstrengungen, kroch er die steinige Uferböschung hoch, bis er ganz aus dem Wasser heraus war. Dann fiel er mit dem Gesicht voran auf den Boden. Instinktiv rollte er sich zusammen und versuchte so, ein bisschen Wärme zu sammeln, die ihm das Leben retten könnte.

Das war eine schlechte Entscheidung. Die Anstrengung

des Schwimmens hatte ihn zwar ausgelaugt, aber seine Körpertemperatur hoch gehalten. Jetzt, als er sich nicht mehr bewegte, breitete sich rasch die Kälte in seinem ganzen Körper aus.

Er wusste, dass er wieder aufstehen musste. Würde er liegen bleiben, verlöre er innerhalb weniger Minuten aufgrund der Unterkühlung das Bewusstsein. Unter größten Mühen schaffte er es, sich auf seine Knie aufzurichten, dann einen Fuß aufzustützen und sich in eine aufrechte Haltung zu kämpfen.

Er konnte nicht mehr klar denken, als er durch die hohen Gräser und das dichte Unterholz vom Fluss wegtaumelte, ohne auf die Äste und Dornen zu achten, die an seiner Kleidung rissen. Davon spürte er kaum noch etwas.

Er konnte nicht viel erkennen. Da oben war nur noch ein schmaler Streifen Mondlicht, das ihm den Weg wies, und seine Sehkraft schien ebenfalls zu schwinden, als versagten seine Augen ihm den Dienst.

Aber trotz aller Benommenheit spürte er, dass da noch etwas war. Ein Klang. Eine Stimme war es, leise und undeutlich. Trotzdem irgendwie vertraut. Es kam ihm vor, als würde sie seinen Namen rufen.

Dann schoss ihm plötzlich ein Gedanke durch den Kopf. Anya! Wo war sie? Suchte sie ihn? Wollte sie ihm helfen, oder hatte sie ihren Weg einfach fortgesetzt und ihn abgeschrieben, weil er mehr Probleme bereitete, als er wert war?

Mit großer Mühe holte er so tief Luft, dass seine geschundenen Rippen schmerzten: »Anya!«, schrie er und hörte seine eigene Stimme als Echo vom gegenüberliegenden steilen Hang zurückhallen. »Anya! Ich bin hier unten …«

Sein Fuß verhakte sich irgendwo, und er brach zusammen, zerschlagen, fertig, zu schwach, um noch einmal aufzustehen, und zu erschöpft, um den Schmerz in seiner Brust noch zu spüren. Das Letzte, was er noch bewusst mitbekam, war, wie er sich auf den Rücken rollte und in den weiten, dunklen Nachthimmel schaute. Dort oben waren Sterne, Millionen winziger Lichtpunkte, die kalt und hart in der Dunkelheit schimmerten. Irgendwie tröstete es ihn, mit so einer Aussicht zu sterben.

Er hätte sich fürchten müssen, denn er wusste, dass dies sehr wohl das Letzte sein konnte, was er im Leben zu sehen bekam. Aber er tat es nicht. Er fühlte sich seltsam leicht und frei, als ob all das gar nicht mehr zählte. Bevor ihm alles vor den Augen verschwamm und sein Bewusstsein schwand, zog er so etwas wie ein Fazit seines Lebens. Im Großen und Ganzen war er enttäuscht von dessen Verlauf. Und am meisten von sich selbst.

Dann fielen ihm die Augen zu, und er spürte nichts mehr.

17

»Wir haben was gefunden!« Argento kam mit dem Handy in der Hand in die Mitte der Scheune. »Die schottische Polizei hat gerade gemeldet, dass heute Morgen ein Fischkutter von seinem Liegeplatz gestohlen wurde.«

Hawkins, der sich gerade einen Becher Kaffee gönnte, war sofort bei der Sache. »Wo?«

»In einem kleinen Dorf an der Ostküste, in der Nähe von Edinburgh. Und jetzt kommt's: In der Nähe wurde ein verlassener Mietwagen gefunden. Ein Ford Focus.«

Auch Mitchell begriff sofort die Bedeutung dieser Entdeckung. »Haben Sie bei der Autovermietung nachgefragt?«

»Längst geschehen.« Grinsend hielt Argento sein Smartphone in die Luft. Auf dem Display prangte ein Scan des Führerscheins, der bei der Anmietung des Focus vorgelegt wurde. Die Führerscheininhaberin sah exakt so aus wie die Frau auf dem Foto, das Hawkins ihnen gezeigt hatte.

Hawkins ließ seinen Kaffee achtlos stehen und stand auf. »Wenn sie ihren Hintern sechshundertfünfzig Kilometer nach Osten geschafft hat, dann dürfte sie wohl kaum vorhaben, den Ärmelkanal zu überqueren. Außerdem gibt es nicht viele Orte in Frankreich, wo sie an Land gehen könnte, ohne bemerkt zu werden.«

Argento konnte seine Gedankengänge nachvollziehen. »Dann bleiben nur Dänemark, Deutschland oder …«

»Norwegen«, beendete Mitchell den Satz. Sie musste zugeben, dass die Idee gar nicht mal schlecht war. Angesichts der langen Küste und der geringen Bevölkerungsdichte war es absolut logisch, sich nach Norwegen abzusetzen. Zumal die Fahrt über die Nordsee ein Kinderspiel war.

Hawkins zeigte mit dem Finger auf Argento. »Kontaktieren Sie Langley und lassen Sie dort die kürzeste Route zwischen Edinburgh und dem norwegischen Festland berechnen. Dann konzentrieren Sie sämtliche verfügbare Aufklärungstechnik auf die Gegend. Satelliten, Drohnen, was auch immer. Suchen Sie nach einem Boot, auf das die Beschreibung des gestohlenen Kutters aus Schottland passt. Sagen Sie denen, sie sollen uns in Menwith Hill ein Flugzeug bereitstellen. Alle anderen bereiten sich auf den Abmarsch vor. Es geht nach Norden.«

Während das restliche Einsatzteam die letzten Ausrüstungsgegenstände in den Fahrzeugen verstaute, die mit laufenden Motoren warteten, näherte sich Mitchell dem Offizier, der so abrupt das Kommando über die Operation übernommen hatte. Hawkins wollte gerade telefonieren, zweifellos um seine Erkenntnisse weiterzugeben, aber er wartete kurz, als er sie bemerkte.

»Kann ich etwas für Sie tun, Mitchell?«

»Ich würde gern mit Ihnen reden.« Ihre Stimme war beherrscht, aber ihr Blick sprach eine andere Sprache. »Jetzt.«

»Sie haben gerade einen ziemlich guten Stand bei mir«, sagte er. Es klang eher nach einer Drohung als nach einem Lob. »Es wäre bedauerlich, sich den zu verscherzen.«

»Ich bin nicht darauf aus, Freundschaften zu schließen.«

Nun lächelte er amüsiert, und wie sie fand, auch ein bisschen spöttisch. Er ließ das Handy in seine Tasche gleiten, verschränkte die Arme und ließ seinen Blick lange auf ihr ruhen. »Gut. Sie haben eine halbe Minute. Reden Sie.«

Das war länger, als sie brauchte. »Ich möchte eine Sache klarstellen. Dass ich mit Ihnen kooperiere, heißt nicht, dass wir dieselben Absichten verfolgen. Meine Aufgabe ist es, dafür zu sorgen, dass die Person, die letzte Nacht drei unserer Männer umgebracht hat, dafür zur Rechenschaft gezogen wird.«

Hawkins zog eine Augenbraue hoch. »Und wieso ist das etwas anderes als das, was ich vorhabe?«

»Weil ich Ihnen nicht helfen werde, alte Rechnungen zu begleichen oder den Scharfrichter zu spielen. Diese Frau, die Sie vorhin ins Spiel gebracht haben, die Frau ohne Namen ... Alles, was Sie über sie sagen, könnte zutreffen. Vielleicht aber auch nicht. Auf jeden Fall hat sie die Chance verdient, ihre Version der Geschichte zu erzählen. Genau wie Yates. Deshalb werde ich Ihnen helfen, sie zu fangen und hinter Schloss und Riegel zu bringen. Aber wir werden sie lebend gefangen nehmen.«

Hawkins betrachtete sie mit nachdenklichem Schweigen, als versuchte er, sie einzuschätzen. »Man hat schon früher versucht, sie lebend zu fangen. Das hat nicht besonders gut funktioniert.«

»Das ist Schnee von gestern. Heute ist heute. Und ich bleibe bei meiner Ansicht. Ich bin ein Cop, aber ich bin kein Killer. Habe ich mich klar genug ausgedrückt?«

Jetzt kehrte das Lächeln in sein Gesicht zurück. Es war das Lächeln eines Mannes, der bedeutend besser wusste als sie, mit wem sie es zu tun hatten. Das Lächeln eines Mannes, der überzeugt war, dass sie scheitern würde.

»Kristallklar.«

Mitchell sagte nichts mehr, drehte sich um und ging hoch erhobenen Hauptes davon. Dabei spürte sie die ganze Zeit Hawkins' Blick im Rücken.

18

Ganz allmählich drang der Klang einer Stimme in sein Bewusstsein. Eine Frau rief nach ihm und sagte irgendetwas, das er nicht verstehen konnte. Neugierig geworden, begann er, aus der Dunkelheit emporzusteigen, die ihn verschluckt hatte.

»Wie bitte?«, murmelte er und musste sich zwingen, die Augen aufzuschlagen.

Das weibliche Gesicht war unmittelbar vor ihm. Es gehörte einer Frau mit kurzem blondem Haar und einem durchdringenden, stechenden Blick. Einer Frau, die kalt, hart, wunderschön und schrecklich zugleich war.

Anya.

Er sah, wie sie mit der rechten Hand ausholte. Er verzog verwirrt das Gesicht, als sie ihm eine Ohrfeige gab.

Der Aufprall ihrer Handfläche auf seiner Wange schickte schockartige Schmerzwellen durch seinen Kopf. Der Effekt war ungefähr so, als würde man mitten im Schlaf mit einer kalten Dusche geweckt. Japsend rang er nach Luft und riss die Augen weit auf.

»Was zum Teufel …?«, fing er an.

»Halten Sie die Klappe!«, zischte sie. »Sie sind den Hang hinuntergestürzt und im Fluss gelandet. Sind Sie verletzt?«

»Wie haben Sie mich gefunden?«

»Sind Sie verletzt?«, wiederholte sie und schüttelte ihn.

Er dachte einen Moment lang nach und versuchte, seine Gedanken zu sortieren. Der Schlag hatte sein Gehirn vorübergehend wieder eingeschaltet, aber sein Körper fühlte sich immer noch schwer und betäubt an. Trotzdem spürte er sogar noch in diesem Zustand, wie der Schmerz vom Brustkorb ausgehend in Wellen in seinen Körper abstrahlte.

»Meine Brust«, sagte er mit unsicherer Stimme. »Ich glaube, ich bin gegen einen Baum geprallt.«

Sie nickte ernst. »Sie haben vielleicht eine gebrochene Rippe. Ihre Atmung scheint aber nicht beeinträchtigt zu sein, also wurde Ihre Lunge wohl nicht perforiert. Ich sehe mir das später etwas genauer an, aber erst müssen wir Sie hier rausbringen, damit Sie nicht erfrieren.«

»Wie wäre es mit einem Feuer?«, fragte er und musste sich auf jedes einzelne Wort konzentrieren.

»Hier liegt kein abgestorbenes Holz herum, und um Äste abzureißen, fehlt uns die Zeit. Ihnen bleiben fünf, höchstens zehn Minuten, bevor sich die Unterkühlung bemerkbar macht.«

Sie beugte sich vor, zog den Reißverschluss seiner Jacke herunter, die sich voll Wasser gesaugt hatte, und zog sie ihm aus. Aber sie ließ ihm den Wollpullover. Selbst im nassen Zustand konnte er etwas Körperwärme speichern. Danach streifte sie ihre Jacke herunter und half ihm, sich hineinzuzwängen. Sie war ein bisschen zu klein, aber warm und trocken. Er spürte den Unterschied sofort.

»Das wird fürs Erste helfen«, sagte sie. »Können Sie gehen?«

»Ich … ich glaub schon.«

»Gut. Halten Sie sich an mir fest.«

Er legte seine Arme um ihren Hals, und sie wuchtete ihn mit einigen Schwierigkeiten vom Boden hoch, wobei sie den größten Teil seines Gewichts stemmen musste. Mit ungelenken, wackeligen Schritten fingen sie an, durch das hohe Gras zu gehen.

»Ich schaffe es nicht noch mal durch diesen Fluss«, keuchte Alex, der genau wusste, wie knapp er gerade dem Tod durch Ertrinken entgangen war. Ein zweiter Versuch, ihn zu durchqueren, wäre einem glatten Selbstmord gleichgekommen. Wäre Alex allerdings in etwas besserer geistiger Verfassung gewesen, hätte er sich vielleicht gefragt, wieso Anya nicht nass war.

»Nicht nötig«, versicherte sie ihm. »In der Nähe ist ein Übergang. So bin ich zu Ihnen gekommen. Der Hang auf der anderen Seite sieht aus, als könnte man ihn leicht hinaufklettern.«

»Leicht … Sie haben gut reden«, sagte er und schaffte es, ein schwaches Lachen hervorzubringen. Die körperliche Beanspruchung durch das Herumlaufen erzeugte in Verbindung mit der warmen und trockenen Jacke über seiner Brust etwas Körperwärme, aber das war höchstens eine vorübergehende Erleichterung.

Tatsächlich kamen sie nach einem mühsamen Fußmarsch von wenigen Minuten, bei dem Anya ihn fast die ganze Zeit über stützte, an eine schmale Flussbiegung, die von einer Behelfsbrücke überspannt wurde. Es waren nur ein paar zusammengebundene Baumstämme, die wacklig und rutschig wirkten, aber das war allemal besser als die Alternative.

»Halten Sie sich an mir fest«, sagte Anya und half ihm hinüber. Die Stämme knirschten und sackten unter ihrem Gewicht deutlich ab, die brodelnden Fluten unter ihnen schienen nur darauf zu warten, dass sie hineinstürzten, aber überraschenderweise hielt die provisorische Konstruktion.

Kaum auf der anderen Seite angekommen, machten sie sich daran, das Ufer zu erklimmen. Wie Anya bereits erwähnt hatte, war das Gelände hier viel gangbarer als flussabwärts, und es gab sogar einen primitiven Pfad, der sich zwischen den Bäumen durchschlängelte. Es sah aus, als würde das Gelände gelegentlich von Menschen aufgesucht, Wanderern vielleicht.

»Tut mir leid, Anya«, murmelte Alex, als sie Schritt für Schritt den Hügel erklommen. Sein Brustkorb presste sich zusammen, was ihm die Atmung erschwerte. »Dass ich meine Laune so … an Ihnen … ausgelassen habe. Ich habe mich vorhin wie ein Vollidiot benommen. Das … haben Sie nicht verdient.«

Die Frau antwortete nicht sofort, und er konnte ihren Gesichtsausdruck nicht erkennen.

»Ich habe zu viel von Ihnen verlangt«, räumte sie schließlich ein. Offenbar war dies das Äußerste an Entschuldigung, zu dem sie imstande war.

Alex konnte nicht anders – er lachte amüsiert. »Das ist wirklich … ein erhebender Moment. Mir kommen gleich die Tränen.«

»Konzentrieren Sie sich lieber darauf, über diesen Hügel zu kommen.«

Alex konnte kaum einschätzen, wie lange sie brauchten, um den Hang hinaufzuklettern, weil er schon bald jegliches Zeitgefühl verlor. Er konzentrierte sich nur noch darauf, mühsam einen bleischweren Schritt nach dem anderen zu setzen und seine Lunge zu zwingen, sich mit Luft vollzupumpen. Dennoch schienen seine Atemzüge nie zu reichen, seinen Körper ausreichend mit Sauerstoff zu versorgen.

Jemand, der auch nur halbwegs fit war, hätte den Pfad, dem sie folgten, locker in fünf Minuten geschafft, aber in dem zerschlagenen und erschöpften Zustand, in dem er sich befand, kam ihm dieser Hang vor wie der Mount Everest. Jeder Schritt fiel ihm schwerer als der vorangegangene. Zweimal stolperte er, und zweimal verhinderte Anya, dass er stürzte. Ruhig und dennoch fordernd trieb sie ihn dazu an, immer weiterzugehen.

Als sie schließlich oben waren, rang er nach Luft, weiße Lichtpunkte tanzten vor seinen Augen, und die Welt um ihn herum schwankte unkontrollierbar.

»Es ist nicht mehr weit bis zur Straße«, versprach Anya, wahrscheinlich, damit er noch einmal das Letzte aus sich herausholte. »Sie können sich ausruhen, wenn wir sie erreicht haben.«

Alex versuchte einen Vorwärtsschritt, aber da verschmolzen die Lichtpunkte in seinen Augen plötzlich zu einem leuchtenden Blitz, der ihn nach vorn stürzen ließ. Seine Beine gaben unter ihm nach. Diesmal war an Aufstehen nicht mehr zu denken, ganz gleich, wie sehr ihm Anya noch zugeredet hätte. Er war erledigt.

»Ich kann nicht mehr«, keuchte er und schüttelte den Kopf. »Es geht einfach nicht.«

Anya betrachtete den angeschlagenen und durchnässten Mann vor sich und erkannte, dass er fast am Ende war. Er hatte seine letzten Reserven mobilisiert, um bis zum Grat zu kommen, aber jetzt versagte sein Körper ihm den Gehorsam. Er würde es nicht mehr lange machen. Schon begannen die Kälte und die Erschöpfung, die Oberhand zu gewinnen.

Einen Augenblick verharrte sie einfach nur an Ort und Stelle, kniete neben ihm und wog ab, was als Nächstes zu tun war. Das Vernünftigste wäre es gewesen, ihn seiner Unterkühlung zu überlassen, ihn abzuschreiben und sich um ihre eigene Flucht zu kümmern. Sie war zuversichtlich, dass sie wieder in die Anonymität abtauchen könnte, wie sie es zuvor bereits getan hatte.

Das war zwar eine kalte und herzlose Entscheidung,

aber nicht die erste dieser Art, die sie getroffen hatte. Um zu überleben, bedurfte es oft rücksichtsloser Überlegungen und Handlungen.

Andererseits, als sie ihn so anschaute, machte sie sich klar, dass er größtenteils durch ihre Schuld in diese Lage gekommen war. Er hatte einfach das Pech gehabt, in den Besitz des Speichersticks zu kommen, den sie Sinclair gegeben hatte. Aber letztlich hatte sie diese Kette von Ereignissen in Gang gesetzt, die sein Leben zerstörten.

Sie war jetzt für sein Leben und seinen Tod verantwortlich.

Als sie in der Ferne das Geräusch eines herannahenden Fahrzeugs hörte, traf sie schließlich ihre Entscheidung. Sie zog die Automatik aus ihren Jeans und checkte sie kurz durch. Es war eine Heckler & Koch USP .45, eine große, durchschlagskräftige Waffe deutscher Herkunft, die sowohl bei der Agency als auch weltweit von Spezialkommandos verwendet wurde. Der Griff war etwas zu groß für ihre Hände, aber die Waffe war zuverlässig und treffsicher, und man konnte mit ihr jedes nicht gepanzerte Ziel bis auf dreißig Meter Entfernung ausschalten.

Sie zog den Schlitten so weit zurück, dass sie sehen konnte, ob sich eine Patrone im Verschluss befand, dann schob sie die Waffe wieder hinten in ihre Jeans, um sie zu verbergen, und beugte sich zu Alex hinunter.

»Bleiben Sie hier, Alex«, flüsterte sie. »Ich komme gleich zurück und hole Sie.«

Sie musste es darauf ankommen lassen. Entweder kam sie rechtzeitig zurück, um ihm das Leben zu retten, oder er fiel der Unterkühlung zum Opfer und starb an Ort und Stelle. Daran konnte sie momentan nichts ändern.

Sie überließ ihn sich selbst, drehte sich um und lief die kurze Strecke den Hang hinunter bis zur nahe gelegenen

Straße. Dort lehnte sie sich gegen einen dicken Fichtenstamm. Der Wagen kam näher; die Scheinwerfer flackerten zwischen den Bäumen und erhellten den Asphalt der Straße. Das Motorengeräusch war zu schwach, um von einem Lkw oder einem Schwertransporter zu stammen. Sie vermutete, dass es sich um eine Familienkutsche mittlerer Größe handelte, was Vor- und Nachteile mit sich brachte. Ein solches Fahrzeug fiel nicht weiter auf, konnte aber durchaus eine ganze Familie befördern. Dann hätte sie mit allen zusammen fertigwerden müssen. Selbst für sie war es nicht einfach, gleichzeitig drei oder vier Personen zu kontrollieren, während sie Alex aus dem Wald herbeischaffte.

Andererseits ließen sich eben nicht alle Dinge im Leben vorausplanen. Letztlich zählte das Improvisationstalent, um solche Probleme bewältigen zu können.

Der Wagen war jetzt fast auf ihrer Höhe und bewegte sich, der niedrigen Drehzahl nach zu urteilen, stetig mit etwa sechzig bis siebzig Stundenkilometern vorwärts. Der Fahrer hatte es offenbar nicht sehr eilig und war vielleicht von einer langen Nacht hinterm Steuer erschöpft. Die Insassen waren sicher nicht auf das vorbereitet, was als Nächstes geschehen sollte.

Anya holte tief Luft, stieß sich vom Baum ab und taumelte auf die Straße, wobei sie wie wild mit den Armen herumfuchtelte und ihr Bestes gab, um verängstigt auszusehen.

»Hilfe, Hilfe, Hilfe!«, schrie sie.

Sofort hörte sie das Quietschen der Bremsen und das Schlittern der Reifen auf dem Asphalt. Die Scheinwerfer neigten sich tiefer, als der Wagen von seinem Bewegungsmoment noch ein Stück weitergeschoben wurde. Sie stand fast mitten auf der Straße, deshalb blieb dem Fahrer nichts anderes übrig, als anzuhalten, wenn er sie nicht überfahren wollte.

Wenigstens hat der Wagen gute Bremsen, dachte sie, als er etwa acht Meter vor ihr rutschend zum Halten kam. Sie setzte sich sofort in Bewegung und verringerte die Distanz zwischen sich und dem Wagen, bevor der Fahrer Zeit zum Nachdenken bekam und es sich anders überlegte.

Sie setzte auf den Überraschungseffekt, vielleicht auch auf einen unangemessenen Sinn für Ritterlichkeit, der den Fahrer dazu bewegen könnte, ihr zu helfen. Aus der Sicht des Fahrers wirkte Anya wie eine Frau in einer Notlage, so mitten in der Nacht ganz allein auf einer dunklen Straße. Vielleicht war sie das Opfer eines Sexualverbrechens, vielleicht hatte man ihr das Auto gestohlen, oder sie hatte einfach nur ein Stück weiter vorn auf der Straße einen Verkehrsunfall gehabt. Er sah wahrscheinlich keine Bedrohung in ihr. Noch nicht, jedenfalls.

Als sie sich dem Wagen näherte, erkannte sie, dass es sich um einen Volvo S40 handelte, ein solides, aber unspektakuläres Familienauto, das im Nachbarland Schweden hergestellt wurde. Sie hörte das Summen, mit dem das Seitenfenster heruntergefahren wurde, darauf folgte unmittelbar eine unwirsche Stimme.

»Was zum Teufel treiben Sie da?«, fragte der Fahrer auf Norwegisch. »Ich hätte Sie fast …!«

Er stoppte mitten im Satz, als Anya die USP zückte und auf ihn richtete. Sie näherte sich dem Fenster, um hineinzuschauen und einen Blick auf den Fahrer zu werfen.

Es war das Gesicht eines alten Mannes, gut und gerne in den Achtzigern, tief gebräunt und von Falten durchzogen wie altes Leder. Sein glatt nach hinten gekämmtes, silbrigweißes Haar passte zum sorgfältig gestutzten Schnurrbart gleicher Farbe. Zu Anyas Überraschung zeigte er kaum

Anzeichen von Furcht, nur eine kurze Schrecksekunde beim Anblick der Waffe. Danach schien er sich mehr oder weniger damit abzufinden, dass es wohl eine schwierige Nacht werden würde.

»Das ist das erste Mal, dass mich eine Frau mit einer Waffe bedroht. Wollen Sie mich umbringen?« Er sprach leise und ruhig. Vielleicht hatte sie selbst ja auch kaum noch Angst vor dem Tod, wenn sie erst einmal so alt war wie er.

»Ich brauche nur Ihr Auto. Mein Freund ist verletzt«, sagte sie auf Schwedisch, weil sie diese Sprache weitaus besser beherrschte. Anya hatte nie genügend Gründe gehabt, Norwegisch zu lernen, aber glücklicherweise ähnelten sich die beiden skandinavischen Sprachen genug, um sich verständigen zu können.

»Ich könnte Sie zu einem Krankenhaus fahren.«

Sie schüttelte den Kopf. In Krankenhäusern stellte man Fragen. »Steigen Sie aus. Langsam.«

Dafür wurde sie mit einem grimmigen Grinsen belohnt. »Junge Dame, ich bin dreiundachtzig. Heutzutage bin ich schon froh, wenn es langsam geht.«

Anya hätte auch gegrinst, wenn ihre Lage weniger ernst gewesen wäre. Es war schon lange her, dass sie jemand »junge Dame« genannt hatte.

Würdevoll, was angesichts des Zwangs, dem er sich beugen musste, ziemlich überraschend war, stieg er aus dem Wagen und trat ein paar Schritte zurück. Trotz seines Alters war er immer noch eine stattliche Erscheinung von mindestens einem Meter achtzig mit den breiten Schultern eines Mannes, der körperliche Anstrengungen gewohnt war. Nur seine Leibesfülle verriet sein fortgeschrittenes Alter.

Anya hielt ihre Waffe fest auf ihn gerichtet, allerdings

eher aus professioneller Gewohnheit, nicht weil sie erwartete, dass er irgendetwas Dummes versuchen würde.

Er war alt und weise genug, um es besser zu wissen, und würde ganz sicher nicht für einen Wagen sterben wollen, der ohnehin versichert war.

Sie trat an ihn heran und klopfte ihn schnell ab, um sicherzustellen, dass er kein Handy und keine Waffe dabeihatte. Es wäre fatal gewesen, wenn er sofort die Polizei rufen würde, sobald sie sich aus dem Staub gemacht hatten. Erwartungsgemäß versuchte er gar nicht erst, Widerstand zu leisten.

Als sie davon überzeugt war, dass er keine unmittelbare Bedrohung darstellte, zog sie den Wagenschlüssel aus dem Zündschloss, schloss die Türen mit der Fernbedienung und ließ diese dann in ihre Tasche gleiten.

»Wie heißen Sie?«, fragte sie den Mann.

»Jostein.«

»Jostein, ich will, dass Sie sich jetzt umdrehen und in die Richtung zurückgehen, aus der Sie gekommen sind. Kehren Sie nicht um und versuchen Sie nicht, wieder zu Ihrem Auto zu kommen. Ich möchte Sie nicht erschießen, aber ich werde es tun, wenn Sie nicht gehorchen. Haben Sie mich verstanden?«

Der alte Mann warf einen Blick auf die unbefahrene Straße. »Ihnen ist klar, dass ich Sie bei der Polizei melden werde, sobald ich die Gelegenheit dazu habe?«

Anya nickte. »Es tut mir leid, dass ich das hier machen muss. Und jetzt gehen Sie.«

Jostein spürte, dass sie nicht nachgeben würde. Er drehte sich um und machte sich auf den Weg. Anya wartete, bis er etwa dreißig Meter weit gegangen war, dann schob sie die USP wieder hinten in den Bund ihrer Jeans und rannte zurück in den Wald. Sie sprang über verwachsenes Unterholz und knorrige Baumwurzeln, die nur darauf lauerten, sie zu Fall zu bringen. Mit jeder Sekunde, die sie ihren Begleiter sich selbst überließ, vergrößerte sich die Gefahr, dass er erfrieren könnte.

Alex lag noch genau dort, wo sie ihn zurückgelassen hatte. Seine Augen waren geschlossen, und er war totenblass. Das durchnässte Haar klebte an seinem Kopf. Sein Körper war schwer wie ein nasser Sack, als sie versuchte, ihn anzuheben.

»Ich bin da, Alex. Ich bin zurückgekommen!« Anya versuchte, ihn aufzurichten. »An der Straße wartet ein Auto auf uns.«

Keine Antwort. Der junge Mann rührte sich nicht. Anya spürte, wie sich in ihrem Magen ein ungewohnter Kloß der Angst bildete, als sie realisierte, dass sie vielleicht zu spät gekommen war. Die Gefahr, der sie sich selbst aussetzte, spielte für sie keine große Rolle, aber sie fühlte sich diesem Mann gegenüber schuldig und verantwortlich.

Sie schob die Gedanken beiseite und neigte ihren Kopf so, dass ihr Gesicht nur noch wenige Zentimeter von seinem entfernt war. Dann wartete sie ängstlich ein, zwei Sekunden.

Da! Ihr Herz machte einen Satz, als sie für einen kurzen Moment die Wärme seines Atems an ihrer Wange spürte. Er atmete zwar schwach und kurz, aber er atmete! Alex war noch am Leben, aber er würde es nicht mehr lange bleiben, wenn sie ihn nicht irgendwie aufwärmte. Und es stand völlig außer Frage, dass er den Wagen niemals aus eigener Kraft erreichen konnte.

Ihr blieb keine andere Wahl. Anya sammelte ihre letzten Kraftreserven, holte ein paarmal tief Luft, um mehr Sauerstoff in ihren Blutkreislauf zu pumpen, dann verschränkte sie ihre Arme unter Alex' bewusstlosem Körper und hob ihn vom Boden hoch. Ihre überforderten Muskeln schmerzten bei der Anstrengung.

Körperliche Strapazen waren Anya nicht fremd, und sie trainierte immer noch regelmäßig, um möglichst fit und stark zu bleiben. Aber alles Training der Welt konnte ihr nicht zur Muskelmasse und schieren Kraft eines Mannes verhelfen. Das machte ihr sehr zu schaffen, als sie sich jetzt durch den dichten Wald kämpfte und mühsam den Hindernissen auswich, über die sie noch kurz zuvor mit Leichtigkeit gesprungen war.

Alex hing wie ein Bleigewicht in ihren Armen. Seine Größe und seine Figur machten es schwer, ihn im Gleichgewicht zu halten, und mehr als einmal wäre es ihr fast zu viel geworden. Aber sie ignorierte die brennenden Schmerzen in ihren Muskeln und zwang sich Schritt für Schritt den Hang hinunter, wobei sie sich nur darauf konzentrierte, ihre Füße zu heben und in dem weichen Boden sicher wieder abzusetzen, ohne wegzurutschen.

Vor einer gefühlten Ewigkeit, als sie sich als junge Frau zur Vorbereitung auf ihre beabsichtigte Karriere einem rigorosen Training unterziehen musste, hatte sie mehr Gewaltmärsche hinter sich gebracht, als sie zählen konnte. Als sie gezwungen war, mit schwerer Ausrüstung beladen stundenlang und ohne Rast durch Wind und Regen zu marschieren, hatte sie sich nur gegen den Zusammenbruch wappnen können, indem sie sich komplett in sich zurückzog, den Schmerz, die Kälte und das Ungemach komplett verdrängte und sich nur noch auf das Überlebenswichtige konzentrierte.

In Gedanken wiederholte sie das Mantra, das man ihr während der Ausbildung wieder und wieder eingehämmert hatte, die Worte, die sie in ihren dunkelsten Stunden angetrieben hatten.

Ich werde aushalten, selbst wenn alle anderen scheitern. Ich werde mich behaupten, wenn alle anderen zurückweichen. Keine Schwäche wird in meinem Herzen nisten. Furcht hat keinen Platz in meinem Credo. Ich werde keine Gnade walten lassen. Ich werde niemals zaudern. Ich werde niemals aufgeben.

Es hatte damals funktioniert, und das tat es immer noch.

Ich werde aushalten, selbst wenn alle anderen scheitern. Sie kämpfte sich weiter voran und seufzte erleichtert, als endlich die Straße in Sicht kam. Glücklicherweise stand auch das Auto noch am selben Fleck wie zuvor. Jostein hatte Wort gehalten und war nicht zurückgekehrt, um es zu holen.

»Wir sind … fast … da, Alex!«, stieß Anya zwischen zusammengebissenen Zähnen hervor, während sie die letzten paar Meter über die Asphaltstraße wankte und mit ihrem bewusstlosen Begleiter buchstäblich neben der Beifahrertür zusammenbrach.

Alex stöhnte vor Schmerzen, als er auf dem Boden aufschlug, zeigte sonst aber keine Regung. Wenigstens wusste sie jetzt, dass er immer noch am Leben war.

Sie drückte nach kurzem Suchen auf die richtige Stelle des Schlüsselanhängers und öffnete die Zentralverriegelung. Keuchend riss sie die Tür auf, wuchtete Alex mit einer letzten gewaltigen Kraftanstrengung auf den Beifahrersitz und schlug die Tür zu.

Nachdem sie von der schweren Bürde des bewusstlosen Körpers befreit war, hatte Anya das Gefühl, sie würde schweben, als sie um den Wagen herumging. Sie glitt auf den Fahrersitz und bediente den Anlasser. Der Motor erwachte zum Leben, sie drehte die Heizung bis zum Anschlag auf, erst dann legte sie einen Gang ein und fuhr los.

Das Lüftungssystem des Wagens arbeitete hervorragend, und die Temperatur im Wageninneren stieg binnen Sekunden auf wohlige zwanzig Grad. Anya, der von den Anstrengungen sowieso schon warm geworden war, fing bald an zu schwitzen, als ihr die warme Luft ins Gesicht und auf den Körper blies.

Sie streckte den Arm aus und richtete alle Lüftungsdüsen auf Alex, denn sie wusste, dass er die Wärme weitaus nötiger brauchte als sie.

Anya fuhr, ohne ein bestimmtes Ziel im Kopf zu haben. Es kam ihr vor allem darauf an, sich so weit wie möglich von Jostein zu entfernen, aber sie hatte ohnehin keine andere Wahl, denn auf der Strecke, die sich kurvenreich zwischen felsigen Abhängen und immergrünen Wäldern hindurchschlängelte, entdeckte sie weder Kreuzungen noch irgendwelche Abzweigungen. Manchmal sah sie weit im Westen kurz die See im Mondlicht glitzern. Momentan war sie allerdings nur daran interessiert, so viel Distanz wie möglich zwischen sich und den Ort des Autodiebstahls zu bringen.

Ihre Tat würde zweifellos eine Fahndung durch die örtliche Polizei auslösen, aber darüber machte sie sich keine großen Sorgen. Sie war in den vergangenen zwei Jahrzehnten Profi darin geworden, selbst den besten Geheimdiensten der Welt zu entkommen, und obwohl sie sich zusätzlich um Yates kümmern musste, glaubte sie zuversichtlich, der norwegischen Polizei durch die Finger schlüpfen zu können.

Weit schwerer wog die Aussicht, dass die Agency eine Verbindung zwischen dem gestohlenen Kutter und dem Autodiebstahl herstellen und alle verfügbaren Kräfte hier zusammenziehen könnte. Das waren exakt die Umstände, die sie eigentlich vermeiden wollte. Denn falls das eintrat, würde das alle Vorteile zunichtemachen, die ihnen die Flucht aus Großbritannien gebracht hatte.

Wenigstens war Yates noch bei ihr, und mit ihm die Chance, die Antworten zu bekommen, die sie so dringend benötigte. Es war ein Risiko, aber sie war im Leben schon vielen Gefahren begegnet und hatte sie gemeistert. Aufzugeben, jetzt, nachdem schon so viel erreicht war, kam nicht infrage. Ihr blieb nur die Wahl weiterzumachen.

Ein Grunzen vom Beifahrersitz lenkte ihre Aufmerksamkeit wieder auf dringendere Angelegenheiten. Es sah aus, als ob Alex wieder zu Bewusstsein kam. Die Gefahr, dass er an Unterkühlung sterben könnte, schien gebannt, dennoch wollte sie ihn gründlich untersuchen. Wenn er an der Kälte oder an den Folgen der Verletzungen starb, die er sich bei seinem Sturz zugezogen hatte, wäre alles umsonst gewesen.

Als sie vor sich eine Abzweigung in einen schmalen Waldweg entdeckte, riss sie das Steuer nach links und verließ die Hauptstraße. Der Wagen rumpelte und schaukelte durch Pfützen und Schlaglöcher, bis sie schließlich dreißig Meter von der Straße entfernt anhielt. Sie schaltete sofort die Scheinwerfer aus, ließ den Motor aber laufen.

Während immer noch heiße Luft aus dem Heizungssystem strömte, machte sie die Innenbeleuchtung an und drehte sich zur Seite, um einen Blick auf ihren Mitfahrer zu werfen. Er bot einen mitleiderregenden Anblick – durchnässt, ungepflegt, verletzt, schlammverkrustet und voller Laub, das an ihm haftete, seit er auf dem Waldboden gelegen hatte. Dennoch glaubte sie zu erkennen, dass wieder etwas Farbe in sein Gesicht zurückgekehrt war.

Auch wenn seine Kleidung immer noch feucht war, würde die Wärme in seine Haut dringen und helfen, seine Körpertemperatur über jenes kritische Niveau zu heben, das nötig war, um seine Vitalfunktionen am Laufen zu halten. Wenigstens war er nicht mehr so leichenblass wie vorhin.

Seine Atmung war flach und unregelmäßig, und das erinnerte sie an die Verletzungen, die er sich bei seinem Sturz am Hang zugezogen hatte. Sie beugte sich vor, öffnete den Reißverschluss der Jacke und schob den dicken Pullover hoch, den er darunter trug.

Wie sie befürchtet hatte, war die Haut an einer Seite seines Brustkorbs übel verfärbt. Die Blutergüsse waren deutlich zu erkennen. Sein heftiger Zusammenprall mit dem Baumstamm war stark genug gewesen, um Rippen zu brechen und die Bruchkanten in empfindliche innere Organe zu treiben, die sie eigentlich schützen sollten. Falls er innere Blutungen hatte, sähe die Sache sehr schlecht für ihn aus, und sie würde kaum noch etwas für ihn tun können.

Vorsichtig streckte sie die Hand vor und betastete die verletzten Stellen. Sie begann unten an seinem Brustkorb und arbeitete sich langsam höher, wobei sie die Wölbung jeder einzelnen Rippe erfühlte. Sie konnte keine offensichtlichen Frakturen feststellen, aber an ihrem Patienten ging die Untersuchung nicht unbemerkt vorbei, und er zeigte eine deutliche Reaktion.

Seine Augen blinzelten einmal, öffneten sich zu einem Spalt und schienen zu stocken, schließlich riss er sie auf, als sein Bewusstsein zurückkehrte und ihn die erste Schmerzwelle traf.

»O Jesus Christus«, stöhnte er, ballte die Faust und stieß Anya blindlings weg, während er darum kämpfte, wieder einen klaren Kopf zu bekommen. »Was zum Teufel tun Sie da?«

»Ich versuche herauszufinden, ob Sie sich irgendwelche Rippen gebrochen haben«, erklärte Anya und klang geduldiger und verständnisvoller, als ihr dabei eigentlich zumute war.

Er zog den Pullover wieder herunter und verhüllte seine Brust. »Und?«

Sie zuckte mit den Schultern. »Sie werden überleben, schätze ich. Wie fühlt sich Ihre Brust an?«

»Als hätte Mike Tyson fünfzehn Runden lang auf mich eingedroschen.« Er versuchte sich aufzurichten, um gerade zu sitzen, besann sich aber sofort eines Besseren. »Erinnern Sie mich bitte, in nächster Zeit nicht mehr auf Kiefern loszugehen.«

Ihr wäre es lieber gewesen, wenn er sich für die Zukunft merkte, in ihrer Nähe zu bleiben und darauf zu achten, wo er hintrat. Aber jetzt war nicht der geeignete Zeitpunkt für Lektionen.

»In ein paar Tagen sollten Sie es überstanden haben«, sagte sie stattdessen und hoffte, damit seine Laune zu heben.

»Falls ich so lange lebe«, gab Alex mit säuerlicher Mine zurück. Er schaute sich um und betrachtete den Innenraum des Volvos. »Übrigens, woher haben Sie den Wagen?«

»Das ist jetzt nicht wichtig«, erwiderte sie. Sie versprach sich nichts davon, ihm mitzuteilen, dass die Beteiligung an einem Raubüberfall mit Autodiebstahl jetzt noch zur Liste der Verbrechen hinzukam, in die er verwickelt war. Sie wollte sich lieber auf ihre Aufgaben konzentrieren. »Wir müssen Sie vor allem schleunigst an einen Computer setzen, damit Sie zu Ende bringen, was Loki angefangen hat. Sagen Sie mir, was Sie brauchen, damit Sie loslegen können.«

»Wir müssen nach Osten fahren«, antwortete er einfach nur. »Nach Drammen, in der Nähe von Oslo.«

»Und was finden wir dort?«

Sie hätte schwören können, dass ein schwaches, wissendes Lächeln über sein Gesicht huschte. »Dort finden wir jemanden, der sich mit diesen Dingen auskennt.«

Diese Antwort machte sie nicht glücklicher. »Vertrauen Sie ihm?«

»Ich vertraue niemandem, Sie eingeschlossen«, antwortete er wahrheitsgemäß. »Aber wir brauchen seine Hilfe und seine Computer. Vor allem seine Computer.«

»Und wenn Sie diesen Mann gefunden haben, können Sie dann die Firewall der Agency hacken?« Sie musste sicher sein, dass er nicht auf Zeit spielte oder versuchte, sie in die Irre zu führen. Sollte dies der Fall sein, würde sie ihn, ohne zu zögern, an Ort und Stelle aus dem Wagen werfen und seinem Schicksal überlassen.

»Wenn es überhaupt möglich ist, finde ich einen Weg.«

Anya sagte nichts mehr. Auf diesem Gebiet blieb ihr nichts anderes übrig, als sich auf seine Erfahrung zu verlassen. Drammen. Also gut.

Das einzige Problem war, dass Drammen mindestens sechs Autostunden entfernt lag und sie seit über zwei Tagen kein Auge zugemacht hatte, woran ihr Körper sie inzwischen immer nachdrücklicher erinnerte. Müdigkeit und Schlafentzug waren nichts Neues für Anya, aber nicht einmal sie konnte ewig so weitermachen. Sie seufzte, legte den Rückwärtsgang ein und fuhr zurück auf die Straße.

Als sie einen Blick auf Alex riskierte, bemerkte sie, dass ihm die Augen schon langsam zufielen. Die Kombination von Erschöpfung und der plötzlichen Hitze im Auto drohte, ihn zu überwältigen.

»Sie müssen wach bleiben, Alex«, warnte sie ihn.

»Hören Sie auf!«, stöhnte er. »Glauben Sie mir, falls Sie jemanden brauchen, der Ihnen den Weg zeigt, bin ich bestimmt nicht der richtige Mann.«

»Die Unterkühlung kann Sie immer noch erwischen. Sie müssen wach bleiben, wenigstens so lange, bis Ihre Körpertemperatur wieder gestiegen ist.« Sie sah ihn nicht an, als sie das Steuer herumriss, den ersten Gang einlegte und beschleunigte. In Wahrheit brauchte sie zusätzlich zu den ermüdenden, kurvigen und dunklen Straßen noch etwas anderes, auf das sie sich konzentrieren konnte. »Erzählen Sie mir etwas.«

»Was soll ich Ihnen denn erzählen?«

»Irgendwas.«

Sie schwieg einen Moment und war erstaunt, wie schwer es ihr fiel, sich einen Gesprächseinstieg auszudenken. Ihr hatte noch nie viel an Small Talk gelegen, und dass sie vier Jahre in einem russischen Gefängnis in Isolationshaft verbracht hatte, war diesbezüglich ebenfalls nicht gerade förderlich gewesen. »Was ist Ihr Lieblingsfilm?«

Bei dieser Frage lachte Alex laut auf, obwohl rasch ein schmerzerfülltes Wimmern daraus wurde, als ihn seine angebrochenen Rippen an den Sturz erinnerten. »Das ist doch nicht Ihr Ernst?«

»Na los, erzählen Sie schon!«, drängte sie ihn. Eigentlich interessierte es sie nicht, aber wenn es ihn wach hielt, sollte es genügen.

Alex schwieg für ein paar Sekunden. Offenbar dachte er länger darüber nach, als unter den Umständen nötig gewesen wäre. »Na ja, Flash Gordon ist natürlich ein aussichtsreicher Kandidat, aber der Sieger ist *Big Trouble in Little China*«, verkündete er schließlich. »Das ist der beste Film aller Zeiten.«

»Weshalb?«, heuchelte sie Interesse. »Worum geht es in dem Film?«

»Er handelt von einem Lkw-Fahrer, der mitten in Chinatown in einen Bandenkrieg verwickelt wird. Ich mag den

Film, weil er anders ausgeht, als man erwartet. Die meisten denken, dass der Lkw-Fahrer der Held ist, weil die Geschichte aus seiner Perspektive erzählt wird. Aber das ist nicht die Hauptrolle. Er soll nur für die Lacher sorgen. In Wahrheit macht sein Kumpel die ganze Arbeit, kämpft und kriegt schließlich auch das Mädchen …«

Anya erwiderte darauf nichts. Sie war zufrieden, ihn einfach reden zu lassen, da er wohl gerade einen Lauf hatte. Sie strich sich eine blonde Strähne aus dem Gesicht und tat, was sie konnte, um sich auf die dunkle Straße vor ihnen zu konzentrieren. Ihr stand eine lange Nacht hinter dem Steuer bevor.

19

RAF Menwith Hill, North Yorkshire

Obwohl formal als Luftwaffenstützpunkt der Royal Air Force geführt, war an RAF Menwith Hill nur der Name britisch. In Wirklichkeit handelte es sich bei dem ausgedehnten Areal um die größte nachrichtendienstliche Leitstelle zur elektronischen Überwachung, die die Amerikaner in Westeuropa unterhielten. Sie übernahm eine Schlüsselfunktion im globalen Echelon-Überwachungssystem, und ihre typischen weißen Radarkuppeln arbeiteten unermüdlich, um elektronische Signale aller Art abzufangen, wozu E-Mails oder Telefongespräche genauso zählten wie verschlüsselter Funkverkehr.

Der Betrieb wurde in den düsteren Tagen des Kalten Krieges aufgenommen, als die Sowjetunion noch der Hauptgegner des Westens war. Inzwischen hatte sich ihr Aufgabenbereich aber bedeutend ausgeweitet. Im einundzwanzigsten Jahrhundert saßen die Feinde nicht mehr hinter klar festgelegten Grenzen und verfügten auch nicht mehr über Armeen, Flotten oder Luftstreitkräfte, deren Bewegungen man verfolgen konnte. Heute lauerten sie überall und nirgends, wodurch Orte wie Menwith Hill wichtiger wurden als jemals zuvor.

Auf der Luftwaffenbasis waren fast zweitausend Nachrichtentechniker beschäftigt, zu denen Kontingente der US-Luftstreitkräfte, der NSA und selbstverständlich auch der CIA gehörten. Hier war Mitchell in den vergangenen sechs Monaten stationiert gewesen, und obwohl sich das feuchte, stürmische Klima der Moore Yorkshires deutlich vom Wetter Arizonas unterschied, unter dessen Sonne sie aufgewachsen war, war die Basis doch so etwas wie ein Zuhause für sie geworden. Zumindest vermittelte sie ihr gerade so viel Heimatgefühle, wie sie zurzeit brauchte.

Heimat war allerdings das Letzte, was sie im Kopf hatte, als sie zusammen mit mehreren anderen Agenten, die ebenfalls am Tatort der Morde tätig gewesen waren, in den kleinen Konferenzraum marschierte. Es war kurz nach sechs Uhr morgens, und keiner von ihnen fühlte sich besonders enthusiastisch. Neben ihr strich Argento mit der Hand durch sein kurz geschnittenes schwarzes Haar und versuchte, ein Gähnen zu unterdrücken, während er seinen Kaffee schlürfte.

Wie Mitchell es nicht anders erwartet hatte, war Hawkins schon da. Er sah noch genauso frisch und perfekt gekleidet aus wie tags zuvor. Sie fragte sich, ob er überhaupt Schlaf benötigte.

»Okay, wir haben nicht viel Zeit, also fasse ich mich kurz«, fing er an. »In den letzten Stunden hat unsere Luftüberwachung die norwegische Küste nach Spuren des vermissten Kutters abgesucht. Zuerst kam nur Bockmist dabei heraus. Weit und breit passte keines der Boote auf unsere Beschreibung. Erst bei Sonnenaufgang hat eine unserer Drohnen einen Ölfleck ausgemacht. Ein paar Hundert Meter vor der Küste, in der Nähe der Stadt Egersund.«

Er gab etwas auf seinem Laptop ein, der vor ihm stand, und öffnete ein Satellitenbild von einem abgelegenen Küstenstreifen mit zerklüfteten Felsen, die von dichtem Wald gesäumt waren. Und tatsächlich war in den kabbeligen Wellen vor der Küste ein Ölfleck zu erkennen.

»Wir konnten über Satellitenradar bestätigen, dass ganz in der Nähe im Flachwasser das Wrack eines Fischkutters liegt, der zu der Beschreibung passt, die uns von dem in Schottland gestohlenen Kutter vorliegt. Offenbar haben sie das Boot versenkt und sind mit einem Beiboot oder einem Rettungsfloß ans Ufer gekommen.«

In Anbetracht dieser Erkenntnisse schaute Mitchell zu Argento hinüber und tauschte mit ihm einen überraschten Blick aus. Ganz gleich, was sie von ihm gehalten hatte – Hawkins war äußerst effizient, wenn er etwas erreichen wollte. Außerdem musste er über hervorragende Kontakte in der Agency verfügen, um so hochrangige Unterstützung für diese Operation abrufen zu können. Falls es überhaupt noch zusätzlicher Hinweise bedurft hätte, war dies ein weiteres Zeichen dafür, dass es hier um sehr viel mehr als nur die Jagd auf eine Mordverdächtige ging.

»Es scheint allerdings nicht alles nach Plan gelaufen zu sein«, fuhr Hawkins fort. »Die örtliche Polizei hat gerade eine Anzeige von einem Norweger aufgenommen, dem nachts auf der Straße südlich von Egersund mit vorgehaltener Waffe sein Auto abgenommen wurde. Seiner Beschreibung nach war es eine große blonde Frau um die vierzig, die behauptete, sie müsste ihrem verletzten Freund helfen.«

Mitchell lehnte sich in ihrem Stuhl zurück. Die Geschwindigkeit, mit der sich die Lage verändert hatte, erstaunte sie. Gestern noch hatten sich Alex Yates und seine geheimnisvolle Komplizin in Luft aufgelöst, und die Hinweise auf ihren Aufenthaltsort und ihre nächsten Schritte waren äußerst spärlich gewesen. Jetzt hatte man sie nicht nur lokalisiert, sondern wusste außerdem auch noch etwas über den möglichen Gesundheitszustand des Mannes.

»Wenn wir davon ausgehen, dass Yates beim Anlanden verletzt wurde – warum versuchen wir es dann nicht bei den örtlichen Ärzten und Krankenhäusern?«, schlug Argento vor. Der Gedanke war natürlich banal, aber es gehörte zu ihren Pflichten, keine mögliche Spur zu vernachlässigen.

Hawkins schüttelte den Kopf. »Sofern sich ihr IQ nicht schlagartig drastisch gesenkt hat, würde sie unter keinen Umständen riskieren, sich oder Yates dadurch zu verraten, dass sie ihn in ein Krankenhaus bringt. Und allzu viele Kurpfuscher, deren Adresse sie mal eben im Telefonbuch nachschlagen könnte, gibt es in Norwegen nicht.«

»Also, was liegt an?«, fragte Mitchell. Es war klar, dass Hawkins sie nicht nur einbestellt hatte, um sie auf dem Laufenden zu halten.

Hawkins bedachte sie mit einem kühlen, abschätzenden Blick. »Wir fahren rüber«, sagte er nur. »Wir haben alle unsere Kräfte vor Ort auf sie angesetzt, aber wir brauchen ein Einsatzteam, um sie zu stellen. Ich habe Sie alle ausgewählt, weil Sie die erfahrensten Agenten sind, die mir zur Verfügung stehen, deshalb würde ich es sehr schätzen, wenn Sie mir beweisen, dass ich mich in Ihnen nicht getäuscht habe. Also – unsere Kollegen drüben in Langley haben schon einen Diplomatenflug nach Oslo in die Wege geleitet, in …« – er warf einen Blick auf seine Armbanduhr – »knapp einer halben Stunde. Wer bis dahin nicht fertig ist, bleibt hier. Noch Fragen?«

»Haben wir uns mit den Norwegern kurzgeschlossen?«, fragte Argento.

»Ich meinte ernsthafte Fragen.«

»Sie könnten uns nützlich sein«, bemerkte der jüngere Agent, obwohl ihn der vernichtende Blick von Hawkins offensichtlich nicht unbeeindruckt ließ. »Es ist besser, die Norweger auf unserer Seite zu haben, als sie gegen uns aufzubringen.«

»Es sei denn, sie hat Zuträger in den norwegischen Behörden und in ihrem Polizeidienst. Es sei denn, wir müssten einräumen, dass einer unserer eigenen Agenten die Seiten gewechselt hat und in ihrem Land herumgeistert.« Hawkins schüttelte den Kopf. »Nein, wir kümmern uns selbst um unsere Probleme. Wir gehen als kleines, flexibles und zuverlässiges Team rüber, erledigen unseren Job und kommen auf demselben Weg wieder nach Hause.« Er schaute sich unter den Anwesenden um. »Sonst noch Fragen?«

Keiner sagte mehr etwas.

»Gut. Packen Sie Ihr Zeug zusammen und machen Sie sich startklar.«

TEIL DREI

TERMINIERUNG

1996 meldete die US-Aufsichtsbehörde, dass allein im Jahr 1995 Hacker mehr als 250 000 Versuche unternommen haben, an Dateien des Verteidigungsministeriums heranzukommen. Dem Bericht zufolge waren circa 65 Prozent dieser Versuche erfolgreich.

20

Drammen, Norwegen

Als Alex aufwachte, zwitscherten die Vögel. Er konnte sich nicht mehr erinnern, wann er in der letzten Nacht weggedämmert war. Er wusste nur noch, dass die Monotonie der dunklen Straße und das sanfte Brummen des Motors nach und nach über seine Schmerzen und die feuchte Kälte seiner Kleidung triumphiert hatten. Er öffnete seine Augen einen Spalt weit und versuchte, sich ein Bild von seiner Umgebung zu machen.

Es war früher Morgen, ihr Wagen parkte an einer grasbewachsenen Lichtung bei einem kleinen See. In dem stillen Wasser spiegelte sich ein makellos blauer Himmel, den nicht die kleinste Wolke trübte. Winzige Insekten flitzten hin und her und leuchteten kurz auf, wenn sie die breiten Sonnenstreifen durchflogen, die es geschafft hatten, das dichte Blätterdach des Waldes zu durchdringen.

Der Frieden und die Ruhe dieses Ortes schlugen Alex in den ersten Momenten nach dem Aufwachen in ihren Bann. Er saß nur da und ließ die einfache, unberührte Schönheit auf sich wirken. An einem solchen Ort konnte er fast die düsteren Entwicklungen vergessen, die es während der letzten Tage in seinem Leben gegeben hatte.

Als er sich wieder an seine Begleiterin erinnerte, drehte er sich in seinem Sitz nach ihr um, stöhnte dann aber vor Schmerzen auf, als seine verletzten Rippen protestierten.

Plötzlich stand ihm wieder klar vor Augen, wie er in der vergangenen Nacht jenen Hang hinuntergestürzt war. Nachdem er einige Stunden reglos im Sitz verharrt hatte, verhärteten sich seine Muskeln, und alle möglichen Schrammen und Blessuren machten sich bemerkbar.

Trotz der Schmerzen schaffte er es, sich weit genug herumzudrehen, um sie anschauen zu können. Anya saß immer noch hinter dem Steuer, obwohl sie die Nacht sichtlich mitgenommen hatte. Sie hockte auf ihrem Sitz, den Kopf mit geschlossenen Augen an das Fenster gelehnt, und atmete langsam und regelmäßig.

Alex wunderte sich fast, dass sie eingeschlafen war. Er hatte sie noch nie schlafen sehen und nach den letzten paar Tagen mit ihr sich schon gefragt, ob sie sich überhaupt jemals ausruhen musste. Es beruhigte ihn ein wenig festzustellen, dass sie menschliche Eigenschaften offenbarte.

Doch als er jetzt diese beeindruckende und einschüchternde Frau betrachtete, die sein Leben auf den Kopf gestellt hatte, spürte er die seltsame Faszination, die von ihr ausging. Jetzt bot sich ihm zum ersten Mal die Gelegenheit, sie sich richtig anzuschauen. Er wollte sie nicht ungenutzt verstreichen lassen.

Was Proportionen und Wirkung anbetraf, hatte ihr Gesicht alle Merkmale klassischer weiblicher Schönheit. Darunter mischte sich eine zarte, fremdländische Anmutung, die er nicht zuordnen konnte. Sie hatte einen festen, klar definierten Unterkiefer, ihre vollen Lippen waren leicht geöffnet und entblößten eine Reihe weißer Zähne, ihre Wangenknochen setzten hoch an, und ihre Nase war klein und gerade. Ein paar Locken ihres kurz geschnittenen blonden Haars waren über die Augen gefallen, und Alex spürte das seltsame Verlangen, den Arm auszustrecken und ihr das Haar aus dem Gesicht zu streichen. Nur ein feines Muster von Fältchen um den Mund und ihre Augen ließ ihr wahres Alter erahnen, auch wenn es nicht leicht zu schätzen war.

Das alles war natürlich nicht neu für ihn. Dass Anya eine attraktive Frau war, hatte er schon bei ihrer ersten Begegnung erkannt, auch wenn sie ihm zu jenem Zeitpunkt noch ein wenig zu alt und zu Furcht einflößend vorgekommen war. Diese Einschätzung hatte sich inzwischen geändert. Jetzt, als ihr eiserner Wille und ihr gefährlicher, analytischer Verstand vorübergehend ruhten und die ersten Strahlen der Morgensonne auf ihrem Gesicht spielten, merkte Alex erst, wie wunderschön und friedlich sie aussah.

Vorn in ihre Hose gesteckt und teilweise vom schwarzen Pullover verdeckt, den sie darüber trug, entdeckte Alex das typische metallische Schimmern der Automatik, die sie seit ihrer Flucht von dem Bauernhof bei sich trug.

Sie war direkt vor seinen Augen, und obwohl ihm seine Vernunft dazu riet, die Waffe in Ruhe zu lassen, konnte er seine Augen nicht davon abwenden. In einer anderen Hirnregion brauten sich ganz andere Gedanken zusammen, die ganz und gar nichts mit Vorsicht oder Vernunft zu tun hatten.

Ob sie seine Lebensretterin, sein Bodyguard oder eine Kidnapperin war, hing momentan sehr von der Perspektive ab. Es änderte aber nichts an der Tatsache, dass sie über die einzige Waffe verfügte, die sie besaßen. Deshalb traf sie alle Entscheidungen, hatte alle Karten in der Hand und das Recht, ihm nach eigenem Gutdünken jede Information vorzuenthalten. Und ob er damit nun einverstanden war oder nicht, blieb ihm keine andere Wahl, als ihren Befehlen zu gehorchen. Vielleicht bot sich in diesem

Moment die einzige Möglichkeit, das Kräfteverhältnis zu ändern.

Wenn er im Besitz der Waffe war, könnte er sie dazu zwingen offenzulegen, worin sie eigentlich verwickelt waren, welche Geheimnisse sie unbedingt entschlüsseln und warum die CIA sie umbringen wollte.

Fast ohne es selbst zu merken, streckte er seine Hand nach der Waffe aus. Er bewegte sie Zentimeter für Zentimeter weiter auf sie zu. Wenn er jetzt schnell zupackte, konnte er die Finger um den Griff schließen. Er malte sich schon aus, wie er die Waffe herausziehen und auf sie richten würde, während sie noch ganz schlaftrunken war. Dann müsste sie alles auspacken, was sie wusste.

»An Ihrer Stelle würde ich mir sehr genau überlegen, was ich tue«, warnte ihn eine Frauenstimme. »Und mit wem ich mich anlege.«

Alex riss die Hand zurück, als sich Anyas Lider öffneten und jene eisblauen Augen enthüllten, die schon bei ihrer ersten Begegnung seine Aufmerksamkeit gefesselt hatten. Sie waren klar und fokussiert, zeigte keine Spur von Müdigkeit und waren direkt auf ihn gerichtet.

»Bilden Sie sich bloß nichts ein«, sagte er und hoffte, seine Verlegenheit mit einer bissigen Abfuhr übertünchen zu können. »Sie sind nicht mein Typ. Ich wollte nur sehen, ob Sie wach sind.«

»Sie können davon ausgehen, dass ich immer wach bin«, sagte Anya, setzte sich aufrecht hin und reckte sich. Alex hörte das gedämpfte Knacken, als sich ihre steifen Gelenke und Muskeln lockerten.

»Schlafen Sie denn überhaupt?«

Sie warf ihm einen Blick zu. »Wenn ich kann. Ansonsten ruhe ich mich aus und halte Wache.«

Er hielt es für das Beste, nicht weiter nachzuhaken. Die

Erfahrungen und Härten, die sie zu der Frau gemacht hatten, die sie heute war, überstiegen einfach seinen Horizont.

»Wo sind wir eigentlich?«, fragte er stattdessen. »Sie haben doch bestimmt nicht angehalten, um die Aussicht zu bewundern.«

Anya strich sich mit der Hand durchs Haar. »Wir befinden uns zwei, drei Kilometer westlich von Drammen. Ich hielt es für das Beste, den Morgen abzuwarten, bevor wir uns mit Ihrem … ›Freund‹ in Verbindung setzen.«

Die Geringschätzung in ihrer Stimme war nicht zu überhören.

»Das ist vermutlich eine gute Idee«, räumte er ein. »Wir sollten uns erst nach neun bei ihm melden.«

»Warum?«

»Um diese Zeit gehen seine Eltern zur Arbeit«, erklärte er. »Ich habe schon eine Vorstellung, wie wir es anstellen könnten, aber Sie müssen mitspielen.«

Noch bevor sie darauf antworten konnte, öffnete Alex die Tür und trat hinaus in die kühle Morgenluft. Er musste erst noch etwas anderes erledigen.

21

»Weglaufen bringt nichts, mein Freund«, sagte Gregar Landvik ins Funk-Headset, als er die Waffe auf sein entferntes Ziel richtete. Der bedauernswerte Soldat wähnte sich in Deckung, aber er hatte nicht damit gerechnet, dass Landvik über die Flanke kommen würde. »Ich kann dich sehen.«

Ein einziger Feuerstoß brachte die Sache zu Ende und ihm einen Distanztreffer ein, der seinen Punktestand noch einmal um weitere fünfzig erhöhte, wie auf dem Screen abzulesen war. Jetzt fehlten ihm nur noch hundert Punkte für die Spitzenplatzierung in der Toprangliste dieser leidenschaftlich ausgetragenen Onlineschlacht.

»Mehr Glück beim nächsten Mal, Noob«, stichelte er und war schon auf der Suche nach dem nächsten Ziel.

»Du kannst mich mal, Plissken«, gab der gegnerische Spieler zurück und benutzte Landviks Xbox-Usernamen, den er aus dem Film »Die Klapperschlange« entlehnt hatte.

Landvik lachte über die Reaktion, die er provoziert hatte. Die anderen Spieler aus der Fassung zu bringen war bei Spielen wie diesem fast genauso wichtig wie das Erreichen des höchsten Punktestands.

»Davon träumst du wohl, mein Freund.«

Leider wurde sein Spiel jäh von heftigem Klopfen an der Haustür unterbrochen. Landvik ignorierte es und versuchte, sich weiter aufs Spiel zu konzentrieren. Er feuerte eine Automatiksalve auf einen Spieler ab, der überstürzt auswich und das Feuer erwiderte.

Aller Wahrscheinlichkeit nach war es irgendein Bote, der sich verfahren hatte. Die Häuser hier draußen waren ziemlich abgeschieden und lagen oft am Ende langer, gewundener Auffahrten, die regelmäßig zum Albtraum für Postboten und Lieferdienste wurden. Die ländliche Wohngegend war auch deshalb so nervig, weil in diesem Teil der Welt vernünftige Internetverbindungen so selten waren wie Schaukelpferdmist, aber die einzige Alternative war auszuziehen, sich eine Arbeit zu suchen und eine eigene Wohnung zu kaufen.

Und darüber wollte er lieber gar nicht erst nachdenken.

»Hab ich dich!« Landvik grinste selbstzufrieden, als sein Zählerstand um weitere fünfzig Punkte stieg. Das Klopfen an der Haustür ging weiter. Es war laut und ungeduldig.

»Gehen Sie weg, ich bin beschäftigt«, schrie der junge Mann und versuchte, sich auf sein Spiel zu konzentrieren.

Es irritierte ihn sehr, dass dies den Klopfer an der Tür nur zu ermutigen schien, denn das Hämmern verstärkte sich noch.

Die Ablenkung fing an, sich auf seine Konzentration auszuwirken. Sein nächster Feuerstoß verfehlte das Ziel, und sein Kontrahent antwortete mit einer Schrotladung aus nächster Nähe, die ihn endgültig erledigte.

»Verdammt noch mal!«, bellte er. Er beendete das Spiel, warf den Controller auf einen Sitzsack in der Nähe und hievte seinen massigen Körper aus seinem Lieblings-Gamerstuhl. Er hatte gelernt, sich zusammenzureißen, seit die letzten beiden Controller bei einem Wutausbruch auf dem Parkettboden in die Brüche gegangen waren.

»Schon gut! Ich komme ja schon!« Er stapfte barfuß durch den teuer und minimalistisch möblierten Flur zur

Haustür. Das Interieur sollte schick und modern aussehen, aber es wirkte nicht wie das eines Wohnhauses, sondern eher wie eine versnobte Kunstgalerie. Im Grunde war das Landvik allerdings egal. Solange die Innenarchitekten sein Zimmer in Ruhe ließen, konnten sie mit dem restlichen Haus anstellen, was sie wollten.

Das Klopfen hatte sich schließlich abgeschwächt. Er kontrollierte, ob die Tür immer noch verriegelt und verschlossen war, dann beugte er sich vor und warf durch den Türspion einen Blick nach draußen. Sofort löste sich sein Ärger in Luft auf und machte ungläubiger Verwunderung Platz.

»Was zum Teufel?«

Er ließ die vorsichtige Zurückhaltung fahren, löste den Sicherheitsriegel und riss die Tür vor einem schlanken jungen Mann auf, der hellbraune Haare hatte und ein bleiches, ebenmäßiges, nichtssagendes Gesicht, wie es nur einem Engländer gehören konnte.

Er war unrasiert, hatte Schürfwunden, blaue Flecke und war in abgerissene Lumpen gekleidet, die so aussahen, als hätte er sie einem verarmten Fischer gestohlen. Insgesamt sah Alex aus, als hätte er tagelang draußen übernachtet.

»Alex, was machst du denn …?«

Er bekam keine Gelegenheit, seinen Satz zu Ende zu bringen. Alex' Faust flog heran und schlug ihn so heftig auf die Nase, dass sein Kopf durch die Wucht des Hiebs nach hinten flog. Geschockt von der plötzlichen und grundlosen Attacke, taumelte er rückwärts, stieß gegen die Wand hinter ihm und sackte auf die Knie.

»Au! Was soll das denn?«, schrie er und fasste sich an die Nase. Er spürte schon, wie das Blut feucht über seine Finger lief.

»Zwei Jahre, Gregar!«, knurrte Alex und trat mit geballten Fäusten einen Schritt näher heran. In seinen Augen brannte ein lange genährter Zorn. »Zwei Jahre habe ich deinetwegen im Gefängnis gesessen, du blöder fetter Bastard. Deinetwegen habe ich alles verloren. Alles!«

»Das ist nicht wahr«, protestierte Landvik und schaute ängstlich zu ihm auf. Zweifellos spürte er – durchaus zutreffend –, dass er kurz davor war, richtig zusammengetreten zu werden, und es vielleicht nicht bei einer blutigen Nase bleiben würde. »Ich hätte nie jemanden aus der Gruppe verraten, das weißt du doch …«

»Halt's Maul!« Alex zitterte, als er versuchte, seinen Ärger zurückzuhalten. »Deine beschissenen Entschuldigungen interessieren mich nicht, Gregar, und du solltest froh darüber sein. Ich bin nur deshalb nicht früher hierhergekommen, um dir auf die Schnauze zu schlagen, weil sie mir den Ausweis weggenommen haben.«

Das hier war nicht der Alex Yates, den er früher einmal gekannt hatte. Den entspannten, umgänglichen jungen Mann, der immer mit so gut wie allem einverstanden war, gab es nicht mehr. Landvik hatte keine Ahnung, wer diese Person war. Er wusste nur, dass er Angst vor ihm hatte.

»Alex, wenn du Geld willst, ich kann …« Er wurde von Alex unterbrochen, der schon wieder ausholte, um ihm noch eine zu verpassen. Sofort rollte er sich schützend zusammen. »Nein, nicht, bitte!«

»Geld!«, wiederholte Alex voller Verachtung. »Darauf ist es bei dir immer hinausgelaufen, oder? Verdammtes Geld.« Er schüttelte den Kopf. »Nein, das hier hat nichts mit Geld zu tun, du Mistkerl.«

Landvik spürte, wie sein Herz pochte. Wenn Alex kein Geld wollte, worum ging es ihm dann? Hatte er wirklich die lange Reise gemacht, nur um sich bei ihm gewaltsam für seine Inhaftierung zu rächen?

Noch bevor Landvik seine Frage loswerden konnte, tauchte plötzlich eine andere Gestalt in der Tür auf, die bislang unbemerkt an der Hauswand gelehnt haben musste. Es war eine Frau, groß und blond, mit gefährlich blitzenden Augen, die direkt durch ihn hindurchzusehen schienen. Sie bewegte sich mit einer Selbstsicherheit, die unmissverständlich klarmachte, dass es äußerst unklug wäre, sich ihr zu widersetzen. Die Frau schlenderte in den Flur und sah sich um.

»Erklärungen können warten«, sagte sie mit einer Stimme, die im Gegensatz zu Alex' Zornausbruch beunruhigend kühl und kontrolliert wirkte. »Fürs Erste brauchen wir Ihre Kooperation.«

»W-wer zum Teufel sind Sie?«, stammelte Landvik, der noch ganz unter dem Eindruck ihres gewaltsamen Eindringens stand.

»Das ist Anya«, erklärte Alex und zog die Tür hinter sich zu. »Sie ist hier, um aufzupassen, dass du mich nicht wieder reinlegst wie beim letzten Mal.«

»Ich hab dir doch schon gesagt, dass ich nicht ...«

»Anya, wenn dieser Fettsack das nächste Mal sein Maul aufreißt, ohne auf eine direkte Frage zu antworten, schießen Sie ihm die Kniescheiben weg. Oder irgendetwas anderes, worauf Sie Lust haben.«

Ohne zu zögern, griff die Frau in ihre Jeans, holte eine klobige Automatikpistole heraus und zielte damit in aller Ruhe auf seinen Unterleib.

»Nein, nicht!«, flehte Landvik, dem schon Schreckensbilder vor Augen standen, was geschehen würde, wenn sie den Abzug zog.

»Also wirst du jetzt tun, was ich sage?«, fragte Alex.

»Natürlich!«, versprach Landvik. »Alles, was du willst. Sag es mir, und es gehört dir.«

Noch während er sprach, ging Anya von Raum zu Raum und durchsuchte zügig das Haus. Wonach sie suchte, konnte Landvik nicht mit Bestimmtheit sagen, obwohl er den Verdacht hatte, sie vergewissere sich, dass er allein war. Das trug nicht gerade dazu bei, die Panik zu besänftigen, die sich immer stärker in ihm ausbreitete.

Er blinzelte, schüttelte den Kopf und versuchte zu begreifen, was plötzlich alles auf ihn eingeprasselt war. »Wonach suchen Sie?«

Sie sagte nichts, bis sie ihren Durchgang beendet hatte. Dann kam sie mit gezückter Waffe zurück und ließ ihn nicht mehr aus den Augen. »Erwarten Sie heute sonst noch jemanden?«

»W-was?«

»Beantworten Sie einfach meine Frage«, fauchte sie, »und lügen Sie mich nicht an. Wenn Sie es tun, werde ich es herausbekommen, und dann sorge ich dafür, dass Sie es bitter bereuen.«

Er schluckte. »Nein. Es kommt niemand. Meine Eltern sind zur Arbeit, und sie kommen nie vor sechs nach Hause.«

Sie betrachtete die gediegene Umgebung und sortierte rasch ihre Eindrücke. Ein Anwesen wie dieses sauber zu halten war keine leichte Aufgabe für ein viel beschäftigtes, arbeitendes Ehepaar. Und sie bezweifelte, dass ihr Sohn ihnen eine große Hilfe war.

»Wie sieht es mit Putzkräften, Gärtnern, Haustechnikern aus? Überlegen Sie sich Ihre Antwort genau.«

Er schüttelte den Kopf. »Es kommt niemand. Jedenfalls heute nicht.«

Der Blick aus diesen hellen blauen Augen schien sich förmlich in ihn hineinzubohren, als sie den Wahrheitsgehalt seiner Angaben abwog. Die Sekunden dehnten sich scheinbar zu Stunden, als er unter ihrem unbarmherzigen Blick zappelte.

Irgendwann nickte sie dann doch. Offenbar war sie zu dem Schluss gekommen, dass er die Wahrheit sagte. Dann ließ sie die beiden wieder allein, um sich rasch im ganzen Haus umzusehen.

»Zum Glück hast du dich dafür entschieden, wenigstens einmal im Leben die Wahrheit zu sagen«, bemerkte Alex. »Ich brauche deine Hilfe.«

»Hilfe wobei?«

»Erst einmal benötige ich deine Computer. Ich vermute mal, du hast hier immer noch vernünftige Rechner herumstehen?«

Landvik hätte losgelacht, wenn die Lage nicht so bedrohlich gewesen wäre. Selbstverständlich hatte er vernünftige Computer. Hier draußen am Arsch der Welt und ohne andere Beschäftigung – ganz besonders in den langen, kalten Wintern? Er hatte sich vollkommen in die Onlinewelt geflüchtet, um der realen Welt zu entkommen. Folglich sorgte er dafür, immer die modernste Hardware zu haben.

»Nur das Beste – Hardware und Software«, bemerkte er mit einem Anflug von Stolz. »Genau wie in den alten Zeiten.«

Alex und er waren in Studentenzeiten gemeinsam durch dick und dünn gegangen und hatten ihre Hackerkünste erst einmal am gesicherten Netzwerk der Uni ausprobiert, bevor sie sich an größere Herausforderungen wagten. Manchmal versuchte er sich immer noch darin, aber eigentlich nur, weil es damals so viel Spaß gemacht hatte. Genau wie die Onlinespiele war es nur eine Methode, die Zeit totzuschlagen.

»Gut. Dann haben Sie sicher nichts dagegen, wenn wir

sie mal benutzen«, sagte Anya, die durch den Flur wieder in ihre Richtung schlenderte.

Landvik zögerte. Ihr Anblick haute ihn regelrecht um. Auch wenn sie zehn Jahre älter war als er, war sie eine große, athletische und hinreißend attraktive Frau, die sich mit einer Selbstsicherheit und einer Entschlossenheit bewegte, die gleichermaßen erregend wie einschüchternd waren.

»Wofür genau wollen Sie sie denn benutzen?« Ganz egal, wer diese Frau war, unter keinen Umständen wollte er ihr irgendetwas offenlegen. Schließlich konnte sie auch von der Polizei sein, woher sollte er das wissen?

Er hätte fast einen Satz gemacht, als er Alex' Hand auf seiner Schulter spürte. Als er sich zu seinem ehemaligen Freund umwandte, überraschten ihn die Entschiedenheit und Willensstärke in dessen Blick.

»Geh duschen, Gregar!«, befahl er ihm. »Wir haben zu tun.«

22

Eine halbe Stunde später saß Alex vor Landviks beachtlichem Computersystem. Seine Finger huschten über die Tastatur, während er sich durch das komplexe Verschlüsselungsprogramm scrollte, das gerade auf Anyas Speicherstick lief.

Er hatte Landviks System richtig eingeschätzt. Neben der Hardware in diesem Raum sah eine normale Hackerausrüstung wie Kinderspielzeug aus. Schließlich war Landviks Vater ein erfolgreicher Geschäftsmann, der seinen einzigen Sohn nach Strich und Faden verwöhnte. Er hatte die ganze Sache zweifellos finanziert, ohne wirklich zu begreifen, was er da sponserte. Selbst an der Uni hatte Gregar über nahezu unbegrenzte Mittel verfügt, während sich seine Kommilitonen von Fertignudeln und Milch mit abgelaufenem MHD ernähren mussten.

Bevor er loslegte, hatte Alex vorsichtshalber den Internetzugang des Systems unterbrochen und als zusätzliche Sicherheitsmaßnahme auch noch die Netzwerkkabel herausgezogen, um sicherzustellen, dass das Programm nicht noch einmal seinen digitalen Hilfeschrei nach draußen schicken konnte. Er würde der Software unter keinen Umständen wieder einen Internetzugriff gestatten, bevor er nicht absolut davon überzeugt war, dass er es unter Kontrolle hatte.

Und er würde es in den Griff bekommen, das wusste er. Ganz gleich, wie clever oder komplex es sein mochte –

früher oder später würde er es cracken und damit machen, was er wollte. Er wusste vielleicht nichts über Survival oder Navigation oder irgendeine andere der unzähligen Fähigkeiten, über die Anya verfügte, aber wenn es um Computer ging, konnte ihm niemand das Wasser reichen.

Er legte eine kleine Pause ein, um sich über das Thunfisch-Käse-Sandwich herzumachen, das vor ihm auf dem Tisch stand. Er spülte es mit einem Energydrink herunter. Es war fast vierundzwanzig Stunden her, dass er etwas halbwegs Vernünftiges gegessen hatte, und er war fest entschlossen, diesem Zustand ein Ende zu bereiten, seit er seinen Fuß in Landviks Haus gesetzt hatte. Warum auch nicht – Landviks Aussehen nach zu urteilen, hatte der bestimmt mehr als genug Essen übrig.

Trotz allem ertappte er sich bei einem Grinsen, als er die leere Getränkedose in den Papierkorb neben dem Schreibtisch warf. Bei Marcel Proust mochte es der Geschmack einer Madeleine gewesen sein, der seine ganze Kindheit wieder lebendig werden ließ, bei Alex war es die Kombination von Zucker, Taurin und Gott weiß welchen anderen Chemikalien in diesem Energydrink, die die Welt heraufbeschwor, zu der er einmal gehört hatte.

Es war die Welt der langen Nächte und der kurzfristigen Termine, der Herausforderungen und der Triumphe, der Kameradschaft und der Freundschaften. Eine Welt, in der er endlich einmal das Gefühl gehabt hatte, ein Teil von etwas zu sein, das größer war als er selbst und das ihm etwas bedeutete.

Das Geräusch von Schritten draußen im Flur unterbrach ihn bei seinen Gedanken, und er drehte sich genau in dem Moment um, als Anya den Raum betrat.

Sie näherte sich seiner Workstation und beugte sich vor, um seine Fortschritte zu überprüfen, obwohl man ihrem

Blick deutlich ansah, dass ihr der reine Code, der fast den gesamten Bildschirm ausfüllte, nur wenig sagte.

»Interessantes Zeug, oder?«, fragte er.

»Wie werden Sie nur aus all dem schlau?« Sie starrte immer noch wie hypnotisiert auf den Bildschirm.

Alex zuckte mit den Schultern. »Es ist eine Sprache wie jede andere. Sobald man die wichtigsten Wörter draufhat, bekommt alles langsam einen Sinn.«

Die Frau löste ihren Blick vom Monitor und richtete ihre Aufmerksamkeit auf ihn. »Ich verlasse mich auf Sie. Wie ist der Stand der Dinge?«

»Also … ich habe das Subprogramm gefunden, das mir im Internetcafé so viel Ärger gemacht hat«, erklärte er. »Ich habe eine ganze Weile gebraucht, um es aufzuspüren, weil es verdammt gut versteckt ist. Aber im Grunde arbeitet es wie ein Notrufsender, der jedes Mal, wenn man das Programm startet, einen kleinen Datensatz an eine verschlüsselte IP-Adresse schickt. Es war eine vertrackte Fummelei, das Ding herauszulösen, ohne dass alles auseinanderfiel, aber es ist mir gelungen, es zu isolieren.«

»Das klingt vielversprechend«, bemerkte Anya, obwohl ihr Tonfall zurückhaltend blieb. Sie spürte, dass es ein »Aber« gab.

»Ist es auch«, bestätigte er. »Aber das war der leichte Teil. Schwerer wird es, das CIA-System davon zu überzeugen, dass die Zugangskennung immer noch gültig ist. Wenn wir jetzt versuchten, uns einzuloggen, würde das wahrscheinlich ihre Sicherheitsprotokolle auslösen. Dann stünden die halben US-Streitkräfte vor der Tür, bevor ich mein Sandwich aufgegessen habe.«

Anya nickte. Sie war sich dieses Problems durchaus bewusst. »Und wie wollen Sie das umgehen?«

»Keine Ahnung.« Alex grinste ihr kurz zu. »Aber machen

Sie sich keine Sorgen. Mir ist noch kein System untergekommen, in das ich nicht hineingekommen bin. Momentan zerlege ich den Code Zeile für Zeile. Das ist anstrengend, aber es kommt was dabei heraus. Sobald ich verstehe, wie die Sache funktioniert, cracke ich sie.«

Anya erwiderte nichts. Sie hatte zweifellos ihre eigene Meinung über seine Erfolgsaussichten.

»Ach, übrigens, wo ist Gregar?«, wollte Alex jetzt doch erfahren. Er war zwar ein Verräter und Vollidiot, aber jene Spezialbehandlung, die Anya ohne Skrupel verabreichen konnte, hatte er trotzdem nicht verdient.

Als ob sie seine Gedanken erraten hätte, warf sie ihm einen missbilligenden Blick zu. »Er ist im Bad und wäscht sich das Gesicht. Ich habe die Tür gesichert, damit er nicht abhaut. Anscheinend blutet seine Nase wieder.« Er nahm ein gewisses spöttisches Grinsen bei ihr wahr. »Er behauptet, er wäre ein Bluter.«

»Er ist ein Volltrottel«, klärte Alex sie auf. »Und dagegen gibt es keine Medizin.«

Darauf erwiderte sie nichts und ließ sein abschätziges Urteil unwidersprochen. Stattdessen deutete sie auf seine rechte Hand. »Wie geht's der Hand?«

Alex streckte und krümmte die Finger. »Tut leider verdammt weh, wenn ich ehrlich bin«, gab er reumütig zu. »Ich glaube, ich bin nicht so der Schlägertyp.«

»Aber Sie sind ein guter Schauspieler, Alex«, bemerkte sie, als sie sich erinnerte, wie er vorhin mit seinem früheren Freund umgegangen war.

Er schnaubte. »Wieso Schauspieler? Er hat bekommen, was er verdient. Ich habe ihn nur deshalb nicht grün und blau geschlagen, weil ich bei dieser Sache vielleicht seine Hilfe brauche.«

Alex hätte sich sicher nicht als gewalttätig bezeichnet,

aber was Landvik betraf, war sein Angriff völlig gerechtfertigt. Der Neid und die Gier dieses Kerls hatten ihn zwei Jahre seines Lebens, die Freiheit und seine Zukunftsaussichten gekostet. Mit einer blutigen Nase als Wiedergutmachung für diesen Verrat kam er vergleichsweise billig davon.

»Was ist damals zwischen Ihnen beiden vorgefallen?«, fragte Anya.

»Das ist eine epische Saga«, antwortete er mit übertriebenem Pathos. »Eines Tages wird jemand eine Oper darüber schreiben.«

Sie bedachte ihn mit jenem leicht missbilligenden Blick, den sie für seine Versuche reserviert hatte, Dinge ins Lächerliche zu ziehen, wenn sie es nicht für angebracht hielt – was ziemlich oft der Fall war. »Ich meine es ernst, Alex. Sie wollten bisher nicht darüber reden, und ich kann verstehen, dass es Ihnen nicht leichtfällt. Aber ich muss das jetzt wissen.«

Alex seufzte. Sie hatte natürlich recht. Da sie sich jetzt mit Landvik unter einem Dach befand, war es nur natürlich, dass sie wissen wollte, was er für ein Typ war.

»Ich hatte Ihnen schon erzählt, dass wir drei unterschiedlicher Meinung über die Richtung waren, in die sich Valhalla entwickeln sollte«, sagte er schließlich. »Gregar wollte, dass wir in den Untergrund gehen und uns aufs schnelle Geldverdienen verlegen – Cybersöldner und so ein Quatsch. Arran und ich waren dagegen und haben ihm erklärt, dass uns so etwas nicht interessiert. Er wehrte sich und versuchte, die anderen Mitglieder der Gruppe auf seine Seite zu ziehen. Am Ende haben wir ihn ausgeschlossen. Das war hart, aber wir wussten nicht, wie wir sonst damit umgehen sollten. Für ihn war die Sache damit aber noch lange nicht vorbei.«

Alex hatte seine Arbeit unterbrochen und erinnerte sich noch einmal an den finalen, hinterhältigen Racheakt, der buchstäblich sein Leben zerstört hatte. »Ungefähr einen Monat später habe ich versucht, für Arran die verschlüsselte Firewall einer Regierungsbehörde zu hacken. Wir wollten nachweisen, dass sie britische Staatsbürger ausspionierten, und ohne meinen Hack wäre das Projekt gescheitert. Doch dann sind plötzlich bewaffnete Polizisten in meine Wohnung gestürmt, während ich gerade mitten in der Arbeit steckte. Jemand hatte ihnen einen Tipp gegeben, womit ich mich beschäftigte. Es war jemand, der ganz genau wusste, wie und wann ich die Firewall knacken wollte.«

Er lachte auf. Aber es war kein amüsiertes Lachen, sondern das Lachen eines Mannes, der die Pointe eines grausamen Witzes noch einmal wiederholt. »Ich hätte mir denken können, dass er nicht einfach klein beigeben würde. Wir hatten seinen Stolz verletzt, ihn gedemütigt. Er hat uns dafür die Quittung präsentiert – auf die einzige Art, die ihm einfiel. Und die Rache ist ihm geglückt. Ich ging dafür zwei Jahre in den Knast, Valhalla war Geschichte, und alles verloren, wofür wir gearbeitet hatten.« Er schaute Anya an. »Das alles sagt Ihnen wahrscheinlich nicht viel. Aber jetzt wissen Sie es.«

»Warum haben Sie sich überhaupt darauf eingelassen?«, fragte sie. »Sie machen doch einen intelligenten Eindruck. Sie müssen doch geahnt haben, dass man Sie früher oder später erwischen würde? Warum haben Sie das Risiko auf sich genommen? Sie hätten sich doch auch einen gut bezahlten, anständigen Job suchen können?«

»Ach ja? Sie wollen mir einen Vortrag darüber halten, dass es böse ist, gegen das Gesetz zu verstoßen?«, fragte er und machte sich keine Mühe, den spöttischen Unterton in seiner Stimme zu kaschieren. Sich die Fehler der Vergangenheit einzugestehen hatte an seinem Stolz genagt und ihn wütend gemacht; jetzt war er nicht dazu aufgelegt, sich eine Predigt anzuhören – ausgerechnet von einer Frau, die Leute mit bloßen Händen umbrachte.

»Ich will es nur verstehen.«

»Nein, das wollen Sie nicht«, gab er zurück. »Sie suchen nur etwas, was Sie gegen mich als Druckmittel in der Hand haben, falls ich nicht mehr mitspiele. Das ist doch Ihr Ding, oder? Die Leute auf ihre Schwachstellen abklopfen und die dann gegen sie verwenden?«

Ihr Blick fokussierte sich wieder auf ihn. Ihre Augen waren kalt, klar und gefährlich. »Alex, ich …«

»Ich habe es getan, weil es das Einzige war, in dem ich jemals richtig gut war, okay?«, platzte es aus ihm heraus, bevor er sich wieder in den Griff bekam. »Wollten Sie das hören?«

Dann schwieg er, erstaunt über den Zorn und die Verbitterung, die in ihm hochgekocht waren. Er hatte nie vorgehabt, es so auszudrücken, es einzugestehen und der Wahrheit so ins Auge zu blicken. Aber jetzt, wo es einmal heraus war, bereute er es auch nicht. Wenn es schon so weit gekommen war, dann wollte er vor ihr auch alles auf den Tisch legen und endlich herauslassen, was ihm schon so lange auf der Seele gelegen hatte.

»Und wissen Sie was? Ich sehe nicht gut aus und kann auch nicht singen. Ich war beim Fußball nicht in der Schulmannschaft, und meine Sprüche zum Anbaggern haben nur genervt. Genau genommen, bekomme ich so gut wie gar nichts auf die Reihe. Bis auf das hier, das ist die Ausnahme. *Das* ist etwas, was ich kann.« Er deutete auf die Computerhardware ringsum. »Es ist illegal, gefährlich und wahrscheinlich auch idiotisch, aber das war alles, was ich hatte. Und es hat mir ein gutes Gefühl vermittelt, Dinge hinzukriegen, die die anderen nicht geschafft haben. Das wollten Sie doch hören, oder? Okay, ich gebe es zu. Ich habe es getan, weil ich dadurch besser damit klarkam, so zu sein, wie ich bin. Ich habe es getan, weil ich irgendwo … dazugehören wollte. Ich wollte mich mit Leuten abgeben, die mich verstehen und mich für das, was ich kann, respektieren.« Er seufzte und schüttelte den Kopf. »Aber machen Sie sich keine Sorgen – ich erwarte nicht, dass jemand wie *Sie* das kapiert.«

Er hatte damit gerechnet, dass sie das Ganze mit einem lockeren Spruch, vielleicht sogar einer ätzenden Bemerkung abtun würde. Schließlich hatte sie ihr Leben bestimmt schon öfter aufs Spiel gesetzt, als sie zählen konnte, und Dinge gesehen und getan, die er sich kaum vorstellen konnte. Tatsächlich wirkte Anya aber auf eine seltsame Weise berührt, fast so, als hätte sein Ausbruch bei ihr einen Nerv getroffen.

»Damit liegen Sie falsch«, sagte sie mit ungewohnt sanfter und ruhiger Stimme. »Ich kann Sie verstehen. Sie können mir glauben, dass ich nicht nach Ihren Schwächen gesucht habe.«

Alex atmete tief aus. Er spürte, dass er zu weit gegangen war, und schämte sich dafür. Nur wegen einer neugierigen Frage gleich so auszurasten war unangebracht, und in Anbetracht des Verhaltens, das sie bisher an den Tag legte, war er ziemlich verwundert, dass sie nicht gleich damit gedroht hatte, ihn umzulegen.

»Ich nehme mal an, dass Sie sowieso schon genügend Schwächen gefunden haben, oder?«, bemerkte er und hoffte, sie würde das als Entgegenkommen deuten. Aber sie behielt ihre Gedanken lieber für sich.

»Na, jedenfalls kennen Sie jetzt meine schmutzigen kleinen Geheimnisse«, sagte er und richtete seinen Blick wieder auf den Monitor, der vor ihm stand. »Was für ein Jammer, dass ich Ihre nicht kenne.«

Darauf erwiderte sie nichts. Stattdessen machte sie einen kleinen Rundgang durch das spärlich beleuchtete Zimmer, betrachtete das ungemachte Bett, die Poster von Videospiel-Charakteren an der Wand – die meisten weiblich und spärlich bekleidet – und den Müll, der aus dem überfüllten Papierkorb quoll. Es lagen jede Menge zerknüllter Papiertaschentücher herum, dabei hatte Landvik nicht ausgesehen, als ob er verschnupft war.

»Die meisten Menschen würden so etwas zum Anlass nehmen, auch mal etwas von sich preiszugeben«, meinte Alex. »Sie könnten mir vielleicht etwas von sich erzählen, das ich noch nicht weiß. Zum Beispiel … *irgendetwas*?«

»Was wollen Sie denn wissen?«, fragte Anya, ohne ihm in die Augen zu sehen.

»Wir könnten damit anfangen, was Sie mit der CIA zu tun haben.«

Sie seufzte leise, als ob ihr diese Frage schon oft gestellt worden wäre und sie es leid war, immer wieder dieselbe Antwort zu geben.

»Ich habe mal für die Agency gearbeitet.«

»Das sind schwerlich weltbewegende Neuigkeiten. Aber okay«, räumte er ein. »Wie kam es dazu? Sie klingen so wenig amerikanisch wie ich.«

Dafür bedachte sie ihn mit einem Blick, den er schon kannte und den er sich immer dann einhandelte, wenn er wieder etwas völlig Idiotisches von sich gegeben hatte. »Sie beschäftigen Leute aus allen möglichen Ländern. Sogar aus Ihrem.« Sie ließ den letzten Satz eine Weile im Raum stehen, bevor sie weiterredete. »Bei mir war es so, dass ich angeworben wurde, nachdem ich mich aus der Sowjetunion abgesetzt hatte.«

Er starrte sie an und vergaß für einen Moment völlig seine Arbeit. Es war das erste Mal, dass sie etwas Entscheidendes über sich selbst offenbarte. Diese seltsame, rätselhafte Frau, die in den letzten Tagen der einzige Mensch an seiner Seite gewesen war, faszinierte ihn.

»Sie sind Russin?«

Mit dieser Frage handelte er sich etwas ein, für das es seines Wissens nur einen einzigen Begriff geben konnte: den bösen Blick. Genau diesen Blick hatte damals sein Freund Danny, ein Schotte aus Glasgow, für den australischen Barkeeper übrig gehabt, der ihn fälschlicherweise einen Engländer genannt hatte. »Litauerin«, korrigierte sie ihn.

Sofern Danny als Maßstab gelten konnte, wäre es äußerst unklug gewesen, an diesem Punkt weiter nachzuhaken. »Was hatte die CIA mit Ihnen vor?«

Ihre Reaktion war schwer zu deuten, aber irgendwie erinnerte sie Alex daran, wie er selbst sich gefühlt hatte, als er von Landviks Verrat erzählte. »Wir haben alle unsere Talente, Alex. Bei mir fing es nicht damit an, dass ich Leute umgebracht habe. Das kam erst später.«

»Also waren Sie so eine Art … Superspionin?«

Sie schüttelte den Kopf. »Ich war eine Soldatin. Das glaubte ich jedenfalls. Eine Kämpferin für die gerechte Sache. Und ich war ziemlich gut in dem, was ich machte.«

Alex rieb sich das Kinn und spürte die Stoppeln, die dort in den letzten Tagen gewachsen waren. »Und wie kommt es dann, dass Sie jetzt gegen die CIA arbeiten?«

Er konnte an ihren Schultern sehen, wie sich einen kurzen Moment lang die Muskeln unter der Haut anspannten, wie sie den Kopf senkte und ihre Fäuste ballte.

»Weil ich mich geirrt habe«, antwortete sie. Ihre Stimme klang angespannt und gepresst. »Ich war keine Soldatin.

Ich kämpfte auch nicht für die gerechte Sache, sondern ich diente den falschen Herren. Ich war nur ihr willfähriges Werkzeug. Als ich meinen Irrtum endlich bemerkte, war es zu spät. Jetzt bin ich eine Aussteigerin, Abtrünnige. Ein schmutziges Geheimnis, das man vertuschen will. Sie wollten mich loswerden und so tun, als hätte es mich niemals gegeben.« Jetzt endlich sah sie ihn an, und ihre Augen schimmerten im trüben Licht. Bei dem Ausdruck des Schmerzes über den Verrat und der kaum gebändigten Wut in ihrem Blick stockte ihm der Atem. »Aber so einfach, still und leise werde ich nicht abtreten.«

Dann blinzelte sie, und alle Gefühle schienen wie weggeblasen. Jetzt war sie wieder sie selbst. Kalt, distanziert und kontrolliert.

Alex atmete aus. Er hatte gar nicht bemerkt, dass er die Luft angehalten hatte. Und er hatte keine Ahnung, was er mit dem gerade Gehörten anfangen sollte. Seit sie sich begegnet waren, hatte sie sich ihm noch nie so weit geöffnet, trotzdem hatte er das Gefühl, jetzt mehr Fragen zu haben als je zuvor.

»Es tut mir leid«, murmelte er und wandte den Blick ab. »Das geht mich alles gar nichts an.«

Anya atmete tief aus und entspannte ihre verkrampften Muskeln ein wenig, während sie versuchte, sich wieder zu beruhigen. »Ich lasse Sie jetzt in Ruhe arbeiten«, sagte sie schließlich. »Rufen Sie mich, wenn Sie etwas brauchen.«

Sie drehte sich um und verließ das Zimmer.

Das offene Wohnzimmer am Ende des Flurs war genauso teuer und geschmackvoll eingerichtet wie der Rest des Hauses, mit hochwertigen Möbeln und einer Küche, die aussah, als käme sie geradewegs aus einer Küchenausstellung. Die wandhohen Fenster dienten dem Zweck, den beeindruckenden Ausblick über den See und die wogenden Wälder dahinter zu betonen. Ein Paar Schiebetüren führten auf einen gefliesten Balkon hinaus, den man im Sommer für gemeinsame Mahlzeiten oder einfach nur zum Entspannen nutzen konnte.

Anya ging hinaus, legte die Hände auf die Stahlreling, die den Balkon einfasste, schloss die Augen und senkte den Kopf. Sie hörte, wie leise Wellen ans Ufer des Sees schwappten, der vor ihr lag, sie lauschte dem Zwitschern der Vögel und dem Rascheln der Zweige in der Nähe. Eine sanfte Brise wehte über sie hinweg, verwirbelte ein paar blonde Strähnen ihres Haars und verursachte eine Gänsehaut auf den unbedeckten Stellen ihrer Haut.

Sie atmete aus und hörte das Geräusch ihres eigenen Atems.

Normalerweise hätte ihr ein idyllischer Ort wie dieser sehr gefallen, aber heute war es anders. Heute waren ihre Gedanken nach innen gerichtet.

Ihre Arbeit hatte sie oft dazu gezwungen, ihre Gefühle zu ignorieren, um sich ganz auf die Sache zu konzentrieren. Es war genau diese Fähigkeit, emotionslos und entschlossen agieren zu können, die ihr unzählige Male das Leben gerettet hatte.

Trotzdem hatte das Gespräch mit Alex Gefühle in ihr wachgerufen, die sie jetzt nur mit Mühe wieder unterdrücken konnte. Gefühle, die den Schutzwall kalter Distanziertheit zu gefährden drohten, den sie um sich errichtet hatte. Das Ausmaß des Verrats zerriss ihr immer noch das Herz, quälte und empörte sie gleichermaßen.

Es war ein Verrat, der umso schwerer zu ertragen war, weil ein ganz bestimmter Mann dabei eine Schlüsselrolle spielte. Ein Mann, an den sie geglaubt hatte. Ein Mann, dem sie einst zugetraut hatte, Großartiges bewirken zu können. Ein Mann, für den sie alles riskiert und geopfert hatte.

Ein Mann namens Cain.

Anya, die treue Soldatin, hatte sich zu leicht von Männern manipulieren und täuschen lassen, die ihre ganze Karriere auf einem Lügengerüst aufgebaut hatten. Sie war nichts weiter als eine Spielfigur gewesen, die man benutzte und opferte, sobald sie ihren Zweck erfüllt hatte. Jetzt war sie nur noch ein Gespenst, das traurige Überbleibsel vergangener Zeiten, das sich einfach nicht aus dieser Welt verabschieden wollte. Früher oder später würde ihre Zeit kommen. Aber noch war es nicht so weit.

Noch nicht. Eine Schlacht musste sie noch schlagen.

Mit Cain hatte alles begonnen, und mit ihm würde es auch enden.

Dafür würde sie sorgen.

Das Badezimmer am Ende des Flurs vor Landviks Zimmer war genauso makellos und steril wie der Rest des Hauses. Strahlend weiße Fliesen, eine ultramoderne Dusche und ein Waschbecken, das aus einem einzigen Marmorblock geschnitten worden war. Sogar das Bild an der Wand war irgendein zeitgenössisches Kunstwerk, das sich Landviks Eltern nur gekauft hatten, weil sie es sich leisten konnten.

Das kleine Lüftungsfenster über der Toilette hing an Scharnieren und war so gesichert, dass man es nur wenige Zentimeter weit öffnen konnte. Selbst wenn man es schaffte, die Aufhängung auszuklingen, hätte die Fensteröffnung allenfalls einem kleinen Kind als Durchschlupf dienen können, ein Mann von Landviks Statur brauchte nicht einmal daran zu denken.

Die Tür bekam er auch nicht auf, weil Anya sie von der anderen Seite verbarrikadiert hatte. Er saß hier in der

Falle – gefangen, bis es ihr gefiel, ihn wieder herauszulassen.

Der junge Mann stöhnte, warf den blutigen Klumpen Papiertaschentücher ins Klo und betrachtete sein Spiegelbild. Es war kein erhebender Anblick. Seine Nase war geschwollen und rot, das unrasierte Gesicht von getrockneten Blutspritzern überzogen und sein Blick trübe und unstet.

Aber in Wahrheit machte ihm die banale Verletzung keine großen Sorgen. Eine blutige Nase würde ziemlich schnell verheilen, außerdem war er sowieso nicht gerade für sein tolles Aussehen berühmt.

Was ihn jetzt stärker beschäftigte, war Alex, ganz besonders aber die Frau, mit der er sich offenbar zusammengetan hatte. Worauf hatte sich sein ehemaliger Freund da bloß eingelassen? Und mit wem?

Landvik hatte bei seinen Onlinefeldzügen die Grenzen der Legalität schon öfter überschritten und es dadurch manchmal auch mit ziemlich üblen Typen zu tun bekommen. Dabei hatte er aber nie den Schutz der Anonymität aufgeben müssen, den ihm seine digitale Identität gewährte. Zu näheren oder gar persönlichen Kontakten war es dabei nie gekommen. Schon gar nicht mit Menschen wie Anya.

Die Frau war ein Killer, das stand für ihn fest. Kalt, unbarmherzig und zu allem entschlossen – das war keine gewöhnliche Kriminelle, viel eher eine Attentäterin.

Alex hatte ihr vorhin barsch Befehle erteilt, aber selbst Landvik konnte an ihrer Körpersprache erkennen, dass sie sich von niemandem etwas vorschreiben ließ. War das ein Täuschungsmanöver gewesen? War sie es, die in Wahrheit das Heft in der Hand hatte?

In diesem Fall hätte er schlechte Chancen. Er hatte ihr Gesicht gesehen und würde sie mühelos identifizieren können, wenn es so weit kam. Falls sie wirklich so skrupellos war, wie es den Anschein hatte, würde sie bestimmt kein Problem damit haben, ihn zu exekutieren, sobald sie hier bekommen hatte, was sie brauchte. Schon beim Gedanken daran musste er sich fast in das teure Marmorspülbecken übergeben.

»Nun reiß dich mal zusammen, du Feigling«, flüsterte er seinem Spiegelbild zu. »Denk nach!«

Er spritzte sich mit zittrigen Fingern Wasser ins Gesicht, holte tief Luft und zwang sich dazu, zumindest so ruhig zu werden, dass er einen klaren Gedanken fassen konnte.

So oder so, er musste sich aus seiner Lage befreien, und zwar so schnell wie möglich. Das hieß zunächst einmal, aus diesem verdammten Badezimmer herauszukommen und irgendwie unbemerkt Hilfe zu rufen.

Und weil jeder Versuch, sich gewaltsam zu befreien, selbstmörderisch gewesen wäre, blieb nur die Option, sie dazu zu bringen, ihn freizulassen. Er musste ihr Vertrauen gewinnen. Anya würde er wahrscheinlich nicht überzeugen können – er bezweifelte, dass sie überhaupt irgendjemandem vertraute –, aber bei Alex standen die Chancen besser. Alex war sein Freund. Jedenfalls früher mal gewesen.

Darauf baute er seinen Fluchtplan auf.

23

»Verdammt!« Alex schleuderte seine zweite leere Energydrink-Dose in die Ecke des Zimmers, ohne auch nur auf den Abfalleimer zu zielen. Die Kombination aus Frustration, wachsender Ungeduld und hohem Koffeinpegel machte ihn fahrig und erfüllte ihn mit einer Energie, die er nirgendwo herauslassen konnte.

Dass er mit seiner Arbeit nicht weiterkam, machte es auch nicht besser.

Wenigstens hatte sein geduldiges Zerlegen des Verschlüsselungsprogramms ein mögliches Hintertürchen zutage gefördert, das er sich zunutze machen konnte. Hier konnte er vielleicht verhindern, dass das System jeden weiteren Zugang blockierte, sobald Anyas Zugangsdaten erkannt wurden. Das Problem war jedoch, diese Theorie in der Praxis zu erproben. Das Verschlüsselungssystem unterschied sich von allem, was er jemals gesehen hatte, und widersetzte sich hartnäckig jedem seiner Versuche, es zu cracken.

Die Zeit wurde immer knapper, und er war sich vollkommen bewusst, dass ihm der Durchbruch gelingen musste, bevor Landviks Eltern nach Hause kamen. Das war zwar ein völlig idiotisches Problem für einen fast dreißigjährigen Mann, aber das änderte nichts an der Lage.

»Alex.«

»Was?« Er fuhr zur Tür herum. Anya stand auf der Schwelle und neben ihr – sehr zu seinem Missfallen – Landvik.

»Er hat darauf bestanden, mit Ihnen zu reden«, erklärte Anya.

»Was willst du, Gregar?«, fragte Alex und schaute ihn ziemlich genau so an, wie er eine Ladung Hundekot an seiner Schuhsohle betrachtet hätte.

»Ich will dir helfen«, erwiderte der Norweger und machte auf einmal einen überraschend reumütigen Eindruck. »Und ich will mich ... entschuldigen.«

Alex kniff die Brauen zusammen. »Wofür?«

»Für das, was mit dir passiert ist. Für den ganzen Mist, den du durchstehen musstest.« Er schluckte und suchte nach den richtigen Worten. »Ich war es nicht, Alex. Ich weiß, dass du mir nicht glaubst, aber es ist die Wahrheit. Eine Zeit lang habe ich mir wirklich gewünscht, ich wäre auf die Idee gekommen. Ich war so sauer auf dich und Arran, weil ihr mich rausgeworfen hattet, und ich wollte mich dafür rächen. Aber ich wäre niemals so weit gegangen. Wir sind doch Freunde, Alex. Oder zumindest waren wir es einmal. Ganz egal, wie sauer ich auf dich war, ich hätte dich nie an die Polizei verraten.«

Alex musste sich eingestehen, dass ihn die Ernsthaftigkeit in Gregars Stimme wirklich beeindruckte. Vielleicht war er ein besserer Schauspieler, als Alex ihm zugetraut hatte.

»Das ist total lieb von dir, mein Freund«, erwiderte er in einem Ton, der vor Sarkasmus triefte. »Aber ganz abgesehen davon, dass du ein Interesse daran haben musst, mich einzuwickeln, weil dein Leben bedroht ist – warum sollte ich dir glauben?«

Dann geschah etwas, mit dem Alex nie gerechnet hätte. Anya legte ein Wort für Landvik ein.

»Weil er die Wahrheit sagt«, warf sie ein.

Alex sah sie an, als hätte sie den Verstand verloren, was

zweifellos der Fall war, wenn sie glaubte, dass Landvik ehrlich zu ihnen war. »Wie bitte?«

»Er lügt sie nicht an«, sagte die Frau ruhig. »Für seinen Charakter kann ich meine Hand nicht ins Feuer legen, aber was er gesagt hat, entspricht der Wahrheit.«

»Woher wollen Sie das wissen?«

»Weil ich schon oft genug mit Lügnern zu tun hatte, um den Unterschied zu spüren.«

Alex verzog sein Gesicht. Es steckte noch mehr hinter dieser Bemerkung, als sie zugeben wollte – davon war er überzeugt –, aber jetzt war nicht der geeignete Zeitpunkt, um Anya einen weiteren Teil ihrer Lebensgeschichte aus der Nase zu ziehen. Außerdem hatte er heute schon mehr als genug Zeit damit verbracht, fruchtlos auf der Stelle zu treten.

»Sie meinen das ernst, oder?« Als sie nicht antwortete, richtete Alex seinen Blick auf Landvik. »Wenn du es nicht warst – wer sollte es denn sonst gewesen sein?«

Der korpulente Mann machte eine hilflose Geste. »Ich weiß es nicht, Alex. Ich kann dir nur sagen, dass ich es nicht war.«

Alex stöhnte und lehnte sich zurück. Unbewusst schaute er auf seine Hand. Die Knöchel waren immer noch von den Hieben verschrammt und gerötet, die er seinem früheren Freund vorhin verpasst hatte. Er hatte seinem Ärger Luft gemacht, ohne seine Aktion auch nur im Geringsten zu hinterfragen.

War das wirklich möglich? Hatte er sich die ganze Zeit geirrt?

»Angenommen, ich würde dir glauben – und da bin ich mir noch gar nicht so sicher …«, fing er schließlich mit leiser und gedämpfter Stimme an. Nach so langer Zeit konnte er jetzt nicht einfach so den Schalter umlegen und sich den Irrtum eingestehen. Schon gar nicht vor Landvik. »... wenn du also recht hast – was würde das jetzt noch ändern?«

»Na ja, es sieht so aus, als ob du ein wenig Hilfe gebrauchen könntest«, bemerkte Landvik mit seinem typischen trockenen Humor. »Ich kenne mein System viel besser als du. Und vielleicht kann ich dich wenigstens daran hindern, die Sache noch schlimmer zu machen, als sie schon ist.«

»Das möchte ich bezweifeln.«

»Wenn Sie glauben, dass er helfen könnte, dann sagen Sie es jetzt«, mischte sich Anya ein. »Sonst bringe ich ihn wieder dahin zurück, wo er herkommt.«

»Er weiß, dass ich ihm helfen kann«, warf Landvik ein, ohne Alex aus den Augen zu lassen. »Er will es bloß nicht zugeben.«

Alex schaute zu Anya, dann wieder zu seinem früheren Freund. »Das eine kannst du mir glauben: Wenn du versuchst, uns reinzulegen, wird es böse für dich enden. Und ich spreche hier nicht von einer gebrochenen Nase. Bist du sicher, dass du das riskieren willst?«

Landvik nickte. »Wenn ich euch beide damit ein bisschen schneller aus dem Haus kriege, bin ich dabei.«

Alex seufzte, hob verzweifelt die Hände und wandte sich wieder seinem Monitor zu. »Schön. Hol dir einen Stuhl. Hoffentlich kannst du besser programmieren, als ich es in Erinnerung habe.«

24

US-Botschaft, Oslo

Das amerikanische Botschaftsgebäude, in dem Mitchell landete, war ebenso nichtssagend wie typisch. Ein großer Glaswürfel – wie aus einem einzigen Block geschnitten –, der aussah, als hätte man ihn aufs Geratewohl über dem Stadtzentrum von Oslo abgeworfen. Abgesehen von dem Botschaftswappen in der Lobby und dem allgegenwärtigen bewaffneten Sicherheitspersonal, unterschied es sich jedoch kaum von anderen Bürohäusern, wie es sie in der Gegend zu Dutzenden gab.

Trotzdem war es unendlich besser als ein vergleichbarer Stützpunkt in Afghanistan, der ihr immer wie eine Legoburg vorgekommen war, hinter mehr Befestigungen verschanzt als ein durchschnittlicher Bunker im Zweiten Weltkrieg. Wenigstens schmeckt hier der Kaffee, dachte sie und nahm noch einen Schluck von dem frisch aufgebrühten Wachmacher, den die Maschine in der hinteren Ecke des Raumes zur Verfügung stellte.

Sie hatte mit dem Rest des von Hawkins angeführten Teams ein Großraumbüro im obersten Stockwerk mit Beschlag belegt, um von dort aus ihre Suche nach Yates fortzusetzen. Die Botschaftsmitarbeiter, die normalerweise dort arbeiteten, waren alles andere als erbaut gewesen. Ein paar barsche Anweisungen von Hawkins hatten jedoch ausgereicht, um sie zum Umzug zu bewegen.

Dieser Mann wusste, was er wollte.

Sie konnte ihn von ihrem Platz aus sehen. Wie nicht anders zu erwarten, hing er am Telefon und redete mit jemandem, während sich der Rest des Teams um die lokalen Polizeibehörden kümmerte und Hinweisen nachging. Er schien eine ganze Menge Zeit am Telefon zu verbringen, obwohl immer ein Geheimnis blieb, mit wem er sprach.

Eins war klar: Seine Gesprächspartner rangierten in der Hackordnung höher als er. Mitchell erkannte an der Spannung in seinen Schultern, der Kieferstellung und an seinem Blick, dass ihn die Person am anderen Ende der Leitung einschüchterte. Das gab ihr zu denken. Wer eine solche Wirkung auf einen Mann wie Hawkins hatte, musste wahrlich über weitreichende Macht verfügen.

»Was denken Sie über die ganze Sache?«, fragte plötzlich jemand neben ihr.

Sie drehte sich um. Argento hatte sich ihr unbemerkt genähert, während sie über Hawkins nachdachte. »Ich stelle mir immer die gleichen Fragen und bekomme einfach keine Antworten. Wen jagen wir wirklich, und warum?«

Sie sah sein schiefes Grinsen. »Ich kann Ihnen jemanden in diesem Raum nennen, der die Antwort weiß und sie uns nicht geben wird.«

Mitchell nippte an ihrem Kaffee. »Da möchte ich Ihnen nicht widersprechen.«

»Was können wir tun?«

Zum gegenwärtigen Zeitpunkt gab es nicht viele Optionen. Sie waren nicht dichter davor, Yates zu fassen, als Hawkins selbst, und es sah nicht danach aus, als würde sich so bald etwas daran ändern.

»Wir warten«, entschied sie. So unbefriedigend es auch sein mochte, es blieb ihnen nichts anderes übrig, solange sie sich keinen entscheidenden Vorsprung verschafft hatten. »Aber wenn es so weit ist, stellen wir Yates und die Frau lebend. Einverstanden?«

Argento antwortete nicht. Das war auch unnötig.

»Ich sage dir, am besten kommen wir durch ihren Serververbund«, beharrte Landvik, der immer lauter redete, je frustrierter er wurde. »So, wie wir es früher immer gemacht haben. Wir überfordern ihre Lastverteiler, um durchgeroutet zu werden, und dann …«

»… warten wir, bis sie die Quelle der Überlastung zurückverfolgt und uns rausgeworfen haben«, unterbrach ihn Alex. »Komm schon, Gregar. Wir haben es hier nicht mit der Lohnbuchhaltung eines Supermarktes zu tun. Dieser Quatsch war schon außer Mode gekommen, als wir damals angefangen haben.«

Sein Freund biss sich auf die Lippen. »Wie wäre es mit einem Portscanner?«

Alex schüttelte den Kopf. »Darauf werden sie vorbereitet sein. Bei jeder ungewöhnlichen Aktivität gehen bei denen innerhalb von Sekunden sämtliche roten Lampen an.«

Die beiden Männer arbeiteten seit dreißig Minuten zusammen und hatten schon mindestens ein Dutzend Ideen und mögliche Strategien ausgeheckt und wieder verworfen, ohne einen echten Durchbruch zu erzielen.

Alex stand immer wieder vor demselben Problem, das sich ihm schon von Anfang an in den Weg gestellt hatte. Um in das System einzudringen, waren sie auf Anyas Zugangsmodul angewiesen, aber bis jetzt hatte das noch jedem ihrer Versuche widerstanden, die Sperre zu unterlaufen, mit der man es belegt hatte.

»Ohne das CAM werden wir niemals durch die Firewall kommen«, verkündete er. »Irgendwo hier drin muss die Lösung stecken. Wir müssen sie nur finden.«

»Aber wie?«, fragte Landvik. »Man kann sich mit einer ungültigen Nutzerkennung nirgendwo einloggen. Und solange wir keine gültige Ersatz-ID haben, verschwenden wir nur unsere Zeit.«

Alex schloss für einen Moment die Augen und rieb sich über den Nasenrücken, weil die Erschöpfung, die Schmerzen von seinen verletzten Rippen und zunehmender Kopfschmerz auf ihm lasteten wie ein Bleigewicht. Er fühlte sich schlicht und einfach beschissen, und dass er daran scheiterte, sein Versprechen zu erfüllen, das er Anya gegeben hatte, verstärkte seine schlechte Laune nur noch.

»Ich brauche was zu rauchen«, erklärte er. Nikotin – und manchmal auch noch Stärkeres – hatte ihm oft dabei geholfen, komplexere Probleme wie dieses in den Griff zu kriegen.

Landvik schüttelte den Kopf. »Nicht hier drin. Wenn mein Vater im Haus Rauch riecht, greift er zur Flinte und legt uns um.«

Was für eine Pechsträhne, dachte Alex mit bitterem Humor. Als ob es noch nicht reichte, dass ihn die CIA umbringen wollte, musste er sich jetzt auch noch mit einem überkandidelten norwegischen Gesundheitsfanatiker herumärgern.

»Tut mir leid, Alex«, fuhr sein Freund jetzt mit leiserer Stimme fort. »Wir haben es wirklich versucht, aber ich glaube nicht, dass wir hier punkten können.«

»Wir sind hier nicht beim Schulsport, Mann. Dafür, dass wir uns wenigstens angestrengt haben, gibt's keine Extrapunkte.«

»Was soll's? Ist nicht das erste Mal, dass etwas nicht klappt. Man findet sich damit ab und sucht sich was Neues. Warum ist das hier so wichtig?«

Jetzt konnte Alex sich nicht mehr zusammenreißen, er

knallte die Faust auf den Tisch, dass ihm der Schmerz den ganzen Arm hinaufschoss. »Weil ich nicht so enden will wie Arran«, presste er heraus.

Bei diesen Worten verzog Landvik sein Gesicht. »Was meinst du damit? Was ist mit Arran?«

Alex stöhnte auf und wünschte, er hätte nichts gesagt. »Vergiss es. Dann lebst du länger.«

»Was soll das? Wir hatten vielleicht unsere Differenzen, aber trotzdem war Arran ein Freund. Wenn ihm etwas zugestoßen ist, will ich es sofort erfahren.«

Alex seufzte und lehnte sich im Stuhl zurück. »Vor einer Woche hat er sich bei mir gemeldet und mir einen Job angeboten. Ich lehnte ab, also hat er es selbst gemacht. Dann ist er spurlos verschwunden.« Er sah Landvik an. »Den Rest kannst du dir denken.«

Landviks Augen weiteten sich, als er langsam und mit leerem Blick den Kopf in Richtung Fenster drehte. Trotz allem, was sonst noch gelaufen sein mochte, war Arran offensichtlich immer noch ein Freund für ihn. »Scheiße.«

»Genau. Das fasst es wohl ganz gut zusammen«, pflichtete Alex bei. »Und wenn ich nicht weiterkomme als Arran, bin ich der Nächste. Vielleicht verstehst du jetzt, warum es so wichtig ist.«

Landvik schüttelte den Kopf. »Und was ist mit dieser Anya, die du mitgebracht hast? Wo zum Teufel hast du sie gefunden?«

Alex hätte in Anbetracht der Ironie fast aufgelacht. »Ich habe nicht sie, sondern sie hat mich gefunden.«

»Dann wird es vielleicht Zeit, dass sie dich wieder verliert?«

Alex schaute zu ihm hoch. »Was redest du da?«

»Komm schon, Alex. Du bist zwar dämlich, aber so dämlich auch wieder nicht. Glaubst du wirklich, die nimmt uns mit, wenn sie uns nicht mehr braucht?«, fragte Landvik und starrte ihn vielsagend an. »Oder dass sie uns am Leben lässt, obwohl wir wissen, wie sie aussieht?«

Alex fand diese Idee ziemlich abwegig. »Sie hat mir in zwei Tagen zweimal das Leben gerettet.«

»Warum? Weil du ihr versprochen hast, du könntest ihr das Gewünschte liefern?« Er musterte Alex provozierend. »Was meinst du wohl, was sie mit dir macht, wenn sie herausbekommt, dass du ihr einen Bären aufgebunden hast?«

»Ich habe ihr keinen Bären aufgebunden«, zischte Alex und versuchte, nicht zu schreien. »Ich habe es genau so gemeint, wie ich es gesagt habe.«

»Das ändert aber nichts an der Tatsache, dass du nicht liefern kannst. So oder so – Scheitern bleibt Scheitern, und das ist alles, was sie sieht.«

Einen kurzen Moment lang fühlte sich Alex völlig zerrissen. Zerrissen zwischen seiner vielleicht unangebrachten Loyalität gegenüber Anya und allem, was sie bisher für ihn getan hatte, und Landviks höchst pragmatischer Situationsanalyse. War seine Einschätzung richtig? Hielt ihn Anya nur so lange hin, bis er seinen Zweck erfüllt hatte? Sollte er lieber versuchen, sich abzusetzen und aus dem Staub zu machen, bevor es dafür zu spät war?

Weil er spürte, dass sein Freund ins Wanken gekommen war, rückte Landvik noch ein bisschen näher an ihn heran. Mit leiser, eindringlicher Stimme wollte er ihm jetzt den entscheidenden Anstoß geben. »Vielleicht könntest du auch eine andere Möglichkeit in Betracht ziehen?«

»Welche andere Möglichkeit?«, fragte Anya von der Türschwelle aus und unterbrach ihr Gespräch, bevor Alex antworten konnte.

Landvik rettete die Situation und reagierte sofort auf ihr

plötzliches Erscheinen. Er drehte sich um und schaute ihr ins Gesicht.

»Einen anderen Zugang zum System. Wir kommen hier einfach nicht weiter.« Er warf die Hände mit einer hilflosen Geste in die Luft. »Die Verschlüsselung ist einfach zu kompliziert, um geknackt zu werden. Die ungültige ID, die Sie uns gegeben haben, können wir nicht verwenden, und eine neue anzulegen ist unmöglich.«

Anya sagt dazu nichts. Sie hatte sich bisher weise aus allen ihren Diskussionen und Streitereien herausgehalten, nur ab und zu eine Pause von ihren stummen und nachdenklichen Patrouillengängen durch das Haus gemacht, um den beiden bei ihrer Zankerei zuzuschauen.

Sie schaute Alex direkt an und ignorierte seinen Kumpel. In diesen Fragen traute sie einzig und allein seinem Urteil. »Stimmt das, Alex?«

Er antwortete nicht, wusste nicht, was er ihr sagen sollte.

»Alex, sagen Sie mir die Wahrheit!« Ihr Ton wurde fordernder. »Ist das zu schaffen, oder verschwenden wir hier nur unsere Zeit?«

Alex dröhnte der Schädel. Die körperlichen und mentalen Belastungen der vergangenen Tage forderten immer stärker ihren Tribut. Das Bild der beiden Toten in der Scheune vermischte sich in ihm mit dem Moment, als er begriff, dass er jetzt gesucht wurde. Dazu kamen noch der gescheiterte Fluchtversuch über die Hausdächer und die Erinnerung an das Wasser auf dem Handtuch, das ihn zu ersticken drohte. Darüber legte sich immer wieder dieser Computercode, Zeile um Zeile, der alles andere überwucherte und sich in seinem Kopf ausbreitete wie ein Netz, in dem er sich verfing, das ihn erstickte und in die Tiefe ziehen wollte.

Und alles nur, weil er so dumm gewesen war, den Speicherstick zu benutzen.

Da, plötzlich und wie aus heiterem Himmel, ging ihm ein Licht auf.

»O mein Gott!«, keuchte er und wurde auf einmal wieder ganz wach.

»Was?«

Alex hätte sich ohrfeigen können. Wie es oft bei komplexen Problemen geschehen konnte, hatte er die wahnwitzig simple Lösung die ganze Zeit vor Augen gehabt. Er drehte sich sofort um, machte sich an die Arbeit und stürzte sich von Neuem auf den Programmcode, den er den ganzen Morgen über so sorgfältig zerlegt hatte.

»Ich kann es einfach nicht glauben. Ich habe unaufhörlich nach einer Methode gesucht, um unbemerkt in ihr System einzudringen, nach einem Weg, das Modul, das Sie mir gegeben haben, zu benutzen, ohne uns zu verraten«, sagte er. Dabei redete er fast so schnell, wie sich seine Finger auf der Tastatur bewegten. »Ich lag völlig falsch. Wir kommen nur rein, wenn wir uns *bemerkbar* machen.«

Jetzt verzog Anya das Gesicht. Sie verstand vielleicht nicht viel von Softwarearchitektur, aber als Soldatin wusste sie, dass man eine Schlacht ziemlich schnell verlieren konnte, wenn man dem Feind gab, was er haben wollte. »Wozu sollte das gut sein?«

»In dem Moment, in dem das Modul online geht, sendet es einen Ping. Einen kleinen Datensatz, der der Agency mitteilt, dass es im Netz ist und gerade benutzt wird. Ihre automatische Antwort darauf ist ein Verfolgerprogramm, das das Ping-Signal bis zu seiner Quelle zurückverfolgt. So haben die mich in London gefunden.«

»Das weiß ich bereits«, erinnerte sie ihn. »Jetzt verraten Sie mir, wie Sie das ausnutzen wollen.«

»Verstehen Sie denn nicht? Mit dem Verfolgerprogramm kommen wir rein. Um es laufen zu lassen, müssen sie sich mit unserem Computer verbinden. Sobald sie das tun, haben wir sie.«

Endlich fiel bei Landvik der Groschen. »Du meinst, du willst einen Stalker einsetzen? Das ist wirklich verdammt gerissen!«

Um Anyas Frage vorwegzunehmen, entschied sich Alex, gleich eine Erklärung hinterherzuschieben. »Ein Stalker ist ein Spezialprogramm, das wir normalerweise benutzen, um in Firmennetzwerke einzudringen. Eigentlich ist es nicht dafür gemacht, aber wenn es tut, was es soll, übernimmt es ihre Verbindung und öffnet uns eine Hintertür in ihre Firewall. Als würde man die Verfolgung einfach umkehren.«

»Ihr System wird nicht registrieren, dass etwas falsch läuft, weil es die Verfolgung selbst gestartet hat«, fuhr Landvik fort. »Sobald wir drin sind, haben wir Zugriff auf das ganze Netzwerk. Das ist einfach genial!«

Anya war nicht sonderlich darauf erpicht, Egos zu füttern. »Wird es funktionieren?«

»Das können Sie so oder so sehen«, meinte Alex, ohne die Augen vom Monitor zu lösen. »Der Stalker bringt uns ins System. Das Problem ist nur, dass ich den Alarm finden und ausschalten muss, bevor sie in unser eigenes System eindringen. Gregars Firewalls sollten uns so viel Zeit erkaufen, wie wir brauchen, aber es gibt dafür natürlich keine Garantie. Wenigstens ist es ein kalkuliertes Risiko.« Nach diesen Worten legte er eine kleine Pause ein, drehte sich um und schaute sie an. »Ihre Entscheidung, Anya. Wollen Sie es riskieren?«

Anya schwieg ein paar Sekunden lang. Zum ersten Mal überhaupt wirkte sie zutiefst unentschlossen, und er konnte verstehen, warum. Er verlangte von ihr, ihm zu vertrauen, an ihn zu glauben und sich darauf zu verlassen, dass er sie nicht hängen lassen würde. Das war sehr viel verlangt.

Sie atmete tief durch, dann nickte sie. Die Entscheidung war gefallen. »Tun Sie's.«

Das genügte ihm. »In Ordnung. Gregar, mach den Stalker klar. Sobald uns der Verfolger hat, schickst du ihn los.«

»Kann losgehen.«

Alex fasste nach unten und packte die Netzwerkkabel, die er vorher abgetrennt hatte, um das System daran zu hindern, sich mit dem Internet zu verbinden. Dann nahm er sich einen Moment Zeit für ein Stoßgebet zu den virtuellen Computergöttern und verband danach die Kabel mit dem Computer.

Schon nach wenigen Sekunden verzeichnete das Hilfsprogramm, das Landvik nutzte, um die Datenströme zu und von seinem Rechner zu messen, einen plötzlichen Anstieg der Datenmenge. »Ich sehe es. Gerade wurde das Ping-Signal losgeschickt.«

»Mach dich bereit«, sagte Alex leise und pumpte mit den Fäusten, während er sich wie ein Sprinter, der auf den Startschuss wartet, darauf vorbereitete, in Aktion zu treten.

Dann kam er tatsächlich.

»Da ist er!«, schrie Landvik. »Ihr Verfolger ist aktiv. Er ist an unserer Firewall.« Ein einziger Mausklick genügte, um den Gegenangriff zu starten. »Der Stalker ist auf dem Weg.«

»Wie lange wird es dauern?«, fragte Anya.

Sie bekam ihre Antwort, noch bevor Alex auch nur den Mund aufmachen konnte. Es war auch besser so, denn jetzt war höchste Konzentration gefragt. Ein einzelner leiser Gongschlag, dann öffnete sich ein Pop-up-Fenster, um mitzuteilen, dass das Programm erfolgreich eine Verbindung hergestellt hatte.

Das war's. Wenige Augenblicke später waren sie drin.

»Ja!«, schrie Alex und stieß die Faust in die Luft. »Rein mit dir, mein Sohn.«

»Wir sind drin«, keuchte Landvik, der noch immer nicht fassen konnte, dass es wirklich funktioniert hatte.

Ein paar Sekunden lang saß Alex einfach nur da. Die Größenordnung seiner Leistung machte ihn schlicht sprachlos. Er hatte vollbracht, was vor ihm noch keinem Spion und keinem Geheimdienst gelungen war. Hier saß er nun in einem unordentlichen Schlafzimmer irgendwo im Nirgendwo und hatte vollen und uneingeschränkten Zugriff auf die Datenbank der am besten gesicherten und geheimsten Organisationen dieses Planeten.

Aber zunächst musste er seine Spuren verwischen.

»Okay, lass uns diesen Verfolger ausschalten, bevor sie uns finden«, sagte er. Er hatte nicht vergessen, dass in genau diesem Moment die besten Cracking-Programme der CIA versuchten, durch Landviks Firewall zu gelangen, um seine Position bestimmen zu können. Er hatte eine der besten dreistufigen Sicherungen, die es gab, aber auch damit würde man einem zielgerichteten Angriff nicht unbegrenzt standhalten können.

Mit einer Entschlossenheit, die aus der Not geboren war, machte er sich ans Werk. Es gab jetzt keine Websites oder grafischen Benutzeroberflächen mehr, sondern nur noch Zeilen über Zeilen mit Dateien und Ordnern. Er hatte sofort alle Hilfsprogramme und Browser umgangen, von denen er annahm, dass CIA-Mitarbeiter sie benutzten, um in ihrem eigenen System zu navigieren, und sich sofort in die versteckten Dateistrukturen versenkt, die hinter alldem standen.

»Sie haben die erste Schicht der Firewall überwunden«, warnte Landvik, der sein Computersystem mit wachsender

Besorgnis überwachte. »Verdammt, sind die schnell. Die zweite Schicht ist auch gleich Geschichte.«

In den nächsten dreißig Sekunden tanzten Alex' Finger über die Tastatur, während er sich Ebene für Ebene durch die Ordner und Datenbanken arbeitete. Er suchte das Hauptverzeichnis des riesigen Systems, den zentralen Punkt, von dem alles andere abzweigte. Dieses System gehörte zwar dem führenden Geheimdienst der Welt, aber es war ein System wie jedes andere, und er hatte bereits so viele dieser Systeme durchforstet, dass er sich mit fast schlafwandlerischer Sicherheit darin bewegen konnte.

»Die zweite Schicht ist weg«, sagte sein Freund. »Verdammt, sie knabbern an der letzten Schicht. Uns bleiben nur noch Sekunden, Alex.«

Alex hörte nicht mehr zu. Seine ganze Konzentration galt der Aufgabe, die er zu bewältigen hatte. Nichts anderes zählte jetzt. Er öffnete die gewaltige Datenbank, mit der die Zugangsberechtigungen der Nutzerkennungen verwaltet wurden, scrollte sie in Windeseile durch und suchte nach dem Datensatz, der Anya zugewiesen war.

Eine Schweißperle lief an seiner Schläfe hinunter, aber er schenkte ihr keine Beachtung. Sein Blick hastete von Zeile zu Zeile, während er in Gedanken schon voraus war.

»Es ist jeden Moment so weit.«

Da! Er hatte sie gefunden. Er markierte Anyas Nutzerkennung, der die Zugriffsberechtigung entzogen worden war, rief den dazugehörigen Datensatz auf und löschte mit einem einzigen Mausklick den Alarm auslösenden Sperrvermerk.

»Hat es funktioniert?«, fragte er mit verspannten Muskeln und pochendem Herzen.

Es vergingen mehrere bange Sekunden, in denen Landvik seinen Monitor im Auge behielt. »Ich … ich glaube schon. Alle Aktivitäten an der Firewall haben aufgehört.« Er blickte seinen Freund an und verzog den Mund langsam zu einem breiten Grinsen. »Ich glaube, wir haben es geschafft.«

Alex atmete tief aus, dann sank er in seinem Stuhl nach hinten. Er war geistig und körperlich völlig ausgelaugt.

»Und wie geht's jetzt weiter?«, fragte Anya.

Alex nickte langsam und wischte sich den Schweiß von der Augenbraue. »Wir sind drin. Keine Nutzerkennungen, keine Beschränkungen, gar nichts. Wir haben jetzt freien Zugriff auf alles an jedem Punkt ihres Netzwerks.« Er schaute zu ihr hoch – erschöpft, aber stolz. »Die einzige Frage ist jetzt, wonach Sie suchen möchten.«

Anya atmete tief aus und ließ für einen kurzen Augenblick die Maske ihrer Selbstkontrolle fallen. Alex sah Euphorie, Erleichterung, aber auch noch etwas anderes. Beklemmung. Sie hatte Angst vor dem, was sie finden würde.

»Ich will eine Datei«, sagte sie und beugte sich dichter heran. »Der Name ist D1189.«

»Nicht gerade ein eingängiger Name«, bemerkte Landvik, während Alex die Buchstaben in eine Suchmaske eintippte und die Suchmaschine begann, das ausgedehnte Netzwerk zu durchkämmen.

»Es ist eine Signatur«, erklärte sie und richtete ihre Aufmerksamkeit wieder auf den Monitor. »Die Datei wurde im November 1989 angelegt.«

»Und wofür steht das D?«, konnte sich Alex nicht verkneifen.

Weil er ihr den Rücken zuwandte, konnte er ihre Augen eher spüren als sehen. »D steht für ›dementieren‹.«

Alex hielt einen Moment inne, dann machte er sich wieder an die Arbeit.

»Ich muss mal eine rauchen«, erklärte Landvik. »Ruft mich, wenn ihr mich braucht.«

Weder Anya noch Alex schauten auf, was Landvik als stillschweigendes Einverständnis interpretierte. Der junge Mann sagte kein weiteres Wort, sondern ging aus dem Raum und ließ die beiden allein.

»Es hat etwas mit Ihnen zu tun, oder?«, fragte Alex, als die Schritte seines Freundes im Flur verklungen waren. »Diese Datei, nach der Sie suchen. Was denken Sie, finden Sie darin?«

»Konzentrieren Sie sich einfach auf Ihre Arbeit«, wies ihn Anya an. Ihre Anspannung war nicht zu überhören.

Alex wusste, dass er jetzt besser schweigen sollte.

In dem offenen Wohnzimmer nebenan ging Landvik währenddessen rastlos hin und her und dachte über seine nächsten Schritte nach. Der atemberaubende Ausblick, den die wandhohen Fenster auf den nahe gelegenen See und die Wälder dahinter boten, interessierte ihn nicht. Alle seine Gedanken kreisten allein um die Frage, wie er sich aus dieser Situation befreien konnte.

Alex konnte er womöglich einiges nachsehen, aber bei dieser Frau stand die Sache völlig anders. Er hatte den Blick in ihren Augen gesehen, die Art, wie sie sich benahm, ihre unablässige Wachsamkeit. Sie war eine eiskalte Mörderin, das stand völlig außer Frage.

Er musste etwas tun, jetzt, bevor es zu spät war. So, wie er die Sache einschätzte, würde er entweder als Geisel enden, sobald Anya bekommen hatte, was sie wollte, oder als »Selbstmörder«.

Er zermarterte sich das Hirn und bedachte verzweifelt alle seine Möglichkeiten. Alle Fenster und Türen im Haus waren abgeschlossen.

Anya hatte alle Handys beschlagnahmt und die Festnetzverbindung unterbrochen, wodurch jeder Versuch, zu fliehen oder Hilfe herbeizurufen, von vornherein zum Scheitern verurteilt war.

Er konnte nur versuchen, ihr zuvorzukommen und sie zuerst zu töten. Sein Vater verwahrte ein Jagdgewehr samt Munition in einem Schrank unter der Treppe. Aber ein schweres Gewehr war nicht besonders geeignet, um in geschlossenen Räumen wie diesen zu kämpfen, außerdem hatte er erst ein paar Stunden halbherzig absolvierten Schießtrainings auf dem Buckel und wusste deshalb kaum mit der Waffe umzugehen.

Selbst wenn es ihm gelänge, das Gewehr aus dem Waffenschrank herauszuholen und zu laden, ohne ihre Aufmerksamkeit zu erregen, bezweifelte er, dass ein verfetteter Computerhacker mit einer alten Jagdbüchse eine ernsthafte Bedrohung für jemanden wie sie darstellte. Nein, eine direkte Konfrontation kam nicht infrage.

Eine andere Möglichkeit wäre, sich Hilfe zu holen. Anya mochte zwar alle Telefone entfernt haben, aber es gab eine weitere Möglichkeit, Kontakt mit der Außenwelt aufzunehmen. Sein Vater hatte eine Menge Geld in das Haus gesteckt und großen Wert darauf gelegt, es gut zu sichern. Deshalb war es mit einem Alarmsystem der Spitzenklasse ausgestattet. Dazu gehörten Bewegungsmelder, eine versteckte Videoaufzeichnung und – für ihn von entscheidender Bedeutung – ein stiller Alarm.

Es gab verborgene Auslöser in jedem Raum, die jederzeit leicht erreichbar sein sollten, wenn es jemand schaffte, ins Haus einzudringen. Ein einziger Knopfdruck würde automatisch ein Signal an die Sicherheitsfirma übermitteln, die mit der Überwachung des Systems beauftragt war. Die Firma sollte dann die Polizei alarmieren.

Die Nachteile beim Auslösen eines stillen Alarms lagen jedoch auf der Hand. Sobald Anya herannahende Polizeiwagen bemerkte, würde sie wissen, was er getan hatte. Dann nähme sie ihn entweder als Geisel, oder sie würde in Panik geraten und ihn umbringen. Und in ein Kreuzfeuer wollte er auch nicht geraten.

Er kam zu dem Schluss, dass es das Beste war, sich einfach aus dem Staub zu machen.

Aber zu Fuß kam er mit Sicherheit nicht weit, selbst wenn er einen Weg nach draußen fand. Er hatte gut und gern dreißig Kilo Übergewicht und seit mindestens zehn Jahren nichts mehr unternommen, was auch nur im Entferntesten mit sportlicher Ertüchtigung zu tun hatte. Jemand wie sie hatte ihn schon auf den ersten hundert Metern eingeholt.

Wollte er es trotzdem versuchen, brauchte er ein Fahrzeug.

Der Zweitwagen seines Vaters parkte in der integrierten Garage des Hauses. Anya hatte zwar die Schlüssel an sich genommen, aber da waren noch die Ersatzschlüssel, die in einer der Küchenschubladen in einer Blechdose versteckt waren.

Das war seine Chance.

Fast bevor er es selbst merkte, war er schon unterwegs in Richtung Küche. Wenn er es bis zum Auto schaffen und die Garagentore einfach aufbrechen würde, könnte er in weniger als einer Minute weg sein. Er hatte ein schlechtes Gewissen, Alex zurückzulassen, aber was blieb ihm anderes übrig? Den Helden zu spielen konnte einen schnell das Leben kosten.

Der leise Klang von weichen Schritten im Flur warnte ihn, dass Anya im Anmarsch war, vermutlich, um nach ihm zu suchen. Er verfluchte den ungünstigen Zeitpunkt, wandte sich abrupt um und ging auf den Balkon vor den Wohnzimmerfenstern zu.

Er wollte nur noch nach draußen und ihr aus dem Weg gehen.

»Alles klar mit Ihnen?«, hörte er sie fragen.

»Alles klar«, log er, ohne sich umzudrehen. »Ich gehe nur auf den Balkon, um eine zu rauchen. Mein Vater verbietet es mir hier drinnen.«

Er wollte gerade an den Türgriff fassen, als sie ihn rief.

»Gregar?«

Er schloss die Augen; sein Magen krampfte sich zusammen. Was wollte sie? Ahnte sie, was er vorhatte? Er zwang sich, ruhig zu bleiben, obwohl ihm das Herz bis zum Hals schlug, und drehte sich langsam nach ihr um, wobei er sich fragte, ob er wohl gleich in den Lauf einer Waffe blicken würde.

Aber Anya stand einfach nur am Küchentresen. Sie hielt das Feuerzeug und die Zigaretten in die Höhe, die er dort liegen gelassen hatte.

»Das werden Sie wohl brauchen«, sagte sie.

Gregar lachte nervös. »Da haben Sie recht. Ich bin irgendwie völlig durcheinander.« Das entsprach durchaus der Wahrheit.

Rasch durchquerte er den Raum und griff über den Tresen nach der Schachtel. Er hoffte sehr, sie würde nicht bemerken, wie seine Hand dabei zitterte, während er mit der anderen Hand unter den Tresen fasste und den stillen Alarm auslöste.

Aber sie hielt die Zigarettenschachtel fest, als er sie wegnehmen wollte, und schaute ihm in die Augen.

Er hielt inne und spürte, wie sich sein ganzer Körper anspannte. Er konnte geradezu fühlen, wie sich Schweißperlen auf seiner Stirn bildeten.

»Sie sollten lieber damit aufhören«, riet sie ihm mit Blick auf die Zigaretten. »Die sind nicht gut für Sie.«

Er war so erleichtert, dass er fast nervös aufgelacht hätte.

»Stimmt schon, aber Rauchen hält schlank.« Er schaffte es, dazu ein knappes Grinsen aufzusetzen.

Sie lachte nicht. Stattdessen fixierte sie ihn einen Augenblick länger, sodass er schon dachte, sie wüsste ganz genau, was in seinem Kopf vorging. Schließlich ließ sie das Päckchen los.

»Die Türen sind abgeschlossen. Sie rauchen entweder hier oder gar nicht«, erklärte sie ihm, bevor sie wieder zum Schlafzimmer ging.

»Wir haben sie«, sagte Argento, nachdem er einen Anruf vom Horchposten der NSA in Menwith Hill entgegengenommen hatte.

»Die NSA hat gerade den Anruf einer norwegischen Sicherheitsfirma bei einer örtlichen Polizeidienststelle abgefangen. Einer ihrer Kunden in der Nähe von Drammen hat eben einen stillen Eindringlingsalarm ausgelöst.«

Hawkins schaute sofort von seinem Computer auf. »Und warum sollte das spannend für mich sein?«

»Das Haus ist mit einem Videosystem ausgestattet, das jeden filmt, der das Haus betritt. Wir haben das Bild, das die Sicherheitsfirma an die Polizei übermittelt hat.«

Statt weitere Worte zu verlieren, drehte er seinen Laptop um und gewährte Hawkins einen Blick auf das leicht pixelige Foto, das weitergeleitet worden war. Tatsächlich zeigte es einen jungen Mann und eine Frau, die in der Haustür standen.

Ihr Aussehen war unverkennbar. Es waren Yates und Anya.

»Haben Sie die Adresse?«

»Drammen, keine sechzig Kilometer südwestlich von hier. Es hört sich an, als hätte die Ortspolizei ein bewaffnetes Überfallkommando angefordert.«

Hawkins sprang geradezu von seinem Sitz auf. »Rufen Sie die NSA an. Sie sollen der norwegischen Polizei einen Fehlalarm melden, danach lassen Sie sie alle verfügbaren Drohnen und Aufklärungssatelliten in der Gegend zusammenziehen. Unsere Hubschrauber müssen in drei Minuten betankt und startklar sein. Alle anderen folgen mir. Beeilung!«

25

Das Ping vom Hauptrechner meldete, dass die Suchmaschine fündig geworden war. Alex wirbelte mit dem Stuhl herum und schaute auf den Screen.

»Ja!«, schrie er und klatschte begeistert in die Hände, als er das Ergebnis von drei Stunden harter Arbeit vor sich auf dem Bildschirm sah.

»Wir sind im Geschäft.«

Genau wie von ihr vorhergesagt, hatte die Suche eine einzige Datei gefunden, die tief in einem versteckten Ordner jenseits der Hauptverzeichnisstruktur vergraben war. Für jemanden mit einer Standardzugriffsberechtigung wäre sie unsichtbar gewesen, aber Alex' uneingeschränkter Zugriff ließ ihn sehen, was anderen verwehrt blieb.

Anya war schon nach wenigen Augenblicken an seiner Seite und beugte sich zu ihm hinunter, um einen Blick auf den Monitor zu werfen. »Was passiert jetzt?«

»Jetzt laden wir den Bastard runter«, erwiderte Alex, während er die Datei gewissenhaft markierte und den Download begann.

Download gestartet …

Was es auch sein mochte, groß war es auf jeden Fall. Dem Fortschrittsbalken auf dem Screen zufolge würde der vollständige Download mehrere Minuten dauern.

Die Frau schaute ihn mit hochgezogener Augenbraue an, enthielt sich aber jeden Kommentars. »Wie lange wird das dauern?«

»Nun, die Datei ist ziemlich groß und die Verbindung hier nicht besonders gut. Fünf bis sechs Minuten höchstens.«

Sie nickte. Ihr Gesicht war eine Maske strikter Selbstkontrolle. Sie würde die Korken erst knallen lassen, wenn sie die Datei in der Hand hatte.

»Kann die Agency das zurückverfolgen?«, fragte sie.

Alex schüttelte den Kopf. »Nein. Wir bleiben damit unter ihrem Radar.« Er grinste. »Haben Sie das mitgekriegt? Ich dachte, der Militärjargon gefällt Ihnen vielleicht.«

Tat er nicht, wie er an ihrem Gesichtsausdruck ablesen konnte.

Auf der Suche nach einem begeisterungsfähigeren Publikum wandte sich Alex zur Tür. »Hey, Gregar! Komm her und schau dir das an, Kumpel. Das ist lebendige Poesie!«

Keine Antwort.

»Gregar!«, rief Alex. »Jetzt ist gerade ein schlechter Zeitpunkt, um auf dem Klo abzuhängen.«

Immer noch keine Antwort. Alex verzog das Gesicht und warf einen Blick auf Anya.

»Machen Sie Ihren Job!«, befahl Anya und zog die Automatik hinten aus ihren Jeans.

»Warten Sie. Was ist mit …?«

»Tun Sie es einfach«, zischte sie. »Und sagen Sie Bescheid, sobald die Datei heruntergeladen ist.«

Dann drehte sie sich ohne weitere Bemerkung um, verschwand aus dem Zimmer und überließ Alex seiner Arbeit.

Er stieß eine leise Verwünschung aus, richtete seine Aufmerksamkeit wieder auf den Fortschrittsbalken des Downloads und wunderte sich, warum es so lange dauerte. Eine rasche Überprüfung der Netzwerkaktivitäten enthüllte den Grund. Der Download wurde an zwei unterschiedliche Orte geschickt.

Ein Datenstrom landete auf Landviks Computer, der zweite hingegen wurde auf eine andere IP-Adresse gelenkt, die er nicht kannte.

»Was zum Teufel hast du vor?«, murmelte er und klickte auf den Link.

In der Garage fummelte Landvik mit zittrigen Fingern am Zündschloss des großen Mitsubishi-Geländewagens herum. Er hatte Schwierigkeiten, den Schlüssel ins Zündschloss zu bekommen. Seine panische Hektik machte diese kleine Aufgabe weitaus schwieriger, als sie eigentlich war. Dann fielen ihm auch noch die Schlüssel aus der Hand.

»Scheiße!«, zischte er und bückte sich, um sie wieder aufzuheben. Jede Sekunde Verzögerung erhöhte seine Chancen, erwischt zu werden.

Er angelte sich die Schlüssel vom Boden, setzte sich wieder gerade hin und schnappte unwillkürlich nach Luft, als er sah, wer ihn erwartete. Anya stand direkt vor dem Fahrzeug und hatte ihre Waffe auf ihn gerichtet. Auf so kurze Distanz könnte sie kaum danebenschießen.

»Raus aus dem Wagen!«, verlangte sie. »Sofort!«

»Mist, Mist, Mist!«, stöhnte er, griff zur Tür und stieß sie auf. »Bitte, ich habe doch nur versucht …«

Er hatte kaum die Füße auf den Betonboden gesetzt, als sie um den Wagen herumlief, ihn an seinem T-Shirt packte und gewaltsam wieder ins Haupthaus schleppte. Dabei drückte sie die ganze Zeit den Lauf der Waffe gegen seinen Kopf.

Sobald sie im Wohnzimmer waren, wurde die Waffe weggenommen. Er fühlte sich sofort erleichtert, aber da traf ihn plötzlich etwas hinten am Hals und sandte heftige Schmerzwellen durch seinen ganzen Körper. Ein Tritt in seine linke Kniekehle vollendete das Werk, und er ging mit einem angsterfüllten Schmerzensschrei zu Boden.

Als er versuchte, wieder klar zu sehen, hörte er Schritte auf dem Holzparkettboden direkt vor sich, und er schaffte es, Anya anzuschauen, als sie in sein Blickfeld kam. Sie hielt eine Pistole in der einen und ein Messer in der anderen Hand, und er zweifelte keine Sekunde daran, dass sie vorhatte, beide Waffen zu benutzen.

»Was haben Sie getan, Gregar?«, fragte sie ihn mit einer ausdruckslosen, kalten Stimme. Nur ihre Augen verrieten, wie zornig sie war. »Wir waren kurz davor aufzubrechen. Warum wollten Sie jetzt fliehen?«

Er konnte nicht verhindern, was als Nächstes geschah. Plötzlich floss etwas Warmes und Feuchtes zwischen seinen Beinen, dann strömte beißender Uringeruch aus seinen durchnässten Jeans.

Er schüttelte den Kopf und merkte in einer kurzen Aufwallung von Schamgefühl, dass er weinte. »Ich habe doch nicht … Ich kann doch nicht …!«

Sie machte einen Schritt auf ihn zu. Ein gestiefelter Fuß kam vor und pflanzte sich fest auf seinen schwabbeligen Bauch, was von Neuem Schmerzwellen durch seinen ganzen Körper schickte. Er spürte, wie es in seinem Magen rumorte, als würde er sich von selbst verknoten, und krümmte sich gleich danach zusammen, als ihm ein Schwall Galle mitsamt seinem Mageninhalt aus dem Mund schoss und sich auf dem teuren Holzboden verteilte.

»Ich frage nicht noch einmal!«, drohte sie ihm und ging einen Schritt zurück. »Was haben Sie getan?«

»Ich …« Er schluchzte, denn er wusste genau, was es bedeutete, wenn er es ihr erzählte. »Ich habe den stillen Alarm ausgelöst. Es tut mir leid, ich dachte, Sie würden mich umbringen.«

Das Geräusch von Schritten im Flur meldete die Ankunft des dritten Mitglieds ihrer Gruppe. Landvik sah, wie Alex an der Türschwelle rutschend zum Halten kam und mit offenem Mund die Szene betrachtete, die sich ihm bot.

»Anya, was zum Teufel …?«

»Halten Sie sich da raus!«, warnte sie ihn und fügte anklagend hinzu: »Ihr ›Freund‹ hat uns an die norwegische Polizei verraten.«

Alex' Blick wanderte zu Landvik, der immer noch zusammengekrümmt auf dem Boden lag. »Mann, sag mir, dass das nicht wahr ist!«

Landvik antwortete nicht, sondern schüttelte nur den Kopf.

Alex riss schockiert die Augen auf, als er begriff. »Gregar, was hast du getan? Du verdammtes Arschloch, wir waren fast fertig.«

Anyas Aufmerksamkeit war auf den Gefangenen konzentriert. »Wann haben Sie das getan?«

»Ungefähr … vor zehn Minuten.«

Ihr fester Blick verlor sich einen kurzen Moment lang, als ihr die neue Gefahr klar wurde. Sie drehte sich sofort zu ihrem Begleiter um und zeigte Richtung Schlafzimmer.

»Gehen Sie wieder an die Arbeit, Alex. Wir verschwinden hier, sobald Sie die Datei haben«, sagte sie und trat zu Landvik, um ihn hochzuhieven, was in Anbetracht seines beträchtlichen Gewichts keine leichte Aufgabe war. »Ich kümmere mich um Ihren sogenannten Freund.«

Alex zögerte, sein Blick pendelte zwischen der Frau und seinem Freund hin und her, der sich vor Angst krümmte. »Sie dürfen ihn nicht umbringen«, flehte er. Vielleicht hatte er ihre Absicht gespürt. »Er ist ein Arschloch, aber er hat es nicht verdient, für das hier zu sterben.«

»Das wird er auch nicht«, versprach sie. »Jetzt gehen Sie. Beeilen Sie sich!«

Alex wollte gerade wieder zurück in den Flur gehen, als er plötzlich auf ein Geräusch aufmerksam wurde, das von oben kam. Es war ein lautes, rhythmisches Wummern, unterlegt vom hohen Heulen einer Turbine.

Sein Blick wanderte zu dem großen See hinüber, der hinter den raumhohen Fenstern gut zu sehen war. Alex starrte nur noch stumm, als sich plötzlich ein Helikopter von oben herabsenkte. Die Rotorblätter sensten durch die Luft, und der Luftstrom des Hauptrotors peitschte einen Wirbel aus Wind und Wasser auf die ruhige Wasseroberfläche. Ihm waren die Geräusche des Helikopters erst aufgefallen, als er fast direkt über ihnen flog, und jetzt war er auf einmal keine fünfzig Meter entfernt.

Die Schiebetür an der Längsseite des Helikopters war geöffnet, und er konnte sehen, dass sich im Inneren etwas bewegte. Dann erkannte er, wie etwas Langes, Glänzendes in ihre Richtung gehalten wurde. Plötzlich gab es einen Blitz wie beim Auslösen einer Kamera.

»Runter!«, rief Anya.

Klirrend barst Glas, gefolgt von einem seltsamen, feuchten Knacken, das Alex an das Geräusch zerbrechender Eier erinnerte. Er spürte, wie etwas warm auf seine Wange spritzte, und dann sah er aus den Augenwinkeln, dass im Raum etwas Rotes verspritzt war und alles bedeckte.

Alex begriff noch nicht, was er sah, und schaute zu Landvik, der im selben Moment zu Boden sackte und aufschlug wie eine Marionette, deren Fäden durchgeschnitten worden waren. Aber er sah nicht mehr so aus wie der Landvik, den er kannte. Ihm fehlte der größte Teil seines Kopfes, man sah den zerborstenen Schädel und das empfindliche Organ, den dieser eigentlich schützen sollte. Die blutigen Reste seines blonden Pferdeschwanzes hingen lose an einem Fetzen aus Haut und Knochensplittern, der sich nicht gelöst hatte.

Alex konnte es nicht fassen, aber sein Körper begann bereits zu reagieren. Er spürte sein Herz bis zum Hals schlagen, und in seinen Ohren rauschte das Blut.

Anya schrie irgendetwas. Er hörte ihre Stimme, konnte sich aber nicht auf die Worte konzentrieren. Wie in Trance schaute Alex von Landviks Körper auf, als sich Anya auf ihn stürzte und seine Taille umklammerte wie ein Rugbyspieler.

Sie stürzten zu Boden und landeten hart, der Aufprall presste ihm die Luft aus der Lunge und traf seine ohnehin schon lädierten und schmerzenden Rippen. Der polierte Holzfußboden bremste ihren seitlichen Schwung kaum ab, und so rutschten sie zusammen mehrere Meter weit, bis ihre Bewegung schließlich im Korridor hinter dem Wohnzimmer gestoppt wurde.

Gleichzeitig trafen weitere Schüsse das Haus, zertrümmerten die Fensterscheiben und schlugen in die gegenüberliegende Wand ein. Der dort angebrachte Fernseher zerbarst in einem Schwall von Plastikteilen und zerfetzten elektrischen Bauteilen; einen Augenblick später traf es eines der Küchenregale.

»Alex, sind Sie verletzt?«, fragte Anya, deren Gesicht nur wenige Zentimeter von seinem entfernt war.

Er antwortete nicht und starrte immer noch um die Ecke zu der Pfütze aus Blut und Hirnmasse, die sich langsam aus dem ergoss, was vom Kopf seines Freundes übrig geblieben war.

»Alex, sehen Sie mich an!«, schrie Anya und drehte seinen Kopf brutal in ihre Richtung. »Es tut mir leid für

Ihren Freund, aber Sie müssen sich jetzt zusammenreißen, sonst gehen wir hier beide drauf.«

Endlich gelang es ihm, sich aus der Schockstarre zu lösen, die ihn während der letzten Sekunden betäubt hatte. »Die Polizei ... hat ihn umgebracht. Warum?«

»Das ist nicht die Polizei, sondern die CIA!« Sie zog die Automatik aus ihren Jeans. »Sie haben den Polizeifunk abgehört.«

Mit dem Rücken zur Wand lehnte sie sich gerade so weit vor, dass sie einen Blick auf den Bereich vor den zerschmetterten Fenstern werfen konnte. Tatsächlich hielt der Chopper etwa fünfzehn Meter über der Wasseroberfläche des Sees seine Position. Er flog tief genug, um dem Schützen ein hervorragendes Schussfeld Richtung Haus zu geben, aber so hoch, dass die Turbulenzen vom Rotor kein Wasser aufwirbeln und den Mann am Abzug beim Zielen behindern konnten.

Nach allem, was sie über diese Fluggeräte wusste – und das war weiß Gott nicht wenig –, sah es aus wie eine Variante der Bell 206. Solche Chopper waren in die ganze Welt exportiert worden und fanden in den unterschiedlichsten Einsatzbereichen Verwendung – bei der Verkehrsüberwachung ebenso wie bei Polizeieinsätzen. Der Hubschrauber war eher für zivile als für militärische Einsätze geeignet, war weder schusssicher noch mit Bordwaffen versehen, aber ein perfektes Transportmittel für CIA-Kommandos, weil er wenig Aufsehen erregte.

Gegen ein solches Ziel war ihre USP wirkungslos. Selbst ohne Panzerung flog der Chopper immer noch außerhalb der effektiven Reichweite ihrer Automatik, und sobald sie sich sehen ließ, würde sie mit dem Scharfschützengewehr unter Feuer genommen werden, das sich wie eine Barrett .50 anhörte. Solche Gewehre waren konstruiert worden, um gepanzerte Fahrzeuge auszuschalten – von ihrer Wirkung auf empfindliche menschliche Körper ganz zu schweigen.

Wie um sie noch einmal daran zu erinnern, eröffnete der Schütze, der seitlich im Chopper hockte, wieder das Feuer, und zwang Anya, in Deckung zu gehen, als ein weiteres großkalibriges Geschoss nur wenige Zentimeter von ihrem Kopf entfernt in die Wand schlug.

Sie ahnte, was er vorhatte, und legte sich flach auf den Boden, als ein zweiter Schuss die Stützmauer direkt über ihr durchschlug. Ihm folgte ein dritter und ein vierter Schuss. Der Schütze arbeitete sich systematisch an der Wand entlang, um sie zu erwischen, falls sie so dumm war zu glauben, die Wand böte auch nur den geringsten Schutz.

»Sie haben uns festgenagelt«, sagte sie und rieb sich Zementstaub aus den Augen. »Wir können nicht fliehen.«

»Wir könnten einfach abwarten«, schlug Alex vor. »Ewig können sie nicht da oben bleiben.«

Sie schüttelte den Kopf. »Der Chopper ist da, um uns an der Flucht zu hindern. Inzwischen rücken Bodenkräfte nach und umstellen das Gebäude.«

Was sie nicht verstand, war, wieso der Hubschrauberschütze sich überhaupt dafür entschieden hatte, sie anzugreifen und das Feuer auf das Haus zu eröffnen. Es wäre viel klüger gewesen abzuwarten, bis die Bodenkräfte das Gebäude umstellt und gestürmt hätten. Der Überraschungseffekt wäre auf ihrer Seite gewesen, und man hätte sie überwältigen können, ohne einen einzigen Schuss abzufeuern.

Aber vielleicht hatte er einen ganz anderen Plan. Vielleicht wollte er auch sichergehen, dass keiner von ihnen lebend herauskam und erzählen konnte, was hier geschehen war.

Der Hubschrauber draußen bewegte sich jetzt und kreiste auf der Suche nach einem guten Ziel langsam um das Gebäude. Bei einer solchen Überwachung aus der Luft hatten sie keine Chance, ungesehen zu entkommen. Sie saßen in der Falle.

Alex schaute sie an. Er spürte ihre Sorge. »Was zur Hölle machen wir jetzt?«

Solange der Chopper über ihren Köpfen lauerte, konnten sie nirgendwohin. Sie mussten irgendwie damit fertigwerden. Anya kaute einen Moment lang gedankenversunken auf ihrer Lippe, bevor sie schließlich nickte.

»Hat Landvik irgendwelche Waffen im Haus?«

Alex schloss die Augen und versuchte, sich mit aller Kraft seines fotografischen Gedächtnisses an jenen einzigen Besuch zu erinnern, den er den Landviks früher einmal abgestattet hatte. Gregars Vater liebte es, in der Natur unterwegs zu sein, er stand auf Geländewagen mit Allradantrieb und auf Mountainbiking – am allerliebsten aber ging er auf die Jagd. Er war stolz darauf, die ganze Tiefkühltruhe voller Hirschfleisch zu haben. Und er hatte die Tiere selbst geschossen, ausgeweidet und zerlegt – so als ob ihn die Fähigkeit, mit einem Gewehr zielen und schießen zu können, erst zu einem richtigen Mann machte.

Jedenfalls bewahrte er die Waffe, mit der er dieser speziellen Leidenschaft frönte, im Hause auf und hatte sie Alex sogar mal gezeigt.

»Es gab früher ein Jagdgewehr unter der Treppe«, sagte er, ohne zu wissen, ob es noch da war. »Es ist die einzige Waffe hier, von der ich weiß.«

»In Ordnung. Gehen Sie zum Computer und holen Sie die Datei.« Ohne zu zögern, drehte sie die Automatik um und drückte sie ihm in die Hand. »Erschießen Sie jeden, der nicht so aussieht wie ich.«

Alex schluckte und schaute auf die Waffe, als könnte sie in seiner Hand explodieren. »Ich habe noch nie im Leben geschossen.«

Für einen kurzen Moment sah er einen Anflug von Enttäuschung in ihrem Blick. »Eine Patrone ist schon in der Kammer. Halten Sie das Ding fest, dann zielen und schießen Sie sofort. Mehr müssen Sie nicht tun.« Sie streckte die Hand aus und legte sie ihm auf die Schulter. »Sie schaffen das, Alex.«

Dann sprang sie auf die Füße und rannte durch den Flur. Er blieb allein zurück.

Fünfzehn Meter darüber beobachtete Jason Hawkins das große Haus am See durch das Zielfernrohr seines Scharfschützengewehrs. Das Barrett M82 Automatikgewehr in seinen Armen war ein Schwergewicht, mit dem nur wenige Menschen unter so beengten Bedingungen hantieren oder gar Treffer erzielen konnten. Aber durch Jahre intensiven Trainings und viel Erfahrung hatte er so viel Kraft und Geschick erworben, dass er wie kaum ein anderer damit umzugehen verstand.

Er hielt die Waffe fest, sein Gesicht war völlig ruhig und kontrolliert und verbarg die widerstreitenden Gefühle, die in seinem Inneren um die Vorherrschaft kämpften.

Er spürte eine aufschäumende Woge der Erregung und der Vorfreude, Anya wiederzusehen, sie ins Fadenkreuz zu nehmen und zu wissen, dass es in seiner Macht stand, sie auszuschalten.

Nur ihre schnellen Reflexe und der blöde fette Bastard, der unwillentlich zum menschlichen Schutzschild geworden war, hatten ihr das Leben gerettet. Sie war immer noch am Leben und irgendwo im Haus unterwegs, aber er war sich sicher, dass sie nicht ungesehen entwischen konnte.

Zusätzlich zu diesem Chopper und den Bodenkräften, die das Haus umstellten, verfügte er auch noch über eine ferngesteuerte Drohne, die für diese Mission bereitgestellt worden war. Sie zog hoch oben ihre Kreise, ungesehen und ungehört, und kontrollierte mit ihren Wärmebildkameras die ganze Gegend. Selbst Anya konnte es nicht mit der Technik aufnehmen, die gegen sie in Stellung gebracht worden war.

Er hatte sie. Und er würde sie ausschalten. So oder so.

Diesmal gab es keine Verhaftung. Diesmal lieferte man sie nicht an eine fremde Regierung aus, nur um später zu erleben, dass ihr die Flucht gelang. Hawkins wollte zu Ende bringen, was er sechs Jahre zuvor angefangen hatte.

»Bringen Sie uns herum auf die südwestliche Seite!«, befahl er dem Piloten. Dann wechselte er schnell die Frequenz, um eine Nachricht an seine Bodentruppe abzusetzen. »Alpha an alle Einheiten. Tangos bestätigt vor Ort. Halten Sie den Sperrgürtel und lassen Sie niemanden durchschlüpfen.«

Es knisterte in seinem Funk-Headset. »Alpha, wer schießt da?«, fragte eine weibliche, ziemlich verärgerte Stimme. »Wir sind in Position. Lassen Sie uns reingehen.«

Hawkins biss die Zähne aufeinander. Es war Mitchell, die Frau, die sich allmählich zur Nervensäge entwickelte. Aber damit wollte er sich nicht länger herumärgern. Sie stellte zu viel infrage, dachte zu viel nach, hatte einen zu analytischen Verstand. Leute wie sie waren eine Belastung, die er sich nicht leisten konnte.

»Negativ, Charlie«, antwortete er schroff. »Bleiben Sie in Position. Wir haben bewaffnete Tangos da drinnen.«

»Verstanden.« Ihre Antwort war nicht minder feindselig, doch selbst sie war nicht so dumm, mitten in einer Operation einen Streit anzuzetteln. »Wir halten uns bereit.«

Als er eine rasche Bewegung in einem der Schlafzimmer wahrnahm, die auf der Seeseite des Hauses lagen, stellte Hawkins sein Zielfernrohr auf das Fenster scharf. Eine Gardine war zugezogen worden, um den Blick ins Innere zu verhindern, aber der dünne Stoff konnte nur wenig gegen die Hitze ausrichten, die ein menschlicher Körper abstrahlte – Hitze, die er mit der Wärmebildoptik seines Zielfernrohrs mühelos aufspüren konnte.

Als er sein Auge auf das Okular presste, konnte er den flimmernden Schein eines Computer- oder Fernsehmonitors erkennen, und den roten Umriss einer Person, die sich darüberbeugte. Yates.

Das war der letzte Fehler seines Lebens.

»Ich habe einen Tango«, rief er laut. »Halten Sie uns ruhig.«

Dann spannte er seine Muskeln, legte an und drückte den Abzug.

Alex beugte sich gerade über den Computer, um den Fortschritt des Downloads zu überprüfen, als er kurz innehielt. Der Motorenlärm des Choppers draußen klang plötzlich anders, als ob der Pilot seine Position verändert hätte. Er umkreiste nicht mehr zielsuchend das Gebäude, sondern er hielt seine Stellung.

Er hatte ein Ziel ausgemacht. Aber wen?

Anya war zu schlau, um sich zu gefährden, und Landvik war bereits tot.

Blieb nur noch …

Er hörte einzig und allein auf sein Bauchgefühl, als er sich auf den Boden warf. Im selben Moment schlug etwas durchs Fenster, riss ein Loch in den Vorhang und knallte in den Computer, über den er sich gerade gebeugt hatte.

»Verdammt!«, schrie er auf und krümmte sich zu einer Kugel zusammen, während Funken und Trümmerteile aus Plastik und Metall von dem zerstörten Rechner in alle Richtungen flogen.

Er robbte flach auf dem Bauch über den Boden rückwärts zurück in den Flur. Währenddessen peitschten weitere Schüsse durchs Fenster und zerstörten das, was von Landviks Computer noch übrig geblieben war. Einschließlich der Datei, die gerade heruntergeladen wurde.

»Tango im Schlafzimmer«, meldete Hawkins. »Vielleicht getötet.«

Es war schwer zu sagen, was dort oben geschehen war, weil alle im Betrieb befindlichen Elektrogeräte durch die Splitterwirkung in einer Hitzewelle zerstört worden waren. Mit Sicherheit wusste er nur, dass die Gestalt, auf die er angelegt hatte, nicht mehr zu sehen war.

Er hatte gerade ausgeredet, als sich eine andere Stimme in den Funkverkehr mischte. »Overlord meldet Bewegung im Gebäude. Fenster, erster Stock.«

Overlord war der Funkname für die Reaper-Drohne. Sie war größer, schneller und höhentauglicher als die Predator-Drohne, die sie nach und nach ersetzte. Die Reaper verkörperte die modernste Entwicklung im Bereich ferngesteuerter Fluggeräte. Ihre Wärmebildkameras konnten selbst die kleinste Bewegung erfassen und machten jede Flucht aussichtslos.

Einige davon – so wie jene, die heute über ihnen wachte – waren sogar mit einem radarabweisenden Material beschichtet, das es ihnen ermöglichte, unentdeckt in ausländischem Luftraum zu operieren.

Hawkins' Auge war schon einen Herzschlag später wieder an der Zieloptik. Seine Muskeln wölbten und strafften sich, als er die unförmige Waffe auf ein neues Ziel ausrichten wollte.

Aber er kam einen Herzschlag zu spät.

Weiter unten saß Anya am Fenster des Schlafzimmers im ersten Stock und beobachtete den Chopper, der sich langsam durch ihr Blickfeld bewegte. Das Gewehr mit Zylinderverschluss, das sie an ihre Schulter presste, war ihr vom Typ her nicht geläufig, schien aber für die Großwildjagd ausgelegt zu sein. Die .270er-Winchesterpatronen, die es verwendete, waren bei Jägern in der ganzen Welt beliebt und bis auf neunhundert Meter tödlich. Sie besaßen genug Durchschlagskraft, um Hirsche und Elche mit einem einzigen Schuss niederzustrecken.

Das kam ihr sehr gelegen, denn die Beute, auf die sie es abgesehen hatte, war fast zwölf Meter lang und wog über eine Tonne.

Sie hatte den Chopper vor Augen und zielte auf das Motorengehäuse und die komplizierten Getriebe darin. Sie hätte lieber auf den Schützen angelegt, aber der Chopper war höchstwahrscheinlich mit einer Wärmebildausrüstung versehen, die dazu benutzt wurde, die Bodenkräfte an ihre Position zu dirigieren. Sie musste unbedingt einen Weg finden, ihn außer Gefecht zu setzen.

Sie legte den Finger an den Abzug und presste ihn ganz leicht, dann entspannte sie ihren Arm etwas, um auf den Rückstoß eingestellt zu sein, schließlich atmete sie aus und feuerte.

Das Abfeuern der Waffe in dem geschlossenen Raum war ohrenbetäubend laut, und die Explosion wurde von den Wänden reflektiert, dass ihr die Ohren klingelten. Sie stöhnte unwillkürlich auf, als der Rückstoß das Gewehr mit solcher Kraft in ihre Schulter hämmerte, dass sie sicher einen blauen Fleck davontragen würde. Obwohl sie versuchte, die Waffe ruhig zu halten, verriss der Rückschlag das Visier nach oben.

Sofort zog sie den Kammerverschluss, warf die verschossene Hülse aus und lud eine neue Patrone in die Kammer. Es dauerte kaum länger als eine Sekunde, bis sie die Waffe wieder durchgeladen, das Motorgehäuse im Visier und einen weiteren Schuss abgegeben hatte.

Hawkins musste fast grinsen, als sein Fadenkreuz auf Anyas Kopf verharrte. Bei der Kraft der Barrett .50 hätte bereits ein Treffer an jeder beliebigen Stelle ihres Körpers fatale Auswirkungen und würde sie außer Gefecht setzen, vielleicht sogar töten. Er war jedoch auf einen Kopfschuss aus.

Und er wollte ihr in jenem letzten Augenblick, bevor sie ihren Kopf zerfetzte, in die Augen sehen.

»Peng, du bist tot«, flüsterte er, als er den Finger an den Abzug legte und begann, leichten Druck auszuüben.

Plötzlich bebte der Chopper, als der erste Schuss über ihm einschlug. Noch bevor er reagieren konnte, machte der Helikopter eine Schlingerbewegung, bei der der Lauf seiner Waffe unsanft genau in dem Moment hochgerissen wurde, als er den Abzug drückte.

Die Barrett entlud sich mit einem Donnerknall und jagte das Projektil harmlos in den Wald hinter dem Haus. Hawkins ließ die mächtige Waffe sinken und klammerte sich an einem Sicherheitsgurt fest, um Halt zu finden, als sich der Boden unter seinen Füßen gefährlich neigte und er dabei fast aus der geöffneten Schiebetür gestürzt wäre.

»Was zum Teufel ist da los?«, schnauzte er, als die Wasserfläche unter ihnen bedrohlich schaukelte und schwankte. Es war, als wäre der Chopper von einer Windhose gepackt worden.

»Wir wurden getroffen!«, antwortete der Pilot, der mit dem Steuerruder kämpfte, als hätte es einen eigenen Willen. »Wir haben Druckabfall in der Hydraulik.«

Hawkins biss die Zähne zusammen. Er wollte seinen Angriff unter keinen Umständen abbrechen. »Bringen Sie uns wieder in Position, damit ich dieses Miststück noch mal vor die Flinte kriege.«

»Ich arbeite daran, Sir«, antwortete der Pilot, während er verzweifelt versuchte, den unberechenbaren Schlingerkurs zu stabilisieren.

26

Unten im Haus schreckte Alex beim heftigen Knall der beiden Gewehrschüsse im oberen Stockwerk zusammen. Nur Augenblicke später veränderte sich das hochtourige Jaulen des Hubschraubermotors. Es klang, als hätten die da oben plötzlich arge Probleme.

Er riskierte einen Blick und beugte sich gerade weit genug vor, um zum See zu schauen. Zu seinem Erstaunen sah er, wie der Helikopter zuerst wegtrudelte und dann zurückkehrte. Er hatte Mühe, den Kurs zu halten, und aus dem Motor stiegen Qualmwolken auf.

In der vergleichsweise ruhigen Phase, die darauf folgte, hörte er Schritte auf der Treppe. Er drehte sich mit der Waffe im Anschlag um und hätte fast vor Erleichterung aufgestöhnt, als Anya mit einer schweren Jagdbüchse zu ihm lief.

»Der Chopper ist fürs Erste keine Gefahr mehr«, informierte sie ihn sachlich, so als wäre er nichts als eine kleine Unannehmlichkeit gewesen, die leicht abzustellen war. »Holen Sie die Datei, wir sind fertig.«

Alex schüttelte darauf den Kopf. »Sie haben auf mich gefeuert, als ich da reingegangen bin. Der Computer ist hinüber. Ich habe den Download verloren.«

Anya sagte für ein paar Augenblicke nichts und biss nur die Kiefer zusammen. Dann schüttelte sie den Kopf und wandte sich ab. »Kommen Sie, wir müssen verschwinden.«

»Vergessen Sie's. Wenn wir jetzt gehen, war alles umsonst.« Schon war Alex auf dem Weg ins Schlafzimmer. Ihn trieb die verzweifelte Hoffnung, die Festplatte aus dem zerstörten Gehäuse ausbauen und die Datei später vielleicht retten zu können. Dorthin zu gelangen würde zwar wertvolle Zeit kosten, aber man musste es wenigstens versuchen.

Anya erwischte ihn am Arm, hinderte ihn am Weggehen und drehte ihn so, dass er ihr ins Gesicht schauen musste. »Dafür haben wir keine Zeit.«

Er versuchte, sich freizumachen, aber ihr Griff war überraschend fest. »Lassen Sie mich los!«

Als Antwort zog sie ihn an sich heran und fixierte ihn mit einem energischen Blick. »Hören Sie zu, Alex. Die Datei nützt uns nichts, wenn wir tot sind.«

Dann löste sie ihren Griff und ging zu einem Fenster mit Blick auf die Zufahrtsstraße und den Wald dahinter. Der immergrüne Wald bildete einen dichten Baldachin, der kaum Sonne durchließ, weshalb es dort auch kaum Unterholz oder andere Bodenvegetation gab.

Mit ihrem geschulten Blick suchte sie die Umgebung ab, und es dauerte nicht lange, bis sie in den Schatten Bewegungen ausmachte. Vier Agenten näherten sich dem Haus in einer lockeren Schützenreihe. Sie waren mit MP5-Maschinenpistolen bewaffnet und darauf eingestellt, einander zu unterstützen, falls es zu einem offenen Kampf kommen sollte. Ein Schützenteam der Agency rückte vor, um zu Ende zu bringen, was der Scharfschütze begonnen hatte.

»Sie kommen«, sagte sie mit leiser, gepresster Stimme. »Ich werde sie nicht lange aufhalten können.«

Alex schaute auf den langen Lauf des Jagdgewehrs. »Was haben Sie vor?«

Ihre Antwort war simpel, ihr Vorhaben nicht. »Ich will uns etwas Zeit verschaffen.«

Sie drehte das Gewehr um und schlug mit dem Kolben auf das Fenster ein, das klirrend zersprang. Dann steckte sie den Lauf durch das gezackte Loch.

Hawkins klammerte sich fest, als der Boden des Choppers unter seinen Füßen wie wild schwankte. Der Pilot tat, was er konnte, um etwas Höhe zu gewinnen und ihren Flug zu stabilisieren. Wegen des Ausfalls der Hydraulik reagierte die Steuerung des Hubschraubers sehr träge und verlangte ihm alles ab.

Der Versuch, Anya mit einem sauberen Präzisionsschuss aus dem Hinterhalt zu töten, war fehlgeschlagen. Hawkins kochte innerlich immer noch wegen seines Versagens, aber er wusste, dass jetzt keine Zeit für Selbstvorwürfe war. Außerdem standen ihm auch noch andere Mittel zur Verfügung, um Anya zur Strecke zu bringen.

Er umklammerte mit einer Hand einen Sicherheitsgurt und betätigte mit der anderen sein Funkgerät. »Alpha an Overlord.«

»Alpha, ich höre«, antwortete der Drohnenpilot.

»Ich erteile Ihnen den Feuerbefehl. Autorisation Bravo, Zulu, Niner. Feuern Sie Ihre Bordwaffen auf die vorher ermittelten Koordinaten.«

Die Reaper-Drohne war nicht nur hier, um den Angriff zu observieren. Falls die Luftüberwachung nicht ausreichte und die Situation es erforderte, konnten die Hellfire-Luft-Boden-Raketen, mit denen die Drohne bestückt war, so ziemlich jedes Gebäude binnen Sekunden in einen Trümmerhaufen verwandeln.

»Achtung, Alpha. Wir sind über zivilem Gebiet«, warnte Overlord. »Die Operation würde auffliegen.«

»Verstanden. Ich übernehme die Verantwortung.«

Selbstverständlich würde es ein Nachspiel geben. Die

Entdeckung eines einzelnen Toten in einem abgeschiedenen Haus ließ sich vertuschen, aber ein Drohnenangriff gegen ein ziviles Ziel hatte eine völlig andere Dimension. Man würde sich irgendwelche Lügen über terroristische Aktivitäten ausdenken müssen. Das Ansehen der CIA würde darunter leiden, aber das war es wert. Cain würde das zweifellos auch so sehen.

»Roger. Alles klar, Alpha. Sie tragen die Verantwortung. Ich schalte die Waffen scharf.«

Hawkins war fast ein wenig enttäuscht, als er sich vorstellte, dass das Gebäude gleich mithilfe einiger Hellfire-Raketen pulverisiert werden würde. Es war so eine unpersönliche Art, jemanden umzubringen.

»Overlord an Alpha. Melde eigene Leute im Tötungsradius«, informierte ihn die schroffe Stimme des Drohnenpiloten. »Angriff wird abgebrochen.«

»Wiederholen, Overlord!«, verlangte Hawkins.

»Wir haben eigene Einheiten in der Umgebung des Hauses. Es sieht so aus, als würden die Bodenkräfte stürmen wollen.«

Es erforderte einiges an Selbstkontrolle von ihm, jetzt nicht vor Wut auszurasten. Es gab nur eine einzige Person, der er zutraute, dem Bodenteam das Vorrücken befohlen zu haben. Mitchell hatte die Sache selbst in die Hand genommen.

Zu ihrem Pech hatte sie keine Ahnung, was sie sich damit einhandelte.

Er traf sofort eine Entscheidung. »Fliegen Sie eine Kurve und bringen Sie uns zurück zum Haus«, rief er dem Piloten zu.

»Das kann ich nicht, Sir.« Er drehte sich zu Hawkins um, und die Furcht in seinen Augen drückte unmissverständlich aus, dass sie sich in ernsthaften Schwierigkeiten befanden. »Der Schuss hat unsere Hydraulik getroffen. Ich kann uns kaum noch in der Luft halten.«

Hawkins hatte jetzt genug von dem Mist. Er war nicht um die halbe Welt gereist, um hier ein paar Meter vor dem Triumph klein beizugeben. Er griff in seine Jacke, holte eine Beretta-Automatik heraus und drückte sie dem Piloten ins Gesicht.

»Sie bringen uns wieder dahin zurück!«, zischte er durch seine zusammengebissenen Zähne und presste den Lauf noch etwas fester gegen die Wange des Mannes. »Sofort.«

Mit einer Pistole am Kopf hätten sich nur wenige Menschen einer solchen Aufforderung widersetzt, und der Pilot war ganz gewiss keiner von ihnen. Er kämpfte mit den Instrumenten und flog den Chopper in einem weiten, holperigen Bogen herum, bis die Nase wieder auf das Haus zeigte.

»Ich kann ihn nicht ruhig genug halten für einen Schuss«, warnte der Pilot.

»Das ist auch nicht nötig.« Hawkins schob seine Waffe wieder ins Holster und rückte näher an die Öffnung heran. »Bringen Sie uns einfach nur tiefer – und näher ans Ufer.«

Mitchell konzentrierte sich und sprang über einen umgestürzten Baum, während sie durch den Wald auf das Haus am See vorrückte. Sie spürte das vertraute und beruhigende Gewicht der MP5-Maschinenpistole an ihrer Schulter, und als sie nach links schaute, sah sie in zwanzig Meter Entfernung Argento, der genauso bewaffnet war.

Zwei weitere Agenten rückten über die Flanken gegen das Haus vor, alle waren bewaffnet und würden sich im Fall eines Schusswechsels gegenseitig beistehen.

Sie machte sich keine Illusionen mehr über den Nutzen

der Kevlarweste, die sie trug, seit sie in Afghanistan erlebt hatte, wie vergleichbare Westen mühelos von den 7,62-mm-Projektilen durchlöchert wurden, die die Taliban verschossen. Viel nützlicher war der GPS-Transponder, der an den Schulterpads ihrer Weste befestigt war und dem ferngesteuerten Flugzeug über ihr mit einem verschlüsselten Signal mitteilte, dass sie zu den eigenen Leuten gehörte. So konnte der Pilot der Drohne Mitchell und ihre Kameraden von allen anderen Personen unterscheiden, die sich in dem Gebiet aufhielten. Ohne den Transponder wären sie für die Wärmebildkameras der Drohne alle nur als weiße Hitzeflecken erkennbar, und man hätte unmöglich Freund und Feind auseinanderhalten können.

Letzten Endes war all diese Technik jedoch nur eine Unterstützung – sie konnte ihnen helfen, aber schützen konnte sie sie nicht. Mitchell und ihr Team mussten immer noch die freie Fläche zwischen Haus und Waldrand überqueren, und keine Drohne und kein Spionagesatellit würden etwas daran ändern können. Attacken wie diese bargen immer ein Risiko – das hatte sie auf die harte Art lernen müssen.

Plötzlich krachte ein Gewehrschuss aus der Richtung des Hauses und riss sie aus ihren Gedanken. Sie warf sich instinktiv auf den Boden, als links von ihr etwas vorbeizischte und beim Einschlag in den nächsten Baumstamm einen Schauer von Holzsplittern und Rindenteilen auslöste.

»Feindkontakt von vorn. Heckenschütze!«, schrie sie und ging hinter einem niedrigen Felsen in Deckung, der von einem Geflecht alter Baumwurzeln eingefasst war.

Ein weiterer Gewehrschuss hallte durch den Wald. Ein dritter folgte.

»Hat jemand Sichtkontakt?«, fragte sie, sorgsam darauf

bedacht, sich nicht zur Zielscheibe zu machen. Sie hatte die feine Luftdruckschwankung gespürt, als der erste Schuss gefährlich nahe an ihr vorbeigezischt war, und sie vermutete, dass es der Schütze auf sie abgesehen hatte.

»Ich habe eine Bewegung gesehen. Erdgeschossfenster, zweites von hinten«, erwiderte Argento. »Vielleicht haben sie die Position gewechselt.«

Das war einleuchtend. Kein ernst zu nehmender Scharfschütze würde seine Position halten, nachdem er sie einmal preisgegeben hatte. Blieb nur die Frage, was sie als Nächstes tun sollten.

Auf solche Entfernung waren ihre eigenen Waffen wirkungslos. Sie hatten eine hohe Schussfrequenz, waren aber nur für kurze Distanzen ausgelegt. Weiter aufs Haus vorzurücken konnte ihnen schwere Verluste bereiten, und niemand war in der Lage vorherzusehen, wie mühsam es sein würde, das Haus Zimmer für Zimmer zu durchkämmen.

Trotzdem, sie erreichten nichts, wenn sie hier nur herumsaßen. Der Lärm von dem kurzen Schusswechsel war sicher auch auf den Nachbargrundstücken zu hören gewesen, und es war nur eine Frage der Zeit, bis örtliche Polizeikräfte anrückten, um der Sache nachzugehen. Sie mussten jetzt handeln.

Sie drückte das Funkmikrofon an ihrer Kehle. »Hier ist Charlie. Bravo zu mir. Delta und Echo geben Feuerschutz. Wir rücken vor.«

Ein paar Schritte zu laufen und dann wieder in Deckung zu gehen war die einzig sinnvolle Methode. Wenn zwei Agenten das Haus ständig im Auge behielten, während die anderen sich bewegten, konnten sie wenigstens das Feuer erwidern, wenn wieder auf sie geschossen würde.

Sie wollte sich gerade ein Stück weiter vorkämpfen, als sich das Funkgerät meldete.

»Delta an alle Einheiten. Ich höre Fahrzeuggeräusche aus der Garage an der Westseite.«

Mitchell hielt den Atem an, um besser horchen zu können. Tatsächlich hörte jetzt auch sie das Aufheulen eines großen Motors aus der ins Haus integrierten Garage. Der Motor steigerte sich zu hohen Drehzahlen, so als würde jemand ungeduldig aufs Gaspedal treten. Die Metalltüren waren allerdings immer noch geschlossen, was Argento mit einem fragenden Blick quittierte.

»Was zum …?«

Plötzlich wurde der Lärm immer lauter, die Garagentore wölbten sich vor, als wollten sie jeden Moment nachgeben, weil von innen etwas dagegendrückte. Nur einen Augenblick später brach das dünne Metall und krachte zur Seite. Ein großer ziviler Geländewagen schoss aus der Garage und steuerte auf die Straße zu, die vom Haus wegführte.

»Ziel direkt voraus!«, zischte Mitchell und riss ihre Waffe hoch.

Die Wagenfenster waren getönt, was es schwer machte, den Fahrer zu erkennen, aber Mitchell würde den Wagen unter keinen Umständen passieren lassen. Sie zielte auf das Vorderrad an der Fahrerseite und gab einen kurzen Feuerstoß aus ihrer Waffe ab.

Die 9-mm-Geschosse der MP5 hatten nicht genug Energie, um allzu viel Rückstoß zu produzieren, aber ein länger anhaltendes Dauerfeuer machte es Anfängern schwer, die leichte Waffe zu kontrollieren. Mitchell war den Umgang mit solchen Maschinenpistolen gewohnt, und sie wusste, was sie wollte.

Mindestens drei ihrer Schüsse trafen ins Ziel und durchdrangen die Gummibereifung mühelos. Man hörte erst einen lauten Knall und gleich darauf das Zischen, als der

Reifen sein Leben aushauchte. Dann schwenkte das Fahrzeug plötzlich nach links.

Mitchell ließ die Waffe sinken und schaute zu, wie es von der Straße schlingerte, über einen Entwässerungsgraben rumpelte und schließlich frontal gegen einen standfesten Baum prallte, ohne dass die Räder aufhörten, sich zu drehen und tiefer in die Erde zu wühlen.

»Er steht!«, schrie sie so laut, dass das Funkgerät überflüssig wurde. »Alle Einheiten vorrücken!«

Ohne auf eine Bestätigung zu warten, näherte sie sich dem Fahrzeug. Ihre Waffe war wieder ausgerichtet und schussbereit. Der Motor lief, trotz der Qualmwolken, die unter der Motorhaube hervorkrochen, noch immer drehten sich die Räder und schleuderten Erde und Morast nach hinten.

»Overlord hat Sie im Blick, Charlie.« Die Drohne, die in der Luft kreiste, hatte ihre Kameras auf das Unfallfahrzeug gerichtet.

Sie fragte sich, ob der Fahrer beim Zusammenstoß das Bewusstsein verloren hatte und mit dem Fuß auf dem Gaspedal über dem Lenkrad zusammengesackt war. Auf jeden Fall waren keine Versuche erkennbar, zurückzusetzen oder an dem Hindernis, das dem Fahrzeug in den Weg gekommen war, vorbeizumanövrieren.

»Charlie, ich bin auf neun«, hörte sie Argento schreien, als sie sich der Fahrertür näherte. Er musste den Lärm des Motors übertönen. Mitchell verspürte ein Gefühl der Erleichterung, dass jemand da war, um sie zu unterstützen.

»Geben Sie mir Deckung«, rief sie und warf ihm einen Blick zu, um sicherzugehen, dass er sie verstanden hatte.

Er nickte, ohne die Waffe von seiner Schulter zu lösen, wo er sie im Anschlag hielt. »Los geht's.«

Mit der MP5 in der einen und dem Türgriff in der

anderen Hand holte sie einmal tief Luft. Dann riss sie die Fahrertür auf.

»Verflucht!«

Jetzt wusste sie, warum der Geländewagen nicht mehr weiterfuhr. Das Gaspedal wurde von etwas heruntergedrückt, das aussah wie in abgebrochener Besenstiel, und das Lenkrad war mit einem Seil festgezurrt worden, sodass der Wagen mehr oder weniger geradeaus fuhr.

Es war ein Täuschungsmanöver gewesen. Und sie waren darauf reingefallen.

»Der Kofferraum ist auch leer«, sagte Argento, der inzwischen die Heckklappe geöffnet hatte, um die Ladefläche des Wagens zu checken, falls sich die Zielpersonen dort versteckt hielten.

Mitchell fasste ins Wageninnere, schaltete die Zündung aus und knallte die Tür zu.

»An alle Einheiten. Der Wagen war eine Finte!«, gab sie zerknirscht über Funk durch. »Ich wiederhole. Der Wagen ist ein Täuschungsmanöver.«

Die plötzliche Stille gab ihr für einen kurzen Moment die Gelegenheit, die Umgebungsgeräusche deutlicher wahrzunehmen. Auf der friedlichen Lichtung konnte sie die Vögel hören, die oben in den Baumwipfeln zwitscherten, in der Ferne den Lärm, den Hawkins' beschädigter Chopper machte, und ganz in der Nähe, nur leise, aber unverwechselbar, das hohe Surren eines kleinen Motors.

Sie ließ den Blick über die baumbewachsene Fläche gleiten, die das Haus umgab, und ließ ihn etwas länger auf dem See dahinter verweilen, in dessen glatter Oberfläche sich das Blau des Himmels spiegelte. Direkt am Ufer und keine zwanzig Meter vom Haus entfernt, befand sich – teils hinter Bäumen und Büschen verborgen – ein kleiner Bootsschuppen.

»Verdammt noch mal«, fluchte sie keuchend, dann griff sie wieder zu ihrem Funkgerät. »Alle Einheiten. Tango könnte versuchen, mit einem Boot zu flüchten. Delta und Echo treffen sich am See. Beeilung!«

Nachdem sie den Funkbefehl abgesetzt hatte, wandte sie sich zu Argento. »Wir gehen zum Haus. Los jetzt.«

Yates und die Frau mochten versuchen, über den See zu entkommen, aber sie wollte das Haus sichern, bevor sie weiterzogen. Es war nur eine Frage der Zeit, bis die norwegische Polizei eintreffen würde, und sie wollte vorher möglichst viele Beweismittel sicherstellen.

Argento nickte, und gemeinsam durchquerten sie den weiten Wendekreis vor dem Haus. Ihre Stiefel knirschen auf dem Kies, als sie über die offene Fläche sprinteten. Hier trennten sie sich. Mitchell nahm sich die jetzt offen stehende Garage vor und Argento die Eingangstür. Wenn sie stürmten, wollten sie das an beiden Zugängen gleichzeitig tun.

Auch wenn die verbogenen und zusammengedrückten Reste des Garagentors überall verstreut waren, erwies sich die integrierte Garage als ein netter, wohl sortierter Arbeitsplatz mit zahllosen Werkzeugen, die an Wandleisten aufgehängt waren. Hier gab es keine brauchbaren Verstecke, deshalb ging Mitchell gleich weiter zu der Tür, die von dort aus ins Haus führte.

Neben der Tür stellte sie sich auf, überprüfte ihre Waffe und drückte das Funkgerät an ihrem Hals. »Charlie in Position.«

»Bravo startklar«, antwortete Argento eine Sekunde später.

Mitchell holte tief Luft, konzentrierte sich und fing an zu zählen: »In drei, zwei, eins … los!«

Ein einziger Blick auf die stabile Tür vor ihr reichte aus, um sämtliche Hoffnungen zunichtezumachen, dass ein

Tritt ausreichte. Ohne eine panzerbrechende Schusswaffe wäre es ebenso schwierig wie zeitaufwändig, sie gewaltsam zu öffnen. Auf jeden Fall mussten Yates oder seine Begleiterin durch diese Tür gekommen sein, um den Wagen anzuwerfen, was bedeutete, dass sie wahrscheinlich gar nicht abgeschlossen war.

Mitchell streckte den Arm aus, fasste an den Türgriff und drehte. Wie erwartet, klickte die Schlossfalle, als sie das Schließblech freigab, und öffnete das Schloss. Jetzt konnte sie ungehindert eintreten. Sie stieß die Tür auf und ging ins Haus.

Die offene Küche, auf die jetzt ihr Blick fiel, sah aus, als käme sie direkt aus dem Katalog. Überall teure Granitarbeitsflächen, polierte Holzböden und Edelstahlschränke. Bis auf die Spuren eines Schusswechsels, allerdings. Mehrere Schränke waren von der Hochgeschwindigkeitsmunition perforiert worden, die Hawkins aus dem Chopper abgefeuert hatte. Vom wandmontierten Fernseher war nach einem Treffer nur ein Haufen Plastikschrott übrig geblieben.

Was zum Teufel hatte sich Hawkins nur dabei gedacht?

Da nahm Mitchell am Rand ihres Blickfeldes etwas wahr und wandte sich nach rechts, um das Wohnzimmer zu inspizieren. Dort lag das erste Opfer, und sie ging näher heran, um es sich anzuschauen.

Ein einziger Blick verschaffte ihr die Gewissheit, dass die Person tot sein musste. Sie hatte sich einen direkten Kopfschuss eingefangen, der sie so furchtbar zerfetzt hatte, dass man sie kaum identifizieren konnte. Für einen kurzen Moment glaubte sie, es könnte sich um Yates handeln, aber der übergewichtige Körper hatte keine Ähnlichkeit mit dem schlank gebauten jungen Mann, dem sie hinterherjagte.

Sie konnte keine Waffen an oder in der Nähe der Leiche sehen, deshalb vermutete sie, dass der Mann irgendwie ins Kreuzfeuer gekommen sein musste. Es handelte sich wahrscheinlich um einen Zivilisten, vielleicht um einen Hausbewohner.

Als sie eine Bewegung im vor ihr liegenden Flur registrierte, riss Mitchell die Waffe hoch und drückte den Finger leicht auf den Abzug, entspannte sich aber wieder, als Argento in ihr Blickfeld kam. Sein Gesicht war konzentriert und hellwach, aber auch verkrampft von der Anspannung. Dies war sein erster Häuserkampf, und er war nervös.

Für sie war es beim ersten Mal auch nicht anders gewesen.

»Flur ist sauber«, zischte er. Sie sah, wie sein Blick an der Leiche haften blieb.

»Überprüfen Sie die anderen Räume«, befahl sie, damit er jetzt in seiner Konzentration nicht nachließ. »Ich nehme mir das obere Stockwerk vor.«

Während Argento tiefer ins Haus vordrang, eilte Mitchell zur Treppe, die ins obere Stockwerk führte.

Sie hatte erst ein paar Schritte zurückgelegt, als sie etwas durch den Flur huschen sah. Als sie nach rechts schaute, entdeckte sie dort eine Person, die aus einem der Zimmer herauskam, und etwas Kleines, Rotes umklammert hielt.

Dann setzte plötzlich ein lautes Zischen ein, und sofort war Argento in eine Wolke von weißem Rauch eingehüllt. Sein erschreckter Schrei wurde abrupt von einem metallischen Klong beendet, danach war zu hören, wie ein menschlicher Körper auf den Boden plumpste. Mit leichter Verzögerung begriff Mitchell, dass ihr Kamerad gerade den Inhalt eines Feuerlöschers ins Gesicht bekommen hatte und dann mit dem Gerät bewusstlos geschlagen worden war.

Sie hatte keine Ahnung, wie schwer seine Verletzung sein mochte, aber sie wusste sofort, dass jetzt keine Zeit war, darüber nachzudenken. Ihre Sinne waren jetzt aufs Äußerste gespannt. Als sich der weiße Qualm etwas legte, sichtete Mitchell den Angreifer und hob ihre Maschinenpistole, um zähnefletschend das Feuer zu eröffnen. Schon krümmte sich ihr Finger am Abzug.

Aber im selben Moment drehte sich ihr Widersacher um und schleuderte ihr den kleinen Feuerlöscher frontal entgegen. Mitchell reagierte instinktiv und drehte sich zur Seite weg, um einen Kontakt mit der improvisierten Rakete zu vermeiden, die jetzt durch die Luft gewirbelt kam. Dabei musste sie allerdings auch die Waffe wegziehen und ihr Ziel aufgeben.

Die einsame Angreiferin nutzte die Bresche, kam direkt auf sie zugestürmt und überbrückte die vier bis fünf Meter, die sie noch trennten, in furchterregender Geschwindigkeit. Mitchell wusste, dass ihr keine Zeit blieb, die Waffe zum Einsatz zu bringen, deshalb ließ sie sie auf den Boden fallen und hob ihre Fäuste, um sich gegen den Überraschungsangriff zu verteidigen.

Sie hatte kaum Zeit, den harten Schlag zu stoppen, der auf ihre ungeschützte Luftröhre zielte, und ihr Versuch, das Knie in den Bauch der Angreiferin zu schlagen, wurde mühelos pariert. Wut und Adrenalin rasten durch ihre Venen, sie holte zu einem harten rechten Haken aus, aber ihre Gegnerin drehte sich mit so eleganter Leichtigkeit weg, dass es ihr vorkam, als hätte sie schon gewusst, was sie vorhatte, bevor ihr selbst der Schlag in den Sinn gekommen war.

Einen Herzschlag später spürte sie, wie ihr ausgestreckter Arm von einem eisenharten Griff blockiert wurde, und die Angreiferin nutzte den Schwung, um ihr den Arm auf den Rücken zu drehen. Sie konnte spüren, wie ihre Muskeln und Sehnen überdehnt wurden. Sofort wusste sie, worauf es hinauslaufen sollte, und holte verzweifelt mit dem Ellenbogen aus. Sie spürte, wie er in einem befreienden, wenn auch schmerzhaften Aufprall sein Ziel traf und dafür sorgte, dass der Griff ein wenig nachgab.

Sie schaffte es, sich aus der Umklammerung zu lösen und sprang beiseite. Dann sah sie einen Messerblock auf dem Küchentresen und zog das erste Messer heraus, das sie in die Finger bekam. So bewaffnet, wirbelte sie wieder herum, um sich ihrer Angreiferin ein weiteres Mal entgegenzustellen, während sie das Messer in einem weiten Bogen schwenkte.

Aber ihre Angreiferin war vorbereitet, und noch bevor die Klinge ihr Ziel finden konnte, wurde ihr Handgelenk von Neuem durch einen unglaublich harten Griff blockiert. Endlich standen sich Mitchell und ihre Gegnerin Auge in Auge gegenüber. Die Messerspitze war nur noch wenige Zentimeter von Anyas Kehle entfernt.

Für Sekundenbruchteile verharrten die beiden in diesem stummen Kampf um die Vorherrschaft. Ihre Muskeln spannten sich in einem Zustand perfekt ausbalancierter Stärke, und ihre Blicke trafen sich. Mitchell schaute in zwei unergründliche Eisseen und spürte den unbeugsamen Willen, der dahinter lauerte.

Der Augenblick war vorbei, und plötzlich verlagerte die Angreiferin ihr Gewicht, ließ sich fallen und zog sie mit sich, sodass sie einen Überschlag nach vorn hinlegte und hart auf dem Rücken landete. Dabei wurde ihr das Messer aus der Hand gerissen. Mit verschwommenem Blick sah sie jetzt ihre Gegnerin mit hoch erhobenem Messer und eiskaltem Gesichtsausdruck über sich gebeugt, um ihr den Rest zu geben.

»Anya!«, rief eine andere Stimme. »Stopp!«

Aus den Augenwinkeln sah Mitchell in einigen Metern Entfernung einen jungen Mann stehen. Einen jungen Mann, den sie sofort als Alex Yates identifizierte. Er hielt eine der MP5 im Anschlag, die bei den Kämpfen fallen gelassen worden waren, und schien sie zu Mitchells Irritation auf Anya zu richten.

Ihre Angreiferin zögerte. Vermutlich überlegte sie, wie ernst die unausgesprochene Drohung zu nehmen sei.

»Lassen Sie sie am Leben«, fuhr Yates fort. »Bitte.«

Dann schaute Anya sie wieder an und atmete tief aus. Mitchell sah, wie sie ihren gestiefelten Fuß anhob und der Stiefel dann auf sie herabdonnerte. Es gab einen Lichtblitz, dann versank alles im Dunkel, und sie verlor das Bewusstsein.

27

Noch einmal erschien das Haus im Blickfeld, als der beschädigte Chopper mit wildem Pendeln und Schaukeln seinen Weg über den See fortsetzte und dabei jeden Moment abzustürzen drohte.

»Tiefer!«, schrie Hawkins und klammerte sich an seine Gurte. Um den Rücken hatte er sich eine MP5-Maschinenpistole gehängt, die er gegen das schwere und unhandliche Scharfschützengewehr ausgetauscht hatte. Er würde die Waffe erst am Boden abschnallen können, aber er hatte vor, sie ausgiebig zu nutzen, sobald sich die Gelegenheit bot.

Mit einer Kaltblütigkeit, wie sie nur die unmittelbare Lebensgefahr aus ihm herauskitzeln konnte, brachte der Pilot sie immer dichter an die Wasseroberfläche – so nahe, dass das aufgewühlte Wasser sie wie eine Wolke umgab.

Das Ufer kam immer näher, und der Pilot hatte nicht mehr genug Kontrolle über den Chopper, um die Geschwindigkeit zu verringern. Es würde eine harte Landung werden, aber darauf hatte sich Hawkins schon gefasst gemacht.

Eine weitere langsame Drehung brachte den See voll in Sicht, und er wusste, dass keine bessere Gelegenheit mehr kommen würde. Hawkins löste seine Sicherheitsgurte und stürzte sich ohne Zögern aus der offenen Seitentür.

Es folgten mehrere Sekunden taumelnder, übler Schwerelosigkeit, während er im freien Fall in den See stürzte. Der

Pilot hatte ihn offenbar nicht so tief abgesetzt, wie Hawkins ihm befohlen hatte.

Diesem Gedanken folgte schon einen Augenblick später der tosende, harte Aufprall, aber das Wasser schlug gleich wieder über ihm zusammen. Als ihn Millionen kleiner Eisnadeln stachen und die Kälte in seine Muskeln zu kriechen begann, fand Hawkins schnell wieder seinen Orientierungssinn und strampelte dem schimmernden Licht über ihm entgegen. Als er keuchend die Oberfläche durchbrach, befand er sich circa zwanzig Meter vom steinigen Ufer entfernt. Der Lärm des beschädigten Choppers verlor sich bereits in der Ferne. Hawkins hielt sich nicht lange auf und schwamm mit sicheren, kräftigen Stößen zum Ufer. Kurz darauf spürte er wieder steinigen Boden unter den Füßen.

Anya warf das Messer beiseite, kniete sich neben die bewusstlose Frau und begann die Schnallen zu lösen, die ihre Schutzweste fixierten.

»Was zum Teufel tun Sie da?«, fragte Alex, den ihr Verhalten verwirrte.

»Sie könnten Luftaufklärer haben, die die Gegend hier observieren. Die sehen uns, sobald wir versuchen abzuhauen«, erklärte Anya, während sie geschickt die Weste und danach Mitchells Funkgerät entfernte. »Diese Westen sind mit Transpondern versehen, die ihnen helfen, Freund und Feind auseinanderzuhalten, also ziehen Sie sich die hier an.«

Sie warf die Weste zu ihm hinüber und erhob sich. Ihr Gesichtsausdruck ließ ihn erschrocken zurückweichen. »Und wenn Sie nicht vorhaben, auch zu schießen, sollten Sie nie wieder eine Waffe auf mich richten.«

Mit diesen Worten drängte sie sich an ihm vorbei, um

die zweite Weste zu holen. Im Vorübergehen riss sie ihm die MP5 aus den Händen. Alex wusste, dass er gut daran tat, es geschehen zu lassen.

Er folgte ihr zur Vordertür und legte sich unterwegs die ungewohnte Kevlarweste an. Anya hatte sich mit der MP5 ihrer Gegnerin bewaffnet und schwenkte die Waffe kurz über das freie Feld.

»Die Luft ist rein«, sagte sie nach einigen Augenblicken und führte ihn hinaus. Sie hatten kaum zehn Meter zurückgelegt, als der Funkohrhörer, den sie trug, mit einer eingehenden Nachricht zum Leben erwachte. »Overlord an Charly. Erbitte Lagebericht.«

Anya war mit solchen Geräten absolut vertraut und drückte sofort den Mikrofonschalter, der um ihren Hals gebunden war. »Hier Charly. Das Haus ist sauber. Keine Spur von Tangos. Wir bewegen uns draußen.«

Alex starrte sie an. Er war über den plötzlichen Wechsel in ihrem Tonfall erschrocken. Sie hatte es fertiggebracht, den Akzent und sogar die Klangfarbe von Mitchells Stimme perfekt zu imitieren.

Wenn sich das Ganze auch noch mit dem Knistern und Rauschen einer Funkübertragung mischte, war kaum anzunehmen, dass irgendjemand einen Unterschied hören würde.

»Verstanden. Achtung: Es sind Polizeikräfte im Anmarsch. Geschätzte Ankunftszeit sieben oder acht Minuten.«

Anya grinste über die glückliche Fügung. »Verstanden. Overlord abziehen. Wir evakuieren jetzt.«

»Ihre Entscheidung, Charlie. Viel Glück. Ende.«

Anya schaltete das Funkgerät aus und schaute hinunter zum See. Von den übrigen Teammitgliedern war niemand zu sehen, aber sie waren wahrscheinlich immer noch in der

Gegend. »Die werden ihren Fehler schnell bemerken. Wir haben nicht viel Zeit.«

»Wohin gehen wir?«

»Egal. Hauptsache weg hier.«

Anya lief voraus, sie steuerten auf den Wald zu und rannten so schnell, wie es nur Menschen vermögen, die um ihr Leben rennen. Adrenalin und Angst pumpten durch seine Venen, als Alex durch den Schatten der immergrünen, dichten Baumkronen sprintete, ohne auf die Richtung zu achten, die sie eingeschlagen hatten. Ihm kam es nur darauf an, eine möglichst große Distanz zwischen sich und das Haus zu legen und mit seiner Begleiterin Schritt zu halten.

Man musste ihr zugutehalten, dass Anya wenigstens ab und zu ihr Tempo verlangsamte und nach hinten blickte, obwohl Alex nicht mit Sicherheit sagen konnte, ob sie nach ihm oder nach möglichen Verfolgern Ausschau hielt.

Alex hatte schon ein paar Hundert Meter zurückgelegt, als der Schock und die Erschöpfung ihn übermannten. Er taumelte zu einem Baum, krümmte sich hustend und würgend und stützte sich am Stamm ab.

Anya stoppte, löste die Schnallen ihrer Kevlarweste und warf sie beiseite. Das eingebaute GPS-Identifikationssystem hatte ihnen bei der Flucht aus dem Haus gute Dienste geleistet, aber es würde nicht lange dauern, bis die Agency herausfand, was geschehen war, und dann dieselbe Technologie gegen sie einsetzte.

Als sie mit ihrer Weste fertig war, drehte sie sich zu Alex um. »Werfen Sie die Weste weg. Wir müssen in Bewegung bleiben.«

Bewegung war das Letzte, nach dem ihm momentan der Sinn stand. Immer wieder sah er das Bild von Landvik, der zu Boden stürzte, weil das Scharfschützengeschoss ihm den Kopf zerfetzt hatte. Sein Freund – der Mann, der sie in sein Haus aufgenommen hatte, der bereit gewesen war, ihnen zu helfen, wenn auch nur widerwillig, und der dafür mit seinem Leben bezahlen musste.

»Ich habe ihn auf dem Gewissen«, flüsterte Alex mit bitteren Tränen in den Augen. »Jesus Christus. Er ist meinetwegen gestorben!«

Es war eine Sache, kaputt zu machen, was einem vom eigenen Leben noch übrig geblieben war, und sich selbst in Gefahr zu begeben. Das hier war aber eine ganz andere Sache. Ein unschuldiger Mann war heute durch Alex' Dummheit und Arroganz gestorben.

»Dafür haben wir keine Zeit.«

Er sank auf die Knie und starrte auf das durchweichte Erdreich. Verzweiflung und Schmerz drückten ihn mit aller Macht zu Boden. »Wozu fliehen wir überhaupt? Wir haben den Download verloren. Wir sind am Arsch.«

Plötzlich spürte er, wie sich ein starker Arm um ihn legte, und als er aufschaute, sah er, dass Anya neben ihm kniete. Sie schaute ihm tief in die Augen. »Alex, hören Sie zu. Ich weiß, er war Ihr Freund, aber Sie haben keine Schuld an seinem Tod. Er hat sich selbst umgebracht, als er den stillen Alarm ausgelöst hat. Wenn nötig, können Sie später um ihn trauern, aber jetzt müssen wir erst einmal von hier verschwinden. Also stehen Sie jetzt auf!«

Ihre Worte hatten seine Schuldgefühle nicht zerstreuen können, aber wenigstens einen Funken Durchhaltewillen in ihm entfacht. Müde stemmte er sich wieder hoch und riss die Verschlüsse der Weste auf. Er war froh, die unhandliche und unbequeme Körperpanzerung endlich loszuwerden, und überließ es wieder Anya, den Weg zu bestimmen. Sie bewegte sich noch immer schnell, aber doch etwas langsamer als zuvor, um ihm eine Chance zu geben, mit ihr Schritt zu halten.

Nun führte sie ihr Weg etwa hundert Meter am Ufer eines flachen Flüsschens entlang, wodurch sie auf ihrem Rückzug mehr oder weniger unsichtbar blieben. Erst als Anya einen Pfad entdeckte, der sich nach oben in den Wald schlängelte, änderten sie ihre Marschrichtung.

Sie hielt kurz an und kniete sich hin, um Spuren auf dem Waldboden zu untersuchen. Es hatte allem Anschein nach geregnet, nachdem die Abdrücke entstanden waren, aber selbst Alex konnte Reifenprofile im Boden erkennen. Er hatte jedoch keine Ahnung, um welche Art Fahrzeug es sich gehandelt haben könnte.

»Hier entlang«, sagte Anya, und führte ihn den Pfad hinunter.

»Olivia, Olivia, wachen Sie auf!«

Mitchells Augen öffneten sich einen Spalt, und ihr Bewusstsein versuchte, wieder eine Einheit aus all den wirren Gedanken und Bildern zu bilden, die ihr durch den Kopf wirbelten. Dann erinnerte sie sich plötzlich, wie eine Frau namens Anya über ihr gestanden hatte, wie ihr Stiefel krachend auf sie eintrat und dann Lichter explodierten, bis ein großer, dunkler Ozean sie aufnahm.

Jetzt riss sie die Augen auf und kam so abrupt hoch, dass sie fast Argento umgeworfen hätte. »Woah … Nun mal langsam!«, warnte er, fasste sie bei den Schultern und drückte sie sanft wieder zu Boden. »Sie haben einen Schlag an den Kopf gekriegt. Ich habe schon angefangen mir Sorgen zu machen, ob Sie überhaupt wieder zu sich kommen.«

Allmählich wünschte sie fast, sie wäre bewusstlos geblieben. Die Schmerzen in ihrem Kopf verbreiteten sich wie Wellen in einem Teich, und sie musste heftig schlucken, als das Schwindelgefühl sie beinahe wieder überwältigte. Vorsichtig fasste sie an ihren Kopf und betastete ihre linke

Schläfe, in der es bei jedem Herzschlag pochte. Unter der Haut schien sich eine Beule im Format eines Hühnereis gebildet zu haben.

»Wie lange war ich weg?«, brachte sie heraus.

Argento schnitt eine Grimasse. »Fragen Sie mich was Leichteres. Ich war selbst eine Weile außer Gefecht.«

Erst jetzt bemerkte sie seinen angeschlagenen Zustand. Beulen und Schürfwunden zeichneten eine Gesichtshälfte, und in seinem Haar klebte geronnenes Blut. Es war allerdings nicht überraschend, dass ein Schlag mit dem Feuerlöscher deutliche Verletzungen zur Folge hatte.

»Sind Sie in Ordnung?«, fragte sie und schämte sich, seinen Zustand erst jetzt bemerkt zu haben.

»Mit dem Modeln ist für mich wohl erst mal Schluss, aber ich werd's überleben.«

»Irgendwelche Spuren von Yates und der Frau?«

Er schüttelte den Kopf. »Die sind sofort verschwunden, nachdem sie uns ausgeschaltet haben.«

»Mist.« Der Rest des Teams musste darüber informiert werden. Sie griff sich an den Hals, suchte nach dem Funkgerät, das sie mit den anderen Einsatzkräften verband, und verzog das Gesicht, als sie merkte, dass es weg war.

»Meins ist auch weg«, bestätigte Argento. »Zusammen mit unseren Westen und Waffen.«

»Verdammter Mist.« Mitchell konnte kaum glauben, dass es einer unbewaffneten Frau gelungen war, sie auszuschalten und danach so einfach zu fliehen. Es war, als ob sie beide überhaupt kein Hindernis für Anya dargestellt hätten.

»Hören Sie, da ist etwas, was Sie sehen müssen«, fuhr der junge Mann fort. »Ich habe das Haus durchsucht, nachdem ich wieder zu mir gekommen bin. Die haben hier so etwas wie ein Computerterminal aufgebaut, in …«

»Ruhig!«, zischte Mitchell und lauschte angestrengt.

Sie konnte draußen etwas hören. Etwas, das das andauernde Klingeln in ihren Ohren und das Pochen ihres Herzschlags übertönte. Es war ein lang gezogener, jaulender Dauerton, dessen Tonhöhe abfiel und wieder anstieg. Polizeisirenen.

Argento hörte es auch und kam sofort zum selben Schluss.

»Wir müssen sofort hier verschwinden«, sagte er. Was er ihr mitteilen wollte, konnte auch warten. »Können Sie gehen?«

»Können *Sie* es denn?«, knurrte sie zur Antwort und kämpfte sich hoch. Die Welt schien sich um sie zu drehen, und das Schwindelgefühl kehrte mit aller Macht zurück.

»Werden wir wohl gleich feststellen«, erwiderte er und packte ihren Arm.

Im nahe gelegenen Wald war Hawkins damit beschäftigt, den Spuren zu folgen, die die Flüchtigen bei ihrem verzweifelten Versuch, aus der Gegend zu verschwinden, hinterlassen hatten. Seine Kleidung und seine Haare waren immer noch durchnässt vom Sprung in den See, der noch nicht lange zurücklag, aber er merkte die Kälte kaum, als er wild entschlossen vorwärtsstürmte.

Anya, die in Flucht- und Ausweichtechniken bestens ausgebildet war, hinterließ kaum sichtbare Spuren zwischen den Fichtennadeln und auf dem feuchten Waldboden. Von ihrem Begleiter konnte man das allerdings nicht behaupten. Selbst ein ungeübtes Auge hätte seinen tief eingedrückten, unkoordinierten Fußabdrücken mühelos folgen können. Ungeübt war Hawkins jedoch beileibe nicht.

Er verstärkte den Griff um seine Maschinenpistole, als

er vor sich etwas am Boden liegen sah. Dort angekommen, drückte er den Knopf vom Sprechfunk.

»Alpha an alle Einheiten. Möglicher Kontakt im Wald westlich vom Haus«, flüsterte er. »Hört mich irgendjemand?«

Nichts. Nicht einmal ein Rauschen.

»Scheiße.«

Er hatte schon befürchtet, dass sein Sprung in den See dem taktischen Funkgerät nicht guttun würde, aber er hatte zu jenem Zeitpunkt keine andere Wahl gehabt, sofern er noch die Absicht hatte, eine entscheidende Rolle bei der Operation zu spielen. Jedenfalls setzte er kein großes Vertrauen darauf, dass Mitchell und ihre Agenten mehr zustande bringen würden, als ein paar Kugeln für ihn abzufangen.

Er hielt ein waches Auge auf das umliegende ruhige Waldgebiet und kniete sich hin, um die beiden Kevlarwesten zu untersuchen, derer man sich offensichtlich hier unter einem Baum entledigt hatte. Die Westen stammten von seinem eigenen Einsatzkommando, und er musste nicht lange überlegen, um den Grund dafür zu begreifen.

Anya hatte sich einmal mehr als eine würdige Gegnerin erwiesen, als sie zwei Agenten ausschaltete und deren GPS-Transponder nutzte, um aus der Gegend zu verschwinden, ohne die Reaper-Drohne in der Luft auf sich aufmerksam zu machen. Er ließ die Schutzwesten dort liegen, wo er sie gefunden hatte, erhob sich und setzte die Verfolgung der Spuren fort.

Sie hatte sich bis jetzt nicht schlecht geschlagen. Aber dafür würde sie bezahlen.

28

Auf dem vergleichsweise flachen Pfad kamen sie nun etwas leichter voran, und schon nach kurzer Zeit wichen die Bäume einer ausgedehnten grasbewachsenen Lichtung. In etwa fünfzig Meter Entfernung befand sich ein Haus im gleichen Stil wie jenes, das sie gerade hinter sich gelassen hatten, allerdings von etwas kleinerem Format. Alex begriff, dass sie in ein Nachbargrundstück gestolpert sein mussten. Das Seegrundstück mochte zwar abgeschieden sein, aber trotzdem gab es hier auch noch andere Häuser, die zweifellos alle auf Grundstücken mit schönem Seeblick errichtet worden waren.

Am Waldrand kauerten sie sich hin, um das Terrain zu sondieren. In der Auffahrt waren keine Autos zu sehen, und auch draußen gab es keine Anzeichen irgendwelcher Aktivitäten. Die Bewohner waren entweder bei der Arbeit, oder sie nutzten das Anwesen nur als Wochenendresidenz. Auf jeden Fall schien es wenig wahrscheinlich, dass sie hier ein Transportmittel finden würden.

Anya gab Alex ein Zeichen zurückzubleiben, während sie selbst einen Bogen nach links schlug und zu einer vorgelagerten Holzhütte lief, die circa dreißig Meter vom Haus entfernt lag und aussah wie eine kleine Garage oder eine Art Vorratsschuppen. Sie war in gutem Zustand, das Holz sah frisch gestrichen aus, das Dach war makellos. Die Doppeltüren an der Frontseite waren mit einem simplen Überwurfriegel und einem Vorhängeschloss gesichert, was vermutlich den Sicherheitsstandards in dieser Gegend vollauf genügte.

Anya nahm sich gerade genug Zeit, um den Boden vor den Türen zu betrachten. Zufrieden stellte sie fest, gefunden zu haben, wonach sie suchte, dann griff sie in ihre Tasche und holte einen kleinen Bund schmaler Metallstifte hervor.

Mit diesen simplen Werkzeugen machte sie sich am Schloss zu schaffen und überwand schnell den Mechanismus des Sicherheitsschließzylinders. Nach weniger als zehn Sekunden fiel das beeindruckende Schloss herunter, und sie konnte die Türen öffnen.

»Alex, kommen Sie her!«, rief sie.

Er rannte über das freie Feld und fühlte sich dabei wie eine lebende Zielscheibe. Umso erleichterter war er, als er dann durch die Tür und ins kühle Dunkel des Schuppens huschte. Im Innern sah es aus wie in den meisten kleinen Garagen auf der Welt – es standen Farbdosen, Blumentöpfe, altes Werkzeug, Gartenmöbel und hundert andere Dinge herum, die die Besitzer vermutlich nie brauchten, aber trotzdem noch nicht wegwerfen wollten.

Was die Garage zu etwas Besonderem machte, war ein strapaziertes, aber robust aussehendes Motorrad, das an der Wand lehnte. Es war leicht und wendig, mit getrocknetem Schlamm bespritzt und sah eher nach einer Cross-Maschine als nach einem Langstreckengefährt aus. Ein Fahrzeug wie dieses war perfekt geeignet, um damit über schmale Waldwege zu brettern.

Anya schob das Motorrad in die Mitte des Schuppens, bockte es auf, beugte sich über den Tank, um den Füllstand zu checken, und trat dann das Anlasserpedal einmal kräftig nach unten. Die kleine Maschine sprang sofort an und verfiel in ein helles Geknatter, was sie in dem geschlossenen Raum fast wie ein Spielzeug klingen ließ. Aber sie war startklar und funktionsbereit.

»Gehen Sie zur Tür«, sagte Anya, da die beiden Türflügel inzwischen wieder zugefallen waren.

Alex stiefelte hinüber und schob die Holztür auf. Dann warf er einen Blick auf die freie Fläche davor.

Im selben Augenblick spürte er, dass etwas mit hoher Geschwindigkeit an seinem Gesicht vorbeizischte. Es war so schnell, dass es auf seinem Weg eine Schockwelle in der Luft verursachte, aufgrund der es in seinen Ohren knackte. Er zuckte zusammen, als in der Tür neben ihm ein Schwarm kleiner Holzsplitter explodierte und ein faustgroßes Loch im Holz übrig blieb.

»Runter«, schrie Anya. Als er sich auf den Boden fallen ließ – mehr seinem Instinkt als ihrem Befehl gehorchend –, stellte er fest, dass sich plötzlich noch mehr Löcher in der Tür und den Wänden ringsum auftaten. Erst danach erreichte das typische, furchterregende Knattern von Maschinenpistolensalven seine Ohren.

Anya hatte das Motorrad stehen lassen und sich ebenfalls auf den Boden geworfen. Ihr wurde klar, dass ihnen das Gebäude, in dem sie sich befanden, kaum Schutz bot. Es regnete Splitter auf sie hinunter, als weitere Kugeln in die Hütte einschlugen, alte Blumentöpfe bersten und Farbeimer zerplatzen ließen.

»Bleiben Sie unten!«, warnte sie und hoffte, dass kein Querschläger ein weiches menschliches Ziel treffen würde.

Sie robbte über den gestampften Lehmboden vorwärts, dann zog sie ihre Waffe und spähte durch eines der Einschusslöcher, die jetzt die Holzwände des Schuppens überzogen. Tatsächlich konnte sie mit etwas Mühe einen Mann in einem dunklen Kampfanzug erkennen, der am Waldrand hinter einem Baumstumpf mit einer Waffe an der Schulter Stellung bezogen hatte. Er hatte es überhaupt nicht eilig, jetzt schon gegen sie vorzurücken, weil er wusste, dass er die besseren Karten hatte.

Mit einer vollautomatischen Waffe und anscheinend unerschöpflichen Munitionsvorräten konnte er es sich erlauben, so lange auf den Schuppen zu feuern, bis er früher oder später einen tödlichen Treffer landen würde. Und dort, wo ein Agent war, musste man davon ausgehen, dass es noch mehr von seiner Sorte gab. Je länger er sie festnageln konnte, desto größer war die Chance, dass sich die Schlinge um sie zuziehen würde. Und da sie ringsum von freier Fläche umgeben waren, gab es keine Fluchtmöglichkeiten für Alex und sie.

Selbst wenn sie nur auf sich allein gestellt wäre, könnte sie aus einer solchen Falle nicht mehr entkommen. Eine Aussicht, gemeinsam mit Yates zu entkommen, bestand nur, wenn sie augenblicklich aktiv wurde.

Sie nahm die MP5, die sie zuvor gestohlen hatte, zielte aufs Geratewohl und antwortete mit längerem Dauerfeuer, wobei sie versuchte, durch die Löcher in der Holzwand zu zielen, die der Angreifer hineingeschossen hatte. Vielleicht gelang ihr ja ein Glückstreffer in einen ungeschützten Körperteil. Ihre Schüsse waren allerdings zu ungenau und ihr Ziel zu gut geschützt, um irgendetwas zu erreichen.

Noch bevor sie ungefähr ein Dutzend Schüsse abgefeuert hatte, blockierte die Waffe wegen einer Ladehemmung. Entweder hatte eine defekte Patrone nicht gezündet, oder eine verschossene Hülse hing noch im Verschlussfenster fest. Auf jeden Fall hätte die Behebung des Problems mehr Zeit in Anspruch genommen, als ihr zur Verfügung stand.

Draußen richtete Hawkins inzwischen seine Waffe etwas tiefer auf das Ziel und schickte einen weiteren anhaltenden Feuerstoß in den Lagerschuppen. Die MP5 schlug rhythmisch mit jedem Schuss zurück an seine Schulter, und die Mechanik rasselte, wenn wieder eine neue Patrone ins Patronenlager eingeführt wurde und die ausgestoßenen Hülsen auf den Boden klimperten.

Der Schuppen – eine Konstruktion aus Holzverschalung über einem einfachen Balkengerüst – stellte absolut kein Hindernis dar, und die Kugeln schlugen erkennbar auf der einen Seite ein und kamen auf der anderen wieder heraus. Hawkins pausierte nur kurz, um ein verschossenes Magazin aus der qualmenden Waffe zu entfernen. Dann zog er ein neues aus seinem Gurt und schob es mit einer einzigen weichen Bewegung an seinen Platz, bevor er sich aufrichtete und weiter zu seinem Ziel aufrückte.

Ohne Feuerschutz durch andere Teammitglieder musste er sich auf reine Feuerkraft verlassen, um die Sache zu seinen Gunsten zu entscheiden.

Es mochte Anya gelungen sein, ihm hinten beim Haus zu entwischen, aber diesmal würde sie nicht entkommen. Der Schuppen stand mitten auf freiem Feld, was eine Flucht unmöglich machte. Er war sowohl durch seine Schutzweste als auch durch seine Bewaffnung klar im Vorteil, und er hatte vor, das auszunutzen.

Während er die Waffe weiterhin auf den Schuppen gerichtet hielt, ging er mit einem Bein in die Knie und griff nach der Splittergranate, die er in einem Beutel vor seiner Brust aufbewahrte. Es war eine schmutzige und unelegante Art, jemanden umzubringen, aber dennoch sehr effektiv. Vielleicht würde Anya die Explosion ja auch lange genug überleben, damit er ihr in die Augen schauen konnte, während sie langsam starb.

Genau in diesem Moment bemerkte er in den Augenwinkeln das unverwechselbar blinkende Blaulicht von Polizeiwagen in Verbindung mit einem hochtourig röhrenden, starken Motor.

Als er die Maschinenpistole herumriss, konnte er gerade noch einen VW-Passat über das freie Feld direkt auf sich zufahren sehen. Der Wagen war in den typischen blau-weißen Farben der norwegischen Polizei lackiert. Sie waren zweifellos wegen der Schusswechsel beim Haus am See verständigt worden. Eine Sirene war nicht zu hören. Die beiden Polizisten im Wagen waren wohl so schlau gewesen, sie auszuschalten, anstatt ihr Eintreffen akustisch anzukündigen.

Dies war ein neues und äußerst unliebsames Problem, um das er sich sofort kümmern musste. Norwegische Polizeistreifen waren bei Straßenpatrouillen normalerweise unbewaffnet, aber jeder Polizeiwagen führte in seinem Kofferraum einige Waffen mit, um es bei Bedarf mit bewaffneten Kriminellen aufnehmen zu können. Hawkins hatte keine Ahnung, ob die beiden schon vorher angehalten hatten, um sich zu bewaffnen, und beabsichtigte auch nicht, es herauszufinden.

Er verfluchte den Zeitpunkt, zu dem sie aufkreuzten, und richtete seine Waffe auf den Fahrer. Wären sie nur ein paar Minuten später gekommen, hätten sich unnötige Verluste vermeiden lassen, aber seine Handlungsweise war ebenso brutal wie notwendig. Leicht enttäuscht feuerte er eine Salve ab, die die Frontscheibe durchschlug. Blut spritzte von innen auf die Reste der Scheibe, und der Wagen schlingerte seitwärts, was darauf schließen ließ, dass er gut getroffen hatte.

Weil sie begriff, dass ihr dasselbe Schicksal wie ihrem Partner blühte, duckte sich die Polizistin in ihrem Sitz, als

Hawkins erneut das Feuer eröffnete. Die Kugeln schlugen durch das Metall, und an der Tür auf ihrer Wagenseite begannen sich ausgefranste Einschusslöcher zu vermehren.

Im Schuppen hörte Anya den plötzlichen Tumult vor dem Schuppen und erriet gleich seine Ursache. Sie bezweifelte, dass eine Polizeistreife nennenswerte Chancen gegen einen bestens trainierten Einsatzagenten mit einer Automatikwaffe hatte. Sie verspürte Gewissensbisse wegen des sinnlosen Todes der Menschen, die dort draußen gerade massakriert wurden.

Dennoch sorgte ihr Tod genau für die kurze Ablenkung, die sie brauchte. Sie ließ die blockierte Maschinenpistole fallen, sprang auf die Füße und hievte das Motorrad noch einmal hoch, dessen Motor immer noch lief, obwohl es auf die Seite gefallen war.

Infolge der Seitenlage war vielleicht Öl in den Zylinder geflossen, was ein Problem werden könnte, wenn sie zu heftig beschleunigte. Was sie jetzt wirklich nicht brauchte, waren ein geplatzter Zylinderkopf und glühend heiße Ölspritzer an ihren Schenkeln. Nur war die Auswahl an Motorrädern leider sehr begrenzt.

»Steigen Sie auf!«, schrie sie und trieb Alex zur Eile.

Zum letzten Mal hatte Alex auf einem Motorrad gesessen, als er sich an der Highschool das Moped eines Freundes ausgeliehen hatte. Damals wäre ihm fast die Kontrolle über das Teil entglitten, und er war in ein paar Büsche gebrettert. Aber er war jetzt körperlich und emotional zu ausgelaugt, um zu protestieren, deshalb kletterte er hinter Anya auf den Sitz und schlang die Arme um ihre Taille.

»Festhalten!«, befahl sie.

Ihm blieb nichts anderes übrig, als sich festzuklammern, als sie das Gas bis zum Anschlag hochdrehte. Obwohl das

Motorrad mit zwei Personen besetzt war, schoss es überraschend kraftvoll davon und ließ beim Start eine Wolke aus grauem Auspuffqualm und Staub hinter sich.

Anya katapultierte es zwischen den Türflügeln hindurch und drehte sofort scharf nach links ab, um sie von der Schießerei wegzubringen, die in der Nähe stattfand. Einen kurzen Moment lang sah Alex den bewaffneten Agenten, der es darauf abgesehen hatte, sie umzubringen. Seine Waffe spuckte immer noch Feuer auf den Polizeiwagen, aber dann riss er den Lauf in ihre Richtung herum und schickte eine weitere Geschossgarbe durch die Luft, deren todbringende Projektile ihr Ziel suchten.

Alles rauschte in einem chaotischen Gemenge von Stößen, Furcht und Adrenalin an Alex vorüber und war schon einen Augenblick später vorbei. Binnen weniger Sekunden hatten sie die offene Rasenfläche hinter sich gebracht und rasten zwischen den vergleichsweise sicheren Bäumen durch den Wald. Wenn er überleben wollte, blieb Alex nichts anderes übrig, als sich festzuklammern, während sie im Slalom an den Bäumen vorbeirasten, durch Schlaglöcher rumsten und über kleinere Erdhügel katapultiert wurden, hinter denen sie mit knochenbrecherischer Härte wieder landeten.

»Jesus Christus, ich kann gar nicht glauben, dass es geklappt hat«, schrie er ihr ins Ohr, um sich gegen das Rauschen des Fahrtwinds und den Motorenlärm bemerkbar zu machen.

»Wo zum Teufel fahren wir jetzt hin?«

»Richtung Norden, weg von hier«, erwiderte Anya mit einem gequälten Ton in der Stimme, der ihn erschreckte. »Wir bleiben so lange wie möglich im Wald. Das sollte uns aus dem direkten Suchgebiet herausbringen.«

Alex spürte etwas Warmes und Feuchtes an seiner

Hand. Als er sie sich anschaute, sah er das Blut. Er war sich ziemlich sicher, dass es nicht von ihm stammte.

»O Gott, Sie bluten ja!«, rief er und begriff, dass die letzte Salve, die auf sie abgefeuert wurde, doch nicht so weit danebengegangen war, wie er gedacht hatte.

»Sind Sie okay? Wie schlimm ist es?«

Sie antwortete nicht, sondern umklammerte den Gasgriff nur noch fester.

29

Hawkins' Laune war im Keller, als er über den dicken Teppich im Flur des Botschaftsgebäudes auf sein provisorisches Büro zusteuerte. Zwei Botschaftsmitarbeiter, die ihm entgegenkamen, wichen ihm rasch aus und wechselten besorgte Blicke, als er an ihnen vorbeistürmte.

Die Operation zur Eliminierung von Anya und Yates hatte in einem totalen Fiasko geendet, und er musste sich eingestehen, dass es zum Teil auch seine Schuld war. Er hatte sich von Emotionen überwältigen lassen, die sein kaltes, rationales Denkvermögen vernebelten und ihn um ein Haar das Leben gekostet hätten. Fakt war, dass er auch noch einen norwegischen Zivilisten und zwei Polizisten auf dem Gewissen hatte.

Sie waren gescheitert, und es würde nicht lange dauern, bis die Kunde von ihrem Misserfolg auch Cain in Langley erreichte.

Er war noch mitten in seinen Gedanken, als er in der Hosentasche das gänzlich unwillkommene Surren seines Handys spürte. Er ging langsamer, griff in die Tasche und holte es heraus. Natürlich war Marcus Cain am anderen Ende.

»Ja«, sagte er, und seiner normalerweise kraftvollen Stimme fehlte auf einmal alle Energie.

Die Reaktion war so direkt und unverblümt, wie man sie von einem stellvertretenden CIA-Direktor erwarten konnte.

»Ich gehe davon aus, Sie haben eine Erklärung für die Vorfälle.«

Hawkins zuckte innerlich zusammen, denn er spürte die unterdrückte Wut und Drohung in Cains Stimme. Es gab nur wenige Menschen auf der Welt, die es schafften, ihn mit einem einzigen Satz ins Schwitzen zu bringen, und Cain war einer davon. Es lag in seiner Macht, Karrieren, Existenzen oder sogar Leben zu beenden, wenn er sich dazu entschied, und selbst hochgeschätzte Mitarbeiter wie Hawkins taten gut daran, seinen Zorn zu fürchten.

Er musste seine Antwort sorgfältig abwägen.

»Sie war auf uns vorbereitet«, antwortete er leise und ruhig. »Sie hat zwei Mitglieder unseres Einsatzkommandos ausgeschaltet und unser Kommunikationssystem manipuliert.«

»Und wo waren Sie, als das alles passierte?«

Hawkins schluckte seinen Ärger hinunter, weil er wusste, dass er ihm jetzt nichts nützen würde. »Die örtliche Polizei hat sich eingeschaltet, und ich konnte nicht rechtzeitig vor Ort sein.«

Am anderen Ende der Leitung ertönte ein Stöhnen. Es war die ermüdete Enttäuschung eines Mannes, der es satthatte, sich mit der Inkompetenz seiner Untergebenen herumschlagen zu müssen. »Sie wurden für diese Aufgabe ausgewählt, weil ich darauf vertraut habe, dass Sie diesen Job auch bewältigen können. Es wäre mir äußerst unangenehm, wenn ich zu der Ansicht gelangen müsste, ich hätte mich in Ihnen getäuscht, Jason.«

»Ich habe Sie noch nie …«

»Heute haben Sie es«, unterbrach ihn Cain. »Ich muss Sie wohl nicht daran erinnern, was hier auf dem Spiel steht. Je länger sie da draußen frei herumläuft, desto gefährlicher wird sie für uns. Dem muss *sofort* ein Ende gemacht werden.«

»Ich erwische sie«, antwortete Hawkins bestimmt. »Ich habe es schon einmal geschafft.«

»Damals hat sie aber nicht mit Ihnen gerechnet.«

Hawkins ballte die Faust. »Sie hatte nicht mit dem Team gerechnet, das ich damals hatte. Ich brauche noch einmal genau diese Leute.« Er schwieg einen kurzen Moment, um seine Worte wirken zu lassen. »Geben Sie mir diese Männer wieder, und ich bringe Ihnen Anya.«

Darauf herrschte zunächst Stille, angespannt und bedrückend. Cain stand vor einer schwierigen Entscheidung. Die Männer, um die es ging, gehörten zu einer Eliteeinheit, von der nur wenige wussten. Die Identität ihrer Mitglieder und deren Einsatzgebiete wurden durch strikte Geheimhaltung und Täuschungsmanöver verschleiert.

Jedes einzelne Mitglied der Gruppe war perfekt ausgebildet, durch jahrelange, unbarmherzige Erfahrungen abgehärtet und zweifellos mehr wert als ein ganzer Trupp regulärer Soldaten. Sie waren so kostbar und rar, dass sie fast immer allein eingesetzt wurden, als Ein-Mann-Killerkommandos, um ihre finstere und tödliche Arbeit zu verrichten. Nur im allergrößten Notfall wurden sie zusammengerufen, um als Einheit zu fungieren.

Hawkins' Anforderung würde bedeuten, diese Männer aus ihren aktiven Dienstverpflichtungen in der ganzen Welt abzuziehen und seinem Kommando zu unterstellen. Das war keine Kleinigkeit, nicht einmal für einen Mann mit Cains Macht und Einfluss.

Aber Hawkins wusste, dass sein Boss alles tun würde, um Anya zu erledigen.

»Ich werde sehen, was ich tun kann«, sagte Cain schließlich. »Ich schlage vor, dass Sie in der Zwischenzeit Ihren

Laden da drüben ein bisschen in Ordnung bringen. Ich hoffe, ich habe mich klar genug ausgedrückt.«

Dann wurde die Verbindung unterbrochen.

»Au, Himmel, passen Sie gefälligst auf, ja?«, bellte Argento, als ein Sanitäter zum Schluss noch Salbe auf seinem Gesicht verrieb.

Mitchell, die gegenüber auf einer Liege saß, sagte nichts. Der Eisbeutel an ihrer Schläfe ließ die Schwellung langsam abklingen, und die Flasche mit Schmerzmittel, die man ihr verabreicht hatte, half gegen den dröhnenden Kopfschmerz.

Gegen den Zorn und die Enttäuschung, die sie empfand, gab es allerdings keine wirksame Medizin.

Sie und das restliche Team hatten kaum das Haus am See geräumt, als auch schon starke norwegische Polizeikräfte eintrafen.

Da sie eine geheime Kommandoeinheit waren, die in einem souveränen Land mit einer verdeckten Entführungsoperation betraut war, hätte ihre Entdeckung aus einem gescheiterten Kommandounternehmen einen ausgewachsenen internationalen Zwischenfall gemacht. Und schon so endete die ganze Sache damit, dass sie mit eingezogenem Schwanz zurück in die US-Botschaft schlichen und eine Leiche samt einem wie ein Käse durchlöcherten Haus zurückließen. Ganz gleich, wie man es drehte und wendete: Ein erfolgreicher Tag sah anders aus.

Schlimmer noch, Yates und Anya, die beiden Zielpersonen, die sie um jeden Preis schnappen sollten, waren immer noch irgendwo da draußen unterwegs. Ein weiterer Fehlschlag auf der immer länger werdenden Liste von Fehlschlägen des heutigen Tages.

Mitchell wurde in ihren Gedanken unterbrochen, als

die Tür zum Behandlungsraum aufgestoßen wurde und Hawkins hereinrauschte. Sie hatte ihn seit ihrer Rückkehr in die Botschaft nicht zu sehen bekommen, wusste aber, dass er da war. Man musste nicht Gedanken lesen können, um zu erraten, welche Laus ihm über die Leber gelaufen war, und ihre Vermutung bestätigte sich, als sein Unheil verkündender Blick auf ihr haften blieb. »Würden Sie uns bitte allein lassen?«, fragte er mit einer Stimme, die täuschend ruhig und kontrolliert klang.

Argento öffnete den Mund, um zu protestieren, aber Mitchell winkte ab. »Schon gut, Vince«, sagte sie. »Geben Sie uns fünf Minuten, okay?«

Argento ließ Hawkins keine Sekunde aus den Augen. »Das gefällt mir gar nicht.«

»Das spielt keine Rolle. Gehen Sie.« Es hatte keinen Sinn, das Unvermeidliche hinauszuzögern. Da konnte sie es auch gleich hinter sich bringen.

Widerwillig erhob sich Argento von seiner Krankenliege und räumte das Zimmer, gefolgt von dem Sanitäter, der ihn versorgt hatte. Sie zogen die Tür hinter sich zu und ließen Mitchell mit Hawkins allein.

Ein paar Augenblicke lang starrten sich die beiden nur quer über den weißen Linoleumboden hinweg an. Keiner von ihnen rührte sich oder sagte etwas. Nur das Ticken der Uhr über der Tür markierte die verstreichende Zeit.

»Verraten Sie mir eins, Mitchell«, brach Hawkins schließlich die Stille. »Erinnern Sie sich noch an unsere Unterhaltung, als ich die Leitung der Untersuchung übernommen habe?«

Sie sagte nichts. Er erwartete auch keine Antwort.

»Ich hatte Sie um zwei Dinge gebeten: ehrlich zu mir zu sein und mir zu vertrauen.« Sie konnte sehen, wie er die Finger dehnte und wieder zur Faust ballte, wobei sich seine festen Armmuskeln anspannten. »Welchen Teil davon haben Sie heute nicht verstanden?«

»Ich habe nur getan, was …«

»Sie haben nichts weiter getan, als unsere einzige Chance zu vermasseln, einen erstrangigen Gegner auszuschalten!«, schrie er so laut, dass seine Stimme den kleinen Raum bedrohlich füllte. Sie hatte den Mann schon unter normalen Umständen ziemlich einschüchternd gefunden, aber so wütend und erregt wie jetzt verwandelte er sich geradezu in einen anderen Menschen. »Sie haben Befehle missachtet und sind da reingegangen, ohne dazu autorisiert gewesen zu sein. Sie haben das Leben von Menschen aufs Spiel gesetzt – einschließlich Ihres eigenen – und zugelassen, dass unsere Zielperson fliehen konnte.«

»Verdammt noch mal, wollen Sie mich verarschen?«, gab sie zurück und sprang auf die Füße. »Wir hätten das Haus sofort stürmen können und Yates und die Frau da lebend herausgeholt, ohne dass auch nur ein einziger Schuss gefallen wäre. *Sie* waren es, der den Befehl erteilte zurückzubleiben, während Sie unschuldige Zivilisten als Zielscheiben benutzten. Das waren *Sie*, Hawkins. Und als Sie Ihr Ziel so nicht erreicht haben, haben Sie versucht, einen verdammten Drohnenangriff auf ein ziviles Ziel anzuordnen. Sind Sie völlig übergeschnappt? Entspricht das Ihrer Vorstellung von einer verdeckten Operation?«

»Meiner Vorstellung entspricht es, Menschenleben zu schützen.« Er schüttelte den Kopf und lachte höhnisch über ihr tollkühnes Selbstvertrauen. »Sie haben wohl wirklich keine Ahnung, mit wem Sie es zu tun haben, oder? Die Frau, hinter der wir her sind, ist nicht einfach nur eine durchgeknallte Führungsagentin auf einem Rachetrip. Sie ist eine Killermaschine, sie ist dazu ausgebildet, absolut alles aus dem Weg zu räumen, was ihr in die Quere kommt.

Sie hat auf jedem Kontinent der Welt gekämpft und getötet und zwei Jahrzehnte in einem Job überlebt, in dem ein einziger Moment der Schwäche das Leben kosten kann.«

»Das klingt fast so, als würden Sie sie bewundern.«

Er schüttelte den Kopf. »Das tue ich nicht. Aber ich habe Angst vor ihr, und Sie sollten das auch haben.«

»Schwachsinn«, gab sie zurück. Ihr stand nicht der Sinn nach solchen Gruselmärchen. »Sie wollen sich nur aus der Affäre ziehen. Sie haben uns befohlen zurückzubleiben, weil Sie diese Frau selbst umbringen wollten, und wissen Sie was? Sie haben es vermasselt. Sie ist weg, und in Ihrem Kreuzfeuer ist ein unschuldiger Zivilist umgekommen. Ist es Ihnen denn völlig egal, dass heute Ihretwegen ein Mann gestorben ist?«

Falls sie erwartet hatte, ihre schneidende Kritik könnte ihn dazu bringen, seine Maske der Selbstkontrolle fallen zu lassen, hatte sie sich getäuscht. Stattdessen verschränkte Hawkins die Arme und starrte sie ein paar Sekunden lang an. Seine kalten Augen, die im Laufe der Jahre vielleicht schon zu viel Düsteres gesehen hatten, verrieten keine Spur des Bedauerns oder Zweifels.

»Jeden Tag sterben Leute einfach so, Mitchell. Gerade Sie sollten das wissen.«

Mitchell kam einen Schritt näher und senkte ihre Stimme. »Was wollen Sie damit sagen?«

»Stellen Sie sich nur mal eine Sekunde lang vor, dass ich nicht so dumm wie die meisten Leuten bin, mit denen Sie sonst zusammenarbeiten. Ihnen muss klar sein, dass ich Ihre Personalakte gelesen habe. Sie waren beim CID, Militärgerichtsbarkeit der US-Armee. Eine hochdekorierte Ermittlerin mit Belobigungen bis über die Halskrause. Aber dann schlagen Sie eines Tages einen Mann halb tot, und er fällt in ein Koma, aus dem er nie wieder aufwacht. Vielleicht sollten Sie mal darüber nachdenken, bevor Sie mir Vorträge wegen überzogener Gewaltanwendung halten.«

Mitchell atmete tief aus. Sie war wie betäubt von dem gerade Gehörten. Jetzt konnte sie sich nicht mehr den Anschein kühler Distanziertheit geben, nicht mehr auf ihrer Position beharren und sich weigern, Schwäche zu zeigen. Hawkins hatte ihren wunden Punkt gefunden und keine Hemmungen, das auszunutzen.

»Andererseits kann ich Ihnen keinen Vorwurf machen«, fuhr Hawkins fort. »Vielleicht hätte ich an Ihrer Stelle das Gleiche getan. Nur wäre ich vermutlich ein bisschen raffinierter vorgegangen. Wie sind Sie nur auf die Idee gekommen, das Ganze vor einem Dutzend Zeugen abzuziehen?«

Mitchell wich einen Schritt zurück. In ihrem Blick zeichneten sich der ganze Schmerz, das Bedauern und der Zorn ab, den sie immer noch empfand. Ein Teil von ihr wollte sich einfach umdrehen und fortlaufen – fort von diesem einschüchternden, beängstigenden Mann, der Absichten verfolgte, die sie nicht verstand, und der alles über sie zu wissen schien.

»Woher wissen Sie das?«, stammelte sie. Ihre Dienstakte und auch die Details ihrer Strafversetzung sollten versiegelt und unzugänglich sein. Niemand, außer hochrangige Führungskräfte der CIA, hatte Zugriff darauf.

Und wieder dieses spöttische, wissende Grinsen. »Ich weiß gerne, mit wem ich zusammenarbeite. Und ich weiß auch, dass Sie sich in der Nacht, bevor wir uns zum ersten Mal getroffen haben, richtig haben volllaufen lassen. Ich konnte riechen, wie der Alkohol aus Ihren Poren dünstete. Ich wette, Ihr kleiner Freund Argento konnte es auch riechen, selbst wenn er so tat, als würde er es nicht merken.«

Er beugte sich ein wenig vor. »Sie trinken, um zu vergessen, was? Aber Sie irren sich, wenn Sie glauben, dass sich nach einer Flasche Wein alles in Luft auflöst.«

Sie blickte zur Seite, sie hatte nicht mehr die Kraft, seinem vernichtenden Blick standzuhalten.

»Dachte ich mir«, beendete Hawkins seinen Vortrag. »Sie werden viel Zeit haben, über alles nachzudenken, wenn Sie im Flugzeug nach England sitzen.«

Mitchell fühlte sich, als hätte ihr gerade jemand die Faust in den Magen gerammt.

»Wie bitte?«

»Sie und der Rest der Truppe werden morgen nach Hause geschickt«, informierte er sie kalt. »Sie haben doch wohl nicht im Ernst gedacht, ich würde diese Operation einem Haufen schlecht ausgebildeter Außendienstler und einer alkoholisierten Nullnummer anvertrauen, oder?« Er schüttelte den Kopf mit fast mitleidigem Gesichtsausdruck. »Von jetzt an übernimmt mein eigenes Team. Sie sind ab sofort aller Pflichten enthoben.«

Mitchell fehlten die Worte. Wie jedes Mal, wenn Hawkins etwas von ihr wollte, hatte er ihr sein Anliegen abrupt, kalt und mit absoluter Autorität vor den Kopf geknallt.

»Und nur für den Fall, dass Sie glauben, Sie könnten die Sache hier an die große Glocke hängen: Vergessen Sie nicht, dass ich Ihre geheime Personalakte lesen konnte, einfach nur weil ich es wollte. Stellen Sie sich einmal vor, was ich mit Ihnen und Ihren ›Freunden‹ veranstalten werde, wenn Sie mir wirklich auf die Nerven gehen!«

Nachdem er seine niederschmetternden Neuigkeiten verkündet hatte, drehte Hawkins sich um und rauschte türenknallend aus dem Zimmer. Mitchell blieb zurück, wie betäubt, und dachte über ihre Zukunft nach.

30

»Wie schlimm ist es?«, fragte Alex Anya, als sie sich erschöpft und schmerzgeplagt unter eine ausladende Kiefer setzte. Ihre Kleidung war dreckig und von getrocknetem Blut verkrustet.

Sie zog behutsam ihre blutverschmierte Jacke aus. Darunter kam eine böse aussehende Schusswunde an ihrem Oberarm zum Vorschein. Es war zwar eine blutige Angelegenheit, aber die Blutung selbst schien schwächer geworden zu sein, weil sich die Wunde teilweise schon wieder geschlossen hatte.

Anya spreizte ein paarmal die Finger des verletzten Arms, beugte und streckte ihn dann und stöhnte leise auf, als das Fleisch von der Bewegung der Muskeln darunter auseinandergezogen wurde.

»Es geht schon«, sagte sie, allerdings mit einem resignierten, fast ungehaltenen Klang in der Stimme. »Es ist nur ein Kratzer. Ich hatte mehr Glück als Verstand.«

Die Cross-Maschine stand in der Nähe. Der Motor knackte ab und zu, während er langsam abkühlte. Nach der geglückten Flucht waren sie über eine Stunde lang durch dichte Wälder gerast, waren kurvigen Waldwegen gefolgt und gelegentlich sogar querfeldein über freies Gelände gefahren. Die Federung des Motorrades schien zweitrangig gewesen zu sein, und als sie endlich anhielten, weil ihr Sprit zur Neige ging, spürte Alex jeden einzelnen Knochen im Leib.

Er konnte nur erahnen, wie sie sich fühlen musste, nachdem sie die ganze Strecke mit einem Loch im Arm gefahren war. Aber wie so vieles andere auch, schienen ihr weder die Verletzung noch der raue Ritt besonders viel auszumachen. Der einzige Hinweis darauf, dass sie gerade die körperlich anstrengende Herausforderung gemeistert hatte, das Motorrad durch ein dicht bewachsenes Waldgebiet zu lenken, war die feine Schicht aus Staub und Schweiß auf ihrem Gesicht.

»Ich höre zum ersten Mal, dass jemand es Glück nennt, dass er angeschossen wurde«, bemerkte er. »Meinen Sie nicht, wir sollten Sie zu einem Arzt oder so etwas Ähnlichem bringen?«

Sie warf ihm nur einen kurzen Blick zu. »Ärzte stellen Fragen, Alex.«

»Sie verhindern aber auch, dass man verblutet.«

Anya gab keine Antwort und konzentrierte sich darauf, ein Stück von ihrem T-Shirt abzureißen, um es als provisorischen Verband zu benutzen. Feldverbandszeug und steriles Nähmaterial wären ihr zwar lieber gewesen, aber fürs Erste musste es auch so gehen.

In einer Erdmulde in der Nähe hatte sich eine Pfütze aus Regenwasser gebildet, und nachdem sie den Stoffstreifen darin eingeweicht hatte, fing sie an, sich damit das geronnene Blut vom Arm zu wischen. Nicht einmal sie konnte sich ein schmerzerfülltes Aufstöhnen verkneifen, als sie die Schusswunde selbst berührte.

»Lassen Sie mich Ihnen helfen«, sagte Alex und machte einen Schritt auf sie zu. Anya in diesem Zustand zu sehen löste ein unerwartetes Schuldgefühl in ihm aus, so als hätte sie irgendwie eine Kugel abbekommen, die eigentlich für ihn bestimmt war.

»Das kann ich allein«, schnappte sie in einem Ton, der

ihn sofort zurückweichen ließ. »Ich habe das schon oft genug gemacht.«

»Sicher können Sie das allein. Ich wollte nur sagen, dass Sie es nicht müssen.« Als er spürte, dass seine Worte keinen großen Eindruck machten, schüttelte er den Kopf. »Schon gut. Vergessen Sie's.«

Trotz ihres stoischen Schweigens und ihrer anscheinend unbegrenzten Ausdauer litt sie, war müde und niedergeschlagen. Er spürte, dass sie wütend war, aber nicht auf ihn. Sie war wütend über den heutigen Misserfolg, wütend, mit leeren Händen fliehen zu müssen, und wütend, unter den Menschen, die sie hetzten, vielleicht jemandem begegnet zu sein, der ihr ebenbürtig war.

Anya seufzte und wandte kurz ihren Blick ab. Vielleicht spürte sie, dass sie ihn ein bisschen aufbauen musste, ohne genau zu wissen, wie sie es anstellen sollte. Sie streckte den Arm aus und strich sich durchs Haar, ließ den Blick in die Ferne schweifen und suchte nach den richtigen Worten.

»Es tut mir leid, Alex … das mit Ihrem Freund«, sagte sie schließlich. »Er hat nicht verdient, was mit ihm passiert ist. Und … Sie haben es auch nicht verdient, angeschrien zu werden, nur weil Sie mir helfen wollten.«

Alex senkte den Kopf. Gregars Tod stand ihm immer noch vor Augen, aber er nickte zustimmend. Ein gefühlvolleres Versöhnungsangebot konnte er von jemandem wie Anya kaum erwarten, aber auch so bedeutete es ihm etwas.

»Was diese Datei betrifft …«, fuhr sie fort. »Sie haben es schon einmal geschafft, sie herunterzuladen. Schaffen Sie es auch ein zweites Mal?«

Alex schüttelte langsam den Kopf. »Beim letzten Mal wusste die CIA nicht, wonach sie suchen sollte. Aber wenn die in das Haus gehen und dort Gregars Rechner finden, werden sie früher oder später entdecken, wie ich hineingekommen bin.« Er schaute sie an, und in seinem Blick spiegelte sich die gewaltige Enttäuschung, die er empfand. »Es tut mir leid, aber es hat keinen Zweck.«

Anya kaute auf ihrer Lippe. »Es muss doch noch einen anderen Weg geben. Kommen Sie, Alex, Sie sind schlau und gut darin, solche Probleme zu lösen.«

Er brachte ein schmales Grinsen hervor. »Das ist mit Abstand das Netteste, was Sie jemals zu mir gesagt haben.«

»Ich habe es so gemeint«, versicherte sie ihm. »Und jetzt überlegen Sie. Wie könnten Sie sonst noch an die Datei gelangen?«

Alex schloss die Augen und dachte noch einmal über das komplizierte Täuschungsmanöver nach, mit dem er es geschafft hatte, ins CIA-Netzwerk einzudringen. Er hatte weder die Zeit noch die Ressourcen, um so etwas noch einmal abzuziehen. Und an Landviks Festplatte würden sie unter keinen Umständen mehr herankommen.

Hatte er irgendetwas übersehen?

Dann schoss ihm ein neuer, unerwarteter Gedanke in den Kopf. Eine Erinnerung.

Die Erinnerung daran, wie lange der Download von Anyas Datei gedauert hatte – und an seine Entdeckung der eigenartigen Webadresse, an die die Daten durchgeroutet wurden. Eigentlich wurde die Datei zweimal heruntergeladen. Also musste es zwei Kopien davon auf zwei verschiedenen Rechnern geben.

Im selben Moment begriff er, was dahintersteckte.

»Eine geklonte Festplatte!«, sagte er schließlich, als es ihm wie Schuppen von den Augen fiel. »Gregar, was warst du doch für ein schlaues Kerlchen.«

Sie musterte ihn neugierig. »Was meinen Sie damit?«

»Als wir die Datei heruntergeladen haben, fiel mir auf,

dass sie an zwei verschiedene Adressen geschickt wurde – an Gregars Festplatte und an eine IP-Adresse, die ich nicht kannte. Ich war gerade dabei, den Pfad nachzuverfolgen, als ich Sie im Nebenzimmer rufen hörte. Also hatte ich keine Zeit mehr, das abzuschließen. Aber ich glaube, er hat ein Ghost-Drive benutzt, eine externe virtuelle Festplatte. Das ist wie eine Onlinekopie Ihres eigenen Computers«, erklärte er und suchte nach einfachen, laienhaften Begriffen, mit denen er es ihr erklären konnte. »Wir haben so was damals immer gemacht, für den Fall einer Hausdurchsuchung durch die Polizei, oder falls ein Feuer ausbricht oder was auch immer. Dann war wenigstens unsere Arbeit gerettet, und wir hatten eine Sicherheitskopie davon. Ich glaube, Gregar hat sich ebenfalls so etwas eingerichtet und automatisch mitlaufen lassen.«

Offenbar hatte er sich verständlich machen können, denn er sah ihren Augen an, dass es ihr langsam dämmerte. »Das heißt also, dass die Datei immer noch irgendwo vorhanden ist.«

Er nickte.

»Und wie kommen wir an sie heran?«

»Na ja, übers Internet können wir sie nicht herunterladen, falls Sie darauf hinauswollen«, sagte er rasch, um sie nicht auf dumme Gedanken zu bringen. »Die CIA wird jetzt wissen, worauf wir aus sind, also werden sie auch wissen, was sie im Auge behalten müssen. Sobald wir versuchen würden, die Datei zu bewegen, hätten wir sie auf den Fersen. Aber ...«

Damit handelte er sich eine hochgezogene Augenbraue ein. »Aber?«

Alex schnaufte kurz. »Das ist jetzt eine rein theoretische Überlegung, aber eigentlich könnte man es auf die altmodische Art machen: Man müsste das Gebäude und sogar das Gerät finden, auf dem die Datei gespeichert ist, und sie manuell auf einen Laptop oder so etwas überspielen. Die CIA würde nichts davon mitkriegen, weil die Datei nicht übers Internet bewegt wird. Das wäre so, als würde jemand auf der anderen Seite des Planeten versuchen zu beobachten, was Sie in Ihrem Wohnzimmer hinter zugezogenen Gardinen treiben, ohne zu wissen, wo Sie wohnen.«

Das klang eindeutig zu schön, um wahr zu sein. »Es gibt einen Haken, nehme ich an?«

»Der Haken ist, dass man ganz real in das Gebäude eindringen müsste, in dem sich die Server befinden. Und solche Gebäude sind verdammt gut gesichert. Selbst die kleinsten haben Sicherheitspersonal, Videoüberwachung, das komplette *Mission: Impossible*-Programm.«

Anya schien seine düstere Sicht auf die Lage nicht zu teilen. »Nichts ist unmöglich, Alex. Wenn ich Sie reinbringen würde – rein theoretisch –, würden Sie dann tun können, was Sie gerade beschrieben haben?«

Er betrachtete sie mit einer Mischung aus Ungläubigkeit und aufkeimender Hoffnung. »Vielleicht. Aber …«

»Jetzt ist nicht die Zeit für ein ›Vielleicht‹«, unterbrach sie ihn. »Können Sie es, oder können Sie es nicht?«

Alex verkniff sich ein genervtes Stöhnen. »Doch. Ich kann.«

»Und wissen Sie, wo das Gebäude steht?«

»Ich weiß, dass es sich um eine IP-Adresse aus der Türkei handelte. Wahrscheinlich Istanbul, weil dort die meisten Serviceprovider sitzen.« Kaum ein anderer hätte sich die zufällige Zahlenreihe merken können, aus der die Adresse bestand, aber in Alex' Gedächtnis war sie eingebrannt wie die Zeilen aus seinem Lieblingssong.

Sie musterte ihn skeptisch. »Sie haben sich die Adresse gemerkt?«

»Vertrauen Sie mir, ich kann mich einfach an Dinge erinnern«, versicherte er ihr. »Meinen Sie ernsthaft, wir sollten da einbrechen?«

»Ich bringe uns da rein.« Sie schien tatsächlich nicht den geringsten Zweifel zu haben. »Sie brauchen nur die Datei herunterzuladen.«

»Super. Aber wie soll ich da hinkommen? Ich werde gesucht. Und ich habe keinen Pass.«

Sie nickte mit einem Gesichtsausdruck, der deutlich machte, dass sie das Problem schon bedacht hatte. »Dann brauchen wir Hilfe.«

»Wer zum Teufel würde uns jetzt noch helfen?«

Anya stand auf. »Der Mann, der Sie in diese ganze Sache hineingezogen hat.«

31

Mitchell saß in einer Bar in der Nähe der US-Botschaft und trank ihren zweiten Wodka auf Eis, als Argento sie endlich aufstöberte.

»Da stecken Sie also.« Er zog sich einen Hocker heran, um sich neben sie zu setzen. »Ich habe mir schon Sorgen gemacht, ob Sie vielleicht fahnenflüchtig geworden sind.«

Er hatte bereits dreimal angerufen, bis sie schließlich weich wurde, ans Telefon ging und widerstrebend ihren Aufenthaltsort verriet. Was er mit ihr besprechen wollte, musste wohl superwichtig sein. Obwohl es ihr im Moment auch herzlich egal war.

»Das würde auch nicht mehr viel ändern«, meinte sie und nahm einen Schluck von ihrem Drink. Das Eis klimperte im Glas, als sie es kippte. »Wir sind raus, Vince. Hawkins hat den Stöpsel gezogen.«

Argento seufzte. »Ja. Ich habe das Memo bekommen. Der Typ ist wirklich ein Schätzchen, das steht mal fest.«

Mitchell grinste düster. »Ein Schätzchen mit Freunden an höchster Stelle.«

Eine Bedienung, eine plumpe Frau Mitte vierzig mit aschblondem Haar, rauschte heran, um Argentos Bestellung anzunehmen. Er bestellte ein Bier und wartete, bis sie die Flasche gebracht hatte und sich um die Bestellung eines anderen Gastes kümmerte. Erst jetzt richtete er seine Aufmerksamkeit wieder auf Mitchell.

»Sie haben mich nie gefragt, warum ich nicht mehr

Sonderermittlerin beim Militärgericht bin und stattdessen bei der Agency angefangen habe«, stellte sie fest und musterte ihn mit prüfendem Blick. »Warum nicht?«

Er zuckte mit den Schultern und trank einen Schluck Bier. »Ich dachte, das geht nur Sie etwas an. Und dass Sie es mir irgendwann erzählen würden, wenn Sie Lust dazu hätten.«

Mitchell seufzte und betrachtete das Eis in ihrem Glas. Es dauerte eine Weile, bis sie zu reden begann, aber Argento unternahm keinen Versuch, sie zu drängen.

»Ich habe einen Mann fast totgeschlagen«, sagte sie schließlich. Es kam so schnell und leicht aus ihr heraus, dass sie selbst ein bisschen verwundert war. »Das war das Ende seiner Karriere. Und meiner auch. Es ist vor zwei Jahren passiert, bei meinem dritten Einsatz in Afghanistan. Haben Sie dort auch gedient?«

»Hatte noch nicht die Gelegenheit.« Das übliche Selbstvertrauen war aus seiner Stimme verschwunden. Schließlich gestand er seine Unerfahrenheit ein. Da war eine Erfahrung an ihm vorbeigegangen, der sich in den letzten sieben Jahren viele seiner Kameraden stellen mussten.

»Es ist eine einsame Gegend«, sagte Mitchell mit ruhiger und nachdenklicher Stimme. »Im Training bereiten sie einen auf das meiste vor. Die Hitze, die Lebensbedingungen, die Leute. Aber die Einsamkeit ist es, die dich schließlich umhaut. Sie schleicht sich ganz langsam an dich heran, sodass du sie zuerst gar nicht richtig wahrnimmst. Aber sie ist immer da. Sie begleitet dich jede Minute jedes einzelnen Tages, bis du irgendwann vergisst, dass es auch noch andere Gefühle gibt.«

Sie atmete langsam aus und nahm noch einen Schluck.

»Sie hatten mir die Verantwortung für eine Einheit übertragen, die wegen Verbrechen der ISAF-Truppen gegen die Zivilbevölkerung ermitteln sollte. Kampf um die Herzen und Köpfe der Afghanen, Sie wissen schon, was ich meine. Jedenfalls … es war mein erstes Kommando, und ich habe es ernst genommen; habe mich um viele Fälle selbst gekümmert. Wahrscheinlich um zu viele. Dann haben sie mir jedenfalls den ersten Fall übertragen, in dem es um ein Sexualdelikt ging. Ein vierzehnjähriges Mädchen, das angab, ein Soldat unserer Patrouillen hätte sie verhaftet, in ein verlassenes Gebäude gebracht und vergewaltigt. Der Täter gehörte zu einem privaten Sicherheits- und Militärunternehmen namens Horizon. Sie wusste sogar, wie er hieß. Sie hatte sein Namensschild gesehen.« Sie blickte Argento ins Gesicht. »Er dachte wohl, sie könnte nicht lesen.

Jedenfalls schrieb ich einen Bericht, eröffnete ein Verfahren gegen ihn und die anderen beteiligten Männer und versuchte, sie alle vor Gericht zu bringen. Aber die Familie des Mädchens gestattete nicht, sie von unseren Ärzten oder von der Gerichtsmedizin untersuchen zu lassen, und als wir sie überreden wollten, haben sie völlig dichtgemacht und mir verboten, auch nur mit ihr zu sprechen. Die Army war auch nicht scharf auf schlechte Publicity – nicht, wenn es gegen einen ihrer größten Vertragspartner ging. Also ist der Fall in sich zusammengebrochen. Unzureichende Beweislage. Verdammt praktischer Begriff, was? Dahinter lassen sich eine Menge schmutziger Geheimnisse verstecken.« Ihre Lippen verzogen sich zu einem schmalen Grinsen, das aber eher einer Grimasse gleichkam. »Die Sache ist nur, dass mir dieser Mistkerl über den Weg lief, als wir aus der Anhörung kamen. Er sah mich und grinste mich an, als hätte er schon die ganze Zeit gewusst, dass er aus der Sache rauskommen würde. Vielleicht war es auch so.«

»Und was haben Sie dann getan?«, fragte Argento.

Sie zuckte in gespielter Gleichgültigkeit mit den Schultern. »Ich konnte nicht viel tun. Das Gericht hatte entschieden. Ich konnte nur noch die Trümmer zusammenkehren. Ich fuhr dann raus, um das vergewaltigte Mädchen zu besuchen, wollte ihr eine Therapie besorgen oder irgendwas, das ihr geholfen hätte, damit fertigzuwerden. Da erfuhr ich, dass sie sich erhängt hatte. Sie konnte nicht mit der Schande leben, dass ihr so etwas angetan wurde. Deshalb hat sie sich das Leben genommen.« Ihr Griff um das Glas wurde fester, und sie blinzelte, um die Tränen loszuwerden, die ihr in die Augen traten. »Sie war vierzehn Jahre alt.«

Argento erwiderte darauf nichts. Er konnte sehen, wie schwer es sie belastete, aber er spürte, dass sie jetzt damit herausrücken musste. Sie hatte es viel zu lange mit sich allein ausgemacht, und es hatte sie seitdem von innen zerfressen.

»Für mich war es das dann«, fuhr sie fort. »Ich ging zurück in mein Zimmer. Dort habe ich mir ein paar Drinks gegönnt. Es waren wohl nicht nur ein paar, schätze ich. Und ich habe mich im Spiegel angeschaut, ganz lange. Bis ich begriff, dass ich für ihren Tod verantwortlich war. Wenn ich nicht so gedrängt hätte, wenn ich nicht so müde, überarbeitet und so verdammt arrogant gewesen wäre, hätte ich ihre Familie vielleicht überzeugen können. Ich hätte sie dazu bringen können, ihre Zeugenaussage zu machen. In diesem Moment habe ich beschlossen, nach meinem grinsenden Freund zu suchen. Es dauerte eine Weile, aber irgendwann entdeckte ich ihn mit seinen Kumpels beim Abendessen in der Messe. Er hatte wohl was zu feiern, schätze ich.«

Sie atmete jetzt schneller, und ihr Puls beschleunigte sich, weil in ihr die Gefühle von damals wieder hochstiegen.

»Ich hatte meine Dienstpistole dabei, also zog ich sie, ging von hinten an ihn heran und schlug sie ihm auf den Hinterkopf. Er ging sofort zu Boden, und ich … ich hatte nicht vor, ihn noch weiter zu schlagen. Ich dachte, ein Schlag würde reichen, aber ich konnte mich einfach nicht mehr einkriegen. Es war so, als würde ich jemand anderem dabei zuschauen, jemandem, den ich nicht wiedererkannte. Ich schlug ihn wieder und wieder mit der Waffe, so lange, bis er nicht mehr versuchte, mich abzuwehren, so lange, bis ich kaum noch meinen Arm bewegen konnte. Als seine Kumpels versuchten, mich zurückzuhalten, richtete ich meine Waffe auf sie und drohte, sie zu töten. Und ich schwöre bei Gott, ich hätte abgedrückt. Ich hätte es getan, ohne auch nur eine Sekunde zu zögern. In diesem Moment kreuzten ein paar Militärpolizisten auf und zwangen mich, die Waffe fallen zu lassen. Da erst habe ich begriffen, was ich soeben getan hatte.«

Mit zitternder Hand führte sie das Glas an die Lippen und trank einen großen Schluck Wodka. Den brauchte sie jetzt.

»Danach hat er jedenfalls nicht mehr gegrinst«, sagte sie schließlich. »Und es war eigentlich auch sonst nicht mehr viel mit ihm los. Das Letzte, was ich gehört habe, ist, dass er immer noch im Koma liegt, in irgendeinem Veteranenhospital. Wahrscheinlich wird er nie wieder aufwachen.« Sie atmete langsam aus und hob dann ihr Kinn, so als würde sie für ihre Tat geradestehen. »Und was mich betrifft, ich bekam den Prozess, der ihm erspart blieb. Einen Prozess in nicht öffentlicher Sitzung – von der Sorte, von der so gut wie nie offizielle Protokolle aufbewahrt werden. Sie haben mir einen einfachen Deal vorgeschlagen: meine Ermittlerlaufbahn beim Militär an den Nagel zu hängen und nie über den Vorfall zu reden oder die nächsten zwanzig

Jahre für versuchten Mord im Gefängnis zu sitzen. Sie meinten, sie böten mir eine Chance, um aus der Sache herauszukommen, aber in Wahrheit wollten sie die Probleme nur unter den Teppich kehren. Das wussten wir alle. Die Vergewaltigung, den geplatzten Prozess und schließlich auch noch mich. Und ich habe mitgespielt, weil ich verdammt noch mal zu feige war, es mit ihnen aufzunehmen.«

Sie nahm den letzten Schluck von ihrem Drink, stellte das Glas zurück auf den Tresen, wandte sich ihrem Begleiter zu und schaute ihm in die Augen.

»Ich trinke fast jede Nacht, Vince«, gab sie zu. »Aber nicht, weil mir leidtäte, was ich getan habe – es tut mir nicht leid. Und auch nicht, weil ich mir meine Karriere versaut habe; wenn sie auf Lügen beruht, ist sie sowieso keinen Pfifferling wert. Ich trinke *ihretwegen*. Jede Nacht sehe ich ihr Gesicht, und jede Nacht weiß ich, dass ich für ihren Tod verantwortlich bin. Damit werde ich leben müssen … bis in alle Ewigkeit.«

Und damit war es endlich heraus. Die Wahrheit lag auf dem Tisch, unverfälscht, ohne Auslassungen oder Übertreibungen und ohne jeden Versuch, sich selbst in ein besseres Licht zu stellen. Sie hatte ihm endlich erzählt, wie alles gelaufen war, und sie war froh, dass es gesagt war. Ganz gleich, was er jetzt von ihr dachte – sie fühlte sich erleichtert, weil er jetzt Bescheid wusste, und es war, als sei ihr eine große Last von den Schultern gefallen.

»Sie haben mir früher nie etwas von sich erzählt«, sagte Argento mit gedämpfter Stimme. Sie spürte seinen Blick, auch ohne hinzusehen. »Warum jetzt?«

Mitchell schniefte und rieb sich die Augen. Es gelang ihr nur mit Mühe, sich wieder zu fassen.

»Das hier wird mein letzter Einsatz sein, Vince«, sagte

sie und stellte sich einer weiteren Tatsache, die ihr unausweichlich bevorstand. »Ganz egal, was ich jetzt noch tue: Hawkins wird nach den heutigen Ereignissen einen Schlussstrich unter alles ziehen, was von meiner Karriere noch übrig ist. Und eines können Sie mir glauben – er wird es schaffen. Aber bevor ich verschwinde, wollte ich, dass Sie die Wahrheit erfahren. Sie sollten wissen, wer ich wirklich bin.«

Sie sah nicht, dass er die Hand ausstreckte, aber sie spürte, wie er sie auf ihre Hand legte, und es fühlte sich warm und tröstend an.

»Ich weiß, wer Sie sind. Sie sind eine ungeduldige, großkotzige Nervensäge. Sie können sich nicht unterordnen, und Sie schaffen es, so gut wie jedem auf den Schlips zu treten, der das Pech hat, mit Ihnen zusammenarbeiten zu müssen.«

Mitchell musste unwillkürlich lachen. Das war wieder typisch für ihn, ihr in so einem Moment ihre Fehler unter die Nase zu reiben, von denen, wie sie zugeben musste, eine Menge zur Auswahl standen.

»Und außerdem … so ungern ich es auch zugebe: Sie gehören zu den anständigsten Menschen, mit denen ich jemals zusammengearbeitet habe«, fügte Argento hinzu, wobei seine Stimme einen ganz ungewohnten, ernsthaften Tonfall annahm. Sie spürte, wie seine Hand noch ein wenig fester drückte. »An dem, was geschehen ist, tragen Sie ebenso wenig Schuld wie das Mädchen. Aber es ist passiert … und Sie haben Ihr Bestes für sie gegeben. Sie haben versucht, ihr zu helfen, und Ihre Karriere dafür geopfert, dass ihr Gerechtigkeit widerfährt. Mehr kann niemand von Ihnen verlangen. Wenn Sie sich selbst dafür bestrafen, wird es nichts ändern.«

Mitchell schloss die Augen und stieß einen flattrigen,

zitternden Seufzer aus. Die Trauer, die Wut, der ganze aufgestaute Frust und Schmerz, die sie zu zerreißen drohten, waren endlich einmal aus ihr herausgekommen. Argento schwieg, während sie um ihre Fassung rang. Er blieb einfach nur an ihrer Seite, um ihr mit seiner Anwesenheit so viel Beistand zu geben, wie er konnte.

»Ich danke Ihnen«, sagte sie schließlich und zog ihre Hand weg. Es war keine Zurückweisung seines Versuchs, sie zu trösten, sondern ein Zugeständnis, dass er getan hatte, was er konnte, und dass sie nicht mehr von ihm erwartete. »Und das ist ernst gemeint.«

»He, das ist meine gute Tat des Jahres«, bemerkte er mit einem ironischen Grinsen. »Jetzt muss ich mich wie ein richtiges Arschloch benehmen, um das wieder auszubügeln.«

»Das wäre ja mal ganz was anderes«, antwortete sie sarkastisch, obwohl sie in Wahrheit erleichtert war, dass er sich dazu entschlossen hatte, die Stimmung ein wenig aufzuheitern, und zu seinem alten, spöttisch-provokanten Selbst zurückkehrte. Es war die unausgesprochene Bestätigung, dass ihr Bekenntnis nichts zwischen ihnen beiden geändert hatte und er sie nicht etwa plötzlich mit anderen Augen betrachtete. Das war genau, was sie jetzt brauchte.

Sie wandte sich ihm zu. »Und nun rücken Sie damit heraus, was Sie so aufgestachelt hat, dass Sie unbedingt mit mir darüber reden wollten.«

Der junge Mann schüttelte den Kopf. »Es ist nichts. Ich meine, das ist jetzt auch egal.«

»Ist es nicht.«

»Wahrscheinlich ist es das Letzte, womit Sie sich jetzt noch herumschlagen sollten …«

Mitchell hob ihre Hand, um mit der Geste seinen Widerspruch zu ersticken. »Vince, nur weil ich Ihnen gerade ein paar Dinge über mich erzählt habe, bedeutet das nicht, dass wir jetzt Seelenverwandte sind. Ich entscheide selbst, womit ich klarkomme und womit nicht. Also spucken Sie schon aus, warum Sie hergekommen sind. Alles Weitere findet sich dann schon.«

Es war ihm klar, dass er sich auf einen aussichtslosen Kampf eingelassen hatte.

»Mit Ihnen herumzudiskutieren ist sowieso reine Zeitverschwendung.« Argento überzeugte sich mit einem Blick, dass niemand mithören konnte, dann beugte er sich vor und sagte mit leiser Stimme: »Okay, das wollte ich Ihnen dort im Haus am See schon melden. Bevor wir die Bude räumten, habe ich noch einmal alles durchgecheckt. In einem der Räume habe ich einen Computer entdeckt – Hightech vom Feinsten. Und ich glaube nicht, dass der Kerl sich damit nur YouTube-Videos angeschaut hat.«

Mitchell verzog das Gesicht. Sie begriff noch nicht, worauf er mit seiner Geschichte hinauswollte. »Und? Wozu brauchten die diesen Computer?«

»Keine Ahnung. Hawkins hat mit dem Gewehr darauf gefeuert, und ich bin mir ziemlich sicher, dass das kein Fehlschuss war. Aber bevor wir abgerückt sind, habe ich es noch geschafft, die Festplatte auszubauen und den Inhalt an eine Freundin drüben in Langley zu schicken. Sie heißt Frost und ist eine gefragte Technikerin bei den dortigen Shepherd-Teams.«

Das sagt einiges über ihre Kompetenz, dachte Mitchell. Die Shepherd-Teams stellten eine Elite unter den Einsatzteams der Agency dar. Ihre Aufgabe war es, Einsatzkräfte aufzuspüren und herauszuhauen, die in den gefährlichsten und unübersichtlichsten Gegenden der Welt verloren gegangen waren. Nur die Besten kamen in die engere Wahl, und selbst von diesen schafften nur wenige die Aufnahme.

»Wie zum Teufel haben Sie so jemanden kennengelernt?«, erkundigte sie sich unwillkürlich.

»Sagen wir mal, sie schuldet mir ein, zwei Gefälligkeiten«, erwiderte Argento, dessen Augen verrieten, dass sich durchaus noch mehr dahinter verbarg, worüber er sich momentan jedoch nicht weiter auslassen wollte. »Also, ihrer Meinung nach haben unsere Freunde eine Datei aus dem gesicherten Netzwerk der CIA heruntergeladen. Die Datei selbst war so hinüber, dass sie nicht zu rekonstruieren war – ein Schuss mit einem 50er-Kaliber sollte das auch hinkriegen –, aber sie hat trotzdem etwas Interessantes über den Download herausgefunden. Es scheint so, als ob alles gleichzeitig online auf einer virtuellen Festplatte gespeichert wurde, vermutlich als zusätzliche Sicherheitsmaßnahme. Sie konnte die IP-Adresse nach Istanbul in der Türkei zurückverfolgen.«

Die Barfrau kam und fragte, ob sie ihr noch einen Drink bringen sollte, aber Mitchell winkte ab. Sie konnte kaum begreifen, dass Yates das große Risiko eingegangen war, noch einmal zu versuchen, das CIA-Netz zu hacken. Wenn aber andererseits Männer wie Hawkins bereit waren zu töten, um dessen Geheimnisse zu schützen, konnte man sich auch vorstellen, dass andere Leute genauso weit gehen würden, um sie aufzudecken.

»Was wird er als Nächstes tun?«, fragte sie.

»Frost zufolge gibt es zwei Möglichkeiten. Erstens: Er versucht die Datei noch einmal herunterzuladen. Dagegen spricht, dass er jetzt weiß, dass wir hinter ihm her sind. Wir haben gesehen, welches Programm er benutzt, und deshalb wissen wir auch, worauf wir achten müssen, falls er es noch einmal versucht. Die zweite Möglichkeit: Er geht in den Serverraum, in dem die virtuelle Festplatte gespeichert ist, und zieht sich die Datei manuell herunter, ohne dass wir etwas davon mitbekommen. Was würden Sie an seiner Stelle tun?«

Mitchell traute ihren Ohren kaum. Falls Argento recht hatte, war es ihnen gelungen, plötzlich und unerwartet einen erstaunlichen Einblick in die Absichten von Yates und seiner Komplizin zu bekommen. Diese Information konnte entscheidend sein, es war ein Vorteil, den sie nicht aus der Hand geben durften.

Es blieb nur die Frage, was sie damit anfangen konnten.

»Weiß Hawkins davon?«

Er schüttelte den Kopf. »Ich habe die einzige Kopie der Festplatte.«

»Und diese Frost drüben in DC, vertrauen Sie ihr?«

Argento verzog sein Gesicht. »Manchmal kann sie einem mächtig auf die Nerven gehen – Sie würden sie bestimmt mögen –, aber sie liefert uns nicht ans Messer. Dafür lege ich meine Hand ins Feuer. Momentan sind wir drei die Einzigen, die etwas davon wissen.«

»Ich will, dass es so bleibt«, entschied Mitchell.

»Damit kann ich leben. Aber da ist noch etwas, das Sie wissen sollten.« Sein Grinsen wurde schmaler, als er fortfuhr: »Seien Sie jetzt nicht sauer auf mich, aber ich hatte Frost auch gebeten, unter der Hand mal zu schauen, was über unseren Freund Hawkins in den Akten zu finden ist. Ich habe gehofft, dass sie irgendwelchen Dreck ausgraben würde.«

»Lassen Sie mich raten: Es existiert keine Akte über den Kerl.« Sie mochte ja noch nicht lange für die Agency gearbeitet haben, aber ihr war klar, dass Leute wie Hawkins grundsätzlich nicht über die Bücher liefen. Hawkins – falls das überhaupt sein richtiger Name war – gehörte höchstwahrscheinlich zu einem geheimen Einsatzkommando, das offiziell gar nicht existierte, nicht einmal im internen Verteiler der CIA.

Argento sah sie überrascht an. »Doch, es gibt sogar eine. Zumindest einen Teil davon. Und da wird es interessant. Hawkins war bei der US-Army. Er gehörte zur Delta-Force, war ein hochdekorierter Kämpfer in Sonderkommandos und hat eine ganze Reihe erfolgreicher Einsätze auf seiner Liste. Aber 2001 brechen die Einträge plötzlich ab.«

Sie verzog das Gesicht und wünschte, sie hätte nicht so viel getrunken. Der Wodka hatte ihren sonst so wachen Verstand eingelullt. »Glauben Sie, er wurde aus dem Dienst entlassen?«

»Nein, Sie verstehen nicht: Seine Akte hört an dem Punkt einfach auf. Keine Entlassungspapiere, keine Informationen über neue Stationierungen oder Transfers. Es ist, als hätte er sich einfach in Luft aufgelöst.« Er warf ihr einen fragenden Blick zu. »Ich vermute, er ist zu irgendeinem verdeckten Kommando versetzt worden, über das keine Akten geführt werden. Vielleicht so eine Art Gemeinschaftsprojekt zwischen Army und CIA.«

»Und das haben Sie sich alles selbst überlegt, Vince?«

»Sie können mich mal«, konterte er. »Tatsache ist, dass unser Freund Hawkins mit Sicherheit Dreck am Stecken hat. Ich weiß nicht, was er im Schilde führt, aber es ist so sicher wie das Amen in der Kirche, dass es nichts damit zu tun hat, die nationale Sicherheit vor Computerhackern zu schützen.«

Sie sah keinen Grund, ihm zu widersprechen.

»Ihm geht es eigentlich um die blonde Frau«, fuhr Argento fort. Jetzt konnte er nach Herzenslust Verschwörungstheorien ausbreiten und war kaum noch zu bremsen. »Sie haben doch gesehen, wie er aus dem Sturm auf das Haus eine ganz persönliche Sache gemacht hat. Ich glaube, sie und Hawkins waren zusammen in derselben Einheit.

Vielleicht wurde sie irgendwann seine Gegnerin, weil sie seine Touren satthatte, und wechselte die Seiten. Ich könnte es ihr nicht mal verdenken, ehrlich gesagt ...«

»Okay. Immer mit der Ruhe«, stoppte ihn Mitchell, bevor die Sache aus dem Ruder lief. Wenn man sich erst mal in solche Theorien verbissen hatte, konnte man leicht die Fakten aus den Augen verlieren. »Das Einzige, was wir bisher haben, sind fehlende Dienstakten und unbewiesene Theorien. Lassen Sie uns bei dem bleiben, was wir wissen.«

Er grinste verschwörerisch. »Wir wissen, wohin es Yates und seine Freundin wahrscheinlich als Nächstes ziehen wird. Und wir wissen auch: Wenn wir in Erfahrung bringen wollen, worum es wirklich geht, bekommen wir nicht noch einmal eine Chance wie diese. Jetzt fragt sich nur: Was sind *unsere* nächsten Schritte?«

Seine Wortwahl und seine Hintergedanken waren ihr nicht entgangen.

»*Ihre* nächsten Schritte lenken Sie gefälligst nach Hause. Befehlsgemäß. Ich entscheide, was damit anzufangen ist.«

»Okay. Wir wissen beide, dass ich nicht gehorchen werde«, antwortete er und grinste wieder auf seine spöttische Art. »Und wir wissen auch: Falls Sie vorhaben, nach Istanbul zu fliegen, um sich mit dieser Frau anzulegen, werden Sie jemanden brauchen, der Ihnen hilft. Und solche Leute sind zurzeit verdammt rar.«

Mitchell betrachtete ihren Kampfgenossen mit einem skeptischen Blick. Argento war gewiss intelligent und enthusiastisch, aber er war auch unerfahren und viel zu selbstsicher für ihren Geschmack. Ihre nächsten Schritte konnten Karrieren kosten, vielleicht sogar Menschenleben, wenn etwas schieflief. Sie fragte sich, ob er sich der Gefahren wirklich bewusst war.

»Hören Sie, wir spielen hier kein Spiel. Sie haben eine

gute Akte und eine vielversprechende Karriere vor sich. Warum wollen Sie die für so etwas riskieren?«

Sein Grinsen wurde breiter. »Ich bin wild nach guten Verschwörungen. Außerdem ist Hawkins ein Arschloch, und ich würde gern seinen Absturz miterleben. Und … auch wenn ich es nur ungern zugebe: Ich finde, Sie haben eine zweite Chance verdient.«

Mitchell seufzte und schaute hinunter auf ihr leeres Glas. »Es ist Ihnen klar, dass es keine Garantien gibt?«

»Aber sicher. Das macht es doch erst spannend.«

Was sollte sie dazu noch sagen? Sie hatte ihm jede Gelegenheit gegeben, sich zurückzuziehen, aber er bestand immer noch darauf, sie zu begleiten. Und wenn sie aufrichtig war, musste sie zugeben, dass sie ganz tief da drinnen die Hilfe schätzte, die er ihr anbot. Sie hatte das Gefühl, dass sie sie brauchen würde.

Sie schob ihr leeres Glas weg, dann erhob sie sich von ihrem Platz. »Also los, dann an die Arbeit!«

32

Am Rand einer Parkbucht nahe der kleinen Stadt Råholt, etwa dreißig Kilometer nördlich von Oslo, stampfte Alex mit den Füßen und schlang sich die Arme um die Brust. Die Abenddämmerung brachte zunehmend Kälte mit sich, und ein frostiger Wind fegte durch die umliegenden Bäume.

Das Cross-Motorrad hatte sie bis hierher gebracht, aber jetzt war ihnen der Sprit ausgegangen, und die Maschine lag verlassen hinter ihnen im Wald. Sie hatte ihren Zweck ohnehin erfüllt.

Er blickte unwillkürlich auf seine Uhr – zum dritten Mal in drei Minuten. »Er kommt zu spät.«

Anya, die auf einem niedrigen steinernen Erdwall kauerte, der wahrscheinlich schon vor Jahren von Bulldozern beim Bau der Straße zusammengeschoben worden war, ließ sich auf ihrem Wachtposten nicht ablenken. Ihre ganze Aufmerksamkeit war auf die Hauptstraße gerichtet, und ihr prüfender Blick folgte jedem Wagen, der an ihnen vorbeizog.

Sie hatte den provisorischen Armverband unter ihrer Jacke verborgen, die sie, so gut es ging, von Blut und Dreck gereinigt hatte, aber sogar Alex konnte sehen, dass sie völlig fertig war. Sie würde sich kaum in einem Dorf oder einer Stadt bewegen können, ohne Aufmerksamkeit zu erregen, das wussten sie beide.

»Er wird schon noch auftauchen.«

Alex hätte gerne ihre Zuversicht geteilt. Aber nach allem, was in den letzten Tagen geschehen war, fühlte er sich kaum noch versucht, auf andere zu vertrauen.

»Und wenn er nun nicht kommt?«

Sie wandte langsam den Kopf und schaute ihn stumm an. Das gefährliche Glitzern in ihren Augen warnte ihn jedoch davor, ihr weiterhin mit solchen Fragen den Nerv zu rauben.

»Schon okay«, lenkte Alex ein. Seine Begleiterin verstand sich nicht besonders gut darauf, in angespannten Situationen für Ausgleich zu sorgen. Überhaupt war Small Talk nicht ihr Ding. Wenn sie etwas zu sagen hatte, tat sie es, aber darüber hinaus fühlte sie kein Verlangen, die Stille zu überbrücken.

Für ihn galt eher das Gegenteil.

»Woher kennen Sie Kristian eigentlich?«

Für ein paar Sekunden blieb sie eine Antwort schuldig. Er kannte sie aber inzwischen gut genug, um zu wissen, dass es eine typische Pause war, die immer entstand, wenn sie darüber nachdachte, ob es sinnvoll war zu antworten oder ob sie damit nur weitere bohrende Fragen seinerseits provozieren würde.

»Als ich mich aus der Sowjetunion abgesetzt habe, bin ich durch Schweden gekommen und über die Grenze bis nach Norwegen gewandert. Dort habe ich mich den Behörden gestellt. Kristian war der zuständige Nachrichtenoffizier bei meiner Vernehmung.« Sie zuckte mit den Schultern. »Man könnte sagen, er war der erste Mann im Westen, mit dem ich mich anfreundete.«

Alex verzog das Gesicht. Aus der Sowjetunion … das bedeutete, dass sich alles vor zwanzig Jahren oder noch früher zugetragen haben musste. »Wie alt waren Sie damals?«

»Achtzehn.«

Alex riss erstaunt die Augen auf. Das ließ ihn sein eigenes Leben aus einer ganz anderen Perspektive betrachten. »Jesus Christus. In dem Alter habe ich *Tomb Raider* gespielt und mir Energydrink-Kräuterlikör-Mischungen reingeknallt.«

Im gleichen Alter hatte sie ihr Leben riskiert, um den Eisernen Vorhang zu überwinden.

In der Dämmerung spürte er ihren Blick, ohne ihn zu sehen. Es war der Blick eines Menschen, der Strapazen auf sich genommen, Entscheidungen getroffen und Taten begangen hatte, die er, Alex, niemals verstehen würde. Mehr als je zuvor nahm er den tiefen Graben zwischen sich und seiner rätselhaften Begleiterin wahr.

»Für Sie bin ich wohl nur so eine Art Witzfigur, oder?«, spekulierte er. »Ich habe mein ganzes Leben nur herumgehangen, meine Zeit verschwendet und nie besonders viel Verantwortung für irgendwas übernommen.«

»Eigentlich habe ich genau das Gegenteil gedacht«, antwortete sie. Zu seiner Verwunderung schwang in ihrer Stimme ein seltsamer Unterton von Trauer und Sehnsucht mit, als sie fortfuhr: »Ich beneide Sie.«

Alex wollte gerade antworten, aber näher kommende Frontscheinwerfer auf der Hauptstraße brachten ihn zum Verstummen. Er kauerte sich neben Anya und beobachtete zusammen mit ihr, wie ein Fahrzeug langsamer wurde und in die Haltebucht einfuhr. Es war eine schwarze Limousine, den Umrissen nach vermutlich ein BMW, was aber in der heraufziehenden Dunkelheit nur schwer zu erkennen war.

Der Wagen blieb ein paar Sekunden lang einfach stehen. Der Motor pustete im Leerlauf Qualmwölkchen durch den doppelten Auspuff, schließlich stellte ihn der Fahrer aus. Alex hörte das Klicken, mit dem sich eine Wagentür öffnete, und sah einen Moment später die Umrisse eines Mannes, der aus dem Wagen stieg.

Weder Alex noch Anya regten auch nur einen Muskel, als der Fahrer verharrte, seinen Sinnen Zeit ließ, sich an die Umgebung zu gewöhnen, und wartete, bis sich seine Augen auf die Dunkelheit eingestellt hatten.

»Ich bin hier«, rief eine vertraute Stimme. »Ich bin allein und unbewaffnet. Ihr könnt ruhig herauskommen.«

Alex hätte fast einen Satz gemacht, als er eine Hand auf seinem Arm spürte. »Warten Sie hier!«, befahl Anya.

Er nickte und erwiderte nichts. Er war mehr als einverstanden damit, ihr die Führung zu überlassen.

Anya griff nach der Pistole an ihrer Taille, zog sie heraus und erhob sich von ihrem Beobachtungsposten. Der Fahrer sah sie sofort, als sie ihre Deckung aufgab, aber er machte keine Anstalten, sich zu nähern oder zurückzuweichen, als sie mit gezückter Waffe auf ihn zuging.

Kristian Halvorsen war einer von sehr wenigen Menschen, denen Anya auch nach ihrem Bruch mit der Agency noch genug vertraute, um sich bei ihm zu melden. Er war schon immer ein großer, stämmiger Mann mit einem runden, ausdrucksvollen Gesicht gewesen, und er hatte sich nicht sehr verändert, seit sie ihm vor zwanzig Jahren zum ersten Mal begegnet war. Vielleicht war sein zurückgekämmtes Haar inzwischen etwas dünner geworden, sein Gesicht ein wenig voller und tiefer gefurcht, aber alles in allem standen ihm seine sechzig Jahre weitaus besser zu Gesicht, als sie es für sich selbst voraussah, falls sie überhaupt so lange leben würde.

»Mein Handy ist ausgeschaltet«, sagte er und streckte die Arme hoch, um zu zeigen, dass er nichts in den Händen hielt. »Und mir ist niemand gefolgt.«

Anya sagte nichts, während sie ihn rasch nach versteckten Waffen abklopfte und dabei immer noch die Waffe auf ihn gerichtet hielt. Er trug einen Wollmantel, um sich gegen die Kälte zu wappnen, und sie untersuchte auch dessen Innentaschen, bevor sie schließlich einen Schritt zurücktrat und sich etwas entspannte.

»Sie sind spät dran«, sagte sie vorwurfsvoll.

Er zuckte mit den Schultern. »Erschießen Sie mich doch.«

Anya hielt die Waffe noch einen Moment lang auf ihn gerichtet, dann senkte sie sie endlich.

Als sich die Spannung dadurch etwas gelegt hatte, lächelte Halvorsen, streckte die Arme aus und umarmte sie. »Schön, Sie wiederzusehen, Anya.«

Anya erwiderte die Geste. Sie war erleichterter, als sie zugegeben hätte, wieder jemandem zu begegnen, der zu der Welt gehörte, die ihr so vertraut war. Sie fühlte sich wieder wie in heimischen Gefilden.

Halvorsen betrachtete sie von Kopf bis Fuß, und sein Lächeln wich allmählich aus seinem Gesicht. »Jetzt erzählen Sie mir doch mal, was zum Teufel Sie getrieben haben? Ich habe Berichte über Schießereien, über ermordete norwegische Bürger und Polizisten gehört, und wenige Stunden später tauchen Sie hier auf. Früher haben Sie anders gearbeitet. Oder hat sich das auch geändert?«

Anya war zu klug, um sich gegen diese Provokation zur Wehr zu setzen. In Wahrheit hatte Halvorsen jedes Recht, verärgert zu sein. Sie war selbst über den Gang der Dinge alles andere als erfreut.

»Ich brauche Ihre Hilfe«, sagte sie nur, weil sie es für das Beste hielt, offen mit ihm zu sein.

»Sicher, sonst wären Sie wohl nicht hier.« Er seufzte und schaute sich nach dem jungen Mann um, der sich wohl in der Nähe versteckt hielt. »Ich vermute, Ihr Komplize ist auch hier irgendwo. Sie können ihn ruhig rausholen.«

Anya nickte und drehte sich zu dem künstlich aufgeschütteten Erdwall um. »Alex, Sie können rauskommen.«

Alex erhob sich aus seinem Versteck, stieg die steile Böschung hinunter und ging zu ihnen hinüber, wobei er Halvorsen mit einer Mischung aus Vorsicht und Feindseligkeit beäugte.

Der Ältere nickte zur Begrüßung. »Ist lange her, Alex. Tut mir leid, dass wir uns nicht unter besseren Umständen treffen konnten.«

»Ach ja? Danke, Kristian. Jetzt fühle ich mich auch gleich viel besser«, gab Alex mit überraschender Schärfe zurück. »Ich bin jetzt bei der CIA ungefähr genauso beliebt wie Osama bin Laden, aber was soll's!«

Halvorsen ließ seinen Blick von Alex zu Anya wandern. Der Ausbruch hatte ihm offenbar die Sprache verschlagen.

»Sie müssen ihm das nachsehen«, sagte Anya entschuldigend. »Die letzten paar Tage waren … schwierig.«

»Und ob sie schwierig waren. Ich wurde verhaftet, zusammengeschlagen, mit dem Elektroschocker getasert, man hat auf mich geschossen, mich fast ertränkt, und ich musste zusehen, wie mein Freund direkt vor meinen Augen erschossen wurde. Also ja, es war ein bisschen viel los.« Sein anklagender Blick fokussierte Halvorsen. »Warum haben Sie es mir nicht gesagt?«

Halvorsen hatte sich von seiner Überraschung erholt und machte den Eindruck, als wäre er drauf und dran, wieder in seinen Wagen zu steigen und wegzufahren. »Was sollte ich Ihnen sagen?«

»Ich weiß nicht. Was Ihr Lieblingseis ist, vielleicht? Fangen Sie doch am besten damit an, dass Sie ein verdammter Spion sind. Oder dass Sie uns heimlich getestet haben, ob wir als verdammte Cybersöldner zu gebrauchen sind. Oder dass der ›Kunde‹, dem Sie Arran empfohlen haben, ein CIA-Aussteiger-Himmelfahrtskommando war – womit ich übrigens niemandem zu nahe treten will«, ergänzte er mit einem kleinen Seitenblick auf Anya. »Meinen Sie nicht, dass uns das eine oder andere doch irgendwie schon vorher interessiert hätte?«

Halvorsen kam einen Schritt näher, und seine Stimme war leise und bedrohlich, als er wieder zu reden begann: »Sie und Arran haben schon die Geheimnisse anderer Menschen, lange bevor wir uns kennenlernten, zu Ihrem Privatvergnügen gestohlen. Haben Sie wirklich geglaubt, Sie müssten am Ende nicht dafür bezahlen?«

Alex öffnete den Mund, um etwas zu sagen, aber er merkte, dass er dazu nicht imstande war. Dass ihm keine Erwiderung einfiel, frustrierte ihn zutiefst.

Zufrieden damit, den jungen Mann zum Schweigen gebracht zu haben, richtete Halvorsen seine Aufmerksamkeit wieder auf Anya. »Sie sagten, Sie brauchen meine Hilfe?«

Anya warf Alex einen Blick zu, der besagte, dass sie über seinen Ausraster später noch ein Wörtchen reden würden. Dann nickte sie. »Es ist kompliziert.«

»Dann kommen Sie wohl besser mit«, sagte er und zeigte auf seinen Wagen. »Ich kenne einen Ort, wo wir ungestört reden können.«

33

Eine Stunde später stieß Alex einen leisen Pfiff aus, als sich vor ihm eine Tür öffnete und dahinter ein feudales, ultramodernes Apartment mit raumhohen Fenstern zum Vorschein kam, die einen Blick auf die hell erleuchteten Häuser der Osloer Innenstadt boten. Mit den teuren Edelstahlakzenten, dem polierten Holzparkett und den Marmorarbeitsflächen sah es aus wie einer dieser Orte, an denen Hollywoodstars herumhängen und sich gegenseitig auf die Schulter klopfen, weil sie so hinreißend sind.

»Nettes Plätzchen«, kommentierte er und schaute sich beeindruckt um. Die Monatsmiete dieser Wohnung lag bestimmt deutlich über seinem Jahreseinkommen.

Wenn man etwas genauer hinschaute, wirkte der Ort allerdings merkwürdig steril. Es gab keine Bücher oder Zeitschriftenstapel im Wohnzimmer, keine Gläser mit Kräutern oder dekorative Olivenölflaschen in der Küche, alles war perfekt aufgeräumt, und persönliche Dinge jeglicher Art fehlten komplett.

Die Wohnung war ebenso leer wie elegant.

»Diese Wohnung ist als sicherer Rückzugsort für die norwegischen Sicherheitsbehörden reserviert«, erklärte Halvorsen und warf seinen Mantel auf den Frühstückstresen in der Küche. »Das Apartment wird ab und zu für Meetings genutzt, oder für den Zeugenschutz. Meistens steht es leer, außer wenn einer unserer hohen Officers bei einer Dame seines Herzens Eindruck schinden will.«

Sein Gesichtsausdruck ließ vermuten, dass das öfter geschah, als er guthieß.

»Hier landet also das Geld der Steuerzahler, was?«, bemerkte Alex und schnaubte spöttisch.

Halvorsen zuckte mit den Schultern. »Es erfüllt seinen Zweck. Wir können hier frei reden, ohne uns darüber Gedanken machen zu müssen, ob wir abgehört werden.« Er deutete auf einen Esstisch an einer Seite des Raumes. »Kommen Sie, setzen Sie sich.«

Er setzte sich auf eine Seite, Alex und Anya gegenüber. Er musterte sie beide, wie ein Schachspieler seinen Kontrahenten abschätzt.

»Also, schießen Sie los. Was ist passiert?«

Meistens redete Anya. Halvorsen hörte zu, während sie kurz ihren Handel mit Arran schilderte, sein Verschwinden und die anschließende Verhaftung von Alex, ihre improvisierte Rettungsaktion, die Flucht nach Norwegen und schließlich ihr Treffen mit Alex' Freund Landvik und die Schießerei bei ihm zu Hause.

»Die CIA ist hinter uns her, und sie wird alle verfügbaren Mittel einsetzen, um uns daran zu hindern, an die Datei heranzukommen«, beendete sie ihren Bericht. »Wir haben nur noch eine einzige Chance, aber dafür brauchen wir Hilfe.«

Halvorsen schwieg eine Weile, aber sein Verstand lief zweifellos auf Hochtouren, während er versuchte, das Gehörte zu verarbeiten.

»Diese Datei«, ergriff er schließlich das Wort, »was steht da drin?«

»Ist das wichtig?«

»Das wissen Sie genau. Wenn Sie wollen, dass ich Ihnen vertraue, müssen Sie mir schon auch ein wenig Vertrauen entgegenbringen.«

Anya warf einen kurzen Seitenblick auf Alex, dann seufzte sie, weil sie einsah, dass sie dem Mann etwas geben musste.

»Es ist ein Verzeichnis aller verdeckten Operationen, Einheiten und Personen im Dienst der CIA. Ausschließlich die Führungsebene hat darauf Zugriff«, erklärte sie. »Es sind dort nur die gefährlichsten und brisantesten Informationen gespeichert. Jedes schmutzige Geheimnis, das sie lieber vergessen wollen, jede Operation, von der sie angeblich nichts wissen – das alles ist dort gesammelt, fein säuberlich katalogisiert und archiviert. Wir nennen sie die Schwarze Liste.«

Alex verzog verwirrt das Gesicht. Schon die Existenz einer solchen Liste schien ihrem Zweck zu widersprechen. »Das verstehe ich nicht. Warum sollte man Sachen aufschreiben, die nie passiert sind?«

Halvorsen lehnte sich in seinem Stuhl zurück. Sein Gesichtsausdruck machte deutlich, dass er den Zweck einer solchen Liste nur allzu gut erkannte. »Gemeinsame Verantwortung.«

Weil sie spürte, dass ihr Begleiter noch immer nichts begriff, erklärte Anya es ihm. »Wie heißt es so schön: Nichts ist wirklich geheim, von dem mehr als ein Mensch weiß. Es besteht immer die Möglichkeit, dass jemand die Gruppe zu seinem eigenen Vorteil betrügt oder Dinge selbst in die Hand nimmt, ohne Konsequenzen fürchten zu müssen. Die Schwarze Liste wurde angelegt, um beides zu verhindern. Sie hält alle zusammen und verhindert, dass sich einer gegen die anderen wendet.«

Allmählich konnte sich Alex eine Vorstellung machen. »Sichere gegenseitige Vernichtung«, sagte er und bezog sich auf eine Theorie aus der Zeit des Kalten Krieges, nach der es der einen Seite unmöglich war, die andere Seite zu vernichten, ohne durch einen Gegenschlag selbst vernichtet zu werden.

Anya zuckte mit den Schultern. »Wenn Sie es so nennen wollen.«

Aber eine Sache wunderte Alex immer noch. »Wenn diese Liste supergeheim ist und nur Führungskräfte davon erfahren sollten, wie kommt es dann, dass Sie darüber informiert sind?«

Sie warf ihm einen bösen Blick zu, weil sich hinter dieser Frage auch eine Herabsetzung verbarg. »Weil ich sie angelegt habe, Alex. Ich selbst und ein Mann namens Marcus Cain, damals, als ich 1989 von meinem Job in Afghanistan zurückkehrte.«

Alex bemerkte, dass sie ein wenig die Fassung verlor und leicht zitterte, als sie den Namen aussprach. Eine Kriegerin, die eine alte Wunde wieder spürte. Er fragte sich, was dieser Mann für sie bedeutete, aber jetzt war sicher nicht der geeignete Moment, sie zu unterbrechen.

»Die CIA hat jegliche Verbindung zu mir geleugnet, nachdem mich die Sowjets gefangen genommen hatten. Ich war wie ein Geist. Soweit es sie betraf, gab es mich nicht mehr, und es war allein Marcus zuzuschreiben, dass ich wieder in den Dienst zurückkehren konnte. Er war gerade zum Chef der Abteilung für Sondereinsätze der CIA befördert worden, und ich konnte ihn davon überzeugen, dass wir etwas an der Art und Weise ändern mussten, wie die Dinge bei uns liefen. Es sollte keine Vertuschungsaktionen mehr geben, kein Leugnen von Erkenntnissen, keine Lügen und keinen Verrat mehr an den eigenen Leuten. Die Schwarze Liste sollte für gemeinsame Verantwortung stehen und dazu beitragen, dass wir uns an höhere Standards hielten.« Die Wut in ihren Augen verblasste, und an ihrer Stelle kamen Trauer und Schuldgefühle zum

Vorschein. So sah jemand aus, der über Fehler der Vergangenheit nachdachte. »Es hat sich nicht so entwickelt, wie ich es erhofft hatte.« Ihr Gesichtsausdruck sprach für sich.

»Aber was bringt Ihnen diese Liste jetzt?«

»Vor sechs Jahren geriet ich bei einem Einsatz im Irak in einen Hinterhalt und wurde von russischen Agenten gefangen genommen.« Anya wandte den Blick ab und kaute auf ihrer Lippe. Sie schwieg eine Weile. Das Thema war ihr offensichtlich nicht sehr angenehm. »Ich habe dafür lange Zeit in einem ihrer Gefängnisse gesessen. Aber der Hinterhalt war kein Zufall – sie wussten, wo und wie sie mich finden konnten, was bedeutet, dass es ihnen jemand aus der Agency gesteckt hat. Jemand hatte beschlossen, mich zu opfern.«

Ihr kalter, entschiedener Blick verriet, dass sie die Verantwortlichen unerbittlich zur Rechenschaft ziehen würde. »Es gab damals nicht viele Menschen, die von meiner Existenz wussten, geschweige denn, wo und wie man mich finden konnte. Eine solche Entscheidung musste auf der höchsten Führungsebene getroffen worden sein.«

»Was wollen Sie damit sagen? Im Weißen Haus? Vom Präsidenten?«

Sie schnaubte verächtlich. Vielleicht war es auch ein grimmiges Lachen.

»Präsidenten kommen und gehen. Behördenchefs werden ausgetauscht. Die Männer, von denen ich spreche, sind weitaus … beständiger. Sie haben sich schon so lange an ihre Macht geklammert, haben so hart darum gekämpft und so viel dafür geopfert, dass sie niemals freiwillig darauf verzichten würden. Sie lassen sich weder vom Weißen Haus noch von sonst wem Vorschriften machen, weil kein Politiker, der für ein paar Jahre solch ein Amt ausfüllt, auch nur die vage Hoffnung hegen darf, sie kontrollieren zu können. Die meisten Präsidenten wissen nicht mal, dass es sie gibt.«

»Aber wer zum Teufel sind diese Leute?«

»Ich weiß es nicht«, räumte sie ein. »Ich bin ihnen nie direkt begegnet. Jedenfalls niemandem aus der Führungsriege. Anscheinend hielt man mich nicht für … zuverlässig genug. Nur Marcus schien zu wissen, wer und was sie wirklich waren. Er nannte sie ›Der Kreis‹ und meinte, dieser Kreis würde aus Führungskräften fast aller Regierungsbehörden einschließlich des Militärs bestehen.«

Alex hatte schon früher Dutzende von Verschwörungstheorien über Geheimorganisationen wie diese gehört – die Quellen reichten von Dokumentationen über die Illuminaten und Freimaurer bis hin zu Spielfilmen mit finsteren Regierungsbehörden als Gegenspielern. Und selbst wenn diese Information von jemandem wie Anya stammte, ließen seine tief sitzende Skepsis und sein Zynismus es nicht zu, dass er das so einfach schluckte.

»Sie behaupten also, eine geheime Gruppe von Machtmenschen kontrolliert die Regierung?«, höhnte er. »Treffen in ungemütlichen, abgedunkelten Hinterzimmern und der ganze Kram?«

»Ist es wirklich so schwer zu glauben, dass es Menschen in Machtpositionen gibt, die keinen Wert darauf legen, dass es auf Wikipedia eine Seite über sie gibt?«, fragte ihn Halvorsen. »Die Welt, in der wir leben, ist weitaus komplexer, als Sie es sich vermutlich vorstellen können, und nicht alles, was an der Oberfläche zu sehen ist, entspricht der Realität dahinter.«

Alex schaute zu Anya und hoffte, sie könnte etwas mehr Licht in die Sache bringen. »Lassen Sie mich raten – dieser ›Kreis‹ will die Weltherrschaft an sich reißen, stimmt's?«

Sie schüttelte den Kopf mit der Resignation eines Menschen, der solche Zweifel längst vorhergesehen hatte. »Ihnen liegt nichts an der Weltherrschaft, wie Sie es nennen. Und sie treffen sich auch nicht in dunklen Hinterzimmern. Eigentlich treffen sich alle nur selten gemeinsam an einem Ort. Das ist auch nicht nötig. Nach ihrem Verständnis ist es ihre Aufgabe, für die Absicherung der bestehenden Weltordnung zu sorgen, indem sie alles im Gleichgewicht halten. Das gelingt ihnen nicht deshalb, weil sie mächtig, sondern weil sie frei sind. Sie haben Handlungsfreiheit und können tun, was getan werden muss, ohne sich über die Reaktionen der Medien, über Meinungsumfragen oder Anhörungen vor dem Kongress Gedanken zu machen. Sie sind frei, weil es sie in den Augen der Weltöffentlichkeit gar nicht gibt.«

Alex zog eine Grimasse. Der Tonfall ihrer Beschreibung überraschte ihn. »Sie klingen, als würden Sie diese Leute bewundern.«

»Ich habe an ihre Nützlichkeit geglaubt, wenigstens eine Zeit lang«, räumte sie ein. »Denn ich wusste genau, dass berechtigte Aktionen in der Öffentlichkeit nicht immer populär sind. Man braucht Leute, die imstande sind zu tun, wovor andere zurückschrecken. Ich habe an sie geglaubt, ja, ich dachte sogar, ich könnte dazugehören. Jedenfalls eine Zeit lang.«

Alex war von dem Gehörten wie vor den Kopf geschlagen. Niemals hätte er sich die verwickelte Geschichte hinter ihren Aktionen vorstellen können, oder die Tragweite dessen, was sie versuchte. Es ging ihr nicht allein darum, sich mit einem der mächtigsten und gefährlichsten Geheimdienste der Welt anzulegen, sondern sie hatte es auch noch auf eine Gruppe von Männern abgesehen, die so einflussreich und abgeschirmt war, dass selbst Anya weder wusste, um wen es sich im Einzelnen handelte, noch, wie weit ihr Einfluss wirklich reichte.

Halvorsen machte sich allerdings mehr Gedanken um ihre gegenwärtige Lage. »Sie haben angedeutet, Sie könnten vielleicht wieder an diese Datei herankommen. Wie?«

Anya nickte und deutete auf Alex. »Erzählen Sie ihm, was Sie mir erzählt haben.«

Der Ältere hörte geduldig zu, während Alex sein Bestes gab, um von seinem Hackversuch am Vormittag zu berichten, davon, wie er ins CIA-Netz eingedrungen war und versucht hatte, die Schwarze Liste herunterzuladen, und wie er schließlich entdeckt hatte, dass von der Datei automatisch übers Netz eine Sicherheitskopie angelegt worden war.

»Die einzige Möglichkeit, die Datei wieder in die Finger zu bekommen, ohne dabei aufgespürt zu werden, besteht darin, selbst zum Server zu gehen, auf dem die Datei gespeichert ist, eine Verbindung herzustellen und sie manuell herunterzuladen. Das ist hässlich, aber es ist so ziemlich die einzige Chance, die uns jetzt noch bleibt.«

Der norwegische Geheimdienstmann rieb sich das Kinn und grübelte über eine Antwort nach. »Und wenn Sie so vorgehen, wird die CIA nichts davon mitbekommen?«

»Nur wenn wir es richtig und kurzfristig erledigen«, bestätigte Alex. »Früher oder später werden sie das mit der virtuellen Festplattenkopie auch herausfinden. Und wir müssen zudem ein paar … Hürden überwinden.«

»Hürden welcher Art?«

»Nun, zum einen befindet sich das Gebäude mit dem Server in Istanbul. Zum Zweiten wären da die Sicherheitsvorkehrungen vor Ort. Ich kann Ihnen die IP-Adresse nennen, um das Gebäude zu lokalisieren, aber bevor wir planen können, wie wir am besten hineinkommen, müssen wir so viel wie möglich über das Gebäude in Erfahrung bringen. Und über die Sicherheitsprotokolle, die Personalstärke, sogar über das elektronische Keycard-System, das sie für die Innenraumtüren verwenden. Zum Dritten müssen wir es schaffen, ins Land zu kommen, ohne gleich verhaftet zu werden.«

»Alex' Identität ist aufgeflogen«, erklärte Anya. »Er hat keinen Pass, kein Einreisevisum und keinen Führerschein. Er braucht eine ganz neue Identität, und ich habe keine Zeit, ihm eine zusammenzubauen. Außerdem müssen wir nach Istanbul einreisen können, ohne Probleme mit Zoll- und Grenzkontrollen zu bekommen. Das heißt, wir beide brauchen Diplomatenpässe.« Sie warf Halvorsen einen bohrenden Blick zu. »Und hier kommen Sie ins Spiel.«

Halvorsen kicherte und legte die Hände auf seinen üppigen Bauch. »Sie haben wirklich bescheidene Wünsche, wie? Im Grunde genommen verlangen Sie von mir, sämtliche Ressourcen und geheimdienstlichen Möglichkeiten anzuzapfen, um Ihre eigene verdeckte Operation durchzuziehen.«

Anya spreizte ihre Finger. Mit dieser Geste stimmte sie ihm zu, wenn auch widerwillig. »Sie wissen, dass ich Sie nicht fragen würde, wenn es eine andere Möglichkeit gäbe.«

»Verraten Sie mir auch noch, was Sie mir im Gegenzug anbieten?«

Bei dieser Frage zog Anya die Augenbraue hoch. »Was wollen Sie?«

Sein Grinsen wurde breiter. »Kommen Sie, Anya. Sie verlangen von mir, dass ich Mittel, Zeit und Mühen in diese Sache investiere – einmal ganz abgesehen davon, dass ich meine eigene Karriere dabei aufs Spiel setze. Wenn ich das für Sie mache, will ich dafür eine Gegenleistung.«

Alex beobachtete Anya, um ihre Reaktion auf Halvorsens Forderung zu sehen. Aber da war nichts. Sie hätte auch eine professionelle Pokerspielerin sein können, so perfekt war ihre Selbstkontrolle.

Ihre Antwort ließ jedoch keinen Zweifel darüber aufkommen, welchen Standpunkt sie in dieser Sache vertrat. »Ich kann Ihnen die Schwarze Liste nicht geben.«

Halvorsen schüttelte den Kopf. »Sie haben mich falsch verstanden. Ich brauche nicht alles, aber ich will Informationen über jede Operation, die mein Land betrifft. Alles, was die CIA hier veranstaltet hat und besser unterlassen hätte. Darüber will ich Informationen.«

»Und wozu wollen Sie diese Informationen nutzen, Kristian?«, fragte Anya in einem leicht provokanten Ton. »Profit daraus schlagen? Drohen? Erpressen?«

»Wohl kaum«, antwortete er und wirkte fast beleidigt von ihrer Anschuldigung. »Aber die Beziehungen zu unseren Freunden in Langley sind zurzeit … eher schlecht ausbalanciert. Sie nehmen sich, was sie brauchen, geben uns aber nur, was ihnen gerade in den Kram passt. Mit der Schwarzen Liste könnte ich vielleicht das nötige Gleichgewicht wiederherstellen.«

Anya schwieg eine Weile. Sie saß Halvorsen gegenüber und hatte den stechenden Blick ihrer blauen Augen auf seine gerichtet. Alex konnte die Spannung geradezu spüren, die in der Luft hing, während sich die Sekunden immer länger ausdehnten.

Dann endlich schien sie eine Entscheidung getroffen zu haben.

»Einverstanden.«

Daraufhin entspannte sich Halvorsen sichtlich. »Dann werde ich mich wohl besser an die Arbeit machen«, sagte er und erhob sich von seinem Stuhl. »Ich muss ein paar

Anrufe erledigen. Bleiben Sie hier, bis ich zurückkomme, und öffnen Sie niemandem außer mir die Tür.«

Das brauchte man Anya nicht zweimal zu sagen. Sie zog die USP aus ihren Jeans und legte die Waffe mit einem schweren *Klonk* auf den Tisch.

»Könnten wir vielleicht irgendwas zu essen bestellen?«, fragte Alex, ohne sich große Hoffnungen zu machen. Er hatte den Kühlschrank und die Schränke durchsucht und sie so enttäuschend leer gefunden wie den Rest der Wohnung. »Ich habe total Lust auf Kebab.«

Der Norweger schaute ihn nur an, während er seinen Mantel anzog, sagte aber nichts.

»Das habe ich mir schon gedacht«, grummelte Alex.

An der Tür hielt Halvorsen noch kurz inne und schaute zu ihnen zurück. »Mit etwas Glück bin ich bald wieder da.«

Nach diesem nicht gerade vielversprechenden Abschied ging er und ließ Alex und Anya allein.

34

Ich träume.

Es ist ein wirrer Traum. Verworrene Gedanken und Bilder rotieren durch meinen Kopf.

Ich stehe in Tom Dixons Bürozelle und warte, während er sich einen Bericht über alles, was ich bisher getan habe, durchliest. Sein Gesichtsausdruck verrät mir, dass es nicht gut aussieht.

»Mein Güte, Alex. Das alles liest sich gar nicht gut, oder?«, fragt er in seinem überheblichsten Tonfall und schaut von dem Dokument auf. »Sie können doch wohl kaum mit ehrlichem Gewissen behaupten, dass Sie für so etwas der Richtige sind, meinen Sie nicht? Schauen Sie, seit die Sache losgegangen ist, haben Sie kaum eine Sache vernünftig hingekriegt.«

Ich blicke auf meine Füße, weil ich ihm nicht in die Augen sehen kann.

Mir bricht der Schweiß aus, und ich stammle eine Erwiderung: »Ich … ich wusste nicht, dass …«

»Seien Sie still, Sie nutzloser Bastard«, bellt Dixon. »Und schauen Sie mich an, wenn ich mit Ihnen rede.«

Widerwillig zwinge ich mich dazu, ihn anzusehen, aber dann ist es plötzlich nicht mehr Dixon, sondern Gregar. Er sitzt hinter dem Schreibtisch, die obere Hälfte seines Schädels ist weggesprengt, Blut tropft an seinem Gesicht hinunter und landet auf dem ordentlich gebügelten Arbeitshemd.

»Schau mich an, Alex«, sagt er.

Aber das kann ich nicht, weil seine Augen schon in seinen Kopf zurückgerollt sind.

Ich öffne den Mund zu einem Schreckensschrei, doch ich bringe kein Geräusch heraus. Stattdessen taumele ich zurück und grapsche blindlings nach dem Türgriff, als Gregar sich auf toten Beinen aus seinem Stuhl erhebt.

»Schau mich an, Alex«, kreischt er, umrundet den Schreibtisch und kommt mit ausgestreckten Armen direkt auf mich zu, um mich an meinem Hemd zu packen. »Schau mich an.«

Alex schrak aus seinem unruhigen Schlaf hoch, sein Herz hämmerte, und ein dünner Schweißfilm überzog seine Haut. Durch die plötzliche Bewegung schmerzten die verletzten Rippen, aber das kümmerte ihn kaum, er war viel zu aufgewühlt, um solche Kleinigkeiten überhaupt wahrzunehmen.

Er saß ein paar Sekunden lang aufrecht im Bett und starrte in die Dunkelheit um ihn herum, als warteten in jedem Schatten verborgene Schreckgestalten darauf, ihn anzuspringen. Nach und nach verebbte die quälende Panik des Albtraums jedoch, und er konnte wieder klarere Gedanken fassen.

Es war nur ein Traum. Hier war er in Sicherheit. So sicher jedenfalls, wie man es eben sein konnte, als gesuchter Flüchtiger in einem fremden Land, der die Nacht in einer Wohnung verbrachte, die von einem Geheimdienstmann mit zweifelhaften Absichten kontrolliert wurde. Das Ganze auch noch in Begleitung einer Frau, aus der er nicht schlau wurde und der er nicht traute.

Er war müde, und sein malträtierter Körper erinnerte ihn allzu deutlich an alles, was er in den letzten paar Tagen durchgemacht hatte. Trotzdem spürte er kein Verlangen, sich wieder schlafen zu legen. Die Träume, die offenbar nur darauf warteten, sich wieder auf ihn zu stürzen, waren auch nicht besser als die Realität.

Er blieb noch ein paar Minuten im Bett liegen, war unschlüssig, was er tun konnte, aber ohne jede Lust, sich zu bewegen. Doch irgendwann reichte es ihm.

»Mist«, knurrte er, schlug das Laken beiseite und hievte sich aus dem Bett.

Er versuchte, keinen Lärm zu machen, als er den Flur hinunter in Richtung Wohnzimmer schlich. Vor Anyas Tür legte er eine kleine Pause ein und spitzte die Ohren, ob irgendwelche Geräusche zu hören waren. Aber da war nichts. Kein Schnarchen, kein Atmen, keine Körperbewegung auf der Matratze.

Er fragte sich, ob sie überhaupt drin war, und erwog kurz, die Tür zu öffnen und nachzuschauen, aber dann verwarf er die Idee wieder. Sie hatte immer noch die Automatik, die sie – davon war er überzeugt – bestimmt unter ihrem Kopfkissen verwahrte. Und man konnte nicht vorhersehen, wie sie reagieren würde, wenn mitten in der Nacht jemand versuchte, in ihr Zimmer einzudringen. Von seiner einzigen Verbündeten erschossen zu werden wäre eine wahrlich deprimierende Todesart.

Also ging er weiter in den großen, offenen Wohnbereich und durchquerte den Raum bis zu den großen Fenstern. Dort stand er und schaute hinaus auf die hell erleuchtete Skyline des Osloer Stadtzentrums. Norwegens Hauptstadt hatte etwas über 600 000 Einwohner und verdiente es kaum, als quirlige Metropole bezeichnet zu werden, aber aus dieser Höhe war der Ausblick trotzdem beeindruckend.

Er beugte sich vor, schloss die Augen und ließ seine Stirn am kühlen Glas ruhen. Er merkte, wie ruhig es hier oben war. Die Dreifachfenster der Wohnung schluckten sämtliche Außengeräusche und sorgten in den Innenräumen für eine umfassende, meditative Stille.

Sehen, aber nichts hören, er wünschte, das hätte er drüben in London gehabt, wo der Lärm gellender Autohupen, das Rumpeln der Züge und die Begeisterung seiner Nachbarn für Heavy-Metal-Musik ständig ungefragt sein Leben beschallt hatten.

Aber das war jetzt alles belanglos geworden, dachte er in einem Anflug bitteren Humors. Er war jetzt auf der Flucht. Es gab kein Zuhause mehr für ihn. Vielleicht hatte es das auch nie gegeben.

Er hörte leise Schritte nackter Füße auf dem Holzparkett, und als er die Augen aufschlug, stand Anya neben ihm. Sie sagte nichts, stand einfach nur an seiner Seite und schaute hinaus auf die Stadt. Manchem wäre so ein Verhalten seltsam vorgekommen, aber für ihn bekam langsam alles einen Sinn. Worte waren nicht immer vonnöten; manchmal reichte es schon, einfach nur da zu sein. Sie schien das besser zu verstehen als die meisten.

»Konnten Sie auch nicht schlafen?«

Sie bedachte ihn mit einem leicht ironischen Seitenblick: »Sie bewegen sich nicht so leise, wie Sie glauben, Alex.«

Es war eine kleine Stichelei, aber Alex spürte, dass sie ihn nicht beleidigen wollte. »Ich bin noch unerfahren in solchen Dingen«, sagte er, ohne sich zu entschuldigen.

»Das ist mir auch schon aufgefallen.« Anya sah ihn eine Weile an. Zweifellos spürte sie seine Spannung und Unruhe. »Ihnen geht was durch den Kopf.«

»Eigentlich eine ganze Menge.« Er stöhnte und strich sich mit der Hand durchs Haar. »Der Mann, den Sie vorhin erwähnten – der Ihnen bei der Schwarzen Liste geholfen hat, er heißt Cain, oder?«

Er warf ihr genau in dem Moment einen verstohlenen Blick zu, als er den Namen Cain erwähnte, und nahm dieselbe Reaktion wahr wie zuvor bei ihrem Gespräch mit Halvorsen. Derselbe Erinnerungsmoment, dasselbe Aufflackern von Schmerz.

»Was ist mit ihm?«

»Er bedeutet Ihnen etwas, oder?«, fragte Alex. »Zumindest hat er Ihnen früher etwas bedeutet. Ich sah Ihren Blick, als Sie ihn vorhin erwähnten, und jetzt … jetzt haben Sie schon wieder diesen Ausdruck.«

»Sie haben eine gute Beobachtungsgabe«, gestand sie ihm zu, wirkte jedoch nicht allzu glücklich darüber.

»Ich habe ein gutes Gedächtnis«, korrigierte er sie.

Sie wollte das nicht weiter vertiefen.

»Warum interessieren Sie sich für ihn?«

Er zuckte mit den Schultern und entschloss sich dann, ihr mit dem Einzigen zu kommen, das sie hören wollte: mit der Wahrheit. »Weil Sie mir nichts erzählen wollen. Und das bedeutet, dass er wichtig ist. Denn Sie geben nur ungern Dinge preis, die wichtig sind. Dafür habe ich Verständnis, aber ich frage trotzdem, weil ich wissen will, wofür ich mein Leben riskiere. Ich glaube, ich habe inzwischen ein Recht darauf. Wenn Sie wollen, können Sie mir jetzt erzählen, dass es mich nichts angeht, oder dass es sicherer für mich ist, nichts davon zu wissen, oder hundert andere Versionen von demselben Mist. Das ist mir egal. Ich kann Sie nicht zum Reden zwingen. Aber Sie haben gefragt … und das ist der Grund.«

Vielleicht wollte sie es ihm ja erzählen. Vielleicht hatte es schon länger in ihr gebrodelt, als sie sich selbst eingestehen wollte.

»Marcus war … mein Mentor.« Sie brachte das Wort nur mit Widerwillen heraus, als hieße es, eine unliebsame

Wahrheit einzugestehen. »Er brachte mich zur CIA, er wies mir den Weg durch die Welt, in der er lebte, und half mir sogar, die Männer zu verstehen, die an ihrer Spitze standen. Er wiegte mich in dem Glauben, dass ich eines Tages so wie sie sein könnte … dass wir beide es könnten. Wir würden die Entscheidungen treffen, die wirklich zählten, und die Welt zu einem besseren Ort machen – eines Tages.« Sie senkte den Kopf und verzog das Gesicht, als würde sie die Erinnerung daran immer noch faszinieren. »Aber wir müssten darum kämpfen. Marcus ließ mich kämpfen. Nicht gegen diese Männer, aber gegen mich selbst. Gegen die Angst, gegen das Unbedeutend-sein, gegen die Schwäche. Gegen alles, was mich zurückhielt. Bis ich dann irgendwann wirklich so wurde, wie er mich haben wollte … eine Zeit lang zumindest.«

Die Veränderung, die sie beim Erzählen durchlief, war nur schwer in Worte zu fassen. Es war, als würden sich die Schutzpanzer, die sie um sich herum aufgebaut hatte, langsam lösen. Die Härte, die Kälte und die Feindseligkeit wichen Stück für Stück mit jedem Wort von ihr und offenbarten einen Einblick in die Seele, die sich dahinter verbarg.

»Was ist schiefgegangen?«

Da hörte er ein Seufzen. Das matte Seufzen eines Menschen, der sich alte Fehler vergegenwärtigt.

»Wenn ich das nur wüsste«, sagte sie und überzeugte ihn wie nie zuvor davon, dass sie ihre Worte wirklich ehrlich meinte.

Weil jemand sie aussprach, der immer alle Antworten zu wissen schien, der immer einen Plan hatte, für jede Situation einen Ausweg wusste, traf ihn dieses Eingeständnis ihrer Fehlbarkeit wie ein Schock.

»Und jetzt sind Sie vor diesem Cain auf der Flucht?«

Ein schwaches, trauriges Lächeln war die Antwort. »Vor Cain, vor der CIA, vor dem Kreis. Vor allen.«

»Mein Leben wird von jetzt an genauso sein, oder?«, fragte er in einem Anfall schonungsloser Offenheit. »Selbst wenn wir die Schwarze Liste bekommen und Sie die Antworten finden, nach denen Sie suchen, wird es nie vorbei sein. Und man wird mich bis ans Ende meiner Tage jagen.«

Anya erwiderte nichts darauf. Es war unnötig.

»Wie können Sie so leben?«

Wie lange konnte einem diese Gratwanderung zwischen Leben und Tod gelingen? Wie konnte man jeden Morgen aufwachen, ohne zu wissen, ob man den nächsten Morgen noch erleben würde? Alex wusste, dass sie schon viel länger überlebt hatte, als es ihm jemals gelingen würde.

Sie dachte eine Weile darüber nach. »Ich lebe von einem Tag zum anderen. Ich glaube, ich habe schon immer so gelebt.«

»Haben Sie denn nie so etwas wie ein … normales Leben geführt?«

Er meinte es nicht als Beleidigung und hoffte, sie würde es richtig verstehen. Ob es ihm nun bewusst war oder nicht, er suchte einfach nur nach einem gemeinsamen Nenner als Grundlage dafür, diese Frau zu verstehen.

»Was heißt schon normal?« Sie sah ihn an, und in ihren Augen schimmerten tiefe Trauer und Bedauern. Er konnte sich denken, warum. Weil sie die Antwort darauf wirklich nicht wusste.

»Keine CIA, kein Weglaufen und kein Versteckspiel. Sogar Sie müssen so etwas einmal gehabt haben.«

Sie dachte darüber nach, als versuchte sie ernsthaft, sich an ein Leben ohne all diese Dinge zu erinnern.

»Ich denke nicht oft an das *Davor*«, gab sie schließlich zögerlich zu.

Er verzog sein Gesicht wegen ihrer eigenartigen Wortwahl. »Vor was?«

Er nahm ein kleines Flackern in ihren Augen wahr, einen Augenblick voller Hemmung, so als hätte sie gerade unbeabsichtigt etwas von sich preisgegeben.

»Sie hatten recht, was mich betrifft, Alex. Ich hatte mal ein Leben, eine Familie, sogar eine Zukunft. Und ich war ganz anders … als der Mensch, den Sie vor sich haben. Still, sanft, eine Tagträumerin. Aber alles hat sich verändert. Alles, von dem ich glaubte, es wäre sicher und beständig, wurde mir genommen. Und ich wusste, wenn ich überleben wollte, durfte ich nicht mehr so sein wie die Person, die ich einmal war. Ich musste jemand anders werden. Jemand, der keine Angst, keine Schwäche und kein Bedauern kennt. Wie ein Schauspieler, der eine Rolle spielt. Und ich habe diese Rolle gespielt, ich war diese Person … bin sie jetzt schon so lange, dass ich nicht mehr weiß, wie das geht … jemand anders sein. Aber in meinen Träumen sehe ich es manchmal. Es ist immer derselbe Traum.«

»Was sehen Sie?«

Sie zuckte mit den Schultern, griff sich ins Haar und strich sich eine blonde Strähne aus dem Gesicht. Es war eine unbewusste Geste, die er immer an ihr beobachtet hatte, wenn sie Zeit gewinnen wollte. Er unternahm keinen Versuch, sie zum Weiterreden zu drängen, denn er wusste, dass sie allein darüber entschied, ob sie redete oder stumm blieb.

»Es ist Abend, und die Sonne geht gerade unter. Ich liege in der Nähe meines Zuhauses im hohen Gras und schaue in den Himmel hinauf. Es ist ein perfekter Himmel. Einer, der vom Tag in die Nacht und von Horizont zu Horizont zu strömen scheint. Kennen Sie so etwas?«

Alex nickte. Er hatte solche Nächte erlebt und konnte sich sogar noch erinnern, welch eigentümliche Gefühle von Verlangen und Sehnsucht sie in ihm zu erwecken vermochten.

»Ich atme ein, und ich rieche die Erde, die Kiefernnadeln und die Wildblumen. Ich fühle mich sicher und geborgen – so wie man sich nur als Kind fühlen kann. Und das ist ein gutes Gefühl.«

Sie lächelte ein leises, bittersüßes Lächeln, und einmal mehr bot sich ihm ein kurzer Blick auf den Menschen hinter dem Schutzpanzer, auf die Frau, die immer noch ein Leben voller Fehler und Niederlagen betrauerte, die weitaus größer waren, als er verstehen konnte.

»Und wenn ich wieder hochschaue, sehe ich den Kondensstreifen eines Flugzeugs, das über den Himmel zieht. Ich sehe, wie die Sonne auf ihm glänzt, das endlose Blau des Himmels darüber, und … ich lächle. Und ich weiß – irgendwie ist mir das ganz klar –, dass es das Letzte sein wird, was ich jemals sehen werde.«

»Was meinen Sie damit?«, fragte Alex leise.

Sie blinzelte und verscheuchte die Erinnerung. »Es ist ein Traum. Mehr nicht. Das kleine Mädchen, das diese Dinge sah und fühlte … gibt es nicht mehr.«

Alex schaute sie betroffen an, so viel Trauer und Sehnsucht lagen in ihrer Stimme. Es war, als trauerte sie um eine Tote.

»Nein, das ist nicht wahr«, sagte er, ohne sicher zu sein, ob es angemessen war, ihr in Dingen wie diesen zu widersprechen. Er wusste nur, dass er es ihr sagen wollte. »Es steht hier gleich neben mir. Und wartet nur auf eine Chance herauszukommen.«

Anya hielt seinen Blick nur einen Wimpernschlag lang aus.

»Versuchen Sie, sich auszuruhen«, sagte sie und trat vom Fenster zurück. »Wir haben morgen einen langen Tag vor uns.«

Alex betrachtete schweigend, wie sie leise den Raum verließ.

35

Ich wusste nicht, was ich davon halten sollte, als ich sie weggehen sah. Sie hatte mir in diesen fünf Minuten mehr über sich erzählt als in den letzten fünf Tagen, und trotzdem hatte ich das Gefühl, noch mehr Fragen als zuvor zu haben. Es war, als hätte ich die einzelnen Puzzleteile, aber keine Ahnung, wie sie zusammengehörten.

Wer war sie wirklich, hinter all den Schutzpanzern, die sie um sich herum errichtet hatte? Warum wollten die CIA, der Kreis und sogar dieser Marcus Cain wirklich ihren Tod? Was trieb sie dazu, alles für die Schwarze Liste zu riskieren, und was würde aus mir werden, wenn sie sie erst mal in Händen hielt?

Ich war da in etwas verwickelt, das ich nicht einmal ansatzweise begriff, das viel größer war als ich, vielleicht sogar größer als sie. Etwas, das einen leicht das Leben kosten konnte, einschließlich meines eigenen.

Und dennoch hatte ich zum ersten Mal im Leben wirklich das Gefühl, etwas Sinnvolles zu tun. Man würde wohl kaum Songs über mich schreiben oder meinen Namen in den Geschichtsbüchern erwähnen, aber vielleicht – nur vielleicht – würde ich das Ganze überleben und wissen, dass ich jemandem helfen konnte.

Das war zumindest der Plan.

Als Alex erwachte, roch es nach Kaffee und typischen Küchendünsten. Er war entzückt und sich des Umstands sehr bewusst, dass er schon seit geraumer Zeit nichts Vernünftiges mehr gegessen hatte. Schnell schlüpfte er aus dem Bett, streifte sich seine Jeans und sein T-Shirt über und stapfte ins Wohnzimmer.

Anya war schon da. Und das Frühstück auch, wie es den Anschein hatte.

»Sie wollen mich wohl auf den Arm nehmen«, sagte er und beäugte die Teller mit Rührei, den Toast und den gebratenen Schinken auf dem Tisch mit so viel Wohlgefallen, wie es wohl nur jemand empfinden kann, der dem Hungertod nah ist. Nachdem er mit leerem Magen ins Bett gegangen war, konnte es kaum einen willkommeneren Anblick für ihn geben. »Wo zum Teufel kommt das alles her?«

Anya zuckte mit den Schultern und goss sich eine Tasse Kaffee ein. »Es gibt einen Lebensmittelladen nicht weit von hier. Der hat schon früh geöffnet.«

Er verzog sein Gesicht in Erinnerung an die Worte Halvorsens in der letzten Nacht, der ihnen zur Vorsicht geraten hatte. »Hatte Kristian nicht gesagt, wir sollten in der Wohnung bleiben?«

»Ich habe im Leben schon genug Hunger gehabt«, sagte sie. Wenn das irgendjemand anders gesagt hätte, wäre er darüber hinweggegangen, aber ihre Augen sprachen eine andere Sprache. »Jedenfalls haben wir heute eine Menge Arbeit vor uns. Also setzen Sie sich hin und essen Sie.«

Dagegen hatte er nichts einzuwenden. Er nahm am Tisch Platz, griff sich das Besteck und nahm den ersten Bissen. Sofort verzog er das Gesicht. »Oje, der Schinken hätte noch ein bisschen länger gebraten werden müssen.«

Anyas Blick schoss von ihrem Teller hoch, und er grinste belustigt.

»Ich mache nur Spaß. Nicht schießen.«

Und wieder sah er das leichte, angedeutete Lächeln, das er in solchen Momenten von ihr kannte. »Das kann ich nicht versprechen.«

Er war sich nicht sicher, ob sie es ernst meinte oder nicht, und stürzte sich mit der konzentrierten Entschlossenheit eines total Ausgehungerten auf sein Frühstück. In den letzten Tagen hatte er kaum etwas gegessen, aber jede Menge Energie verbraucht, zum Beispiel auf der Flucht vor ihren Verfolgern, bei der Wanderung durch den urwüchsigen Wald oder beim Schwimmen in der reißenden Strömung des Flusses. Wenn man von der CIA gejagt wurde, förderte dies offenbar ordentlich den Appetit.

Falls er lebend aus der Sache herauskommen sollte, könnte er das vielleicht als die nächste Modediät vermarkten.

Erst als er sein Frühstück fast ganz heruntergeschlungen hatte, wandte er sich wieder an die Frau, die ihm gegenübersaß. »Und wie sieht Ihr Plan aus?«

»Wir warten auf Kristians Rückkehr«, verkündete Anya. »Wenn wir bis Mittag nichts von ihm hören, verschwinden wir und versuchen es auf eigene Faust.«

»Das klingt … nicht gerade vielversprechend. Meinen Sie, er lässt sich auf unseren Deal ein?«

Anya trank einen Schluck Kaffee. »Ich kenne ihn schon lange. Er würde uns nicht absichtlich hängen lassen.«

Die Antwort war nicht gerade dazu angetan, Zuversicht zu verbreiten. Nur weil er sie nicht wissentlich verraten würde, bedeutete das noch lange nicht, dass der Mann nicht trotzdem alles in den Sand setzen konnte. Andererseits stand es auch nicht in Alex' Macht, etwas daran zu ändern, wie die Ereignisse der letzten Tage gezeigt hatten.

Anya aß die letzten Bissen, dann erhob sie sich und trug ihren Teller in die Küche. Sie trug nur ihre Jeans und ein einfaches weißes Tanktop, das ihren Nacken und ihre Schultern seinen Blicken preisgab, als sie sich umdrehte. Die Verletzung an ihrem Arm war jetzt kaum noch zu erkennen, die Wunde mit einem frischen, fachgerecht angelegten Verband versorgt.

Aber etwas anderes erregte Alex' Aufmerksamkeit. Die gebräunte und ansonsten makellose Haut ihres oberen Rückens war verunstaltet. Da war etwas Silberweißes zu sehen, das in seinen Augen wie altes Narbengewebe aussah. Mehrere solcher Linien kreuzten einander, als wären sie tief ins Fleisch hineingeschnitten oder -geritzt worden.

»Was ist da passiert?«, rutschte es ihm heraus, bevor er sich auf die Zunge beißen konnte.

»Was meinen Sie?« Sie war damit beschäftigt, das Geschirr unter heißem Wasser abzuspülen.

»Die Narben auf Ihrem Rücken.«

Augenblicklich unterbrach sie ihre Tätigkeit und drehte sich zu ihm um, als wollte sie verbergen, was sie unwissentlich entblößt hatte. Ihr Gesichtsausdruck hatte nun keineswegs mehr die souveräne Beherrschtheit, an die er sich bei ihr gewöhnt hatte. Stattdessen wirkte sie nahezu verlegen, als hätte er sie gerade nackt aus der Dusche kommen sehen.

Aber da war noch etwas anderes. Etwas, das tiefer und nachhaltiger war als nur Verlegenheit. Es war eine Verletztheit, eine alte Verwundung, die zusammen mit der lange verschütteten Erinnerung wieder an die Oberfläche gezerrt wurde.

»Das ist lange her. Ich hatte einen Fehler gemacht.«

»Was für einen Fehler?«

»Ich habe den falschen Leuten vertraut. Und dafür bezahlt.«

Das faszinierte ihn, und Alex wollte gerade etwas dazu

sagen, als ihm das Klicken eines Schlüssels in der Wohnungstür verriet, dass gleich jemand hereinkommen würde. Er beobachtete, wie Anya ganz beiläufig nach einem Messer auf dem Hackklotz neben der Spüle griff. Dann wurde die Wohnungstür aufgeschoben, und Halvorsen kam hinein.

Er sah ganz danach aus, als wäre er seit ihrer letzten Begegnung rund um die Uhr auf Achse gewesen, und wirkte fast noch müder und ausgezehrter als Alex, wenn das überhaupt noch möglich war. Er hatte zwei Reisetaschen aus Stoff dabei. Er stellte sie ab und sah die beiden Wohnungsinsassen prüfend an.

»Es ist alles so weit vorbereitet«, verkündete er. »Ich musste ein paar alte Verbindlichkeiten einfordern, um alles so kurzfristig über die Bühne zu bringen, aber ich habe neue Pässe für Sie beide dabei.«

Er warf einen davon Alex zu, der es gerade noch schaffte, ihn aufzufangen, nachdem er seine Kaffeetasse abgestellt hatte. Er schlug ihn auf und verweilte mehrere Sekunden auf der Seite mit dem Passbild. Er hieß jetzt anscheinend James Williams und war kanadischer Staatsbürger geworden. Der Pass sah täuschend echt aus, trotzdem fragte er sich, ob die Passkontrolle wohl so leicht zu täuschen war.

»Im Ernst?«, fragte Alex und steckte sich den Pass in die Gesäßtasche. »Klinge ich für Sie wie ein Kanadier?«

»Für mich klingen Sie im Moment einfach nur völlig fertig, und genau so sehen Sie auch aus.« Halvorsen stellte seinen Fuß hinter eine der Reisetaschen und schob sie über den Boden zu Alex hinüber. »Ich musste Ihre Größe schätzen, aber da ist was Frisches zum Anziehen und Waschzeug drin. Ich würde vorschlagen, Sie machen von beidem Gebrauch.«

Unwillkürlich fasste sich Alex ans Gesicht und kratzte

sich über die Stoppeln, die sein Kinn überzogen. Seine letzte Rasur lag schon ein paar Tage zurück, das wurde ihm erst jetzt bewusst. »Nett, dass Sie daran gedacht haben.«

Er kniete sich hin, öffnete den Reißverschluss und fand zu seiner Überraschung in der Tasche einen zusammengelegten, fein gebügelten Businessanzug. Was Männermode betraf, war er alles andere als ein Experte, aber er konnte trotzdem erkennen, dass es ein teurer Anzug von bester Qualität war.

»Wir drei arbeiten für eine Bau-Consultingagentur. Wir sind in Istanbul, um unsere Expertise für die Stabilisierung des Fundaments einer Moschee beizusteuern, die gerade restauriert wird. Sie beide sind meine persönlichen Assistenten. Ich habe dafür gesorgt, dass Sie die norwegische Grenzkontrolle passieren können, ohne festgehalten zu werden, aber wir brauchen unsere Legende für die Türkei.«

Anya war die Absicht hinter seiner kurzen Zusammenfassung ihrer Rollen nicht entgangen. »Ich habe nichts davon gesagt, dass Sie bei der Sache mitmachen.«

»Sie sagten, dass Sie meine Hilfe brauchen«, erinnerte er sie. »Nun, hier bin ich.«

»Ich brauche Informationen und Unterstützung, aber keinen Hilfssheriff. Sie waren schon lange nicht mehr draußen im Einsatz.«

»So wenig wie Sie.«

»Das ist etwas anderes. Ich bin immer noch fit für so etwas. Aber Sie, Sie sind …« Sie beendete den Satz nicht, weil sie den Gedanken wohl nicht äußern wollte.

»Alt und fett?« Dann grinste er, vielleicht, weil er es geschafft hatte, dass sie verlegen wurde. »Anya, ich rede nicht davon, mit Ihnen in das Gebäude einzudringen. Aber so einen Job kann man nicht allein mit zwei Personen durchziehen, von denen nur eine für solche Einsätze ausgebildet wurde. Sie werden meine Hilfe in Istanbul brauchen, auch wenn Sie es jetzt vielleicht noch nicht zugeben wollen.«

Anya musterte ihn eingehend. Alex ahnte, dass es ihr nicht gefiel, zu irgendetwas genötigt zu werden. Dennoch musste sie zugeben, dass er nicht ganz unrecht hatte.

»Schön«, stimmte sie schließlich mit einem säuerlichen Lächeln zu, bevor sie sich bückte, um ihre eigene Reisetasche zu öffnen. »Aber vergessen Sie nicht, dass es meine Operation ist.«

»Als ob ich das vergessen könnte.«

Um die Spannung abzubauen, mischte sich Alex mit einer eigenen Frage ein. »Ich will ja nicht wie ein Schwarzseher klingen, aber wie genau sollen wir denn aus Norwegen herauskommen?«

Der Norweger grinste. »Abwarten.«

TEIL VIER

VOLLENDUNG

Rafael Nuñez, alias RaFa, ein berüchtigtes Mitglied der Hackergruppe World of Hell, wurde nach seiner Ankunft auf dem internationalen Flughafen von Miami verhaftet, weil er im Juni 2001 in das Computersystem der Defense Information Systems Agency, einer IT-Einheit des amerikanischen Verteidigungsministeriums, eingedrungen war.

36

Istanbul, Türkei

Sechs Stunden später legte Alex den Sitzgurt wieder an, und wenig später landete der Gulfstream-III-Firmenjet butterweich auf dem Rollfeld des Atatürk-Flughafens von Istanbul. Die Turbinen röhrten lauter, als der Pilot auf Gegenschub schaltete. Draußen brannte die heiße Nachmittagssonne von einem nahezu wolkenlosen Himmel.

Die letzten paar Stunden waren wie ein hektischer, anstrengender Traum an ihm vorübergezogen. Nachdem sie sich rasch geduscht und die neuen Kleider angezogen hatten, waren er und Anya von einem Wagen mit abgedunkelten Scheiben aus der konspirativen Wohnung abgeholt und aus Oslo herausgebracht worden. Anstatt den Osloer Gardermoen-Flughafen anzusteuern, das wichtigste Zentrum für die Versorgung der Stadt, fuhren sie weiter nach Osten, zu einem kleineren Privatflughafen in Fornebu. In angemessener Distanz zu den Cessnas und anderen Kleinflugzeugen, die auf dem kleinen Flugfeld herumstanden, hatte die Gulfstream in einem privaten Hangar auf sie gewartet. Niemand fragte nach ihren Namen oder ihren Papieren, kein Zollbeamter durchsuchte sie, ja nicht einmal der einsame Sicherheitsmann, der am Haupttor postiert war, würdigte sie eines Blickes. Sie waren einfach aus dem Wagen aus- und in das Flugzeug eingestiegen, dessen Triebwerke bereits warmliefen. Fünf Minuten später waren sie schon in der Luft.

»Sie haben einen verdammt coolen Job, Chef«, sagte er zu Halvorsen. Er staunte und war ein bisschen neidisch auf diesen Mann, der scheinbar mühelos Privatjets und falsche Papiere aus dem Hut zaubern konnte.

Halvorsen erriet, was Alex meinte, und verzog nur sein Gesicht. »Sie können mir glauben – wenn meine Vorgesetzten davon erfahren, werde ich eine Menge zu erklären haben. Hoffentlich kann ich ihnen für diese ›Investition‹ im Gegenzug auch etwas bieten.«

Alex hatte noch nie in einem Privatjet gesessen, geschweige denn, dass er in einem mitgeflogen wäre, war aber nach ein paar Stunden in der Gulfstream restlos überzeugt, dass herkömmliche Fluglinien zukünftig nicht mehr das Richtige für ihn wären. Allein der Preis für einen Ledersitz überstieg wahrscheinlich sein Jahreseinkommen. Zu gern hätte er auch den Champagner aus der bordeigenen Bar verkostet, aber er wusste, dass er sich jetzt nicht gehen lassen durfte. Es lag noch ein Haufen Arbeit vor ihnen. Außerdem hätte ihm Anya vermutlich schon für den Versuch einen Tritt in den Hintern verpasst, der ihn vom Heck des Flugzeugs bis ins Cockpit katapultiert hätte.

Anya selbst hatte sich während des Fluges überwiegend mit dem Laptop beschäftigt, den sie vor sich auf den kleinen Ausklapptisch gestellt hatte, und die Informationen gesichtet, die Halvorsen beschaffen konnte. Der norwegische Geheimdienstmann hatte unter anderem Gebäudegrundrisse und Personallisten zusammengestellt und sogar Satellitenbilder von dem Gebäude aufgetrieben, auf das die IP-Adresse verwies, die sie zurückverfolgen konnten, nachdem Alex sie aus seinem phänomenalen Gedächtnis ausgegraben hatte. Vermutlich war Anya jetzt damit beschäftigt, anhand der Informationen einen Plan zu erarbeiten, wie sie in das Gebäude hinein- und wieder herauskamen, ohne verhaftet oder umgebracht zu werden. Sie war nur ein einziges Mal aufgestanden, um sich ein Glas Wasser zu holen. Das war auch gut so, denn in wenigen Stunden würde sie beweisen müssen, ob sie die richtigen Schlüsse aus den Informationen gezogen hatte. Eine zweite Chance würden sie nicht bekommen.

Der Jet verließ die Hauptlandebahn und rollte noch ein paar Minuten weiter, bis er schließlich in einen kleineren Ankunftsbereich etwas abseits vom Hauptterminal abbog.

»Und? Wie sieht's aus?« Alex konnte sich die Frage nicht verkneifen, als Anya ihren Computer herunterfuhr und verstaute. »Haben wir eine Chance hineinzukommen?«

Sie blickte zu ihm hoch und brauchte einen Moment, um ihre von der Bildschirmarbeit müden Augen auf ihn zu fokussieren. Zum ersten Mal registrierte er, dass ihre körperlichen und mentalen Reserven nicht ganz so unerschöpflich waren, wie er gedacht hatte.

»Darüber reden wir später«, entgegnete sie, unwillig, sich weiter auszulassen.

Mit dieser nicht gerade euphorischen Einschätzung im Hinterkopf löste Alex seinen Gurt und erhob sich aus dem luxuriösen Sessel. Gleich würde er den teuren, klimakontrollierten Kokon verlassen, der für die letzten paar Stunden sein Zuhause gewesen war. Sein Gefühl sagte ihm, dass nichts, was ihn heute noch erwartete, auch nur annähernd so angenehm sein würde.

»Gehen wir.« Halvorsen deutete auf die vordere Ausstiegsklappe, die der Kopilot soeben entriegelte und aufschwenkte. »Hinter dem Zoll wartet ein Mietwagen auf uns.«

Dann zwängte er seinen massigen Leib durch den schmalen Gang. Alex folgte ihm. An der Tür legte er eine kleine Pause ein, als die erste warme Brise durch die Kabine strich und den Geruch von Autoabgasen und einen Hauch von Seeluft mit sich führte. Das war eine starke und willkommene Abwechslung zu der kalten, sterilen Luft im Flugzeug.

Istanbul lag auf demselben Breitengrad wie Madrid, grenzte im Norden ans Schwarze Meer, im Süden an das Marmarameer und war für seine feuchten, heißen Sommer bekannt. Der heutige Tag bildete keine Ausnahme. Die Sonne brannte von einem makellos blauen Himmel herunter, und eine leichte Brise brachte warme, feuchte Luft aus dem Süden heran. Obwohl es erst Mitte Mai war und die heißesten Monate des Jahres noch bevorstanden, war die Nachmittagshitze stark genug, um Alex einen glänzenden Schweißfilm auf die Haut zu treiben, als er über die kurze Treppe hinunterstieg.

Halvorsen, der vorausging, setzte sich eine Sonnenbrille auf. »Zum Ankunftsbereich geht es hier entlang«, sagte er und zeigte auf das Hauptterminal in circa hundert Meter Entfernung. »Folgen Sie mir.«

Eine überdachte Passage führte direkt von der Gulfstream bis zum Terminal, nur für den Fall, dass jemand etwa auf die Idee käme, zu den gesperrten Bereichen hinüberschlendern zu wollen.

»Sehen Sie zu, dass Sie Ihren Pass und Ihre Ausweispapiere zur Hand haben«, wies sie der Norweger an, als sie die Passage betraten. »Nennen Sie mir mal Ihren Namen, Ihre Nationalität und Ihren Geburtstag.«

Dies war ein Aspekt ihrer kleinen Geheimmission, in dem Alex auftrumpfen konnte. Schließlich war es ihm nie schwergefallen, Informationen im Gedächtnis zu behalten.

»Ich heiße James Williams. Ich bin am 16. April 1979 in Halifax, Neuschottland, auf die Welt gekommen«, erwiderte Alex, der mühelos die falschen Lebensdaten herunterspulte, die man ihm gegeben hatte.

»Und warum sind Sie in Istanbul?«

»Ich arbeite für die FLS-Construction. Wir sind ein Architekturbetrieb, der sich auf Bauingenieurswesen spezialisiert hat. Wir sind hier als Berater für die Restaurierungsarbeiten an einer Moschee.«

»Welcher Moschee?«

Alex hätte fast gegrinst. Halvorsen versuchte, ihn unter Druck zu setzen, aber das würde ihm nicht gelingen. Er konnte sich an jedes einzelne Wort aus dem Dossier erinnern, das er bekommen hatte. »Es ist die Mullah-Çelebi-Moschee im Stadtteil Findikli.«

»Und wie heißen Ihre Eltern?«, fragte Anya plötzlich.

Diese Frage brachte Alex so aus dem Konzept, dass er einige Sekunden schwieg. Für ihn war es ein Bruch mit den Informationen, die man ihm gegeben hatte, eine Kluft zwischen der Fantasie und der Realität, die er nicht spontan überbrücken konnte.

Anya bemerkte seine Schwierigkeiten, stoppte und drehte sich zu ihm um. »Verlassen Sie sich nicht nur auf Ihr Gedächtnis, Alex. Manchmal müssen Sie improvisieren. Seien Sie auf *unerwartete* Fragen gefasst.«

Mit diesem brüsken Rat wandte sie sich wieder ab und setzte ihren Weg zum Ankunftsbereich und den türkischen Grenzkontrollen fort.

»Vielen Dank, Obi Wan«, schnaufte Alex.

Da sie mit einem Privatjet gekommen waren, konnten sie sich nicht mehr unter die Reisenden der kurz zuvor gelandeten Maschine mischen. Trotzdem schafften es Halvorsen und Anya in stillem Einvernehmen, so langsam voranzukommen, dass in der Zwischenzeit die nächste Ladung ausländischer Touristen aussteigen und eine große

Menschentraube bilden konnte, die sie ausnutzten, um sich unbemerkt dazwischenzuschmuggeln.

Ihre Absicht lag auf der Hand. Die langweilige Routine der Massenabfertigung Dutzender ausländischer Reisender würde hoffentlich die Konzentration der Passkontrolleure zermürben; und die langen Schlangen der Reisenden, die noch kamen, dürften ihre Bereitschaft verringern, jeden einzelnen Passagier genauer unter die Lupe zu nehmen.

Alex war nicht gerade ein erfahrener Weltenbummler, aber selbst ihm war klar, dass die Grenzkontrollen in manchen Ländern genauer waren als in andern. In den Vereinigten Staaten wurde vielleicht jeder ins Verhör genommen, der verrückt genug war, einreisen zu wollen, aber in den meisten anderen Ländern reichten ein Scan des Passes und ein bestätigender Blick ins Gesicht des Reisenden völlig aus.

Alex konnte nur hoffen, dass heute so eine Grundstimmung herrschte, als er sich in eine der Warteschlangen einreihte. Es waren jeweils zwei Kabinen für die Passkontrolle nebeneinander angeordnet, und die beiden Beamten, die dort Dienst taten, riefen den nächsten Reisenden zu sich, sobald sie seinen Vorgänger abgefertigt hatten. Welchem Kontrolleur man schließlich gegenüberstand, hing allein vom Timing ab.

In Alex' Fall verrichtete in der linken Kabine ein strenger, übergewichtiger Fünfzigjähriger seine Arbeit, der mit missbilligender Miene eine dicke Lesebrille auf seiner langen Nase balancierte. Er schien sich mehr Zeit zu nehmen und mehr Fragen zu stellen als seine Kollegen – ein Paragrafenhengst, der akribisch jede Regel und jede Verfahrensanweisung buchstabengetreu abarbeitete, ohne auf die Umstände Rücksicht zu nehmen. Von jemandem wie ihm war zu erwarten, dass er es sich nicht nehmen lassen würde, einen gefälschten Ausweis eingehend zu untersuchen.

Im Gegensatz dazu war seine Kollegin in der anderen Kabine eine Frau Ende dreißig oder Anfang vierzig. Ihrer Körpersprache nach zu urteilen war sie entspannt, scharfsinnig und eher darauf bedacht, die Leute so schnell wie möglich abzufertigen.

Komm schon, gib mir die Frau, gib mir die Frau, flehte Alex im Stillen, während er langsam vorrückte. Die Chancen standen zu seinen Gunsten, denn in der Zeit, in der die Frau drei Reisende abarbeitete, schaffte der Mann in der Nachbarkabine nur einen.

Es dauerte nicht lange, bis Alex am Anfang der Schlange darauf wartete, an die Reihe zu kommen. Jetzt war nur die Frage, welcher der Kontrolleure zuerst mit dem Vorgänger fertig werden würde.

Der männliche Beamte regte sich gerade über irgendwelche Kleinigkeiten auf, die er in den Papieren des Pärchens entdeckt hatte, das vor Alex an der Reihe war. Ihr Ausdruck schwankte, den Umständen entsprechend, zwischen Langeweile und Besorgnis. Der Abfertigungsbeamte wirkte wie jemand, der einen mit Freuden stundenlang mit Papierkram festnageln würde, wenn nicht alles absolut seine Richtigkeit hatte.

In der Nachbarkabine war die Frau gerade mit ihrem letzten Reisenden fertig. Alex hätte fast vor Erleichterung geseufzt, als sie dem Mann seinen Pass zurückgab.

Er machte einen Schritt auf sie zu, weil er darauf brannte, seinen Platz einzunehmen, als er unvermittelt wieder stehen bleiben musste. Der Passagier, ein alter Knacker um die achtzig, der aussah, als könnte ihn schon eine starke Windböe umwerfen, dachte anscheinend noch nicht ans Weitergehen. Er beugte sich vor und bat die Zollbeamtin um irgendwelche Auskünfte, weil er offenbar nicht begriff, was allen anderen klar war.

Komm schon, verzieh dich, du alter Bastard!, fluchte Alex im Stillen. Geh einfach weiter, und lass mich da hin.

Aber sein achtzigjähriger Freund machte keine Anstalten zu verschwinden. Anscheinend war es ihm völlig gleichgültig, dass fünfzig Menschen in der Schlange hinter ihm warteten. Alex spekulierte, ob man diese Art von ignoranter Gleichgültigkeit gegenüber der Welt automatisch durch hohes Alter erlangte.

Gerade als die Frau ihren geduldigsten Gesichtsausdruck aufsetzte, während sie dem Greis zu erklären versuchte, wohin er als Nächstes gehen musste, nahm Alex Bewegung in der anderen Kabine wahr. Der Mann hatte das Pärchen endlich abgefertigt und winkte Alex zu sich.

Der zögerte in der Hoffnung, die Geduld der Frau könnte sich am Ende noch auszahlen, obwohl er selbst nicht daran glaubte. Und der Alte wirkte tatsächlich jetzt nur noch konfuser und verdatterter.

Mist!

Der männliche Beamte winkte ihn noch einmal zu sich, diesmal etwas nachdrücklicher. Seine Miene verriet seine Ungeduld darüber, weil es nicht so lief, wie er erwartete.

Da Alex jetzt seine Nerven zusätzlich strapaziert hatte, war er sicherlich noch weniger geneigt, Nachsicht walten zu lassen.

Mit einem mulmigen Gefühl in der Magengrube und weichen Knien ging Alex nach vorn und präsentierte seinen Pass zur Kontrolle.

Der Einreisebeamte schnappte ihn sich mit seiner großen, behaarten Hand und legte ihn umgehend unter den Scanner seines Computerterminals.

Nichts geschah. Der Beamte verzog das Gesicht und

ein, zwei Sekunden lang hörte Alex' Herz zu schlagen auf. Jedenfalls fühlte es sich so an.

Dann scannte der Mann den Pass noch einmal, und irgendwo im Terminal sah Alex ein grünes Lämpchen aufleuchten. Das musste etwas Gutes bedeuten, sagte er sich. Grün war doch immer gut, oder? Jedenfalls schrillte kein Alarm los.

Der Beamte betrachtete den Ausweis noch einen Moment länger und schaute dann zu Alex, wobei er ihn über den Rand seiner Lesebrille hinweg musterte, wie ein gestrenger Bibliothekar einen säumigen Leser anblicken würde, der ein Buch mit halbjähriger Verspätung zurückgab.

»Kanadier?«, fragte er.

Alex hatte selbst fast genauso darauf reagiert, als er den Pass zum ersten Mal sah.

»Jawohl«, erwiderte er und versuchte, seiner Stimme einen leicht kanadischen Akzent zu verleihen.

»Wie lange bleiben Sie in der Türkei?«

»Eine Woche. Ich bin geschäftlich hier.«

Der Beamte begann auf seiner Tastatur zu tippen. Alex wusste nicht, ob es etwas Gutes oder Schlechtes war, aber er hätte ohnehin nichts daran ändern können. Also blieb er einfach mit einem hohlen Grinsen im Gesicht stehen. Die Sekunden vergingen, und das Herz schlug ihm bis zum Hals. Schwitzte er? Er empfand die Hitze als unangenehm. Hatte ihm der Mann etwas angesehen? Schrieb er einen Bericht, der ihn als verdächtige Person klassifizierte?

Nach den letzten Eingaben, die er weitaus heftiger als nötig in die Tastatur zu hämmern schien, schob er Alex den Pass wieder zurück.

»Gehen Sie weiter«, befahl er barsch und in einem gleichgültigen Tonfall. Somit war die Sache ausgestanden. Er war durchgekommen.

Alex sagte nichts, nickte einfach nur und ging weiter. Irgendwie schaffte er es, nicht gleich vor Freude und Erleichterung aufzujauchzen.

Er rechnete fast damit, dass es nur ein Trick gewesen war und bewaffnete Polizisten heranstürmen und ihn verhaften würden, sobald er weiterging. Aber nichts Derartiges geschah. Er ging durch die langen Gänge des Ankunftsgebäudes zur Gepäckausgabe, und niemand zeigte das geringste Interesse an ihm.

Halvorsen und Anya erwarteten ihn dort bereits. Als der Norweger sein gerötetes Gesicht bemerkte, fischte er ein Taschentuch aus der Tasche und hielt es ihm hin.

»Wischen Sie sich die Stirn ab«, sagte er mit gedämpfter Stimme. »Sie schwitzen.«

»Wirklich? Ist mir gar nicht aufgefallen«, log Alex, dessen Herzfrequenz sich allmählich halbwegs normalisierte.

Halvorsen war zwar nicht überzeugt, aber er sah wohl keinen Sinn darin, Alex herunterzuputzen. Dann warf er einen Blick auf seine Uhr. »Wir müssen den Wagen holen«, verkündete er. »Folgen Sie mir.«

37

Auf einem schmalen Landstreifen gelegen, der die geografische und kulturelle Grenze zwischen Europa und Asien bildet, blickt die Stadt, die heute unter dem Namen Istanbul bekannt ist, auf eine reiche und wechselhafte, mehr als zweieinhalb Jahrtausende lange Geschichte zurück. Im sechsten vorchristlichen Jahrhundert als Byzanz begründet, bevor es siebenhundert Jahre später als Konstantinopel eine zweite Geburt erlebte, erhielt es seinen gegenwärtigen Namen Istanbul im Jahre 1453 nach der Eroberung durch die Herrscher des Osmanenreiches.

Am Scheideweg zwischen Europa und dem Mittleren Osten besetzte es die einzige Verbindung zwischen dem Schwarzen Meer und dem Mittelmeer. Die Stadt war ein geschäftiger Handelsplatz, um den im Laufe seiner Geschichte viele Schlachten geschlagen wurden. Istanbul wurde unzählige Male von wechselnden Mächten erobert, zerstört und wieder aufgebaut, und jede neue Herrschaftsepoche hinterließ ihre spezifischen kulturellen und architektonischen Spuren im Gesicht der Stadt.

Jetzt war Istanbul eine brodelnde Metropole und eines der größten urbanen Konglomerate der Welt. Die uralte Stadt bedeckte inzwischen über 5000 Quadratkilometer und zählte circa vierzehn Millionen Einwohner – fast das Dreifache der Gesamtbevölkerung Norwegens.

Alex waren alle diese Fakten bekannt, als er die eigentümliche Mischung antiker römischer, byzantinischer und ottomanischer Architektur am Wagenfenster vorbeiziehen sah: Spuren untergegangener Zivilisationen im Wechselspiel mit Schnellimbissen und Souvenirläden.

Halvorsen saß am Steuer und manövrierte sie sicher und zuverlässig durch den dichten Nachmittagsverkehr, der die engen Straßen der Stadt verstopfte. Alex überließ ihm gern die Fahrerei, denn er grübelte darüber nach, was ihm bevorstand. Ihre Fahrt führte sie in den Stadtteil Fatih, der im antiken Stadtkern lag. Einst ein blühender und wohlhabender Teil der Altstadt in der Nähe des prosperierenden Hafens, war es jetzt eine dicht besiedelte Arbeitergegend. Die klassischen Kuppeln und Torbogen der ottomanischen Epoche bildeten einen starken Kontrast zu den hohen Mietskasernen aus den 1960er-Jahren mit ihren Satellitenschüsseln, die in den engen Straßen dicht gedrängt aufragten.

Halvorsen bog schließlich in den winzigen Hinterhof eines dieser trostlosen Mietshäuser ein und parkte den Wagen.

»Wir haben im Obergeschoss eine Wohnung vorbereitet«, sagte er und deutete nach oben. »Ich hoffe, Sie sind fit, denn die Fahrstühle funktionieren nicht.«

Alex unterdrückte ein Stöhnen. Das Letzte, wonach ihm momentan der Sinn stand, war ein Aufstieg in die obersten Stockwerke des Mietshauses. Nur blieb ihm keine andere Wahl, wenn er zu ihrer provisorischen Operationsbasis gelangen wollte.

Sechs Stockwerke später fand sich Alex durchgeschwitzt und außer Atem in einer Wohnung wieder, die in der Tat so aussah, wie man sich eine konspirative Wohnung in Istanbul vorstellte. Es hätte kaum einen größeren Kontrast zu dem teuren, geräumigen und modernen Apartment in Oslo geben können, das sie erst heute Morgen verlassen hatten.

Die Wohnung war eng, heiß und mit abgenutzten 1970er-Jahre-Möbeln ausgestattet, gegen die sogar Alex' Wohnung in London wie der Gipfel des guten Geschmacks wirkte. Jedenfalls war das hier kein Ort, an dem er sich gern häuslich niedergelassen hätte. Die helle Nachmittagssonne drang durch einige Risse in den geschlossenen Fensterläden und fiel auf kleine Insekten, die in der staubigen Luft umherschwirrten.

Alex' angeknackste Rippen schmerzten bei jedem tiefen Atemzug. Er lockerte seine Krawatte und ließ sich erleichtert auf die durchgesessene, mit einem Blümchenmusterstoff bezogene Couch an der Wand sinken. Die ausgeleierten Federn drückten sich unter seinem Gewicht durch, schafften es aber irgendwie standzuhalten.

»Sie haben vermutlich den Großteil unseres Budgets für das Flugzeug ausgegeben, was?«, fragte er und betrachtete ein Stück Tapete, das sich allmählich von der gegenüberliegenden Wand löste.

Halvorsen zuckte mit den Schultern. »Wir brauchten irgendetwas Anonymes. Wenn Sie glauben, Sie bekämen das besser hin – nur zu!«

»Das hier ist völlig ausreichend.« Anyas Blick warnte Alex vor weiterer Kritik. Dann drehte sie sich um, stieß die Fensterläden vor den Wohnzimmerfenstern auf und ließ blendend helles Sonnenlicht in den Raum fluten. Weil sich seine Augen inzwischen an die Dunkelheit in der Wohnung gewöhnt hatten, musste Alex seinen Blick abwenden.

»Schon besser«, erklärte Anya und wandte sich an Halvorsen.

»Haben Sie sich um das Paket gekümmert, um das ich Sie gebeten hatte?«

Der Norweger grinste und nickte. Er öffnete ein Schränkchen unter der Spüle, holte eine lederne Sporttasche hervor und legte sie auf den billigen Küchentisch aus Furnierholz.

Anya ging darauf zu, öffnete den Reißverschluss und zog einen Satz graubrauner Hemden und Hosen heraus und danach Stiefel und Ausrüstungsgürtel, wie sie von Polizisten oder Sicherheitspersonal getragen wurden.

»Die stimmen mit den anderen überein?«, erkundigte sie sich bei Halvorsen.

Er nickte. »Nach allem, was uns unsere Leute berichtet haben, ja.«

Damit gab sie sich vorerst zufrieden.

Als Nächstes kamen ein paar Kevlarwesten zum Vorschein, die Alex nach ihrer improvisierten Flucht aus dem norwegischen Haus am See noch gut in Erinnerung hatte. Ihr Nutzen leuchtete ihm ein, aber er hoffte inständig, dass sie die Westen keinem Praxistest unterziehen mussten.

Der letzte Gegenstand, den sie aus der Tasche holte, diente offensiveren Zwecken. Vorsichtig nahm Anya eine dunkle Automatikpistole heraus. Alex hatte mit Feuerwaffen nicht viel im Sinn, aber sogar er kannte die charakteristische Form des Colt M1911 aus unzähligen Filmen und Fernsehserien, die er im Laufe seines Lebens gesehen hatte.

Wegen der verwendeten Munition besser als Colt Kaliber .45 bekannt, war die M1911 eine solide und zuverlässige siebenschüssige Automatikpistole, die fast ein ganzes Jahrhundert lang bei den Streitkräften Verwendung gefunden hatte und selbst heutzutage noch immer von Polizei und Einsatzkommandos geschätzt wurde. Wie der Weiße Hai hatte die Waffe schon vor langer Zeit zu ihrem optimalen Design gefunden und musste seitdem nicht weiterentwickelt werden.

»Sie bevorzugen immer noch die .45er?«, bemerkte

Halvorsen, während Anya sorgfältig einen Schalldämpfer auf den Lauf der Waffe schraubte. »Manche Dinge ändern sich nie.«

Sie schaute zu ihm hinüber und ließ so etwas wie ein Lächeln aufblitzen. »Sie hat mich noch nie im Stich gelassen. So etwas kommt nicht oft vor.«

Halvorsen erwiderte nichts darauf, und sie legte die Waffe auf den Tisch.

»Also, wie lautet der Plan, Rambo?«, fragte Alex, der darauf brannte zu erfahren, wie sie sie ins Gebäude bringen wollte.

Anya sah ihn an, packte alles zurück in die Tasche und stellte sie auf den Boden. Dann bedeutete sie ihnen, sich zu ihr zu setzen. Beide Männer zogen sich einen Stuhl heran, während sie ihren Laptop einschaltete und die Datei öffnete, an der sie gearbeitet hatte.

»Wenn es stimmt, was Alex mir erzählt hat, befindet sich die Schwarze Liste auf einem Server in diesem Gebäude«, begann sie und zeigte ihnen die Aufsicht auf ein großes Bürogebäude inmitten anderer Bürogebäude ähnlicher Bauart. »Das ist eines der Hauptgebäude der ISS-Communications, eines türkischen Internetproviders.«

Als Nächstes öffnete sie eine detaillierte Risszeichnung des Gebäudes. Halvorsens Kollegen in Oslo war es gelungen, über das Zentrale Planungsamt in Istanbul in ihren Besitz zu gelangen.

»In Anbetracht der Lage des Gebäudes, der Zeit und der verfügbaren Ressourcen ist ein taktischer Angriff auf das Gebäude undenkbar«, fuhr Anya fort. »Die einzige realistische Chance besteht darin, nachts in das Gebäude einzudringen. Dann haben die meisten Angestellten Feierabend und sind nach Hause gegangen. Wir müssen uns am Haupteingang Einlass verschaffen, vor Ort sämtliche

Sicherheitsmaßnahmen neutralisieren und das Videoüberwachungssystem ausschalten. Den Bauplänen zufolge wird alles von einer Sicherheitszentrale in der Nähe des Eingangsbereichs gesteuert, deshalb müssen wir uns zuallererst diesen Raum vornehmen. Sobald das System deaktiviert ist und alle Kommunikationswege nach außen abgeschnitten sind, machen Alex und ich uns auf den Weg zum Serverraum im Keller, wo er die Schwarze Liste finden und herunterladen wird. Sobald sie sich in seinem Besitz befindet, bringe ich ihn zurück ins Erdgeschoss und nach draußen, wo Kristian wartet, um uns abzuholen.«

Das klang gar nicht so schwierig; andererseits wusste Alex, dass dies bei den meisten Plänen so war, solange man am Küchentisch saß und darüber quatschte.

»Meinen Sie wirklich, Sie kriegen das alles hin?«, entfuhr es ihm. »Uns dort reinbringen, die bewaffneten Wachen ausschalten und das Sicherheitssystem deaktivieren?«

Anya bedachte ihn mit einem finsteren Blick. »Früher habe ich mein Geld damit verdient, in befestigte sowjetische Militärbasen einzudringen, Alex!«, erinnerte sie ihn. »Kümmern Sie sich um den Download der Schwarzen Liste. Alles andere erledige ich.«

Alex lehnte sich auf seinem Stuhl zurück. Er fühlte sich wie ein renitenter Schüler, der gerade von seinem Lehrer zurechtgewiesen wurde.

Halvorsen, den das kleine Intermezzo amüsiert hatte, konzentrierte sich sofort wieder auf praktischere Fragen. »Soweit wir wissen, schieben nachts nur zwei Sicherheitsleute Dienst. Einer ist zu Fuß im Gebäude unterwegs, der andere hält sich ständig in der Sicherheitszentrale auf. Der Raum ist abgeschlossen und mit einem Magnetkartenschloss gesichert. Außerdem verfügt er über eine Festnetz-Telefonverbindung nach draußen. Wenn wir da rein müssen, sollten wir am besten in den frühen Morgenstunden zuschlagen.«

»Nein«, konterte Anya mit fester Überzeugung aus langjähriger Erfahrung. »Es muss während des Schichtwechsels passieren, wenn sich die Leute von der Nachtschicht bereit machen.«

Halvorsen verzog das Gesicht, verzichtete aber auf eine Debatte. Er schien zu wissen, dass es zwecklos war, mit Anya über solche Dinge zu diskutieren.

»Das klingt ja alles so weit ganz schön«, mischte sich Alex ein. »Aber wenn die Türen verschlossen sind und der Sicherheitsmann jederzeit einen Alarm auslösen kann – wie wollen Sie dann überhaupt in das Gebäude hineinkommen?«

Der Blick in ihren Augen erinnerte ihn jetzt irgendwie an einen Falken, der seine Beute anvisierte. »Wie ich schon sagte: Kümmern Sie sich um die Schwarze Liste, und überlassen Sie mir den Rest.«

Dann griff sie in die Sporttasche, holte die 45er wieder heraus, schob ein Magazin in die offene Magazinaufnahme und zog den Schlitten zurück, um die Waffe durchzuladen und die erste Patrone ins Lager zu ziehen.

»Sie beide bleiben hier. Ich bin bald zurück.«

38

Burak Karga blickte vom Fernseher auf, als ihn das Klopfen an der Tür beim Fußballschauen störte.

»Zieh Leine, ich bin beschäftigt«, murmelte er und richtete seine Aufmerksamkeit wieder auf das Spiel. Galatasaray führte 2:1 gegen den starken Lokalrivalen Fenerbahçe, und Fenerbahçe machte Druck, um in den letzten Spielminuten noch den Ausgleichstreffer zu erzielen. Das wollte er unter gar keinen Umständen verpassen, nur um sich mit einem Bettler oder einem Vertreter abzugeben, was seiner Meinung nach so ziemlich auf das Gleiche hinauslief.

Und schon gar nicht, wenn ihm eine anstrengende, achtstündige Nachtschicht bevorstand. Er arbeitete als Wachmann in einem Gebäude, in das niemand, der noch alle Sinne beisammen hatte, einbrechen würde. Außer, er war richtig scharf auf jede Menge Platinen und Kupferdraht.

Es klopfte weiter, jetzt aber fordernder. Wer immer da draußen stand, wollte nicht klein beigeben.

»Ist ja gut!«, bellte er, erhob sich aus seinem Sessel und stapfte zur Wohnungstür seines kleinen, aber peinlich sauberen Zuhauses. Wenn er auf etwas stolz war, dann auf seinen Sinn für Sauberkeit und Disziplin.

»Was gibt's denn?«

Er spähte durch den Spion und sah zu seiner Überraschung eine Frau, wohl aus dem Westen, mit gebräunter Haut, kurzem blondem Haar und bemerkenswert blauen

Augen. Sie trug einen schicken Businessanzug, und ihre Bluse war gerade weit genug aufgeknöpft, um ihr Dekolleté dezent zur Geltung zu bringen. Wer war sie, was machte sie hier?

»Burak Karga?«, fragte sie.

»Ja. Wer sind Sie?«

»Ich heiße Anna, ich arbeite für die ISS«, erklärte sie in flüssigem, aber leicht akzentgefärbtem Türkisch. »Uns ist etwas aufgefallen, und wir müssen uns darüber unterhalten. Darf ich hereinkommen?«

Karga spürte, wie sich in seinem Magen ein Angstknoten zusammenschnürte. Wenn es die Firma für angebracht hielt, einen offiziellen Vertreter zu ihm nach Hause zu schicken, konnte das nichts Gutes bedeuten. Worum ging es nur? Sein Verstand lief auf Hochtouren; er ging jede kleine Pflichtvergessenheit durch, derer er sich im Dienst schuldig gemacht haben könnte und die womöglich entdeckt worden war.

»O-okay«, rief er. »Geben Sie mir eine Minute.«

Dann drehte er sich um, rannte ins Schlafzimmer und schnappte sich ein frisches Hemd aus seinem Schrank. Auf dem Rückweg zur Tür knöpfte er es hastig zu. Er strich sich mit den Fingern ein paarmal durchs Haar, um es zu glätten; schließlich holte er tief Luft und schloss die Tür auf.

Unter all den unangenehmen Möglichkeiten, die ihm in den vergangenen dreißig Sekunden durch den Kopf gegangen waren, kam keine einzige dem nahe, was als Nächstes geschah.

Im selben Augenblick, als er sie öffnete, flog die Tür durch einen harten Tritt nach innen. Karga stöhnte vor Schmerz, als das Holz mit voller Wucht gegen seinen Kopf prallte. Vor seinen Augen tanzten Sterne, und er fiel auf die Knie. Er konnte spüren, dass ihm etwas Warmes, Feuchtes vom Gesicht tropfte, und ihm dämmerte, dass er verletzt worden war.

Dies waren allerdings noch seine geringsten Probleme. Die Frau im Businessanzug schlüpfte in seine Wohnung, zog die Tür hinter sich zu und zog etwas hinter ihrem Rücken hervor.

Karga erstarrte, als die kalte Mündung einer Waffe gegen seine Stirn gepresst wurde.

»Wenn Sie schreien, sterben Sie. Die Waffe hat einen Schalldämpfer, deshalb wird es niemand hören«, sagte die Frau mit einer erschreckend ruhigen und kontrollierten Stimme. »Nicken Sie, wenn Sie mich verstanden haben.«

Karga blieb nichts anderes übrig, als sich zu fügen, also nickte er.

»Ich werde Ihnen jetzt ein paar Fragen stellen. Wenn Sie mir vollständig und ehrlich antworten, verspreche ich Ihnen, dass Sie ohne Schaden aus dieser Sache herauskommen. Ich werde verschwinden, und Sie werden nie wieder etwas von mir sehen oder hören. Wenn Sie mich belügen oder mir etwas verschweigen, kriege ich das heraus. Dann töte ich Ihre Eltern und Ihren Bruder. Die leben doch in Izmir, nicht wahr?«

Karga spürte, wie Tränen in seine Augen stiegen. Woher wusste sie so viel über ihn? »Bitte, ich will nicht …«

»Es interessiert mich nicht, was Sie wollen«, schnitt sie ihm das Wort ab. »Wenn Ihnen jemand eine Waffe an den Kopf hält, hängt alles davon ab, was Sie tun. Tun Sie das Richtige, dann leben Sie und Ihre Familie. Wenn nicht, werden Sie sterben. Also: Werden Sie kooperieren?«

Er hatte keine Wahl. Welcher Mann könnte sich auch schon einer solchen Drohung widersetzen?

»Ja«, sagte er schließlich.

Sie nickte und nahm den Pistolenlauf ein Stück zurück. »Als Erstes geben Sie mir Ihre Zugangskarte für das ISS-Gebäude. Dann erzählen Sie mir alles, was Sie über das Sicherheitssystem wissen. Die Zugangscodes, die Kontrollrouten, die Zugangsprotokolle, alles. Also, fangen wir an.«

39

Anya schätzte ihre Erfolgsaussichten bereits etwas optimistischer ein, als sie eine Stunde später in die konspirative Wohnung zurückkehrte. Karga hatte, das musste man ihm zugestehen, seinen Teil der Vereinbarung erfüllt und ihr alles über das hauseigene Alarmsystem und manches andere mehr erzählt, was sie wissen musste. Zum Schluss musste sie ihn nur noch zum Schweigen bringen.

Zufrieden damit, dass er sie nicht belogen hatte, ließ sie ihn gefesselt und geknebelt in seiner Badewanne zurück und machte sich mit seiner Zugangskarte und seinen Passwörtern aus dem Staub. Ihren eigenen Beobachtungen und dem kurzen Dossier zufolge, das Halvorsens Leute über ihn zusammengestellt hatten, war Karga Single, was bedeutete, dass ihn in den nächsten paar Stunden wahrscheinlich niemand besuchte. Es war zu erwarten, dass er sich in seiner misslichen Lage früher oder später bemerkbar machen würde, aber bis es so weit war, wollte sie schon längst wieder verschwunden sein.

Halvorsen saß auf der Couch und drückte Patronen in das Magazin seiner eigenen Automatik. Obwohl er ebenfalls bewaffnet war, beschränkte sich seine Rolle bei der Operation auf die Funktion des Fluchtfahrers. Das lag zum einen daran, dass sie seinen Fähigkeiten nach über zwei Jahrzehnten ohne Kommandoeinsätze nicht mehr recht traute, zum anderen aber auch daran, dass sie sich die Kontrolle über die Operation nicht nehmen lassen wollte.

So musste sie zwar auf Unterstützung verzichten, wenn sie reingingen, aber dafür brauchte sie sich auch nur um Alex zu kümmern.

Halvorsen schaute auf, als sie hereinkam. »Wie ist es gelaufen?«

Anya zückte die Zugangskarte. »Hätte schlechter über die Bühne gehen können.«

»Schätze, die hat er wohl kaum freiwillig herausgerückt, was?«

Sie zuckte mit den Schultern. »Ich kann sehr überzeugend sein.«

Bei dieser Bemerkung grinste er wissend. »Daran kann ich mich gut erinnern.« Er zeigte zur Küche, wo eine Kanne Kaffee vor sich hin dampfte. »Da ist noch Kaffee übrig, falls Sie welchen mögen. Schmeckt schauderhaft, aber erfüllt seinen Zweck.«

Sie schüttelte den Kopf. Sie verzichtete lieber so kurz vor der Aktion auf Koffein. Die zittrige, nervöse Energie, die es erzeugte, konnte sie nicht gebrauchen, ganz besonders jetzt nicht, wenn sie den kurzfristig geplanten Versuch unternehmen wollte, in einem fremden Land in ein Hochsicherheitsgebäude einzudringen.

»Wo steckt Alex?«, fragte sie stattdessen.

Halvorsen zeigte auf den schmalen Balkon hinter den geschlossenen Fensterläden. »Er wollte frische Luft schnappen.«

Sie wusste, dass das nicht der Wahrheit entsprach. Niemand ging einfach nur zum Luftschnappen nach draußen, schon gar nicht in städtischen Ballungsgebieten wie diesem. Alex war da draußen, weil er allein sein wollte. Er fürchtete sich vor dem Bevorstehenden, und je länger er sich dort draußen allein seinen diffusen Ängsten überließ, desto schlimmer würde es werden. Sie hatte so etwas früher schon oft beobachtet – und nicht selten mit verheerendem Ausgang.

Er musste fokussiert und motiviert sein, nicht ängstlich und unentschlossen.

Sie ließ Halvorsen im Wohnzimmer zurück, schob die Fensterläden beiseite und trat auf den schmalen Balkon hinaus, der außen an der Fassade des Wohnblocks klebte.

Die Wohnung ließ zwar einiges zu wünschen übrig, was ihre Größe, die Ausstattung und den Einrichtungsstil betraf, aber dafür war die Aussicht, die sie bot, hervorragend. Aus dieser Höhe hatte man einen Blick über das dichte und chaotische städtische Treiben vom Stadtkern Istanbuls bis hin zum glitzernden Wasser des Bosporus. Schiffe und Boote aller Art pflügten durch die enge Wasserstraße, die das Schwarze Meer mit dem Mittelmeer verbindet, und auf der gegenüberliegenden Seite sah man den asiatischen Teil der Stadt, die sich auf zwei Kontinente erstreckt.

Ganz in der Nähe erhoben sich sechs gewaltige Minarette in den Himmel, die die zahllosen Kuppeln und hohen Mauern der Sultan-Ahmed-Moschee umgaben, der größten ihrer Art in diesem Land. Sie war eines der zahlreichen Relikte der konfliktträchtigen Vergangenheit Istanbuls. Anya erinnerte sich daran, einmal von einer schweren Eisenkette gelesen zu haben, die quer vor dem persönlichen Eingang des Sultans hing und ihn zwang, sich zu bücken, wenn er auf dem Pferd in die Moschee ritt. Die Absicht war klar: Selbst allmächtige Herrscher mussten sich ab und zu in Demut üben.

Eine Schande, dass die Bande heutiger Weltherrscher diese Lektion nicht lernte.

Wie Halvorsen gesagt hatte, lehnte Alex dort draußen am Geländer und starrte auf die Stadt hinunter, ohne wirklich etwas zu sehen. Er hielt ein Päckchen Zigaretten in der Hand, hatte sich aber noch keine angesteckt.

Er sah sie nicht an, als sie neben ihn trat und gemeinsam mit ihm einträchtig schweigend eine Weile die Aussicht genoss.

So schweigsam zu sein war nicht seine Art, und Anya ertappte sich bei dem Wunsch, er würde etwas sagen, um das Schweigen zu brechen. Zuerst hatte sie seine ewige Fragerei und die albernen Witzchen unangebracht und entnervend gefunden, aber sie musste zugeben, dass sie sich im Laufe der letzten paar Tage daran gewöhnt und vielleicht sogar angefangen hatte, sie zu mögen. Vielleicht auch deshalb, weil sie selbst nichts zu sagen brauchte, wenn er das Reden übernahm.

In diesem Moment lagen die Dinge jedoch anders.

»Ein schöner Abend«, meinte sie schließlich, als sie weit unten ein junges Paar Hand in Hand über die Straße schlendern sah. Völlig sorglos, dachte sie in einem kurzen Aufflackern von Neid. »Als ich noch klein war, nannte meine Mutter das immer die magische Stunde. Sie glaubte, dass alles im Leben einen Sinn hätte und dass wir in Augenblicken wie diesem eine Ahnung davon bekämen. Sie meinte, dass zu einer solchen Stunde wirklich alles möglich sei.«

Alex erwiderte nichts. Seine Blicke suchten immer noch die Stadt ab, auch wenn er in Gedanken offensichtlich ganz bei sich war.

»Ich weiß, dass die letzten paar Tage … schwierig für Sie gewesen sind, Alex«, sagte sie schließlich und tastete nach den richtigen Worten. Gespräche wie dieses waren ihr schon immer unangenehm gewesen und stressten sie, als ob ihr die Worte fehlten, sich richtig auszudrücken. »Ich kann das nachfühlen, denn mir ging es auch mal so.«

Damit schien sie endlich sein Interesse geweckt zu haben. Er blinzelte und wandte langsam den Kopf zu ihr um.

»Ich habe Ihnen ja schon von meinem Leben erzählt«, fing sie an und schluckte gegen den Kloß an, der ihr im Hals saß. »Damals war ich noch jung und ein anderer Mensch. Sanft und naiv – eine Tagträumerin, die auf der Wiese lag, in den Himmel starrte und sich fragte, was wohl kommen würde.«

Sie schüttelte den Kopf und vertrieb die Erinnerungen.

»All das änderte sich an einem Abend, der so ähnlich war wie dieser jetzt. Ich war draußen auf dem Feld und konnte unser Haus sehen, als die Polizei und ein paar Männer in Behördenautos vorfuhren. Mir wurde gesagt, dass meine Eltern gestorben waren. Sie hatten einen Unfall gehabt, ihr Wagen wäre gegen einen Baum geprallt, und das war ihr Ende. Einfach so, aus heiterem Himmel. Jegliche Sicherheit, alles, was ich war und hätte sein können, wurde mir in jener Nacht genommen. Ich musste mich sehr schnell ändern, musste meine Ängste, meine Schwächen und alles andere aufgeben, was mich bisher ausgemacht hatte. Deswegen nenne ich jene Zeit das *Davor*, und deshalb kann ich mich auch kaum noch daran erinnern. Es war *meine* Entscheidung, das kleine Mädchen zu vergessen, Alex. Und ich habe es getan, weil mich die Erinnerung an die, die ich war, daran gehindert hätte, zu tun, was für mein Überleben nötig war. Deshalb habe ich sie aufgegeben.«

Jetzt hörte Alex ihr zu. Sie spürte seinen Blick auf sich, obwohl sie auf die glitzernden Wassermassen der Meerenge hinausschaute. In Wahrheit war sie jedoch tief in ihre eigenen Gedanken versunken. Sie dachte an das verängstigte kleine Mädchen, das sie bewusst zurückgelassen hatte, und an das Leben, an das sie sich nicht mehr erinnern wollte. Einen flüchtigen Augenblick lang fragte sie sich, ob sie jenes Leben eines Tages vielleicht wieder leben könnte.

Alex seufzte und richtete den Blick wieder zur Stadt hinaus. »Es tut mir leid, Anya.«

Sie blinzelte und fing sich wieder. »Was tut Ihnen leid?«

»Eine Menge. Vor allem, dass ich für diese Situation verantwortlich bin.« Er schüttelte den Kopf. »Ich bin schuld, dass wir jetzt hier sind, und es ist auch meine Schuld, dass Sie die Schwarze Liste noch nicht haben. Es tut mir leid, was Sie deswegen alles durchmachen mussten, und ich bin dankbar für alles, was Sie für mich getan haben. Mir ist klar, dass das nicht viel bedeutet, aber Sie sollten es trotzdem erfahren. Vielleicht kommt so eine Gelegenheit nie wieder. Wissen Sie, was ich meine?«

Sie wusste es. Er wollte etwas an ihr gutmachen.

Aus einer spontanen Eingebung legte sie ihre Hand sanft auf seinen Arm. Sie verspürte nur selten ein Bedürfnis nach Körperkontakt, und offene Sympathiebekundungen verursachten ihr immer seltsam beklemmende Gefühle. Aber jetzt fühlte es sich ausnahmsweise einmal richtig an.

Ihr wurde klar, dass Alex Yates ein anständiger Kerl war. Vielleicht war er nicht wie die Leute, mit denen sie normalerweise zu tun hatte, und sie hegte starke Zweifel, dass sie noch viel miteinander zu tun haben würden, sobald die ganze Sache durchgestanden war, aber er war ein besserer Mensch als viele, die ihr im Laufe der Jahre über den Weg gelaufen waren. Und vielleicht verdiente er eine zweite Chance.

»Doch, das bedeutet etwas«, gab sie zu.

Das schien ihn zufriedenzustellen, und er schwieg eine Weile nachdenklich.

»Wissen Sie, dass ich Sie gesehen habe?«, sagte er

schließlich. »Am Trafalgar Square, an dem Tag, als ich mich mit Arran getroffen habe. Ich habe gemerkt, dass Sie mich beobachtet haben.«

Sie blinzelte und schaute ihn überrascht an. »Daran können Sie sich erinnern? Trotz all der anderen Menschen, die Sie an dem Tag gesehen haben?«

Er schüttelte den Kopf. »Sie verstehen das nicht. Ich erinnere mich an jeden Einzelnen von ihnen – an jedes Gesicht, jedes Kleidungsstück, an jeden Wagen, jeden Bus und jedes Fahrrad auf der Straße. Ich kann nichts vergessen.«

Sie zog einen kurzen Moment lang die Augenbrauen zusammen, während sie zu begreifen versuchte, was er ihr gerade erzählt hatte, und kam schließlich zu der logischen Schlussfolgerung.

»Sie haben ein fotografisches Gedächtnis.«

Er nickte und grinste matt. »Das ist noch untertrieben.«

»War das schon immer so?«

Er nickte wieder. »Mein ganzes Leben lang. Als ich klein war, stellte ich fest, dass ich mich so gut wie an alles erinnern konnte, was ich gesehen oder gehört hatte. Das machte es … leichter, Dinge zu lernen. Meine Lehrer waren davon überzeugt, dass ich bei den Prüfungen irgendwie schummeln musste. Sie begriffen einfach nicht, dass ich ganze Lehrbücher Wort für Wort auswendig wusste.«

Nun konnte sie besser verstehen, warum er so gute Computerfähigkeiten aufwies und Schlupflöcher fand, wo andere scheiterten. Er entdeckte nicht, was andere übersahen, sondern erinnerte sich einfach an das, was sie vergaßen.

»Das ist eine Gabe«, sagte sie und wünschte, ihr eigenes Gedächtnis wäre so unfehlbar. Sie hatte jahrelang trainiert, sich wichtige Informationen zu merken, aber natürlich stieß sie bei dem, woran sie sich akkurat erinnern konnte, irgendwann an ihre Grenzen.

»Eine Gabe?«, schnaufte er. »Ja, mag sein. Aber es ist auch ein Fluch. Stellen Sie sich vor, Sie könnten es nie abschalten. Es häuft sich immer mehr an, jeden Tag, jede Minute. Mein Kopf füllt sich unablässig mit nutzlosem Zeug, sodass ich manchmal das Gefühl habe, ich würde darin untergehen. Es läuft manchmal darauf hinaus, dass mir Dinge entfallen, die eigentlich wichtig sind. Ehrlich gesagt, hätte ich dieses ›Talent‹ lieber nicht geerbt.«

Anya erwiderte darauf nichts; sie wunderte sich höchstens ein wenig, wie vehement er seine Vorbehalte äußerte. Sie hatte ja keine Ahnung von dem Chaos, das in seinem Kopf herrschte, von diesem Ozean unzusammenhängender Gedanken und Erinnerungen, die er permanent verarbeiten und im Zaum halten musste, und sie ahnte auch nicht, wie viel geistige Energie es ihn kostete, einfach nur den Tag zu überstehen.

»Aber Sie haben nun einmal diese Begabung. Sie könnten Ihr ganzes Leben damit verbringen, sich zu wünschen, Sie hätten sie nicht, oder Sie können sie nutzen. Ich weiß, dass Sie das können.« Sie betrachtete ihn und verglich den Mann, den sie vor sich sah, mit dem ängstlichen, zögerlichen Schwächling, der er nur wenige Tage zuvor gewesen war. »Sie sind stärker, als Sie wirken, Alex. Vielleicht sogar stärker, als Ihnen selbst bewusst ist.«

Alex schwieg zu all dem, aber sie spürte, dass ihre Worte auf fruchtbaren Boden gefallen waren. Vielleicht würde er auf sie hören.

»Wollen Sie jetzt eine rauchen?«, fragte sie und deutete auf die Zigaretten in seiner Hand.

Alex grinste spöttisch. »Ich dachte, Sie hätten was dagegen?«

»Ich glaube, Sie haben sich eine verdient.«

Er ließ seinen Blick eine Weile auf dem Päckchen verharren, bevor er es wieder in seiner Tasche verschwinden ließ.

»Wenn Sie die Schwarze Liste haben und wir im Flugzeug sitzen, das uns hier herausbringt, werde ich feiern«, verkündete er. »Aber vorher gibt es noch viel zu tun.«

»Na schön. Sind Sie so weit?«

Alex nickte und nahm all seinen Mut zusammen. Sie hatte gewusst, dass er tief in seinem Innern noch Reserven hatte. Was als Nächstes auf ihn zukam, verängstigte und bedrückte ihn, aber er würde es überstehen. Dafür würde sie sorgen.

Sie schenkte ihm ein Lächeln und hoffte, dass er es als Ermutigung auffasste.

»Dann lassen Sie uns die Sache zu Ende bringen.«

Da waren wir also. Drauf und dran, ein letztes Mal unser Glück zu versuchen. So wie es Zocker auf der ganzen Welt tun, wenn sie eine Pechsträhne haben, setzten wir alles auf den letzten Wurf.

Es klingt verrückt, wenn ich heute darüber nachdenke: Ernsthaft zu glauben, wir könnten damit durchkommen, und uns in der Sicherheit zu wähnen, dass die andere Seite nicht ahnte, was wir als Nächstes vorhatten.

Vielleicht war mein übersteigertes Selbstvertrauen wieder mit mir durchgegangen, oder vielleicht wollte ich einfach nur glauben, dass es noch einen Ausweg gab. Was wäre mir denn sonst geblieben, wenn ich mich nicht wenigstens noch daran klammern konnte?

Doch wie es auch sei – ich ging sehenden Auges hinein. Und sah gar nichts.

40

Als die Sonne hinter dem fernen westlichen Horizont verschwand, senkte sich Dunkelheit über die Altstadt von Istanbul, und allmählich leerten sich die Bürogebäude, die Läden und Fabriken, als Arbeiter und Angestellte ihren allabendlichen Heimweg antraten.

Zumindest zwei Menschen hatten jedoch nicht die Absicht, heute Nacht nach Hause zu fahren. Olivia Mitchell und Vince Argento hatten auf dem Dach einer Mietskaserne Stellung bezogen, die keine hundert Meter vom ISS-Gebäude entfernt lag. Sie observierten es seit ihrer Ankunft mit Hochleistungsfeldstechern und hielten nach Yates oder Anya Ausschau. Eine solche stationäre Observation war selbst unter günstigsten Bedingungen eine sterbenslangweilige Aufgabe, und sie hatte bisher keine Ergebnisse gebracht.

Es war nicht leicht gewesen, ins Land einzureisen, ohne dass Hawkins davon erfuhr, und die beiden Agenten waren dazu gezwungen gewesen, jede Menge Gefälligkeiten einzufordern, bis sie schließlich mit falschen Papieren in einem Linienflugzeug nach Istanbul saßen. Hawkins ging davon aus, dass sie sich auf dem Flug zurück nach Langley befanden. Aber diesen Anschein würden sie nicht lange aufrechterhalten können, besonders wenn man in Betracht zog, wie weit Hawkins' Einfluss reichte. Aber vielleicht konnten sie so viel Zeit herausholen wie nötig, um die wahren Hintergründe der gesamten Operation zu ergründen.

Es war ein Risikospiel – alles oder nichts –, bei dem sie sich fast ausschließlich von ihrem Bauchgefühl leiten ließen.

»Wachwechsel«, sagte Argento und stellte sein Fernglas auf die Neuankömmlinge am Haupteingang scharf. »Sieht aus wie die Nachtschicht. Mein Gott, der schneidet ein Gesicht, als wäre er genauso froh darüber, hier zu sein, wie ich.«

»Zur Kenntnis genommen. Aber wenn Sie auf mein Mitleid aus sind, vergessen Sie's! Sie sind freiwillig hier«, entgegnete Mitchell und trank einen Schluck Kaffee. Mit Anbruch der Nacht wurde es merklich kühler; das dampfende, heiße Gebräu wärmte sie und half ihr außerdem, konzentriert zu bleiben.

»Das würde mir nicht mal im Traum einfallen.« Argento streckte den Arm aus, ohne die Augen vom Fernglas zu nehmen. »Kriege ich einen Schluck, bitte?«

»Schmeckt verheerend und ist ohne Zucker«, warnte sie.

»Gegen was Süßes hätte ich nichts einzuwenden.«

Mitchell schenkte nach und drückte ihm den Becher in die Hand. In Wahrheit störte sie sein gelegentliches Murren über die Kälte, die Langeweile oder den Entlüfter nicht, auf dem er ausharren musste, was ihm Muskelkrämpfe bereitete. Lange Observationen wie diese waren meist eine harte Geduldsprobe, aber jemanden dabeizuhaben, mit dem man sein Los teilen konnte, machte sie unendlich erträglicher.

Argento trank einen Schluck und stellte den Becher dann neben seine Füße auf den Boden. »Ihnen ist schon klar, dass sie möglicherweise nicht einmal aufkreuzen, oder? Die müssten schon verdammt dumm sein, wenn sie auch nur auf diese Idee gekommen wären.«

Sie hatte die Umgebung des viergeschossigen Bürogebäudes schon vor ein paar Stunden ausgekundschaftet und nach weiteren Eingängen oder versteckten Einstiegsmöglichkeiten abgesucht.

Es handelte sich um ein modernes, gut konzipiertes Gebäude, dessen Grundriss einem U ähnelte. Zwischen den beiden Flügeln befanden sich ein Hof und ein Parkplatz, und das Ganze wurde aus allen Winkeln von Überwachungskameras abgedeckt. Genau diese Sicherheitsmaßnahme hatte sie selbst zu einem schnellen Rückzug genötigt, um keinen Verdacht auf sich zu lenken.

Jedenfalls sah man auf den ersten Blick, dass das Gebäude die umliegenden überragte, wodurch ein Zugang über die Nachbardächer unmöglich war. Außer der Vordertür gab es nur noch eine Lieferrampe auf der Rückseite, aber die war versperrt und konnte nur von innen geöffnet werden.

Im Gebäude patrouillierten Wachleute rund um die Uhr, und mindestens einer von ihnen saß in einem verschlossenen Schutzraum und kontrollierte die Videomonitore. Alles in allem war das Ding wasserdicht abgeriegelt. Ein zu allem entschlossener Sturmtrupp würde es sicherlich schaffen, in das Gebäude einzudringen, aber dabei keinen Alarm auszulösen war so gut wie unmöglich.

»Uns bleibt zurzeit nichts anderes übrig, als auf ihre Dummheit zu hoffen.« Mitchell stieß die Luft aus und betrachtete die hell erleuchtete Stadt. »Wie auch immer – sie werden kommen. Ich weiß, dass sie kommen werden.«

»Hat das vielleicht was mit weiblicher Intuition zu tun?«

Sie kannte ihn gut genug, um die Bemerkung so zu nehmen, wie sie gemeint war. »Anya hat für diese Datei bereits ihr Leben riskiert, und sie ist viel zu weit gegangen, um jetzt einfach darauf zu verzichten. Die Frage ist nur, wann sie zuschlagen wird.«

»Und wir sind die Einzigen, die ihr im Weg stehen«, erinnerte er sie. »Ich bin mir nur nicht sicher, ob wir Helden oder Vollidioten sind.«

»Weder noch. Sie haben doch gesehen, was in Norwegen passiert ist.« Mitchell griff sich unbewusst an den Kopf und tastete an ihrer Schläfe nach der Stelle, die immer noch schmerzte und deren Haut abgeschürft war. Das rief ihr in Erinnerung, wie gefährlich die Kontrahentin war, mit der sie es aufnehmen wollten. »Sie hätte uns beide umbringen können, ohne auch nur einen Schweißtropfen zu vergießen, aber sie hat uns am Leben gelassen. Warum?«

»Schüsse hätten das restliche Team alarmiert.«

Mitchell schüttelte den Kopf. »Kommen Sie, Vince. Es gibt viele Methoden, um Leute umzubringen, ohne eine Waffe abzufeuern. Nein, sie hat uns am Leben gelassen, weil wir keine Bedrohung für sie darstellten. Klingt das für Sie nach einem durchgeknallten Killer?«

»Woher zum Teufel soll ich das wissen? Zeichnen sich durchgeknallte Leute denn nicht gerade dadurch aus, dass sie unberechenbar sind?«

Mitchell glaubte keine Sekunde, es mit einer Psychopathin zu tun zu haben. Sie sah in Anya eine Agentin, die über Mittel und Wege verfügte, ein Ziel mit rücksichtsloser Entschlossenheit zu verfolgen und jedes Hindernis zu überwinden, das sich ihr dabei in den Weg stellte, die aber trotz allem in der Lage war, sich zurückzuhalten und Mitgefühl zu zeigen.

»Sie ist nicht übergeschnappt. Darauf verwette ich mein Leben.«

Plötzlich konzentrierte sich Argento und bewegte sein Fernglas um ein paar Grad nach rechts, um es auf den Neuankömmling zu fokussieren, der sich dem Gebäude näherte.

»Vielleicht müssen Sie das auch gleich«, sagte er, und jede Spur von Humor war aus seiner Stimme gewichen. »Ich glaube, da unten geht es zur Sache.«

Mitchell ließ ihren Kaffeebecher fallen, sprang auf und lief zu ihm hinüber. Es dauerte nur Sekunden, bis sie neben Argento ihr eigenes Fernglas hastig auf die potenzielle Sichtung ausrichtete.

»Blauer Lieferwagen aus südwestlicher Richtung. Sieht aus, als würde er langsamer werden«, meldete Argento.

Tatsächlich näherte sich ein Lieferwagen. Er verringerte das Tempo und hielt schließlich direkt vor dem Haupteingang. Die Beifahrertür öffnete sich, und eine Gestalt sprang aufs Pflaster hinaus.

Sie trug dieselbe Uniform wie die hauseigenen Wachleute, aber im Gegensatz zu allen anderen, die Mitchell während der Schichtwechsel hatte kommen und gehen sehen, handelte es sich bei ihr zweifelsfrei um eine weibliche Person. Mitchell bemerkte den leichteren Körperbau und die Schwellung der Brüste unter dem braunen Hemd, obwohl sie ihr Gesicht abgewandt und zum Teil von einer Baseballkappe verdeckt hatte.

»Haben Sie sie erkannt?«, fragte sie, weil sie es satthatte, immer wieder auf falschen Alarm hereinzufallen.

»Ich bin mir nicht ganz sicher. Ich habe sie nur ganz kurz gesehen, aber die Beschreibung passt.«

Plötzlich drehte die Person sich um, schaute auf die gegenüberliegende Straßenseite und zeigte gleichzeitig Mitchell ihr Gesicht. Sie wusste sofort, dass dieses Gesicht dasselbe war wie jenes, das sich bei ihrer kurzen Konfrontation in Norwegen in ihr Gedächtnis eingebrannt hatte.

»Das ist sie!«, sagte Mitchell und spürte, wie sich ihr Herzschlag beschleunigte.

»Verdammtes Miststück«, keuchte Argento. »Was hat

sie vor? Will sie einfach so durch die Vordertür marschieren?«

Genau das schien sie vorzuhaben, denn sie ging geradewegs auf den Haupteingang zu. Währenddessen drehte der Lieferwagen ab und bog in eine schmale Durchfahrt am Rand des Gebäudes ein, die zur Laderampe an der Rückseite führte.

»Ich wette mit Ihnen um zwanzig Dollar, dass Yates im Lieferwagen sitzt.«

Mitchell gab keine Antwort, ihr Gesicht verriet höchste Konzentration, während sie zuschaute, wie Anya selbstsicher zum Haupteingang schlenderte, in ihre Tasche griff und eine Magnetkarte durch ein Lesegerät neben den Glastüren zog. Ein grünes Lämpchen blitzte einmal kurz auf, danach gab Anya einen Zugangscode ein, und das war's. Die Türen öffneten sich automatisch, sie schaute noch einmal kurz über ihre Schulter und ging hinein.

»Das kann doch wohl nicht wahr sein!«, keuchte Mitchell, die allein von der Dreistigkeit der Frau höchst beeindruckt war. Woher um alles in der Welt hatte sie die Magnetkarte und den Zugangscode?

»Wir haben sie«, sagte Argento, dessen Stimme vor Aufregung lauter geworden war. »Ein Anruf bei der Polizei, und sie sitzt in der Falle.«

»Nein«, antwortete Mitchell und ließ das Fernglas sinken. »Wir rufen niemanden an.«

»Was?« Argento schaute sie an, als hätte sie den Verstand verloren. »Warum nicht, um alles in der Welt?«

Ihre Antwort war einfach. Ihre Beweggründe waren es nicht.

»Weil ich will, dass sie es schafft.«

41

Die Sicherheitszentrale des ISS-Gebäudes war kaum mehr als ein kleines Büro mit einer verschlossenen, verstärkten Tür und einer Batterie von Monitoren, die an einer Wand befestigt waren und dem einzigen Wachhabenden die Möglichkeit boten, auf jede der zwei Dutzend Überwachungskameras zuzugreifen, die sorgfältig im Gebäude und draußen verteilt waren. Falls keine bestimmte Kamera ausgewählt wurde, wechselten die Kamerabilder im Fünfsekundentakt, wobei sich die Reihenfolge ständig änderte, um zu verhindern, dass sich potenzielle Eindringlinge den Rhythmus zunutze machen konnten.

Die Behauptung, in diesem Raum eine achtstündige Nachtschicht zu absolvieren, sei ein langweiliger Job, wäre eine grobe Untertreibung. In den drei Jahren, die Emre Sahin hier in der Nachtschicht als Wachmann arbeitete, hatte es keinen einzigen Einbruchsversuch gegeben, keine verdächtigen Aktivitäten und noch nicht einmal Kollegen, die beim Vögeln auf der Toilette erwischt worden wären. Das Aufregendste, mit dem er es jemals zu tun bekommen hatte, waren ein paar betrunkene Ausländer gewesen, die sich in der Durchfahrt zur hinteren Lieferrampe in die Haare geraten waren. Und das war zwei Jahre her.

Heute lagen die Dinge anders. Burak Karga, der Kollege, der laut Dienstplan heute mit ihm die Schicht teilen sollte, hatte sich nicht bei ihm gemeldet. Er hätte schon vor zehn Minuten beim Schichtwechsel da sein müssen, aber von ihm war nichts zu sehen.

Unter normalen Umständen war Sahin ganz gewiss kein Pünktlichkeitsfanatiker, aber in den Dienstvorschriften wurde dringend vor Situationen gewarnt, in der nur eine einzige Wache vor Ort war. Die Wachmänner der vorangegangenen Schicht hatten ihm angeboten zu bleiben, bis Karga eingetroffen war, aber jeder wusste, dass dieses Angebot bestenfalls eine halbherzige Geste war. Natürlich wollte er ihnen keine Umstände machen und hatte sie ziehen lassen, weil er davon ausging, dass Karga jeden Moment auftauchen würde.

Das war ihm zu jenem Zeitpunkt fair und vernünftig vorgekommen, aber während die Minuten verstrichen, schwand sein Vertrauen zusehends. Er war der Vorgesetzte, und es war seine Aufgabe, in Situationen wie dieser das Richtige zu tun. Wenn herauskam, dass er bewusst gegen eine fundamentale Regel verstoßen hatte, würde er richtig Ärger bekommen.

Er brauchte noch etwa eine weitere Minute, dann traf er seine Entscheidung. »Fauler Sack!«, sagte er und griff nach dem Telefon zu seiner Linken. Er hämmerte auf die Knöpfe, wählte Kargas Handynummer und wartete ungeduldig, während es klingelte.

Es hörte nicht auf zu klingeln.

»Komm schon, wo zum Teufel steckst du?«

Er wusste, dass Karga ein Fußballfanatiker war und sein Lieblingsverein heute Abend ein großes Match bestritten hatte. Falls dieser Mann zu spät kam und sein Telefon abgestellt hatte, um sich in aller Ruhe das Elfmeterschießen anzuschauen, musste er ein ernstes Wörtchen mit ihm reden.

Das Telefon klingelte immer weiter – keine Antwort.

Sahin knallte den Hörer etwas heftiger als nötig auf die Gabel. Er grübelte gerade darüber nach, ob er den Vorfall seinem direkten Vorgesetzten melden sollte, als ihn der interne Summer darüber informierte, dass die Haupteingangstür geöffnet wurde. Ein Blick auf sein Computerterminal bestätigte, dass soeben Kargas Magnetkarte benutzt worden war.

Er verspürte eine Erleichterung, in die sich aber auch Ärger mischte.

»Das wird aber auch Zeit«, murmelte er und stand von seinem Stuhl auf. Er war fest entschlossen, seinem unpünktlichen Kollegen für den Stress, den er ihm verursacht hatte, gehörig den Kopf zu waschen.

Die Tür der Sicherheitszentrale summte einmal, als sie mit Kargas Karte geöffnet wurde.

»Burak, weißt du, wie spät …?«

Sahin stockte mitten im Satz, als er die Frau sah, die plötzlich in der Tür stand und mit einer Automatik in der Hand auf seinen Kopf zielte. Sie war zwar braun gebrannt, hatte aber unverkennbar nordeuropäische Züge, hellblondes Haar und stechend blaue Augen. Sie trug die gleiche Uniform wie er, aber es war vollkommen klar, dass ihr nicht der Sinn danach stand, hier zum Schutz der Sicherheit beizutragen.

Einen kurzen, aberwitzigen Moment lang ging seine Hand instinktiv in die Richtung des Alarmknopfes unter der Schreibtischplatte.

»Sie sind tot, bevor Sie es schaffen!«, warnte ihn die Frau, und in ihren blassblauen Augen flackerte unbarmherzige Entschlossenheit.

Ihre deutliche Warnung reichte, um den Funken Widerstandsgeist, der sich kurz in ihm geregt hatte, im Keim zu ersticken. Die Arbeit war zwar ganz gut bezahlt, aber nicht annähernd gut genug, um dafür sein Leben zu riskieren. Mit klopfendem Herzen und zugeschnürter Kehle rückte er rasch vom Schreibtisch ab und hob seine Hände, um zu zeigen, dass er unbewaffnet war.

»Legen Sie sich auf den Boden! Hände hinter den Kopf!«, befahl sie.

»Wollen Sie mich umbringen?«, fragte er, während er auf die Knie ging.

»Ich werde Sie erschießen, wenn Sie nicht tun, was ich sage.«

Sahin musste gegen einen plötzlichen Würgereiz ankämpfen, als er sich auf den kalten Linoleumboden legte und die Hände hinter den Kopf nahm. Dann hörte er ihre Schritte, als sie näher kam. Etwas Schmales aus Plastik wurde ihm fest um die Handgelenke gebunden.

Anya arbeitete mit der raschen Effizienz, die sie ihrer langen Erfahrung verdankte, und fesselte ihm die Hände mit Kabelbindern aus Kunststoff. Danach nahm sie sich seine Fußgelenke vor. Mit einer dritten Plastikschlinge verband sie schließlich Hände und Füße hinter seinem Rücken, was es ihm unmöglich machte, aufzustehen oder sich auch nur weiter als ein paar Zentimeter zu bewegen.

Sie kniete sich neben ihn, verstaute ihre Waffe und sah ihm in die Augen. Sie waren dunkel und verängstigt, aber man musste ihm zugutehalten, dass er nicht herumjammerte oder um sein Leben flehte. Das war gut.

»Sind noch andere Wachleute im Gebäude?«, fragte sie. Sie redete jetzt ruhiger, weil er keine Bedrohung mehr darstellte. »Ich finde raus, ob Sie mich anlügen.«

»Nein, nur ich.« Er log nicht.

»Sind noch Angestellte im Haus? Erwarten Sie heute Abend noch irgendjemanden?«

Er schüttelte den Kopf.

»Gut. Ich werde Sie jetzt knebeln. Atmen Sie ganz normal und machen Sie kein Theater, dann werden Sie die Sache überleben. Nicken Sie, wenn Sie mich verstanden haben.«

Das tat er.

Sie rollte ein Stück Isolierband ab und versiegelte seinen Mund damit. Es war schon vorgekommen, dass Menschen in seiner Lage panisch wurden und erstickten, Asthma- oder sogar Herzanfälle bekamen, deshalb hoffte sie um seinetwillen, dass er keiner von denen war.

Nachdem sie den Wachmann versorgt hatte, richtete Anya ihre Aufmerksamkeit auf die Monitorwand. Die Screens zeigten abwechselnd Bilder aus verschiedenen Bereichen des Gebäudes, und auf mindestens einem von ihnen erkannte sie einen spärlich beleuchteten Raum voller schwarzer Computergehäuse, die nur von einigen wenigen Kontrolllämpchen beleuchtet wurden.

Der Serverraum.

Eine weitere Kamera war auf den Hof am Ende des Gebäudes gerichtet. Wie geplant wartete Halvorsen dort in einem blauen Lieferwagen in der Nähe der Laderampe. Aus dem Auspuff stiegen kleine Abgaswölkchen in den Nachthimmel.

Unter den Monitoren befand sich ein einfaches Computerterminal, das alle elektronisch gesicherten Türen des Gebäudes kontrollierte. Sie scrollte durch die Einstellungen, bis sie schließlich die Anzeigen für die Laderampentüren entdeckte und mit einem Mausklick öffnete.

Auf dem Dach ganz in der Nähe starrte Argento seine Kollegin ungläubig an. »Wiederholen Sie das bitte noch mal!«

»Kommen Sie, benutzen Sie Ihren Verstand. Die ganze Ermittlung hat in dem Moment angefangen zu stinken, als

Hawkins auftauchte, und seitdem ist es immer schlimmer geworden. Ein Kerl ohne offizielle Akte, ohne Vergangenheit, der keiner bekannten Abteilung angehört, aber uneingeschränkt alle Ressourcen der CIA nutzen kann? Das stinkt doch zum Himmel!«

»Hey, ich mag den Kerl genauso wenig wie Sie, aber wer sagt denn, dass Yates und seine neue Freundin auch nur einen Deut besser sind?«, ging Argento sie an. »Nach allem, was wir wissen, könnten das verdammte Terroristen sein.«

Mitchell schüttelte den Kopf. »Das hat mit Terrorismus nichts zu tun. Herrgott! Hier soll etwas vertuscht werden. Hawkins wurde nicht losgeschickt, um Anya oder Yates zu verhaften. Er ist unterwegs, um die Geheimnisse zu beschützen, die sie aufzudecken versuchen, und er ist bereit, dafür jeden zu töten, der ihm in die Quere kommt. Selbst unschuldige Zivilisten. Ist das der Typ Mensch, mit dem Sie zusammenarbeiten wollen?«

Argento biss die Zähne zusammen. Ihm gefiel nicht, was sie sagte, aber er konnte nicht abstreiten, dass was dran war. »Warum sind wir dann überhaupt hergekommen, Olivia? Wir hätten uns die ganze Reise doch schenken können, wenn es nicht darum geht, sie zu stoppen.«

»Wie ich schon sagte: Ich will, dass sie Erfolg haben. Und ich will wissen, was diese Datei enthält. Wenn ich schon nichts dagegen tun konnte, mich für eine Vertuschungsaktion einspannen zu lassen, dann will ich wenigstens wissen, worum es geht.« Sie legte das Fernglas beiseite und stand auf. »Der Lieferwagen, der auf der Rückseite parkt, ist unsere Eintrittskarte.«

Noch bevor Argento antworten konnte, mischte sich jedoch eine andere Stimme ins Gespräch. Eine Stimme, die Mitchell nur zu gut kannte.

»Danke für den Tipp.«

Erschrocken wirbelte Mitchell herum und griff instinktiv nach der Pistole, die sie unter ihrer Jacke verborgen mitführte.

»Lassen Sie das«, warnte Hawkins, und hob den Lauf seines M4A1-Sturmgewehrs mit Schalldämpfer, um sie auf die Furcht einflößende Waffe aufmerksam zu machen. Das Gewehr schaffte eine Frequenz von fast eintausend Schuss pro Minute bei einer effektiven Reichweite von über vierhundert Metern, und er würde sie kaum verfehlen können, wenn er jetzt das Feuer eröffnete.

Er stand keine vierzehn Meter entfernt, war für einen nächtlichen Kommandoeinsatz gekleidet und trug einen schussfesten Körperschutz. Die beiden Männer, die ihn flankierten, waren ähnlich angezogen und bewaffnet.

Er grinste, weil er wusste, dass sie jetzt von seiner Gnade abhängig waren. »Ohne Sie hätte ich nicht hergefunden.«

Mitchell schloss die Augen und atmete langsam tief aus. Jetzt begriff sie, wie dumm es von ihr gewesen war, hierherzukommen. Dass Hawkins sie so plötzlich aus der Ermittlung geworfen hatte, war keineswegs eine in der Hitze des Streits getroffene, spontane Entscheidung gewesen und beruhte auch nicht auf unterschwelligen Rivalitäten. Er hatte gespürt, dass sie vielleicht mehr wusste, als sie zugab, und sie deshalb von der Leine gelassen. Danach konnte er geduldig abwarten und zuschauen, in welche Richtung sie die Ermittlung fortsetzen würde.

Im richtigen Moment brauchte er die Falle nur noch zuschnappen zu lassen.

42

Alex schnappte sich den Leinensack mit dem Laptop, diversen Kabeln und Komponenten, die er für seine Aufgabe benötigen würde. Dann stieß er die Hintertür des Lieferwagens auf.

»Viel Glück«, rief Halvorsen vom Fahrersitz aus.

Alex warf einen kurzen Blick auf den Älteren, sagte aber nichts. Ihr Erfolg oder Misserfolg hing jetzt allein von ihm ab. Seine Gefährten hatten ihren Teil beigetragen, und nun war er dran.

Nie zuvor in seinem Leben war er sich seiner Verantwortung so bewusst gewesen.

Er sprang hinten aus dem Fahrzeug, knallte die Tür zu und schlug noch einmal mit der Hand darauf, um Halvorsen zu signalisieren, dass er fahren konnte. Der Norweger verlor keine Zeit, ließ den Motor aufheulen und steuerte den Lieferwagen aus der Parkzone und durch die Ausfahrt zurück auf die Hauptstraße. Es wäre für ihn einfacher gewesen, sich in der Nähe des Gebäudes herumzudrücken, aber dort war die Gefahr zu groß, entdeckt zu werden.

Alex war allein. Er lief ein kurzes Stück, schlüpfte unter dem Rollgitter durch, das etwa einen Meter hochgefahren war, und trat auf eine kleine Laderampe. Der Boden bestand aus rauem Beton, und das bisschen Licht spendeten ein paar billige Neonröhren an der Decke. An den beiden Wänden waren Kartons, Aktenschränke, ausgemusterte

Schreibtische und Stühle aufgetürmt – Zeug eben, das sich in einem geschäftigen Bürobetrieb so ansammelt.

Solche Ecken kannte Alex nur zu gut. An seinem früheren Arbeitsplatz hatte es jede Menge davon gegeben: ein typisches Hinterzimmerlager, in dem man in dem Irrglauben, es könnte sich eines Tages doch einmal als nützlich erweisen, allerlei nutzloses Gerümpel sammelte.

Wie verabredet, wartete Anya bereits auf ihn.

»Die Sicherheitszentrale ist neutralisiert. Ich habe die Telefonverbindungen nach draußen gekappt«, sagte sie und führte ihn tiefer ins Gebäude hinein. »Hier entlang.«

Mit etwas Glück würde es einige Zeit dauern, bevor jemand bemerken würde, dass etwas nicht stimmte – das hoffte Alex zumindest inständig. Er hatte keine Ahnung, wie schwer es sein würde, die Schwarze Liste unter den Millionen anderen Dateien, die hier gespeichert waren, wiederzufinden, oder welche Schwierigkeiten ihm noch bei dem Versuch begegnen würden, an sie heranzukommen.

Jetzt sei kein Idiot und fang nicht mit Selbstzweifeln an!, dachte er und gab sich innerlich ein paar Ohrfeigen. *Konzentriere dich einfach darauf, keinen Bockmist zu bauen!*

Anya entdeckte das Treppenhaus, das zum Keller hinunterführte, und steuerte direkt darauf zu. »Die Server befinden sich da unten.«

Die Hitze und der Lärm, die von einer derart großen Ansammlung stark beanspruchter elektronischer Geräte verursacht werden, sind so hoch, dass die Wahl eines geeigneten Standortes und die Überwachung ihres Betriebs – gelinde gesagt – problematisch ist. Daher befinden sich die meisten Serverräume unter der Erde.

Im Gehen betätigte Anya ein kleines Funkgerät, das an

ihrer Schulter befestigt war. »Kristian, wir sind drin. Gleich erreichen wir den Serverraum.«

»Verstanden«, rauschte die Antwort. »Ich bleibe auf Empfang.«

Anya hielt ihre Waffe gezückt, stieß die Tür auf und hastete die Treppe hinunter. Alex hielt sich dicht hinter ihr.

Oben auf dem Dach blieb Mitchell keine Hoffnung auf Gegenwehr, als einer von Hawkins' Männern in ihre Jacke fasste und ihr die Waffe abnahm. Argento wurde die gleiche Behandlung zuteil, er versuchte jedoch, seinen Bewacher wegzustoßen, was sofort mit einem Kolbenstoß in seinen Bauch quittiert wurde, der ihn hustend und japsend auf die Knie zwang.

Das musste dieser närrische Heldenmut sein, den junge Männer naturgemäß an den Tag zu legen scheinen.

»Schön aufpassen, Kleiner«, ermunterte ihn der Agent, der genüsslich die Chance nutzte, sich auch noch über ihn lustig zu machen. »Irgendwann kapierst du es auch noch.«

Mitchell hätte dem Mann in diesem Moment mit Freuden die Luftröhre herausgerissen, aber ein solcher Versuch wäre reiner Selbstmord gewesen. Er hätte sie mit seinem Sturmgewehr mühelos töten können – von seinen beiden Kumpanen ganz zu schweigen.

»Wie geht's, Vince?«, fragte sie Argento und heuchelte beiläufiges Interesse.

»Mir … geht's prächtig«, antwortete er und mühte sich ab, wieder hochzukommen. Er sah seinen Bewacher an und bedachte ihn mit einem trotzigen Grinsen. »Unser Freund hier schlägt wie … eine Tunte.«

Darauf hatte dieser nur gewartet. Er trat einen Schritt zurück, um besser ausholen zu können, und trat den jungen Mann mit solch brutaler Gewalt in die Seite, dass er ihm sämtliche Rippen hätte brechen können. Argento taumelte von der Kraft des Aufpralles mehrere Meter rückwärts über das Dach und blieb dort reglos liegen.

»Sie verdammter …«, fing Mitchell an und machte einen Schritt auf ihn zu. Aber ihr blieb keine Zeit, den Satz zu Ende zu bringen. Hawkins sprang dazwischen und verpasste ihr einen blitzschnellen rechten Haken, der sie genau über ihrem rechten Auge traf. Der Schlag erwischte sie, als würde eine Granate in ihrem Kopf explodieren, und sie ging sofort zu Boden. Ihr Herzschlag rauschte laut in ihren Ohren, und ihr verschwamm alles vor den Augen.

Gegen ihn kam sie nicht an, das war ihr klar. Sie war zwar noch nie k. o. geschlagen worden, aber sie begriff trotzdem, dass dieser Schlag gefährlich nah an das zweifelhafte Vergnügen herangekommen war, sie vollständig außer Gefecht zu setzen. Falls sich die Sache mit den Geheimoperationen für Hawkins irgendwann nicht mehr auszahlte, stand ihm eine fantastische Karriere als Profiboxer offen.

»Ich bin böse auf Sie, Mitchell«, hörte sie Hawkins sagen. »Sie hätten uns eine echte Hilfe sein können. Und stattdessen sind wir hier. Eine Schande, wirklich.«

In diesem Augenblick wurde ihr klar, dass sie auf diesem Dach sterben würde. Genau wie Argento, falls er überhaupt noch am Leben war. Als sie daran dachte, tat es ihr um ihn noch mehr leid als um sich selbst.

Das hatte er nicht verdient.

»Ich hätte nicht gedacht, dass es Ihnen was ausmacht, Ihre eigenen Leute umzubringen«, keuchte sie und versuchte, einen klaren Blick zu bekommen. Ihre Finger pressten sich auf das kiesbedeckte Dach, als sie versuchte, sich aufzurichten.

»Tut es auch nicht«, gab er zu. »Das bedeutet einfach nur mehr Papierkram.«

Wenigstens hatte sich ihr Blick wieder geschärft, und sie sah Argento, der einige Meter entfernt lag, nachdem ihn einer von Hawkins' Männern zusammengetreten hatte. Er war offenbar noch am Leben, und er schaute direkt zu ihr hinüber.

Er lag neben dem niedrigen Brüstungsmauerwerk, von dem aus sie das Zielgebäude observiert hatten. Mitchell hatte angenommen, dass er wegen der massiven Kraft des Trittes so weit über das Dach gekugelt war, aber jetzt merkte sie, dass es sich anders verhielt. Er hatte den Mann provoziert, ihn so zu schlagen, damit er danach keine Bedrohung mehr in ihm sah. Er hatte es darauf angelegt, dort hinten zu landen, um an etwas heranzukommen, das ihnen helfen konnte.

Beziehungsweise *ihr* helfen konnte.

Er hatte ihr ein paar wertvolle Momente der Ablenkung erkauft und war bereit, mit seinem Leben dafür zu bezahlen.

Sein Blick wanderte von ihr bis zur anderen Seite des Daches. Von ihrer Position betrachtet sah es aus, als würde sich dort bloß die Brüstungsmauer fortsetzen und danach ginge es fünfzehn Meter tief bis auf die Straße hinunter. Aber sie wusste es besser. Und sie begriff, was er von ihr erwartete.

Nein. Das durfte sie nicht zulassen. Nicht jetzt. Nicht er.

Sie schüttelte den Kopf. Die Männer, die es auf ihr Leben abgesehen hatten, übersahen dies glatt, weil es nur eine winzige Geste war. Aber sie kam aus tiefstem Herzen.

Dann sah sie ein schwaches Grinsen über das Gesicht des jungen Mannes huschen. Er nickte ihr kaum merklich zu und griff nach dem Becher mit dem dampfenden Kaffee, der immer noch dort stand, wo er ihn abgestellt hatte. Er würde es auf jeden Fall durchziehen, ganz gleich, was sie tat und ganz gleich, ob es ihr gelingen würde, sein Ablenkungsmanöver zu ihrem Vorteil zu nutzen.

Vincent Argento, dickköpfig und aufsässig bis zum Schluss.

»Das haben Sie sich alles selbst zuzuschreiben, Mitchell«, sagte Hawkins und hob seine Waffe. »Ich möchte, dass Ihnen das klar ist.«

Jetzt war der Augenblick gekommen. Argento schnappte sich den Becher Kaffee, wirbelte herum und schleuderte ihn auf den Mann, der ihn angegriffen hatte. Der drehte sich instinktiv weg, um dem Wurfgeschoss auszuweichen, aber es war zu spät. Argento hatte gut gezielt, und bei dem Aufprall zerplatzte der Styroporbecher und überströmte die linke Gesichtshälfte des Mannes mit seinem heißen Inhalt.

Es dauerte noch etwa eine weitere Sekunde, bis sich der Schmerz bemerkbar machte, aber als es so weit war, heulte der Kerl vor Schmerzen auf, griff sich ins Gesicht und taumelte nach rechts.

Argento kam auf die Füße und versuchte, sich die Waffe des Verletzten zu schnappen. Ihm blieb nur ein kleiner Moment des Triumphes, seinem Widersacher heimgezahlt zu haben, was dieser ihm angetan hatte. Sekundenbruchteile später brachte ihn Hawkins mit einem kurzen, effektiven Feuerstoß aus seiner schallgedämpften Waffe zu Fall.

Mitchell hatte in diesem Moment jedoch ganz andere Sorgen. Im selben Augenblick, als sich Hawkins und sein Kamerad dem Ursprung des Geräusches zuwandten, war es ihr gelungen, wieder auf die Füße zu kommen und sich an der Brüstungsmauer aufzurichten. Sie hatte weiche Knie und fürchtete fast, ihre Beine könnten nachgeben, aber irgendwie schaffte sie es, aufrecht zu bleiben.

Sie hörte hinter sich Geschrei und das typische Puckern einer Automatiksalve durch einen Schalldämpfer. Sie zwang sich, nicht an Argento zu denken, als sie den Rand des Daches erreichte, ihren ganzen Mut zusammennahm und sprang.

Nachdem er Argento erledigt hatte, richtete Hawkins seine Waffe auf Mitchell. Die hatte was drauf, aber dumm war sie trotzdem. Es gab nur einen einzigen Weg von diesem Dach. Das war die Tür, durch die er gekommen war und vor der er jetzt seine Position behauptete.

Er hatte sie im Blick. Aus dieser Entfernung konnte er sie kaum verfehlen. Sein Finger begann, Druck auf den Abzug auszuüben, und die Waffe schlug in seine Schulter, als er den ersten Schuss auslöste.

Aber sein Ziel war nicht mehr da. Mitchell war verschwunden, einfach über den Rand des Daches gesprungen, in die dunkle Leere darunter.

Erst als er einen lauten metallischen Schlag und danach einen Schmerzensschrei hörte, begriff er, was geschehen war.

»Verdammt!«, knurrte er und sprintete zur Brüstungsmauer.

Drei Meter tiefer war Mitchell hart auf dem obersten Absatz der Feuerleiter gelandet. Der Aufprall auf der starren Metallkonstruktion hatte sich angefühlt, als hätte sie sich fast alle Knochen gebrochen.

Von dem Treppenabsatz aus, auf dem sie sich wiederfand, führten Stufen bis zur Etage darunter, und mit der Kraft der Verzweiflung warf sie sich hinunter, um irgendeine Form von Deckung zwischen sich und Hawkins zu bringen.

Den Absatz hinunterzuhechten oder ihren Abstieg in irgendeiner Weise zu kontrollieren war undenkbar. Ihr blieb nur, die Zähne zusammenzubeißen, während sie die Stahlstufen tiefer stürzte, die an der Außenwand des Gebäudes befestigt waren. Jeder neue Aufprall vergrößerte die Zahl der Abschürfungen und Prellungen, die sie geradezu zu sammeln schien.

Als sie schließlich verkrümmt eine Etage tiefer landete, waren diese oberflächlichen Schmerzen nahezu bedeutungslos geworden. Jetzt war es der wilde, verzweifelte Überlebensinstinkt, der sie dazu antrieb, ihren zerschundenen Körper vom Boden hochzuwuchten und sich ungeachtet aller Schmerzen mit der Schulter gegen die Tür zu werfen, die ins Innere des Gebäudes führte.

Die alte, verwitterte Tür gab unter ihrem wütenden Ansturm nach, und sie stürzte sich im selben Moment ins Haus, als eine neue Salve tödlichen Feuers aus dem Automatikgewehr von oben herunterprasselte. Die Kugeln zischten durch die Gitterspalten in der oberen Plattform und wurden von den Eisenteilen darunter abgelenkt.

Das war ihr jetzt egal. Sie war drin und hastete durch den Korridor zum nächsten Treppenhaus, ohne auf ihre Schmerzen und das Blut zu achten, das aus ihrer rechten Seite quoll. Sie mochte der Salve entgangen sein, die sie töten sollte, aber eine Kugel hatte trotzdem ihr Ziel gefunden.

Oben auf dem Dach verließ Hawkins die Brüstung und senkte seine Waffe. »Verdammt noch mal«, keuchte er und griff zum taktischen Funkgerät, das an seinem Hals befestigt war. »Alpha an alle Kräfte. Wir haben einen Ausreißer. Mitchell läuft die Haupttreppe hinunter. Hat jemand Sichtkontakt?«

Er hatte unten noch zwei weitere Männer in Zivilkleidung postiert, teils, um das ISS-Gebäude im Auge zu behalten, teils, um sie vor unerwünschten Überraschungen zu schützen, während er sich um Mitchell kümmerte.

»Negativ. Foxtrott unterwegs auf Abfangkurs.«

»Verstanden. Finden Sie sie und schalten Sie sie verdammt noch mal aus!«

Die Stimme des Mannes verriet keine Emotionen, als er den Befehl bestätigte. »Verstanden. Ende.«

Zufrieden richtete Hawkins seine Aufmerksamkeit jetzt wieder auf seine Begleiter. Einer der beiden, Rodriguez, trug jetzt die Spuren jenes kurzen Augenblicks mangelnder Konzentration im Gesicht. Auch wenn der Kaffee beim Wurf nicht mehr Brühtemperatur hatte, war er noch heiß genug gewesen, um die Haut auf einer Seite seines Gesichts flammend rot zu färben, was auch im dämmerigen Licht der Straßenbeleuchtung noch gut zu erkennen war. Er biss aber fest die Zähne aufeinander, um den Schmerz zu unterdrücken.

»Soll ich ihr folgen, Sir?«, fragte er.

Hawkins schüttelte den Kopf. Sosehr er es auch genossen hätte, Mitchell zu stellen und sie für den Ärger bezahlen zu lassen, den sie ihm gemacht hatte, war ihm doch klar, dass es jetzt Wichtigeres gab. Er konnte es sich nicht erlauben, sein Team noch weiter aufzuteilen.

»Mitchell kann warten«, sagte er und schaute zum ISS-Gebäude hinüber. Irgendwo dort drin befand sich ihr eigentliches Ziel.

»Wir wechseln zum Zielgebäude. Da haben wir Dringenderes zu erledigen.«

Mitchell stürzte die Treppen hinunter und nahm immer zwei Stufen auf einmal, weil sie so schnell wie möglich auf die Straße kommen wollte. Dieses Gebäude war eine einzige Falle, und je länger sie drinblieb, desto mehr Zeit blieb Hawkins, es komplett abzuriegeln.

Sie brauchte geschlagene fünf Sekunden, bis sie begriff, dass er schneller war als sie.

Stampfende Stiefel auf den nackten Betonstufen verrieten ihr, dass es jemand eilig hatte, nach oben zu kommen, und man brauchte kein Genie zu sein, um darauf zu kommen, dass Hawkins draußen Männer stationiert hatte. Mitchell machte sich keine Hoffnungen, sich den Weg freikämpfen zu können. Sie war allein, unbewaffnet, angeschlagen und verletzt. Außerdem begann sie den Schmerz von der Schusswunde zu spüren. Unwillkürlich fasste sie sich an die Seite. Als sie die Hand zurückzog, war sie voll Blut.

Zurück aufs Dach konnte sie nicht, nach unten ebenso wenig. Ihr blieb nur die Wahl, sich in einen der Korridore zurückzuziehen, selbst wenn sie damit das Unvermeidliche lediglich hinauszögerte.

Am nächsten Treppenabsatz stoppte sie, schob eine Tür auf und taumelte hindurch, wobei sie eine Blutspur an der Tür hinterließ.

Ein Stockwerk tiefer erklomm Frank Crichton, besser bekannt unter seinem Codenamen Foxtrott, die Stufen jetzt in einem vorsichtigeren Tempo. Er strengte seine Augen und seine Ohren an, um keine Spur seiner Zielperson zu übersehen. Er hatte über sich im Treppenhaus Geräusche gehört, danach das Quietschen einer Tür. Mitchell musste hier irgendwo sein.

Als er den nächsten Treppenabsatz erreichte, blieb er stehen und betrachtete die dunklen Flecken auf dem Betonfußboden. Er nahm ganz leichten Duft eines Damenparfums wahr. Dann beugte er sich nach unten und berührte einen der Flecke. Es war erwartungsgemäß Blut.

Also war sie verletzt.

Sein Blick wanderte nach oben zu der Etagentür. Und tatsächlich war sie mit einem blutigen Handabdruck markiert.

Mitchell hielt sich die Seite und taumelte durch den kurzen Korridor, der das Haus der Länge nach durchmaß. Sie suchte verzweifelt nach irgendetwas, das sie als Waffe benutzen konnte oder das ihr bei der Flucht helfen konnte. Aber da gab es nichts außer Türen, die in die Wohnungen führten und sicherlich allesamt verschlossen waren.

»Verdammt«, stieß sie zwischen zusammengebissenen Zähnen hervor. Die Schmerzen an ihrer Seite wurden immer heftiger.

Sie entschied sich für irgendeine der Türen, humpelte hin und hämmerte mit der Faust dagegen, wobei sie einen Blutfleck auf dem gestrichenen Holz hinterließ. Die dumpfen Schläge erzeugten Echos in der Wohnung, aber sie bekam keine Antwort.

»Bitte«, keuchte sie, während ihr Tränen in die Augen stiegen. »Ich bin verletzt. Bitte, helfen Sie mir.«

Dann hörte sie drinnen jemanden schimpfen. Es war eine Männerstimme – grob und verärgert –, die sie vermutlich dazu aufforderte, sich zu verziehen. Sie nahm es ihm nicht übel. In seiner Lage hätte sie die Tür wahrscheinlich auch nicht geöffnet.

Das war wohl das Ende ihres kurzen Befreiungsversuchs. Hawkins' Männer würden den Blutspuren folgen, die sie hinterlassen hatte, und sie wie einen angeschossenen Fuchs an dieser Stelle aufspüren. Selbst ein untrainierter Zivilist hätte ihren Weg nachvollziehen können.

Sie würden sie allein und unbewaffnet in diesem Korridor finden und ohne Zögern erledigen.

Mit ihrer Hoffnung verließ sie auch die Kraft. Sie fiel gegen die Wand und sank zu Boden. Argentos Opfer war umsonst gewesen. Ein weiterer sinnloser Tod, den sie hätte verhindern sollen. Vielleicht war es das Beste, dass hier alles für sie endete. So konnte sie wenigstens anderen kein Leid mehr zufügen.

Fast hörte sie das Klicken nicht, mit dem in ihrer unmittelbaren Nähe eine Tür entriegelt wurde. Erst als sie ganz offen stand und das Licht aus der Wohnung den Korridor hell erleuchtete, blickte Mitchell auf und sah vor sich eine junge, hochschwangere Frau, die einen dicken Bademantel trug.

Die Frau starrte ihrerseits Mitchell an, und ihr Ausdruck zeigte eine Mischung von Besorgtheit und zupackender Intelligenz. Sie schaute den Flur hinunter, und als sie dort niemand anderen entdeckte, konzentrierte sie sich wieder auf die verletzte Frau, die an der gegenüberliegenden Wand lag.

»Kommen Sie«, sagte sie und winkte sie hinein.

Mit einer letzten Kraftanstrengung hievte sich Mitchell von dem kalten Fußboden hoch, taumelte über den Flur und fiel geradezu in die Wohnung. Kaum war sie drinnen, schloss die Schwangere auch schon die Tür hinter ihr und verriegelte sie.

Crichton drückte die Tür zum Korridor auf und schlich mit gezückter und entsicherter Waffe in den Flur. Er orientierte sich an der Blutspur, konzentrierte aber gleichzeitig all seine Sinne auch auf die unmittelbare Umgebung. Es war nicht auszuschließen, dass Mitchell die Spur nutzte, um ihn in eine Falle zu locken.

In dem geraden, engen Flur war nichts zu entdecken. Und soweit er die Lage überblickte, gab es hier auch keine Möglichkeit für sie, sich zu verstecken.

Die Blutspuren im Blick, arbeitete er sich vorwärts, an einer Tür vorbei, dann an der nächsten und der übernächsten, bis er schließlich einen größeren roten Fleck an einer Wand entdeckte. Ein blutender, verletzter Körper war dagegengefallen und bis zum Boden hinuntergerutscht.

Gleich neben diesem Fleck fand sich ein blutiger Handabdruck an der nächsten Wohnungstür.

Crichton zögerte nur kurz, bevor er die Waffe hob und mit der Schalldämpferpistole auf das Türschloss feuerte. Ein einziger Schuss reichte, um es zu zerstören. Er schob die Tür auf und drang in die Wohnung ein.

Der Erste, dem er begegnete, war ein Mann, der von rechts aus der kleinen Küche herauskam. Mitte fünfzig, beginnende Glatze, übergewichtig. Er wollte gerade den Mund aufmachen, um irgendetwas zu schreien, aber er kam nicht mehr dazu. Crichton legte an und jagte ihm eine Kugel durch den Kopf. Die Blutspritzer aus der Austrittswunde verteilten sich auf dem billigen Fliesenboden und den Arbeitsflächen. Crichton hatte sich schon wieder abgewandt, bevor der Mann auf dem Boden aufschlug.

Eine Frau rief etwas aus dem Wohnzimmer am Ende des kurzen Flurs. Wahrscheinlich wunderte sie sich über die ungewohnten Geräusche. Sie würde schon bald merken, dass etwas nicht stimmte. Mit schnellen, ausladenden Schritten lief Crichton durch den Gang und öffnete die Tür.

Die Frau, die gerade vom Sofa aufstand, schien ungefähr im selben Alter wie ihr Mann zu sein. Sie war klein und untersetzt und trug immer noch die Putzfrauenkluft eines Hotels, in der sie vermutlich von der Arbeit gekommen war. Beim Anblick des bewaffneten Mannes in ihrem Wohnzimmer erstarrte sie augenblicklich.

Crichton gab ihr eine Chance. »Sagen Sie, wo die Frau ist, dann bleiben Sie am Leben.«

Sie starrte ihn nur mit einem leeren, verständnislosen Blick an.

Für so etwas hatte er keine Zeit. Er hob die Waffe und erledigte sie wie schon zuvor ihren Ehemann, dann durchsuchte er den Rest der Wohnung nach Mitchell. Es bestand immer noch die Möglichkeit, dass sie sich irgendwo versteckte.

»Foxtrott an alle Einheiten. Keine Spur von ihr«, musste er keine Minute später bedauernd melden. »Wie lauten Ihre Befehle?«

»Kommen Sie sofort hierher, Foxtrott!«, lautete die knappe Antwort. »Um Mitchell kümmern wir uns später.«

Crichton biss die Zähne aufeinander. Für den Augenblick würde man über sein Versagen hinwegsehen, aber vergessen war das nicht.

»Verstanden.« Er überließ die zwei toten Bewohner ihrem Schicksal und ging aus der Wohnung.

43

»Hier ist es!« Alex deutete auf die verriegelte Sicherheitstür vor ihnen.

Anya war sofort zur Stelle, trat vor ihn und zog ihre gestohlene Magnetkarte durch das Lesegerät. Es piepte einmal kurz und laut, und schon glitt die unförmige feuerfeste Sicherheitstür auf hydraulischen Scharnieren zur Seite und gab den Weg frei.

Anya verharrte vor der Schwelle und schwenkte ihre schallgedämpfte Automatik einmal durch den Raum. Drinnen herrschte absolute Finsternis, bis auf die zahllosen Reihen grüner Kontrollleuchten, die sich bis tief in den Raum fortsetzten.

Als sie ihren Fuß über die Schwelle setzte, erwachte die Deckenbeleuchtung gleißend zum Leben.

»Sie werden über Bewegungsmelder geschaltet«, erklärte Alex, der ihre unausgesprochene Frage ahnte. Es hatte keinen Sinn, die Lampen anzulassen, wenn niemand im Raum war, der das Licht benötigte.

Er folgte ihr hinein und wurde sofort von einem Schwall kalter, trockener Luft umhüllt. Der Ozongeruch kribbelte in seiner Nase, und in seinen Ohren summten leise unzählige Kühlerventilatoren.

Den Großteil des Raumes nahmen mehrere Reihen von Computerracks ein, etwa zwei Meter fünfzig hoch und von einem Gewirr aus dicken Kabelbündeln und -schächten umgeben. Jedes dieser Racks enthielt eine Servereinheit, eine fest verschaltete Maschine mit der Aufgabe, große Datenmengen zu speichern und zu bewegen. Die Informationsmenge, die in diesem Raum verarbeitet wurde, war wahrscheinlich größer als der gesamte Inhalt der amerikanischen Kongressbibliothek.

»Es ist kalt hier«, sagte Anya, deren Atem in der kalten Luft kondensierte. Diese merkwürdige unterirdische Welt aus Datenleitungen, blinkenden Lichtern, Luftschächten und schwirrenden Ventilatoren hatte etwas Unheimliches an sich, bei dem sich ihre Nackenhaare sträubten.

»Das muss es auch sein. Diese Geräte erzeugen so viel Hitze, dass sie schmelzen würden, wenn man sie nicht permanent kühlt.« Er schaute sich um und ging dann an der nächsten Regalreihe entlang. »Folgen Sie mir.«

»Wonach suchen wir?«, fragte Anya, die in seiner unmittelbaren Nähe blieb und die Waffe fest umklammerte, während sie seinen Rücken deckte.

»Nach einem Zugang«, erläuterte Alex, während er aufmerksam die Reihen der imposanten Maschinen absuchte.

Erst am Ende der Regalflucht fand er das Gesuchte. Er streckte den Arm aus und klappte die Metallabdeckung hoch, die das Server-Zugangsterminal schützte. Dann öffnete er seinen Beutel und nahm den Laptop heraus.

»Von hier aus komme ich ins Netzwerk«, erklärte er und wartete einige Augenblicke, bis der Laptop hochgefahren war. »Sobald ich drin bin, brauche ich nur noch die Schwarze Liste zu finden und herunterzuladen.«

»Wie lange wird das dauern?«, fragte sie, während sie ein wachsames Auge auf die Tür gerichtet hielt.

»Keine Ahnung.« Er war darin vertieft, seinen Laptop und das Zugangsterminal mit einem seriellen Kabel zu verbinden, und bemerkte deshalb nicht den Blick, mit dem sie ihn bedachte.

»Ich würde lieber etwas anderes hören.«

»Und ich würde lieber etwas anderes sagen«, erwiderte er und beugte sich über den Laptop auf seinen Knien. »Aber es ist nicht so, als würde man sich bei Hotmail einloggen. Da spielen zig Faktoren eine Rolle, auf die ich keinen Einfluss habe.«

Er starrte gebannt auf seinen Bildschirm, während der Laptop und das Zugangssystem der Server an einer Verbindung arbeiteten. Es handelte sich dabei um zwei grundsätzlich verschiedene Systeme, die unterschiedliche Sprachen verwendeten, aber darauf war Alex vorbereitet. Ein speziell angepasstes Programm auf seinem Laptop sollte als eine Art Dolmetscher fungieren und, wenn alles gut ging, eine Verbindung herstellen.

»Komm schon, komm schon!«, flüsterte er und beobachtete, wie das Dialogfenster ein paarmal aufflackerte, während das Programm am Verbindungsaufbau arbeitete.

Schließlich zeigte der Monitor die Meldung: *Verbindung hergestellt.*

»Wir sind drin«, sagte Alex und tippte in schneller Folge eine Serie von Befehlen ein. »Zugangsserver-Routernetzwerk, Dateiensuche und … mein Gott, was würde ich jetzt für eine Zigarette geben.«

»Keine gute Idee«, sagte Anya und nickte in Richtung der Rauchmelder an der Decke. »Dann springt sofort das Halonlöschsystem an.«

Weil Brände in einem Raum voller hoch beanspruchter und teurer Computerhardware ein ständiges Risiko darstellten, war ein leistungsfähiges Löschsystem unerlässlich. Sobald einer der Sensoren Hitze oder Qualm aufzeichnete, würde der Raum sofort mit Halongas geflutet werden, um auf chemischem Wege jegliches Feuer zu ersticken, ohne den Geräten zu schaden.

Alex schaute zu ihr hoch. »Wenn das hier alles vorbei ist, müssen wir wirklich dringend an Ihrem Sinn für Humor arbeiten.«

Ausgestattet mit den modernsten verfügbaren Hilfsmitteln seiner Zunft, brauchte Hawkins' Mann keine dreißig Sekunden, um das Magnetschloss am Haupteingang des Gebäudes zu überbrücken, das System auszuschalten und es Hawkins damit zu ermöglichen, in die Lobby dahinter vorzudringen.

»Raum sichern«, befahl er und zeigte nach links und rechts. Sofort schwärmten zwei seiner Männer aus und sicherten die Flanken, während er zur Sicherheitszentrale hinter dem Empfangstresen weiterlief.

Ein neuerlicher Einsatz seines Technikspezialisten öffnete die elektronische Sperre, und er stieß die Tür zur Zentrale auf. Auf dem Boden lag jemand, gefesselt und geknebelt, den er für einen der Wachmänner des Gebäudes hielt.

»Anya, du wirst noch weich auf deine alten Tage«, bemerkte er und schüttelte den Kopf. Die Frau, die er von früher kannte, hätte den Mann unter keinen Umständen am Leben gelassen.

Er ignorierte den Mann zunächst und sah sich in dem Raum um. Die Speicherbänke des Videoüberwachungssystems waren aus den Regalen gerissen worden und bildeten auf dem Boden einen Trümmerhaufen, was seinen Wünschen sehr entgegenkam. Weder er noch Anya wollten, dass die Ereignisse der heutigen Nacht aufgezeichnet wurden.

Auch wenn die Aufzeichnung nicht mehr funktionierte, sendeten die Kameras weiterhin ihre Signale an die Monitorwand. Als er seinen Blick über die einzelnen Displays schweifen ließ, blieb sein Blick schließlich an einem jungen

Mann hängen, der neben einem Hardwarerack kauerte und einen Laptop auf den Knien balancierte. Eine junge Frau mit kurzem blondem Haar stand neben ihm, die – wie nicht anders zu erwarten – mit einer M1911 inklusive Schalldämpfer bewaffnet war.

»Na, hallo meine Süße.«

Er wandte sich vom Monitor ab, kniete sich neben den gefesselten Wachmann und riss ihm das Isolierband vom Mund. Das Klebeband riss ein paar Haare und eine Hautschicht mit, und der Mann stöhnte schmerzerfüllt auf.

»Hey, Kumpel, sprichst du meine Sprache?«, fragte Hawkins.

Der Wächter, der sich über die Lippen leckte, blickte auf Hawkins' Waffe und nickte.

»Prima.« Hawkins deutete auf den Monitor, auf dem Yates und Anya zu erkennen waren. »Weißt du, wo die beiden sind?«

»Serverraum. Keller.«

Hawkins grinste und nickte. »Danke, mein Freund.«

Er stand auf, ging einen Schritt zurück, um sich keine Blutspritzer einzufangen, zielte und jagte dem Mann eine Kugel in den Kopf. Dann verließ er den Raum, um wieder zu seinem Team aufzuschließen.

»Sie sind unten«, sagte er und zeigte aufs Treppenhaus. »Jetzt holen wir sie uns, Jungs.«

44

Mitchell keuchte und biss die Zähne aufeinander; aus ihrer Wunde sickerte noch immer unablässig Blut. Sie sah die junge Frau an, die ihr ahnungslos das Leben gerettet hatte. Sie war kaum älter als fünfundzwanzig, wenn nicht noch jünger. Klein und zierlich – vom geschwollenen Bauch einmal abgesehen –, mit schwarzem Haar und dem für Menschen dieser Region typischen olivfarbenen Teint sah sie nicht gerade so aus, wie sich Mitchell eine Frau vorgestellt hätte, die ihr einmal das Leben retten würde.

Die Schwangere betrachtete die verletzte Frau vor ihr auf dem Boden, als ob sie sich erst einmal darüber klar zu werden versuchte, ob es ein Fehler war, sie in die Wohnung zu lassen. Ihre Körperhaltung und die Überlegung in ihrem Blick legten nahe, dass sie nicht zum ersten Mal einem Menschen gegenüberstand, der verletzt war und blutete.

»Amerikanerin?«, fragte sie unvermittelt.

Die Frage kam so direkt, dass Mitchell kaum etwas anderes übrig blieb, als genauso direkt zu antworten. »Jawohl.«

Der Blick der Frau verharrte auf der Wunde an ihrer Seite. »Warten Sie.«

Sie drehte sich um und verschwand in einem Raum, in dem Mitchell die Küche vermutete. Trotz ihrer weit fortgeschrittenen Schwangerschaft bewegte sie sich dabei mit erstaunlicher Geschwindigkeit. Nur Augenblicke später kehrte sie mit einem weißen Handtuch zurück.

Sie kniete sich neben Mitchell, schob ihre Jacke beiseite

und schälte das blutgetränkte T-Shirt darunter ab, um die Wunde freizulegen.

»Halten Sie das hier fest«, wies sie Mitchell an und presste das Handtuch fest gegen die Wunde. Mitchell wand sich vor Schmerzen und biss sich auf die Lippe, um nicht laut aufzuschreien. »Tut weh. Aber der Druck stillt die Blutung.«

Mitchell nickte nur, weil sie kein Wort herausbrachte.

»Was ist passiert?«, fragte die junge Frau. Sie sprach zwar mit Akzent, aber ihr Englisch war klar zu verstehen.

Mitchell schluckte schwer und versuchte, nicht an Argento zu denken, nicht daran, dass ihretwegen schon wieder jemand sein Leben verloren hatte. »Ich wurde angegriffen. Von einem Mann. Ich bin hergelaufen, um Hilfe zu suchen.«

»Sie wurden ausgeraubt?«

Wäre das alles gewesen, was ihr heute Nacht widerfuhr, hätte sie jetzt wohl einen Freudentanz aufgeführt. »So in der Art.«

Die junge Frau betrachtete sie wieder mit jenem scharfsinnigen, abwägenden Blick. »Warum hat er dann auf Sie geschossen?«

Mitchell schaute ihr in die Augen. »Was?«

»Ich habe solche Wunden schon gesehen. Im Krankenhaus. Habe selbst schon viele behandelt.«

Plötzlich wurde ihr ruhiges, sachliches Verhalten viel nachvollziehbarer. »Sind Sie Ärztin?«, fragte sie und richtete sich ein wenig auf. Die Wunde in ihrer Seite glühte vor Schmerz.

»Ich bin Krankenschwester. Im Alman-Goz-Krankenhaus. Jedenfalls war ich das. Ich werde bald Mutter.« Sie beugte sich etwas näher heran und untersuchte Lage und Größe der Wunde.

»Wie heißen Sie?«, fragte Mitchell.

»Sevde.« Sie schaute für einen Augenblick auf. »Und Sie?«

»Olivia.«

»Sie haben Glück, Olivia«, sagte sie schließlich. »Die Kugel hat keine lebenswichtigen Organe getroffen. Das Handtuch wird die Blutung hemmen, bis Sie im Krankenhaus sind.«

Sie war schon dabei, sich langsam aufzurichten – zweifellos, um zum Telefon zu greifen und die Ambulanz anzurufen.

»Nein«, flehte Mitchell sie an und griff nach ihrem zarten Unterarm. »Kein Krankenwagen. Kein Krankenhaus.«

Der Gesichtsausdruck der jungen Frau, der zuvor professionelle medizinische Besorgnis verraten hatte, signalisierte sofort Zweifel und Misstrauen. »Warum nicht? Sie brauchen Hilfe.«

Vielleicht – aber im Krankenhaus würde sie ganz bestimmt keine erhalten. Nach dem Gesetz musste jeder Patient mit einer Schussverletzung der Polizei gemeldet werden, und in diesem Fall wäre Hawkins bei ihr, noch bevor man ihr die erste Morphiumspritze geben würde.

»Sie haben schon genug für mich getan«, sagte Mitchell und versuchte, wieder auf die Beine zu kommen. »Ich gehe jetzt und lasse Sie in Ruhe.«

»Sie gehen nicht«, sagte Sevde entschlossen und hielt sie mit einer Kraft fest, die man ihrem zarten Körper nicht zugetraut hätte. Andererseits, vermutete Mitchell, sagte es vielleicht auch mehr über ihre eigene momentane Verfassung aus als über die von Sevde. »Lassen Sie sich helfen. Sie sind darauf angewiesen.«

»Hören Sie, Sevde«, appellierte Mitchell an sie. »Die Männer, die mich angeschossen haben, finden mich sofort, wenn ich in ein Krankenhaus gehe.«

»Dort gibt es Wachen, Polizei.«

»Das spielt keine Rolle. Sie finden mich und bringen mich um.« Sie biss sich auf die Lippe und schaute für einen Moment zur Seite, um die Tränen wegzublinzeln, als sie sich die Geschehnisse der letzten Minuten wieder vergegenwärtigte. »Sie haben schon meinen Freund umgebracht. Direkt vor meinen Augen. Und wenn ich nichts unternehme, werden sie heute noch mehr unschuldige Leute umbringen.«

Sevde starrte sie an – hin- und hergerissen zwischen Misstrauen und Anteilnahme.

»Was kann ich tun?«

Es gab nur eines, das ihr in den Sinn kam. Es war dumm, unüberlegt und würde sie wahrscheinlich das Leben kosten, aber darauf kam es jetzt auch nicht mehr an. Das hier war das Endspiel, und sie wollte Hawkins. Sie wollte ihm in die Augen schauen, wenn sie den Abzug drückte.

Und wenn sie auf diese Weise ihr Leben lassen musste, war sie damit einverstanden.

Sie sah Sevde an, und ihr Blick verhärtete sich in kaltblütiger Entschlossenheit. »Haben Sie hier irgendwo eine Waffe?«

Er kam immer näher heran, das konnte er spüren. Sein Suchprogramm durchkämmte den gewaltigen Onlinespeicher der Server und durchsuchte Tausende von Verzeichnissen und Ordnern nach der einen Datei, die für ihn den Unterschied zwischen Leben und Tod bedeuten konnte. Irgendwo hier musste sie sein; alles war nur eine Frage der Zeit.

Anya hegte offenbar dieselben Gedanken. »Wie lange dauert es noch?«

»Es würde viel schneller gehen, wenn Sie nicht dauernd …« Er brach seinen Satz ab, als der Computer einmal piepte. Dann meldete das Suchprogramm, dass es etwas entdeckt hatte.

1 Ergebnis gefunden: D1189 – Download Ja/Nein?

»Ja, leck mich doch!« Alex ballte die Faust. »Ich hab dich, du kleiner Bastard.«

Er konnte gar nicht schnell genug auf Ja klicken. Sofort erschien ein Fortschrittsbalken auf dem Bildschirm, und die Daten wurden auf einen Speicherstick kopiert, der seitlich in seinem Laptop steckte. Die geschätzte Downloadzeit betrug dreißig Sekunden. Bei einer Direktverbindung wie dieser gab es nichts, was den Download verlangsamen konnte.

»Wir haben's gleich«, sagte er und konnte kaum seine Aufregung verbergen. »Noch zwanzig Sekunden, und wir sind weg hier.«

Anya nickte. Aber ihr stand noch lange nicht der Sinn danach, eine Flasche Champagner zu köpfen. »Bereiten Sie sich auf den Abflug vor. Wenn es losgeht, führe ich. Sie halten sich in meiner Nähe.«

»Schon klar.« In diesem Augenblick hätte er liebend gern eine Polonaise gebildet, um mit ihr aus dem Gebäude zu tanzen.

Anya griff zum Funkgerät an ihrer Schulter und drückte den Sendeknopf. »Kristian, wir sind in sechzig Sekunden draußen. Halten Sie sich bereit, um uns abzuholen.«

Sie erwartete eine Bestätigung, aber ihrer Ansage folgte nichts als ein leises elektrostatisches Rauschen und Knistern.

Sie verzog ihr Gesicht und drückte noch einmal den Knopf. »Kristian? Hören Sie mich?«

Nichts.

»Es sind die Wände«, erklärte Alex und deutete auf die dicken Betonwände, die den Raum umschlossen. »Die sind gegen Störstrahlungen abgeschirmt. Ihr Funkgerät wird in diesem Raum nicht funktionieren.«

»Sie hätten mich vorwarnen können.«

»Hätte das Ihre Pläne geändert?« Es war eine rhetorische Frage.

Anya schaute ihn missbilligend an. Aber noch bevor sie etwas sagen konnte, erloschen plötzlich die Lichter im Raum, und sie standen im Dunkeln. Nur der Schein von Alex' Computerbildschirm und die grünen Kontrolllämpchen an den Serverreihen sorgten noch für etwas Licht.

»Anya, was zum …«

»Pssst«, beschwor sie ihn und kauerte sich langsam auf den Boden, gerade als das elektronische Schloss an der Haupttür summte und mit einem metallischen Klicken nachgab.

Sie hielt die Automatik fest umklammert und streckte ihren Kopf ein paar Zentimeter weiter vor, um einen Blick in den langen, computergesäumten Gang zu werfen, der sich vor ihnen erstreckte.

Ihre Bewegung wurde sofort von rhythmischen, dumpfen Schlägen aus der gegenüberliegenden Ecke des Raumes beantwortet, und sie ging schleunigst in Deckung, als die drei 5,56-mm-Geschosse in die dünnen Metallbleche neben ihr einschlugen. Ein Schauer von Funken und Bruchstücken zertrümmerter Platinen prasselte auf sie ein, als eine der Servereinheiten von den Einschüssen zerfetzt wurde.

»Tangos in Sicht«, rief eine männliche Stimme. »Mittelachse.«

»Verstanden. Zugriff!«

Alex rollte sich zusammen, um so wenig Zielfläche wie möglich zu bieten, während in seinem Kopf nur noch ein einziger, von blinder Panik gelenkter Schrei übrig blieb: »Mist, Mist, Mist! Sie haben uns gefunden! Jesus, was machen wir jetzt?«

Anya hatte sich um Wichtigeres zu kümmern. Sie drückte sich flach auf den Boden und lehnte sich nur gerade eben so weit vor, dass sie die Automatik anlegen und feuern konnte.

Alles, was Alex im Kino über den Nutzen von Schalldämpfern gelernt hatte, war deutlich übertrieben, denn der laute, dumpfe Schlag jedes Schusses klingelte in seinen Ohren. So nah an der Quelle konnte er sogar die Vibrationen in den Serverracks spüren, wenn die Druckwelle sie erfasste.

Anyas hastigem Gegenfeuer folgte ein Kommandoruf: »Deckung, Deckung!«

Sie hatte ihnen eine kurze Atempause verschafft, aber in der nahezu vollständigen Dunkelheit standen ihre Chancen schlecht, ein Ziel zu treffen. Auf jeden Fall würden sie dem Kugelhagel nicht lange widerstehen können. Die M1911 fasste trotz ihrer Durchschlagskraft und ihrer beeindruckenden Geschichte nur ein einreihig bestücktes, siebenschüssiges Magazin. Sie hatte keine Chance, es mit der Feuerkraft aufzunehmen, die gegen sie in Stellung gebracht war. Nach dem letzten Schuss schlug der Schlitten zurück, arretierte und offenbarte das leere Patronenlager.

Ihre Kontrahenten schienen das sofort zu ahnen. Sie hatte kaum das Feuer eingestellt, als sie es ihr heimzahlten und den Raum in ihrer Richtung mit Automatiksalven eindeckten. Die Salven dienten aber eher dem Zweck, sie niederzuhalten, als sie zu töten, während sie näher heranrückten.

Anya kroch rückwärts in Deckung, dann holte sie das leere Magazin aus der Waffe, steckte es sich in die Tasche und drückte ein neues in das Griffstück. Die Luft stank schon nach verbranntem Kordit.

»Ist die Datei heruntergeladen?«, fragte sie leise und ungeduldig.

Alex schaute zitternd auf seinen Monitor. Tatsächlich, die Schwarze Liste war auf dem Stick. Nur würden sie wahrscheinlich nicht mehr lange genug leben, um noch etwas damit anfangen zu können.

»Ja.«

Anya nickte und presste die Kiefer zusammen, während sie ihre Optionen durchging. Es dauerte ganze zwei Sekunden, bis sie sich entschieden hatte. Sie hob die Waffe, richtete sie auf den Rauchmelder an der Decke und feuerte einen einzigen, gut gezielten Schuss ab.

Sofort schwand – vertrieben von den aufflackernden, leuchtend roten Notlichtern –, die Dunkelheit aus dem Raum. Nachdem der Raum in Karmesinrot getaucht war, heulte eine Sirene auf, die die Freischaltung des Feuerlöschsystems ankündigte.

Einen Moment später war es so weit.

Alex hatte Halongas noch nie zuvor erlebt, obwohl er wusste, dass es vielfach in Einrichtungen wie diesen angewandt wurde, wo herkömmliche Sprinkleranlagen mehr Schaden anrichten würden als das Feuer, das sie löschen sollten.

Ungeachtet aller Theorien über die Technik hinter dieser Operation, sah die Realität so aus, dass sich Alex plötzlich von dicken weißen Qualmwolken umgeben sah, die aus Schlitzen in der Decke quollen. Er konnte keinen veränderten Geruch wahrnehmen, und man schien es auch einatmen zu können, aber er bemerkte schon nach wenigen

Sekunden eine seltsame Desorientiertheit und leichte Kopfschmerzen. Weil es keinen Abzug gab, füllte der merkwürdige weiße Nebel rasch den Raum und verringerte die Sicht auf wenige Meter.

»Los jetzt«, schrie Anya gegen das Jaulen der Sirenen an.

Alex fummelte herum, um den Laptop vom Netzzugang zu trennen, aber seine Finger wollten nicht mehr tun, was sein Gehirn ihnen befahl, deshalb riss er einfach den kleinen USB-Speicherstick heraus, der seitlich im Gerät steckte. Er hatte jetzt sowieso, was er brauchte.

»Kommen Sie schon!« Anya riss ihn förmlich hoch und schleifte ihn in Richtung der Haupttür, die sich automatisch geöffnet hatte, als das Löschsystem ansprang.

Sie hatten gerade die Hälfte des Weges geschafft, als plötzlich ein Schemen aus dem Nebel auftauchte, aus dem vorn der lange Lauf eines Sturmgewehrs herausragte.

Dank ihrer langjährigen Erfahrung reagierte Anya blitzschnell und aggressiv. Sie bückte sich, um ein kleineres Ziel abzugeben, und verringerte die Distanz, bevor ihr Gegner seine Waffe abfeuern konnte, dann rammte sie ihre eigene Waffe gegen seine Schutzweste. Die M1911 bellte einmal, als sich der erste Schuss löste. Schnell folgte ein zweiter.

Selbst die beste Schutzweste der Welt konnte ihren Träger aus so kurzer Distanz nicht vor tödlichem Feuer schützen, und er begann zu fallen. Ein dritter Schuss in den Kopf gab ihm den Rest. Anya ließ ihn zu Boden sinken, löste sich von ihm und hastete weiter. Alex stieg über den Liegenden und versuchte, keinen Blick auf ihr schauriges Werk zu richten. Was er in den letzten paar Tagen gesehen hatte, würde ihm in Zukunft garantiert auch so schon jede Menge schlaflose Nächte bescheren.

Gedämpfte, dumpfe Schläge von hinten verrieten ihm,

dass es mindestens einem ihrer Verfolger gelungen war, an ihnen vorbeizukommen. Jetzt feuerte er wahllos Salven in den Gang. Alex warf sich instinktiv auf den Boden, mehrere Kugeln pfiffen über seinen Kopf hinweg, schlugen in der gegenüberliegenden Wand ein und hämmerten tiefe Löcher in den Beton. Als er landete, glühten seine angebrochenen Rippen vor Schmerzen.

Anya reagierte schnell. Sie warf sich herum, ließ sich auf ein Knie fallen und feuerte in den chemischen Nebel hinein.

»Alex, verschwinden Sie!«, zischte sie, während sie einen weiteren Schuss abgab. »Raus mit Ihnen!«

Alex duckte sich. Eine weitere Salve kam so nah an ihn heran, dass er den veränderten Luftdruck spürte, als die Kugeln an ihm vorbeipfiffen. »Und Sie?«

»Ich halte sie auf.«

Der Ausdruck in ihren Augen erzählte eine eigene Geschichte. Sie hatte nicht vor, diesen Ort zu verlassen.

»Nein, verdammt. Ich …«

Plötzlich sah sie ihn direkt an, ihre Augen funkelten vor wildem Zorn, vor allem aber verzweifelt. Sie wollte unbedingt, dass er gehorchte.

»Vertrauen Sie mir, Alex«, flehte sie. »Gehen Sie jetzt.«

Jetzt war nicht die Zeit für Diskussionen, keine Zeit, Alternativen zu bedenken und Kompromisse zu schließen. Jetzt hieß es laufen oder sterben.

Alex biss die Zähne zusammen, rappelte sich auf und hechtete zur Tür. Bevor Anya im Nebel verschwand, sah er zuletzt noch, wie sie sich aufrichtete und einen weiteren Schuss abgab, um ihre Feinde auf Distanz zu halten und ihm die Zeit zu verschaffen, die er zur Flucht brauchte.

Selbst wenn es ihr eigenes Leben kostete.

Er schlüpfte durch die Tür und ins dahinterliegende

Treppenhaus. Alex wusste, dass er jetzt nichts tun konnte, um ihr zu helfen. Nichts, außer selbst zu überleben.

Crichtons Laune war schon angeschlagen, weil er damit gescheitert war, Mitchell zu erwischen, aber als er in die Lobby des ISS-Gebäudes hineinrannte und die typischen Sirenen eines Feueralarms hörte, wusste er, dass die Dinge inzwischen nicht mehr nur einfach schlecht, sondern fast schon verzweifelt standen. Am Empfangsschalter machte er kurz Halt und schaltete sein Funkgerät ein. »Foxtrott an alle Einheiten. Lagebericht?«

Die Antwort – falls es überhaupt eine war – kam zerhackt und unverständlich. Zu viele Störungen, vermutlich aufgrund der Abschirmung der unterirdischen Kammer, in der die Server standen. Das verriet ihm alles über die Position seiner Kameraden, was er wissen musste. Vielleicht auch über die Lage, in der sie sich befanden.

Er verschwendete keine Zeit, stieß sich vom Tresen ab und rannte durch eine Doppeltür in den Servicekorridor dahinter. Dieser Korridor schien den ganzen Gebäudekern zu umrunden und dabei Zugang zu den Büros und Wirtschaftsräumen an jeder Seite zu ermöglichen. Auf halber Strecke verwies ein Schild an einer Tür auf ein Treppenhaus, und er eilte geradewegs darauf zu.

Allerdings hatte offenbar noch jemand dieselbe Idee. Crichton kam schlitternd zum Stehen, als die Tür aufgestoßen wurde und ein junger Mann in den Korridor stolperte. Ein junger Mann von schlankem Wuchs, der etwas in der Hand hielt.

Yates.

Für einen Sekundenbruchteil blieb der junge Mann wie angewurzelt stehen und starrte ihn an, als könnte er nicht begreifen, was er sah. Crichton hatte keine Schwierigkeiten dieser Art. Instinktiv nahm er Schussposition ein, hob seine Waffe und zielte auf die Körpermitte, während sich sein Körper auf den Rückstoß einstellte.

Yates schien blitzartig wieder auf den Boden der Tatsachen zu kommen. Er stolperte zurück ins Treppenhaus, und die Tür schwang im selben Moment zu, als Crichton seinen Abzug betätigte. Der Schuss zerriss das Holzfurnier der Tür und prallte dann an dem darunter befindlichen Stahlrahmen ab.

»Verdammter Mist«, knurrte er, richtete sich auf und machte sich an die Verfolgung.

Er benötigte nur wenige Augenblicke bis zur Tür, trat sie auf und lief mit gezückter und entsicherter Waffe weiter ins Treppenhaus. Die Schritte auf den Metallstufen über ihm verrieten, dass sich Yates auf dem Weg nach oben befand. Das ergab auch Sinn, denn hinunter konnte er nicht, ohne Hawkins und den anderen über den Weg zu laufen.

Doch selbst dieser verzweifelte Fluchtversuch war nichts als ein temporärer Aufschub. Es gab nur dieses eine Treppenhaus, und ohne einen anderen Weg nach unten saß Yates jetzt in der Falle.

Als ihm klar wurde, dass der junge Mann nicht mehr entwischen konnte, rannte Crichton über die Treppenstufen hinterher. Unterwegs sprach er wieder in sein Funkgerät. »Foxtrott hat Tango gesichtet. Es ist Yates. Er will aufs Dach. Ich schnappe ihn mir.«

Nachdem er seine Meldung abgesetzt hatte, packte er seine Waffe fester und trampelte die Treppen hinauf. Mitchell mochte ihm entwischt sein, aber Yates würde das Gebäude unter gar keinen Umständen lebend verlassen.

45

Anya schob sich an der Wand entlang und hielt ihre M1911 fest im Griff. Ihre Sinne waren aufs Äußerste angespannt, damit ihr keine Bewegung in dem rötlich gefärbten Nebel entging. Das Sirenengeheul war inzwischen verebbt, und es strömte kein Halongas mehr aus den Deckenschlitzen, aber die Sicht war noch immer stark eingeschränkt.

Wenigstens waren die Chancen hier unten ausgeglichen, die zahlenmäßige Überlegenheit ihrer Gegner half ihnen nicht viel. Aber eine große Rolle spielte das sowieso nicht mehr, denn ihr ging allmählich die Munition aus. Nach ihrer Zählung waren nur noch zwei Patronen in der Waffe – eine im Magazin und eine in der Kammer. Das war nicht genug, um es mit einem schwerbewaffneten Killerkommando der CIA aufzunehmen.

Ihr blieb nicht viel Zeit. Der Feueralarm hatte mit Sicherheit automatisch Hilfe angefordert, und es konnte nicht mehr lange dauern, bis die ersten Notfallteams eintreffen würden. Sie konnte nur hoffen, dass es Alex gelungen war, die Zeit, die sie für ihn herausgeschlagen hatte, zur Flucht zu nutzen, denn jetzt konnte sie nichts mehr für ihn tun.

Ihre Gedanken wurden vom Zischen der Hydraulikkolben unterbrochen, gefolgt vom Summen eines arretierenden elektronischen Schlosses.

»Sie werden nirgendwo mehr hingehen, Anya«, vernahm sie eine männliche Stimme. Ein Amerikaner, lässig, selbstbewusst und arrogant. Es war beileibe nicht die Stimme eines Mannes, der um sein Leben kämpfte. »Ich habe die Tür verriegelt und das Schloss zerstört. Jetzt gibt es nur noch Sie und uns.«

Sie hielt sich weiter dicht an der Wand und blieb im äußeren Ende des Raumes, was die Chance verringerte, von hinten erwischt zu werden.

»Das war übrigens eine wahre Heldentat von Ihnen, sich für Yates zu opfern«, stichelte die Stimme. »Ich bin beeindruckt. Die Anya, die ich kannte, hätte keinen Gedanken an ihn verschwendet.«

Anya erwiderte nichts. Sie war keineswegs so naiv, ihre Position zu verraten, indem sie auf so einen Köder hereinfiel. Trotzdem spürte sie, wie sich ihr Herzschlag beschleunigte. Was meinte er mit »der Anya, die er kannte«? Wer war dieser Mann, den man geschickt hatte, um sie umzubringen?

»Das war natürlich reine Zeitverschwendung. Wir schnappen uns den kleinen Bastard, sobald er versucht, das Gebäude zu verlassen.« Sie hörte eine Art amüsiertes Schnaufen.

»Dachten Sie wirklich, Sie könnten uns entkommen? Ich erinnere mich, wie Sie das Gleiche schon einmal im Irak durchziehen wollten. Hat nicht so gut geklappt.«

Eigentlich wusste sie es besser. Man hatte es ihr beigebracht und sie darauf gedrillt, niemals den Fokus zu verlieren. Trotz allem entfuhr Anya unwillkürlich ein schockierter Aufschrei.

Für einen kurzen Moment sah sie sich wieder in jenem windigen Flusstal nahe der Grenze – verletzt und geschlagen, eingekesselt von dem Einsatzkommando, das man ausgeschickt hatte, um sie gefangen zu nehmen. Sie spürte noch einmal den Schmerz und die verzweifelte Gewissheit, dass ihr hastig geplanter Einsatz, ihre letzte Chance, noch herauszukommen, gescheitert war.

Damals hätte sie sich kaum ausmalen können, welches Martyrium ihr noch bevorstand. Vier Jahre Gefangenschaft in einer russischen Festung inmitten der eisigen Einöde Sibiriens. Vier Jahre Folter, Schläge, Entbehrung, Isolation und – das Schlimmste von allem – die absolute, zermürbende Gewissheit, dass niemand kommen würde, um sie zu befreien. Sie hatte im Leben viele Härten durchgestanden, aber dies war die einzige Erfahrung, an der sie wirklich fast zerbrochen wäre.

Und das alles hatte mit dem Tag ihrer Gefangennahme begonnen.

Woher wusste er vom Irak?

Sie hörte eine Bewegung zu ihrer Linken, was sie wieder zurück in die Gegenwart brachte. Ein oder vielleicht zwei Agenten versuchten, sich ihr von der Seite zu nähern.

Sie fasste in ihre Tasche und holte das leere Magazin heraus, das sie zuvor aus ihrer Waffe gezogen hatte, dann zielte sie und schleuderte es an die gegenüberliegende Wand. In der tödlichen Stille, die auf das Ende des Alarms gefolgt war, klang der Aufprall des Magazins an der Betonwand so, als sei ein Eimer voller Schrott aus einem der Regale gestürzt.

Wieder nahm sie Bewegungen wahr, in der Nähe der Stelle, wo das Magazin gelandet war. Zwei Männer, die einander Deckung gaben. Die beiden waren zu professionell, um durch Reden ihre Position zu verraten. Höchstwahrscheinlich waren sie schon oft genug gemeinsam im Einsatz gewesen, um die Absichten des anderen erraten zu können.

Anya holte einmal tief Luft, dann stieß sie sich von der Wand ab und lief direkt auf sie zu. Tatsächlich kam schon nach wenigen Metern die erste Gestalt im roten Nebel zum

Vorschein. Weil er sie herankommen hörte, schwenkte der Agent seine Waffe herum, um das Feuer zu eröffnen.

Aber Anya war darauf vorbereitet. Sie verlagerte ihr Gleichgewicht, warf sich zu Boden und rutschte durch ihren Schwung noch weiter über den glatten Betonboden, während er im selben Moment den ersten Schuss abgab. Sie hob die eigene Waffe, legte auf ihn an, als sie an ihm vorbeirutschte, und feuerte nach oben, genau durch seinen Kopf. Ein sauberer Treffer, den er unmöglich überlebt haben konnte.

Als sie wieder auf ihre Füße sprang, sah sie den Lauf eines Sturmgewehrs aus dem Nebel hervorkommen, dessen Mündung auf sie gerichtet war. Sie streckte ihren freien Arm aus, griff danach und riss den Lauf im selben Moment hoch, in dem der Besitzer der Waffe das Feuer eröffnete. Die erste Salve verfehlte sie nur um wenige Zentimeter, und sie konnte die Hitze des Mündungsfeuers in ihrem Gesicht spüren.

Sie ließ die Waffe nicht mehr los, die jetzt in die Decke feuerte, schob ihre eigene Waffe nach oben, spürte, wie der Schalldämpfer an etwas Hartes stieß, und zog den Abzugshebel. Dann gab es ein dumpfes Knirschen, ein Schwall einer warmen Flüssigkeit ergoss sich über ihr Gesicht, und plötzlich sackte ihr Gegner nach unten und riss ihr durch sein Gewicht und den Schwung schließlich das Sturmgewehr aus der Hand. Anya stieß den angehaltenen Atem aus und versuchte, ihr wild schlagendes Herz zu beruhigen. Sie hatte zwei Schüsse abgefeuert und zwei Männer getötet. Nach ihrer Zählung galt es jetzt nur noch, mit dem Anführer fertigzuwerden.

Sie hatte den Gedanken kaum zu Ende gedacht, als schon wieder von der gegenüberliegenden Seite des Raumes auf sie geschossen wurde. Sie drehte sich instinktiv weg und warf sich hinter das nächste Serverrack, aber der lang anhaltende Feuerstoß jagte eine Menge Kugeln in ihre Richtung, und eine davon traf unvermeidlich ihr Ziel.

Anyas erster Eindruck war der einer Riesenfaust, die ihr auf die Brust schlug und sie zurückschleuderte, als hätte sie ein Frachtzug erwischt. Sie verlor das Gleichgewicht und landete schmerzhaft verkrümmt auf dem Boden. Es gelang ihr kaum, in Deckung zu kriechen, während überall in ihrer Nähe die Kugeln als Querschläger vom Boden abprallten. Das Halongas verzog sich allmählich, aber die Sicht war noch nicht wieder klar genug für ihren Angreifer, um richtig zielen zu können. Das war vermutlich der einzige Grund, warum sie noch lebte.

Ihre Kevlarweste hatte das Projektil gerade noch stoppen können, aber schon die kinetische Energie des Aufpralls hatte vermutlich ernsthafte Hämatome verursacht, vielleicht sogar ein oder zwei ihrer Rippen gebrochen. Sie verzog vor Schmerz das Gesicht und versuchte, wieder Luft in ihre Lunge zu pressen.

Sie warf ihre nutzlos gewordene Waffe zur Seite.

Ganz in der Nähe hörte sie ein leeres Magazin mit dem typischen Geräusch zu Boden fallen und danach das Klicken eines neuen, das in die Magazinaufnahme gedrückt und arretiert wurde. An Munition mangelte es ihrem Gegner offenbar nicht, und er würde jede einzelne Kugel dafür verwenden, sie zu erledigen.

Jetzt konnte sie seine Schritte hören. Er war langsam und vorsichtig zu ihr unterwegs. Zweifellos, um ihr den Rest zu geben.

Alex hetzte keuchend die Treppen hinauf – immer zwei Stufen auf einmal. Er rang nach Luft, und durch seine Adern pulsierte Adrenalin im Überfluss. Es war ihm fast egal, wohin er rannte, und er konnte an nichts anderes denken als an den nächsten Treppenabsatz.

Irgendwo weiter unten war sein Verfolger, der für den Aufstieg sowohl größere Entschlossenheit als auch eine größere Beweglichkeit mitbrachte. Er kam näher, trotz des hektischen Spurts, zu dem die Furcht Alex noch einmal angetrieben hatte.

Irgendwo in seinem Hinterkopf wusste er bereits, dass er das Unvermeidliche nur hinauszögerte, denn früher oder später würde es keine Stufen mehr geben, die er noch hinaufsteigen konnte, oder sein Kontrahent würde ihm von hinten in den Rücken schießen. Aber Angst und Panik trieben ihn voran und zwangen ihn, immer weiter hinaufzurennen, selbst als seine Muskeln schmerzten und seine Lunge brannte.

Irgendwann hatte er dann wirklich das Ende der Treppe erreicht und stand vor einer Tür, die auf das Gebäudedach führte. Ohne sein Tempo merklich zu verringern, schlug er den Schließhebel beiseite, um sie zu öffnen, und taumelte ins Freie.

Sofort erfasste ihn ein Windstoß. Verglichen mit der sterilen Luft im Treppenhaus, war diese hier kühl und erfrischend. Es war, als mischte sich ein wenig Seeluft hinein. Das Flachdach unterschied sich kaum von den Dächern der meisten Bürogebäude auf der Welt und war mit Belüftungsschächten, Fernsehantennen und Satellitenschüsseln vollgebaut. Nichts davon bot genug Deckung.

Er stürmte zur nächsten Fernsehantenne, riss sie aus ihrer Befestigung und verklemmte sie an der Tür. Das stabile Metallrohr reichte, um sie zu blockieren, fürs Erste zumindest. Er hatte keine Ahnung, wie lange die Barrikade halten würde, aber vielleicht konnte er sich so die Zeit verschaffen, die er brauchte.

Entschlossen sprintete Alex bis ans Ende des Daches, um einen anderen Weg nach unten zu suchen.

Das ISS-Gebäude befand sich in einem dicht bebauten Stadtgebiet und war zwischen zwei anderen Gebäuden eingekeilt, die beide ein Stockwerk niedriger und circa drei bis dreieinhalb Meter entfernt waren. Es reichte, damit Fahrzeuge die Durchfahrt benutzen und an den Gebäuderückseiten Waren anliefern konnten.

Durchgeschwitzt und mit rasendem Puls, schätzte Alex den klaffenden Spalt vor sich ab, den furchtbaren Abgrund und das vollgestellte Dach, das jetzt seine einzige Fluchtmöglichkeit war. Zwischen ihm und seiner Rettung lagen fünf Meter Luftlinie. Aber diese fünf Meter hätten ebenso gut fünfzig Kilometer sein können. Circa fünfundzwanzig Meter unter ihm verlief eine schmale Durchfahrt zwischen den beiden modernen Bürohäusern.

Es würde eine verdammt harte Landung werden, wenn er den Sprung riskierte, und seine Chancen standen nicht schlecht, sich dabei alle Knochen zu brechen oder vielleicht sogar wie ein Stein auf die Straße hinabzustürzen.

Aber er musste es versuchen.

Er machte einen Rückwärtsschritt und versuchte, die mentalen und körperlichen Reserven zu mobilisieren, die er für den Sprung brauchte. Er musste einfach die Gefahr vergessen und es darauf ankommen lassen.

Aber es ging nicht, das spürte er im selben Moment. Er hatte es ein paar Tage zuvor in London nicht hingekriegt, und jetzt würde er es auch nicht schaffen. Selbst jetzt, wo sein Leben nur noch an einem dünnen Faden hing, hatte er einfach nicht den Mumm dazu.

Eine schnelle Folge dumpfer Einschläge, gefolgt vom Geräusch splitternden Holzes, machte ihm klar, dass die provisorische Barrikade hinter ihm gerade zerlegt worden war.

»Keine Bewegung!«

Das war's, es war vorbei. Ein einziger Augenblick machte alles zunichte – die einzige Chance zur Flucht, die ihm geblieben war, um das Vertrauen zu rechtfertigen, das man in ihn gesetzt hatte, und um zu beweisen, dass er überhaupt zu irgendetwas zu gebrauchen war. In diesem Moment verpuffte das alles.

»Umdrehen!«

Alex seufzte, griff nach dem kleinen USB-Speicherstick, den er um den Hals trug, und drehte sich langsam zu seinem Widersacher um.

Genau wie er es erwartet hatte, trug der Mann, der ein paar Meter entfernt dastand, lässige Freizeitkleidung, die über seinen tödlichen Auftrag hinwegtäuschte. Jeans, Wanderschuhe, die ihm bei der atemlosen Hetzjagd durchs Treppenhaus bestimmt gute Dienste geleistet hatten, und ein weit geschnittenes blaues Hemd, das die unförmige Schutzweste darunter nicht ganz kaschierte.

Er atmete etwas schwer, und auf seiner Stirn schimmerte ein dünner Schweißfilm. Der Anblick erfüllte Alex mit einer gewissen Genugtuung, als hätte er gepunktet, weil er seinen Gegner gezwungen hatte, sich richtig anzustrengen, um ihn zu töten.

Denn ganz sicher hatte der Mann genau das vor. Er richtete seine Waffe auf Alex' Kopf und hielt den Finger am Abzug.

»Gib mir den Speicherstick!«, lautete sein barscher Befehl. Vielleicht war es ihm diesmal nicht ganz so leichtgefallen wie sonst, sein Opfer zu erwischen, aber jetzt hatte er die Lage völlig unter Kontrolle.

Alex riss sich den Speicherstick vom Hals, ließ ihn dann aber unvermittelt an der Baumwollkordel hinter sich über dem Abgrund baumeln. Es war so ein harmloses kleines

Stück Technik, ein billiges Speichermedium, wie es alle benutzten, Büroangestellte ebenso wie jugendliche Musikfans. Aber das Äußere täuschte. Worauf es wirklich ankam, waren die darauf gespeicherten, codierten und chiffrierten Informationen.

Dafür war er achttausend Kilometer in der Welt herumgereist. Dafür hatte er sein Leben riskiert. Dafür würde er gleich sterben.

»Wenn Sie mich erschießen, lasse ich ihn fallen, und die Polizei wird ihn sicherstellen«, warnte er. »Dann finden sie die Schwarze Liste. Und damit all das, was Sie vertuschen sollten. Es hängt von Ihnen ab.«

Der Mann, sein Mörder, grinste. Es war das brutale Raubtiergrinsen eines Mannes, der es gewohnt war, andere gnadenlos und ohne Zögern ins Jenseits zu befördern. »Die Polizei? Bilden Sie sich etwa ein, unser Arm reicht nicht bis zu *denen*?«, spottete er. »Wir kriegen jeden. Also tun Sie sich einen Gefallen. Legen Sie das Ding auf den Boden und treten Sie zurück. Dann geht jeder seiner Wege, und die Sache ist erledigt.«

Alex hätte vielleicht gelacht, wenn ihn sein Scheitern nicht so fertiggemacht hätte. Es war völlig egal, was er tat und wie willig oder kooperativ er sich zeigte – es gab nur einen, der hinterher seiner Wege ginge. Und das war nicht er.

Alex war für diesen Mann nichts weiter als eine weitere Zielperson. Ein Problem, das man sich vom Hals schaffen musste. Ein dämlicher, ahnungsloser Zivilist, der nur deshalb so weit gekommen war, weil jemand ihm den Rücken freigehalten hatte, der weitaus cleverer und geschickter war als er. Eine Person, die vielleicht sogar schon ihr Leben geopfert hatte, um ihm etwas Zeit zur Flucht zu verschaffen.

Du hast es vermasselt!, warf ihm seine innere Stimme vor.

Du hast das hier genauso vermasselt wie alles andere in deinem Leben. Eigentlich könntest du ihm gleich geben, was er will. Mach einen Rückzieher und gib auf, genauso wie du es sonst auch immer machst.

Dann tat Alex etwas, das er selbst niemals für möglich gehalten hätte.

»Nein«, sagte er mit einer Stimme, die trotz seines rasenden Herzschlags überraschend ruhig klang. »Diesmal nicht.«

Er machte einen Schritt rückwärts und stieg auf die niedrige Brüstung, die um das Gebäudedach lief. Unter ihm gähnte die schreckliche Kluft. Vor ihm stand ein bewaffneter Mann, der es darauf abgesehen hatte, ihn zu töten.

Ringsum, erhellt vom orangefarbenen Schein der unzähligen Lichter, die sich im dunklen Wasser des Bosporus spiegelten, lag die Altstadt von Istanbul.

Kein schlechter Platz für das Ende, dachte Alex, bevor er einen Schritt weiter auf den Abgrund zuging.

Der Knall eines Schusses ließ ihn zusammenzucken. Instinktiv verkrampfte er sich und erwartete, dass das Geschoss ihm ein Loch in den Körper fetzen und seine Eingeweide zerreißen würde.

Aber nichts dergleichen geschah. Stattdessen beobachtete er ungläubig, wie sein Widersacher einen Schritt nach vorn taumelte. Blut floss aus der Austrittswunde auf seiner rechten Stirnhälfte. Dann sank er leblos zu Boden.

Alex atmete aus. Er versuchte zu verstehen, was gerade geschehen war, konnte kaum die Rettung begreifen, die ihm gerade zuteilgeworden war. Es musste Anya sein, überlegte er. Irgendwie musste sie sich aus dem Serverraum freigekämpft haben und dann hier heraufgekommen sein, um ihm zu helfen.

Sogar hier passte sie noch auf ihn auf.

Sein Herz schmolz fast vor Erleichterung. Er blickte von der Leiche auf und erwartete, dass ihn seine Gefährtin anschauen würde – vielleicht ein bisschen genervt, weil ihm die Flucht nicht allein geglückt war. In diesem Fall hätte er damit leben können.

Aber Anya war nicht da. Die Euphorie, die ihn für einen kurzen Moment übermannt hatte, schwand augenblicklich, als er sich einer Frau mit dunklem Haar und blutverschmierter Kleidung gegenübersah. Es war dieselbe Frau, die in Norwegen versucht hatte, sie gefangen zu nehmen.

Das heißt, es mochte zwar dieselbe Frau sein, aber sie hatte kaum noch Ähnlichkeit mit der uniformierten Kommandoagentin, als die sie damals aufgetaucht war. Ihre Zivilkleidung war zerrissen, ihre Haut aufgeschürft und zerschlagen, und ihre ganze rechte Seite war bandagiert und blutig.

Sie war mit einem kurzläufigen Revolver bewaffnet, der ungefähr so aussah wie die antiquierten Waffen, mit denen New Yorker Polizisten in den 1930er-Jahren herumhantiert hatten. Dennoch ließ sich seine tödliche Effizienz nicht verleugnen, wie die Leiche zwischen ihnen bewies.

»Sind Sie Alex Yates?«, ergriff sie das Wort.

Alex konnte ihr nicht antworten. Er versuchte immer noch vergeblich, alles zu begreifen, was er gerade erlebt hatte.

»Schon in Ordnung«, sagte die Frau und senkte die Waffe. »Ich bin hier, um zu helfen. Ich heiße Olivia. Ich bin … ein Freund.«

Alex rührte sich nicht vom Fleck, obwohl er sich der beunruhigenden Tatsache bewusst war, dass ihn eine starke Böe leicht von der Brüstung in den Tod pusten konnte.

»Drüben in Norwegen wirkten Sie aber nicht gerade wie eine Freundin.«

Sie nickte finster. »Die Dinge ändern sich«, bemerkte sie und deutete auf den improvisierten blutigen Verband an ihrer Seite. Es war deutlich zu sehen, dass ihr die Verwundung Schmerzen bereitete und das Atmen nach dem Aufstieg über die Treppen schwerfiel. Trotzdem hielt sie sich wacker auf den Beinen.

»Was ist mit Ihnen passiert?«

»Die Leute, für die ich arbeite … *arbeitete*, sind nicht die, für die ich sie gehalten habe. Und Sie wohl auch nicht, wenn ich mich nicht irre.« Sie schaute zu der Kante, auf der er gerade halsbrecherisch balancierte. »Vielleicht sollten Sie lieber da herunterkommen. Es wäre doch schade, wenn ich mir die ganze Mühe umsonst gemacht hätte.«

Er musterte sie misstrauisch. »Warum sollte ich Ihnen vertrauen?«

Ihre Antwort war einfach und kam aus tiefstem Herzen. »Weil ich diese Mistkerle genauso gerne umbringen würde wie Sie.«

46

Das Sturmgewehr an die Schulter gedrückt, bewegte sich Hawkins durch den Gang mit den Servern, die inzwischen still geworden waren. Er gönnte den Leichen seiner beiden Männer nur einen kurzen Blick, als er sich zwischen ihnen hindurchmanövrierte. Ihr Verlust berührte ihn nicht weiter. Wenn man es mit Agenten wie Anya aufnahm, musste man mit Verlusten rechnen. Er würde problemlos Ersatz für sie finden.

Die Jahre im Gefängnis hatten ihrem Können offenbar nicht geschadet, aber das tat jetzt nichts mehr zur Sache. Nicht weit von ihm lag die M1911; ihr offener Verschluss bestätigte, dass ihr die Munition ausgegangen war. Und den Blutspuren auf dem Boden nach zu urteilen, war sie verwundet.

Einer seiner Schüsse musste sie getroffen haben.

Die Blutspur führte bis zum Ende des Ganges. Weit konnte sie nicht kommen, ohne von ihm gesehen oder gehört zu werden. Er hatte sie in die Enge getrieben.

»Jetzt gibt es nur noch Sie und mich, Anya«, sagte er, während er sich mit aufs Äußerste angespannten Sinnen weiterbewegte. Das Gas löste sich allmählich auf, sodass er die Umgebung klarer sehen konnte. Sie würde sich nicht mehr lange vor ihm verbergen können. »Dafür leben Sie, was? Soldatenehre und der ganze Mist.«

Als er weiter vordrang, bemerkte er etwas, ein verrauschtes, knisterndes Geräusch. Es war ein Funkgerät auf Empfang, und es musste sich dort befinden, wohin auch die Blutspuren führten. Hawkins ging dicht an einem Computerrack in Deckung und atmete tief durch, um sich zu beruhigen und besser konzentrieren zu können.

»Wissen Sie, fast tun Sie mir leid. Jetzt haben Sie sich so angestrengt, um die Antworten zu bekommen, nach denen Sie gesucht haben. Ist es nicht eine Schande, dass Sie einfach die falschen Fragen gestellt haben?« Er grinste, als er sich ausmalte, was seine nächsten Worte bei ihr bewirken würden. »Sie würden kaum glauben, was uns die Russen gegeben haben, nur um Sie in die Finger zu kriegen.«

Er bog um die Ecke und legte die Waffe an. Seine Augen folgten gespannt der leuchtend roten Zielmarkierung.

Nur war da niemand. Er sah den Ursprung der Geräusche. Wenige Schritte vor ihm lag ein tragbares Funkgerät auf dem Boden. Der Übertragungsschalter war mit einem Stück Klebeband fixiert worden, sodass ein leises Knistern und Rauschen entstand.

Eine Falle.

In dem knappen Raum zwischen dem Serverrack und der Kellerdecke hockte Anya und schaute auf den Mann herunter, der vorhatte, sie umzubringen. Blut tropfte aus der Schusswunde, die sie in Norwegen abbekommen hatte und die sie bewusst aufgerissen hatte, um die Blutspur zu erzeugen, der ihr Feind so emsig gefolgt war. Er war so sehr damit beschäftigt, sie aufzuspüren, dass er ihre Falle nicht vorhergesehen hatte.

Das sollte sein letzter Fehler gewesen sein.

Sie sammelte ihre Kraft und sprang aus dem Versteck, um ihm den Rest zu geben. Als Waffen standen ihr nur ihre bloßen Hände zur Verfügung, aber die sollten genügen. Mit ihnen hatte sie schon früher bewaffnete Männer getötet, und jetzt würde sie es wieder tun.

Aber als sie hinter ihm auf dem Boden landete, wirbelte er zu ihr herum und reagierte mit der Geschwindigkeit eines Mannes, der genau damit gerechnet hatte. Er ließ das unhandliche Sturmgewehr fallen, das ihn bei einem Nahkampf wie diesem nur behindern würde, und schwang einen rechten Haken, zu dessen Abwehr sie gerade noch schnell genug ihren Arm hochreißen konnte. Die Wucht des Aufpralls warf sie aus dem Gleichgewicht und schleuderte sie gegen das Serverrack. Plastik splitterte, und Metallleisten verbogen sich, als sie dagegenkrachte.

Sie ignorierte den Schmerz und stieß sich vom Regal ab, um sich ihrem Widersacher von Neuem entgegenzustellen. Sie hatte die Fäuste oben, den Körper gespannt und war bereit, sich wieder in den Ring zu stürzen.

»Sie haben doch wohl nicht ernsthaft geglaubt, ich würde darauf reinfallen, oder?«, stichelte er und grinste sie an. Er stand einfach nur da und machte keine Anstalten, sie anzugreifen. »Los, kommen Sie. Sie haben doch noch mehr drauf, Anya.«

Erst als sie ihm jetzt gegenüberstand, war es Anya endlich vergönnt, ihrem Widersacher direkt in die Augen zu schauen. Nun erst konnte ihr Unterbewusstsein die immense Sammlung von Personen und Gesichtern durchforsten, die sie in ihrem Gedächtnis gespeichert hatte, und mit seinem Gesicht vergleichen. Und es gab nur eine einzige, beängstigende Schlussfolgerung.

Sie war diesem Mann schon früher begegnet. Vor langer Zeit.

Er war ein potenzieller Kandidat für ein verdecktes Kommandounternehmen gewesen, das unter ihrem Befehl stand, und hatte mit Bravour jeden körperlichen oder mentalen Belastungstest gemeistert, dem man ihn aussetzte. Er war in fast jeder Hinsicht der perfekte Soldat, die ideale Ergänzung ihres Einsatzkommandos, aber sie hatte sich über den Auswahlprozess hinweggesetzt und ihn abgelehnt.

Sie hatte es getan, weil sie eines schon lange begriffen hatte: Um ein Soldat zu sein, musste man mehr als die Fähigkeit besitzen, bestimmte Ziele zu treffen, eine bestimmte Distanz zu laufen oder ein bestimmtes Problem zu lösen. Noch etwas anderes war vonnöten – eine gewisse Zurückhaltung und ein Verständnis für die große Verantwortung, die auf einem lastete, die Fähigkeit, mehr zu sein als eine Waffe, die Bereitschaft, nachzudenken und Fragen zu stellen. Sie hatte gespürt, dass dies eine Gabe war, die der vielversprechende, aber arrogante junge Rekrut niemals besitzen oder verstehen würde. Für solche Leute hatte sie keinen Platz.

Damals hatte sie nicht geahnt, dass genau dieser Mann schon bald eine neue Heimat finden würde, in der gerade solche Charakterzüge verlangt und bewusst gefördert wurden, und dass er eines Tages zurückkehren würde, um blutige Rache an der Frau zu nehmen, die einst mit ihrer Ablehnung Schande über ihn gebracht hatte.

»Jason«, keuchte sie und ließ alle Konzentration und Selbstkontrolle fahren.

»Sie können sich also *doch* erinnern. Es ist lange her. Ungefähr … sechs Jahre, wenn ich mich recht entsinne.«

Ihr Schock und ihr Unglaube waren fast geeignet, sie vergessen zu lassen, dass sie gegen diesen Mann um ihr Leben kämpfte. Die möglichen Zusammenhänge und Schlussfolgerungen, die ihr durch den Kopf wirbelten, waren wie ein Mahlstrom unterschiedlichster Gefühle, die sie nicht mehr kontrollieren konnte.

»Die Agency … die Agency hat Sie geschickt, um mich im Irak gefangen zu nehmen?«

Er schaute sie an wie ein Lehrer seinen begriffsstutzigen Schüler. »Ja, was glauben Sie denn?«

Ihr Atem kam jetzt stoßweise, und das Herz schlug ihr bis in den Hals, als ihr aufging, was das bedeutete. »Warum haben Sie mich den Russen ausgeliefert? Warum haben Sie mich nicht einfach getötet?«

Bei diesen Worten kicherte Hawkins amüsiert und schüttelte den Kopf.

»Sie kapieren es immer noch nicht, oder? Es ging nicht um Sie, Sie dumme Kuh. Sie waren nur ein Tauschobjekt. Sie und Ihr Einsatzkommando.«

Ein Tauschobjekt wofür?, schrie es in ihr. Wie viel war ihr Leben wert gewesen? Und wer aus dem Kreis hatte die Entscheidung gefällt, sie herauszugeben?

»Im Grunde genommen hätte ich Sie damals am liebsten selbst getötet. Ich schätze mal, niemand hatte damit gerechnet, dass Sie aus Russland zurückkehren würden. Andererseits hätte ja auch niemand geglaubt, dass Sie aus Afghanistan herauskommen.« Hawkins lockerte die Schultern und bereitete sich auf den Angriff vor, mit dem er fest rechnete. »Schön für mich, dass man diesmal kein Risiko mehr eingehen will.«

»Wie zum Teufel sind Sie in diese Sache hineingeraten?«, fragte Alex, während er die Treppen hinuntersprang. Sein Ziel war die Sicherheitszentrale des Gebäudes. Er hielt sie für den einzigen Ort, von dem aus er Anya helfen könnte.

»Ich … gehörte zum Ermittlerteam«, entgegnete Mitchell, der es schwerfiel, mit ihm Schritt zu halten. Sie atmete schwer, und ihre Schritte waren bleiern. Sie war gezwungen, sich am Geländer abzustützen. »Als … diese Agenten in Großbritannien umgebracht wurden … wurden wir darauf angesetzt, die Mörder zu fassen. Wir vermuteten … dass Sie ein Terrorist wären.«

»Und woher wissen Sie, dass ich keiner bin?«, entfuhr es ihm.

Obwohl sie offensichtlich an heftigen Schmerzen litt, brachte sie ein trockenes, dürres Auflachen hervor. »Sie sind einfach nicht der Typ dafür. Jedenfalls war Hawkins, der Mann, der Sie erwischen sollte, genauso schlimm wie ein Terrorist. Als ich ihn infrage stellte … ließ er mich aus der Ermittlung werfen. Ich habe versuchte, selbst den Spuren zu folgen … aber er hat mich verfolgt, meinen Partner umgebracht … und das Gleiche hatte er auch mit mir vor. Diesem Mann ist es völlig egal, wie viele Menschen … sterben müssen …, damit er sein Ziel erreicht.«

Unschuldige zu ermorden wurde bei diesem Hawkins langsam zur Gewohnheit, dachte Alex, als er die Tür am Ende des Treppenhauses aufschob und durch den Flur zur Sicherheitszentrale lief.

Das Erste, was er sah, nachdem er die Tür geöffnet hatte, war der Wachmann, der in einer Blutpfütze am Boden lag. Allem Anschein nach hatte er einen Kopfschuss abbekommen.

Seltsamerweise empfand Alex so gut wie nichts bei dem grässlichen Anblick, der sich ihm bot. Er hatte in den letzten Tagen so viel Tod gesehen, dass sein Bewusstsein einen Sättigungspunkt erreicht zu haben schien. Es war einfach nichts mehr für weiteres Entsetzen übrig.

»Ich verstehe so langsam, was Sie meinen«, bemerkte er bitter, als Mitchell hinter ihm den Raum betrat. Sie hatte jetzt wirklich zu kämpfen, schwankte auf den Beinen und zitterte vor Erschöpfung. Der anstrengende Aufstieg aufs Dach hatte ihr den Rest gegeben, und der Abstieg hatte ihren Zustand nur noch verschlimmert.

Trotzdem konnte Alex momentan nur wenig für sie tun. Er richtete seine Aufmerksamkeit wieder auf die Monitorwand, wählte alle verfügbaren Kameras im Keller und ließ sie sich auf dem Screen anzeigen. Es dauerte nicht lange, bis er fand, wonach er gesucht hatte.

»Da ist sie!«, rief er und zeigte auf einen bestimmten Monitor.

Es war eine Weitwinkeleinstellung in Schwarz-Weiß, aber trotzdem konnte man Anyas unverwechselbare Silhouette erkennen. Sie war also immer noch am Leben und auf den Beinen, aber ob das noch lange so bleiben würde, war in höchstem Maße zweifelhaft. Wie es aussah, hatte sie es mit einem weitaus größeren und stärkeren Gegner zu tun.

»Das ist Hawkins«, brachte Mitchell mühsam und mit schleppender Stimme heraus.

»Wir müssen ihr helfen«, sagte er, verließ die Monitorwand und steuerte auf die Tür zu. »Wenn Sie dieses Arschloch töten wollen – jetzt haben Sie die Chance dazu.«

Mitchell versuchte zu folgen, aber ihre Kräfte verließen sie. Sie schaffte noch einen wackeligen Schritt, bevor ihre Beine nachgaben und sie mit einem schmerzerfüllten, erschöpften Stöhnen zu Boden sank.

Alex eilte zu ihr und kniete sich neben sie. Die Bandage um ihren Leib war von Blut getränkt, das jetzt an ihrer Seite austrat und den Boden besudelte.

Sie schüttelte den Kopf und biss gegen den Schmerz die Zähne aufeinander. »Ich kann nicht … Ich kann nicht mehr weiter«, presste sie heraus. »Verschwinden Sie hier … Alex. Nehmen Sie die Dateien … und verbreiten Sie sie im Internet, wenn es sein muss. Hauptsache, Hawkins … bekommt sie nicht.«

Der junge Mann zögerte, hin- und hergerissen, was er jetzt tun sollte. »Was ist mit Anya?«

»Sie war bereit … dafür ihr Leben zu geben. Das ist viel wichtiger … als wir alle zusammen. Nehmen Sie den Stick … und verschwinden Sie hier.«

Tief im Innern wusste er, dass das, was sie vorschlug, umsichtig und logisch gewesen wäre. Wenn er jetzt ging, konnte er ins Labyrinth der Istanbuler Seitenstraßen fliehen, sich in Sicherheit bringen und die Schwarze Liste in den Medien der Welt verbreiten. Ob sie nun verschlüsselt war oder nicht, jemand würde irgendwann einen Weg finden, sie zu öffnen, und dann würde die Welt all die schmutzigen Geheimnisse erfahren, zu deren Schutz Männer wie Hawkins zu töten bereit waren. Der Kreis, die Agency … alles würde in sich zusammenbrechen.

Dann wäre das alles wenigstens nicht umsonst gewesen. Und er würde noch leben. Vielleicht könnte er sich irgendwann sogar eine neue Existenz aufbauen.

Aber Anya war trotzdem tot.

Für einen kurzen Moment blitzte in ihm die Erinnerung an jenen Tag auf, der schon viele Jahre zurücklag. An jenen Tag, als er auf dem Spielplatz vor einem Kampf davonschlich, den er hätte aufnehmen sollen. Den Tag, an dem er zuließ, dass ein guter Freund verprügelt wurde, nur damit er seine eigene Haut retten konnte. Den Tag, den er sein ganzes Erwachsenenleben lang immer bereut hatte.

Ich bin noch nicht einmal so anständig, Schuld oder Reue zu empfinden. Das Einzige, was ich empfinde, ist Erleichterung.
Erleichterung, dass mir das nicht passiert.
Erleichterung, dass ich in Sicherheit bin.

Er brauchte ganze drei Sekunden, bis er begriff, dass er damit nicht würde leben können. Diesmal nicht. Nicht nach allem, was er durchgemacht hatte. Anya war unzählige Male bereit gewesen, ihr Leben zu riskieren, um seines zu schützen, und zum Dank dafür hatte er ihr nur im Weg gestanden und sie enttäuscht. Sie brauchte jetzt seine Hilfe, und selbst wenn er unvorbereitet und untrainiert war, so war er doch alles, was sie hatte.

Dieses Mal würde er nicht davonlaufen.

»Nein, ich lasse sie nicht zurück«, sagte er und versuchte, Mitchell den Revolver aus der Hand zu nehmen. Er hatte in seinem ganzen Leben noch keinen Schuss abgegeben, aber diese Waffe sah so simpel aus, dass nicht einmal er damit Probleme bekommen könnte. »Ich kümmere mich darum.«

Sie umklammerte die Waffe fester. »Hawkins ist ein Killer«, warnte sie ihn. »Sind Sie sicher, dass Sie das … tun wollen?«

»Nein. Aber ich muss es tun.« Alex hatte einen Kloß im Hals und versuchte, den kümmerlichen Rest des Mutes zusammenzunehmen, der ihm noch verblieben war. »Sie … bleiben einfach hier … und versuchen, wieder zu Atem zu kommen.«

»Was … was ist mit Ihnen?«

Alex richtete seine Aufmerksamkeit auf den Toten, der auf dem Boden lag. Er drehte ihn um und nahm das Funksprechgerät von seinem Gürtel. Ein zweites Gerät stöpselte er von der Ladestation am Schreibtisch ab und reichte es Mitchell.

»Nehmen Sie das«, sagte er und befestigte das andere an seinem Gürtel. »Wenn Sie es schaffen, beobachten Sie mich über die Kameras. Sie müssen die Sicherheitstüren von hier aus öffnen. Kriegen Sie das hin?«

Mitchell nickte, ihr Blick war jetzt hart und wild entschlossen. Sie würde das hier um jeden Preis durchstehen.

»Ich komme zurück und hole Sie, sobald Anya in Sicherheit ist«, versprach er.

Mitchell zögerte einen Moment, dann streckte sie den Arm aus und griff nach seiner Hand. Es war ein unerwarteter, aber ehrlicher Ausdruck ihres Respekts.

»Viel Glück.«

Alex nickte einfach nur, weil er nicht wusste, was er sonst noch sagen sollte. Nie zuvor in seinem Leben hatte er sich so unvorbereitet, so ausgeliefert und so allein gefühlt.

Schließlich atmete er tief durch, sammelte noch einmal alle Kraftreserven und seinen verbliebenen Mut, dann stand er auf, nahm die Waffe fest in die Hand und lief nach draußen in den Korridor. Mitchell blieb allein zurück.

47

Anya ignorierte den Schmerz ihrer immer zahlreicher werdenden Verletzungen, stieß sich von der Wand ab und warf sich noch einmal Hawkins entgegen, den sie mit einem Tritt in den Magen auf die Knie zwingen wollte. Er schien einmal mehr nur auf sie gewartet zu haben und drehte sich zur Seite, sodass seine Flanke einen Großteil ihrer Angriffsenergie absorbierte.

Hawkins war anders als alle anderen Gegner, mit denen sie es jemals zu tun hatte. Gewiss, er war größer und stärker als sie, aber im unbewaffneten Nahkampf hatte sie schon größere, stärkere Kontrahenten besiegt. Es war noch etwas anderes.

Sie konnte ihn nicht lesen.

Anya war mit einer einzigartigen Begabung auf die Welt gekommen. Ihre Intuition und ihre scharfe Beobachtungsgabe ließen sie winzige Veränderungen in der Körperhaltung, in den Bewegungen, ja sogar im Gesichtsausdruck erkennen, für die andere kein Auge hatten. Es war genau diese Fähigkeit, von der sie gewarnt wurde, wenn jemand anders sie zu täuschen versuchte, eine Fähigkeit, die ihr im direkten Nahkampf deutliche Vorteile verschaffte.

Sie konnte spüren, was Menschen vorhatten, noch bevor sie es taten, und kleinste Muskelbewegungen wahrnehmen, die einen bevorstehenden Tritt oder Schlag ankündigten. Aber nicht bei Hawkins. Er war irgendwie anders, und das beraubte sie ihres Vorteils.

Noch bevor sich Anya zurückziehen konnte, hatte er ihr Bein mit einem Arm gepackt und verhindert, dass sie freikam, während er mit der anderen Hand ein Messer aus einer Scheide an seiner Brust herauszog und es in Richtung ihrer Kehle schwang. Anya reagierte instinktiv und wich zurück, wodurch die tödliche Klinge ihren ungeschützten Hals nur um Zentimeter verfehlte.

Sie versuchte, seine Stärke und Bewegungsenergie gegen ihn zu wenden, deshalb griff sie nach seiner Hand, bevor er sie wieder zurückziehen konnte, und zog sie noch heftiger in die Bewegungsrichtung, wodurch die Klinge in dem engen Spalt zwischen zwei Serverracks stecken blieb.

Sie musste das Messer aus dem Verkehr ziehen.

Mit all ihrer Kraft riss sie es mit einem plötzlichen, heftigen Ruck in ihre Richtung. Einen kurzen Moment lang bot die Klinge noch Widerstand und bog sich unter der Spannung, dann gab es einen dumpfen Ruck, auf den eine plötzliche Freigabe folgte, als das Heft von der Klinge abbrach.

Hawkins ließ die nutzlos gewordene Waffe los und versuchte einen kurzen, wütenden Schlag in ihr Gesicht. Er hoffte, ihr die Nase brechen und so die Orientierung nehmen zu können. Es kostete Anya all ihre Kraft, den Schlag zu parieren und seinen Arm zur Seite zu drehen, wodurch ihr Kopf zeitweise ungeschützt blieb.

Sie sah, wie er sich zurückbeugte, sah, wie er wieder nach vorn gegen ihren Kopf stieß, und plötzlich explodierte ein blendender Blitz vor ihren Augen. Sie hatte gelernt, Schläge einzustecken, aber selbst die härtesten Kämpfer der Welt können durch einen einzigen, gut platzierten Schlag ausgeknockt werden.

Und so ein Schlag hatte sie gerade getroffen. Undeutlich spürte sie durch den Nebel hindurch, der ihr Bewusstsein umhüllte, wie sie vom Boden gehoben und rückwärts durch die Luft geschleudert wurde. Es gab einen Moment seltsamer Schwerelosigkeit, und dann raste ihr plötzlich der Betonfußboden entgegen. Ihre Welt bestand nur noch aus Schmerz, als sie hart landete und mehrere Meter über den glatten Boden rutschte, bevor sie schließlich gegen ein Serverrack prallte.

Anya steckte in Schwierigkeiten und wusste es nur zu gut. Sie hatte Hawkins unterschätzt und geglaubt, sie könnte mit ihm fertigwerden wie mit jedem anderen Widersacher. Niemals hätte sie mit einem solchen Kampf gerechnet.

Ein Kampf, den sie zu verlieren drohte.

»Wissen Sie, für diesen Moment hat sich die ganze Mühe fast gelohnt«, sagte Hawkins und kam näher, um ihr den Rest zu geben. Er ließ sich Zeit, um es etwas länger auszukosten. »Fast.«

Alex stand kurz vor dem Zusammenbruch, als er unten an der Treppe ankam, sein Atem war nur noch ein ersticktes Japsen, das ihm mit jedem Atemzug von Neuem stechende Schmerzen bereitete. Die Anstrengung, die nötig war, um bis zum Dach des Gebäudes hinauf und dann wieder ins Erdgeschoss hinunterzurennen, in Kombination mit den verschiedenen Verletzungen, die er sich in den letzten Tagen zugezogen hatte, zehrte enorm an seinen ohnehin stark beanspruchten Kraftreserven.

Nachdem er die letzte Stufe heruntergestiegen war, sah er sofort die Tür, die in den Serverraum führte. Sie war mächtig und unbezwingbar, bestand aus massivem Stahl und hatte nur ein einziges kleines Kontrollfenster aus verstärktem Glas, das es erlaubte, einen Blick in den Raum dahinter zu werfen.

Alex überwand die letzten Meter und schaute durch das kleine Fenster. Der Raum war immer noch von dem Halongas des Löschsystems eingenebelt, aber selbst durch den rot getönten Nebel hindurch konnte er Anya erkennen, die sich verzweifelt gegen Hawkins zur Wehr setzte.

Sie kämpfte und war im Begriff zu verlieren. Alex sah mit Entsetzen, wie Hawkins sie frontal im Gesicht erwischte, sie dann hochnahm und wie eine Puppe quer durch den Raum schleuderte.

Er packte den Türgriff, dann drehte er ihn und zog. Nichts passierte. Die Tür blieb fest geschlossen. Sie war verriegelt und verrammelt, und die Kontrolllämpchen am elektronischen Schließsystem neben der Tür leuchteten rot, um anzuzeigen, dass das Sicherheitsschloss eingerastet war.

»Mist!«, zischte er, als er sah, wie Hawkins auf Anya zuging, um sie zu erledigen.

Er fummelte nach dem Funkgerät an seinem Gürtel, riss es los und drückte auf die Mikrotaste. »Olivia, ich bin im Keller. Öffnen Sie die Tür des Serverraums.«

Er bekam keine Antwort

»Olivia, wenn Sie mich hören können, öffnen Sie jetzt die Tür!«

In der Sicherheitszentrale über ihm schwebte Mitchells Bewusstsein in einem seltsamen Zustand zwischen Realität und Traum, zwischen Wachen und zunehmender Dunkelheit. Sie war sich vage des Blutes bewusst, das immer noch aus der Wunde an ihrer Seite austrat. Ihr Zustand hatte sich dramatisch verschlechtert, sowohl durch ihre wilde Rennerei aufs Dach als auch durch ihre Weigerung, dem Schmerz und der zunehmenden Erschöpfung Rechnung zu tragen.

Sie hatte sich lange widersetzt, aber sie wusste, dass ihre

Kraft bald am Ende sein würde. Ihr Blutverlust war zu groß, sie fing an, wirr und unzusammenhängend zu denken, und es fiel ihr immer schwerer, die Augen offen zu halten. Wenn sie sie doch nur einmal schließen und sich ausruhen könnte. Nur für ein paar Minuten …

Und dann, wie aus heiterem Himmel, hörte sie plötzlich eine Stimme. Zwar nur schwach und knisternd, aber irgendwie durchdrang sie den Nebel, der ihr Bewusstsein eingehüllt hatte.

»Olivia, bitte sagen Sie mir, dass Sie noch da sind!«

Sie verzog das Gesicht, schaute sich um und suchte nach dem Ursprung der Stimme. Erst als sie das Funkgerät entdeckte, das neben ihrer linken Hand auf dem Boden lag, dämmerte es ihr langsam.

»Olivia, hören Sie. Wenn Sie die Tür jetzt nicht öffnen, wird Anya sterben. Alles hängt von Ihnen ab. Ich brauche Sie *jetzt*! Bitte!«

Und plötzlich verdichtete sich das wirre Gedankenknäuel zu einer einzigen Aufgabe. Sie musste aufstehen und die Tür öffnen. Sie musste aufstehen.

Aufstehen.

Sie biss die Zähne zusammen, griff nach der Kante des Schreibtischs, schaffte es, sie gut zu fassen zu bekommen, und zog sich hoch. Sie zog, bis ihre Muskeln zitterten, bis ihr alles vor den Augen verschwamm und sie kurz vor der Ohnmacht stand. Sie zog, bis sie spürte, wie sie vom Boden hoch auf die Knie kam. Dann starrte sie auf die Bedienungselemente der Konsole, die sich direkt vor ihr befand.

Sie kannte sich mit dem System nicht aus, aber sie hatte fast ihr gesamtes Berufsleben in gesicherten Einrichtungen gearbeitet und verstand, wie solche Anlagen funktionierten. Sie vermutete, dass das Kontrollsystem der Sicherheitseinrichtungen nur aus einer Anzahl von Schaltern bestand, die die elektronischen Schlösser an allen Haupttüren schalteten – nach Etagen geordnet.

Und da, am unteren Ende der Tafel, befand sich nur ein einziger Schalter mit der Bezeichnung B1.

Anya drohte das Bewusstsein zu verlieren und zwang sich, einen klaren Kopf zu bekommen. Sie lag ausgestreckt am Fuß eines Serverracks.

Irgendetwas sickerte in ihr linkes Auge und beeinträchtigte ihr Sehvermögen. Mit einem leichten Gefühl der Desorientiertheit erinnerte sie sich, wie Hawkins' Schädel gegen ihren gekracht war, und an den hellen Blitz bei dem Aufprall, der ihr fast das Bewusstsein geraubt hatte.

Er war immer noch in der Nähe und beobachtete ihre hilflosen Versuche, sich wieder aufzurichten – es schien ihn zu amüsieren. Er spielte mit ihr und zögerte das Unvermeidliche hinaus, aber dieser Aufschub würde nicht lange Bestand haben. Sie wusste, dass er gleich kommen würde, um ihr den Rest zu geben, sobald sie sich wieder etwas erholt hatte.

Sie löste den Blick von ihm und schaute sich nach etwas um, mit dem sie sich gegen seinen unausweichlichen Angriff verteidigen konnte. Das Sturmgewehr, das er schon zu Beginn ihres Kampfes fallen gelassen hatte, lag immer noch an der gleichen Stelle. Aber um es zu erreichen, musste sie zuerst an ihm vorbei. Keine gute Idee.

Die Computerelemente in den Racks, die sie umgaben, konnten als primitive Schilde dienen, aber sie waren mit Schrauben und verworrenen Kabelbündeln fixiert. Ihr fehlte die Zeit, sie abzuklemmen, und die Kraft, sie einfach herauszureißen. Sie musste weitersuchen.

Dann entdeckte sie etwas. Knapp außerhalb ihrer Reichweite lag etwas in dem schmalen Spalt zwischen zwei

Metallstützen. Der polierte Stahl glänzte im roten Deckenlicht. Das war ihre einzige Chance, sich zu verteidigen.

Sie musste hochkommen. Sie musste es in die Hände kriegen.

Ihr Überlebenswille, der tief in ihr verwurzelt war und von jahrzehntelanger, hart erkämpfter Erfahrung unterstützt wurde, befahl ihr mit eiserner Härte, aufzustehen und zurückzuschlagen, bevor ihr Hawkins den Rest geben konnte.

Mit äußerster Willenskraft rollte sich Anya herum und fing an, sich wieder hochzuziehen. Sie atmete tief, um mehr Luft in die Lunge zu bekommen. Gekühlte, trockene Luft kratzte in ihrer Kehle, während ihr das Blut aus der klaffenden Wunde über dem Auge strömte und auf den Betonboden tropfte. Sie streckte langsam die Arme aus.

Aber Hawkins hatte nicht vor, sie wieder hochkommen zu lassen. Er machte einen Schritt nach vorn und versetzte ihr mit aller Kraft einen wohlplatzierten Tritt in die Rippen. Anya zuckte bei dem Tritt, der sich durch jeden einzelnen ihrer Knochen fortzusetzen schien, aber sie ließ sich nicht unterkriegen und schaffte es, oben zu bleiben.

Gegen den nächsten Treffer gelang ihr das jedoch nicht mehr. Der Tritt landete fast exakt an der Stelle, wo sie bereits von dem Querschläger getroffen worden war, und zwar mit der ganzen Kraft, die sein muskulöser Körper aufbringen konnte. Nicht einmal Anya gelang es, einen Schmerzensschrei zu unterdrücken, und sie sackte zur Seite.

Es hatte sich jedoch gelohnt, die schmerzhaften Tritte zu ertragen. Denn noch im selben Moment, als Hawkins sich bückte und ihr die Hände um den Hals legte, bekam sie die abgebrochene Messerklinge zwischen die Finger und umklammerte sie fest, um sie als Waffe gegen ihren

Angreifer einzusetzen. Die höllisch scharfe Klinge schnitt ihr sofort in die Finger, aber Schmerz war jetzt bedeutungslos geworden – sie kämpfte um ihr nacktes Überleben.

Irgendwo hinter sich hörte sie das Zischen der Türhydraulik, aber darum kümmerte sie sich nicht, als Hawkins sich vorbeugte und seinen Griff gnadenlos verstärkte. Sie fühlte bereits, wie sich ihre Luftröhre verengte und er das Leben aus ihr herausquetschte.

Er starrte ihr direkt in die Augen. Er wollte das Letzte sein, was sie sah, wenn ihr Blick brach und ihr Leben schließlich zu Ende ging.

Mit einem entschlossenen Schrei schwang Anya die abgebrochene Klinge herum und zielte auf das Gesicht, das ihr nun so furchtbar nahe gekommen war.

Dann schoss etwas Rotes hervor, ein warmer Regen, der ihr Gesicht bedeckte, und plötzlich stieß Hawkins einen infernalischen Schmerzensschrei aus. Er ließ sie los, taumelte zurück und griff sich ins Gesicht.

Anya nutzte die Atempause und kam wieder hoch. Noch immer umklammerte sie die improvisierte Waffe mit ihren blutigen Fingern. Sie war verletzt und erledigt von dem brutalen Kampf, aber dank ihrer unbeugsamen Willenskraft und ihres Durchhaltevermögens stand sie schon wieder auf den Füßen.

Hawkins hatte inzwischen den Schock ihres plötzlichen Angriffs überwunden und ging von Neuem hasserfüllt mit wutverzerrtem Gesicht auf sie los. Von seinem Kinn bis zur Stirn zog sich ein klaffender Spalt, der heftig blutete und nur knapp sein rechtes Auge verfehlt hatte. So eine Wunde würde zwar eine große Narbe, aber kaum bleibende Schäden hinterlassen. Auf keinen Fall reichte sie aus, um ihn zurückzuhalten.

Nichts würde ihn jetzt mehr aufhalten.

Er machte einen Schritt auf sie zu. Er hatte die Fäuste geballt, und alle Muskeln seines durchtrainierten Körpers dienten jetzt nur einem einzigen Zweck: Diesmal würde er nicht mehr mit ihr spielen. Er wollte sie gnadenlos und ohne Zurückhaltung vernichten.

Anya hob die Arme und umklammerte die Messerklinge noch fester. Ihr stand ein Kampf bevor, der gute Aussichten hatte, der letzte ihres Lebens zu werden. Sie hatte ihr Leben lang auf die eine oder andere Weise gekämpft, hatte niemals aufgegeben, niemals gezögert und war niemals geflohen. So hatte sie ihr Leben gelebt, und so würde sie auch sterben, wenn ihre Zeit gekommen war.

Hawkins kam näher. Er fletschte wütend die Zähne; eine Hälfte seines Gesichts war nur noch eine blutige Masse. Seine Augen glitzerten im roten Deckenlicht. Es waren die brutalen, wilden Augen eines Raubtiers. Er war ein Killer.

Aber noch bevor Anya etwas unternehmen konnte, krachte es wie ein Donnerschlag durch den Raum, und plötzlich wurde Hawkins wie von einem unsichtbaren Schlag getroffen und ein Stück nach hinten gestoßen. Er zögerte, sein Gesichtsausdruck offenbarte Verwirrung, als könnte er nicht begreifen, was gerade geschehen war. Da krachte ein zweiter Schuss in seinen Körper.

Ein dritter Schuss warf ihn schließlich um. Er taumelte rückwärts und landete mit einem lauten Krachen auf dem Boden. Zwei weitere Schüsse folgten noch, als er bereits fiel, aber die beiden Kugeln, die knapp über seinem Kopf einschlugen, verfehlten ihr Ziel.

Anya konnte kaum glauben, was gerade geschehen war. Sie wirbelte herum, um nach dem mysteriösen Schützen zu sehen. In der Tür stand Alex, der mit den Händen einen

Revolver umklammerte, aus dessen Lauf immer noch Qualm aufstieg.

»Alex?«, schnappte sie, ohne dass es ihr diesmal gelang, wie sonst ihre Überraschung zu verbergen.

Aber noch bevor sie irgendetwas sagen konnte, rief Alex eine Warnung. »Anya, laufen Sie!«, schrie er und gab ihr Zeichen, zu ihm zu kommen.

Als sie über ihre Schulter blickte, sah sie, wie sich Hawkins wieder aufrichtete. Die weichen Bleikugeln, die Alex auf ihn abgefeuert hatte, mochten ausgereicht haben, um ihn aus dem Gleichgewicht zu bringen, aber seine Schutzkleidung hatte ihn vor ernsthaften Verletzungen bewahrt. Schon griff er nach dem Sturmgewehr, das er zuvor hatte fallen lassen, und beabsichtigte zweifellos, die beiden mit einem einzigen tödlichen Feuerstoß aus der Automatikwaffe niederzumähen.

Anya vergaß jeden Gedanken daran, ihn zu erledigen oder Alex zu fragen, wie er wieder hier heruntergekommen war. Sie drehte sich um und sprintete unter Aufbietung ihrer letzten Kraftreserven zur Tür.

»Bewegen Sie Ihren verdammten Hintern«, hörte sie Alex schreien, der von der Tür wich, um sie durchzulassen. Er ließ den leer geschossenen Revolver fallen und hielt ein Funkgerät an den Mund. »Schließen Sie die Tür! Jetzt!«

Sie hörte das typische Zischen, mit der die Hydraulikkolben ihre Arbeit aufnahmen und die Tür verschlossen. Die Schnelligkeit, mit der Anya die letzten paar Meter zurücklegte, brachte nur jemand auf, für den es um Leben und Tod ging. Sie verdrehte den Körper und quetschte sich gerade noch durch den kleiner werdenden Spalt. Eine Sekunde später krachte die Tür zu und wurde von den elektronischen Schlössern automatisch verriegelt.

Die Riegel waren kaum eingerastet, als die Tür anfing

zu dröhnen. Sie stand unter schwerem Beschuss aus dem Innenraum. Anya und Alex konnten beobachten, wie sich plötzlich in der Mitte der Metalltür eine Verformung bildete, der eine weitere und dann noch eine folgte. Hawkins feuerte darauf und versuchte, sie mit Gewalt zu öffnen. Aber seine Mühen waren vergeblich. Ohne Sprengstoff ließ sich diese Tür nicht bezwingen.

Als sie durch das Fensterchen schaute, sah Anya, wie er die Waffe zur Seite schleuderte, an die Tür trat und sie mit stillem, brodelndem Hass anstarrte. So verharrten sie für einige Sekunden und weigerten sich in einem letzten stummen Ringen ihrer Willenskraft, den Blick zuerst von dem anderen abzuwenden.

»Kommen Sie«, sagte Alex und zog sie am Arm. »Der sitzt da erst mal warm und trocken.«

Kurz bevor sich Anya vom Fenster wegziehen und zur Treppe führen ließ, gab ihr Hawkins noch einen letzten, lautlosen Satz mit auf den Weg.

Ich werde dich finden!

Es war schon lange her, seit Anya vor einem menschlichen Wesen Angst empfunden hatte, aber in diesem Moment spürte sie die Furcht wie eine Schlange in ihren Eingeweiden. Denn obwohl er jetzt in einem unterirdischen Gefängnis festsaß und jeden Moment die Polizei eintreffen würde, glaubte sie ihm zweifelsfrei.

Es ging ihr nicht aus dem Kopf, selbst als sie Alex die Treppe hinauf folgte.

Sie waren draußen! Trotz der Schmerzen und der Dunkelheit, die ihr immer näher zu kommen schien, gestattete sich Mitchell ein mattes, triumphierendes Grinsen. Irgendwie war es Alex und Anya gelungen, den Raum zu verlassen, während Hawkins, der Dreckskerl, in der Falle saß.

Sie hatte ihm zugeschaut, wie er ein ganzes Magazin auf die Tür verschossen und seiner Wut und seinem ohnmächtigen Zorn auf die einzige Weise Luft gemacht hatte, die er kannte. Aber solange sie die Kontrolle über die Türen hatte, ging er nirgendwohin.

Das konnte sich allerdings schon bald ändern, dachte sie nach einem Blick auf die Monitore vor ihr. Eine der vorn am Gebäude montierten Kameras zeigte den Schein blitzender Blaulichter. Vor wenigen Augenblicken waren Feuerwehrfahrzeuge und Polizeiwagen vorgefahren, und Uniformierte versuchten schon, sich den Weg durch den Haupteingang zu erzwingen.

Lange konnte es nicht mehr dauern, bis sie hereinkamen. Aber vielleicht reichte die Zeit.

Plötzlich füllte Alex' Stimme knisternd den Raum. »Olivia, können Sie mich hören?«

Mit zittriger Hand griff sie nach dem Funkgerät neben ihr. »Ja. Ich bin hier.«

»Verdammt gutes Timing, alles was recht ist. Wir sind auf dem Weg nach oben. Wenn das alles hier vorbei ist, gebe ich Ihnen dafür einen aus – von diesem komischen Bier, das die Amis immer saufen.«

Sie lächelte, auch wenn sie vermutete, dass dieses Versprechen wohl nie eingelöst würde. »Vielleicht … ein anderes Mal.«

»Wie meinen Sie das?«

»Die Polizei ist da. Sie stehen vor der Tür.« Sie richtete den Blick auf die Bilder von der Gebäuderückseite. »Die Laderampe hinten ist anscheinend noch frei. Sie könnten es dorthin schaffen, wenn Sie sich beeilen.«

»Vergessen Sie's«, gab Alex zurück. Sie konnte ihn jetzt auf einem der Monitore sehen und sah deutlich den Zorn in seinem Gesicht. »Wir lassen Sie jetzt nicht hier zurück.«

»Doch, das tun Sie. In meinem jetzigen Zustand würde ich nur bis zur nächsten Straßenecke kommen.«

»Dann trage ich Sie.«

»Widersprechen Sie mir nicht!«, bellte sie. Er musste es endlich einsehen. »Es geht nicht anders. Verschwinden Sie, solange Sie noch können.«

Alex stoppte kurz und schaute in die nächste Kamera, weil er wusste, dass sie ihn immer noch sehen konnte. Selbst auf dem körnigen Bild konnte sie erkennen, wie zerrissen er war. Es erfüllte sie mit einem gewissen Gefühl der Genugtuung, dass sie sich nicht in ihm getäuscht hatte, dass er auf seine Art ein guter Mensch war.

»Sind Sie sich wirklich sicher?«, fragte er.

»Bin ich.« Mitchell schluckte und hob ihr Kinn. »Los, Alex. Damit das alles hier nicht umsonst war.«

Sie sah, wie er seufzte und seine Schultern herabsanken. Dann wandte er sich ab und steuerte, dicht gefolgt von Anya, auf die Laderampe zu. Er sagte nichts mehr, und das erwartete sie auch nicht von ihm.

Mitchell beobachtete, wie sie die Lagertore manuell entriegelten und sich hindurchzwängten. Zum ersten Mal seit Langem fühlte sie sich mit sich selbst im Reinen. Sie mochte im Leben versagt und Fehler begangen haben, aber sie konnte wenigstens stolz darauf sein, was sie hier getan hatte.

Dies waren ihre letzten Gedanken, bevor ihr das Funkgerät aus der Hand rutschte und sie der Dunkelheit, die sie so lange bedrängt hatte, endlich gestattete, sie zu überwältigen.

Alex trat erschöpft und mit schmerzenden Knochen von der Rampe auf den Parkplatz und schaute sich um. Er hörte die Sirenen auf der Hauptstraße und sah das typische Blitzen der Blaulichter. Der Feueralarm hatte anscheinend einen automatischen Notruf an Feuerwehr und Polizei gesendet. Es war nicht anzunehmen, dass die Beamten das volle Ausmaß dessen begriffen, was sich hier in dieser Nacht zugetragen hatte. Wüssten sie es, würde die ganze Gegend von Sondereinsatzkommandos abgeriegelt sein und über ihren Köpfen würden Polizeihubschrauber kreisen.

Anya drückte den Mikrofonknopf ihres Funkgeräts. »Kristian, bitte sagen Sie, dass Sie mich hören.«

Stille, nur unterbrochen vom statischen Rauschen. Alex rutschte fast das Herz in die Hose.

»Auf Sendung. Schön, von Ihnen zu hören!«, antwortete Halvorsens Stimme endlich knisternd. Selbst über Funk war seine Erleichterung deutlich zu hören. »Hier ist überall Polizei. Ich musste bis zu der Verbindungsstraße nördlich von Ihnen fahren. Schaffen Sie es bis dahin?«

»Wir kommen«, antwortete sie. »Halten Sie sich bereit.«

Sie löste ihren Griff vom Funkgerät, wandte sich zu Alex und deutete über den Parkplatz auf eine schmale Durchfahrt zwischen zwei größeren Gebäuden. Alex hatte keine Ahnung, wohin sie führte, aber sie schien sich auf direktem Wege vom ISS-Gebäude zu entfernen, und momentan reichte ihm das völlig.

»Hier entlang. Folgen Sie mir!«, befahl sie und ging voraus.

Sie suchten sich ihren Weg zwischen verrosteten, überquellenden Mülltonnen und rannten so schnell, wie sie es in ihrem Zustand konnten. Beiden war schmerzhaft bewusst, dass sie unbewaffnet und absolut schutzlos waren, wenn sie Polizeikräften oder – schlimmer noch – Männern aus Hawkins' Truppe begegneten.

Alex konnte nicht sagen, wie lange sie brauchten, um sich im Labyrinth von Gässchen und Nebenstraßen zurechtzufinden, als sie sich abmühten, zur Hauptstraße zu gelangen. Mit jedem Augenblick wuchs für sie die Gefahr, abgefangen zu werden. Das Herz schlug ihm bis zum Hals, seine Beine schmerzten, aber Angst und Adrenalin trieben seinen erschöpften und zerschlagenen Körper weiter voran.

Als er schließlich eine Seitengasse verließ und auf die Hauptstraße stürmte, musste Alex erst einmal die Augen zukneifen und sich an die Umgebung gewöhnen, weil ihn die grellen Lichter der Straßenlaternen und der vorbeifahrenden Autos blendeten.

»Wo zum Teufel ist Halvorsen?«, fragte er und schaute sich um. Jedes Scheinwerferpaar, das an ihm vorbeizog, sah für ihn gleich aus. Jedem Fahrer jedes vorbeifahrenden Autos würde mit Sicherheit dieser aufgelöste, geschundene Ausländer auffallen, der da gerade aus einer Seitengasse auftauchte.

»Wir sind jetzt auf der Hauptstraße«, meldete Anya ins Funkgerät. »Wo sind …?«

Quietschende Bremsen schnitten ihr das Wort ab, als das nächste Paar Frontscheinwerfer nur wenige Meter entfernt rutschend zum Halten kam. Halvorsen? Polizei? CIA?

Alex spannte seinen Körper an. Sein überanstrengtes Herz pochte erneut heftig. Er war jede Sekunde fluchtbereit. Ganz gleich, wie erschöpft er war, unter gar keinen Umständen würde er jetzt noch klein beigeben.

»Warten Sie«, sagte Anya, die seine Gedanken spürte.

Alex verzog das Gesicht. Was hatte sie vor? Erst als die Tür aufging und eine Gestalt aus dem Lieferwagen kletterte, verstand er.

»Wieso haben Sie so lange gebraucht?«, fragte Halvorsen. »Beeilen Sie sich und machen Sie, dass Sie reinkommen.«

TEIL FÜNF

REFLEXION

Im Jahr 2011 veröffentlichte der Hacker *slink* einen ausführlichen Bericht über sein erfolgreiches Eindringen in die Netzwerke des US-Verteidigungsministeriums, der NASA, der NSA sowie in Websites des US-amerikanischen und des britischen Militärs. Sein Bericht wird von vielen für authentisch gehalten.

48

Die Sonne kletterte gerade über den Horizont und beschien mit ihren goldenen Strahlen die glitzernden Wellen des Schwarzen Meers, als Halvorsen endlich den Lieferwagen auf einem verlassenen Parkplatz nur wenige Meter vom Strand entfernt parkte. Zu so früher Stunde war ihr Fahrzeug das einzige auf der Straße.

Sie waren schon seit einigen Stunden unterwegs und hatten eine ansehnliche Distanz zwischen sich und den Schauplatz des Verbrechens gelegt.

Weder Anya noch Alex waren besonders gesprächig. Eigentlich hatten sie den größten Teil der Fahrt nachdenklich und in einträchtigem Schweigen verbracht, und jeder hatte für sich die Geschehnisse noch einmal Revue passieren lassen.

Irgendwie war es ihnen mit einer Kombination aus Improvisation, Entschlossenheit und purem Glück gelungen durchzukommen. Alex hatte sich zuvor ausgemalt, wie er feiern würde, wenn er erst so weit gekommen wäre, aber zu solchen Emotionen war er jetzt nicht mehr imstande. Nach all den Kämpfen und Schwierigkeiten, die er hatte ertragen müssen, und nach dem Verlust von Arran, Gregar und Mitchell fühlte er sich jetzt nur noch erschöpft.

Er öffnete die hintere Klappe, trat auf den asphaltierten Parkplatz hinaus und war dankbar, an der frischen Luft zu sein – und in Freiheit. Dankbar schon dafür zu leben.

Vor ihm dehnte sich ein weißer Sandstrand aus, der bis

an den Horizont zu reichen schien. Eine frische Brise kam vom Meer, brachte den Duft der See und des Lebens, und das klatschende Brechen der Wellen mischte sich mit den Schreien der Möwen in der Luft.

In seinem ganzen Leben hatte er keine schönere Aussicht genossen.

Er grinste, als ihm wie aus dem Nichts ein Gedanke durch den Kopf schoss. Er fasste in die Tasche und fischte ein Päckchen Zigaretten heraus, das er seit ihrer Ankunft in diesem Land bei sich trug. Es war noch immer ungeöffnet.

»Sie haben gesagt, dass Sie feiern würden, sobald wir die Schwarze Liste haben«, meinte Anya, die sich dazugesellt hatte. »Jetzt ist der Moment wohl gekommen.«

»Ja.« Er reichte ihr das Päckchen. »Da, nehmen Sie.«

Sie zog ein Gesicht und schaute auf die zerknüllte Packung in ihrer bandagierten Hand. »Ich rauche nicht.«

»Ich weiß. Tun Sie mir einen Gefallen und werfen Sie sie weg.« Dann grinste er sie von der Seite an. »Die Dinger können einen ganz schnell umbringen.«

In diesem Moment sah er es endlich wieder. Dieses Lächeln. Dieses unscheinbare, fast mürrische Lächeln, das sie sehen ließ, wenn er etwas sagte, das ihr gefiel, es aber nicht zugeben wollte. Es war eine dieser Kleinigkeiten, die er an ihr bemerkt und schätzen gelernt hatte.

Er wusste schon jetzt, dass es zu jenen Kleinigkeiten zählte, die er vermissen würde, wenn das alles erst vorbei war.

»Jetzt weiß ich auch, warum ich keine Einsätze mehr mache«, meinte Halvorsen, hievte sich aus dem Fahrersitz und streckte seinen Rücken. »Das ist was für Jüngere.«

»Machen Sie sich nichts vor, Kumpel«, konterte Alex. Er war gute dreißig Jahre jünger als der norwegische Offizier und fühlte sich trotzdem ebenso schmerzgeplagt und erschöpft. »Das nächste Mal bitte ohne mich.«

Halvorsen schnaubte sarkastisch.

»Was geschieht jetzt?«, fragte Anya.

»Wir wechseln hier die Fahrzeuge und dann geht's weiter zum Flughafen.« Er warf einen Blick auf die Uhr. »Der neue Wagen sollte jeden Moment hier eintreffen.«

»Gute Arbeit, Kristian«, sagte sie und nickte dem Älteren dankbar zu. »Ich muss mich für Ihre Mühe bedanken.«

Halvorsen sah sie an, aber statt wie gewöhnlich schief zu grinsen, schienen ihn ihre Worte seltsam zu belasten.

Bevor er etwas sagen konnte, veränderte sich Anyas Haltung. Ihre böse zugerichteten und erschöpften Muskeln spannten sich, und sie blickte die Straße hinunter.

»Da kommt ein Wagen«, warnte sie. Ihre Augen waren plötzlich hellwach.

Alex folgte ihrem Blick, und tatsächlich sah er einen silberfarbenen BMW auf sie zukommen. Er hatte es nicht übermäßig eilig, legte aber ein zügiges Tempo vor.

»Unser neuer Wagen«, erläuterte Halvorsen. »Bleiben Sie ruhig.«

Tatsächlich verlangsamte das Fahrzeug beim Näherkommen das Tempo, bog dann auf den Parkplatz ein und hielt schließlich gut fünfzehn Meter von ihnen entfernt an. Die Scheiben waren getönt, was es erschwerte, die Insassen zu erkennen, aber aufgrund der Art, wie die Last auf die Federung verteilt war, vermutete Anya, dass nur ein Fahrer im Wagen war. Halvorsen beobachtete stumm den großen BMW, während der Fahrer den Motor abstellte, die Wagentür öffnete und ausstieg.

Sobald Alex die große, trügerisch breite Figur, das ungebändigte blonde Haar und das schmale, zerfurchte Gesicht des Mannes erkannte, machte sein Herz einen Satz, und sein Magen zog sich erschrocken zusammen. Sein Mund öffnete sich wie von selbst, als er – ungläubig und schockiert – die Fassung verlor.

»Was ist los mit dir, Kumpel?«, fragte Arran Sinclair und ließ jenes spöttische Grinsen sehen, das Alex früher einmal so gut gekannt hatte. »Du siehst aus, als würdest du ein Gespenst sehen.«

Alex war zumute, als müsste er sich gleich übergeben.

Auf einmal begriff er: Es war eine Lüge gewesen. Alles – der Unfall, sein Verschwinden, der verzweifelte Brief an ihn. Alles nur gefakt. Arran, sein Freund, der Mann, dem er vertraute, hatte ein böses Spiel mit ihm gespielt.

»Der Autounfall«, brach es schließlich aus Alex hervor. »Sie sagten, du wärst tot.«

Arrans Blick war fast entschuldigend. »Ich musste irgendetwas tun, um mir *dieses Weib* vom Hals zu schaffen«, sagte er und deutete auf Anya. »Ich wusste, dass sie jeden meiner Schritte überwachte, seit wir ins Geschäft gekommen waren. Die einzige Methode, sie loszuwerden, war mein Tod. Was für ein Jammer, dass ich dafür einen richtig guten Wagen opfern musste.«

Stirlingshire, Schottland, sieben Tage zuvor

Die schmale, unübersichtliche Straße würde seinen Verfolger bremsen, und das steil abfallende Flussufer zu seiner Rechten musste jeden Fahrer abschrecken, der noch halbwegs bei Trost war. Sinclair hätte fast gegrinst, als er das Gaspedal in Erwartung einer langen Geraden tiefer heruntertrat. Er war in dieser Gegend aufgewachsen, hatte hier Autofahren gelernt und kannte jede Biegung und jede Abzweigung dieser Straße wie seine Westentasche.

Er war klar im Vorteil gegenüber dem Wagen, der ihm folgte. Kaum hatte er den Gedanken zu Ende gedacht, sah er etwas vor sich in der Kurve. Etwas, das seinen Herzschlag beschleunigte und Adrenalin durch seine Adern rauschen ließ.

Es war ein einzelnes buntes Bändchen, das er um einen der Bäume am Straßenrand gebunden hatte. Er hatte die Markierung vor einigen Tagen angebracht und benutzte sie jetzt als Orientierungspunkt. An dieser Stelle musste er es tun. Hier war der Ort, an dem der Hang hinter der Leitplanke so steil und baumlos war, dass sich der Wagen die ganze Strecke bis zum Fluss hinunter überschlagen konnte.

Hier war der Platz, an dem er gleich sterben würde.

Er stieg sofort in die Eisen und riss das Steuer herum. Die Reifen rutschten auf dem glatten Asphalt, und die niedrige Leitplanke kam immer näher, als der Wagen seitlich ausbrach.

Sinclair spannte alle Muskeln an und wappnete sich für das Bevorstehende. Dann riss er die Tür auf und ließ sich aus dem Wagen fallen.

Der Aufprall war härter, als er erwartet hatte, der raue Asphalt, der ihm zur Begrüßung entgegenkam, hatte genug Kraft, ihm Prellungen und Knochenbrüche zuzufügen, ihm Kleidung und Haut aufzureißen. Der Wagen hatte an dieser Stelle wie vorausberechnet viel von seinem Schwung verloren, aber sein Sturz war so schmerzvoll, dass ihm ein gequälter Schrei entfuhr, als er sich ein paarmal überschlug und schließlich liegen blieb. Zum Glück schien er sich wenigstens keinen Knochen gebrochen zu haben.

Er biss gegen den Schmerz die Zähne zusammen und schaute gerade noch rechtzeitig auf, um zu sehen, wie der Wagen in die Leitplanke krachte, sie durchbrach und über die Kante kippte.

Sinclair kam wieder hoch, humpelte an den Straßenrand, schaute hinunter und sah zu, wie der Wagen auf dem Dach landete, sich auf dem steilen, buschbewachsenen Abhang immer wieder überschlug und dem viel tiefer gelegenen, reißenden Fluss entgegenstürzte.

Als er schließlich auf dem Wasser auftraf, hatte sich der Wagen in eine Masse verbogenen und gestauchten Metalls verwandelt. Weil es nichts gab, das ihm genügend Auftrieb verschaffte, füllte sich das Wrack schnell mit eiskaltem Wasser und verschwand binnen Sekunden unter der Oberfläche. Es hinterließ nur eine von Trümmerteilen übersäte Spur, die von der Brutalität seiner letzten Augenblicke zeugte.

»Perfekt«, flüsterte er.

»Warum?«, beschwor Alex seinen Freund. »Warum hast du das alles getan? Was wolltest du damit erreichen?«

»Warum?«, wiederholte Sinclair und klang nun fast ein wenig irritiert. »Das wäre alles nicht nötig gewesen, wenn du damals in London mein Angebot angenommen hättest.«

Anya starrte den großen jungen Mann mit kaum verhohlenem Hass an. »Warum gerade Alex?«, wollte sie wissen.

»Weil er mich brauchte. Er hätte es allein nicht geschafft.« Alex schloss die Augen, als ihm allmählich die Tragweite der Enthüllungen seines Freundes bewusst wurde. »Du brauchtest meine Hilfe, aber ich wollte sie dir nicht geben. Also hast du das alles abgezogen, um mich dazu zu zwingen.«

Sinclair, der charismatische und visionäre Anführer, war immer die treibende Kraft ihrer Gruppe gewesen, aber das änderte nichts daran, dass es immer an Alex hängen blieb, dafür zu sorgen, dass sie ihre Ziele auch erreichten. Keiner der anderen konnte es mit seinen Fähigkeiten aufnehmen, und ohne ihn wäre Sinclair nicht imstande gewesen, die anspruchsvolle Aufgabe zu bewältigen, die Anya ihm übertragen hatte.

»Ich meinte es so, wie ich es gesagt habe, Alex. Ich hätte dich reich gemacht, wenn du mir geholfen hättest. Es wäre alles genau wie in den alten Zeiten gewesen, aber du warst zu feige, um einzusteigen.« Er seufzte und schüttelte den Kopf. »Das war immer dein Problem – du hattest nie eine Vision. Keine Fantasie, kein Rückgrat. Du hast immer nur Anweisungen befolgt und bist jedem hinterhergelaufen, der so getan hat, als wüsste er, was er tut. Und weil das so ist, habe ich eben Anweisungen gegeben, denen du folgen konntest. Und am Ende hast du genau das getan, was ich wollte.«

»Ich habe dir vertraut«, sagte Alex und ballte die Fäuste. »Wir sind Freunde gewesen. Und jetzt bin ich ein gesuchter Mann. Wie konntest du mir das antun?«

Sinclair sah ihn beinahe mitleidig an. »Es wäre ja nicht das erste Mal.«

Und da blitzte in Alex wie eine Erleuchtung die Erinnerung an eine Konfrontation auf, die er erst kürzlich mit Landvik gehabt hatte.

Er schluckte und suchte nach den richtigen Worten. »Ich war es nicht, Alex. Ich weiß, dass du mir nicht glaubst, aber es ist die Wahrheit. Eine Zeit lang habe ich mir wirklich gewünscht, ich wäre auf die Idee gekommen. Ich war so sauer auf dich und Arran, weil ihr mich rausgeworfen hattet, und ich wollte mich dafür rächen. Aber ich wäre niemals so weit gegangen. Wir sind doch Freunde, Alex. Oder zumindest waren wir es einmal. Ganz egal, wie sauer ich auf dich war, ich hätte dich nie an die Polizei verraten.«

»Das warst du, oder?«, fragte er und starrte Sinclair ungläubig an. »Du hast mich vor drei Jahren an die Polizei ausgeliefert. Du hast ihnen gesagt, wo sie mich finden konnten.«

Sein früherer Freund erwiderte darauf nichts. Weshalb sollte er auch bestätigen, was Alex sowieso schon wusste.

Alex drohte auszurasten. Zwei Jahre im Gefängnis. Sein Leben zerstört, seine Beziehung in Trümmern und seine Zukunft gestohlen. Alles nur wegen Sinclair, seinem Freund.

»Aber warum, um Himmels willen?«, fragte Alex fast beschwörend.

»Du kapierst es immer noch nicht, oder?«, stichelte Sinclair. »Du warst drauf und dran, vernünftig zu werden und nur noch legale Sachen zu machen, als könnten wir uns einfach alle einen Schlips umbinden und unser Leben in irgendeinem Drecksbüro verbringen wie all die anderen Loser dieser Welt. Ich wusste, dass du nicht die Eier hattest, um nach den richtig dicken Fischen zu angeln. Es war eine Möglichkeit, um dich und Gregar gleichzeitig loszuwerden. Nachdem ich ihm erst mal alles in die Schuhe geschoben hatte, war er weg vom Fenster. Und ich konnte die Gruppe dafür benutzen, wofür sie gegründet worden war. Während der kleine Alex genau das tat, was er sollte – er hat sich ruhig verhalten und seine Zeit abgesessen.«

Jetzt hatte Alex genug. Irgendetwas legte in diesem Moment den Schalter in ihm um, und alle aufgestauten Emotionen der vergangenen Woche entluden sich in einem wilden Wutausbruch. Er ballte seine Fäuste, rannte zu dem Mann, der zweimal sein Leben zerstört hatte, und er war fest entschlossen, diesen dürren, arroganten Bastard für seine Taten in Grund und Boden zu prügeln.

Aber plötzlich nahm Alex eine Bewegung zu seiner Rechten wahr, die augenblicklich alles änderte. Sein Tempo verlangsamte sich, und der Lauf einer Automatik, der sich auf ihn richtete, bändigte seine Wut.

»Lassen Sie das!«, warnte Halvorsen und zielte mit seiner Waffe auf ihn. Auch wenn er für Kommandoeinsätze schon zu eingerostet war, würde er auf diese kurze Entfernung kaum danebenschießen.

Alex stockte und hielt inne. Sinclair zuckte entschuldigend die Schultern. »Wie du selbst sagtest, jedes System hat einen Schwachpunkt. Man braucht nur entsprechende Fähigkeiten, gute Planung und Geduld.«

Stirlingshire, Schottland – sieben Tage zuvor

Sinclair löste den Blick von dem Autowrack am Grund der Schlucht und sah, wie sich zwei Scheinwerfer näherten. Es war der Wagen, der ihm folgte, seit er vor einer halben Stunde zu Hause losgefahren war. Der Wagen, dessen Ankunft er sekundengenau in diesem Augenblick erwartet hatte.

Das Fahrzeug verlangsamte seine Fahrt und hielt direkt neben ihm an. Sein Fahrer öffnete das elektrische Seitenfenster, beugte sich heraus und musterte ihn.

»Verlief alles wie geplant?«, fragte Kristian Halvorsen.

Sinclair nickte. »Dieser Fluss mündet direkt ins Meer. Die Polizei wird davon ausgehen, dass meine Leiche von der Strömung mitgerissen wurde.«

Der Norweger nickte befriedigt. »Das dürfte Ihnen Anya vom Hals schaffen. Fürs Erste jedenfalls. Und jetzt steigen Sie ein, bevor noch jemand kommt.«

Sinclair hatte nichts dagegen einzuwenden. Beim Einsteigen auf den Beifahrersitz stöhnte er ein wenig, als sein malträtierter Körper protestierte.

»Und wenn sie es nicht glaubt?«, fragte er skeptisch.

»Sie kümmern sich um Ihren Freund Alex«, antwortete Halvorsen und beschleunigte das Tempo, um den Schauplatz zu verlassen. »Ich kümmere mich um Anya.«

»So, Alex. Und jetzt geben Sie mir die Schwarze Liste«, sagte Halvorsen mit eiskalter, ruhiger Stimme. »Und keine Dummheiten.«

Alex stand wie angewurzelt da und starrte den älteren Mann an. Erst jetzt begriff er, wie fundamental er gescheitert war. »Sie haben die ganze Zeit mit Arran zusammengearbeitet.«

»Du musst lernen, in größeren Zusammenhängen zu denken, alter Junge«, spottete Sinclair. »Kristian hat mich noch an demselben Tag angeheuert, an dem wir die Website seiner Firma gehackt haben. Das alles war nur ein Test, und wir haben ihn bestanden.« Er deutete ein Lächeln an. »Natürlich war die Sache mit ein paar Bedingungen verknüpft. Wir mussten uns erst mal von einigen Altlasten trennen, bevor wir in Vollzeit bei ihm einsteigen konnten.«

Alex fühlte sich, als hätte er einen Schlag in den Bauch bekommen. Sinclair hatte ihn also damals auf Halvorsens Befehl hin an die Polizei verraten, weil er wusste, dass sich Alex nie mit dem Gedanken abfinden würde, als sein persönlicher Cyberterrorist tätig zu werden.

»Warum, Kristian?«, wollte Anya wissen, der ihre Verletztheit und ihr Zorn offen ins Gesicht geschrieben standen. Sinclairs Verrat war eine Sache, aber Halvorsen kannte und vertraute sie nun fast schon zwei Jahrzehnte lang. »Wir hatten eine Abmachung. Ich hätte alles mit Ihnen geteilt.«

»Liegt das nicht auf der Hand? Ich nehme es nicht weg, Anya. Ich gebe es zurück.«

Erst jetzt offenbarten sich seine wahren Absichten –

erst jetzt wurde klar, wer in Wahrheit seine Verbündeten waren.

»Sie arbeiten für den Kreis«, sagte Anya, die von diesem letzten, vernichtenden Verrat am Boden zerstört zu sein schien.

»Wie Sie selbst sagten – es sind mächtige und gefährliche Männer. Viel mächtiger, gefährlicher und schlimmer, als selbst Sie es sich vorstellen können. Warum, glauben Sie, konnten sie sich so lange an der Macht halten? Sie haben das alles vorhergesehen und waren darauf vorbereitet. Sie können sich glücklich schätzen, dass man mich für diese Operation ausgewählt hat, sonst wären Sie beide jetzt tot.« Er richtete den Blick wieder auf Alex. »Und jetzt geben Sie ihn mir.«

Alex rührte sich nicht. Der Speicherstick in seiner Tasche war seine einzige Rettung. Ihn jetzt herauszurücken hätte ein Leben auf der Flucht, ein Leben ohne Zukunft zur Folge.

Halvorsen senkte die Waffe und gab einen einzelnen Schuss ab. Der Knall und die plötzliche Explosion von Sand und zerbrochenen Steinchen vor seinen Füßen veranlassten Alex, erschreckt zur Seite zu springen.

»Die nächste landet in Ihrem Bauch. Glauben Sie mir, das ist keine schöne Art abzutreten.« Wie angekündigt hob Halvorsen die Waffe, bis sie auf Alex' Unterleib zeigte. »Geben Sie mir die Schwarze Liste, und danach gehen wir alle unserer Wege. Sie sind doch clever, Alex. Tun Sie einfach etwas Intelligentes.«

Alex seufzte und schloss die Augen. Er wusste, dass es zwecklos war, die Sache noch länger hinauszögern zu wollen. Er griff in seine Tasche und zog einen kleinen USB-Stick heraus. Dann behielt er ihn noch einen Moment in der Hand, als wollte er noch einmal den Triumph genießen, den er fast selbst geerntet hätte. Schließlich warf er ihn dem älteren Mann zu.

Halvorsen fing ihn in der Luft und verstaute ihn sofort in seiner Jackentasche.

»Wenn Sie glauben, Sie könnten den Leuten trauen, die diese Liste angelegt haben, begehen Sie den größten Fehler Ihres Lebens«, warnte ihn Anya. »Ich weiß, dass Sie es tun, weil Sie Angst vor ihnen haben, aber das müssen Sie nicht. Ich kann Sie schützen. Ich gebe Ihnen die Chance, dabei mitzuhelfen, dass denen für immer das Handwerk gelegt wird. Kristian, geben Sie uns die Liste zurück, und ich verspreche Ihnen, dass wir das gemeinsam schaffen. Lassen Sie es nicht so enden. Lassen Sie sich von denen nicht genauso benutzen, wie sie alle anderen benutzen.«

In seinem Blick war ein Moment des Zögerns und des Zweifels zu erkennen, als ihre deutlichen Worte Wirkung zeitigten. Er war trotz allem nicht immun gegen die Emotionen und die Verzweiflung, die durch ihre Worte hindurchschimmerten.

Aber dieser Moment verging genauso schnell, wie er gekommen war. Halvorsen grinste und schüttelte den Kopf – seine Entscheidung war gefallen. »Sie waren eine gute Agentin, Anya. Die beste. Aber Sie haben nie über den Tellerrand geschaut. Das war schon immer Ihr Problem.«

Er zeigte zur Straße, die sich in der Ferne verlor. »Ihnen bleibt viel Zeit, um darüber nachzudenken.«

Alex sah, wie er die Schlüssel aus dem Zündschloss des Lieferwagens zog und dann mit einem Taschenmesser beide Vorderreifen zerstach. Damit war das Fahrzeug nicht mehr zu gebrauchen. »Wollen Sie uns hier einfach zurücklassen?«

Er zuckte mit den Schultern. »Ich hatte den Befehl, die Liste zurückzuholen. Den Kreis interessiert Ihre persönliche Vendetta gegen Marcus Cain nicht, also lassen Sie sich das eine Warnung sein. Ich rate Ihnen, sie ernst zu nehmen. Was mich persönlich betrifft, wünsche ich Ihnen beiden, dass Ihre Glückssträhne anhält. Sollten Sie jedoch jemals auf die Idee kommen, mich zu suchen, wird der Kreis dafür sorgen, dass Ihre Glückssträhne reißt.«

Er setzte sich auf den Fahrersitz des BMW. Sinclair folgte ihm und hielt unterwegs nur kurz inne, um Alex noch einmal anzuschauen. Er sagte nichts, aber der Blick in seinen Augen verriet mehr als tausend Worte.

Alex dagegen begegnete seinem früheren Freund mit äußerster Verachtung. »An deiner Stelle würde ich mir wünschen, dass wir uns niemals wieder über den Weg laufen.«

»Das werden wir nicht.« Sinclair bedachte Alex noch mit einer spöttischen Abschiedsgeste, dann ließ er sich auf den Beifahrersitz fallen und knallte die Tür zu.

Die elegante Limousine setzte sich in Bewegung und bog röhrend auf die Hauptstraße ein, bis nichts als Staub und Reifenspuren zurückblieben.

Alex und Anya waren wieder einmal auf sich allein gestellt.

49

Die Fahrt war überwiegend schweigend verlaufen. Weder Sinclair noch Halvorsen hatten einander viel zu sagen. In Wahrheit nagten in Kristian Schuldgefühle wegen dem, was er Anya angetan hatte. Er kannte die Frau schon mehr als zwanzig Jahre, und er konnte sich noch gut daran erinnern, wie er sich damals im Vernehmungsraum zu dem müden, mitgenommenen Mädchen gesetzt hatte – dem Teenager, der einfach in die Polizeizentrale von Oslo spaziert kam, um dort politisches Asyl zu beantragen.

Damals hatte er unmöglich vorhersehen können, dass es mit ihnen beiden schließlich so weit kommen würde.

Aber es hat sich gelohnt!, sagte er sich und tätschelte den Speicherstick in seiner Tasche. Ob sie ihn nun hasste oder nicht – er hatte ihr heute das Leben gerettet, als er die Schwarze Liste zurückholte. Der Kreis, der sich bei dieser Auseinandersetzung bisher im Großen und Ganzen neutral verhalten hatte, war absolut nicht bereit gewesen, eine derartige Bedrohung seiner Anonymität hinzunehmen.

Es hat sich gelohnt!, sagte er sich noch einmal. Um Anya zu schützen, war es das wert gewesen.

»Ich muss mal pinkeln«, durchbrach Sinclair das Schweigen. Er hatte seinen Sitz zurückgestellt, die Füße auf die vordere Ablage gelegt und ließ seine blonden Haare im Fahrtwind flattern, der durch das offene Fenster hereinwehte.

»Das Flugzeug ist nur noch wenige Kilometer entfernt.

Halten Sie es zurück«, riet ihm Halvorsen. Derselbe Privatjet, der ihn, Alex und Anya ins Land gebracht hatte, wartete jetzt auf einer kleinen Rollbahn in der Nähe des Schwarzen Meeres darauf, mit ihm nach Norwegen zurückzukehren.

»Das tue ich schon seit einer halben Stunde«, protestierte der junge Mann. »Na kommen Sie, ich glaube nicht, dass die uns noch einholen werden.«

Halvorsen verdrehte ungeduldig die Augen, verließ die Straße und fuhr einen rumpelnden Feldweg entlang, bis sie von der Straße aus nicht mehr zu sehen waren.

Sinclair seufzte und schaute nachdenklich auf die staubige, buschbewachsene Hügellandschaft, die vor ihnen lag. »Sagen Sie mir eins, Kristian: Gibt es irgendwen, den Sie nicht in die Pfanne hauen würden, um weiterzukommen?«

Halvorsen warf einen Blick zu ihm hinüber. »Hüten Sie Ihre Zunge, Kleiner. Bis jetzt waren Sie ganz nützlich, aber Sie sollten es nicht überstrapazieren.« Er änderte seine Sitzposition, weil die Automatik in der Jackentasche unangenehm gegen seine Hüfte drückte. »Und jetzt kommen Sie in die Gänge. Beeilen Sie sich.«

»Ganz bestimmt«, versprach ihm Sinclair.

Dann streckte er mit einer blitzschnellen Bewegung die Hand vor. Noch bevor Halvorsen etwas dagegen unternehmen konnte, hatte er ihm die Pistole ganz aus der Tasche gezogen. Halvorsen fuhr herum, um danach zu greifen, aber da zielte schon die Mündung auf sein Gesicht. Ein wildes, erbarmungsloses Augenpaar erwiderte seinen Blick.

Jetzt brauchte er sich wenigstens um Anyas Rache keine Sorgen mehr zu machen, falls sie ihn irgendwann wieder einholte. Vielleicht hatte er es sogar verdient, dachte er noch, bevor Sinclair den Abzug betätigte.

Danach stieg Sinclair aus dem Wagen. Seine Ohren dröhnten noch von dem Schuss. Er wischte sich einen Blutspritzer aus dem Gesicht und benutzte ein Taschentuch, um die Waffe abzuwischen. Dann ging er um den Wagen herum auf die Fahrerseite, fasste Halvorsen unter den Armen und hievte ihn heraus, was in Anbetracht seiner Größe und seines Gewichts keine leichte Aufgabe war.

Dennoch schaffte es Sinclair mit einiger Mühe, ihn ein kurzes Stück weiterzuziehen. Schließlich legte er ihm die Automatik in die fleischige Hand.

Er griff ihm in die Jackentasche, fischte den Speicherstick heraus und hielt ihn hoch. Die Schwarze Liste – die Datei, für die Anya, der Kreis und selbst Halvorsen zu töten bereit waren – gehörte ihm jetzt ganz allein. Eine Weltmacht in seiner Hand.

Er grinste, steckte den Speicherstick ein und ging zum Wagen zurück. Er hatte bereits sein Handy parat und wählte die Nummer aus dem Gedächtnis.

»Ich bin's«, sagte er nur. Er wollte das Gespräch so kurz wie möglich halten und startete schon den Motor. »Ich habe, was Sie wollen. Wir sehen uns am vereinbarten Treffpunkt.«

»Es war alles umsonst«, sagte Anya und blickte abwesend in die Ferne, während auf der nahen Hauptstraße der Verkehr vorbeirauschte. Abgase mischten sich mit dem Geruch von Mist, von menschlichen Körpern und Küchendünsten. Das Glas Eiswasser, das vor ihr auf dem Tisch stand, war noch unberührt, obwohl die Mittagssonne auf sie herunterbrannte.

Sie hatten den unbrauchbaren Lieferwagen zurückgelassen und sich auf den langen Marsch entlang der verwaisten Küstenstraße gemacht, wobei sie nach Möglichkeit in

Deckung blieben, um nicht zu riskieren, vorbeifahrenden Polizeistreifen aufzufallen. Irgendwann waren sie so müde und von der heißen Sonne ausgedörrt, dass sie beschlossen, sich als Anhalter zu versuchen. Ein Kombi hatte sie aufgelesen, der noch älter zu sein schien als Alex.

Wie durch ein Wunder hatte das ältere Paar am Steuer ihnen die Geschichte abgekauft, dass sie Touristen wären, die sich verlaufen hätten. Anya hatte die Beulen und Schrammen in ihrem Gesicht damit erklärt, dass sie vor ein paar Tagen überfallen worden wären. Die Frau hatte Alex zwar einen misstrauischen Blick zugeworfen und zweifellos eine eigene Theorie dazu aufgestellt, aber nichtsdestotrotz durften sie es sich auf der Rückbank bequem machen, was sie dankbar in Anspruch nahmen.

Trotz des Befremdens vonseiten ihrer Chauffeure hatte sie die Fahrt in dem rostigen und maroden Fahrzeug schließlich bis in die kleine Stadt Corlu gebracht, wo sie an einem Straßencafé haltmachten, um endlich etwas Flüssigkeit zu sich zu nehmen und die nächsten Schritte zu besprechen.

Anya schienen die Ideen inzwischen jedoch ausgegangen zu sein. In der Tat hatte Alex sie noch nie so niedergeschlagen gesehen. Sie schien schlicht und einfach besiegt zu sein. Sie hatte so viel riskiert, aber es hatte alles nichts gebracht.

Alex hingegen hegte deutlich andere Gefühle.

»Kopf hoch, Mädchen. Es könnte schlimmer sein«, meinte er und nahm einen Schluck von seinem Bier. Das eiskalte Nass schmeckte besser als gedacht, und ehe er sich's versah, hatte er schon das ganze Glas geleert. Er schloss die Augen und seufzte in völliger Zufriedenheit. »Verdammt noch mal, dafür hat sich das Warten gelohnt.«

Anya betrachtete ihn mit einer Mischung aus Verwunderung und Irritation, als er dem Kellner ein Zeichen gab, noch ein zweites Bier zu bringen. »Ich verstehe nicht, warum Sie so zufrieden sind.«

Er musste grinsen. »Ach du lieber Gott, ich glaube, das ist der Moment«, rief er aus. »Genau hier, genau jetzt. Etwas zu wissen, was der andere nicht weiß. So muss es sein, wenn man so ist wie Sie.«

Sie zog finster ihre blonden Brauen zusammen, und ihr Gesicht verzerrte sich. »Was reden Sie da?«

Alex griff in seine Gesäßtasche und legte etwas auf den Tisch. Etwas, das seiner sonst so stoischen Gefährtin einen herrlich wohltuenden, ungläubigen Blick entlockte.

»Ist es das, was ich vermute?«

Alex nickte und bedankte sich beim Kellner, der ihm eine neue Flasche Bier auf den Tisch stellte.

Anya war wie gebannt, als sie den Speicherstick so vorsichtig hochnahm, als wäre er ein sakraler Gegenstand. »Wie ist das möglich?«

Alex zuckte mit den Schultern und nahm einen Schluck von seinem Bier. »Ich habe einfach nur getan, was Kristian verlangt hat – etwas Intelligentes. Ich wollte dem fetten Schnösel unter gar keinen Umständen die Schwarze Liste aushändigen. Nicht nach allem, was wir durchgemacht haben. Ich bin nur froh, dass er keinen Computer dabeihatte.«

In dem Moment sah er es. Das Lächeln. Dieses Lächeln, das sich so selten zeigte und so willkommen war, wenn es dann kam.

Anya lehnte sich mit einem matten Seufzen in ihrem Stuhl zurück und schüttelte amüsiert den Kopf. Aber da war auch noch etwas anderes in ihrem Blick, als sie ihn so über den Tisch hinweg betrachtete. Etwas, das sie ihm bisher vorenthalten hatte. Respekt.

»Eins sage ich Ihnen, Alex Yates: Sie überraschen mich immer wieder aufs Neue.«

Er grinste und hielt ihr seine Flasche hin. »Darauf trinken wir«, meinte er, als sie klirrend anstießen.

Offenbar ging seiner Gefährtin noch eine Frage durch den Kopf. »Wenn Sie Kristian nicht die Schwarze Liste gegeben haben, was war dann auf dem Stick, den er von Ihnen bekommen hat?«

Auf diese Frage grinste Alex nur und nahm noch einen Schluck von seinem Bier.

Samsun, Türkei

Es war ein wundervoller Abend in der Hafenstadt Samsun. Eine warme Brise vom Schwarzen Meer strich durch den großen Hafen, zwischen seinen Jachten, Speedbooten und ungezählten anderen Freizeitbooten hindurch.

Arran Sinclair schaute aus dem Autofenster und sah, wie eine Motorbarkasse voller junger Männer und Frauen auf ein viel größeres Schiff zusteuerte, das draußen in der Bucht vor Anker lag. Sie wollten bestimmt die Nacht durchfeiern, bevor sie zum nächsten Ziel aufbrachen. Alle waren braun gebrannt, gut aussehend und reich.

Er ertappte sich bei der Überlegung, ob er sich wohl bald in ähnlicher Gesellschaft befinden würde. Mit solch belebenden Gedanken im Kopf verließ er die Hauptstraße und fuhr zu einem kleinen privaten Rollfeld mit Blick auf die Küste.

Wie erwartet, gab es dort nur ein einziges Flugzeug, das neben einem kleinen Hangar am entgegengesetzten Ende der Rollbahn geparkt war. Es war ein eleganter, teurer Privatjet.

Als er mit Halvorsens Auto in den Hangar fuhr, wartete dort bereits der Besitzer des Flugzeugs im Kreise seiner stämmigen Bodyguards. Alle waren wie Zivilisten gekleidet, aber Arran wusste genau, dass sie beileibe keine waren. Es handelte sich um pakistanische Geheimdienstagenten. Vor allem jedoch um schwerreiche pakistanische Geheimdienstagenten, die bereit waren, drei Millionen Dollar springen zu lassen, nur um die Schwarze Liste in die Hände zu bekommen.

Kein schlechter Lohn für ein paar Tage Arbeit.

Er stoppte den Wagen, schaltete den Motor ab und stieg aus. Im Innern des Hangars war es genauso warm wie draußen in der milden Abendluft, aber das Stahldach über ihnen bot zumindest etwas Schutz vor der gleißenden Sonne.

»Sie sind spät dran«, bemerkte sein Gegenüber und schaute auf die Uhr. Sinclair zuckte mit den Schultern und versuchte, ein gewisses lässiges Selbstbewusstsein auszustrahlen – was momentan in starkem Gegensatz zu seinen tatsächlichen Gefühlen stand. »Ich bin es wert, dass man auf mich wartet.«

»Wir werden sehen.« Vizur Qalat war ein großer, gepflegt wirkender Mann Mitte vierzig, der sein schwarzes Haar von der hohen Stirn zurückgekämmt trug und glatte Gesichtszüge hatte, die ihn jünger wirken ließen, als er in Wirklichkeit war. Sein Englisch war makellos, vielleicht sogar das Ergebnis höherer Bildung im Vereinigten Königreich, und ließ fast vergessen, welch grausamen Geheimdienst er repräsentierte.

Aber es steckte noch mehr in ihm. Hinter dem gepflegten Aussehen verbarg sich ein anderer Mensch, der Sinclair erschreckte und in Alarmbereitschaft versetzte. Dies war kein Mann, den man sich zum Feind machen sollte.

»Sie haben sie mitgebracht, Arran?«, fragte er.

Sinclair griff in seine Tasche und hielt den Speicherstick zur Begutachtung hoch.

Auf ein Nicken Qalats setzte sich einer der Bodyguards in Bewegung und pflückte ihm das Gerät aus der Hand, während der andere einen Laptop aus einer Notebooktasche holte und auf einem kleinen Arbeitstisch in der Nähe abstellte.

»Sie haben sicher nichts dagegen, wenn ich den Inhalt überprüfe«, sagte Qalat, dem es offensichtlich ganz egal war, ob Sinclair seine Zustimmung gab oder nicht.

»Kein Problem«, versicherte ihm Sinclair. »Wann wird mein Geld überwiesen?«

Qalat würdigte ihn keines Blickes, während er darauf wartete, dass der Laptop hochfuhr. »Sobald wir den Stick überprüft haben, bekommen Sie Ihre Belohnung.«

In den folgenden gespannten Momenten drifteten Sinclairs Gedanken zu Alex und ganz besonders zu seiner Begleiterin zurück. Es war eine Schande, dass Halvorsen darauf bestanden hatte, sie am Leben zu lassen, vielleicht weil er sich an den Irrglauben klammerte, sie würde es eines Tages verstehen und ihm seinen Verrat verzeihen. Obwohl Sinclair nur wenig von ihr wusste, bereitete ihm diese Frau Kopfzerbrechen. Er vertraute zwar auf seine Fähigkeit, zu verschwinden und keine Spuren zu hinterlassen, aber er hätte nachts trotzdem besser geschlafen, wenn er gewusst hätte, dass sie aus dem Weg geräumt war.

Andererseits verspürte er immer noch eine gewisse ehrliche Sympathie für Alex. Sein ehemaliger Freund hatte sich als große Hilfe erwiesen und war zweifellos sehr begabt auf seinem Gebiet; doch trotz seiner großartigen Fähigkeiten und seines Intellekts war er bis zum Schluss ein vertrauensseliger, naiver Trottel geblieben. Vielleicht wurde er ja ab jetzt etwas schlauer.

Er stieß den Atem aus, während Qalat ein paar Sekunden wartete, bis der Inhalt des Speichersticks eingelesen wurde. Sofort machte sich das automatische Virenschutzprogramm des Computers ans Werk und durchkämmte den Stick nach Anzeichen für Schadsoftware. Gleich danach meldete das Programm, dass der Speicher sauber war.

Grinsend beobachtete Sinclair, wie sein Wohltäter auf die Datei klickte, um sie zu öffnen. Das Grinsen verging ihm jedoch schnell, als der Laptop für einen kurzen Moment einfror und dann in einem Fenster auf dem Screen die Mitteilung erschien, dass die Datei nicht geöffnet werden konnte.

Sinclair spürte, wie sich sein Herzschlag beschleunigte und sich seine Handflächen mit Schweiß überzogen. Qalat versuchte noch einmal sein Glück, aber wieder mit demselben Ergebnis.

Der pakistanische Geheimdienstler wandte sich zu Sinclair und bedachte ihn mit einem etwas enttäuschten Blick. »Würde es Ihnen etwas ausmachen, mir eine Erklärung dafür zu geben, Arran?«

»Lassen Sie mich sehen!« Arran trat hinzu und versuchte nun selbst, an den Inhalt der Datei heranzukommen. Es dauerte nicht lange, bis deutlich wurde, dass seine Bemühungen umsonst waren.

Erst in diesem Augenblick fiel es ihm wie Schuppen von den Augen. Erst jetzt begriff er, dass Alex aus ihrem Duell um den schärfsten Verstand am Ende noch als Sieger hervorgegangen war. Man hatte ihn auf die einfachste und jämmerlichste Art und Weise hinters Licht geführt, die man sich vorstellen konnte.

»Alex, du mieser Bastard!«

Das Conditional-Access-Modul, jene Software, die er seinem Freund per Post geschickt hatte, als alles begann, lief jetzt auf diesem Computer. Das kleine Dienstprogramm, mit dem er Alex in die Falle gelockt und manipuliert hatte, wurde jetzt gegen ihn eingesetzt.

Er streckte die Arme aus und klappte mit zitternden Händen den Laptop zu. Er wusste, dass es eine sinnlose Geste war, denn der Schaden war mit Sicherheit nicht mehr gutzumachen. Dann drehte er sich um und schaute aus dem Hangar ins Freie.

»Sie gehen mir auf die Nerven, Arran«, bemerkte Qalat. Aber Arran hörte ihn schon fast nicht mehr, so wie er auch kaum noch das Klicken wahrnahm, mit dem eine Waffe entsichert wurde. »Ich habe so große Hoffnungen gehegt, was Sie betrifft.«

Sinclair schaute noch einmal hinaus auf die sonnige Bucht, sah die Freizeitboote in der Ferne, die Urlauber und das Glitzern der Abendsonne auf den Wellen. Die Welt war noch dieselbe wie zuvor. Nur nicht für ihn.

Jetzt nicht. Nie mehr.

Er schloss zum letzten Mal die Augen, als der dumpfe Schlag aus einer Waffe mit Schalldämpfer die friedliche Stille des Hangars erschütterte.

50

»Sind Sie sicher, dass Sie anfangen wollen?«, fragte Alex. Der Speicherstick in seiner Hand war einsatzbereit. Der Laptop, den sie vor weniger als einer Stunde bei einem Elektrodiscounter erworben hatten, summte vor sich hin und wartete auf eine Eingabe.

Anya streckte ihr Kinn ein wenig vor und drückte die Schultern zurück, als stünde sie vor einem Erschießungskommando. Die Antworten, nach denen sie so lange gesucht hatte, waren zum Greifen nah – mochten sie auch problematisch oder potenziell vernichtend sein. Sie brauchte nur die Hände auszustrecken, um sie zu finden.

»Ich bin so weit«, erwiderte sie nach einem Moment.

Alex holte tief Luft. Er hatte die Drahtloskommunikation des Laptops blockiert, damit ihm kein zweites Mal so etwas wie in London passieren konnte, falls die Schwarze Liste irgendwie als Falle präpariert worden war. Trotzdem war er nervös.

Nach allem, was sie durchgemacht hatten, mochte er kaum glauben, dass sie endlich besaßen, was sie brauchten.

»Wird schon schiefgehen.«

Er steckte den Stick in den USB-Slot, dann wartete er ein paar Sekunden, während der Inhalt gescannt und eingelesen wurde. Tatsächlich poppte schließlich ein Fenster auf, das eine einzige Datei anzeigte.

D1189

Alex führte den Mauszeiger über die Datei, schickte ein

stilles Gebet zum Himmel und klickte dann darauf, um sie zu öffnen.

Anya beugte sich vor und schaute gespannt auf den Screen. Er konnte die Spannung und Erwartung fast spüren, die sie mit jeder Faser ihres Körpers ausstrahlte.

Dann endlich war die Datei geöffnet und gewährte ihnen den Blick auf ihren Inhalt.

»Ach du liebe Scheiße!«, stöhnte er.

Sie enthielt keine geheimen Dossiers, keine Einsatz- oder Abschlussberichte und auch keine unterschriebenen Befehle des Präsidenten.

Auf dem Screen war eine Ziffernfolge zu sehen. Sonst nichts.

Alex war vollkommen am Boden zerstört. Er schloss die Augen und ließ sich in seinen Stuhl zurücksinken. Sein kurzlebiger Triumph war zerstört. Er fühlte sich endgültig und vernichtend geschlagen.

»Ich verstehe das nicht«, flüsterte er und legte den Kopf in seine Hände. »Eine verdammte Zahl. Alles für eine blöde Nummer. Ich verstehe das nicht.«

»Aber ich verstehe es«, sagte Anya mit schleppender Stimme. »Es ist eine Einladung.«

Alex schaute zu ihr hoch. »Für wen?«

»Für mich.«

Sie griff in ihre Tasche und zog ein Handy hervor. Es war ein billiges Prepaidteil, ähnlich dem, das sie ihm damals in London gegeben hatte.

Sie brauchte einen Moment, um die Zahlen auf dem Screen zu lesen, dann tippte sie sie ein, holte tief Luft und wartete auf eine Verbindung.

Es klingelte fast zehn Sekunden, bis schließlich jemand den Anruf entgegennahm.

»Hallo Anya«, meldete sich eine Stimme, die über ihren

Anruf nicht im Mindesten überrascht oder beunruhigt schien. Es war eine amerikanische Stimme. Und sie gehörte einem Mann.

Es war die Stimme von Marcus Cain.

Anya schloss für einen Moment die Augen und atmete tief aus. Es war schon ziemlich lange her, seit sie diese Stimme zum letzten Mal gehört hatte, doch trotz all der Jahre, die seither vergangen waren, und trotz allem, was seitdem geschehen war, reichte schon ihr Klang, um etwas in ihr wachzurufen. Den Schatten der jungen Frau, die sie einst gewesen war. Die Erinnerung daran, wie sie sich gefühlt hatte, als die den Besitzer dieser Stimme kennenlernte.

»Entspann dich. Ich lasse den Anruf nicht zurückverfolgen«, fuhr Cain fort. »Das hier ist nur zwischen uns beiden – so ist es am besten.«

»Du hast mich reingelegt«, sagte Anya in vorwurfsvollem Ton. »Deinetwegen habe ich das alles völlig umsonst durchgemacht.«

»Du hast doch wohl nicht im Ernst geglaubt, ich würde die Schwarze Liste unbeaufsichtigt herumliegen lassen, oder?«, tadelte er sie. »Ich habe sie schon vor Jahren löschen lassen. Aber … ich hatte so das Gefühl, du könntest eines Tages auftauchen und danach suchen. Deshalb war ihre angebliche Existenz wohl immer noch für etwas gut.«

Anya drehte sich von Alex weg, weil sie nicht wollte, dass er den Blick in ihren Augen sah. »Warum, Marcus?«, flüsterte sie. »Was willst du?«

»Ich will dir ein Angebot machen. Ich mache es dir nur dieses eine Mal, und wenn du es ablehnst, gibt es keinen Weg zurück. Deshalb rate ich dir, sehr gut nachzudenken, bevor du antwortest.« Er machte eine kleine Pause – ein quälender Moment, der ihr den Atem stocken ließ. »Ich will, dass du damit aufhörst, Anya. Ganz egal, auf welchem Rachetrip du bist oder was du glaubst, damit erreichen zu können – hör auf und verschwinde. Wenn du mir sagst, dass du das tun wirst, glaube ich dir. Ich werde nicht länger nach dir suchen und blase alle Fahndungen ab, die bei der Agency oder sonst wo gegen dich laufen. Ich kann diese ganze Sache heute beenden. Damit wäre es für immer erledigt. Das verspreche ich dir.«

Anya erwiderte nichts. Irgendwie schaffte sie es, die Fassung zu bewahren, aber ihre Augen konnten nicht verbergen, wie aufgewühlt sie war.

»Ich kann nicht ungeschehen machen, was passiert ist!«, fuhr Cain fort. »Gott weiß, wie sehr ich mir wünschte, noch einmal die Zeit zurückdrehen und alles anders machen zu können, aber das kann ich nicht. Keiner von uns kann das. Aber wir beide können hier und jetzt entscheiden, wie die Sache endet. Du hast fast dein ganzes Leben damit verbracht, zu kämpfen, wegzulaufen und dich zu verstecken. Ich kann nicht einmal erahnen, wie einsam du dich fühlen musst oder wie erschöpft du bist. Aber du müsstest das alles nicht mehr tun. Es ist vorbei. Und es wird Zeit, dass du dich davon frei machst.«

Anya stieß einen zitternden, bebenden Atemzug aus. Cain, der Meisterstratege, der dieses untrügliche Gespür für die wahre Natur von Menschen hatte, wusste nur zu gut, wie es in ihr aussah.

»Du könntest dir immer noch ein Leben aufbauen, Anya. Und den Rest deines Lebens in Frieden verbringen. Das hast du dir verdient. Es hängt von dir ab. Du musst nur Ja sagen.«

Sie schloss für einen Moment die Augen. Sein leidenschaftlicher Appell erschütterte ihre zuvor noch so eiserne Entschlossenheit. Er sagte die Wahrheit. Sie hatte keine rationale Erklärung dafür, aber ganz tief drinnen wusste sie, dass sein Angebot ehrlich gemeint war.

Sie könnte das alles aufgeben. Dieses Leben voller Kampf, Leid, Kummer, Opfer und Verlust. Das könnte sie alles hinter sich lassen. Es hätte nur eines einzigen Wortes bedurft.

Aber dann kamen ihr, ohne dass sie es wollte, wieder jene alten Worte in den Sinn, die man ihr vor Menschengedenken eingetrichtert hatte.

Ich werde aushalten, selbst wenn alle anderen scheitern. Ich werde mich behaupten, wenn alle anderen zurückweichen. Keine Schwäche wird in meinem Herzen nisten. Furcht hat keinen Platz in meinem Credo. Ich werde keine Gnade walten lassen. Ich werde niemals zaudern. Ich werde niemals aufgeben.

»Erinnerst du dich noch an den Tag, als ich vor zwanzig Jahren aus Afghanistan zurückkam?«, fragte sie ihn unvermittelt.

»Anya, worauf …?«

»Erinnerst du dich daran, Marcus?«, fiel sie ihm ins Wort. Ihre Stimme hatte jetzt einen härteren Unterton bekommen.

Sie hörte sein Stöhnen. »Sicher. Ich erinnere mich.«

»Ich habe gelitten, als ich in diesem Krankenhaus in Peschawar aufgewacht bin. Und ich war schwach. So schwach, dass ich kaum meinen Arm heben konnte. Aber ich habe dich gesehen, wie du an meinem Bett gesessen hast, und ich fühlte … Ich fühlte mich, als wäre ich nach Hause gekommen. Zum ersten Mal seit langer Zeit. Ich dachte, du würdest dich darüber freuen, mich zu sehen … aber ich habe etwas anderes in dir gespürt. Du hast mich angeschaut, aber du hast mich nicht gesehen. Es war, als könntest du es nicht ertragen, mich anzuschauen.«

Sie registrierte etwas Warmes im Gesicht. Es war eine Träne, die ihre Wange hinunterlief. »Damals glaubte ich, du hättest dich meiner geschämt. Als wäre ich besudelt und verdorben. Ich dachte, wenn du mich anschaust, siehst du nur, was sie mit mir gemacht haben, ich dachte, dass es dich anekelt. Dass *ich* dich anekele.« Sie schluckte schwer und schaffte es nur mit äußerster Willenskraft, nicht die Selbstkontrolle zu verlieren. »Ich habe mich geirrt. Du hast dich nicht meiner geschämt, sondern weil du wusstest, wo sie mich festgehalten hatten – du wusstest es die ganze Zeit. Du hättest mich finden können, aber du hast es nicht versucht, weil nicht vorgesehen war, dass ich wieder nach Hause komme. Und als ich es dann doch tat, hat dich mein Leben, mein Überleben, immer und immer wieder an deine eigene Schwäche erinnert, an dein Versagen.«

»Anya, du verstehst nicht …«

»Doch«, fiel sie ihm ins Wort und fand mit einem Mal wieder restlos zu ihrer Entschlossenheit zurück, die vorübergehend ins Wanken geraten war. »Ich verstehe. Es geht dir nicht darum, mich zu schützen. Genauso wenig, wie es dir vor zwanzig Jahren darum gegangen ist. Du bist nur daran interessiert, dich selbst zu schützen. Aber vor dieser Auseinandersetzung wirst du nicht davonlaufen können.«

Sie hörte ein Stöhnen vom anderen Ende der Leitung. Es war das ermattete, resignierte Stöhnen eines Mannes, der endlich die schmerzliche Wahrheit eingesehen hatte.

»Du weißt, was das bedeutet«, warnte er sie dann. »Du weißt, dass es kein Zurück mehr gibt.«

Anya wischte sich die Träne ab, die kurz ihre Wange benetzt hatte. Gleichzeitig wischte sie damit auch jede Schwäche und jeden Zweifel beiseite. Sie war wieder sie selbst. Stark, leistungsfähig und fest entschlossen, den Weg, den sie eingeschlagen hatte, um jeden Preis weiterzugehen.

»Ich hoffe, du bist bereit, denn jetzt habe ich dich im Visier«, versprach sie. Dann warf sie das Handy auf den Boden und zertrümmerte es mit ihrem Stiefelabsatz.

51

Ungarn, 17. Mai 2009

»Sind Sie sicher, dass Sie es versuchen wollen?«, fragte Anya und deutete auf die windige Bergstraße, die sich vor ihnen in die Länge zog. Irgendwo da hinten, vielleicht fünfzehn Kilometer entfernt, befand sich die Grenze zu Österreich.

Sie hatte ihn in einem heruntergekommenen Geländewagen hergefahren, den sie hier bei einem Gebrauchtwagenhändler für weniger Geld erstanden hatte, als man in Großbritannien für einen neuen Fernseher hinlegen musste. Das Fahrzeug sah vielleicht nicht gerade schön aus, aber sein rostfleckiges Chassis war immer noch solide, und der Motor brummte mit einem kehligen Knurren, das trotzig sein fortgeschrittenes Alter Lügen strafte.

Alex folgte ihrem Blick. Er hatte seine Augen hinter einer dunklen Sonnenbrille verborgen.

»Bin ich nicht«, gab er zu. »Aber macht es das nicht gerade spannend? Wenn man nicht weiß, was auf einen zukommt?«

Anya erwiderte nichts. Sie hatte, was das betraf, mit Sicherheit ihre eigene Meinung, aber nicht das Bedürfnis, sie mit ihm zu teilen. Aber daran war er ja inzwischen gewöhnt. Seit den turbulenten Ereignissen der Vorwoche in Istanbul hatte er sich bei ihr an so einiges gewöhnt. Sie waren zusammen gereist, hatten zusammen gelebt und sogar zusammen ums Überleben gekämpft. Er fand nicht, dass ihre Beziehung besonders freundschaftlich war, aber irgendwie funktionierte sie.

Ihre Reise hatte sie durch die Türkei über die Grenze nach Bulgarien, durch Rumänien und schließlich nach Ungarn geführt. Dort kannte Anya einen Fälscher, mit dem sie schon oft zusammengearbeitet hatte. Ihm war es zu verdanken, dass sie Alex mit einer neuen Identität und neuen Papieren ausstatten konnte. Was die Europäische Union anbetraf, besaß er nun alles, was er brauchte, um unbehelligt von Lissabon bis nach Helsinki zu reisen.

Und nachdem er jetzt neue Papiere hatte, war der Zeitpunkt für sie beide gekommen, getrennte Wege einzuschlagen.

»Wohin gehen Sie jetzt?«

Er zuckte mit den Schultern. »Ich dachte, ich nehme mal eine Auszeit von meinem Job. Ich bin nie so richtig zum Reisen gekommen … Vielleicht ist das ja die Gelegenheit.«

Mit Sicherheit würde er sich so bald keinem Computer mehr nähern. Solange es noch britische und US-amerikanische Haftbefehle gegen ihn gab, wollte er lieber den Ball flach halten, wie es in billigen Actionfilmen immer so schön hieß.

»Kommen Sie klar?« Anya klang auf einmal gar nicht mehr so selbstsicher und sah auch nicht mehr so souverän aus wie gewöhnlich. So ging es ihr jedes Mal, wenn sie es mit zwischenmenschlichen Angelegenheiten zu tun bekam, die nur selten in ihren Alltag einzudringen vermochten.

»Ich check's mal kurz. Ich habe keinen Job, keine Wohnung, keine Freunde, kein Geld und keine Hoffnung, dass sich daran in absehbarer Zeit etwas ändern wird.« Er grinste sie an. »Ich glaube, mir ging es noch nie so gut.«

Das war vielleicht eine scherzhafte Bemerkung, aber

trotzdem steckte ein Körnchen Wahrheit darin. Er fühlte sich jetzt lebendiger, optimistischer und entschlossener als je zuvor in seinem sogenannten Leben, bevor dies alles seinen Lauf genommen hatte. Er wusste nicht, was die Zukunft für ihn bereithielt, aber es war auf jeden Fall besser als alles, was ihn früher erwartet hatte.

Und er hatte sogar das Gefühl, für diese Zukunft bereit zu sein.

Anya schüttelte belustigt den Kopf. »Und ich dachte immer, nur die Amerikaner hätten einen Knall«, bemerkte sie. »Aber vielleicht kann ich Ihnen bei einem dieser Punkte behilflich sein.«

Sie griff ins Handschuhfach und holte einen braunen, prall gefüllten Manila-Umschlag heraus. Als er ihn öffnete, fand Alex darin ein dickes Bündel Euroscheine. Mehr, als er auf die Schnelle zählen konnte.

»Was soll das sein?«, fragte er.

»Bezahlung für erwiesene Dienste.«

»Sie müssen das nicht tun«, sagte er aus dem Gefühl heraus, bereits viel mehr von ihr bekommen zu haben, als er zurückgeben konnte.

»Das war die Vereinbarung, die ich mit Arran hatte«, klärte sie ihn auf. »Einhunderttausend britische Pfund nach Abschluss unseres Deals. Ich würde sagen, Sie haben es sich verdient.«

Alex seufzte. Ihre Großzügigkeit führte ihm einmal mehr ihr Scheitern vor Augen. Halvorsens Verrat hatte seit jenem Tag in Istanbul schwer auf ihnen beiden gelastet. Tröstlich war nur die Gewissheit, dass der Mann offenbar nicht lange genug gelebt hatte, um das Erreichte zu feiern. Türkische Onlinenachrichten berichteten, dass Halvorsen tot auf einem Streifen Ödland in der Nähe der Schnellstraße gefunden wurde. Offenbar hatte er Suizid begangen.

Von Sinclair gab es keine Spur. Zumindest für den Augenblick schien er von der Bildfläche verschwunden zu sein.

»Danke«, sagte Alex, weil er nicht wusste, wie er es sonst in Worte fassen sollte. Und er war keineswegs zu stolz, das Geld anzunehmen. Damit konnte er wenigstens vorübergehend irgendwo unterkommen, und vielleicht verschaffte es ihm auch die Zeit, die er brauchte, um sein Leben wieder auf die Reihe zu bekommen. »Was ist mit Ihnen?«

Sie wandte den Blick von ihm ab und schaute ziellos in die Ferne. »Ich habe das angefangen, weil ich nach Antworten suchte. Und ich werde sie finden, auch wenn ich es allein angehen muss.«

»Nicht allein«, berichtigte er sie, wobei er merkte, dass er errötete, als er das aussprach. »Ich meine, falls Sie jemals einen Hacker brauchen, der nicht zielen kann und einen miesen Geschmack hat, was Spielfilme angeht, dann lassen Sie es mich wissen, ja?«

Er ging davon aus, dass es ihr keine große Mühe bereiten würde, ihn aufzuspüren, wenn es dazu kommen sollte.

Er konnte sich nicht vorstellen, dass sein Angebot für jemanden wie Anya etwas bedeutete. Doch zu seiner Überraschung lächelte sie. Es war ein Lächeln, das die Jahre voller Sorgen und drückendem, aufgestautem Ärger wegzuwischen schien und ihm noch einmal einen Blick auf jene Frau gewährte, die er an jenem Morgen in Norwegen so friedlich hatte schlafen sehen.

Er sah ihr zu, wie sie den Arm ausstreckte und seine Hand fest in ihre nahm. Dann blickte sie ihm in die Augen. »Wissen Sie noch, was ich damals auf dem Balkon in Istanbul zu Ihnen gesagt habe?«

Sie sind stärker, als Sie wirken, Alex. Vielleicht sogar stärker, als es Ihnen selbst bewusst ist.

»Ja, ich erinnere mich«, sagte er leise. Er würde sich für den Rest seines Lebens an diese Worte erinnern – ganz gleich, wie lange es noch dauern sollte.

»Ich habe das damals genau so gemeint.« Dann ließ sie seine Hand los und lehnte sich wieder auf dem Fahrersitz zurück. »Ich wünsche Ihnen viel Glück, Alex.«

Und das war alles, was sie zu sagen hatte. Alles, was sie zu sagen brauchte. Wie auch sonst in ihrem Leben war ihr nicht nach einem emotionalen Abschied zumute. Alex sah zu, wie sie den Wagen wendete und dann die Straße hinunterfuhr, nicht zu schnell, in einem gleichmäßigen Tempo. Sie hinterließ auf ihrem Weg nichts als ein paar kleine Staubwölkchen, die schon bald von den unruhigen Böen verweht wurden.

Als das Grollen des Motors langsam in der Ferne verebbte, ertappte er sich bei der Überlegung, ob sich ihre Wege wohl jemals wieder kreuzen würden. Seit Anya in sein Leben getreten war, hatte sich dieses bis zur Unkenntlichkeit verändert; so gut wie alles, was er einmal besessen hatte, war zerstört. Und dennoch wünschte sich ein Teil von ihm, ihr eines Tages wiederzubegegnen.

Er zog die Träger seines Rucksacks zurecht, dann drehte er sich um und betrachtete die Straße, die vor ihm lag. Bis zu seinem nächsten Rastplatz lag ein weiter Weg vor ihm, aber das war ihm nur recht. So blieb ihm viel Zeit zum Nachdenken.

Als er sich in Bewegung setzte, der Kies unter seinen Stiefeln knirschte, die Sonne auf ihn herunterbrannte und nichts als eine ungewisse Zukunft vor ihm lag, konnte Alex ein Grinsen nicht länger zurückhalten.

Wenn mich jemand dabei beobachtet hätte, wie ich den sandigen Pfad entlangmarschierte, hätte er mich für verrückt halten müssen – ein Mann, der ganz allein mitten durch die Pampa läuft und dabei grinst wie ein Honigkuchenpferd. Jeder, der mich kannte, bevor die ganze Geschichte anfing, hätte sich gefragt, was um alles in der Welt es für mich zu grinsen gab.

Aber das zählt jetzt alles nicht mehr. Zum ersten Mal in meinem Leben habe ich selbst entschieden, wo es langgehen sollte, und bin meinem eigenen Weg gefolgt.

Ich bin kein Durchschnittstyp. Ich habe keinen Job und kein Auto, ich zahle keine Steuern und ich weiß noch nicht mal, wo ich meine nächste Mahlzeit einnehmen werde. Aber damit habe ich kein Problem.

Es passiert einfach.

So bin ich. So bin ich geworden.

Schon komisch, was einem so durch den Kopf geht, wenn man merkt, dass das Leben einen Sinn hat.

EPILOG

Sie lebte.

Sie war am Leben und bewegte sich.

Selbst durch den Nebel von Schmerz- und Beruhigungsmitteln hindurch konnte Mitchell undeutlich die Bewegung spüren. Sie fühlte das Rumpeln und Rattern der Krankenliege, als sie durch den betriebsamen Korridor geschoben wurde. Nur ab und zu wurde sie langsamer, wenn es an Personal oder Patienten vorbeiging.

Sie war von Geräuschen umgeben. Klingelnde Telefone, piepsende, lebenserhaltende Geräte, surrende Drucker, über allem aber das Stimmengewirr. Überall waren Stimmen, so viele, die sich überlagerten, verschmolzen, sodass schließlich kaum mehr als ein Hintergrundsummen übrig blieb, das nicht viel anders klang als das Summen von tausend Hummeln.

Trotz dieses Hintergrundlärms schaffte sie es, eine Unterhaltung herauszufiltern, die ganz in ihrer Nähe stattfand. Sie wurde auf Englisch geführt.

»Ich habe Ihnen bereits gesagt, dass der Zustand der Patientin noch lebensbedrohlich ist. Sie kann nicht verlegt werden.« Es war die Stimme eine Arztes, angespannt, engagiert und voller Sorge.

»Das verstehe ich, Sir.« Die Stimme klang kalt, präzise und emotionslos. Zu ihrer Verwunderung handelte es sich um die Stimme einer Frau. »Aber sie ist hier nicht sicher, und sie wird von unserem Ärzteteam bereits erwartet. Sie muss in die Vereinigten Staaten überführt werden. Sie sind ab sofort Ihrer ärztlichen Verantwortung für diese Patientin entbunden.«

Mit einiger Anstrengung gelang es ihr, die schweren Lider zu öffnen, aber sie sah nur die billigen, grellen Deckenlichter des Krankenhauses vorbeiziehen.

Sie blinzelte und wollte sich mit der Hand die Augen reiben, aber da registrierte sie, dass ihre Hand zurückgehalten wurde. Etwas Kaltes, Metallisches umfasste ihre beiden Handgelenke. Handschellen.

Mit einem Anflug von Enttäuschung begriff sie endlich, was passierte und was das für rätselhafte Leute waren, die sich um sie kümmerten. Die Agency kam, um sie zu holen.

Natürlich hatte sie gewusst, dass es passieren würde. Als sie ein paar Tage zuvor zum ersten Mal in einem sauberen und sterilen Krankenhauszimmer aufgewacht war, hatte sie dieselbe Enttäuschung verspürt.

Enttäuschung darüber, dass die Ärzte so hart darum gekämpft hatten, ein Leben zu retten, das sowieso dem Untergang geweiht war, Enttäuschung darüber, dass sie nicht einfach zu ihren eigenen Bedingungen friedlich einschlafen konnte. Enttäuschung darüber, dass es am Ende wohl doch diese Leute sein würden, die ihr das Leben nahmen.

Die kurze Fahrt dauerte nicht lange. Draußen auf dem Parkplatz wartete bereits ein Krankenwagen auf sie. Mitchell machte sich nicht die Mühe, zu protestieren oder um Hilfe zu rufen, als sie auf der Liege ins Fahrzeug geschoben wurde. Es hätte sowieso nichts genützt.

Die Türen knallten zu, und die Frau, die geholfen hatte, sie in den Krankenwagen zu laden, nahm neben ihr Platz. Eine ziemlich junge Frau, wie Mitchell etwas überrascht feststellte. Mit dunklen Haaren, punkiger Igelfrisur, blasser Haut und Nasenpiercing.

Oh Gott, ich werde von einer verdammten Göre verhört und exekutiert!, dachte sie.

»Wenn Sie mich umbringen wollen, können Sie es auch gleich hinter sich bringen«, krächzte sie und versuchte, sich auf ihrer Liege etwas aufzurichten. »Ich bereue nichts von dem, was ich getan habe.«

Zu ihrer Verwunderung grinste die gepiercte junge Frau sie freundlich an. In dem Grinsen verbargen sich weder Feindseligkeit noch Heimtücke. »Entspannen Sie sich, Mitchell. Wir sind nicht hier, um Sie umzubringen.«

Sie verzog das Gesicht. Jetzt war sie plötzlich verunsichert. Die Kraftanstrengung, sich aufrecht zu halten, forderte allmählich ihren Tribut. »Was wollen Sie dann von mir?«

Der Fahrer des Krankenwagens fuhr auf seinem Sitz herum. Seine lebhaften grünen Augen funkelten im Licht der Nachmittagssonne. »Sie haben Glück, dass wir einen gemeinsamen Freund haben«, erklärte der Mann. Er hatte merkwürdigerweise einen unverkennbar britischen Akzent. »Wir sind hier, um Sie herauszuholen. Wir bringen Sie an einen sicheren Ort, bis Sie sich so weit erholt haben, dass Sie reisefähig sind. Einverstanden?«

Mitchells Herzschlag beschleunigte sich. Sie hatte sich schon mit dem unrühmlichen Schicksal abgefunden, das ihr bevorstand, und ihren Frieden damit gemacht, aber dieser plötzliche und unerwartete Umschwung raubte ihr völlig die Sprache. Mehr noch – er nährte sofort die wilde, unerklärliche Hoffnung, dass dieser Unbekannte die Wahrheit sagen könnte.

»Und wer seid ihr?«, brachte sie schließlich heraus.

»Mein Name ist Drake, aber Sie können Ryan zu mir sagen«, antwortete er. Dann deutete er auf die junge Frau, die hinten saß. »Das da ist Kyra Frost. Sie gehört zu meinem Team.«

»Team?« Der Name Frost klang irgendwie vertraut, aber wegen ihrer Verwirrung konnte sie ihn im Moment nicht zuordnen.

»Meinem Shepherd-Team«, erklärte er – und plötzlich fiel ein großes Puzzleteil an die richtige Stelle. »Sie sind in guten Händen, Mitchell. Fürs Erste jedenfalls.«

»Und dann?«

»Tja, das hängt von Ihnen ab. Sie könnten flüchten, sich verstecken und hoffen, dass nichts von alldem Sie eines Tages wieder einholt.« Er zuckte mit den Schultern. »Oder Sie können sich uns anschließen und etwas dagegen unternehmen.«

Dann drehte er sich wieder nach vorn und ließ den Motor an.

»Was denn zum Beispiel?«, platzte es aus ihr heraus. »Was wollen Sie gegen solche Leute unternehmen?«

Im Rückspiegel begegneten ihr diese intensiven grünen Augen. In ihrem Blick lag eine Entschlossenheit, die sie fast erschreckte.

»Wir ziehen gegen diese Leute in den Krieg, Mitchell.«